A

Aidemémoire de mécanique pratique

Anatiposi

Arthur Jules Morin

Aidemémoire de mécanique pratique

Réimpression inchangée de l'édition originale de 1860.

1ère édition 2023 | ISBN: 978-3-38270-110-9

Anatiposi Verlag est une marque de Outlook Verlagsgesellschaft mbH.

Verlag (Éditeur): Outlook Verlag GmbH, Zeilweg 44, 60439 Frankfurt, Deutschland
Vertretungsberechtigt (Représentant autorisé): E. Roepke, Zeilweg 44, 60439 Frankfurt, Deutschland
Druck (Imprimerie): Books on Demand GmbH, In de Tarpen 42, 22848 Norderstedt, Deutschland

AIDE-MÉMOIRE

DE

MÉCANIQUE PRATIQUE

PAR

ARTHUR MORIN

Général de division d'artillerie
membre de l'Institut, ancien élève de l'École Polytechnique
directeur du Conservatoire des Arts et Métiers
membre de la Société centrale d'agriculture
membre honoraire de la Société des Ingénieurs civils de France
membre correspondant de l'Académie royale des Sciences de Berlin
de l'Academie royale des Sciences de Madrid, de l'Académie des Sciences de Turin
de l'Académie royale des Géorgophiles de Florence
de l'Académie de Metz, de la Société industrielle de Mulhouse
de la Société littéraire et philosophique de Manchester
de la Société impériale d'Arts et Manufactures de Toscane

QUATRIÈME ÉDITION

TROISIÈME TIRAGE

PARIS

LIBRAIRIE DE L. HACHETTE ET Cie

RUE PIERRE-SARRAZIN, N° 14

(Près de l'École de médecine)

1860

AIDE-MÉMOIRE

DE

MÉCANIQUE-PRATIQUE.

DÉFINITIONS ET NOTATIONS ADOPTÉES.

Dans toutes les formules et règles pratiques qui seront données dans le cours de cet ouvrage, nous attacherons aux mots et aux signes le sens indiqué par les définitions et conventions suivantes.

FORCE. Les forces qui agissent sur les machines sont comparables à des poids. En prenant pour unité de cette comparaison le kilogramme, elles seront exprimées par un certain nombre de kilogrammes. La lettre qui désigne la force dans les formules sera souvent suivie de l'indice *kil.*, pour rappeler cette notation.

VITESSE. La vitesse d'un corps est l'espace qu'il parcourt en une seconde, quand il se meut uniformément. Quand son mouvement est varié, c'est l'espace qu'il parcourrait en une seconde, si, à partir du moment où on le considère, son mouvement devenait uniforme. Le mètre étant l'unité de longueur adoptée, la vitesse sera exprimée en mètres, et rapportée à la seconde, prise pour unité de temps.

Les CHEMINS PARCOURUS par les points d'application des forces seront exprimés en mètres.

QUANTITÉ D'ACTION OU DE TRAVAIL. La quantité d'action ou de travail développée par une force est le produit de l'intensité de cette force par le chemin parcouru dans sa direction propre par son point d'application. Le kilogramme et le mètre étant respectivement les unités adoptées pour exprimer la force et l'espace parcouru, la quantité d'action ou de travail sera représentée par un certain nombre de kilogrammes élevés à un mètre de hauteur, et l'unité de travail sera le kilogramme élevé à un mètre, ce que l'on indiquera souvent dans les formules en plaçant en dessus et à droite des nombres qui expriment la quantité d'action ou de travail l'indice *k.m.*

Lorsque le travail est longtemps et périodiquement reproduit par l'action des forces, pour éviter d'avoir des nombres trop grands pour le représenter, on le rapporte à une certaine période, dont on prend ordinairement la durée égale à celle d'une seconde. On dit alors que la quantité d'eau ou de travail dont il s'agit est un certain nombre de kilogrammes élevés à un mètre en une seconde.

FORCE DE CHEVAL DYNAMIQUE. Dans les machines puissantes, les nombres qui exprimeraient la quantité d'action ou de travail développée en une seconde seraient encore très-grands. Cette considération et quelques autres circonstances ont fait adopter par les mécaniciens une autre unité de travail, connue sous la dénomination impropre de *force de cheval, cheval vapeur, cheval dynamique*. La valeur la plus généralement adoptée pour cette unité est celle de 75 kilogrammes élevés à un mètre en une seconde, et correspond à fort peu près à celle que Watt avait nommée *unité routinière*, et qui équivalait à 33 000 livres avoir-du-poids élevées à un pied anglais en une minute.

Cette valeur de la force du cheval n'étant pas cependant employée par tous les praticiens, il est important, dans les calculs et dans les transactions, de spécifier exactement celle que l'on adopte.

MASSE DES CORPS. On nomme ainsi le quotient du poids d'un corps par le nombre g, qui représente la vitesse que les graves acquièrent dans le vide à la fin de la première seconde de leur chute. A la latitude de l'observatoire de Paris, et pour la France en général, $g = 9^m,8088$ environ.

QUANTITÉ DE MOUVEMENT. C'est le produit de la masse d'un corps par la vitesse qu'il possède à l'instant où on le considère.

FORCE VIVE. La force vive possédée par un corps est le produit de sa masse par le carré de sa vitesse à l'instant où on le considère.

PRINCIPE DES FORCES VIVES. Lorsque l'action des forces qui sollicitent un corps a pour effet de faire varier sa vitesse, la variation de la force vive qui en résulte est égale au double des quantités d'action ou de travail développées par les forces qui ont agi sur le corps.

UNITÉS DE MESURE. Les dimensions linéaires seront exprimées en mètres, les surfaces en mètres carrés et les volumes en mètres cubes, toutes les fois que le contraire ne sera pas expressément spécifié. Le temps sera ordinairement exprimé en secondes.

DE L'ÉCOULEMENT DE L'EAU.

DE LA DÉPENSE D'EAU QUI SE FAIT EN UNE SECONDE PAR UN ORIFICE.

1. Dans l'écoulement de l'eau par un orifice, il faut distinguer deux cas, ordinairement faciles à reconnaître à la vue simple :

1° Celui où la paroi est assez mince, par rapport aux dimensions de l'orifice, pour que la veine fluide se détache complétement des côtés : on dit alors que la contraction a lieu comme *en mince paroi*. Ce cas est celui qui se présente le plus fréquemment dans les usines : il a lieu toutes les fois que la plus petite dimension de l'orifice n'est pas moindre que l'épaisseur de la paroi ou de la vanne par laquelle l'eau s'écoule, et que celle-ci n'excède pas 0m.05 à 0m.06.

2° Celui où, la paroi ayant une épaisseur au moins égale à une fois et demie la plus petite des dimensions de l'orifice, les filets fluides se rapprochent des parois et les suivent, de manière qu'à l'extérieur ils paraissent se mouvoir parallèlement à ces parois. C'est ce qui a lieu notamment quand l'orifice est prolongé par un tuyau additionnel. Le fluide paraissant sortir en remplissant complétement le tuyau, on dit alors qu'il s'écoule à *gueule-bée*.

2. Vitesse moyenne avec laquelle l'eau s'écoule par un orifice dans le premier cas. Dans le premier cas, si l'écoulement a lieu à l'air libre, la vitesse moyenne de sortie de l'eau par un orifice de petites dimensions, par rapport à celles du réservoir et à la charge d'eau sur son milieu, est sensiblement égale à *la vitesse due à la hauteur de cette charge.*

Par conséquent, en appelant

H la charge sur le milieu de l'orifice,

V la vitesse moyenne d'écoulement de l'eau,

$g = 9^m.8088$ la vitesse que la pesanteur imprime aux graves à la fin de la première seconde de leur chute, on a

$$V = \sqrt{2gH}.$$

Cette relation est connue sous le nom de formule de Torricelli. Elle revient à la règle suivante :

Pour avoir la vitesse due à une charge donnée sur le centre ou le milieu d'un orifice,

Multipliez la hauteur d'eau au-dessus du centre de l'orifice par 19,62 : *la racine carrée du produit sera la vitesse due à cette hauteur.*

3. Hauteur a laquelle est due une vitesse donnée d'écoulement. On tire de cette formule la relation

$$H = \frac{V^2}{2g} = \frac{V^2}{19.62},$$

qui donne la hauteur correspondante à une vitesse connue, et revient à la règle suivante :

Pour avoir en mètres la hauteur due à une vitesse donnée, divisez le carré de cette vitesse par 19,62.

4. Table des hauteurs et des vitesses correspondantes. La table suivante donne les hauteurs et les vitesses correspondantes depuis la hauteur zéro jusqu'à celle de $5^m.00$.

TABLE DES VITESSES CORRESPONDANTES A DIFFÉRENTES HAUTEURS, VARIANT DE CENTIMÈTRE EN CENTIMÈTRE.

Hauteurs de chute.	Vitesses correspond.	Hauteurs de chute.	Vitesses correspond.	Hauteurs de chute.	Vitesses correspond.	Hauteurs de chute.	Vitesses correspond.
m	m	m	m	m	m	m	m
0.01	0.443	0.41	2.836	0.81	3.986	1.21	4.872
0.02	0.626	0.42	2.870	0.82	4.011	1.22	4.892
0.03	0.767	0.43	2.904	0.83	4.035	1.23	4.913
0.04	0.886	0.44	2.938	0.84	4.059	1.24	4.933
0.05	0.990	0.45	2.971	0.85	4.083	1.25	4.953
0.06	1.085	0.46	3.004	0.86	4.107	1.26	4.972
0.07	1.172	0.47	3.037	0.87	4.131	1.27	4.991
0.08	1.253	0.48	3.069	0.88	4.155	1.28	5.011
0.09	1.329	0.49	3.100	0.89	4.178	1.29	5.031
0.10	1.401	0.50	3.132	0.90	4.202	1.30	5.050
0.11	1.468	0.51	3.163	0.91	4.225	1.31	5.069
0.12	1.534	0.52	3.194	0.92	4.248	1.32	5.089
0.13	1.597	0.53	3.224	0.93	4.271	1.33	5.108
0.14	1.657	0.54	3.253	0.94	4.294	1.34	5.127
0.15	1.715	0.55	3.285	0.95	4.317	1.35	5.146
0.16	1.772	0.56	3.314	0.96	4.340	1.36	5.165
0.17	1.826	0.57	3.344	0.97	4.362	1.37	5.184
0.18	1.879	0.58	3.373	0.98	4.384	1.38	5.203
0.19	1.931	0.59	3.402	0.99	4.407	1.39	5.222
0.20	1.981	0.60	3.431	1.00	4.429	1.40	5.241
0.21	2.030	0.61	3.459	1.01	4.451	1.41	5.259
0.22	2.078	0.62	3.488	1.02	4.473	1.42	5.278
0.23	2.124	0.63	3.516	1.03	4.495	1.43	5.297
0.24	2.170	0.64	3.543	1.04	4.517	1.44	5.315
0.25	2.215	0.65	3.571	1.05	4.539	1.45	5.333
0.26	2.259	0.66	3.598	1.06	4.560	1.46	5.351
0.27	2.301	0.67	3.625	1.07	4.582	1.47	5.370
0.28	2.344	0.68	3.652	1.08	4.603	1.48	5.388
0.29	2.385	0.69	3.679	1.09	4.624	1.49	5.406
0.30	2.426	0.70	3.706	1.10	4.645	1.50	5.425
0.31	2.466	0.71	3.732	1.11	4.666	1.51	5.443
0.32	2.506	0.72	3.758	1.12	4.687	1.52	5.461
0.33	2.544	0.73	3.784	1.13	4.708	1.53	5.479
0.34	2.582	0.74	3.810	1.14	4.729	1.54	5.496
0.35	2.620	0.75	3.836	1.15	4.750	1.55	5.514
0.36	2.658	0.76	3.861	1.16	4.770	1.56	5.532
0.37	2.694	0.77	3.886	1.17	4.790	1.57	5.550
0.38	2.730	0.78	3.911	1.18	4.811	1.58	5.567
0.39	2.766	0.79	3.936	1.19	4.831	1.59	5.585
0.40	2.801	0.80	3.961	1.20	4.852	1.60	5.603

TABLE DES VITESSES CORRESPONDANTES A DIFFÉRENTES HAUTEURS, VARIANT DE CENTIMÈTRE EN CENTIMÈTRE.

(Suite.)

Hauteurs de chute.	Vitesses correspond.	Hauteurs de chute.	Vitesses correspond.	Hauteurs de chute.	Vitesses correspond.	Hauteurs de chute.	Vitesses correspond.
m	m	m	m	m	m	m	m
1.61	5.620	2.01	6.279	2.41	6.876	2.81	7.425
1.62	5.637	2.02	6.295	2.42	6.890	2.82	7.437
1.63	5.653	2.03	6.311	2.43	6.904	2.83	7.451
1.64	5.672	2.04	6.326	2.44	6.919	2.84	7.464
1.65	5.690	2.05	6.341	2.45	6.933	2.85	7.477
1.66	5.707	2.06	6.357	2.46	6.947	2.86	7.490
1.67	5.724	2.07	6.372	2.47	6.961	2.87	7.503
1.68	5.741	2.08	6.388	2.48	6.975	2.88	7.517
1.69	5.758	2.09	6.403	2.49	6.989	2.89	7.530
1.70	5.775	2.10	6.418	2.50	7.003	2.90	7.543
1.71	5.792	2.11	6.434	2.51	7.017	2.91	7.556
1.72	5.809	2.12	6.449	2.52	7.031	2.92	7.569
1.73	5.826	2.13	6.464	2.53	7.045	2.93	7.582
1.74	5.842	2.14	6.479	2.54	7.059	2.94	7.594
1.75	5.859	2.15	6.494	2.55	7.073	2.95	7.607
1.76	5.876	2.16	6.510	2.56	7.087	2.96	7.620
1.77	5.893	2.17	6.525	2.57	7.101	2.97	7.633
1.78	5.909	2.18	6.540	2.58	7.114	2.98	7.646
1.79	5.926	2.19	6.555	2.59	7.128	2.99	7.659
1.80	5.942	2.20	6.570	2.60	7.142	3.00	7.672
1.81	5.959	2.21	6.584	2.61	7.156	3.01	7.684
1.82	5.975	2.22	6.599	2.62	7.169	3.02	7.697
1.83	5.992	2.23	6.614	2.63	7.183	3.03	7.710
1.84	6.008	2.24	6.629	2.64	7.197	3.04	7.722
1.85	6.024	2.25	6.644	2.65	7.210	3.05	7.735
1.86	6.041	2.26	6.658	2.66	7.224	3.06	7.748
1.87	6.057	2.27	6.673	2.67	7.237	3.07	7.760
1.88	6.073	2.28	6.688	2.68	7.251	3.08	7.773
1.89	6.089	2.29	6.703	2.69	7.265	3.09	7.786
1.90	6.105	2.30	6.717	2.70	7.278	3.10	7.798
1.91	6.122	2.31	6.732	2.71	7.291	3.11	7.811
1.92	6.138	2.32	6.746	2.72	7.305	3.12	7.823
1.93	6.154	2.33	6.761	2.73	7.318	3.13	7.836
1.94	6.170	2.34	6.775	2.74	7.332	3.14	7.849
1.95	6.186	2.35	6.790	2.75	7.345	3.15	7.861
1.96	6.202	2.36	6.804	2.76	7.358	3.16	7.873
1.97	6.217	2.37	6.819	2.77	7.372	3.17	7.886
1.98	6.232	2.38	6.833	2.78	7.385	3.18	7.898
1.99	6.248	2.39	6.847	2.79	7.398	3.19	7.911
2.00	6.264	2.40	6.862	2.80	7.411	3.20	7.923

TABLE DES VITESSES CORRESPONDANTES A DIFFÉRENTES HAUTEURS, VARIANT DE CENTIMÈTRE EN CENTIMÈTRE.

(Suite.)

Hauteurs de chute.	Vitesses correspond.	Hauteurs de chute.	Vitesses correspond.	Hauteurs de chute.	Vitesses correspond.	Hauteurs de chute.	Vitesses correspond.
m	m	m	m	m	m	m	m
3.21	7.936	3.61	8.415	4.01	8.869	4.41	9.301
3.22	7.948	3.62	8.427	4.02	8.880	4.42	9.312
3.23	7.960	3.63	8.439	4.03	8.892	4.43	9.322
3.24	7.973	3.64	8.450	4.04	8.903	4.44	9.333
3.25	7.985	3.65	8.462	4.05	8.914	4.45	9.343
3.26	7.997	3.66	8.474	4.06	8.925	4.46	9.354
3.27	8.009	3.67	8.485	4.07	8.936	4.47	9.364
3.28	8.022	3.68	8.497	4.08	8.946	4.48	9.375
3.29	8.034	3.69	8.508	4.09	8.957	4.49	9.385
3.30	8.046	3.70	8.520	4.10	8.968	4.50	9.396
3.31	8.058	3.71	8.531	4.11	8.979	4.51	9.406
3.32	8.070	3.72	8.543	4.12	8.990	4.52	9.417
3.33	8.082	3.73	8.554	4.13	9.001	4.53	9.427
3.34	8.095	3.74	8.566	4.14	9.012	4.54	9.437
3.35	8.107	3.75	8.577	4.15	9.023	4.55	9.448
3.36	8.119	3.76	8.588	4.16	9.034	4.56	9.458
3.37	8.131	3.77	8.600	4.17	9.045	4.57	9.468
3.38	8.143	3.78	8.611	4.18	9.055	4.58	9.479
3.39	8.155	3.79	8.623	4.19	9.066	4.59	9.489
3.40	8.167	3.80	8.634	4.20	9.077	4.60	9.500
3.41	8.179	3.81	8.645	4.21	9.088	4.61	9.510
3.42	8.191	3.82	8.657	4.22	9.099	4.62	9.520
3.43	8.203	3.83	8.668	4.23	9.109	4.63	9.530
3.44	8.215	3.84	8.679	4.24	9.120	4.64	9.541
3.45	8.227	3.85	8.691	4.25	9.131	4.65	9.551
3.46	8.239	3.86	8.702	4.26	9.142	4.66	9.561
3.47	8.251	3.87	8.713	4.27	9.152	4.67	9.572
3.48	8.263	3.88	8.725	4.28	9.163	4.68	9.582
3.49	8.274	3.89	8.736	4.29	9.174	4.69	9.592
3.50	8.286	3.90	8.747	4.30	9.185	4.70	9.602
3.51	8.298	3.91	8.758	4.31	9.195	4.71	9.612
3.52	8.310	3.92	8.769	4.32	9.206	4.72	9.623
3.53	8.322	3.93	8.780	4.33	9.217	4.73	9.633
3.54	8.333	3.94	8.792	4.34	9.227	4.74	9.643
3.55	8.345	3.95	8.803	4.35	9.238	4.75	9.653
3.56	8.357	3.96	8.814	4.36	9.248	4.76	9.663
3.57	8.369	3.97	8.825	4.37	9.259	4.77	9.673
3.58	8.380	3.98	8.836	4.38	9.270	4.78	9.684
3.59	8.392	3.99	8.847	4.39	9.280	4.79	9.994
3.60	8.404	4.00	8.858	4.40	9.291	4.80	9.704

TABLE DES VITESSES CORRESPONDANTES A DIFFÉRENTES HAUTEURS, VARIANT DE CENTIMÈTRE EN CENTIMÈTRE.

(*Suite.*)

Hauteurs de chute.	Vitesses correspond.	Hauteurs de chute.	Vitesses correspond.	Hauteurs de chute.	Vitesses correspond.	Hauteurs de chute	Vitesses correspond.
m	m	m	m	m	m	m	m.
4.81	9.714	4.86	9.764	4.91	9.814	4.96	9.864
4.82	9.724	4.87	9.774	4.92	9.824	4.97	9.874
4.83	9.734	4.88	9.784	4.93	9.834	4.98	9.884
4.84	9.744	4.89	9.794	4.94	9.844	4.99	9.894
4.85	9.754	4.90	9.804	4.95	9.854	5.00	9.904

5. Vitesse moyenne d'écoulement dans le deuxième cas. Dans le deuxième cas, où l'orifice est prolongé par un tuyau ou ajutage prismatique ou cylindrique, d'une longueur égale à trois ou quatre fois la plus petite dimension de l'orifice, et où l'écoulement se fait à *gueule-bée* (n° 1), ou lorsque la paroi à travers laquelle le liquide s'écoule a une épaisseur égale à une fois ou une fois et demie sa plus petite dimension, la vitesse est altérée par la présence des parois, et elle est réduite, dans les cas ordinaires, à 0.82 de celle qui serait due à la charge sur le milieu de l'orifice.

De là résulte la règle suivante :

Pour avoir la vitesse moyenne d'écoulement par un ajutage cylindrique, lorsque l'eau sort à gueule-bée,

Multipliez la vitesse due à la charge sur le milieu de l'orifice par 0.82.

6. Hauteur a laquelle peut s'élever un jet d'eau lancé par un ajutage cylindrique. Il suit de là que la hauteur à laquelle le liquide peut s'élever, en vertu de cette vitesse réduite, est, en la désignant par h',

$$h' = \frac{(0.82V)^2}{2g} = \frac{0.67V^2}{19.62} = 0.67H,$$

formule qui revient à la règle suivante :

Pour avoir la hauteur à laquelle peut s'élever l'eau qui sort d'un réservoir, en s'écoulant à gueule-bée par un ajutage prismatique ou cylindrique,

Multipliez la charge sur le milieu de l'orifice par 0.67.

7. Distinction entre la dépense théorique et la dépense effective. On nomme *dépense théorique d'un orifice* celle que l'on déduit de la théorie du mouvement des liquides, dans l'hypothèse du parallélisme des tranches et en faisant abstraction des effets de la contraction, et *dépense effective* celle qui a lieu réellement et qu'il importe surtout de connaître.

Nous indiquerons d'abord les formules et les règles auxquelles la théorie conduit pour calculer la première, et nous ferons ensuite connaître le moyen d'en déduire, dans les cas les plus ordinaires de la pratique, la dépense effective.

8. Les orifices d'écoulement des usines peuvent être partagés en trois classes. A cet effet, nous remarquerons que l'on peut partager les orifices en usage en trois classes, qui sont :

1° Les orifices qui *débouchent à l'air libre* (fig. 1), et dont le côté supérieur ou le sommet est au-dessous du niveau du réservoir : on les nomme orifices avec charge sur le côté supérieur;

Fig. 1.

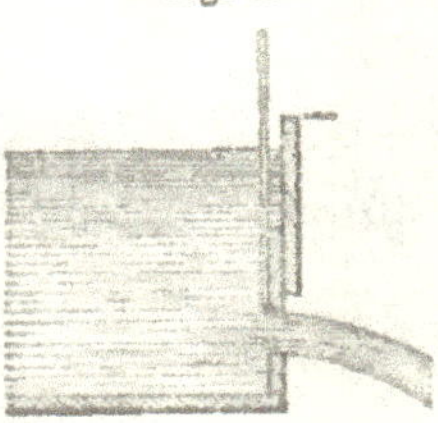

Fig. 2.

2° Les orifices qui débouchent dans un réservoir inférieur (fig. 2), et dont le côté supérieur ou le sommet est à la fois au-dessous du niveau du réservoir supérieur et de celui du réservoir inférieur : on dit alors que l'*orifice est noyé*;

3° *Les orifices en déversoir* (fig. 3), par lesquels l'eau s'écoule en passant par-dessus une vanne ou un barrage, et qui ne sont limités qu'inférieurement et sur les côtés.

Fig. 3.

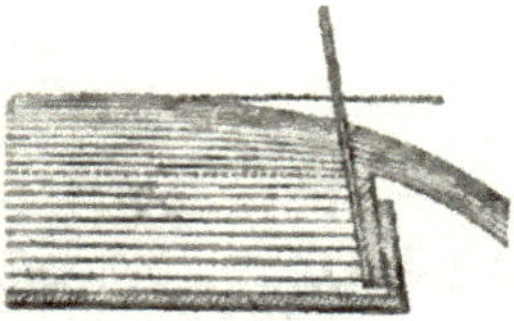

9. Dépense théorique faite par les orifices avec charge d'eau sur le côté supérieur; orifices qui débouchent a l'air libre. Nous nous occuperons d'abord du calcul de la dépense faite par les deux premiers genres d'ofices.

En appelant
L la largeur de l'orifice,
E sa hauteur ou la plus petite distance des deux côtés opposés,
H la charge d'eau sur son milieu,
Q la dépense théorique en 1″,
on a

$$Q = LE\sqrt{2gH},$$

ce qui revient à la règle suivante :

Pour obtenir la dépense théorique d'un orifice qui débouche à l'air libre avec charge d'eau sur le côté supérieur,

Multipliez l'aire de l'orifice par la vitesse due à la charge sur son centre.

Exemple : Quelle est la dépense théorique d'eau faite en 1″ par un orifice de $1^m.20$ de largeur, $0^m.15$ de hauteur, et sous une charge de $1^m.30$ sur le milieu?

L'aire de l'orifice $= 1^m.20 \times 0^m.15 = 0^{mq}.180$, la vitesse moyenne d'écoulement $= \sqrt{19.62 \times 1^m.30} = 5^m.05$ (n° 2). On a donc

La dépense théorique $Q = 0^{mq}.180 \times 5^m.05 = 0^{mc}.909$.

10. Orifices avec charge sur le côté supérieur et noyés. En appelant
L la largeur de l'orifice,
E la hauteur de l'orifice,
H la charge d'eau sur le seuil de l'orifice du côté du réservoir supérieur,

h la charge d'eau sur le seuil du côté du réservoir inférieur,
Q la dépense théorique en 1″,
on a

$$Q = LE\sqrt{2g(H-h)},$$

ce qui revient à la règle suivante :

Pour obtenir la dépense théorique d'un orifice avec charge sur le côté supérieur et noyé,

Multipliez l'aire de l'orifice par la vitesse due à la différence de niveau du réservoir supérieur et du réservoir inférieur.

Nota. Les règles précédentes s'appliquent à tous les orifices, quelle que soit leur forme.

Exemple : Quelle est la dépense théorique faite en 1″ par un orifice noyé de 0m.90 de largeur, 0m.10 de hauteur, le niveau du réservoir supérieur étant de 1m.40 au-dessus du réservoir inférieur?

L'aire de l'orifice = 0m.90 × 0m.10 = 0mq.09, la vitesse moyenne d'écoulement $\sqrt{19.62 \times 1^m.40} = 5^m.241$.

La dépense théorique Q = 0mq.09 × 5m.241 = 0mc.4737.

DÉPENSE EFFECTIVE FAITE PAR LES ORIFICES AVEC CHARGE D'EAU SUR LE CÔTÉ SUPÉRIEUR.

11. La dépense effective est toujours plus faible que la dépense théorique, et elle en diffère d'autant plus que les effets de la contraction sont plus considérables. Ces effets étant principalement influencés par la disposition de l'orifice par rapport aux parois du réservoir, par les dimensions de cet orifice, par la charge d'eau sur son sommet, et enfin, dans certains cas, par la présence des coursiers qui conduisent l'eau après sa sortie, nous allons indiquer les règles à suivre pour les cas principaux qui se présentent dans les usines.

12. Cas où la contraction est complète. Lorsque l'orifice est éloigné du fond et des côtés du réservoir d'une fois et demie à deux fois sa plus petite dimension, les filets fluides y affluent

de toutes parts, la contraction a lieu sur tout son contour : on dit alors qu'elle est *complète*.

Les expériences sur l'écoulement de l'eau ont été particulièrement faites dans ce cas. Les plus complètes et les plus précises sont dues à MM. Poncelet et Lesbros*.

Le rapport de la dépense effective à la dépense théorique varie avec la plus petite dimension de l'orifice et la charge sur son sommet. Ses valeurs déterminées par ces habiles ingénieurs sont consignées, sous le nom de *coefficients de la dépense théorique*, dans le tableau suivant, qui est à deux entrées, l'une relative aux hauteurs d'orifice, l'autre aux charges sur le sommet.

Comme il peut arriver certains cas où l'on soit obligé de mesurer la charge d'eau sur l'orifice immédiatement au-dessus de cet orifice, où elle est toujours moindre que dans un lieu où le fluide est calme, on a donné dans ce tableau les valeurs du coefficient de la dépense relative :

1° Au cas où les charges d'eau sont mesurées dans un endroit où le liquide est stagnant;

2° Au cas où les charges d'eau sont mesurées immédiatement au-dessus de l'orifice.

---

* Expériences hydrauliques sur les lois de l'écoulement de l'eau, entreprises à Metz par MM. Poncelet et Lesbros, d'après les ordres du ministre de la guerre. Paris, 1832.

TABLE DES COEFFICIENTS DES FORMULES DE LA DÉPENSE THÉORIQUE DES ORIFICES RECTANGULAIRES VERTICAUX EN MINCE PAROI, AVEC CONTRACTION COMPLÈTE ET VERSANT LIBREMENT DANS L'AIR (*les charges étant mesurées en un point du réservoir où le liquide soit parfaitement stagnant*).

Charges sur le sommet des orifices.	Coefficients de la dépense théorique pour les hauteurs d'orifice de					
	0m.20	0m.10	0m.05	0m.03	0m.02	0m.01
m 0.000	»	»	»	»	»	»
0.003	»	»	»	»	»	0.705
0.010	»	»	0.607	0.630	0.660	0.701
0.015	»	0.593	0.612	0.632	0.660	0.697
0.020	0.572	0.596	0.615	0.634	0.659	0.694
0.030	0.578	0.600	0.620	0.638	0.659	0.688
0.040	0.582	0.603	0.623	0.640	0.658	0.683
0.050	0.585	0.605	0.625	0.640	0.658	0.679
0.060	0.587	0.607	0.627	0.640	0.657	0.676
0.070	0.588	0.609	0.628	0.639	0.656	0.673
0.080	0.589	0.610	0.629	0.638	0.656	0.670
0.090	0.591	0.610	0.629	0.637	0.655	0.668
0.100	0.592	0.611	0.630	0.637	0.654	0.666
0.120	0.593	0.612	0.630	0.636	0.653	0.663
0.140	0.595	0.613	0.630	0.635	0.651	0.660
0.160	0.596	0.614	0.631	0.634	0.650	0.658
0.180	0.597	0.615	0.630	0.634	0.649	0.657
0.200	0.598	0.615	0.630	0.633	0.648	0.655 *
0.250	0.599	0.616	0.630	0.632	0.646	0.653
0.300	0.600	0.616	0.629	0.632	0.644	0.650
0.400	0.602	0.617	0.628	0.631	0.642	0.647
0.500	0.603	0.617	0.628	0.630	0.640	0.644
0.600	0.604	0.617	0.627	0.630	0.638	0.642
0.700	0.604	0.616	0.627	0.629	0.637	0.640
0.800	0.605	0.616	0.627	0.629	0.636	0.637
0.900	0.605	0.615	0.626	0.628	0.634	0.635
1.000	0.605	0.615	0.626	0.628	0.633	0.632
1.100	0.604	0.614	0.625	0.627	0.631	0.629
1.200	0.604	0.614	0.624	0.626	0.628	0.626
1.300	0.603	0.613	0.622	0.624	0.625	0.622
1.400	0.603	0.612	0.621	0.622	0.622	0.618
1.500	0.602	0.611	0.620	0.620	0.619	0.615
1.600	0.602	0.611	0.618	0.618	0.617	0.613
1.700	0.602	0.610	0.617	0.616	0.615	0.612
1.800	0.601	0.609	0.615	0.615	0.614	0.612
1.900	0.601	0.608	0.614	0.613	0.612	0.611
2.000	0.601	0.607	0.613	0.612	0.612	0.611
3.000	0.601	0.603	0.606	0.608	0.610	0.609

TABLE DES COEFFICIENTS DES FORMULES DE LA DÉPENSE THÉORIQUE DES ORIFICES RECTANGULAIRES VERTICAUX EN MINCE PAROI, AVEC CONTRACTION COMPLÈTE ET VERSANT LIBREMENT DANS L'AIR (*les charges étant relevées immédiatement au-dessus de l'orifice*).

Charges sur le sommet des orifices.	Coefficients de la dépense théorique pour des hauteurs d'orifice de					
	0m,20	0m,10	0m,05	0m,03	0m,02	0m,01
m 0.000	0.619	0.667	0.713	0.766	0.783	0.795
0.005	0.597	0.630	0.668	0.725	0.750	0.778
0.010	0.595	0.618	0.642	0.687	0.720	0.762
0.015	0.594	0.615	0.639	0.674	0.707	0.745
0.020	0.594	0.614	0.638	0.668	0.697	0.729
0.030	0.593	0.613	0.637	0.659	0.685	0.708
0.040	0.593	0.612	0.636	0.654	0.678	0.695
0.050	0.593	0.612	0.636	0.651	0.672	0.686
0.060	0.594	0.613	0.635	0.647	0.668	0.681
0.070	0.594	0.613	0.635	0.645	0.665	0.677
0.080	0.594	0.613	0.635	0.643	0.662	0.675
0.090	0.595	0.614	0.634	0.641	0.659	0.672
0.100	0.595	0.614	0.634	0.640	0.657	0.669
0.120	0.596	0.614	0.633	0.637	0.655	0.665
0.140	0.597	0.614	0.632	0.636	0.653	0.661
0.160	0.597	0.615	0.631	0.635	0.651	0.659
0.180	0.598	0.615	0.631	0.634	0.650	0.657
0.200	0.599	0.615	0.630	0.633	0.649	0.656
0.250	0.600	0.616	0.630	0.632	0.646	0.653
0.300	0.601	0.616	0.629	0.632	0.644	0.651
0.400	0.602	0.617	0.629	0.631	0.642	0.647
0.500	0.603	0.617	0.628	0.630	0.640	0.645
0.600	0.604	0.617	0.627	0.630	0.638	0.643
0.700	0.604	0.616	0.627	0.629	0.637	0.640
0.800	0.605	0.616	0.627	0.629	0.636	0.637
0.900	0.605	0.615	0.626	0.628	0.634	0.635
1.000	0.605	0.615	0.626	0.628	0.633	0.632
1.100	0.604	0.614	0.625	0.627	0.631	0.629
1.200	0.604	0.614	0.624	0.626	0.628	0.626
1.300	0.603	0.613	0.622	0.624	0.625	0.622
1.400	0.603	0.612	0.621	0.622	0.622	0.618
1.500	0.602	0.611	0.620	0.620	0.619	0.615
1.600	0.602	0.911	0.618	0.618	0.617	0.613
1.700	0.602	0.610	0.617	0.616	0.615	0.612
1.800	0.601	0.609	0.615	0.615	0.614	0.612
1.900	0.601	0.608	0.614	0.613	0.613	0.611
2.000	0.601	0.607	0.614	0.612	0.612	0.611
3.000	0.601	0.603	0.606	0.608	0.610	0.609

13. Règle pour calculer la dépense effective lorsque la contraction est complète. A l'aide de ce tableau, il devient facile de calculer la dépense effective pour tous les orifices avec charge sur le côté supérieur où la contraction est complète. Voici la règle à suivre :

*Recherchez dans le tableau du n° **12** la valeur du coefficient de la dépense correspondant à la fois à l'ouverture donnée de l'orifice et à la charge sur son sommet, et multipliez la dépense théorique par le nombre trouvé : le produit sera la dépense effective en 1".*

Cette règle s'applique aux orifices noyés et à ceux qui débouchent à l'air libre.

Premier exemple. Quelle est la dépense effective d'un orifice de $0^m.10$ de hauteur sur $1^m.20$ de largeur, et sous une charge de $1^m.30$ sur le milieu, débouchant à l'air libre?

La vitesse due à la charge sur le centre est (règle du n° **2** et table du n° **4**)

$$\sqrt{19.62 \times 1^m.30} = 5^m.05.$$

L'aire de l'orifice $= 1^m.20 \times 0^m.10 = 0^{mq}.12$.

La dépense théorique est (n° 9) $0^{mq}.12 \times 5^m.05 = 0^{mc}.606$.

Le tableau du n° **12** indique que le coefficient de la dépense, dans le cas actuel, et si la charge est mesurée en un endroit où le liquide soit stagnant, est 0.614.

La dépense effective, d'après la règle précédente, est donc $0.614 \times 0^{mc}.606 = 0^m.372$.

Deuxième exemple. Quelle est la dépense effective par seconde d'un orifice noyé de $0^m.10$ de hauteur sur $0^m.90$ de largeur, le niveau du réservoir supérieur étant de $1^m.40$ au-dessus de celui du réservoir inférieur, la contraction étant complète?

La vitesse due à la différence des niveaux est (règle dn n° **2** et table du n° **4**)

$$\sqrt{19.62 \times 1^m.40} = 5^m.24.$$

L'aire de l'orifice est $0^{mq}.09$.

La dépense théorique par seconde est

$$0^{mq}.09 \times 5^m.24 = 0^{mc}.4716.$$

Le tableau du n° **12** indique que le coefficient de la dépense, dans le cas actuel, et si la différence du niveau est mesurée au-dessus de l'orifice, est 0.612.

La dépense effective, d'après la règle précédente, est donc

$$0.612 \times 0^{mc}.4716 = 0^{mc}.2886.$$

14. OBSERVATIONS SUR L'USAGE DU TABLEAU ET DE LA RÈGLE PRÉCÉDENTE. Lorsque la hauteur de l'orifice ou la charge sur son sommet seront comprises entre les valeurs indiquées aux tableaux, on prendra pour le coefficient de la dépense une moyenne proportionnelle entre celles qui correspondent aux données du tableau.

TROISIÈME EXEMPLE. Quelle est la dépense effective par seconde d'un orifice de $0^m.18$ de hauteur sur $0^m.80$ de largeur, et sous une charge de $1^m.50$ sur le centre, mesurée en un endroit où le liquide est stagnant, la contraction étant complète?

La vitesse due à la charge sur le centre est (règle du n° 2 et table du n° 4)

$$\sqrt{19.62 \times 1^m.50} = 5^m.423.$$

L'aire de l'orifice est

$$0^m.18 \times 0^m.8 = 0^{mq}.144.$$

La dépense théorique est (règle du n° 9)

$$0^{mq}.144 \times 5^m.423 = 0^{mc}.781.$$

La hauteur de l'orifice étant compris entre $0^m.10$ et $0^m.20$, le coefficient de la dépense sera la moyenne proportionnelle entre 0.602 et 0.611, et égal à 0.6038*.

La dépense effective sera donc

$$0.6038 \times 0^{mc}.781 = 0^{mc}.472.$$

---

* Cette moyenne proportionnelle se détermine, dans tous les cas pareils, de la manière suivante :

La différence $0^m.20 - 0^m.10 = 0^m.10$ des hauteurs des orifices donnés dans la table est à la quantité $0.611 - 0.602 = 0.009$, qu'il faut retrancher du coefficient correspondant à la hauteur $0^m.10$ pour avoir celui qui convient à la hauteur $0^m.20$, comme la différence $0^m.18 - 0^m.10 = 0^m.08$ de la hauteur donnée à la hauteur $0^m.10$ de la table est à la quantité cherchée x, dont il faut diminuer le coefficient correspondant à la hauteur $0^m.10$ pour avoir le coefficient correspondant à la hauteur donnée $0^m.18$.

On a donc

$$0.10 : 0.009 :: 0.08 : x = 0.0072;$$

et, par suite, le coefficient cherché est

$$0.611 - 0.0072 = 0.6038.$$

NOTA. *Lorsque la hauteur de l'orifice dépassera* 0m.20, *on prendra pour le coefficient de la dépense celui qui correspond à l'orifice de* 0m.20.

15. CAS OU LA CONTRACTION N'EST PAS COMPLÈTE. Si l'un des côtés de l'orifice se trouve dans le prolongement des parois du réservoir, de sorte que les filets fluides sortent parallèlement à cette paroi, les effets de la contraction sont diminués ou annulés sur ce côté. On dit alors que la contraction n'a lieu que sur les trois autres côtés. C'est, par exemple, ce qui arrive lorsque le seuil de l'orifice est dans le prolongement du fond du coursier. La même chose pouvant arriver à la fois sur les autres côtés, on observera, dans ce cas, et d'après les expériences de M. Bidone, la règle suivante :

Fig. 4.

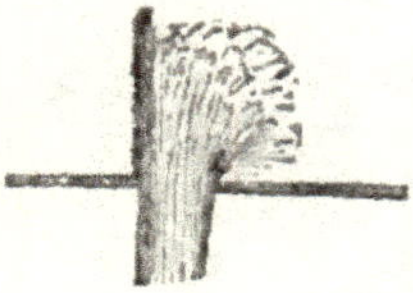

Fig. 5.

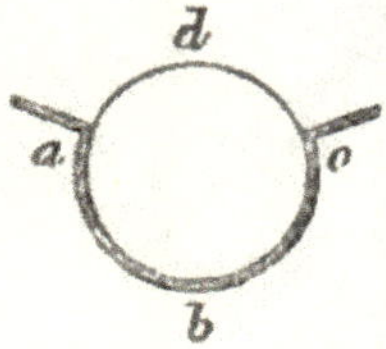

Si l'on appelle

m le multiplicateur de la dépense pour le cas où la contraction est complète,

n la portion du contour de l'orifice sur laquelle la contraction est annulée,

p le périmètre total de l'orifice,

m' la valeur du multiplicateur de la dépense pour le cas observé,

on calculera la valeur de m' par les formules suivantes :

Pour les orifices rectangulaires

$$m' = m\left[1 + 0.1523\,\frac{n}{p}\right];$$

Pour les orifices circulaires

$$m' = m\left[1 + 0.1279\,\frac{n}{p}\right],$$

qui reviennent à la règle suivante :

Pour avoir le multiplicateur de la dépense relatif à un orifice sur une partie du contour duquel la contraction est annulée,

Prenez le rapport de la portion du contour de l'orifice pour laquelle la contraction est annulée au périmètre total, multipliez-le par 0.1523 *pour les orifices rectangulaires, ou par* 0.1279 *pour les orifices circulaires; ajoutez l'unité au produit et multipliez la* *somme par le multiplicateur de la dépense relatif au cas de la contraction complète fournie par le tableau du n° **12**.*

Premier exemple. Quelle est la dépense effective d'un orifice de $0^m.15$ de hauteur sur $1^m.20$ de largeur et sous une charge de $1^m.30$ sur son milieu, débouchant à l'air libre et dont le seuil est dans le prolongement du fond du réservoir?

Si la contraction était complète, le multiplicateur de la dépense serait, d'après le tableau du n° **12**,

$$m = \frac{0.604 + 0.614}{2} = 0.609;$$

on a

$$n = 1^m.20, \quad p = 2[1.20 + 1.15] = 2^m.70,$$

et par conséquent

$$\frac{n}{p} = \frac{1.20}{2.70} = 0.44, \quad m' = 0.609[1 + 0.152 \times 0.44] = 0.650.$$

La dépense théorique étant

$$0^m.15 \times 1^m.20\sqrt{19.62 \times 1^m.30} = 0^{mc}.909,$$

La dépense effective sera donc

$$0.650 \times 0^{mc}.909 = 0^{mc}.591.$$

Deuxième exemple. Si la contraction avait été supprimée sur le fond et sur les deux côtés verticaux, on aurait

$$n = 1^m.20 + 2 \times 0^m.15 = 1^m.50, \quad p = 2^m.70,$$

$$\frac{n}{p} = 0.55, \quad m' = 0.609[1 + 0.152 \times 0.55] = 0.660,$$

et la dépense effective aurait été

$$0.660 \times 0^{mc}.909 = 0^{mc}.600.$$

16. Cas où l'orifice est prolongé intérieurement par un tuyau. Si l'orifice est prolongé en dedans du réservoir par un tuyau assez court pour que l'écoulement n'ait pas lieu *à gueule-bée*, ce qu'il est facile de reconnaître à la vue simple, les expériences de Borda et celles de M. Bidone montrent que le multiplicateur de la dépense est alors $m = 0.50$.

Cette disposition, qui se rencontre quelquefois dans les appareils hydrauliques et dans les jets d'eau, a donc pour effet de diminuer beaucoup la dépense.

17. INFLUENCE DE LA LARGEUR DES ORIFICES AVEC CHARGE SUR LE SOMMET SUR LA DÉPENSE. La largeur des orifices paraît avoir sur la dépense une influence au sujet de laquelle on possède peu d'expériences.

Pour un orifice de $1^m.50$ de large, avec des charges sur le sommet, comprises entre $0^m.05$ et $0^m.20$, et pour lequel la contraction serait complète, on peut admettre les valeurs suivantes :

Hauteur de l'orifice	m 0.05	m 0.06	m 0.07	m 0.08	m 0.09	m 0.10	m 0.12	m 0.14	m 0.16	m 0.18	m 0.20
Valeurs du multiplicateur m	0.725	0.708	0.695	0.687	0.682	0.679	0.675	0.675	0.675	0.675	0.675

18. VANNES DES ÉCLUSES. Les vannes des écluses ont en général leur seuil très-près du fond du radier d'amont (fig. 6). Dans ce cas,

Fig. 6.

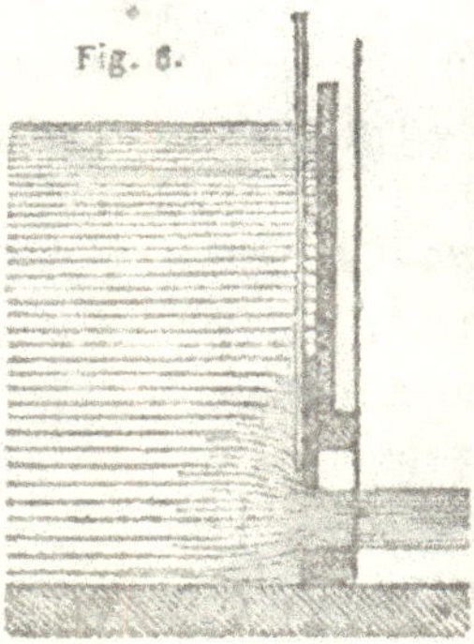

Pour calculer la dépense effective, multipliez la dépense théorique par 0.625.

Cette règle s'applique aux orifices noyés de même qu'à ceux qui débouchent à l'air libre.

EXEMPLE. Quelle est la dépense effective en 1″ d'une vanne d'écluse qui démasque un orifice de $0^m.50$ de hauteur sur $0^m.70$ de largeur, débouchant à l'air libre, sous une charge de $2^m.50$ sur le seuil?

La dépense théorique, calculée par la règle du n° **9**, est

$$0^m.50 \times 0^m.70 \sqrt{19.62 \times 2^m.25} = 2^{mc}.325.$$

La dépense effective est donc

$$0.625 \times 2^{mc}.325 = 1^{mc}.453.$$

19. ORIFICES VOISINS. Des expériences récentes de M. Castel, à Toulouse, ont montré que le voisinage de deux ou trois orifices ne change pas le multiplicateur de la dépense, comme on l'avait cru jusqu'alors.

En conséquence, on se servira, dans ce cas, du même multiplicateur que pour un seul orifice.

20. VANNES INCLINÉES. Lorsque les deux côtés de l'orifice et son fond sont dans le prolongement des faces du réservoir, et que le voisinage est en outre incliné, le coefficient de la dépense est, d'après les expériences de M. Poncelet, pour

un vannage incliné à { 1 de base sur 2 de hauteur... 0.74
1 de base sur 1 de hauteur... 0.80 }

Ce dispositif se rencontre habituellement dans les prises d'eau des roues à aubes courbes.

Il est d'ailleurs évident que dans ce cas la hauteur de l'orifice doit être mesurée verticalement, ou, plus exactement, perpendiculairement au fond du réservoir.

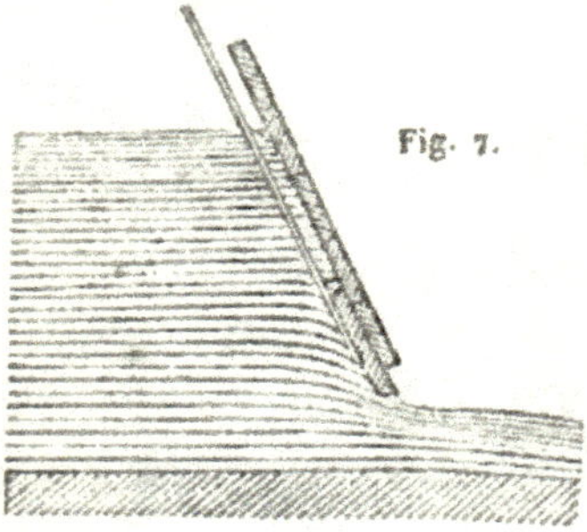

Fig. 7.

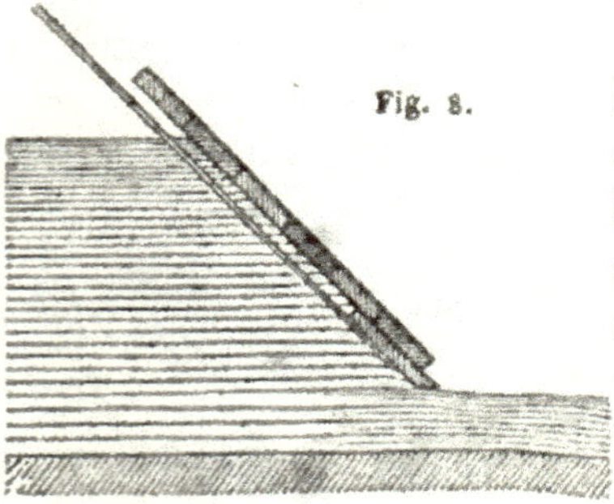

Fig. 8.

De là résulte la règle suivante :

Pour obtenir la dépense effective faite en 1″ par un orifice incliné à $\frac{1}{2}$ (fig. 7) ou à $\frac{1}{1}$ (fig. 8), pour lequel la contraction est supprimée sur le fond et sur les côtés verticaux,

Multipliez la dépense théorique : dans le premier cas par 0.70, *dans le second par* 0.80.

Premier exemple. Quelle est la dépense effective d'un orifice de 1^m de largeur, de $0^m.20$ de hauteur, incliné à 1 de base sur 2 de hauteur, sous une charge de $1^m.50$ sur le seuil, pour lequel la contraction est annulée sur le fond et sur les côtés verticaux?

La dépense théorique est

$$1^m \times 0^m.20 \times \sqrt{19.62 \times 1^m.40} = 1^{mc}.048.$$

La dépense effective est de

$$0.74 \times 1^{mc}.048 = 0^{mc}.775.$$

Deuxième exemple. Quelle serait la dépense effective de ce même orifice si le vannage était incliné à 1 sur 1 ou à 45°?

La dépense théorique est encore de $1^{mc}.048$.

La dépense effective est de

$$0.80 \times 1^{mc}.048 = 0^{mc}.838.$$

21. Orifices garnis d'ajutages qui dirigent l'eau dans les augets des roues hydrauliques. Lorsque les orifices sont accompagnés d'une espèce d'ajutage (fig. 9) destiné à diriger l'eau dans les augets, ainsi que cela se pratique souvent pour les roues à augets, qui reçoivent l'eau au-dessous du sommet, on obtient la dépense effective par la règle suivante :

Fig. 9.

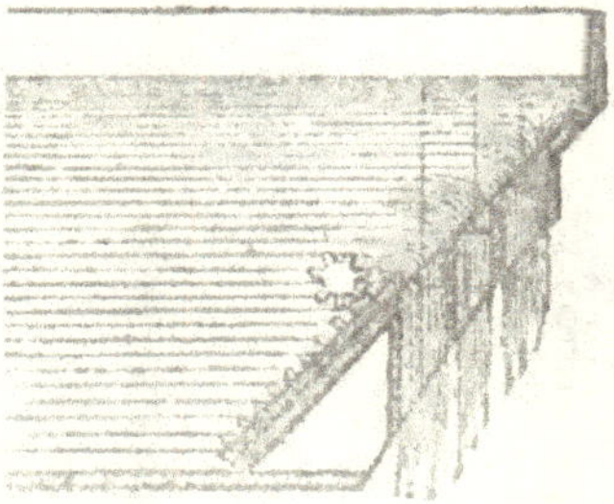

Calculez la dépense théorique pour chacun des orifices ou ajutages démasqués par la vanne, en prenant pour aire le produit de la largeur par la plus courte distance des diaphragmes qui forment l'ajutage, et pour charge d'eau la hauteur du niveau au-dessus du milieu de cette plus courte distance; ajoutez les dépenses théoriques relatives à ces divers orifices, et multipliez la somme par 0.75: *le résultat sera la dépense effective.*

Exemple. Quelle est la dépense d'eau faite en 1'' par un orifice incliné à 40°, de 2m.63 de largeur, composé de trois orifices partiels pour lesquels on a les données d'observations suivantes?

	Largeur. m	Hauteur. m	Charge sur le milieu. m	Dépense théorique. m
1er orifice	2.63	0.070	0.120	0.282
2e orifice	2.63	0.070	0.260	0.415
3e orifice	2.63	0.045	0.340	0.308

La dépense théorique totale .... = 1mc.005

La dépense effective est 0.75 × 1mc.005 = 0mc.754.

22. Orifices accompagnés d'un coursier. Les orifices d'écoulement sont le plus souvent accompagnés d'un coursier ou canal plus ou moins incliné. D'après les expériences de Bossut et celles plus récentes de MM. Poncelet et Lesbros, la présence de ce coursier n'exerce pas d'influence notable sur la dépense tant que la charge sur le centre n'est pas au-dessous de

0m.50 à 0m.60	pour les orifices de	0m.20 à 0.15	de hauteur.
0 .30 à 0 .40	id.	0 .10,	
0 .20	id.	0 .05	et au-dessous.

Il est rare que la charge sur le milieu de l'orifice soit au dessous des limites que nous venons d'indiquer; cependant, comme cela arrive quelquefois, le tableau suivant donnera la valeur des coefficients de la dépense pour les différents dispositifs indiqués dans les figures 10.

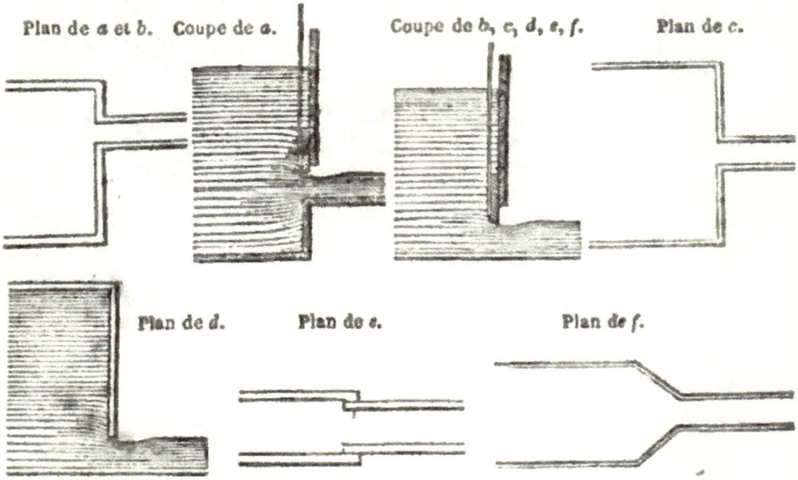

Hauteur de l'orifice.	Charge sur le sommet de l'orifice.	Charge sur le centre de l'orifice.	Coefficients de la dépense pour les dispositifs					
			a	b	c	d	e	f
m	m	m						
0.20	0.30	0.40	0.591	0.580	0.582	0.577	0.603	0.597
	0.14	0.24	0.559	0.552	0.550*	0.548	0.576	0.573
	0.02	0.12	0.483	0.482	0.484	0.485	0.484	0.483*
0.10	0.11	0.16	0.590	0.580*	0.583*	0.585*	0.606*	0.604*
	0.06	0.11	0.562	0.560*	0.561*	0.562*	0.566*	0.564*
	0.04	0.09	0.523	0.522*	0.522*	0.517*	0.510*	0.510*
	0.01	0.06	0.464	0.463*	0.462*	0.462*	0.460*	0.460*
0.05	0.175	0.20	0.631	0.615	0.618*	0.622	0.636	0.628
	0.085	0.11	0.614	0.597	0.598	0.601	0.610	0.609
	0.025	0.05	0.495	0.493	0.486	0.490	0.462	0.501
	0.015	0.04	0.452	0.443	0.442*	0.442	0.417*	»
0.03	0.185	0.20	0.632	0.631*	0.632*	0.635	0.650*	0.651*
	0.045	0.06	0.627	0.605	0.602*	0.607	0.572*	0.594*

Nota. Les nombres accompagnés d'un astérisque ont été calculés par interpolation.

A l'aide des valeurs ci-dessus des coefficients de la dépense, il sera facile, dans le cas des petites charges, de calculer la dépense effective des orifices dont la disposition est analogue à l'une de celles indiquées ci-dessus, et on observera la règle suivante :

*Multipliez la dépense théorique, calculée par la règle du n° **9**, ou par celle du n° **10**, selon les cas, par le coefficient de la dépense correspondant à la disposition de l'orifice, à la charge sur son centre et à son ouverture.*

Pour tous les cas intermédiaires entre ceux qui sont indiqués au tableau, on pourra déterminer avec une approximation suffisante le coefficient de la dépense en prenant la moyenne proportionnelle entre les valeurs correspondantes aux données du tableau les plus rapprochées de celles que l'on aura.

EXEMPLES. *Dispositif a.* Quelle est la dépense effective en 1" d'un orifice de $0^m.65$ de largeur, $0^m.20$ de hauteur, sous une charge de $0^m.24$ sur le centre, dans le cas du dispositif *a* ?

La dépense théorique (n° **9**) est

$$0^m.65 \times 0^m.20 \times \sqrt{19.62 \times 0^m.24} = 0^{mc}.282.$$

Le coefficient de la dépense est, d'après le tableau précédent, égal à 0.559.

La dépense effective est

$$0.559 \times 0^{mc}.282 = 0^{mc}.158.$$

Dispositif b. Quelle est la dépense effective en 1" d'un orifice de $0^m.80$ de largeur, $0^m.10$ de hauteur, sous une charge de $0^m.09$ sur le centre, dans le cas du dispositif *b* ?

La dépense théorique égale

$$0^m.80 \times 0^m.10 + \sqrt{19.62 \times 0^m.09} = 0^{mc}.106.$$

Le coefficient de la dépense est 0.522.

La dépense effective $= 0.522 \times 0^{mc}.106 = 0^{mc}.0554.$

Dispositif c. Quelle est la dépense effective en 1" d'un orifice de $0^m.70$ de largeur, $0^m.05$ de hauteur, sous une charge de 0.05 sur le centre, dans le cas du dispositif *c* ?

La dépense théorique est

$$0^m.70 \times 0^m.05 \times \sqrt{19.62 \times 0^m.05} = 0^{mc}.0348.$$

Le coefficient de la dépense est 0.486.

La dépense effective est

$$0.486 \times 0^{mc}.0348 = 0^{mc}.0169.$$

Dispositif d. Quelle est la dépense effective en 1″ d'un orifice de 0m.55 de largeur, 0m.15 de hauteur, sous une charge de 0m.12 sur le centre, dans le cas du dispositif *d*?

La dépense théorique égale

$$0^{m}.55 \times 0^{m}.15 \times \sqrt{19.62 \times 0^{m}.12} = 0^{mc}.1266.$$

Le coefficient de la dépense est

$$\frac{0.485 + 0.562}{2} = 0.523.$$

La dépense effective $= 0.523 \times 0^{mc}.1266 = 0^{mc}.0662.$

Dispositif e. Quelle est la dépense effective en 1″ d'un orifice de 1m.10 de largeur, sur 0m.10 de hauteur, et sous une charge de 0m.11 sur le centre, dans le cas du dispositif *e*?

La dépense théorique égale

$$1^{m}.10 \times 0^{m}.10 \times \sqrt{19.62 \times 0^{m}.11} = 0^{mc}.161.$$

Le coefficient de la dépense $= 0.566.$

La dépense effective $= 0.566 \times 0^{mc}.161 = 0^{mc}.0911.$

Dispositif f. Quelle est la dépense effective en 1″ d'un orifice de 0m.90 de largeur, 0m.20 de hauteur, sous une charge de 0m.12 sur le centre de l'orifice, dans le cas du dispositif *f*?

La dépense théorique égale

$$0^{m}.90 \times 0^{m}.20 \times \sqrt{19.62 \times 0^{m}.12} = 0^{mc}.276.$$

Le coefficient de la dépense $= 0.483.$

La dépense effective $= 0.483 \times 0^{mc}.276 = 0^{mc}.1335.$

23. ORIFICES ACCOMPAGNÉS DE BUSES PYRAMIDALES. On trouve encore quelquefois dans d'anciennes usines des orifices accompagnés de buses pyramidales en bois, appelées *cannelles*, qui versent l'eau sur des roues hydrauliques de différents genres.

Lorsque ces buses pyramidales sont garnies intérieurement de cadres en bois ou en fer, on calculera la dépense en 1″ par la formule.

$$Q = 0.864\, LE \sqrt{19.62 H}^{*}$$

dans laquelle

L représente la largeur horizontale.

---

* Expériences sur les roues hydrauliques à axe vertical, par MM. G. Piobert et Tardy. 1840.

E, la hauteur du cadre placé à l'extrémité de la buse, et

H, la hauteur du niveau du réservoir au-dessus du milieu de ce cadre.

EXEMPLE. Quel est le volume d'eau qui s'écoule en 1″ par la cannelle de la meule n° 1 du moulin du canal, à Toulouse, dans les circonstances suivantes

$$L = 0^m.193, \quad E = 0^m.208, \quad H = 3^m.653?$$

La formule donne

$$Q = 0.864 \times 0^m.193 \times 0^m.208 \times \sqrt{19.62 \times 3^m.653} = 0^{mc}.2938.$$

L'expérience directe a donné $0^{mc}.2937$.

Lorsqu'il n'y a pas de cadres en bois ou en fer dont la saillie forme des étranglements dans la buse, le coefficient ou multiplicateur de la dépense est $m = 0.964$, et la formule devient

$$Q = 0.964 LE \sqrt{19.62 H}.$$

EXEMPLE. Quel est le volume d'eau qui s'écoule en 1″ par la cannelle de la meule n° 2 du moulin du canal de Toulouse, dans les circonstances suivantes :

$$L = 0^m.180, \quad E = 0^m.203, \quad H = 3^m.378?$$

La formule donne

$$Q = 0.964 \times 0^m.180 \times 0^m.203 \sqrt{19.62 \times 3^m.378} = 0^{mc}.2867.$$

L'expérience directe a donné le même volume.

Les formules précédentes reviennent à la règle suivante :

Pour calculer le volume d'eau qui s'écoule en 1″ par une cannelle pyramidale analogue à celles des moulins du canal à Toulouse,

Multipliez la largeur de l'orifice par sa hauteur et par la vitesse due à la charge sur le milieu de l'extrémité de la cannelle; réduisez le produit à 0.864 *s'il y a des cadres dans l'intérieur, à* 0,964 *s'il n'y en a pas :*

Le résultat sera le volume cherché.

24. ORIFICES ACCOMPAGNÉS D'UN COURSIER A PAROIS VERTICALES QUI SE RAPPROCHENT DE MANIÈRE A EN RÉDUIRE LA LARGEUR AU QUART OU AU CINQUIÈME DE CELLE DE L'ORIFICE. Il existe à Toulouse, à Metz et ailleurs, des roues dites *à rodets*, sur lesquelles l'eau est amenée depuis son orifice par un coursier peu incliné à l'horizon, dont une des parois verticales est perpendiculaire au plan de l'orifice. L'autre paroi s'incline sur la première, de manière que le coursier, dont la longueur est d'environ cinq fois la largeur de l'orifice, n'a plus à leur extrémité qu'une largeur horizontale égale au quart ou au cinquième de celle de l'orifice.

Dans des cas pareils, il se forme en aval de l'orifice, dans le coursier, des remous dont la hauteur est d'autant plus grande que la levée de la vanne est plus considérable.

On calculera la dépense avec une exactitude suffisante pour les applications ordinaires, par la formule suivante :

$$Q = mLE\sqrt{19.62H},$$

dans laquelle L et E représentent la largeur et la hauteur de l'orifice démasqué par la vanne, H la charge d'eau sur le milieu de l'orifice, et où l'on prendra pour le coefficient ou multiplicateur m de la dépense théorique les valeurs suivantes, correspondantes au rapport de la levée de la vanne à la largeur de l'orifice :

Valeur du rapport $\frac{E}{L}$	0.10	0.15	0.20	0.25	0.30	0.35	0.40	0.45
Valeur de m.........	0.740	0.700	0.660	0.630	0.590	0.550	0.520	0.480

Exemple. Quel est le volume d'eau qui s'écoule en 1″ par la vanne du moulin de l'Hôpital à Toulouse, dans les circonstances suivantes :

$$L = 0^m.67, \quad E = 0^m.1675, \quad H = 2^m.09 ?$$

On a $\frac{E}{L} = 0.25,$

et par suite $m = 0.63;$

et la formule donne

$$Q = 0.63 \times 0^m.67 \times 0^m.1675\sqrt{19.62 \times 2^m.09} = 0^{mc}.453.$$

L'expérience directe, dans des circonstances semblables, a donné $0^{mc}.438$.

25. Orifices accompagnés d'ajutages cylindriques. Lorsqu'un orifice circulaire est accompagné d'un ajutage cylindrique de même diamètre, la dépense est influencée d'une manière notable par la présence de ce tuyau. Des expériences dues à M. Eytelwein montrent que cette dépense varie avec la longueur de l'ajutage. Après avoir calculé la dépense théorique par la

règle du n° 9, on la multipliera par les nombres suivants pour la dépense effective.

Rapport de la longueur de l'ajutage à son diamètre.	Coefficient de la dépense théorique.
1 et au-dessous	0.62
2 à 3	0.82
12	0.77
24	0.73
36	0.68
48	0.63
60	0.60

Lorsque le tuyau ou ajutage aura une longueur plus grande, on calculera la dépense pour les règles qui seront indiquées plus loin, au n° 61, par les tuyaux de conduite.

Premier exemple. Quel est le volume d'eau qui s'écoule par un orifice de $0^m.05$ de diamètre, accompagné d'un ajutage dont la longueur est de $0^m.15$, sous une charge de $1^m.25$ sur le centre de cet orifice?

La dépense théorique est

$$\frac{\overline{0.05}^2}{1.273}\times\sqrt{19.62\times 1^m.25}=0^{mc}.00972.$$

La dépense effective sera donc

$$Q=0.82\times 0^{mc}.00672=0^{mc}.00797.$$

Deuxième exemple. Quelle serait la dépense, dans les mêmes circonstances, si l'ajutage avait une longueur égale à 36 fois le diamètre de l'orifice? Dans ce cas, le multiplicateur de la dépense serait 0.68, et la dépense effective égale à

$$Q=0\ 68\times 0^{mc}.00972=0^{mc}.00661.$$

On voit par ces exemple quelle est l'influence de la longueur des ajutages.

26. Orifices accompagnés d'ajutages coniques convergents. Lorsque les ajutages coniques seront convergents, on calculera la dépense théorique en prenant pour l'aire A de l'orifice celle de l'extrémité de l'ajutage, et pour la charge H celle qui a lieu sur cette même extrémité. La dépense effective qui varie avec l'angle

de convergence des arêtes de l'ajutage, s'obtiendra ensuite en multipliant la dépense théorique par les nombres indiqués au tableau suivant, selon la valeur respective de cet angle.

Angle de convergence.	Coefficients de la dépense.	Coefficients de la vitesse.
0° 0′	0.829	0.830
1 36	0.866	0.866
3 10	0.895	0.894
4 10	0.912	0.910
5 26	0.924	0.920
7 52	0.929	0.931
8 58	0.934	0.942
10 20	0.938	0.950
12 4	0.942	0.955
13 24	0.946	0.962
14 28	0.941	0.966
16 36	0.938	0.971
19 28	0.924	0.970
21 0	0.918	0.971
23 0	0.913	0.974
29 58	0.896	0.975
40 20	0.869	0.980
48 50	0.847	0.984

Cette table, due à feu M. Castel, est relative à des ajutages dont la longueur était égale à 2.6 fois le diamètre à l'extrémité.

EXEMPLE. Quelle est la dépense faite par un ajutage de $0^m.012$ de diamètre, de $0^m.030$ de longueur, sous une charge de 5^m, l'angle de convergence étant de 12°?

La dépense théorique est

$$\frac{(0^m.012)^2}{1.273} \times \sqrt{19.62 \times 5^m} = 0^{mc}.00112.$$

Le multiplicateur correspondant à 12° étant 0.942, la dépense effective est

$$Q = 0.942 \times 0^{mc}.00112 = 0^{mc}.001055.$$

27. VITESSE DE SORTIE DE L'EAU A L'EXTRÉMITÉ DES AJUTAGES. On obtiendra la vitesse de sortie de l'eau à l'extrémité d'un ajutage en multipliant la vitesse théorique $\sqrt{19.62H}$ (n° 2) par le multiplicateur donné au tableau précédent et correspondant à l'angle de convergence du cône.

Exemple. Quelle est la vitesse de sortie de l'eau par l'ajutage conique de l'exemple précédent ?

La charge sur le centre de l'ajutage étant de $5^m.00$, la vitesse théorique de sortie est $\sqrt{19.62 \times 5^m} = 9^m.90$.

Le multiplicateur de la vitesse pour l'angle de 12° étant 0.955, la vitesse effective sera

$$V = 0.955 \times 9^m.90 = 9^m.455.$$

Quand on veut accroître la dépense que peut faire un orifice, on lui donne à l'embouchure dans le réservoir un diamètre AB (fig. 11) égal à 1.2 fois le diamètre CD supposé à une distance égale à CD, et l'on raccorde les bords par des arrondissements.

Fig. 11.

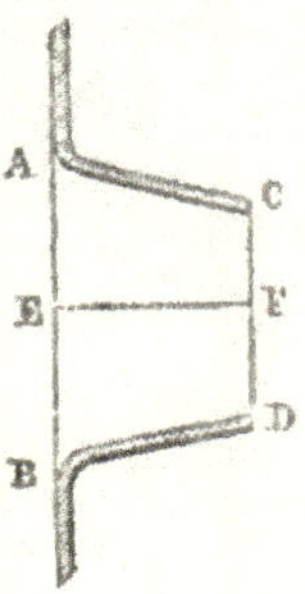

On augmente encore la dépense en prolongeant l'embouchure par une partie cylindrique, ou en terminant celui-ci par un ajutage évasé dont les proportions les plus favorables sont une longueur égale à neuf fois le diamètre de la petite base, et un angle au sommet de 5° environ.

D'après les expériences de M. Eytelwein, on calculera la dépense effective faite par de semblables ajutages de la manière suivante.

On commencera par calculer la dépense effective qui serait faite par la partie cylindrique à l'aide de la règle et du tableau du n° 25. Puis on multipliera cette dépense par les multiplicateurs indiqués au tableau suivant, et relatifs à différents rapports entre la longueur et le plus petit diamètre du tuyau.

Rapport de la longueur du tuyau à son plus petit diamètre.	Coefficients de la dépense du tuyau cylindrique lorsqu'on y ajoute l'embouchure évasée	
	sans ajutage à l'entrée.	avec ajutage à l'entrée.
1 et au-dessous	1.56	»
2 à 3	1.15	1.35
12	1.13	1.27
24	1.10	1.24
36	1.09	1.23
48	1.09	1.21
60	1.08	1.17

Exemple. Quelle serait la dépense de l'ajutage du premier exemple du n° 25 si l'on y ajoutait d'abord une embouchure évasée de la forme indiquée ci-dessus, puis un ajutage arrondi à l'origine?

L'ajutage de la partie cylindrique ayant une longueur égale à 3 fois le plus petit diamètre $0^{m}.05$, la dépense pour cet ajutage supposé cylindrique a été trouvée, au n° 25, égale à $0^{mc}.00797$.

Si l'on y ajoute une embouchure évasée, la dépense deviendra

$$Q = 1.15 \times 0^{mc}.00797 = 0^{mc}.00917.$$

Si de plus on évase et arrondit l'origine de l'ajutage comme il a été dit ci-dessus, la dépense sera

$$Q = 1.35 \times 0^{mc}.00797 = 0^{mc}.01076.$$

Remarque. On voit que pour les tuyaux longs l'influence de l'embouchure évasée est peu sensible, mais que celle de l'ajutage évasé et dont la forme se rapproche de celle de la veine fluide est encore assez grande. Il conviendra donc toujours de disposer ainsi l'origine et les embranchements de tous les tuyaux de conduite des eaux.

DÉPENSE D'EAU FAITE PAR LES ORIFICES EN DÉVERSOIR.

28. Le volume d'eau qui s'écoule en 1" par un orifice en déversoir se calcule à l'aide de la formule suivante :

$$Q = mLH\sqrt{2gH},$$

Fig. 12.

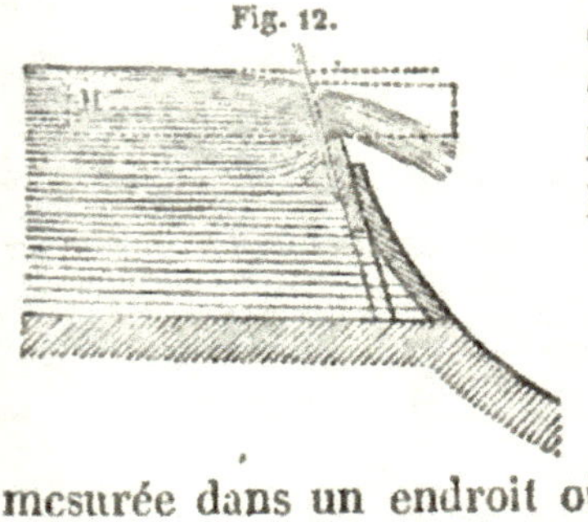

dans laquelle

Q est le volume en mètres cubes,

L la largeur du déversoir,

H la hauteur du niveau général du réservoir au-dessus du seuil du déversoir, ou de la vanne abaissée, sur laquelle passe le liquide (fig. 12). Cette hauteur doit être mesurée dans un endroit où la dénivellation qui se produit près du réservoir ne soit pas sensible.

$2g = 19^{m}.62$,

m un coefficient numérique qui, d'après les expériences de MM. Poncelet et Lesbros, prend les valeurs suivantes :

Valeurs										
de H...........	0.01 m	0.02 m	0.03 m	0.04 m	0.06 m	0.08 m	0.10 m	0.15 m	0.20 m	0.22 m
du coefficient m..	0.424	0.417	0.412	0.407	0.401	0.397	0.395	0.393	0.390	0.385

Dans les cas et dans les limites ordinaires de la pratique, on pourra prendre moyennement m — 0.405, de sorte que la formule pratique pour calculer la dépense des déversoirs est

$$Q = 0.405\,LH\sqrt{2gH}.$$

Cette formule revient à la règle suivante :

Pour calculer le volume d'eau qui s'écoule en une seconde par un orifice en déversoir,

Multipliez la largeur de l'orifice par la hauteur du niveau général du réservoir au-dessus du seuil ou côté inférieur de l'orifice, multipliez le produit par la vitesse due à cette hauteur, et prenez les 0.405 *de ce second produit : le résultat sera le volume cherché.*

Premier exemple : Quel est le volume d'eau qui s'écoule en une seconde par un déversoir de 10^m de large, dont le seuil est à $0^m.20$ au-dessous du niveau général du réservoir ?

La formule précédente donne

$$Q = 0.390 \times 10^m \times 0^m.20\sqrt{19.62 \times 0^m.20} = 1^{mc}.544.$$

La règle pratique en prenant $m = 0.405$ aurait donné $Q = 1^{mc}.604$.

Deuxième exemple : Quel est le volume d'eau qui s'écoule en une seconde par-dessus une vanne de 3^m de largeur, qui forme déversoir en s'abaissant de $0^m.15$ au-dessous du niveau du réservoir ?

La formule donne

$$Q = 0.393 \times 3^m \times 0^m.15\sqrt{19.62 \times 0^m.15} = 0^{mc}.303.$$

29. Déversoirs inclinés formés par les vannes des roues a aubes planes, ayant la même largeur que le canal d'arrivée, et arrondies a leur partie supérieure. Ce cas, qui se présente souvent dans la pratique, n'a pas encore été suffisamment étudié, malgré son importance. Quelques expériences faites au Bouchet, en 1844, sur une vanne de $2^m.017$ de largeur et $0^m.08$ d'épaisseur, ont donné pour le multiplicateur m les valeurs suivantes :

Charge sur le seuil du dévers.	m 0.04	m 0.05	m 0.06	m 0.07	m 0.08	m 0.09	m 0.10	m 0.12	m 0.14	m 0.16	m 0.18	m 0.20
Valeurs du multiplicateur *m*..	0.264	0.313	0.355	0.390	0.418	0.437	0.448	0.460	0.467	0.472	0.477	0.482

Pour les petites charges, l'eau mouillait et suivait le contour de la vanne ; pour les charges plus fortes, la veine fluide se détachait complétement, et cette circonstance exerça une influence notable sur la dépense.

30. Observation sur la mesure de la charge d'eau sur le seuil du déversoir. Dans les applications de la formule et de la règle précédentes, on devra, comme on l'a dit au n° **28**, mesurer la hauteur du niveau du réservoir au-dessus du côté inférieur de l'orifice en un endroit où la dénivellation qui se produit près de l'orifice cesse de se faire sentir, ce qui exige que le réservoir soit découvert à une distance de 1^m au moins de l'orifice, et qu'on puisse donner un coup de niveau.

Lorsque le déversoir est moins large que le réservoir, le niveau de l'eau dans les angles du barrage est à la même hauteur qu'à une distance assez grande en amont. Il suffira donc de mesurer la hauteur du niveau en ces points au-dessus du déversoir, pour en déduire H ou la charge.

31. Cas ou le déversoir a la même largeur que le canal d'arrivée de l'eau. Lorsque le déversoir à la même largeur que le canal d'arrivée, et que celui-ci n'a qu'une profondeur qui n'excède pas quatre fois la charge sur le déversoir, la dépense augmente, et le coefficient par lequel il faut multiplier le produit $LH\sqrt{2gH}$ a pour valeur moyenne 0.43 environ*.

32. Déversoirs incomplets. Lorsque le déversoir verse dans un bassin ou canal inférieur dont le niveau est au-dessus du seuil, l'on dit que le déversoir est noyé ou incomplet. Alors on le considère comme composé de deux orifices distincts : l'un supérieur AC déterminé par le prolongement du niveau d'aval, et formant déversoir ordinaire

Fig. 13.

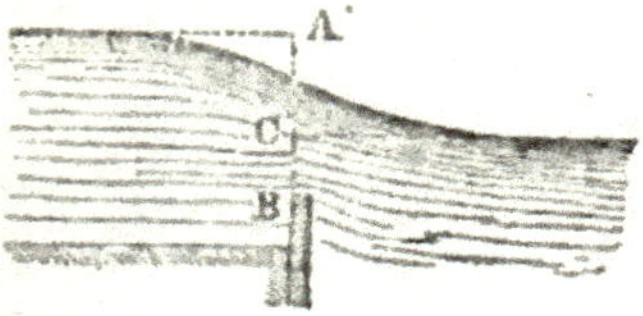

---

* Expériences sur l'écoulement de l'eau par les déversoirs, faites au Château d'eau de Toulouse, par M. Castel. Note de M. d'Aubuisson, *Annales des mines*, 3e série, tome IX, 2e livraison de 1836

versant à l'air libre; l'autre BC, formant orifice avec charge sur le sommet et noyé.

Soit, par exemple, $L = 2^{m}.00$ la largeur du canal et du déversoir.

$$AB = 0^{m}.60, \quad AC = 0^{m}.32, \quad BC = 0^{m}.28.$$

Le premier orifice, formant déversoir à l'air libre, donnera (n° 31).

$$Q = 0.443 \times 2^{m} \times 0^{m}.32 \sqrt{19.62 \times 0^{m}.32} = 0^{mc}.710.$$

Le second a sur son centre une charge de

$$0^{m},60 - 0^{m}.14 \times 0^{m}.46,$$

et donne, si la contraction est annulée sur les côtés latéraux et supérieurs,

$$n = 2^{m} + 2 \times 0^{m}.28 = 2^{m}.56, \quad p = 4^{m}.56,$$

$$\frac{n}{p} = \frac{2.56}{4.56} = 0.561, \quad m' = 0.600\,[1 + 0.152 \times 0.561] = 0.651;$$

puis

$$Q' = 0.651 \times 2^{m}.0 \times 0^{m}.28 \sqrt{19.62 \times 0^{m}.46} = 1^{mc}.095,$$

ce qui donne en tout

$$Q + Q' = 0^{mc}.710 + 1^{mc}.095 = 1^{mc}.805.$$

Cette règle ne doit être regardée que comme un moyen approximatif de jaugeage, et des expériences sur ce cas particulier seraient nécessaires.

33. Cas où l'on ne peut mesurer que l'épaisseur de la lame d'eau qui passe sur le déversoir. Lorsque le réservoir est couvert ou que l'on ne peut déterminer la différence de niveau qui existe entre le réservoir et le seuil du déversoir, on est forcé de se contenter de mesurer l'épaisseur de la lame d'eau qui passe au-dessus du côté inférieur.

Dans ce cas, il faudra mesurer cette épaisseur directement audessus de l'arête intérieure du seuil ou de la vanne (fig. 12), et, en la désignant par h, on en déduira approximativement la hauteur H du niveau au-dessus du seuil de l'orifice, au moyen de la relation

$H = 1.178\,h$ quand la largeur du déversoir sera les 4/5 de celle du réservoir,
$H = 1.25\,h$ — égale à celle du réservoir.

Ce qui revient à la règle suivante:

Pour réduire la hauteur du niveau général du réservoir au-dessus du seuil d'un déversoir, de l'épaisseur de la lame d'eau qui passe au-dessus de l'arête intérieure de ce seuil,

Multipliez cette épaisseur par

1.178 *quand la largeur du déversoir est égale aux 4/5 de celle du réservoir,*
1.25 — *à celle du réservoir.*

EXEMPLE. Quel est le volume d'eau qui s'écoule par un déversoir de 5^m de large sur l'arête intérieure duquel passe une lame d'eau de $0^m.12$?

Si la largeur du réservoir est aussi de 5^m et sa profondeur de $0^m.60$, la hauteur du niveau général du réservoir sera

$$H = 1.25 \times 0^m.12 = 0^m.15,$$

et la dépense en une seconde sera

$$Q = 0.42 \times 5^m \times 0^m.15 \sqrt{19.62 \times 0^m.15} = 0^{mc}.539.$$

34. ORIFICES EN DÉVERSOIR ACCOMPAGNÉS D'UN COURSIER. Lorsqu'un déversoir est accompagné d'un coursier peu incliné, la dépense d'eau est altérée, et, d'après les expériences de MM. Poncelet et Lesbros, il faut alors multiplier le produit

$$LH\sqrt{2gH}$$

par les nombres suivants, relatifs aux dispositifs *a*, *b*, *d*, *e*, *f*, représentés fig. 10 du n° 22.

Charges sur le seuil.	Coefficients de $LH\sqrt{2gH}$.				
	a	*b*	*d*	*e*	*f*
m 0.21	0.319	0.324	0.322	0.324	0.336
0.15	0.314	0.313	0.314	»	»
0.10	0.305	0.303	0.303	0.308	0.315
0.06	0.283	0.281	0.280	0.271	0.287
0.04	0.272	0.259	0.257	0.246	0.260
0.83	0.226	0.226	»	»	»

Ce qui revient à la règle suivante:

Pour calculer le volume d'eau qui s'écoule par un déversoir accompagné d'un coursier, et disposé par rapport aux parois et au fond du réservoir d'une manière analogue à l'un des dispositifs a, b, d, e, f (fig. 10),

Multipliez la largeur du déversoir par la hauteur du niveau général du réservoir au-dessus du seuil ou côté inférieur de l'orifice, et par la vitesse due à cette hauteur; puis multipliez le produit par celui des coefficients contenus dans le tableau précédent, qui convient au dispositif du déversoir donné et à la charge sur son seuil.

PREMIER EXEMPLE: *Dispositif* a. Quel est le volume d'eau qui s'écoule par un déversoir de $4^m.30$ de largeur, accompagné d'un coursier incliné à $\frac{1}{10}$ et dont le seuil est à $0^m.25$ au-dessous du niveau général du réservoir?

Le coefficient correspondant au cas actuel est 0.319, et la dépense est

$$Q = 0.319 \times 4^m.30 \times 0^m.25 \sqrt{19.62 \times 0^m.25} = 0^{mc}.759.$$

DEUXIÈME EXEMPLE: *Dispositif* d. Quel est le volume d'eau qui s'écoule en 1″ par un déversoir de $3^m.20$ de largeur accompagné d'un coursier incliné à $\frac{1}{20}$ et dont le seuil est à $0^m.10$ au-dessous du niveau général du réservoir?

Le coefficient correspondant au cas actuel est 0.303.

La dépense est

$$Q = 0.303 \times 3^m.20 \times 0^m.10 \sqrt{19.62 \times 0^m.10} = 0^{mc}.136.$$

TROISIÈME EXEMPLE: *Dispositif* f. Quel est le volume d'eau qui s'écoule en 1″ par un déversoir de 5^m de largeur, accompagné d'un coursier horizontal, et dont le seuil est à $0^m.20$ au-dessous du niveau général du réservoir?

Le coefficient de la dépense est dans le cas actuel 0.336, et le volume écoulé en 1″ est

$$Q = 0.336 \times 5^m \times 0^m.20 \sqrt{19.62 \times 0^m.20} = 0^{mc}.669.$$

JAUGEAGE DES COURS D'EAU.

35. Les règles et formules précédentes sont le meilleur moyen de jauger les cours d'eau, lorsqu'il est possible de les appliquer, parce qu'elles sont fondées sur des résultats d'expériences précises; mais on peut avoir à déterminer le volume d'eau fourni par une rivière ou par un canal sur lequel il n'existe pas de barrage, ni d'orifice régulier.

36. Jaugeage des anciens fontainiers; pouce d'eau. Les anciens fontainiers, lorsqu'ils voulaient jauger le produit d'une source de peu d'importance, en barraient le lit à l'aide de planches dans lesquelles ils perçaient une rangée horizontale de trous d'un pouce de diamètre, bouchés par des tampons. Cela fait, ils débouchaient autant de trous qu'il en fallait pour que le niveau s'établît à la hauteur constante d'une ligne au-dessus du sommet des orifices. A cet état, il sortait par ces orifices réunis autant d'eau que la source en fournissait, et l'on estimait son produit par le nombre d'orifices d'un pouce que l'on avait ouverts. De là vient la dénomination de *pouce d'eau* ou *pouce de fontainier*, que l'on prenait pour unité de comparaison.

Le produit correspondant à un pouce de fontainier est

en 24 heures de $19^{mc}.1953$,
en 1 heure de 0 .7998,
en 1 minute de 0 .01333,
en 1 seconde de 0 0002222.

On nomme *ligne d'eau* la 144e partie du pouce d'eau, et *point d'eau* la 144e partie de la ligne d'eau.

Ce mode de jaugeage est délicat et sujet à divers genres d'erreurs. Pour tous les petits cours d'eau où l'on pourrait l'appliquer, il sera plus simple et plus exact de laisser passer les eaux par-dessus le barrage, et d'estimer le volume d'eau écoulé à l'aide de la formule ou de la règle donnée aux nos **26** et suivants pour les déversoirs.

37. Jaugeage des canaux découverts a régime uniforme. Lorsqu'un canal a, sur une certaine longueur, une pente et un profil constants, il y a deux moyens de jauger son produit.

Le premier consiste à faire le nivellement exact de la surface des eaux sur la plus grande longueur possible, et à mesurer l'aire, le contour mouillé du profil et la longueur développée de la partie régulière nivelée.

Puis, appelant

L la longueur totale développée de la partie régulière du canal,
H la pente de la surface des eaux correspondante à la longueur L,
A l'aire du profil,
S le périmètre ou le contour mouillé du profil,
U la vitesse moyenne de l'eau dans le profil,

on aura, d'après les résultats des expériences de plusieurs ingénieurs, discutés par M. de Prony,

$$U = 56.86\sqrt{\frac{AH}{SL}} - 0^m.072,$$

et le produit du cours d'eau sera donné par la formule Q—AU.

Ces formules reviennent aux règles suivantes:

Pour obtenir la vitesse avec laquelle l'eau coule dans un canal à section régulière dont on connaît la pente à la surface, le contour mouillé et la longueur développée,

Divisez l'aire du profil par le contour mouillé;

Divisez la pente totale déduite du nivellement de la surface des eaux par la longueur développée de la ligne milieu du canal;

Multipliez ces deux quotients l'un par l'autre, extrayez la racine carrée du produit et multipliez-la par 56.86 ;

De ce dernier produit retranchez $0^m.072$: *le reste sera la vitesse moyenne cherchée.*

Exemple. Quelle est la vitesse moyenne de l'eau dans un canal en maçonnerie (fig. 14) à section rectangulaire de 3^m de largeur, $1^m.10$ de profondeur, de 150^m de longueur, dont la surface aurait une pente totale de $0^m.075$?

Fig. 14.

L'aire du profil $= 3^m \times 1^m.10 = 3^{mq}.30$.

Le contour mouillé $= 3^m + 2 \times 1^m.10 = 5^m.20$.

Leur quotient $= \frac{3.20}{5.20} = 0.634$.

Celui de la pente par la longueur $= \frac{0.075}{150} = \frac{1}{2000}$.

$$\sqrt{\frac{A}{S} \times \frac{H}{L}} = \sqrt{0.634 \times \frac{1}{2000}} = 0.0178.$$

La vitesse moyenne cherchée est

$$U = 56.86 \times 0.0178 - 0^m,072 = 0^m.940.$$

38. Table de M. de Prony. M. de Prony a calculé une table qui facilite beaucoup les calculs, et dans laquelle, en posant $R = \frac{A}{S}$, $\frac{H}{L} = I$, il a donné les valeurs du produit $RI = \frac{A}{S}\frac{H}{L}$, correspondantes à des vitesses croissant de centimètre en centimètre, depuis $0^m.01$ jusqu'à $2^m.50$.

TABLE

RELATIVE AU MOUVEMENT DE L'EAU DANS LES CANAUX ET RIVIÈRES.

Vitesse moyenne U.	Valeur de RI.	Vitesse moyenne U.	Valeur de RI.	Vitesse moyenne U.	Valeur de RI.
m		m		m	
0.01	0.0000005	0.35	0.0000534	0.69	0.0001779
0.02	0.0000010	0.36	0.0000561	0.70	0.0001827
0.03	0.0000016	0.37	0.0000588	0.71	0.0001875
0.04	0.0000023	0.38	0.0000616	0.72	0.0001924
0.05	0.0000030	0.39	0.0000644	0.73	0.0001973
0.06	0.0000038	0.40	0.0000673	0.74	0.0002023
0.07	0.0000046	0.41	0.0000702	0.75	0.0002073
0.08	0.0000055	0.42	0.0000732	0.76	0.0002124
0.09	0.0000065	0.43	0.0000763	0.77	0.0002176
0.10	0.0000075	0.44	0.0000794	0.78	0.0002229
0.11	0.0000086	0.45	0.0000826	0.79	0.0002282
0.12	0.0000098	0.46	0.0000859	0.80	0.0002335
0.13	0.0000110	0.47	0.0000892	0.81	0.0002389
0.14	0.0000123	0.48	0.0000926	0.82	0.0002444
0.15	0.0000136	0.49	0.0000960	0.83	0.0002500
0.16	0.0000150	0.50	0.0000996	0.84	0.0002556
0.17	0.0000165	0.51	0.0001031	0.85	0.0002613
0.18	0.0000180	0.52	0.0001068	0.86	0.0002670
0.19	0.0000196	0.53	0.0001104	0.87	0.0002728
0.20	0.0000213	0.54	0.0001142	0.88	0.0002786
0.21	0.0000230	0.55	0.0001180	0.89	0.0002846
0.22	0.0000247	0.56	0.0001219	0.90	0.0002906
0.23	0.0000266	0.57	0.0001258	0.91	0.0002966
0.24	0.0000285	0.58	0.0001298	0.92	0.0003027
0.25	0.0000304	0.59	0.0001339	0.93	0.0003089
0.26	0.0000325	0.60	0.0001380	0.94	0.0003151
0.27	0.0000346	0.61	0.0001422	0.95	0.0003214
0.28	0.0000367	0.62	0.0001465	0.96	0.0003277
0.29	0.0000389	0.63	0.0001508	0.97	0.0003342
0.30	0.0000412	0.64	0.0001551	0.98	0.0003406
0.31	0.0000435	0.65	0.0001596	0.99	0.0003472
0.32	0.0000459	0.66	0.0001641	1.00	0.0003538
0.33	0.0000484	0.67	0.0001686	1.01	0.0003604
0.34	0.0000509	0.68	0.0001733	1.02	0.0003672

SUITE DE LA TABLE

RELATIVE AU MOUVEMENT DE L'EAU DANS LES CANAUX ET RIVIÈRES.

Vitesse moyenne U.	Valeur de RI.	Vitesse moyenne U.	Valeur de RI.	Vitesse moyenne U.	Valeur de RI.
m		m		m	
1.03	0.0003739	1.37	0.0006414	1.71	0.0009805
1.04	0.0003808	1.38	0.0006504	1.72	0.0009915
1.05	0.0003877	1.39	0.0006594	1.73	0.0010026
1.06	0.0003947	1.40	0.0006685	1.74	0.0010138
1.07	0.0004017	1.41	0.0006776	1.75	0.0010251
1.08	0.0004088	1.42	0.0006868	1.76	0.0010364
1.09	0.0004159	1.43	0.0006961	1.77	0.0010477
1.10	0.0004232	1.44	0.0007054	1.78	0.0010592
1.11	0.0004304	1.45	0.0007148	1.79	0.0010706
1.12	0.0004378	1.46	0.0007242	1.80	0.0010822
1.13	0.0004452	1.47	0.0007337	1.81	0.0010938
1.14	0.0004527	1.48	0.0007433	1.82	0.0011055
1.15	0.0004602	1.49	0.0007529	1.83	0.0011172
1.16	0.0004678	1.50	0.0007626	1.84	0.0011290
1.17	0.0004754	1.51	0.0007724	1.85	0.0011409
1.18	0.0004831	1.52	0.0007822	1.86	0.0011528
1.19	0.0004909	1.53	0.0007921	1.87	0.0011648
1.20	0.0004988	1.54	0.0008020	1.88	0.0011768
1.21	0.0005067	1.55	0.0008120	1.89	0.0011889
1.22	0.0005146	1.56	0.0008221	1.90	0.0012011
1.23	0.0005226	1.57	0.0008322	1.91	0.0012133
1.24	0.0005307	1.58	0.0008424	1.92	0.0012256
1.25	0.0005389	1.59	0.0008527	1.93	0.0012380
1.26	0.0005471	1.60	0.0008630	1.94	0.0012504
1.27	0.0005555	1.61	0.0008735	1.95	0.0012628
1.28	0.0005637	1.62	0.0008838	1.96	0.0012754
1.29	0.0005721	1.63	0.0008945	1.97	0.0012880
1.30	0.0005805	1.64	0.0009048	1.98	0.0013006
1.31	0.0005890	1.65	0.0009155	1.99	0.0013134
1.32	0.0005976	1.66	0.0009261	2.00	0.0013262
1.33	0.0006063	1.67	0.0009369	2.01	0.0013390
1.34	0.0006150	1.68	0.0009477	2.02	0.0013519
1.35	0.0006237	1.69	0.0009586	2.03	0.0013649
1.36	0.0006326	1.70	0.0009595	2.04	0.0013779

SUITE DE LA TABLE

RELATIVE AU MOUVEMENT DE L'EAU DANS LES CANAUX ET RIVIÈRES.

Vitesse moyenne U.	Valeur de RI.	Vitesse moyenne U.	Valeur de RI.	Vitesse moyenne U.	Valeur de RI.
m		m		m	
2.05	0.0013910	2.37	0.0018427	2.69	0.0023578
2.06	0.0014042	2.38	0.0018579	2.70	0.0023749
2.07	0.0014174	2.39	0.0018731	2.71	0.0023921
2.08	0.0014307	2.40	0.0018883	2.72	0.0024093
2.09	0.0014440	2.41	0.0019037	2.73	0.0024266
2.10	0.0014574	2.42	0.0019190	2.74	0.0024440
2.11	0.0014709	2.43	0.0019345	2.75	0.0024614
2.12	0.0014844	2.44	0.0019500	2.76	0.0024789
2.13	0.0014980	2.45	0.0019656	2.77	0.0024965
2.14	0.0015117	2.46	0.0019812	2.78	0.0025141
2.15	0.0015254	2.47	0.0019869	2.79	0.0025318
2.16	0.0015392	2.48	0.0020126	2.80	0.0025495
2.17	0.0015530	2.49	0.0020285	2.81	0.0025673
2.18	0.0015669	2.50	0.0020445	2.82	0.0025851
2.19	0.0015809	2.51	0.0020605	2.83	0.0026031
2.20	0.0015949	2.52	0.0020765	2.84	0.0026210
2.21	0.0016090	2.53	0.0020924	2.85	0.0026391
2.22	0.0016231	2.54	0.0021085	2.86	0.0026572
2.23	0.0016373	2.55	0.0021247	2.87	0.0026754
2.24	0.0016516	2.56	0.0021409	2.88	0.0026936
2.25	0.0016659	2.57	0.0021572	2.89	0.0027119
2.26	0.0016803	2.58	0.0021736	2.90	0.0027302
2.27	0.0016948	2.59	0.0021900	2.91	0.0027487
2.28	0.0017093	2.60	0.0022065	2.92	0.0027671
2.29	0.0017239	2.61	0.0022231	2.93	0.0027857
2.30	0.0017385	2.62	0.0022397	2.94	0.0028043
2.31	0.0017532	2.63	0.0022564	2.95	0.0028229
2.32	0.0017680	2.64	0.0022731	2.96	0.0028417
2.33	0.0017828	2.65	0.0022900	2.97	0.0028605
2.34	0.0017977	2.66	0.0023068	2.98	0.0028795
2.35	0.0018126	2.67	0.0023238	2.99	0.0028982
2.36	0.0018277	2.68	0.0023407	3.00	0.0029172

39. Usage de cette table. Pour calculer à l'aide de cette table la vitesse moyenne dans un canal dont on connaîtra la section d'eau A, le périmètre mouillé S et la pente par mètre courant $\frac{H}{L}=I$, on fera le produit $\frac{A}{S}\frac{H}{L}=KI$, et l'on cherchera dans la colonne relative aux valeurs de ce produit celle qui s'en rapproche le plus, et sur la même ligne horizontale on trouvera la vitesse moyenne U, correspondante à cette pente.

Exemple. Dans le cas de l'exemple du n° 37, où l'on avait

$$A=3^{mc}.30,\quad S=5^{m}.20,\quad \frac{H}{L}=\frac{0.075}{150}=\frac{1}{2000},$$

on a

$$\frac{A}{S}\times\frac{H}{L}=RI=\frac{3.30}{5.20}\times\frac{1}{2000}=0,0003175.$$

On trouve à la table, pour RI—0.0003151.

$$U=0^{m}.940,$$

ce qui s'accorde avec le résultat du calcul direct.

Connaissant la vitesse moyenne et l'aire de la section d'eau, on déterminera ensuite facilement le produit du canal en 1″ par la règle suivante:

Pour avoir le volume d'eau que fournit un canal, quand on connaît l'aire du profil transversal de la section d'eau et la vitesse moyenne,

Multipliez l'aire par la vitesse moyenne.

Exemple. Dans l'exemple précédent

L'aire du profil=$3^{mq}.30$,

La vitesse moyenne=$0^{m}.940$.

Le produit du cours d'eau est

$$Q=3^{mq}.30\times0^{m}.940=3^{mc}.102.$$

40. Relation entre la vitesse moyenne et la vitesse a la surface. Lorsque l'on ne peut pas faire le nivellement du cours d'eau sur une étendue suffisante, on détermine la vitesse moyenne d'après celle de l'eau à la surface, mesurée dans le plus fort courant, et à l'aide des rapports suivants donnés par l'expérience :

	m	m	m	m	m	m	m	m	m
Vitesse à la surface	0.10	0.50	1.00	1.50	2.00	2.50	3.00	3.50	4.00
Rapp. de la vitesse moy. à la vitesse à la surface.	0.760	0.786	8.812	0.832	0.848	0.862	0.800	0.883	0.891

Lorsque la vitesse à la surface est comprise entre 0m.20 et 1m.50, on peut, avec une exactitude suffisante pour la pratique, prendre pour le rapport de la vitesse moyenne à la vitesse à la surface 0.80.

41. MANIÈRE DE DÉTERMINER LA VITESSE A LA SURFACE. Le moyen le plus simple et le plus exact de mesurer la vitesse à la surface est de jeter à l'eau, dans le *thalweg* ou plus fort courant, un ou plusieurs flotteurs légers, en bois de chêne, qui s'immergent presque entièrement, et d'observer, à l'aide d'une montre à secondes, le temps qu'ils emploient à parcourir un espace donné qu'on prendra aussi grand que possible sur une partie régulière du canal ou du cours d'eau. En divisant l'espace parcouru par le temps, on aura la vitesse à la surface. Il faudra répéter l'observation plusieurs fois pour plus d'exactitude.

42. ON PEUT DÉTERMINER LA VITESSE MOYENNE A L'AIDE DU MOULINET DE WOLTEMANN. On emploie aussi, pour déterminer la vitesse moyenne de l'eau dans un canal ou une rivière, l'instrument connu sous le nom de moulinet de Woltemann ou *strommesser*,

Fig. 15.

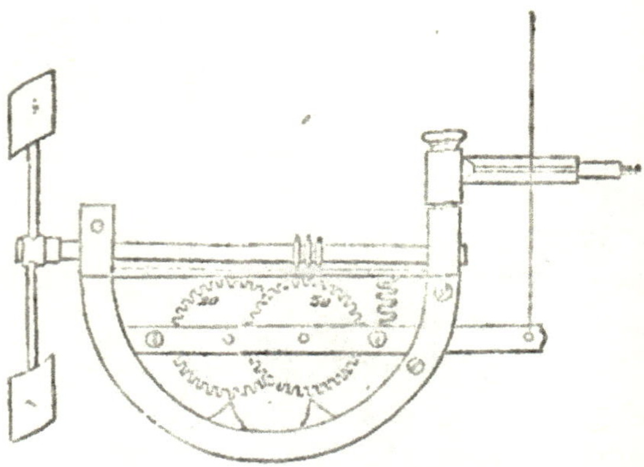

lorsque le rapport de la vitesse des ailettes à celle de l'eau a été au préalable bien déterminé, ce qui présente quelque difficulté. On place l'instrument à différents endroits de la largeur du cours d'eau et à différentes profondeurs. On multiplie convenablement ces stations, et l'on prend ensuite pour vitesse moyenne la moyenne arithmétique entre toutes les vitesses observées. La nécessité de faire plusieurs observations s'oppose à ce qu'on emploie cet instrument pour des cours d'eau dont la section n'aurait pas au moins 1 mètre carré de surface, et $0^m,20$ à $0^m,30$ de profondeur.

On doit d'ailleurs avoir l'attention de n'opérer que dans des endroits où toute la masse d'eau du courant est animée d'une vitesse notable, et par conséquent s'éloigner suffisamment des barrages, déversoirs, remous, etc.

Quel que soit le moyen employé pour déterminer la vitesse moyenne, on calculera le produit du cours d'eau comme il est dit au n° 39.

43. Vitesse de l'eau au fond des canaux. La vitesse de l'eau au fond des canaux est moindre que la vitesse moyenne : il importe qu'elle n'atteigne pas la limite à laquelle l'eau commence à dégrader le lit. On la déterminera par la formule $W=2U-V$, dans laquelle

W représente la vitesse au fond,
U la vitesse moyenne,
V la vitesse à la surface,
et qui revient à la règle suivante :

Pour obtenir la vitesse de l'eau au fond d'un canal, doublez la vitesse moyenne, et du produit retranchez la vitesse à la surface.

Exemple. Quelle est la vitesse au fond d'un canal dont la vitesse moyenne est de $0^m.35$, et la vitesse à la surface $0^m.45$?

La vitesse au fond $=2\times0^m.35=0^m.45=0^m.25$.

44. Limites que la vitesse de l'eau au fond des canaux peut atteindre sans les dégrader. Le tableau suivant indique les limites supérieures de la vitesse que l'eau peut prendre dans les canaux, selon la nature du fond, sans les dégrader.

Nature du fond.	Limites de la vitesse.
Terres détrempées, brunes	$0^m.076$
Argiles tendres	0 .152
Sables	0 .305
Graviers	0 .609
Cailloux	0 .914
Pierres cassées, silex	1 .220
Cailloux agglomérés, schistes tendres	1 .520
Roches en couches	1 .830
Roches dures	3 .050

VITESSE DE L'EAU DANS LES COURSIERS.

45. VITESSE DE L'EAU VERS L'ORIGINE DES COURSIERS QUI ACCOMPAGNENT LES ORIFICES. Quoique la présence d'un coursier en aval de l'orifice (fig. 16) n'altère pas la dépense, dans les cas les plus ordinaires de la pratique, elle diminue la vitesse du liquide après sa sortie. La veine fluide s'élargit et la vitesse moyenne devient plus petite. On calculera la vitesse de l'eau en aval de l'orifice, à une distance égale à deux fois ou une fois et demie sa plus petite dimension, par la formule suivante :

Fig. 16.

$$U = \frac{\sqrt{2gH}}{\sqrt{1+\left(\frac{1}{m}-1\right)^2}},$$

dans laquelle

U représente la vitesse cherchée,

H la charge sur le centre de l'orifice,

$2g = 19^m.62$,

m le coefficient de la dépense particulier à l'orifice.

Cette formule revient à la règle suivante :

Du rapport $\frac{1}{m}$ de l'unité au coefficient de la dépense retranchez l'unité, élevez le reste au carré, ajoutez-y l'unité, et extrayez la racine carrée de la somme;

Divisez la vitesse due à la charge sur le centre de l'orifice (nº 2 ou table du nº 4) par cette racine carrée, le quotient sera la vitesse moyenne de l'eau dans le coursier à une fois et demie ou deux fois la largeur de l'orifice.

EXEMPLE. Quelle est la vitesse moyenne de l'eau vers l'origine d'un coursier qui accompagne un orifice pour lequel le coefficient de la dépense est 0.64, et la charge sur le milieu égale à $1^m.10$? On a

$$\frac{1}{0.64} = 1.562, \quad (1.562-1)^2 = 0.316, \quad \sqrt{1+0.316} = 1.147.$$

La vitesse due à la charge sur le centre $= 4^m.646$.

La vitesse cherchée $= \frac{4^m.646}{1.147} = 4^m.05$.

NOTA. Dans la plupart des applications où la contraction a lieu sur trois côtés et où la charge est forte, on pourra adopter la règle suivante, plus simple et suffisamment exacte.

Pour avoir la vitesse de l'eau vers l'origine d'un coursier qui accompagne un orifice,

Multipliez la vitesse due à la charge sur le centre par 0.85.

EXEMPLE. Quelle est la vitesse de l'eau vers l'origine d'un coursier qui accompagne un orifice pour lequel le coefficient de la dépense est 0.62, et la charge sur le centre $0^m.90$?

La vitesse due à la charge sur le centre $= 4^m.20$.

La vitesse cherchée $= 0.85 \times 4^m.20 = 3^m.57$.

46. VITESSE DE L'EAU A L'EXTRÉMITÉ DU COURSIER. Dans la plupart des cas, le coursier qui conduit l'eau de l'orifice à la roue hydraulique est assez court, et sa pente assez roide, pour que l'on puisse faire abstraction de la résistance de ses parois au mouvement du liquide.

Fig. 17.

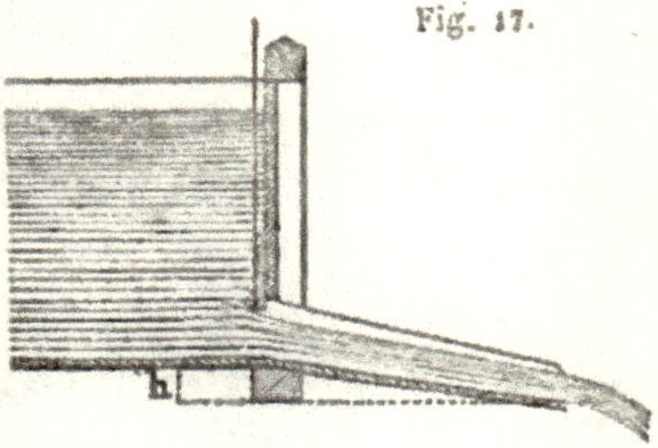

Alors le fond du coursier étant le prolongement du seuil, en nommant

h la pente totale du coursier, depuis le seuil de l'orifice jusqu'à son extrémité,

u la vitesse à l'extrémité du coursier,

U la vitesse moyenne dans le coursier, à une fois et demie ou deux fois la plus petite dimension de l'orifice, calculée comme il est dit au n° 45 précédent,

on aura $$u = \sqrt{2g(H + h)},$$

formule qui revient à la règle suivante :

Pour obtenir la vitesse de l'eau à l'extrémité d'un coursier d'une petite longueur qui accompagne un orifice d'écoulement,

Ajoutez la hauteur due à la vitesse moyenne de l'eau vers l'origine du coursier, calculée comme il est dit au n° 45, à la pente totale du coursier; la vitesse due à la somme de ces hauteurs (n° 2 ou table du n° 4) sera la vitesse cherchée.

EXEMPLE. Dans les circonstances du premier exemple du n° 45, quelle sera la vitesse de l'eau à l'extrémité du coursier s'il a $1^m.30$ de longueur et $0^m.25$ de pente?

La vitesse vers l'origine du coursier (n° 45)............	$=4^m.050$
La hauteur due à cette vitesse........................	$=0\ .836$
La somme des hauteurs $=0^m.836+0^m.25$............	$=1\ .086$
La vitesse à l'extrémité du coursier $=\sqrt{19.62\times 1^m.086}$	$=4\ .62$

47. COURSIER D'UNE GRANDE LONGUEUR. Lorsque le coursier est long, la résistance que ses parois opposent au mouvement de l'eau diminue sensiblement la vitesse, et il faut tenir compte de ses effets.

Le moyen le plus simple est d'aborder le dessus du coursier, et de mesurer un profil de la lame d'eau à son extrémité : alors,

En divisant le volume d'eau fourni par l'orifice par l'aire de ce profil, on aura la vitesse moyenne cherchée.

Dans le cas où l'on ne pourrait pas aborder le dessus et l'extrémité du coursier, on déterminera approximativement la vitesse moyenne en cet endroit par la règle suivante :

Recherchez d'abord la valeur de la vitesse de l'eau à l'extrémité du coursier, en faisant abstraction de la résistance des parois, comme il a été dit au n° 46 précédent; alors, en appelant

u *cette vitesse, prenez la moyenne arithmétique entre elle et la vitesse* U, *vers l'origine du coursier, calculée par la règle du n° 45; recherchez (n° 2 ou table du n° 4) la hauteur due à cette vitesse;*

Divisez la dépense Q *par cette vitesse moyenne* $\frac{u+U}{2}$, *vous aurez l'aire moyenne* A *de la section dans le coursier, et vous en déduirez le contour mouillé* S;

Cela fait, multipliez le rapport du contour mouillé S *à l'aire de la section moyenne* A *par* 0.007 *de la longueur* L *du coursier, et par le carré de la vitesse moyenne arithmétique* $\frac{u+U}{2}$;

Ajoutez le carré de la vitesse U *à l'origine du canal à celui de la vitesse due à sa pente totale* h, *et de la somme retranchez le produit précédent,*

La racine carrée du reste sera la valeur suffisamment approchée de la vitesse moyenne à l'extrémité du canal.

Cette règle vient à la formule

$$U'=\sqrt{U^2+2gh-0.007\,\frac{SL}{A}\left(\frac{U+u}{2}\right)^2},$$

dans laquelle, outre les notations précédentes,

On appelle

h la pente totale du coursier,

U' la vitesse cherchée à son extrémité.

Exemple. Dans les circonstances de l'exemple du n° 45, quelle sera la vitesse à l'extrémité d'un coursier de 7^m de longueur et de $0^m.35$ de pente totale?

La largeur de l'orifice étant de 1^m, et sa hauteur de $0^m.25$, on a d'abord (n° 45)

$$U=4^m.05,\quad u=\sqrt{(4.05)^2+19.62\times 0^m.35}=\sqrt{23.269}=4^m.823,$$

$$\frac{U+u}{2}=4^m.436;$$

puis, si le coefficient de la dépense est $m=0.64$,

$$Q=0.64\times 1^m\times 0^m.25\sqrt{19.62\times 1^m.10}=0^{mc}.743,$$

$$\frac{Q}{\frac{U+u}{2}}=A=0^{mq}.167,$$

$$S=1^m+2\times 0^m.167=1^m.334,\quad 0.007\,\frac{S}{A}\,L\left(\frac{U+u}{2}\right)^2=7.70,$$

et

$$U'=3^m.95.$$

CABINETS D'EAU.

48. Perte de chute occasionnée par les cabinets d'eau. On emploie souvent dans les usines, pour amener l'eau sur les roues hydrauliques, des tuyaux de conduite (fig. 18), qui, passant au-dessous et au-dessus du sol, établissent une communication entre le réservoir principal et un petit réservoir particulier appelé *cabinet d'eau*. Ce dernier est placé immédiatement auprès de la roue, et y verse l'eau par

Fig. 18.

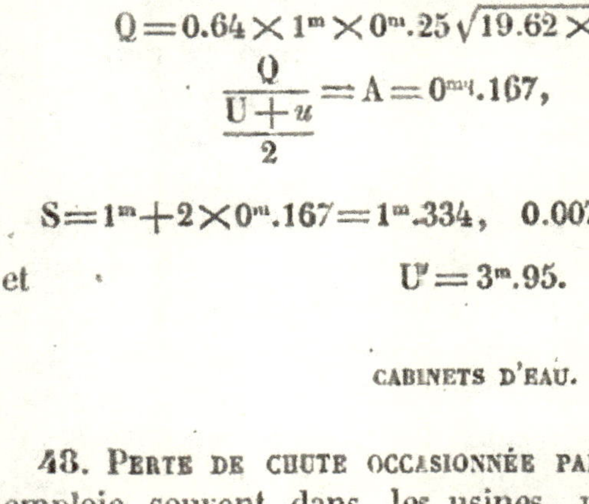

une vanne ordinaire. Cette disposition occasionne toujours, entre le niveau du réservoir et celui du cabinet d'eau, une différence ou une perte de chute que l'on calculera par la formule

$$H-h=\frac{m'^2a^2}{A^2}\left[\left(\frac{1}{m}-1\right)^2+1+0.007\frac{S}{A}L\right]h,$$

dans laquelle on désigne par

H la hauteur du niveau du réservoir au-dessus du centre de l'orifice du cabinet,

h la hauteur du niveau du cabinet au-dessus du même point,

m le coefficient de la dépense relatif à l'origine de la conduite,

m' le coefficient de la dépense relatif à l'orifice de la vanne du cabinet,

a l'aire de l'orifice du cabinet,

A l'aire de la section d'eau dans la conduite,

S le contour ou périmètre mouillé de la conduite,

L la longueur développée de cette conduite.

Cette formule revient à la règle suivante :

Pour calculer la perte de chute occasionnée par un cabinet d'eau,

Du rapport de l'unité au coefficient de la dépense relatif à l'origine de la conduite retranchez l'unité,

Prenez le carré du reste et ajoutez-y l'unité,

Multipliez par 0,007 *la quatrième proportionnelle à l'aire de la section d'eau dans la conduite, au contour mouillé et à la longueur de la conduite, ajoutez le produit à la somme précédente;*

Multipliez la nouvelle somme d'abord par la hauteur h *du niveau dans le cabinet au-dessus du centre de son orifice, puis par le carré de la quatrième proportionnelle à l'aire* A *de la section d'eau dans la conduite, au coefficient* m' *de la dépense à l'orifice du cabinet, et à l'aire de cet orifice;*

Le résultat sera la perte de chute cherchée.

EXEMPLE. La roue de la scierie d'aval de l'arsenal d'artillerie de Metz reçoit l'eau par un cabinet, pour lequel on les a données suivantes :

$$m'=0.67,\quad m=0.62,\quad a={}^{mq}.0682,\quad A=0^{mq}.25,$$
$$L=7^{m}.60,\quad S=2^{m},\quad h=1^{m}.625.$$

La formule précédente donne

$$H-h=0^{m}.098.$$

Cette formule montre qu'il convient d'éviter l'usage des cabinets d'eau, et que, quand on est obligé de les employer, il faut augmenter, autant que possible, l'aire de la section de la conduite d'eau, et diminuer sa longueur.

VITESSE D'ARRIVÉE DE L'EAU SUR LES ROUES HYDRAULIQUES.

49. TRACÉ DE LA COURBE DÉCRITE PAR LE FILET MOYEN DE LA VEINE FLUIDE, A PARTIR DE L'EXTRÉMITÉ DU COURSIER. Après avoir déterminé, dans l'un ou l'autre des cas examinés aux nos **46** ou **47** précédents, la vitesse de l'eau à l'extrémité du coursier, il devient facile de tracer la courbe décrite par le filet moyen de la veine fluide à partir de cette extrémité.

Fig. 19.

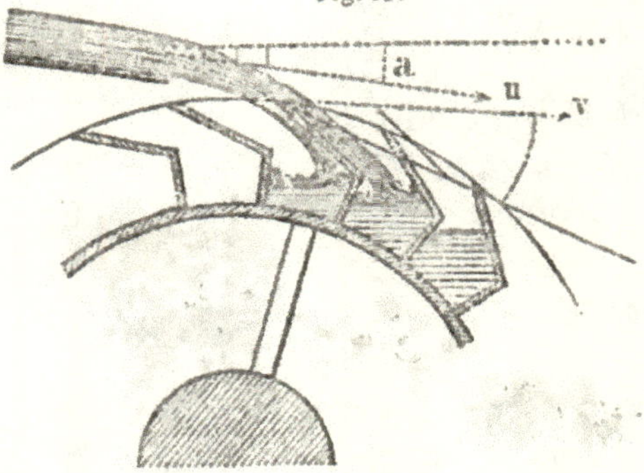

En effet,

u désignant la vitesse à l'extrémité du coursier,

a l'angle de ce coursier et de cette vitesse avec l'horizontale,

la courbe décrite par le filet moyen de la veine fluide aura pour équation, en appelant

x ses abscisses mesurées sur une horizontale menée par le milieu du profil où la vitesse moyenne est u,

y ses ordonnées verticales à partir de la même origine,

$$y=\frac{gx^2}{2u^2\cos^2 a}+x\,\text{tang}\,a.$$

Cette équation revient à la règle suivante :

Pour calculer les ordonnées de la courbe décrite par le filet moyen correspondantes à des abscisses horizontales données,

Multipliez *le carré de la vitesse* u *de l'eau à l'extrémité du coursier* (nos **46** ou **47**) *par le double du carré du cosinus de l'angle formé par sa direction avec l'horizontale ; par ce produit divi-*

sez le nombre 9.81, *et multipliez le quotient par le carré de l'abscisse* x *donnée;*

Au produit ajoutez celui de cette abscisse par la tangente de l'angle a, *que fait la vitesse* u *avec l'horizontale;*

La somme sera la valeur cherchée de l'ordonnnée y.

En se donnant des valeurs de x égales à $0^m.1$, $0^m.2$, $0^m.3$, etc., on obtiendra les valeurs correspondantes de y, et l'on tracera par points la courbe décrite par le filet moyen.

Dans le cas où le coursier est horizontal, on a

$$a=0, \quad \cos a=1, \quad \tan g\, a=0,$$

et

$$y=\frac{gx^2}{2u^2}.$$

Cette équation revient à la règle suivante :

Divisez 9.81 *par le double du carré de la vitesse à l'extrémité du coursier, multipliez le quotient par le carré de l'abscisse* x *donnée :*

Le produit sera l'ordonnée y *correspondant à la valeur de l'abscisse.*

Si l'orifice est un déversoir, on aura approximativement la vitesse du filet moyen en se rappelant que l'épaisseur de la lame d'eau au-dessus de la vanne n'est que 0.80 environ de la hauteur H du niveau au-dessus du même point. Le filet moyen étant alors à 0.60 de cette même hauteur, la vitesse de ce filet sera

$$u=\sqrt{19.62\times 0.6\mathrm{H}},$$

et dirigée à peu près dans le sens horizontal. On pourra donc, dans tous les cas, déterminer facilement la parabole décrite par ce filet moyen à partir de l'origine.

30. Vitesse d'arrivée de l'eau sur les roues hydrauliques placées au-dessous d'un coursier. Au point où la courbe du filet moyen rencontre la circonférence extérieure de la roue, menez une tangente à cette parabole : sa direction sera celle de la vitesse d'arrivée V de l'eau sur la roue. Puis, à la hauteur due à la vitesse u (n° 2 ou table n° 4) ajoutez la hauteur de ce point de rencontre au-dessous de l'origine de la courbe : la vitesse due à la somme de ces hauteurs sera la vitesse d'arrivée V de l'eau sur la roue.

EXEMPLE. Quelle est la vitesse d'arrivée de l'eau sur une roue hydraulique de $3^m.50$ de diamètre, dont l'axe est à $0^m.25$ en avant de la verticale qui passe par l'extrémité de ce coursier incliné au douzième ? On suppose que cette extrémité soit à $0^m.02$ au-dessus de la roue, et que la vitesse moyenne de la lame d'eau qui a $0^m.10$ d'épaisseur au bout du coursier, soit de 3^m en $1''$.

Si le coursier est incliné à $\frac{1}{12}$, on a

$$\tang a = \frac{1}{12} = 0.083, \quad \cos a = 0.995, \quad u = 3^m,$$

$$y = \frac{9.81\,x^2}{2\,(3 \times 0.995)^2} + 0.083\,x = 0.55\,x^2 + 0.083\,x;$$

on en déduit pour les coordonnées de la courbe

$$\begin{array}{lllllll} x = 0^m.100, & 0^m.200, & 0^m.300, & 0^m.400, & 0^m.500, & 0^m.600, \\ y = 0\ .014, & 0\ .038, & 0\ .074, & 0\ .120, & 0\ .178, & 0\ .246. \end{array}$$

L'intersection de la courbe ainsi déterminée avec la circonférence de la roue est à $0^m.07$ environ au-dessous du point milieu de la veine au bout du coursier ou de l'origine de la courbe, et la hauteur due à la vitesse de 3^m étant de $0^m.46$, la hauteur totale à laquelle est due la vitesse cherchée est à $0^m.53$, et par conséquent cette vitesse est de $3^m.23$ en $1''$.

ÉTABLISSEMENT DES CANAUX A RÉGIME CONSTANT.

51. Les canaux qui précèdent ou suivent les usines doivent, autant que possible, être à régime constant, c'est-à-dire que la pente, l'aire de la section d'eau et la vitesse doivent y être constantes.

52. DÉTERMINATION DE LA VITESSE MOYENNE. CAS OÙ LES DIMENSIONS DU CANAL SONT DONNÉES. Si, par des considérations de localité ou d'économie, on a fixé les dimensions du canal, on connaîtra d'avance l'aire A de son profil et le périmètre mouillé S. Le volume d'eau à débiter étant Q, on aura pour déterminer la vitesse moyenne U à établir dans le canal la formule

$$U = \frac{Q}{A}.$$

Cette vitesse doit d'ailleurs être telle, que celle que prend le liquide au fond du canal calculée par la règle du n° 45, ne dépasse pas la limite indiquée au n° 44, suivant la nature du sol.

53. Cas où les dimensions du canal ne sont pas données. On commencera alors par calculer la vitesse moyenne maximum que l'on puisse adopter par la formule

$$U = 1.33W,$$

dans laquelle W est la vitesse limite que comporte la nature du fond, et qui revient à la règle suivante:

Pour déterminer la plus grande vitesse moyenne que l'eau puisse prendre dans le canal sans le dégrader,

Multipliez la plus grande vitesse au fond que le sol comporte (n° 44) *par* 1.33 : *le produit sera la vitesse maximum cherchée.*

Exemple. Quelle doit être la plus grande vitesse moyenne dans un canal dont le fond est en gravier ?

La table du n° 44 donne pour la vitesse limite de l'eau au fond de ce canal $W = 0^m,609$.

La règle ci-dessus donne pour la vitesse moyenne maximum

$$U = 1.33 \times 0^m.609 = 0^m.81.$$

54. Détermination de la vitesse moyenne convenable. Cette vitesse maximum ne doit pas être atteinte dans tous les cas où l'on a intérêt à ménager la chute, et l'on calculera la vitesse moyenne qu'il conviendra d'adopter par la formule ci-dessus, dans laquelle on fera $W = 0^m.15$ si la rivière ne charrie dans les crues que des limons légers, ou $W = 0^m.30$ si elle charrie des sables.

Exemple. Quelle est la vitesse moyenne qu'il convient d'adopter dans le canal précédent, où les eaux charrient du sable qu'on ne veut pas laisser déposer ?

La table du n° 44 donne pour la vitesse du fond qui entraîne les sables $W = 0^m.305$.

La règle ci-dessus donne $U = 1.33 \times 0^m.305 = 0^m.406$.

55. Détermination de l'aire du profil transversal du canal. Le volume d'eau Q que le canal doit débiter étant donné, on

calculera l'aire du profil transversal de la section d'eau dans le canal par la formule

$$A=\frac{Q}{U},$$

qui revient à la règle suivante :

Pour calculer l'aire du profil transversal de la section d'eau dans le canal,

Divisez le volume d'eau à débiter par la vitesse moyenne déduite de la règle du n° 34 : le quotient sera l'aire cherchée.

EXEMPLE. Le volume d'eau à débiter en 1″ étant de $0^{mc}.500$ dans le canal des exemples précédents, quelle doit être l'aire du profil ?

La règle ci-dessus donne

$$A=\frac{Q}{U}=\frac{0^{mc}.500}{0^{m}.406}=1^{mq}.231.$$

36. PROPORTIONS DES CANAUX. Si les canaux sont en bois ou en maçonnerie à parois verticales, il convient, pour diminuer la résistance des parois, que *la profondeur d'eau soit la moitié de la largeur au fond.*

Pour les canaux en terre, la largeur au fond est ordinairement égale à quatre, cinq ou six fois la profondeur, et les parois en talus.

Si l'on appelle
h la profondeur d'eau dans le canal,
b la largeur au fond,
n le rapport de la base des talus à leur hauteur,
on aura, pour les canaux en bois ou en maçonnerie à parois verticales,

$$h=\tfrac{1}{2}b,\quad A=hb=2h^2,$$

et par conséquent

$$h=\sqrt{\frac{A}{2}}.$$

Ainsi,

Pour déterminer la profondeur d'eau qu'il convient d'adopter dans un canal en bois ou en pierre à parois verticales, divisez l'aire du profil de la section d'eau trouvée par la règle du n° 35 par 2, et extrayez la racine carrée du quotient.

Exemple. Quelle doit être la profondeur d'eau dans le cas des exemples précédents, le canal étant supposé en bois et à parois verticales?

La règle ci-dessus donne

$$h = \sqrt{\frac{A}{2}} = \sqrt{\frac{1.231}{2}} = 0^m.784,$$

et par suite

$$b = 2 \times 0^m.784 = 1^m.568.$$

Pour les canaux en terre ou revêtus en pierres sèches avec talus on a

$$A = bh + nh^2;$$

et si l'on fait

$$b = 4h, \quad A = h^2(4 + n),$$
$$b = 5h, \quad A = h^2(5 + n),$$
$$b = 6h, \quad A = h^2(6 + n),$$

on aura donc la profondeur d'eau dans le canal par l'une des formules

$$h = \sqrt{\frac{A}{4+n}}, \qquad h = \sqrt{\frac{A}{5+n}}, \qquad h = \sqrt{\frac{A}{6+n}},$$

selon le rapport que l'on aura adopté entre la base des talus et la profondeur d'eau.

Ces formules reviennent à la règle suivante :

Pour déterminer la profondeur d'eau qu'il convient d'adopter dans un canal en terre avec talus,

Divisez l'aire du profil de la section d'eau calculée par la règle du n° 35 par le rapport de la base des talus à leur hauteur, augmenté du rapport 4, 5 ou 6, adopté pour celui de la largeur au fond à la hauteur,

Extrayez la racine carrée du quotient : le résultat sera la hauteur cherchée.

Exemple. Quelle devrait être la hauteur d'eau dans un canal en terre avec talus à 1^m de base sur 1^m de hauteur, dans le cas des exemples précédents?

On a

$$A = 1^{mq}.231, \quad n = 1.$$

La règle ci-dessus donne, si

$$b = 4h, \quad h = \sqrt{\frac{1.231}{4+1}} = 0^{m}.496,$$

et par suite

$$b = 4 \times 0^{m}.496 = 1^{m}.984.$$

57. Pente des talus. Pour les canaux revêtus en pierres sèches, on fait ordinairement $n = 0.50$ pour les talus en terre, $n = 1$ pour les terres franches, et $n = 2$ pour les sables ou terres coulantes.

58. Périmètre mouillé. La profondeur d'eau et la largeur du canal au fond étant déterminées, on calculera facilement le périmètre ou contour mouillé S.

Il sera

$S = b + 2\,h$ pour les canaux à parois verticales,
$S = b + 2.23\,h$, si les talus sont à 1 de base sur 2 de hauteur,
$S = b + 2.83\,h$, si les talus sont à 1 de base sur 1 de hauteur,
$S = b + 4.47\,h$, si les talus sont à 2 de base sur 1 de hauteur.

Quel est le développement du périmètre mouillé dans le cas de l'exemple précédent ?

On a

$$b = 1^{m}.984, \quad h = 0^{m}.496.$$

La règle ci-dessus donne

$$S = 1^{m}.984 + 2.83 \times 0^{m}.496 = 3^{m}.883.$$

59. Cas où la profondeur du canal est donnée d'avance. Dans quelques circonstances, la profondeur d'eau dans le canal ou sa largeur sont données d'avance par des conditions particulières. Alors on déduira celle des deux dimensions qui ne sera pas donnée de la connaissance de l'autre et de l'aire A du profil.

60. Pente a donner au canal par mètre courant. L'aire A du profil et son périmètre mouillé S étant connus, ainsi que le

volume d'eau à débiter et la vitesse moyenne convenable, on calculera la pente du canal par mètre courant, ou sa déclivité, par la formule

$$I=\frac{S}{A}U(0.0000444+0.000309U),$$

qui revient à la règle suivante :

Pour calculer la pente que l'on doit donner par mètre courant à un canal à régime constant, d'une section et d'une profondeur données, pour que la vitesse moyenne de l'eau y prenne une valeur aussi donnée,

Multipliez la vitesse donnée par 0.000309 ; *au produit ajoutez* 0.0000444 ;

Multipliez la somme par la quatrième proportionnelle à l'aire du profil constant de la section d'eau, au contour mouillé et à la vitesse moyenne donnée.

EXEMPLE. Quelle doit être la pente par mètre courant dans le canal des exemples précédents?

On a

$$U=0^{m}.406,\quad A=1^{mq}.231,\quad S=3^{m}.383.$$

La règle ci-dessus donne

$$I=\frac{3.383}{1.231}\times 0.406(0.0000444+0.000309\times 0.406)=0^{m}.000189.$$

61. PENTE TOTALE. La pente totale sera évidemment égale au produit IL de la pente par mètre courant et de la longueur totale du canal.

EXEMPLE. Quelle doit être la pente totale du canal dans le cas des exemples précédents, sa longueur étant de 1200 mètres?

On a pour la pente par mètre courant

$$I=0^{m}.000189.$$

La règle ci-dessus donne

$$IL=0.000189\times 1200=0^{m}.227.$$

62. OBSERVATION RELATIVE AUX HERBES QUI CROISSENT DANS LES CANAUX. Pour maintenir le régime des canaux à un état régulier, il est indispensable de couper fréquemment les herbes et les roseaux, qui augmentent beaucoup les résistances éprouvées par le liquide, d'où resulte pour les canaux d'arrivée un accroissement de la pente à la surface, et pour les canaux de fuite une surélévation des eaux à leur origine, et par conséquent, dans les deux cas, une perte de chute.

TUYAUX DE CONDUITE DES EAUX.

63. Jaugeage du produit d'une conduite d'eau a section circulaire. Les règles suivantes sont applicables aux tuyaux à section constante sans étranglement dans l'intérieur, ainsi que cela doit être dans toutes les conduites bien établies. On suppose aussi qu'il n'y a pas de coudes ou changements brusques de direction, ou que, s'il en existe, ils sont arrondis et raccordés par de grands rayons de courbure. Nous donnerons plus loin le moyen de calculer l'effet des coudes, quand il est nécessaire d'en tenir compte.

Lorsque, dans une semblable conduite, le mouvement de l'eau est arrivé à l'état de régime, c'est-à-dire quand le niveau du réservoir supérieur et celui du bassin inférieur de réception se maintiennent à des hauteurs constantes, de sorte que le volume d'eau débité par seconde est constant, on obtient la vitesse moyenne de l'eau par la formule suivante, que M. de Prony a déduite de la discussion des expériences de Couplet, de Dubuat et de Bossut :

$$U = 53.58\sqrt{\frac{DJ}{4}} - 0^{m}.025,$$

ou

$$U = 26.79\sqrt{DJ} - 0^{m}.025,$$

dans laquelle on représente par
U la vitesse moyenne cherchée,
D le diamètre de la conduite,
$J = \frac{H}{L}$ la déclivité ou la pente par mètre courant, égale au rapport de la hauteur totale H de pente de la conduite, ou de la différence de niveau des deux réservoirs qu'elle met en communication, à la longueur totale de la conduite.

Connaissant la vitesse moyenne U, d'après les valeurs observées de D et de $J = \frac{H}{L}$, on en déduira le produit de la conduite par la formule

$$Q = \frac{D^2U}{1.273}.$$

Ces formules reviennent aux règles suivantes :

Pour calculer la vitesse moyenne de régime que prend l'eau dans une conduite,

Multipliez le diamètre intérieur de cette conduite par le rapport de la différence de niveau des deux réservoirs à la longueur de la conduite, extrayez la racine carrée du produit, et multipliez cette racine par 26.79;

Du produit retranchez $0^m.025$: *le reste sera la vitesse cherchée.*

Pour en déduire le volume d'eau débité par la conduite en 1'',

Multipliez la vitesse moyenne obtenue par le carré du diamètre, et divisez le produit par 1.273 : *le résultat sera le produit en mètres cubes.*

Exemple. Déterminer la vitesse et le produit en 1'' pour une conduite de $0^m.30$ de diamètre, de 2000^m de longueur, avec une différence de niveau $H = 4^m$ entre les réservoirs supérieur et inférieur.

La règle ci-dessus donne

$$U = 26.79\sqrt{\frac{0^m.30 \times 4}{2000}} - 0^m.025 = 0^m.631,$$

puis

$$Q = \frac{(0.30)^2 0^m.631}{1.273} = 0^{mc}.0446.$$

64. Table de M. de Prony. M. de Prony a donné la table suivante, qui facilite beaucoup les calculs de ce genre, et dans laquelle on trouve de suite les vitesses correspondantes à des valeurs connues de $\frac{DJ}{4}$.

Table de M. de Prony pour faciliter les calculs qui ont pour objet la recherche des rapports entre les vitesses de l'eau dans un tuyau, leurs longueurs, leurs pentes, et le diamètre du tuyau.

Vitesse moyenne.	Valeur de $\frac{1}{4}$ DJ.	Vitesse moyenne.	Valeur de $\frac{1}{4}$ DJ.	Vitesse moyenne.	Valeur de $\frac{1}{4}$ DJ.
m		m		m	
0.01	0.0000002	0.35	0.0000487	0.69	0.0001778
0.02	0.0000005	0.36	0.0000514	0.70	0.0001828
0.03	0.0000008	0.37	0.0000541	0.71	0.0001879
0.04	0.0000013	0.38	0.0000569	0.72	0.0001930
0.05	0.0000017	0.39	0.0000597	0.73	0.0001982
0.06	0.0000023	0.40	0.0000627	0.74	0.0002035
0.07	0.0000029	0.41	0.0000656	0.75	0.0002089
0.08	0.0000036	0.42	0.0000687	0.76	0.0002143
0.09	0.0000044	0.43	0.0000718	0.77	0.0002198
0.10	0.0000052	0.44	0.0000750	0.78	0.0002254
0.11	0.0000061	0.45	0.0000783	0.79	0.0002310
0.12	0.0000071	0.46	0.0000817	0.80	0.0002368
0.13	0.0000081	0.47	0.0000851	0.81	0.0002425
0.14	0.0000093	0.48	0.0000886	0.82	0.0002484
0.15	0.0000104	0.49	0.0000921	0.83	0.0002543
0.16	0.0000117	0.50	0.0000957	0.84	0.0002603
0.17	0.0000130	0.51	0.0000994	0.85	0.0002663
0.18	0.0000144	0.52	0.0001032	0.86	0.0002725
0.19	0.0000159	0.53	0.0001070	0.87	0.0002787
0.20	0.0000174	0.54	0.0001109	0.88	0.0002849
0.21	0.0000190	0.55	0.0001149	0.89	0.0002913
0.22	0.0000207	0.56	0.0001189	0.90	0.0002977
0.23	0.0000224	0.57	0.0001230	0.91	0.0003042
0.24	0.0000242	0.58	0.0001272	0.92	0.0003107
0.25	0.0000261	0.59	0.0001315	0.93	0.0003173
0.26	0.0000280	0.60	0.0001358	0.94	0.0003240
0.27	0.0000301	0.61	0.0001402	0.95	0.0003308
0.28	0.0000322	0.62	0.0001446	0.96	0.0003376
0.29	0.0000343	0.63	0.0001491	0.97	0.0003445
0.30	0.0000365	0.64	0.0001537	0.98	0.0003515
0.31	0.0000388	0.65	0.0001584	0.99	0.0003585
0.32	0.0000412	0.66	0.0001631	1.00	0.0003656
0.33	0.0000436	0.67	0.0001679	1.01	0.0003728
0.34	0.0000462	0.68	0.0001728	1.02	0.0003800

TABLE DE M. DE PRONY POUR FACILITER LES CALCULS QUI ONT POUR OBJET LA RECHERCHE DES RAPPORTS ENTRE LES VITESSES DE L'EAU DANS UN TUYAU, LEURS LONGUEURS, LEURS PENTES, ET LE DIAMÈTRE DU TUYAU. (*Suite.*)

Vitesse moyenne.	Valeur de $\frac{1}{4}$ DJ.	Vitesse moyenne.	Valeur de $\frac{1}{4}$ DJ.	Vitesse moyenne.	Valeur de $\frac{1}{4}$ DJ.
m		m		m	
1.03	0.0003873	1.37	0.0006774	1.71	0.0010480
1.04	0.0003947	1.38	0.0006871	1.72	0.0010601
1.05	0.0004022	1.39	0.0006970	1.73	0.0010723
1.06	0.0004097	1.40	0.0007069	1.74	0.0010845
1.07	0.0004173	1.41	0.0007168	1.75	0.0010969
1.08	0.0004249	1.42	0.0007268	1.76	0.0011093
1.09	0.0004327	1.43	0.0007369	1.77	0.0011217
1.10	0.0004405	1.44	0.0007471	1.78	0.0011343
1.11	0.0004483	1.45	0.0007573	1.79	0.0011469
1.12	0.0004563	1.46	0.0007677	1.80	0.0011596
1.13	0.0004643	1.47	0.0007780	1.81	0.0011723
1.14	0.0004724	1.48	0.0007885	1.82	0.0011851
1.15	0.0004805	1.49	0.0007990	1.83	0.0011980
1.16	0.0004887	1.50	0.0008096	1.84	0.0012110
1.17	0.0004970	1.51	0.0008202	1.85	0.0012240
1.18	0.0005054	1.52	0.0008310	1.86	0.0012371
1.19	0.0005138	1.53	0.0008418	1.87	0.0012502
1.20	0.0005223	1.54	0.0008526	1.88	0.0012635
1.21	0.0005309	1.55	0.0008636	1.89	0.0012768
1.22	0 0005395	1.56	0.0008746	1.90	0.0012901
1.23	0.0005482	1.57	0.0008856	1.91	0.0013036
1.24	0.0005570	1.58	0.0008968	1.92	0.0013171
1.25	0.0005658	1.59	0.0009080	1.93	0.0013307
1.26	0.0005747	1.60	0.0009193	1.94	0.0013443
1.27	0.0005837	1.61	0 0009306	1.95	0.0013584
1.28	0.0005928	1.62	0.0009420	1.96	0.0013718
1.29	0.0006019	1.63	0.0009535	1.97	0.0013857
1.30	0.0006111	1.64	0.0009651	1.98	0.0013996
1.31	0.0006204	1.65	0.0009767	1.99	0.0014136
1.32	0.0006297	1.66	0.0009884	2.00	0.0014277
1.33	0.0006391	1.67	0.0010002	2.01	0.0014418
1.34	0.0006486	1.68	0.0010120	2.02	0.0014560
1.35	0.0006581	1.69	0.0010240	2.03	0.0014703
1 36	0.0006677	1.70	0.0010359	2.04	0.0014847

TABLE DE M. DE PRONY POUR FACILITER LES CALCULS QUI ONT POUR OBJET LA RECHERCHE DES RAPPORTS ENTRE LES VITESSES DE L'EAU DANS UN TUYAU, LEURS LONGUEURS, LEURS PENTES, ET LE DIAMÈTRE DU TUYAU. *(Suite et fin.)*

Vitesse moyenne.	Valeur de $\frac{1}{4}$ DJ.	Vitesse moyenne.	Valeur de $\frac{1}{4}$ DJ.	Vitesse moyenne.	Valeur de $\frac{1}{4}$ DJ.
m		m		m	
2.05	0.0014991	2.37	0.0019972	2.69	0.0025667
2.06	0.0015136	2.38	0.0020139	2.70	0.0025856
2.07	0.0015281	2.39	0.0020307	2.71	0.0026046
2.08	0.0015428	2.40	0.0020476	2.72	0.0026237
2.09	0.0015575	2.41	0.0020645	2.73	0.0026429
2.10	0.0015722	2.42	0.0020815	2.74	0.0026621
2.11	0.0015871	2.43	0.0020985	2.75	0.0026814
2.12	0.0016020	2.44	0.0021157	2.76	0.0027007
2.13	0.0016169	2.45	0.0021329	2.77	0.0027202
2.14	0.0016320	2.46	0.0021502	2.78	0.0027397
2.15	0.0016471	2.47	0.0021675	2.79	0.0027592
2.16	0.0016623	2.48	0.0021849	2.80	0.0027789
2.17	0.0016775	2.49	0.0022024	2.81	0.0027986
2.18	0.0016928	2.50	0.0022199	2.82	0.0028184
2.19	0.0017082	2.51	0.0022376	2.83	0.0028382
2.20	0.0017237	2.52	0.0022553	2.84	0.0028581
2.21	0.0017392	2.53	0.0022730	2.85	0.0028781
2.22	0.0017548	2.54	0.0022908	2.86	0.0028982
2.23	0.0017705	2.55	0.0023087	2.87	0.0029183
2.24	0.0017862	2.56	0.0023267	2.88	0.0029385
2.25	0.0018021	2.57	0.0023448	2.89	0.0029588
2.26	0.0018179	2.58	0.0023629	2.90	0.0029791
2.27	0.0018339	2.59	0.0023810	2.91	0.0029995
2.28	0.0018499	2.60	0.0023993	2.92	0.0030200
2.29	0.0018660	2.61	0.0024176	2.93	0.0030405
2.30	0.0018822	2.62	0.0024360	2.94	0.0030612
2.31	0.0018984	2.63	0.0024545	2.95	0.0030819
2.32	0.0019147	2.64	0.0024730	2.96	0.0031026
2.33	0.0019310	2.65	0.0024916	2.97	0.0031234
2.34	0.0019475	2.66	0.0025102	2.98	0.0031443
2.35	0.0019640	2.67	0.0025290	2.99	0.0031653
2.36	0.0019806	2.68	0.0025478	3.00	0.0031863

63. Usage de cette table. A l'aide de cette table, on peut résoudre plusieurs problèmes importants.

1° Étant donnés le diamètre, et la pente par mètre courant $\frac{H}{L}=J$, déterminer la vitesse moyenne et le produit.

Il suffit de calculer la valeur de $\frac{1}{4}$ DJ d'après les données, et de chercher dans la colonne correspondante le nombre qui s'en rapproche le plus. Sur la même ligne horizontale, et à gauche, on trouvera dans la colonne des vitesses celle qui correspond aux données.

Exemple. Quelle est la vitesse moyenne de l'eau dans une conduite de $0^{m}.25$ de diamètre, avec une déclivité $J=0.003789$, correspondant, par exemple, à une différence de niveau $H=11^{m},366$, et à une longueur de 3000^{m}? On a

$$\tfrac{1}{4}DJ=\tfrac{1}{4}\,0^{m}.25\times 0.003789=0.0002368,$$

et, à gauche de ce nombre, on trouve dans la table,

$$U=0^{m}.80,$$

et, par suite,

$$Q=\frac{(0.25)^2\times 0^{m}.80}{1.273}=0^{mc}.0392.$$

2° Le produit de la conduite et son diamètre étant connus, quelle pente convient-il de lui donner?

On calculera d'abord la vitesse moyenne par la formule

$$U=\frac{1.273Q}{D^2},$$

qui revient à

Multiplier le volume d'eau à débiter par 1,273, *et diviser le produit par le carré du diamètre.*

Puis dans la table, et à droite de cette vitesse, on trouvera la valeur correspondante de $\frac{1}{4}$ DJ. En la divisant par $\frac{1}{4}$ D, qui est connu, on aura la valeur de la déclivité J, et, par suite, la différence de niveau des deux réservoirs mis en communication par la conduite.

Exemple. Quelle sera la différence de niveau de deux réservoirs mis en communication par une conduite de 1500^{m} de longueur, de $0^{mc}.60$ de diamètre, qui doit débiter $0^{mc}.200$ en $1''$?

On a d'abord

$$U = \frac{1^m.273 \times 0^{mc}.200}{(0^m.60)^2} = 0^m.70722.$$

La table donne, pour la vitesse de $0^m.71$,

$$\tfrac{1}{4} DJ = 0.0001879.$$

On en déduit

$$J = \frac{H}{L} = \frac{0.0001879}{\tfrac{1}{4} \times 0.60} = 0^m.001253,$$

et ensuite, pour la différence du niveau cherché,

$$H = JL = 0^m.001253 \times 1500 = 1^m.879.$$

66. Établissement d'une conduite susceptible de conduire un volume d'eau donné. Le volume d'eau à dépenser et la pente totale ou la différence de niveau des deux réservoirs étant donnés, on connaîtra la valeur de $J = \frac{H}{L}$, et l'on aura, pour déterminer le diamètre de la conduite, la formule

$$Q = 21.045 \sqrt{D^5 J} - 0.0196 D^2,$$

que l'on résoudra par tâtonnement, comme nous allons l'indiquer.

67. Solution approximative. Si, dans l'équation ci-dessus, on néglige le dernier terme du second membre, on aura une valeur du diamètre un peu trop petite, et qui sera donnée par la formule

$$D = 0.2956 \sqrt[5]{\frac{Q^2}{J}} = 0.2956 \sqrt[5]{\frac{Q^2 L}{H}},$$

qui revient à la règle suivante :

Pour déterminer approximativement le diamètre d'une conduite de longueur donnée qui doit amener l'eau dans un réservoir situé à une hauteur H *au-dessous de celui de prise d'eau,*

Multipliez le carré du volume d'eau à débiter par la longueur de la conduite,

Divisez le produit par la différence de niveau des deux réservoirs, extrayez la racine cinquième du quotient et multipliez-la par 0.2956 :

Le résultat sera la valeur approximative du diamètre cherché.

Exemple. Quel doit être le diamètre d'une conduite destinée à conduire $0^{mc}.02666$ par 1″, à une distance de 1000 mètres, dans un réservoir situé à $36^{m}.77$ au-dessus de celui de la prise d'eau?

La formule donne

$$D = 0.2956 \sqrt[5]{\frac{(0.02666)^2 \times 1000}{36.77}} = 0^{m}.13426.$$

68. Cas où cette solution sera suffisante. Toutes les fois que la vitesse moyenne U, calculée par la formule

$$U = \frac{1.273Q}{D^2},$$

dans laquelle on mettra pour Q le volume donné, et pour D le diamètre obtenu par la règle précédente, sera égale ou supérieure à $0^{m}.50$, on pourra, sans crainte d'erreur, adopter définitivement ce diamètre.

Mais quand cette vitesse sera plus faible, le diamètre ainsi calculé, et, par suite, le volume d'eau débité, seraient trop petits; il faudra rechercher une solution plus approchée de la véritable.

69. Solution plus exacte. On substituera dans l'équation

$$Q = 21.045\sqrt{D^5 J} - 0.0196D^2$$

les valeurs données de Q et de J, et l'on calculera les valeurs successives que prendra le second membre par la substitution de différentes valeurs de D, en partant de celle qui aura été trouvée par la règle du n° 67 précédent, et croissantes de centimètre en centimètre, ou de 5 en 5 millimètres.

Les premières valeurs du second membre seront d'abord plus petites que Q; mais les suivantes iront en croissant, et le dépasseront bientôt, ce qui indiquera que les dernières valeurs de D substituées sont trop fortes. Trois ou quatre substitutions seront presque toujours suffisantes.

Cela fait, on prendra une grande échelle, de 5 centimètres pour un, par exemple, les diamètres D pour abscisses d'une courbe dont les ordonnées seront les valeurs correspondantes du second membre de l'équation ci-dessus, construites aussi à une grande échelle, de 5 centimètres par exemple, pour 0.0001.

Puis on mènera une parallèle à l'axe des abscisses, à une distance égale à la valeur donnée du volume Q, à la même échelle que les ordonnées.

Cette parallèle rencontrera la courbe en un point dont l'abscisse sera la vraie valeur du diamètre.

EXEMPLE: Quel doit être le diamètre d'une conduite destinée à conduire $0^{m}.02566$ d'eau en 1″, avec une déclivité $J = 0^{m}.0001937$?

La formule approchée donne

$$D = 0.2956 \sqrt[5]{\frac{(0.02666)^2}{0.0001937}} = 0^{m}.3824.$$

Prenant ensuite des valeurs un peu plus grandes de D, et calculant les valeurs correspondantes du second membre de l'équation complète du n° 67, on a successivement

Valeurs de D, abscisses.	Valeurs du second membre ordonnées.
m	m
0.3832	0.023778
0.3900	0.024840
0.4000	0.026503
0.4100	0.028230

L'intersection de la courbe avec la parallèle à l'axe des abscisses, menée à la distance $Q = 0^{mc}.02666$, a lieu en un point dont l'abscisse est

$$D = 0^{m}.40093;$$

ce qui fournit le vrai diamètre de la conduite.

70. OBSERVATION IMPORTANTE. Dans tout ce qui précède, la hauteur H est, comme on l'a dit, la différence des hauteurs de pression sur les extrémités de la portion de la conduite que l'on considère.

Dans le cas où la conduite établit la communication entre deux réservoirs, H est la différence de hauteur du niveau des deux réservoirs.

Si la conduite débouche à l'air libre, H est la hauteur nécessaire du réservoir au-dessus du centre de l'extrémité inférieure de la conduite.

Si le calcul s'applique à une portion de conduite intermédiaire, H est la différence des hauteurs auxquelles l'eau pourrait s'élever aux deux extrémités de la conduite.

On voit que, dans tous les cas, H est la hauteur de pression d'eau nécessaire pour entretenir le mouvement uniforme et consommée par le frottement de l'eau dans la conduite.

Si, au lieu d'une conduite destinée à amener l'eau d'un réservoir supérieur dans un réservoir inférieur, il s'agissait, au contraire, d'élever l'eau d'un réservoir inférieur dans un bassin de réception, H serait la hauteur d'eau qui mesurerait l'excès de pression à exercer à la partie inférieure de la conduite pour vaincre la résistance passive ; par conséquent elle devrait être ajoutée à la hauteur du bassin de réception, au-dessus de l'origine inférieure de la conduite, pour avoir la hauteur totale de pression que le moteur doit vaincre, ou à laquelle il devrait être capable d'élever l'eau.

Nous reviendrons sur ce cas particulier.

71. Établissement des conduites pour la distribution des eaux dans les villes. Dans le service de la distribution des eaux dans les villes, il est indispensable d'avoir des séries de diamètres convenablement graduées pour diminuer le nombre des modèles et faciliter l'établissement et les remplacements.

On estime qu'une borne-fontaine peut dépenser 8 pouces de fontainier, ou $1^{lit}.78$ en $1''$. Il convient, d'ailleurs, d'une part, que la vitesse ne soit pas, s'il se peut, au-dessous de $0^m.005$ en $1''$ pour les petites conduites, et de $0^m.100$ pour les grandes, et, de l'autre, qu'elle n'excède pas 3 mètres en $1''$ dans tous les cas ordinaires.

C'est d'après ces bases que l'on a calculé les tables suivantes, donnant la dépense, la vitesse et la pente par mètre courant pour les diamètres de 0m.05, 0m.06, 0m.08, 0m.10, 0m.15, 0m.20, 0m.25, 0m.30, 0m,35, 0m.40, 0m.45, 0m.50, 0m.60, pour les dépenses croissantes de

litres.		litres.		litres.
0.01	en	0.01	jusqu'à	0.10,
0.10		0.10		5.00,
0.20		0.20		10.00,
1.00		1.00		100.00,
5.00		5.00		850.00;

Les limites des vitesses moyennes ont été fixées dans ces tables en raison des diamètres des conduites, selon les proportions indiquées au tableau suivant:

Diamètres des conduites.	Vitesses moyennes. Minimum.	Vitesses moyennes. Maximum.
m	m	m
0.05	0.0050	3.00
0.06	0.0035	3.00
0.08	0.2000	3.00
0.10	0.0127	3.00
0.15 0.20 0.25 0.30 0.35 0.40 0.45 0.50 0.60	0.1000	3.00

TABLE RELATIVE AU MOUVEMENT DE L'EAU DANS LES TUYAUX DE CONDUITE.

Volumes d'eau débités en litres.	Diamètres.			
	0m.05.		0m.06.	
	Vitesse moyenne.	Perte de charge par mètre courant.	Vitesse moyenne.	Perte de charge. par mètre courant.
litres.	m	m	m	m
0.01	0.0051	0.000008	0.0035	0.000004
0.02	0.0102	0.000017	0.0071	0.000009
0.03	0.0153	0.000028	0.0106	0.000015
0.04	0.0204	0.000040	0.0141	0.000021
0.05	0.0255	0.000053	0.0177	0.000028
0.06	0.0300	0.000068	0.0212	0.000035
0.07	0.0356	0.000085	0.0248	0.000043
0.08	0.0407	0.000103	0.0283	0.000051
0.09	0.0158	0.000122	0.0318	0.000060
0.1	0.0509	0.000143	0.0354	0.000070
0.2	0.1019	0.000430	0.0707	0.000198
0.3	0.1528	0.000862	0.1061	0.000384
0.4	0.2037	0.001439	0.1415	0.000628
0.5	0.2546	0.002160	0.1768	0.000930
0.6	0.3056	0.003025	0.2122	0.001290
0.7	0.3565	0.004035	0.2475	0.001709
0.8	0.4074	0.005190	0.2829	0.002186
0.9	0.4584	0.006489	0.3183	0.002720
1.0	0.5093	0.007933	0.3537	0.003313
1.1	0.5602	0.009521	0.3890	0.003964
1.2	0.6112	0.011254	0.4244	0.004672
1.3	0.6621	0.013151	0.4598	0.005439
1.4	0.7130	0.015155	0.4951	0.006264
1.5	0.7639	0.017519	0.5305	0.007147
1.6	0.8149	0.019630	0.5659	0.008088
1.7	0.8658	0.022085	0.6012	0.009088
1.8	0.9167	0.024685	0.6367	0.010145
1.9	0.9677	0.027430	0.6720	0.011260
2.0	1.0186	0.030318	0.7073	0.012434
2.1	1.0695	0.033352	0.7427	0.013666
2.2	1.1204	0.036530	0.7781	0.014955
2.3	1.1714	0.039853	0.8135	0.016303
2.4	1.2223	0.043320	0.8488	0.017709
2.5	1.2732	0.046931	0.8842	0.019173
2.6	1.3242	0.050687	0.9196	0.020695
2.7	1.3751	0.054588	0.9549	0.022275
2.8	1.4260	0.058633	0.9903	0.023915
2.9	1.4770	0.062823	1.0257	0.025609
3.0	1.5279	0.067158	1.0610	0.027364

Suite de la Table.

Volumes d'eau débités en litres.	Diamètres.			
	0m.05.		0m.06.	
	Vitesse moyenne.	Perte de charge par mètre courant.	Vitesse moyenne.	Perte de charge par mètre courant.
litres.	m	m	m	m
3.1	1.5788	0.071637	1.0964	0.029176
3.2	1.6297	0.076260	1.1318	0.031047
3.3	1.6807	0.081028	1.1671	0.032975
3.4	1.7316	0.085940	1.2025	0.034962
3.5	1.7825	0.09[illegible]997	1.2379	0.037007
3.6	1.8335	0.096199	1.2732	0.039109
3.7	1.8844	0.101545	1.3086	0.041270
3.8	1.9353	0.107035	1.3440	0.043189
3.9	1.9863	0.112670	1.3793	0.045766
4.0	2.0372	0.118450	1.4147	0.048101
4.1	2.0881	0.124374	1.4501	0.050495
4.2	2.1390	0.130443	1.4854	0.052946
4.3	2.1900	0.136656	1.5208	0.055455
4.4	2.2409	0.143013	1.5562	0.058023
4.5	2.2918	0.149516	1.5916	0.060648
4.6	2.3428	0.156162	1.6269	0.063532
4.7	2.3937	0.162954	1.6623	0.066074
4.8	2.4446	0.169890	1.6977	0.068874
4.9	2.4955	0.176970	1.7330	0.071732
5.0	2.5465	0.184195	1.7684	0.074648
5.2	2.6483	0.199078	1.8391	0.080654
5.4	2.7502	0.214540	1.9099	0.086893
5.6	2.8520	0.230579	1.9806	0.093363
5.8	2.9539	0.247197	2.0513	0.100067
6.0	3.0558	0.264393	2.1221	0.107002
6.2	»	»	2.1928	0.114170
6.4	»	»	2.2635	0.121571
6.6	»	»	2.3343	0.129203
6.8	»	»	2.4050	0.137068
7.0	»	»	2.4757	0.145165
7.2	»	»	2.5465	0.153495
7.4	»	»	2.6172	0.162057
7.6	»	»	2.6879	0.170851
7.8	»	»	2.7587	0.179878
8.0	»	»	2.8294	0.189137
8.2	»	»	2.9001	0.198628
8.4	»	»	2.9709	0.208552
8.6	»	»	2.0416	0.218308

Suite de la TABLE.

Volumes d'eau débités en litres.	Diamètres.			
	0m.08.		0m.10.	
	Vitesse moyenne.	Perte de charge par mètre courant.	Vitesse moyenne.	Perte de charge. par mètre courant.
litres.	m	m	m	m
0.1	0.0199	0.000024	0.0127	0.000011
0.2	0.0398	0.000062	0.0255	0.000027
0.3	0.0597	0.000114	0.0382	0.000047
0.4	0.0796	0.000179	0.0509	0.000071
0.5	0.0995	0.000258	0.0637	0.000101
0.6	0.1194	0.000352	0.0764	0.000134
0.7	0.1393	0.000458	0.0891	0.000172
0.8	0.1592	0.000579	0.1019	0.000215
0.9	0.1790	0 000715	0.1146	0.000262
1.0	0.1989	0.000862	0.1273	0.000314
1.1	0.2188	0.001024	0.1401	0.000370
1.2	0.2387	0.001199	0.1528	0.000431
1.3	0.2586	0.001389	0 1655	0.000496
1.4	0.2785	0.001592	0.1783	0.000566
1.5	0.2984	0.001809	0.1910	0.000641
1.6	0.3183	0.002040	0.2037	0.000719
1.7	0.3382	0.002285	0.2164	0.000803
1.8	0.3581	0.002543	0.2292	0.000891
1.9	0.3780	0.002815	0.2419	0.000983
2.0	0.3979	0.003101	0.2546	0.001080
2.1	0.4178	0.003401	0.2674	0.001181
2.2	0.4377	0.003715	0 2801	0.001287
2.3	0.4576	0.004042	0.2928	0.001398
2.4	0.4775	0.004383	0.3056	0.001513
2.5	0.4974	0.004738	0.3183	0.001632
2.6	0.5173	0.005107	0.3310	0.001756
2.7	0.5371	0.005490	0.3438	0.001885
2 8	0.5570	0.005886	0.3565	0.002018
2.9	0.5769	0.006296	0.3692	0.002155
3.0	0.5968	0.006720	0.3820	0.002297
3.1	0.6167	0.007157	0.3947	0.002444
3.2	0.6366	0.007609	0.4074	0.002595
3.3	0.6565	0.008074	0.4202	0.002750
3.4	0.6764	0.008553	0.4329	0 002911
3.5	0.6963	0.009046	0.4456	0.003075
3.6	0.7162	0 009552	0.4584	0.003244
3.7	0.7361	0.010073	0.4711	0.003418

Suite de la TABLE.

Volumes d'eau débités en litres.	Diamètres. 0m.08. Vitesse moyenne.	Diamètres. 0m.08. Perte de charge par mètre courant.	Diamètres. 0m.10. Vitesse moyenne.	Diamètres. 0m.10. Perte de charge par mètre courant.
litres.	m	m	m	m
3.8	0.7560	0.010607	0.4838	0.003596
3.9	0.7759	0.011153	0.4966	0.003779
4.0	0.7958	0.011716	0.5093	0.003966
4.1	0.8157	0.012292	0.5220	0.004158
4.2	0.8356	0.012881	0.5348	0.004354
4.3	0.8555	0.013484	0.5475	0.004555
4.4	0.8754	0.014101	0.5602	0.004760
4.5	0.8952	0.014732	0.5730	0.004970
4.6	0.9151	0.015376	0.5857	0.005184
4.7	0.9350	0.016034	0.5984	0.005403
4.8	0.9549	0.016706	0.6112	0.005627
4.9	0.9748	0.017392	0.6239	0.005855
5.0	0.9947	0.018091	0.6366	0.006087
5.2	1.0345	0.019532	0.6621	0.006565
5.4	1.0743	0.021027	0.6875	0.007062
5.6	1.1141	0.022578	0.7130	0.007576
5.8	1.1539	0.024184	0.7385	0.008109
6.0	1.1937	0.025845	0.7639	0.008660
6.2	1.2334	0.027561	0.7894	0.009228
6.4	1.2732	0.029332	0.8149	0.009815
6.6	1.3130	0.031158	0.8403	0.010420
6.8	1.3528	0.033040	0.8658	0.011043
7.0	1.3926	0.034976	0.8913	0.011684
7.2	1.4324	0.036968	0.9167	0.012343
7.4	1.4722	0.039015	0.9422	0.013020
7.6	1.5120	0.041117	0.9677	0.013715
7.8	1.5518	0.043274	0.9931	0.014428
8.0	1.5916	0.045486	1.0186	0.015160
8.2	1.6313	0.047753	1.0440	0.015909
8.4	1.6711	0.050076	1.0695	0.016676
8.6	1.7109	0.052454	1.0950	0.017462
8.8	1.7507	0.054887	1.1204	0.018265
9.0	1.7905	0.057375	1.1459	0.019087
9.2	1.8303	0.059918	1.1714	0.019926
9.4	1.8701	0.062516	1.1968	0.020781
9.6	1.9099	0.065169	1.2223	0.021660
9.8	1.9497	0.067878	1.2478	0.022554

Suite de la Table.

Volumes d'eau débités en litres.	Diamètres.			
	0m,08.		0m,10.	
	Vitesse moyenne.	Perte de charge par mètre courant.	Vitesse moyenne.	Perte de charge. par mètre courant.
litres.	m	m	m	m
10.0	1.9894	0.070642	1.2732	0.023466
11.0	2.1884	0.085287	1.4006	0.028296
12	2.3873	0.101310	1.5279	0.033579
13	2.5863	0.118712	1.6552	0.039313
14	2.7852	0.137492	1.7825	0.045499
15	2.9842	0.157650	1.9098	0.052136
16	»	»	2.0372	0.059225
17	»	»	2.1645	0.066766
18	»	»	2.2918	0.074758
19	»	»	2.4192	0.083202
20	»	»	2.5465	0.092098
21	»	»	2.6738	0.101445
22	»	»	2.8011	0.111244
23	»	»	2.9284	0.121495

Suite de la TABLE.

Volumes d'eau débités en litres.	Diamètres. 0m.15. Vitesse moyenne.	0m.15. Perte de charge par mètre courant.	0m.20. Vitesse moyenne.	0m.20. Perte de charge par mètre courant.
litres.	m	m	m	m
1.8	0.1019	0.000143	»	»
1.9	0.1075	0.000157	»	»
2.0	0.1132	0.000171	»	»
2.1	0.1188	0.000186	»	»
2.2	0.1245	0.000201	»	»
2.3	0.1302	0.000217	»	»
2.4	0.1358	0.000234	»	»
2.5	0.1414	0.000251	»	»
2.6	0.1471	0.000269	»	»
2.7	0.1528	0.000287	»	»
2.8	0.1584	0.000306	»	»
2.9	0.1641	0.000326	»	»
3.0	0.1698	0.000346	»	»
3.1	0.1754	0.000367	»	»
3.2	0.1811	0.000388	0.1019	0.000108
3.3	0.1867	0.000410	0.1050	0.000113
3.4	0.1924	0.000433	0.1082	0.000119
3.5	0.1981	0.000456	0.1114	0.000125
3.6	0.2037	0.000480	0.1146	0.000131
3.7	0.2094	0.000504	0.1178	0.000137
3.8	0.2150	0.000529	0.1210	0.000144
3.9	0.2207	0.000554	0.1241	0.000150
4.0	0.2264	0.000580	0.1273	0.000157
4.1	0.2320	0.000607	0.1305	0.000164
4.2	0.2377	0.000634	0.1337	0.000171
4.3	0.2433	0.000662	0.1369	0.000178
4.4	0.2490	0.000691	0.1401	0.000185
4.5	0.2546	0.000720	0.1432	0.000193
4.6	0.2603	0.000750	0.1464	0.000200
4.7	0.2660	0.000780	0.1496	0.000208
4.8	0.2716	0.000811	0.1528	0.000216
4.9	0.2773	0.000842	0.1560	0.000224
5.0	0.2829	0.000874	0.1592	0.000232
5.2	0.2943	0.000940	0.1655	0.000248
5.4	0.3056	0.001008	0.1719	0.000265
5.6	0.3169	0.001079	0.1783	0.000283
5.8	0.3282	0.001152	0.1846	0.000301

Suite de la TABLE.

Volumes d'eau débités en litres.	Diamètres.			
	0m.15.		0m.20.	
	Vitesse moyenne.	Perte de charge par mètre courant.	Vitesse moyenne.	Perte de charge. par mètre courant.
litres.	m	m	m	m
6.0	0.3395	0.001228	0.1910	0.000320
6.2	0.3508	0.001305	0.1974	0.000340
6.4	0.3622	0.001385	0.2037	0.000360
6.6	0.3735	0.001468	0.2100	0.000380
6.8	0.3848	0.001555	0.2165	0.000401
7.0	0.3961	0.001640	0.2228	0.000425
7.2	0.4074	0.001730	0.2291	0.000445
7.4	0.4188	0.001822	0.2355	0.000468
7.6	0.4301	0.001916	0.2419	0.000491
7.8	0.4414	0.002015	0.2483	0.000515
8.0	0.4527	0.002113	0.2546	0.000540
8.2	0.4640	0.002214	0.2610	0.000565
8.4	0.4753	0.002318	0.2674	0.000591
8.6	0.4867	0.002424	0.2737	0.000617
8.8	0.4980	0.002533	0.2801	0.000644
9.0	0.5093	0.002644	0.2865	0.000671
9.2	0.5206	0.002758	0.2928	0.000699
9.4	0.5319	0.002874	0.2992	0.000727
9.6	0.5432	0.002992	0.3056	0.000756
9.8	0.5546	0.003112	0.3119	0.000786
10	0.5659	0.003235	0.3183	0.000816
11	0.6225	0.003886	0.3501	0.000975
12	0.6791	0.004596	0.3820	0.001149
13	0.7356	0.005366	0.4138	0.001336
14	0.7922	0.006195	0.4456	0.001538
15	0.8488	0.007084	0.4775	0.001753
16	0.9034	0.008032	0.5093	0.001983
17	0.9620	0.009039	0.5411	0.002227
18	1.0186	0.010106	0.5730	0.002485
19	1.0752	0.011233	0.6048	0.002757
20	1.1318	0.012419	0.6366	0.003044
21	1.1884	0.013664	0.6684	0.003344
22	1.2449	0.014969	0.7003	0.003658
23	1.3015	0.016333	0.7321	0.003987
24	1.3581	0.017757	0.7639	0.004330
25	1.4147	0.019241	0.7958	0.004687
26	1.4713	0.020783	0.8276	0.005058

Suite de la TABLE.

Volumes d'eau débités en litres.	Diamètres.			
	0m.15.		0m.20.	
	Vitesse moyenne.	Perte de charge par mètre courant.	Vitesse moyenne.	Perte de charge par mètre courant.
litres.	m	m	m	m
27	1.5279	0.022386	0.8594	0.005443
28	1.5845	0.024047	0.8913	0.005852
29	1.6411	0.025769	0.9231	0.006255
30	1.6977	0.027549	0.9549	0.006682
31	1.7542	0.029390	0.9868	0.007124
32	1.8108	0.031289	1.0186	0.007580
33	1.8674	0.033249	1.0504	0.008049
34	1.9240	0.035257	1.0822	0.008533
35	1.9806	0.037345	1.1141	0.009031
36	2.0372	0.039483	1.1459	0.009543
37	2.0938	0.041680	1.1777	0.010069
38	2.1504	0.043937	1.2096	0.010610
39	2.2070	0.016253	1.2414	0.011164
40	2.2635	0.018628	1.2732	0.011733
41	2.3201	0.051063	1.3051	0.012315
42	2.3767	0.053558	1.3369	0.012912
43	2.4333	0.056112	1.3687	0.013525
44	2.4899	0.058725	1.4006	0.014148
45	2.5465	0.061398	1.4324	0.014787
46	2.6031	0.064150	1.4642	0.015440
47	2.6597	0.066922	1.4961	0.016108
48	2.7162	0.069774	1.5279	0.016789
49	2.7728	0.072684	1.5597	0.017485
50	2.8294	0.075755	1.5916	0.018195
51	2.8860	0.078684	1.6234	0.018918
52	2.9426	0.081774	1.6552	0.019656
53	2.9992	0.084922	1.6870	0.020408
54	»	»	1.7189	0.021175
55	»	»	1.7507	0.021955
56	»	»	1.7825	0.022749
57	»	»	1.8144	0.023558
58	»	»	1.8462	0.024380
59	»	»	1.8780	0.025217
60	»	»	1.9099	0.026068
61	»	»	1.9417	0.026933
62	»	»	1.9735	0.027812
63	»	»	2.0054	0.028705

Suite de la TABLE.

Volumes d'eau débités en litres.	Diamètres. 0m,15.		0m,20.	
	Vitesse moyenne.	Perte de charge par mètre courant.	Vitesse moyenne.	Perte de charge, par mètre courant.
litres.	m	m	m	m
64	»	»	2.0372	0.029612
65	»	»	2.0690	0.030554
66	»	»	2.1008	0.031469
67	»	»	2.1327	0.032419
68	»	»	2.1645	0 033383
69	»	»	2.1963	0.034360
70	»	»	2.2282	0.035352
71	»	»	2.2600	0.036359
72	»	»	2.2918	0.037379
73	»	»	2.3237	0.038413
74	»	»	2.3555	0.039462
75	»	»	2.3873	0.040524
76	»	»	2.4192	0.041601
77	»	»	2.4510	0.042692
78	»	»	2.4828	0.043796
79	»	»	2.5146	0.044915
80	»	»	2.5465	0.046049
81	»	»	2.5783	0.047196
82	»	»	2.6101	0.048357
83	»	»	2 6420	0.049533
84	»	»	2.6738	0.050722
85	»	»	2.7056	0.051926
86	»	»	2.7375	0.053144
87	»	»	2.7693	0.054376
88	»	»	2.8011	0.055622
89	»	»	2.8330	0.056882
90	»	»	2.8 648	0.058156
91	»	»	2.8966	0.059444
92	»	»	2.9284	0.060747
93	»	»	2.9603	0.062064
94	»	»	2.9921	0.063394

Suite de la TABLE.

Volumes d'eau débités en litres.	Diamètres. 0m.25.		Diamètres. 0m.30.	
	Vitesse moyenne.	Perte de charge par mètre courant.	Vitesse moyenne.	Perte de charge par mètre courant.
litres.	m	m	m	m
5.0	0.1086	0.000086	»	»
5.2	0.1059	0.000092	»	»
5.4	0.1100	0.000098	»	»
5.6	0.1141	0.000104	»	»
5.8	0.1182	0.000111	»	»
6.0	0.1222	0.000117	»	»
6.2	0.1263	0.000124	»	»
6.4	0.1304	0.000131	»	»
6.6	0.1345	0.000138	»	»
6.8	0.1385	0.000145	»	»
7.0	0.1426	0.000153	0.0990	0.000068
7.2	0.1467	0.000160	0.1019	0.000072
7.4	0.1508	0.000168	0.1047	0.000075
7.6	0.1548	0.000176	0.1075	0.000079
7.8	0.1589	0.000185	0.1103	0.000082
8.0	0.1630	0.000193	0.1132	0.000086
8.2	0.1671	0.000202	0.1160	0.000089
8.4	0.1711	0.000210	0.1188	0.000093
8.6	0.1752	0.000219	0.1217	0.000897
8.8	0.1793	0.000229	0.1245	0.000101
9.0	0.1833	0.900238	0.1273	0.000105
9.2	0.1874	0.000247	0.1302	0.000109
9.4	0.1915	0.000257	0.1330	0.000113
9.6	0.1956	0.000267	0.1358	0.000117
9.8	0.1996	0.000277	0.1386	0.000121
10	0.2037	0.000288	0.1415	0.000126
11	0.2241	0.000342	0.1556	0.000148
12	0.2445	0.000401	0.1698	0.000173
13	0.2648	0.000464	0.1839	0.000200
14	0.2852	0.000532	0.1981	0.000228
15	0.3056	0.000605	0.2122	0.000258
16	0.3259	0.000682	0.2264	0.000290
17	0.3463	0.000764	0.2405	0.000324
18	0.3667	0.000851	0.2546	0.000360
19	0.3871	0.000942	0.2688	0.009398
20	0.4074	0.001038	0.2829	0.000437
21	0.4278	0.001138	0.2971	0.000478

Suite de la TABLE.

Volumes d'eau débités en litres.	Diamètres. 0m.25. Vitesse moyenne.	0m.25. Perte de charge par mètre courant.	0m.30. Vitesse moyenne.	0m.30. Perte de charge par mètre courant.
litres.	m	m	m	m
22	0 4482	0.001243	0.3112	0.000522
23	0.4686	0.001353	0.3254	0.000567
24	0.4889	0.001468	0.3395	0.000614
25	0.5093	0.001587	0.3537	0.000663
26	0.5297	0.001710	0.3678	0.000713
27	0.5500	0.001838	0.3820	0.000766
28	0.5704	0.001971	0.3961	0.000820
29	0.5908	0.002109	0.4103	0.000876
30	0.6112	0.002251	0.4244	0.000934
31	0.6315	0.002397	0.4386	0.000994
32	0.6519	0.002549	0.4527	0.001056
33	0 6723	0.002705	0.4669	0 001120
34	0.6926	0.002865	0.4810	0.001185
35	0.7130	0.003031	0.4951	0.001253
36	0.7334	0.003200	0.5093	0.001322
37	0.7538	0.003375	0.5234	0.001393
38	0.7741	0.003554	0.5376	0.001466
39	0.7945	0.003738	0.5517	0.001541
40	0.8149	0.003926	0.5569	0 001618
41	0.8352	0.004119	0.5800	0.001696
42	0.8556	0.004317	0.5942	0.001777
43	0.8760	0.004519	0.6083	0.001859
44	0.8963	0.004726	0.6225	0.001943
45	0.9167	0.004937	0.6366	0.002029
46	0.9371	0.005153	0.6508	0 002117
47	0.9575	0.005374	0.6649	0 002207
48	0.9778	0.005599	0.6791	0.002298
49	0.9982	0.005829	0.6932	0.002392
50	1.0186	0.006064	0.7074	0.002487
51	1.0390	0.006303	0.7215	0.002584
52	1.0593	0.006547	0.7356	0.002683
53	1.0797	0.006795	0.7498	0.002784
54	1.1001	0.007048	0.7639	0.002887
55	1.1204	0.007306	0 7781	0.002991
56	1.1612	0.007568	0.7922	0.003098
57	1.1816	0.007835	0.8064	0.003206
58	1.2019	0.008107	0.8205	0.003316

Suite de la Table.

Volumes d'eau débités en litres.	Diamètres.			
	0m.25.		0m.30.	
	Vitesse moyenne.	Perte de charge par mètre courant.	Vitesse moyenne.	Perte de charge par mètre courant.
litres.	m	m	m	m
59	1.2019	0.008383	0.8347	0.003428
60	1.2223	0.008664	0.8488	0.003542
61	1.2427	0.008949	0 8630	0.003658
62	1.2631	0.009239	0 8771	0.003775
63	1.2834	0.009534	0.8913	0.003893
64	1.3038	0.009834	0.9054	0.004016
65	1.3242	0.010137	0.9196	0.004139
66	1.3445	0.010446	0.9337	0.004264
67	1.3649	0 010759	0.9478	0.004391
68	1.3853	0.011077	0.9620	0.004520
69	1.4056	0.011400	0.9761	0.004650
70	1.4262	0.011727	0.9903	0.004783
71	1.4464	0.012058	1.0044	0.004917
72	1.4668	0.012395	1.0186	0.005053
73	1.4871	0.012736	1.0327	0.005191
74	1.5075	0.013081	1.0469	0.005331
75	1.5279	0.013431	1.0610	0.005473
76	1.5483	0.013786	1 0752	0.005616
77	1.5686	0.014146	1.0893	0.005762
78	1.5890	0.014410	1.1035	0.005909
79	1.6094	0.014879	1.1176	0.006058
80	1.6297	0.015252	1.1318	0.006209
81	1.6501	0.015630	1.1459	0 006362
82	1.6705	0.016012	1.1601	0.006517
83	1.6909	0.016400	1.1742	0.006674
84	1.7112	0.016791	1.1884	0.006832
85	1.7316	0.017188	1.2025	0.006992
86	1.7520	0.017589	1.2167	0.007155
87	1.7723	0.017993	1.2308	0.007319
88	1.7927	0.018303	1.2449	0.007485
89	1.8131	0.018820	1.2591	0.007652
90	1.8335	0.019240	1.2732	0.007822
91	1.8538	0.019664	1.2874	0.007993
92	1.8742	0.020093	1.3015	0.008167
93	1.8946	0.020526	1.3157	0.008342
94	1.9150	0.020964	1.3298	0.008519
95	1.9353	0.021407	1.3440	0.008698

Suite de la Table.

Volumes d'eau débités en litres.	Diamètres.			
	0m.25.		0m.30.	
	Vitesse moyenne.	Perte de charge par mètre courant.	Vitesse moyenne.	Perte de charge par mètre courant.
litres.	m	m	m	m
96	1.9957	0.021854	1.3581	0.008879
97	1.8761	0.022506	1.3725	0.009061
98	1.9964	0.022763	1.3864	0.009246
99	2.0168	0.023224	1.4006	0.009432
100	2.0372	0.023690	1.4147	0 009620
105	2.1390	0.026088	1.4854	0.010589
110	2.2409	0.028603	1.5562	0.011605
115	2.3428	0.031232	1.6269	0.012666
120	2.4446	0.033978	1.6977	0.013775
125	2.5461	0.036839	1.7684	0.014930
130	2.6483	0.039816	1.8391	0.016131
135	2.7502	0.042908	1.9099	0 017379
140	0.8520	0.046116	1.9806	0.018673
145	2.9539	0.049439	2.0513	0.020013
150	3.0558	0 052879	2.1221	0.021401
155	»	»	2.1928	0.022854
160	»	»	2.2633	0.024314
165	»	»	2.3343	0.025841
170	»	»	2.4050	0.027414
175	»	»	2.4757	0.029033
180	»	»	2.5465	0 030699
185	»	»	2.6172	0.032412
190	»	»	2.6879	0.034170
195	»	»	2.7587	0.035976
200	»	»	2.8294	0.037827
205	»	»	2.9002	0.039726
210	»	»	2.9709	0.041670
215	»	»	3.0416	0.043662

Suite de la TABLE.

Volumes d'eau débités en litres.	Diamètres.			
	0m.35.		0m.40.	
	Vitesse moyenne.	Perte de charge par mètre courant.	Vitesse moyenne.	Perte de charge par mètre courant.
litres.	m	m	m	m
9.8	0.1019	0.000061	»	»
10	0.1039	0.000064	»	»
11	0.1143	0.000075	»	»
12	0.1247	0.000087	0 0955	0.000048
13	0.1351	0.000099	0.1035	0.000055
14	0.1455	0.000113	0.1114	0.000063
15	0.1559	0.000128	0.1194	0.000070
16	0.1663	0.000143	0.1273	0.000079
17	0.1767	0.000159	0.1353	0.000087
18	0.1871	0 000176	0.1432	0.000096
19	0.1975	0.000194	0.1512	0 000106
20	0.2079	0.000213	0.1592	0.000115
21	0.2183	0.000233	0.1671	0.000126
22	0.2287	0.000253	0.1751	0 000137
23	0.2391	0.000275	0.1830	0.000148
24	0.2495	0.000297	0.1910	0 0 0160
25	0.2598	0.000320	0.1959	0.000172
26	0.2702	0.000344	0.2069	0.000185
27	0.2806	0 000369	0.2149	0.000198
28	0.2910	0.000395	0.2228	0.000212
29	0.3014	0.000421	0.2308	0.000225
30	0.3118	0.000449	0.2387	0.000240
31	0.3222	0.000477	0.2467	0.000255
32	0.3326	0.000506	0.2546	0.000270
33	0.3430	0.000536	0.2626	0.000286
34	0.3534	0.000567	0 2706	0.000302
35	0.3637	0.000599	0.2785	0.000318
36	0.3742	0.000631	0.2865	0.000336
37	0.3846	0.000665	0.2944	0.000353
38	0.3950	0.000699	0.3024	0.000371
39	0.4054	0.000734	0.3104	0.000389
40	0.4158	0.000770	0.3183	0.000408
41	0.4261	0.000807	0.3263	0.000427
42	0.4365	0.000845	0.3342	0.000447
43	0.4469	0.000884	0.3422	0.000467
44	0.4573	0.000923	0.3501	0.000488
45	0.4677	0.000963	0.3581	0.000509

Suite de la TABLE.

Volumes d'eau débités en litres.	Diamètres.			
	0m.35.		0m.40.	
	Vitesse moyenne.	Perte de charge par mètre courant.	Vitesse moyenne.	Perte de charge par mètre courant.
litres.	m	m	m	m
46	0 4781	0.001005	0.3661	0.000530
47	0.4885	0.001047	0.3740	0.000552
48	0.4989	0.001089	0.3820	0.000574
49	0.5093	0.001133	0.3899	0.000597
50	0.5197	0.001178	0.3979	0.000620
51	0.5301	0.001223	0.4058	0.000644
52	0.5405	0.001270	0.4138	0 000668
53	0.5509	0.001317	0.4218	0.000693
54	0.5613	0.001365	0.4297	0.000718
55	0.5717	0.001414	0.4377	0.000743
56	0.5821	0.001464	0.4456	0.000769
57	0.5924	0.001514	0.4536	0.000795
58	0.6028	0.001566	0.4615	0.000822
59	0.6132	0.001618	0.4695	0.000849
60	0·6236	0.001671	0.4775	0.000877
61	0.6340	0.001725	0.4854	0.000905
62	0.6444	0 001780	0.4934	0.000933
63	0.6548	0.001836	0.5013	0.000962
64	0.6652	0.001893	0.5093	0.000992
65	0.6756	0.001950	0.5173	0 001021
66	0.6860	0.002009	0.5252	0.001052
67	0.6964	0.002068	0.5332	0 001082
68	0.7068	0.002128	0.5411	0.001113
69	0.7172	0.002189	0.5491	0.001145
70	0.7276	0.002251	0.5570	0.001177
71	0.7380	0.002314	0.5650	0.001210
72	0.7484	0.002377	0.5730	0.001242
73	0.7587	0.002442	0.5809	0.001276
74	0.7691	0.002507	0.5889	0.001310
75	0.7795	0.002573	0.5968	0.001344
76	0.7899	0.002640	0.6048	0.001379
77	0.8003	0.002708	0.6127	0.001414
78	0.8107	0.002776	0.6207	0.001449
79	0.8211	0.002846	0.6287	0.001485
80	0.8315	0.002917	0.6366	0.001522
81	0.8419	0.002988	0.6445	0.01559
82	0.8523	0.003060	0.6525	0.001596

Suite de la TABLE.

Volumes d'eau débités en litres.	Diamètres.			
	0m.35.		0m.40.	
	Vitesse moyenne.	Perte de charge par mètre courant.	Vitesse moyenne.	Perte de charge par mètre courant.
litres.	m	m	m	m
83	0.8626	0.003133	0.6605	0.001634
84	0.8731	0.003207	0.6684	0.001672
85	0.8835	0.003282	0.6764	0.001711
86	0.8939	0.003357	0.6844	0.001750
87	0.9043	0.003434	0.6923	0.001789
88	0.9147	0.003511	0.7003	0.001829
89	0.9250	0.003589	0.7082	0.001870
90	0.9354	0.003668	0.7162	0.001910
91	0.9458	0.003748	0.7242	0.001952
92	0.9562	0.003829	0.7321	0.001993
93	0.9666	0.003910	0.7401	0.002036
94	0.9770	0.003993	0.7480	0.002078
95	0.9874	0.004076	0.7560	0.002121
96	0.9978	0.004160	0.7639	0.002165
97	1.0082	0.004245	0.7719	0.002209
98	1.0186	0.004331	0.7799	0.002253
99	1.0290	0.004418	0.7878	0.002298
100	1.0394	0.004506	0.7958	0.002343
105	1.0913	0.004957	0.8356	0.002576
110	1.1433	0.005429	0.8754	0.002820
115	1.1953	0.005923	0.9151	0.003075
120	1.2473	0.006439	0.9549	0.003341
125	1.2992	0.006976	0.9947	0.003618
130	1.3512	0.007534	1.0345	0.003906
135	1.4032	0.008114	1.0743	0.004205
140	1.4551	0.008716	1.1141	0.004516
145	1.5071	0.009339	1.1539	0.004837
150	1.5591	0.009983	1.1937	0.005169
155	1.6110	0.010649	1.2335	0.005512
160	1.6630	0.011337	1.2732	0.005866
165	1.7150	0.012046	1.3130	0.006232
170	1.7669	0.012776	1.3528	0.006608
175	1.8189	0.013528	1.3926	0.006995
180	1.8709	0.014302	1.4324	0.007394
185	1.9229	0.015097	1.4722	0.007803
190	1.9748	0.015913	1.5120	0.008223
195	2.0268	0.016751	1.5518	0.008655

Suite de la Table.

Volumes d'eau débités en litres.	Diamètres.			
	0m,35.		0m,40.	
	Vitesse moyenne.	Perte de charge par mètre courant.	Vitesse moyenne.	Perte de charge par mètre courant.
litres.	m	m	m	m
200	2.0788	0.017611	1.5916	0.009097
205	2.1307	0.018492	1.6313	0.009551
210	2.1827	0.013994	1.6711	0.010015
215	2.2347	0.020318	1.7109	0.010491
220	2.2866	0.021264	1.7507	0.010977
225	2.3386	0.022231	1.7905	0.011475
230	2.3906	0.023219	1.8303	0 011984
235	2.4425	0.024229	1.8701	0.012505
240	2.4945	0.025200	1.9099	0.013034
245	2.5465	0.026313	1.9496	0.013576
250	2.5984	0.027388	1.9894	0.014128
255	2.6504	0.028484	2.0292	0.014692
260	2.7024	0.029601	2.0690	0.015267
265	2.7544	0.030740	2.1088	0.015853
270	2.8063	0.041901	2.1486	0.016450
275	2.8583	0.033083	2.1884	0.017057
280	2.9103	0 034286	2.2282	0.017676
285	2.9622	0.035511	2.2680	0.018306
290	3.0142	0.036758	2.3077	0.018947
295	»	»	2.3475	0 019599
300	»	»	2.3873	0.020262
305	»	»	2.4271	0 020936
310	»	»	2.4669	0.021621
315	»	»	2.5067	0.022317
320	»	»	2.5465	0.023024
325	»	»	2.5863	0.023743
330	»	»	2.6261	0.024472
335	»	»	2.6658	0.025212
340	»	»	2.7056	0.025963
345	»	»	2.7454	0.026725
350	»	»	2.7852	0.027499
355	»	»	2.8250	0.028283
360	»	»	2.8648	0.029078
365	»	»	2.9046	0.029885
370	»	»	2.9444	0.030702
375	»	»	2.9842	0.031530
380	»	»	3.0239	0.032370

Suite de la TABLE.

Volumes d'eau débités en litres.	Diamètres.			
	$0^{m}.45$.		$0^{m}.50$.	
	Vitesse moyenne.	Perte de charge par mètre courant.	Vitesse moyenne.	Perte de charge par mètre courant.
litres.	m	m	m	m
16	0.1006	0.000047	»	»
17	0.1069	0.000052	»	»
18	0.1132	0.000057	»	»
19	0.1195	0.000063	0 0968	0.000039
20	0.1257	0.000068	0.1019	0.000043
21	0.1320	0.000074	0.1070	0.000047
22	0.1383	0.000080	0.1120	0.000051
23	0.1446	0 000087	0.1171	0.000054
24	0.1509	0.000094	0.1222	0.000059
25	0.1572	0 000101	0.1273	0.000063
26	0.1635	0.000108	0.1324	0.000067
27	0.1698	0.000115	0.1375	0.000072
28	0.1761	0.000123	0.1426	0.000076
29	0.1823	0.000131	0.1477	0.000081
30	0.1886	0.000139	0.1528	0.000086
31	0.1949	0.000148	0.1579	0.000091
32	0.2012	0.000156	0.1630	0.000097
33	0.2075	0.000165	0 1681	0.000102
34	0.2138	0 000174	0.1732	0 000108
35	0.2201	0.000184	0.1783	0.000113
36	0.2264	0.000194	0.1833	0.000119
37	0.2326	0.000203	0.1884	0.000125
38	0.2389	0.000214	0.1935	0.000131
39	0.2452	0.000224	0.1986	0.000137
40	0.2515	0.000233	0.2037	0.000144
41	0.2578	0.000245	0 2088	0.000150
42	0.2641	0.000257	0.2139	0.000157
43	0.2704	0.000268	0.2190	0.000164
44	0.2767	0.000280	0.2241	0.000171
45	0.2829	0.000291	0.2292	0.000178
46	0.2892	0.000304	0.2343	0.000185
47	0.2955	0.000316	0.2394	0.000193
48	0.3018	0.000329	0.2445	0.000200
49	0.3081	0.000341	0.2496	0.000208
50	0.3144	0.000354	0.2546	0.000216
51	0.3207	0.000368	0.2597	0.000224
52	0.3270	0.000381	0.2648	0.000232

Suite de la Table.

Volumes d'eau débités en litres.	Diamètres.			
	0m.45.		0m.50.	
	Vitesse moyenne.	Perte de charge par mètre courant.	Vitesse moyenne.	Perte de charge par mètre courant.
litres.	m	m	m	m
53	0.3332	0.000393	0.2699	0.000240
54	0.3395	0.000409	0.2750	0.000249
55	0.3458	0.000424	0.2801	0.000257
56	0.3521	0.000438	0.2852	0.000266
57	0.3584	0.000453	0.2903	0.000275
58	0.3647	0.000468	0.2954	0.000284
59	0.3710	0.000483	0.3005	0.000293
60	0.3773	0.000499	0.3056	0.000303
61	0.3835	0.000515	0.3107	0.000312
62	0.3898	0.000531	0.3158	0.000322
63	0.3961	0.000547	0.3209	0.000331
64	0.4024	0.000563	0.3259	0.000341
65	0.4087	0.000580	0.3310	0.000351
66	0.4150	0.000597	0.3361	0.000361
67	0.4213	0.000614	0.3412	0.000372
68	0.4276	0.000632	0.3463	0.000382
69	0.4338	0.000650	0.3514	0.000393
70	0.4401	0.000668	0.3565	0.000404
71	0.4464	0.000686	0.3616	0.000414
72	0.4527	0.000704	0.3667	0.000425
73	0.4590	0.000723	0.3718	0.000437
74	0.4653	0.000742	0.3769	0.000448
75	0.4716	0.000761	0.3820	0.000459
76	0.4778	0.000781	0.3871	0.000471
77	0.4841	0.000800	0.3922	0.000483
78	0.4904	0.000820	0.3973	0.000495
79	0.4967	0.000840	0.4023	0.000507
80	0.5030	0.000861	0.4074	0.000519
81	0.5093	0.000882	0.4125	0.000531
82	0.5156	0.000903	0.4176	0.000544
83	0.5219	0.000924	0.4227	0.000556
84	0.5282	0.000945	0.4278	0.000569
85	0.5344	0.000967	0.4329	0.000582
86	0.5407	0.000989	0.4380	0.000595
87	0.5470	0.001011	0.4431	0.000608
88	0.5533	0.001033	0.4482	0.000622
89	0.5596	0.001056	0.4533	0.000635

Suite de la TABLE.

Volumes d'eau débités en litres.	Diamètres.			
	0m.45.		0m.50.	
	Vitesse moyenne.	Perte de charge par mètre courant.	Vitesse moyenne.	Perte de charge par mètre courant.
litres.	m	m	m	m
90	0.5659	0.001079	0.4584	0.000649
91	0.5722	0.001102	0.4635	0.000663
92	0.5785	0.001125	0.4686	0.000677
93	0.5847	0.001149	0 4736	0.000691
94	0.5910	0.001173	0.4787	0.000705
95	0.5973	0.001197	0.4838	0.000719
96	0.6036	0.001221	0.4889	0.000734
97	0.6099	0 001246	0.4940	0.000748
98	0.6162	0.001271	0.4991	0.000763
99	0.6225	0 001296	0.5042	0.000778
100	0.6288	0.001321	0.5093	0.000793
105	0.6602	0.001451	0.5348	0.000871
110	0.6916	0.001588	0.5602	0.000952
115	0.7231	0.001730	0.5857	0.001037
120	0.7545	0.001879	0.6112	0.001125
125	0.7860	0.002034	0.6366	0.001217
130	0.8174	0.002195	0.6621	0.001313
135	0.8488	0 002362	0 6875	0.001412
140	0.8803	0.002535	0.7130	0.001515
145	0.9117	0.002714	0.7385	0.001622
150	0.9431	0.002900	0.7639	0.001732
155	0.9746	0.003091	0.7894	0.001846
160	1.0060	0.003289	0.8149	0.001963
165	1.0374	0.003492	0.8403	0.002084
170	1.0689	0.003702	0.8658	0 002208
175	1.1003	0.003918	0 8913	0.002337
180	1.1318	0.004140	0.9167	0.002468
185	1.1632	0.004369	0.9422	0.002604
190	1.1947	0.004603	0.9677	0 002743
195	1.2261	0.004844	0.9931	0.002886
200	1.2575	0.005090	1.0186	0.003032
205	1.2890	0.005343	1.0441	0.003182
210	1.3204	0.005602	1.0695	0.003335
215	1.3518	0.005867	1.0950	0.003492
220	1.3833	0.006138	1.1204	0.003653
225	1.4147	0.006415	1.1459	0.003817
230	1.4462	0.006698	1.1714	0.003985

Suite de la TABLE.

Volumes d'eau débités en litres.	Diamètres.			
	0^m.45.		0^m.50.	
	Vitesse moyenne.	Perte de charge par mètre courant.	Vitesse moyenne.	Perte de charge par mètre courant.
litres.	m	m	m	m
235	1.4776	0.006988	1.1969	0.004157
240	1.3090	0.004283	1.2223	0.004332
245	1.3405	0.007583	1.2478	0.004511
250	1.3719	0.007895	1.2732	0.004693
255	1.6033	0.008207	1.2987	0.004879
260	1.6348	0.008527	1.3242	0.005069
265	1.6662	0.008853	1.3496	0.005262
270	1.6977	0.009145	1.3751	0.005459
275	1.7291	0.009524	1.4036	0.005659
280	1.7605	0.009868	1.4260	0.005863
285	1.7920	0.010219	1.4315	0.006071
290	1.8234	0.010576	1.4470	0.006282
295	1.8549	0.010939	1.5024	0.006497
300	1.8863	0.011308	1.5279	0.006716
305	1.9177	0.011683	1.5534	0.006938
310	1.9492	0.012064	1.5788	0.007163
315	1.9806	0.012451	1.6043	0.007395
320	2.0120	0.012845	1.6298	0.007626
325	2.0435	0.013244	1.6552	0.007862
330	2.0749	0.013650	1.6807	0.008102
335	2.1064	0.014062	1.7061	0.008346
340	2.1378	0.014480	1.7316	0.008594
345	2.1692	0.014904	1.7511	0.008845
350	2.2007	0.015334	1.7825	0.009099
355	2.2321	0.015771	1.8080	0.009358
360	2.2635	0.016215	1.8335	0.009619
365	2.2950	0.016662	1.8589	0 009885
370	2.3264	0.017116	1.8844	0.010154
375	2.3579	0.017577	1.9099	0.010427
380	2.3893	0.018044	1.9353	0.010703
385	2.4207	0.018517	1.9608	0.010983
390	2.4522	0.018996	1.9863	0.011266
395	2.4836	0.019482	2.0117	0.011554
400	2.5150	0.019973	2.0372	0.011844
405	2.5463	0.020471	2.0626	0.012159
410	2.5779	0.020974	2.0881	0.012437
415	2.6094	0.021484	2.1136	0.012758

Suite de la TABLE.

Volumes d'eau débités en litres.	Diamètres.			
	0m.45.		0m.50.	
	Vitesse moyenne.	Perte de charge par mètre courant.	Vitesse moyenne.	Perte de charge par mètre courant.
litres.	m	m	m	m
420	2.6408	0.022000	2.1390	0.013044
425	2.6722	0.022522	2.1645	0.013353
430	2.7037	0.023050	2.1900	0.013665
435	2.7351	0.023584	2.2154	0.013981
440	2.7666	0.024125	2.2409	0.014301
445	2.7980	0.024671	2.2664	0.014624
450	2.8294	0.025224	2.2918	0.014951
455	2.8609	0.025783	2.3173	0.015282
460	2.8923	0.026348	2.3428	0.015616
465	2.9237	0.026919	2.3682	0.015954
470	2.9552	0.027496	2.3937	0.016295
475	2.9866	0.028079	2.4192	0.016640
480	3.0181	0.028668	2.4446	0.016988
485	»	»	2.4701	0.017341
490	»	»	2.4955	0.017696
495	»	»	2.5210	0.018056
500	»	»	2.5465	0.018419
505	»	»	2.5719	0.018785
510	»	»	2.5974	0.019156
515	»	»	2.6229	0.019530
520	»	»	2.6483	0.019907
525	»	»	2.6738	0.020288
530	»	»	2.6993	0.020673
535	»	»	2.7247	0.021061
540	»	»	2.7502	0.021453
545	»	»	2.7757	0.021849
550	»	»	2.8011	0.022248
555	»	»	2.8266	0.022650
560	»	»	2.8521	0.023057
565	»	»	2.8775	0.023467
570	»	»	2.9030	0.023880
575	»	»	2.9284	0.024298
580	»	»	2.9539	0.024718
585	»	»	2.9794	0.025143
590	»	»	3.0048	0.025571

Suite de la Table.

Diamètre de 0m.60.					
Volumes d'eau débités en litres.	Vitesse moyenne.	Perte de charge par mètre courant.	Volumes d'eau débités en litres.	Vitesse moyenne.	Perte de charge par mètre courant.
litres.	m	m	litres.	m	m
29	0.1026	0.000036	66	0.2334	0.000153
30	0.1061	0.000038	67	0.2370	0.000158
31	0.1096	0.000041	68	0.2405	0.000162
32	0.1132	0.000043	69	0.2440	0.000166
33	0.1167	0.000045	70	0.2476	0.000171
34	0.1203	0.000047	71	0.2511	0.000175
35	0.1238	0.000050	72	0.2546	0.000180
36	0.1273	0.000052	73	0.2582	0.000185
37	0.1309	0.000055	74	0.2617	0.000189
38	0.1344	0.000057	75	0.2653	0.000194
39	0.1379	0.000060	76	0.2688	0.000199
40	0.1415	0.000063	77	0.2723	0.000204
41	0.1450	0.000066	78	0.2759	0.000209
42	0.1485	0.000068	79	0.2794	0.000213
43	0.1521	0.000071	80	0.2829	0.000219
44	0.1556	0.000074	81	0.2865	0.000224
45	0.1592	0.000077	82	0.2900	0.000229
46	0.1627	0.000080	83	0.2936	0.000234
47	0.1662	0.000083	84	0.2971	0.000239
48	0.1698	0.000087	85	0.3006	0.000244
49	0.1733	0.000090	86	0.3042	0.000250
50	0.1768	0.000093	87	0.3077	0.000255
51	0.1804	0.000096	88	0.3112	0.000261
52	0.1839	0.000100	89	0.3148	0.000266
53	0.1874	0 0.0103	90	0.3183	0.000272
54	0.1910	0.000107	91	0.3218	0.000278
55	0.1945	0.000110	92	0.3254	0.000283
56	0.1981	0.000114	93	0.3289	0.000289
57	0.2016	0.000118	94	0.3325	0.000295
58	0.2051	0.000121	95	0.3360	0.000301
59	0.2087	0.000125	96	0.3395	0.000307
60	0.2122	0.000129	97	0.3431	0.000313
61	0.2157	0.000133	98	0.3466	0.000319
62	0.2193	0.000137	99	0.3501	0.000325
63	0.2228	0.000141	100	0.3537	0.000331
64	0.2264	0.000145	105	0.3714	0.000363
65	0.2299	0.000149	110	0.3890	0.000396

Suite de la TABLE.

Diamètre de 0m.60.					
Volumes d'eau débités en litres.	Vitesse moyenne.	Perte de charge par mètre courant.	Volumes d'eau débités en litres.	Vitesse moyenne.	Perte de charge par mètre courant.
litres.	m	m	litres.	m	m
115	0.4067	0.000451	300	1.0610	0.002736
120	0.4244	0.000467	305	1.0787	0.002826
125	0.4421	0.000505	310	1.0964	0.002918
130	0.4598	0.000544	315	1.1141	0.003010
135	0.4775	0.000584	320	1.1318	0.003105
140	0.4951	0.000626	325	1.1494	0.003200
145	0.5128	0.000670	330	1.1671	0.003298
150	0.5305	0.000715	335	1.1848	0.003396
155	0.5482	0.000761	340	1.2025	0.003496
160	0.5659	0 000809	345	1.2202	0.003597
165	0.5836	0.000858	350	1.2379	0.003701
170	0 6013	0.000900	355	1.2556	0.003805
175	0.6189	0.000961	360	1.2732	0.003911
180	0.6366	0.001014	365	1.2909	0.004018
185	0.6543	0.001070	370	1.3086	0.004127
190	0.6720	0.001126	375	1.3263	0.004237
195	0.6897	0.001184	380	1.3440	0.004349
200	0.7074	0.001243	385	1.3617	0.004462
205	0.7250	0.001304	390	1.3795	0.004577
210	0.2427	0.001357	395	1.3970	0.004693
215	0.7604	0.001430	400	1.4147	0.004810
220	0.7781	0.001496	405	1.4324	0.004929
225	0.7958	0.001562	410	1.4501	0.005049
230	0.8135	0.001630	415	1.4678	0.005171
235	0.8311	0.001700	420	1.4854	0 005295
240	0.8488	0.001771	425	1.5031	0.005419
245	0.8665	0.001843	430	1.5208	0.005545
250	0.8842	0.001917	435	1.5385	0.005673
255	0.9019	0.001993	440	1.5562	0.005802
260	0.9196	0.002069	445	1.5739	0.005933
265	0.9372	0.002148	450	1.5916	0.006065
270	0 9549	0.002227	455	1.6092	0.006198
275	0.9726	0.002309	460	1.6269	0.006333
280	0 9903	0.002391	465	1.6446	0.006470
285	1.0080	0.002475	470	1.6623	0.006607
290	1.0257	0.002561	475	1.6800	0 006747
295	1.0433	0.002648	480	1.6977	0.006887

Suite de la Table.

Diamètre de 0m.60.					
Volumes d'eau débités en litres.	Vitesse moyenne.	Perte de charge par mètre courant.	Volumes d'eau débités en litres.	Vitesse moyenne.	Perte de charge par mètre courant.
litres.	m	m	litres.	m	m
485	1.7153	0.007030	670	2.3696	0.013311
490	1.7330	0.007173	675	2.3873	0.013508
495	1.7507	0.007318	680	2.4050	0.013707
500	1.7684	0.007465	685	2.4227	0.013907
505	1.7861	0.007613	690	2.4404	0 014109
510	1.8038	0.002762	695	2.4581	0.014312
515	1.8214	0.007913	700	2.4757	0.014517
520	1.8391	0.008065	705	2.4934	0.014725
525	1.8568	0.008219	710	2.5111	0.014930
530	1.8745	0.008374	715	2.5288	0.015139
535	1.8922	0.008531	720	2.5465	0.015350
540	1.9099	0.008689	725	2.5642	0.015561
545	1.9275	0.008849	730	2.5818	0.015775
550	1.9452	0.009010	735	2.5995	0.015989
555	1.9629	0.009172	740	2.6172	0.016206
560	1.9806	0.009336	745	2.6349	0.016423
565	1.9983	0 009502	750	2.6526	0.016643
570	2.0160	0.009669	755	2.6703	0.016863
575	2.0336	0.009837	760	2 6879	0.017085
580	2.0513	0.010007	765	2.7056	0.017309
585	2.0690	0 010178	770	2.7233	0.017534
590	2.0867	0.010351	775	2.7410	0.017760
595	2.1044	0.010525	780	2.7587	0.017988
600	2.1221	0 010700	785	2.7764	0.018217
605	2.1397	0 010877	790	2.7941	0.018448
610	2.1574	0.011056	795	2.8117	0.018680
615	2.1751	0.011236	800	2.8294	0.018914
620	2.1928	0.011417	805	2.8471	0.019149
625	2.2105	0.011600	810	2.8648	0.019385
630	2.2232	0.011784	815	2.8825	0.019623
635	2.2459	0.011970	820	2.9002	0.019863
640	2.2635	0.012157	825	2.9178	0.020104
645	2.2812	0.012346	830	2.9355	0.020346
650	2.2989	0.012536	835	2.9532	0.020590
655	2.3166	0.012727	840	2.9709	0 020835
660	2.3343	0.012920	845	2.9886	0.021082
665	2.3520	0.013115	850	3.0063	0.021330

72. Usage de ces tables. A l'aide de ces tables, on peut résoudre avec facilité plusieurs problèmes importants.

Écoulement de l'eau dans une conduite d'un débit uniforme, sans aucun orifice sur sa longueur.

Exemple : Soit le volume à débiter $Q = 0^{mc}.011$, la longueur $L = 2000^{m}$, avec une pente totale ou différence de niveau $H = 3^{m}$, on a $J = \frac{H}{L} = 0.0015$. On demande le diamètre convenable de la conduite.

Sur la ligne horizontale correspondante au volume donné de $0^{mc}.011$, ou 11 litres, cherchez dans les colonnes des charges par mètre courant J le nombre qui approche le plus de $0^{m}.0015$, sans le dépasser; vous trouverez $0^{m}.000975$, correspondant au diamètre de $0^{m}.20$ inscrit au haut de la même colonne. Ce diamètre sera un peu trop grand; mais le diamètre précédent, égal à $0^{m}.150$, serait trop petit, et exigerait une charge par mètre courant de $0^{m}.003886$ supérieure à celle dont on peut disposer.

Il n'y a pas d'inconvénient à prendre la conduite un peu trop grande, à cause des dépôts et de l'oxydation qui s'y produisent.

73. Déterminer le diamètre plus exactement. Si l'on voulait avoir une valeur plus approchée du diamètre, on procéderait par la méthode des parties proportionnelles ainsi qu'il suit, à l'aide des tables, en disant :

Le débit de $0^{mc}.011$ en 1^{s} par une conduite de $0^{m}.15$ exige une déclivité de $0^{m}.003886$, et, par une conduite de $0^{m}.20$, une déclivité de $0^{m}.000975$.

Ainsi une augmentation de $0^{m}.05$ dans le diamètre occasionne une diminution de

$$0^{m}.003886 - 0^{m}.000975 = 0^{m}.002911$$

dans la déclivité.

La différence entre la déclivité donnée, égale à $0^{m},001500$, et celle qui correspond au diamètre de $0^{m}.20$, est

$$0^{m}.001500 - 0^{m}.000975 = 0^{m}.000525.$$

On a donc à très-peu près

$$0^{m}.00291 : 0^{m}.05 :: 0^{m}000525 : x;$$

d'où

$$x = \frac{0.05 \times 0.000525}{0.002911} = 0^{m}.009.$$

pour la différence entre le diamètre de $0^{m}.20$ et le diamètre plus exact, qui sera ainsi

$$0^{m}.200 - 0^{m}.009 = 0^{m}.191.$$

74. Déterminer a quelle hauteur l'eau pourra s'élever au-dessus du sol a l'extrémité d'une conduite dont le produit et le diamètre sont donnés. On cherchera dans la table à l'intersection de la ligne horizontale correspondante au volume donné et de la ligne verticale des charges correspondantes au diamètre donné, la charge par mètre courant nécessaire pour vaincre les résistances. On multipliera cette charge par la longueur totale de la conduite, et l'on aura la charge totale nécessaire pour vaincre ces résistances. On ajoutera cette charge à la cote de nivellement du niveau du réservoir supérieur rapportée à un plan de comparaison passant au-dessus de tout l'ensemble des conduites; on retranchera la somme de la cote du terrain au point donné : le reste sera la hauteur à laquelle l'eau s'élèvera au-dessus du sol.

Exemple : Dans le cas précédent, le niveau du réservoir supérieur étant à la cote 50^{m} et la conduite ayant 1000^{m} de longueur, à quelle hauteur l'eau s'élèvera-t-elle à son extrémité au-dessus du terrain dont la cote est $53^{m}.000$?

La charge par mètre courant correspondante au diamètre de $0^{m}.191$ pour une dépense $Q = 0^{mc}.011$ étant $J = 0^{m}.0015$, la charge totale sera $H = 0.0015 \times 1000^{m} = 1^{m}.50$.

Par conséquent la cote de la hauteur à laquelle s'élèveraient les eaux à l'extrémité de la conduite sera $50^{m} + 1^{m}.50 = 51^{m}.50$.

Le terrain étant à la cote $53^{m}.00$, les eaux s'élèveront à $53^{m}.00 - 51^{m}.50 = 1^{m}.50$ au-dessus du sol.

75. Élévation des eaux par des pompes. On peut aussi, à l'aide de ces tables, calculer la force des moteurs nécessaires pour élever les eaux à une hauteur donnée et apprécier l'influence parfois énorme des résistances.

Supposons, par exemple, qu'il s'agisse d'élever à Marly 180 litres par seconde, correspondant à environ 800 pouces de fontainier, dans le réservoir placé à l'origine de l'aqueduc et situé à 166^{m} au-dessus du niveau de la Seine et à la distance de 1400 mètres.

On trouvera dans les tables les charges consommées par mètre courant pour tous les diamètres que l'on peut employer, sans que l'eau y prenne une trop grande vitesse. En les multipliant par 1400^{m}, on aura les charges totales, qui, ajoutées à celle de 166^{m}, donneront la hauteur totale à laquelle le moteur devrait être capable d'élever 180 litres ou kilogrammes d'eau en 1''. On déduira de ce calcul le travail consommé par les résistances et le travail total que le moteur doit fournir.

Ainsi, dans l'exemple ci-dessus, on a :

Diamètres.	Charge consommée par les frottements		Travail consommé par les frottements en chevaux.	Travail utile en chevaux.	Travail total en chevaux.
	par mètre courant.	totale.			
m	m	m	ch	ch	ch
0.30	0.030699	42.98	103.15	398.40	501.55
0.35	0.014302	20.02	48.05	398.40	446.45
0.40	0.007394	10.35	24.84	398.40	423.24
0.45	0.004140	5.80	13.92	398.40	412.32
0.50	0.002468	3.46	8.30	398.40	406.70
0.60	0.001014	1.42	3.41	398.40	401.81

Il suit de là que, sans employer une conduite du plus grand diamètre, il suffirait d'adopter celui de 0^{m},40 pour que le travail consommé par les résistances ne fût pas trop considérable par rapport à l'effet utile.

76. Limites des diamètres a employer. On voit par les tables que la charge consommée par les résistances croît très-rapidement avec la vitesse; il conviendra donc en général, quand on voudra diminuer cet effet, de limiter la vitesse moyenne à quelques centimètres pour les petits diamètres ou à quelques décimètres pour les grands, ce qui donnera le plus petit diamètre à adopter. D'une autre part, si les eaux sont sujettes à charrier des troubles dont on craigne le dépôt dans les conduites, il faudra que l'eau ait une vitesse capable de les entraîner et qui est donnée par la table du n° 44.

77. Distribution d'eau au moyen d'une conduite d'un diamètre uniforme, alimentant dans sa longueur divers écoulements d'un volume déterminé. On cherchera à l'aide de la table les pertes de charge partielles faites dans une conduite d'un diamètre donné, pour transporter successivement les volumes que chaque portion de la conduite doit débiter. On ajoutera toutes ces pertes pour avoir la perte totale, jusqu'au dernier orifice, et on s'assurera si la charge restante est suffisante pour assurer l'écoulement du volume d'eau assigné aux derniers orifices.

Dans des cas pareils, on adoptera la plus petite des conduites qui satisferaient aux conditions, afin de diminuer la dépense.

78. Conditions relatives aux bornes-fontaines. Pour le service des bornes-fontaines, on calcule que chaque borne doit débiter environ $0^{mc}.00180$ en 1″ ou à peu près 8 pouces d'eau, et il suffit, pour cette dépense, que l'eau puisse s'élever à quelques décimètres plus haut que l'orifice de la borne placé à $0^{m}.50$ au-dessus du sol.

Exemple : Une conduite d'eau, partant d'un réservoir dont le niveau est à la cote de nivellement 50^{m} en contre-bas d'un plan général de comparaison, doit alimenter 20 bornes-fontaines à raison de $0^{mc}.00180$ par borne, ou débiter en tout $0^{mc}.036$. Les bornes sont réparties ainsi qu'il suit sur la longueur totale de la conduite.

4	à	100^{m}	de l'origine
2		80	au delà.
2		90	—
4		70	—
2		80	—
2		50	—
4		60	—
20			

Si l'on essaye une conduite de 0m.20 de diamètre, on forme à l'aide des tables le tableau suivant :

Nombre de bornes à alimenter.	Volumes à débiter en litres.	Distance à parcourir par ces volumes.	Charges par mètre.	Charges totales.
	litres.	m	m	m
20	36.0	100	0.009543	0..95430
16	28.8	80	0.006172	0..49376
14	25.2	90	0.004761	0..42849
12	21.6	70	0.003532	0..24724
8	14.4	80	0.001643	0..12992
6	10.8	50	0.000945	0..04715
4	7.2	60	0.000442	0..02670
				2.32756

La charge totale dépensée par les frottements étant de 2m.328, on voit que, si à l'origine de la conduite le niveau du réservoir était à la cote 50m, ou si, ce qui revient au même, la pression supportée par l'eau à cette origine était capable de l'élever à la cote 50m, elle s'élèverait à l'extrémité de la conduite jusqu'à la cote 52m.328.

Si le sol était à la cote 54m.60, les eaux s'élèveraient au-dessus de ce sol de 54m.600 — 52m,320 = 2m.272, ce qui est plus que suffisant pour le débit des bornes-fontaines placées à l'extrémité de la conduite.

Si au contraire le sol avait été à une cote moindre que 52m.328, il aurait fallu employer une conduite plus grande, qui, consommant une charge moindre pour vaincre les frottements, aurait permis d'élever les eaux plus haut.

79. Influence des coudes dans les conduites. Les coudes ou changements de direction des conduites doivent toujours être formés de parties arrondies. Ils occasionnent une perte dans la hauteur de pression ou une perte de charge dont il est quelquefois nécessaire de tenir compte. On calculera cette perte de charge par la formule

$$h = H(0.0039 + 0.0186\,r)\,\frac{c}{r^{3}},$$

dans laquelle on représente par

h la perte de charge cherchée,

H la hauteur due à la vitesse moyenne,

U la vitesse moyenne de l'eau dans la conduite (table du n° **71**),

r le rayon d'arrondissement de l'axe de la conduite,

c la longueur développée de cet axe du coude;

et qui revient à la règle suivante :

Pour calculer la perte de charge produite par un coude,

Multipliez le rayon de l'arrondissement de l'axe de figure du coude par 0.0186, *au produit ajoutez* 0.0039;

Multipliez la somme par la hauteur due à la vitesse moyenne de l'eau dans la conduite et par le rapport de la longueur développée de l'axe du coude au carré du rayon de l'arrondissement :

Le résultat sera la perte cherchée en mètres.

Cette règle montre qu'il faut augmenter le rayon du raccordement des conduites pour diminuer la perte de charge produite par les coudes.

Exemple : Si, dans l'exemple précédent n° **78**, la conduite devait avoir trois coudes à angles droits avec un rayon de raccordement égal à $r = 0^m.75$, on aurait

$$c = \frac{3.14 \times 0.^m.75}{2} = 1^m.177;$$

d'où

$$(0.0039 + 0.0186\,r)\frac{c}{r^2} = 0.03734.$$

Si les coudes doivent être placés à 100^m, 270^m et 420^m de l'origine de la conduite, après les bornes situées à ces distances, on a les données suivantes :

Numéros des coudes.	Volume à débiter par chaque coude Q.	Vitesse moyenne correspondante U.	Hauteur correspondante à la vitesse H.
	litres.	m	m
1	2.88	0.9167	0.0428
2	21.6	0.6875	0.0241
3	10.8	0.3438	0.00602

On en déduit pour les pertes de charges à chaque coude,

$$
\begin{array}{lll}
1^{er} & 0.0428 \times 0.03734 = 0^m.00160 \\
2^e & 0.0241 \times 0.03734 = 0^m.00090 \\
3^e & 0.00602 \times 0.03734 = 0^m.00022 \\
 & \text{Perte totale.....} & 0^m.00272
\end{array}
$$

On voit par cet exemple que les pertes de charges par les coudes convenablement arrondis sont fort peu de chose par rapport à celles que produit le frottement, et qu'à moins qu'ils ne soient très-multipliés, on pourra négliger ces pertes dans la plupart des cas.

80. Distribution d'eau par une conduite dont le diamètre varie. Lorsqu'on a une charge motrice suffisante, l'économie engage souvent à rétrécir le diamètre des conduites, à mesure que le volume d'eau qu'elles doivent débiter diminue. Il faut alors s'assurer, par le calcul des portions de charges consommées par chaque partie de la conduite, que l'eau s'élèverait, à l'emplacement de chaque orifice, à une hauteur suffisante pour assurer l'écoulement.

Exemple. Supposons qu'on veuille établir la distribution de l'exemple n° 78 par des conduites de différents diamètres. Le tableau suivant donne un disposition qui pourrait être adoptée dans le cas supposé.

Nombre de bornes à alimenter.	Volumes exprimés en litres.	Distances à parcourir.	Diamètre des conduites.	Charges consommées par les frottements — par mètre.	Charges consommées par les frottements — totales.
	litres.	m	m	m	m
20	36.0	100	0.200	0.009543	0.95430
16	28.8	80		0.006172	0.49376
14	25.2	90		0.004835	0.42849
12	21.6	70	0.150	0.014447	1.01129
8	14.4	80		0.006551	0.52408
6	10.8	50	0.100	0.003756	0.18780
4	7.2	60		0.012343	0.74058
					4.34030

La cote du niveau du réservoir étant 50^m, les eaux s'élèveraient à la cote 54^m.34030, soit 54.340; et, puisque le sol à l'extrémité de la conduite est à la cote 54^{m}.60, on voit que les eaux monteraient à 54^{m}.60 — 54^{m}.340 = 0^{m}.260, ce qui est encore suffisant pour assurer l'écoulement par les dernières bornes-fontaines.

81. Proportion des coudes arrondis pour le service des eaux. Pour que l'influence des coudes soit faible, il est nécessaire de leur donner un rayon d'arrondissement convenable. Dans le service des eaux de Paris, on a adopté les proportions suivantes :

Diamètre des conduites.	Rayon du cercle de raccordement des axes.	Développement de l'axe du coude en parties de la circonférence.
m 0.05 0.06	m 0.45	0.250
0.08 0.10	0.50	0.250
0.15 0.20	0.75 1.00	0.250
0.25 et au-dessus.	1.50	0.125

82. Observation générale sur l'établissement des conduites d'eau. Lorsque, dans l'établissement d'une grande conduite d'eau, on n'aura pas pu éviter les coudes ou leur donner de grands rayons de courbure, et surtout que les assemblages des tuyaux présenteront quelques inégalités à l'intérieur, il sera prudent d'augmenter le produit à obtenir d'un quart ou d'un tiers de sa valeur dans les formules précédentes.

83. Dimensions des tuyaux de conduite employés dans le service des eaux de Paris. Dans le service des eaux de Paris, on donne aux tuyaux des épaisseurs qui sont représentées assez exactement par la formule

$$e = 0.02d + 0^{m}.01,$$

e étant l'épaisseur et d le diamètre. Ces tuyaux doivent être éprouvés à une pression de dix atmosphères.

La formule des épaisseurs à donner aux tuyaux cylindriques, que l'on trouvera au chapitre des formules pratiques de la résistance des métaux, est pour ce cas

$$e = 0.00238\,nd + 0^{m}0085,$$

n étant le nombre d'atmosphères de pression auquel ils doivent résister; et, pour $n = 10$, elle donne des épaisseurs peu différentes de celles de la précédente, un peu plus faibles pour les petits diamètres et un peu plus fortes pour les grands, mais que je crois suffisantes dans tous les cas. Au surplus, le tableau suivant, qui donne les dimensions principales des tuyaux de conduite, contient les épaisseurs calculées par les deux formules.

TABLEAU DES DIMENSIONS DES TUYAUX DE CONDUITE POUR LE SERVICE DES DISTRIBUTIONS D'EAU DANS LES VILLES.

Diamètre des tuyaux.	Longueur des tuyaux.		Épaisseur des tuyaux		Emboîtement.			Filets.			Cordons.			Brides.				
	1° Avec renflement d'un bout et cordon de l'autre; 2° Avec renflement d'un bout et bride de l'autre;	3° Avec la bride d'un bout et cordon de l'autre; 4° Avec bride aux deux bouts.	d'après les proportions en usage à Paris.	d'après la formule proposée.	Longueur.	Épaisseur.	Diamètre intérieur.	Largeur.	Saillie sur le tuyau.	Nombre.	au petit bout. Longueur.	au petit bout. Saillie.	Diamètre sur le renflement.	Diamètre extérieur.	Diamètre passant au centre des trous.	Épaisseur à la jonction du tuyau.	Fruit.	Nombre des trous.
m	m	m	m	m	m	m	m	m	m		m	m	m	m	m	m	m	
0.05	1.60	1.50	0.0110	0.0097	0.10	0.015	0.090	0.08	0.0035	2	0.010	0.005	0.014	0.195	0.158	0.016	0.003	3
0.06			0.0112	0.0099			0.100	0.08						0.205	0.168			
0.08	2.12	2.00	0.0116	0.0106	0.12	0.016	0.120	0.08	0.0040	2	0.012	0.006	0.015	0.225	0.188	0.020	0.004	4
0.10			0.0120	0.0109			0.140	0.08						0.245	0.208	0.024		
0.15	2.65	2.50	0.0130	0.0121	0.15	0.020	0.195	0.08	0.0050	3	0.015	.007	0.020	0.301	0.268	0.025	0.005	6
0.20			0.0140	0.0133			0.545	0.08						0.355	0 320	0.030		6
0.25			0.0150	0.0145			0.300	0.08						0.410	0.375	0.035		6
0.30			0.0160	0.0156			0.350	0.08						0.470	0.430	0.040		8
0.35	2.70	2.50	0.0170	0.0168	0.20	0.025	0.410	0.08	0.0050	3	0.020	0.008	0.025	0.530	0.495	0.045	0.005	8
0.40			0.0180	0.0180			0.460	0 08						0.585	0.547	0.045		9
0.45			0.0190	0.0192			0.510	0.08						0.650	0.605	0.045		9
0.50			0.0200	0.0204			0.560	0.08						0.700	0.655	0.045		12
0.60			0.0220	0.0228			0.660	0.08						0.800	0.755	0.045		12

DÉPENSE D'EAU FAITE PAR UN ORIFICE OUVERT DANS UN RÉSERVOIR DONT LE NIVEAU VARIE PENDANT L'ÉCOULEMENT.

84. Si l'orifice dépense plus d'eau que la source n'en fournit, le niveau s'abaisse, et la charge sur le centre diminue.

On observera alors, pour calculer le volume d'eau écoulé dans un temps donné, la marche suivante :

85. ORIFICE AVEC CHARGE SUR LE SOMMET. On placera dans le réservoir une règle verticale, sur laquelle on remarquera, ou, si elle est graduée, l'on mesurera directement les hauteurs du niveau correspondant à des intervalles de temps égaux en nombre pair.

Cela fait, nommant

L la largeur de l'orifice,

E la hauteur de l'orifice,

m le coefficient de la dépense, pour lequel on prendra la moyenne arithmétique entre les valeurs qui correspondent à la plus grande et à la plus petite charge observées,

h_1, h_2, h_3, h_4, h_5, les hauteurs de niveau correspondant à quatre intervalles de temps égaux à t,

Q le volume d'eau dépensé dans le temps total égal à $4\,t$,

on aura

$$Q = 1.476\, m\, \mathrm{LE}t\left[\sqrt{h_1} + \sqrt{h_5} + 4\left(\sqrt{h_2} + \sqrt{h_4}\right) + 2\sqrt{h_3}\right],$$

formule qui revient à la règle suivante :

Pour obtenir le volume d'eau qui s'écoule dans un temps donné, par un orifice avec charge sur le sommet, quand le niveau du réservoir est variable, après avoir observé, comme il vient d'être dit, les variations du niveau,

Prenez la racine carrée de chacune des charges sur le centre de l'orifice ;

A la somme de la plus grande et la plus petite de ces racines, ajoutez quatre fois la somme des racines carrées des charges de rang pair, dans l'ordre des observations, et deux fois la somme des racines carrées des charges de rang impair, dans le même ordre,

Multipliez la somme totale dans le temps écoulé entre deux observations par l'aire de l'orifice, par le coefficient de la dépense, et par 1.476.

NOTA. Cet énoncé de la règle à suivre s'applique à un nombre quelconque d'observations de hauteurs correspondantes à des intervalles de temps égaux en nombre pair, ce qui permet de multiplier les observations autant que le comporte chaque application. Dans les cas ordinaires, il suffira d'avoir cinq hauteurs comme le suppose la formule.

EXEMPLE. Quel est le volume d'eau dépensé par un orifice de 1^m de largeur, $0^m.30$ de hauteur, pendant 3′, lorsque le niveau atteint successivement les hauteurs suivantes au-dessus du centre de l'orifice?

Temps...........................	0″	45″	90″	135″	180″.
Charges sur le centre de l'orifice....	1^m. 30	1^m. 10	0^m. 81	0^m. 63	0^m. 46.
Racines carrées des charges........	1.140	1 .048	0 .900	0 .794	0 .678.

Le coefficient de la dépense est $m=0.603$, et la règle précédente donne

$$Q=1.476\times0.603\times1^m\times0^m.30\times45''\left\{\begin{matrix}1.140+0.678+4\\ \times(1.048+0.794)\\ +2\times0.900\end{matrix}\right\}=132^{mc}.$$

86. ORIFICE EN DÉVERSOIR. Pour calculer le volume d'eau qui s'écoule dans un temps donné par un déversoir sur le sommet duquel la charge varie pendant l'écoulement, on observera, comme il a été dit au numéro précédent, les hauteurs successives du niveau, au-dessus du seuil du déversoir, correspondant à des intervalles de temps égaux; et, en appelant

L la largeur du déversoir,

$m=0.405$ la valeur moyenne du coefficient de la dépense quand la contraction a lieu sur les côtés,

H_1, H_2, H_3, H_4, H_5, les hauteurs successives du niveau, au-dessus du seuil du déversoir, correspondant à ces intervalles de temps égaux à t,

Q le volume d'eau écoulé pendant la durée totale de l'observation égale $4\,t$,

on aura

$$Q=0.598\,Lt\left[H_1\sqrt{H_1}+H_5\sqrt{H_5}+4\left(H_2\sqrt{H_2}+H_4\sqrt{H_4}\right)+2H_3\sqrt{H_3}\right],$$

formule qui revient à la règle suivante :

Multipliez chacune des hauteurs observées du niveau du réservoir au-dessus du seuil du déversoir par sa racine carrée, et, en don-

nant à ces produits le même ordre qu'aux observations, ajoutez le premier et le dernier, plus quatre fois la somme de ceux de rang pair, plus deux fois la somme de ceux de rang impair;

Multipliez le total par 0.598 *de la largeur du déversoir et par la durée des intervalles égaux écoulés entre les observations :*

Le produit sera la dépense cherchée.

EXEMPLE. Quel est le volume d'eau qui s'écoule en 20′ par un déversoir de 15^m de large, lorsque les hauteurs du niveau du réservoir au-dessus du seuil atteignent les valeurs suivantes ?

Temps écoulé.............	0″,	300″,	600″,	900″,	1200″
Hauteurs du niveau........	1^m,	$0^m.80$,	$0^m.62$,	$0^m.47$,	$0^m.33$.

On a d'abord

Valeurs de $H'\sqrt{H'}$.........	1^m,	$0^m.716$,	$0^m.487$,	$0^m.322$,	$0^m.189$.

La formule donne

$$Q = 0.598 \times 15^m \times 300''(1 + 0.189 + 4 \times 1.038 + 2 \times 0.409) = 16994^{mc}.$$

87. OBSERVATIONS SUR LA MESURE DES HAUTEURS DU NIVEAU. Si quelque difficulté s'opposait à ce que l'on mesurât les hauteurs du niveau correspondant à des intervalles de temps égaux, on construira la courbe dont les abscisses seraient les temps écoulés depuis le commencement de l'observation, et les ordonnées les charges respectives correspondant à ces temps. Puis on partagerait la ligne droite représentant la durée totale en un nombre pair de parties égales, et l'on élèverait à chaque point de division les ordonnées de la courbe, dont la longueur serait la charge correspondant successivement à chacun de ces intervalles de temps égaux, et l'on opérerait avec les valeurs de h, comme il a été dit aux nos 85 et suivants.

88. ORIFICES NOYÉS. Si l'orifice d'écoulement est noyé, on procédera de la même manière, en observant simultanément les hauteurs des niveaux d'amont et d'aval à des intervalles de temps égaux. En conservant les notations précédentes, et en appelant H_1 et h_1, H_2 et h_2, H_3 et h_3, H_4 et h_4, H_5 et h_5, les hauteurs respectives et simultanées des niveaux d'amont et d'aval, au-dessus du centre de l'orifice, correspondant à des intervalles de temps égaux à t, on calculera la dépense dans le temps total des observations par la formule

$$Q = 1.476 m LE t\left[\sqrt{H_1 - h_1} + \sqrt{H_5 - h_5} + 4\left(\sqrt{H_2 - h_2} + \sqrt{H_4 - h_4}\right) + 2\sqrt{H_3 - h_3}\right],$$

qui revient évidemment à la règle pratique du nº 58, dans laquelle on remplacerait la charge sur le centre par la différence des charges d'amont et d'aval.

Exemple. Quel est le volume d'eau dépensé par les orifices noyés des deux vannes d'une écluse, qui ont chacune une largeur de 0m.70 sur une hauteur de 0m.60, pendant 5′, lorsque les hauteurs respectives des niveaux d'amont et d'aval atteignent simultanément les valeurs suivantes :

Temps		0″,	75″	150″,	225″,	300″.
Valeurs de	H	2m.00,	1m.75,	1m.33,	1m.13,	0m.94.
	h	0 .65,	0 .75,	0 .83,	0 .89,	0 .94.

On a, en conséquence,

Valeurs de $H-h$	1m.35,	1m.00,	0m.500,	0m.24,	0.
Valeurs de $\sqrt{H-h}$	1 .16,	1 .00,	0 .707,	0 .49,	0.

On a (nº 18) $m=0.625$.

La formule donne

$$Q=2\times1.476\times0.625\times0^{m}.70\times0^{m}.60\times75''\left\{\begin{matrix}1.16+4\times1.49\\+2\times0.707\end{matrix}\right\}=495^{mc}.$$

89. Orifice qui verse d'abord a l'air libre et qui est ensuite noyé. Lorsque l'orifice commence à verser à l'air libre et se trouve ensuite noyé après un certain temps, on calculera d'abord la dépense correspondante à la période du versement à l'air libre, et à l'aide de la règle des nos 13 et suivants, si le niveau du réservoir reste sensiblement constant, ou à l'aide de celle des nos 85, si le niveau est variable; puis on y ajoutera celle qui a lieu depuis le moment où l'orifice commence à être noyé jusqu'à la fin de l'observation, et la somme sera la dépense totale.

Dans ce cas, le tracé des courbes qui donnent les hauteurs de niveau, indiqué au nº 87, sera fort utile.

Exemple. Quel est le volume d'eau dépensé en 7′ par un orifice de 0m.75 de largeur sur 0m.60 de hauteur, sous la charge constante de 1m.50 sur le centre de l'orifice, qui commence à être noyé au bout de 3′, et pour lequel les charges d'eau, sur le centre de l'orifice du côté d'aval, acquièrent successivement les valeurs suivantes?

Temps écoulé	180″,	240″,	300″,	360″,	420″.
Charges sur le centre	0m.30,	0m.61,	0m.85,	1m.15,	1m.50.

Dans la première période, pour laquelle l'orifice n'est pas noyé, la dépense est, n° 13 ou suivants :

$$Q = 0.601 \times 0^{m}.75 \times 0^{m}.60 \sqrt{19.62 \times 1.50} \times 180'' = 265^{mc}.$$

Pour caculer la dépense dans la deuxième période, on a

Valeurs de $H - h$.........	$1^{m}.200$,	$0^{m}.890$,	$0^{m}.650$,	$0^{m}.350$,	$0^{m}.$
Valeurs de $\sqrt{H - h}$........	1 .095,	0 .944,	0 .806,	0 .592,	0 .

Et par suite

$$Q = 1.476 \times 0.601 \times 0^{m}.75 \times 0^{m}.60 \times 60''(1.095 \mp 6.144 + 1.612) = 212^{mc}.$$

La dépense totale en 7' est donc

$$Q = 265 + 212 = 477^{mc}.$$

90. Jaugeage d'un cours d'eau par l'observation d'un orifice devant lequel le niveau varie. Il est souvent fort long de régler l'ouverture d'un orifice de façon que, toute l'eau fournie par le cours d'eau s'écoulant, le niveau reste constant, ce qui permet de jauger le produit de la source par les règles des nos 13 et suivants. Lorsqu'on ne pourra attendre que le régime soit établi, on procédera ainsi qu'il suit :

On lèvera la vanne d'une quantité telle que, le volume d'eau écoulé dans chaque seconde étant plus grand que le produit de la source, le niveau s'abaisse. On observera les hauteurs successives de ce niveau, correspondant à des intervalles de temps égaux, et l'on calculera le volume d'eau écoulé pendant le temps total de l'abaissement par celle des formules des nos 85 et suivants qui convient au cas examiné.

Puis on fermera brusquement l'orifice, et on observera le temps nécessaire pour que le niveau revienne à la même hauteur qu'au commencement de l'opération.

Cela fait, appelant

Q le volume d'eau écoulé pendant tout le temps de l'ouverture de l'orifice,

t la durée en secondes de cette période de l'écoulement,

t' le temps en secondes que le niveau a employé à revenir à sa hauteur primitive.

X le produit de la source en 1'',

on aura

$$X = \frac{Q}{t+t'},$$

formule qui revient à la règle suivante :

Calculez le volume d'eau écoulé pendant un certain temps durant lequel le niveau s'abaisse, par la règle des nos 85 ou suivants, et divisez ce volume par la durée totale de l'écoulement augmentée du temps employé par le niveau à revenir à sa hauteur primitive depuis l'instant de la fermeture de l'orifice :

Le quotient sera le produit du cours d'eau en 1″.

EXEMPLE. Dans le cas des données de l'exemple du n° 85, quel serait le produit de la source si le niveau remontait à sa hauteur primitive en 2′ ou 120″ ?

On a $Q = 132^{mc}$, $t = 180''$, $t' = 120''$; la règle précédente donne pour le produit du cours d'eau :

$$X = \frac{132^{mc}}{300''} = 0^{mc}.440 \text{ en } 1''.$$

91. TEMPS NÉCESSAIRE POUR VIDER UNE ÉCLUSSE DE NAVIGATION OU UN ÉTANG. Les portes d'amont étant fermées et l'alimentation nulle, on calculera le temps nécessaire pour vider l'écluse jusqu'à un niveau donné par la formule suivante, qui suppose que l'écoulement a lieu à l'air libre

$$t = \frac{0.451\,A}{ma}\left(\sqrt{H} - \sqrt{h}\right),$$

et dans laquelle on désigne par

t la durée cherchée de l'abaissement du niveau,

A l'aire constante de la surface du niveau dans l'écluse,

a l'aire de l'orifice,

m le coefficient de la dépense relatif à cet orifice, ordinairement égal pour les écluses à 0.625,

H et h les hauteurs respectives du niveau au commencement et à la fin de l'observation.

Cette formule revient à la règle suivante :

Pour calculer le temps nécessaire pour vider une écluse jusqu'à un niveau donné, par un orifice qui verse à l'air libre,

Multipliez l'aire constante de la surface du niveau par 0.451, *et*

divisez le produit par l'aire de l'orifice, multipliée par le coefficient de la dépense qui lui convient ;

Multipliez le coefficient par la différence des racines carrées des hauteurs du niveau au-dessus du centre de l'orifice au commencement et à la fin de l'observation :

Le résultat sera le temps cherché exprimé en secondes.

Exemple. Quel est le temps nécessaire pour vider une écluse pour laquelle on a les données suivantes?

$$A=220^{mq}, \quad H=1^{m}.20, \quad h=0.30, \quad a=1^{mq}.20.$$

Pour deux orifices comme pour un seul (n° **18**)

$$m=0.625.$$

La règle précédente donne

$$t=\frac{0.451\times 220^{mq}}{0.625\times 1^{mq}.2}(\sqrt{1.20}-\sqrt{0.30})=72''.5=1'12''5.$$

92. Cas ou un étang est alimenté par un cours d'eau pendant l'écoulement. Si le bassin est alimenté pendant l'écoulement, en appelant

Q le volume d'eau fourni par seconde par la source, et conservant les notations précédentes, on calculera le temps de la vidange de l'étang par la formule

$$t=\frac{0.451\,A}{ma}(\sqrt{H}-\sqrt{h})+\frac{0.235\,AQ}{m^2a^2}\log\frac{ma\sqrt{2gH}-Q}{ma\sqrt{2gH}-Q},$$

qui revient à la règle suivante :

Pour calculer la durée de la vidange d'un étang alimenté par un cours d'eau d'un produit donné, lorsqu'on connaît l'aire de l'orifice et la hauteur du niveau au commencement et à la fin de l'opération,

Déterminez d'abord par la règle du n° **91** *précédent la durée de la vidange, comme s'il n'y avait pas d'alimentation ;*

Calculez le volume d'eau qui s'écoulerait en 1" par l'orifice sous la plus grande et sous la plus petite charge ; des résultats retranchez le produit du cours d'eau en 1", et prenez le logarithme du rapport des deux restes, multipliez ce logarithme par les 0.235 *de l'aire de la surface moyenne du niveau de l'étang et par le produit du cours d'eau en 1", et divisez le résultat par le carré du produit de l'aire de l'orifice et du coefficient de la dépense qui lui convient :*

Le résultat, exprimé en secondes, ajouté à la durée relative à l'hypothèse où il n'y aurait pas d'alimentation, donnera le temps total de la vidange.

EXEMPLE. Quelle sera la durée de la vidange d'un étang de 10 hectares ou $100\,000^{mq}$ de superficie, au moyen d'un orifice de $1^m.30$ de largeur sur $0^m.60$ de hauteur, la charge sur le centre de cet orifice étant de 2^m à l'origine de l'écoulement et de $0^m.40$ à la fin, et l'étang étant alimenté par un cours d'eau qui fournit $0^{mc}.100$ par seconde?

On aura d'abord pour la durée de la vidange, dans l'hypothèse où il n'y aurait pas d'alimentation,

$$t = \frac{0.451 \times 100000^{mq}}{0.60 \times 1.30 \times 0.60}(\sqrt{2} - \sqrt{0.4}) = 75335'' = 20^h55'35''.$$

Le second terme, ou l'augmentation de la durée de la vidange produite par l'affluence du cours d'eau sera égal à

$$\frac{0.235 \times 100000^{mq} \times 0^{mc}.100}{(0.60 \times 1.30 \times 0.60)^2} \log \frac{0.60 \times 1.30 \times 0.60\sqrt{19.62 \times 0.40} - 0.100}{0.60 \times 1.30 \times 0.60\sqrt{19.62 \times 2} - 0^{mc}.100}$$
$$= 3962 = 1^h6'2''.$$

La durée totale serait donc de $22^h 1'37''$.

93. OBSERVATION SUR L'INFLUENCE DE L'ALIMENTATION. On observera que les étangs sont ordinairement alimentés par des cours d'eau assez faibles, et que dans la plupart des applications on pourra négliger l'augmentation de temps produite par l'alimentation.

94. DURÉE DE LA VIDANGE LORSQUE L'ORIFICE EST UN DÉVERSOIR. Les réservoirs des écluses de chasse se vident souvent par des orifices en déversoir.

Dans ce cas, et s'il n'y a pas d'alimentation notable pendant l'écoulement, on calculera la durée de la vidange par la formule

$$t = \frac{1.114\,A}{L}\frac{\sqrt{H} - \sqrt{h}}{\sqrt{Hh}},$$

dans laquelle on désigne par

A la superficie constante ou moyenne du réservoir,

L la largeur du réservoir,

H et h les hauteurs du niveau du réservoir au-dessus du seuil du déversoir au commencement et à la fin de l'écoulement.

Cette formule revient à la règle suivante:

Divisez la différence des racines carrées des charges sur le seuil du déversoir, à l'origine et à la fin de la vidange, par la racine carrée de leur produit, multipliez le quotient par 1.114 *fois l'aire du réservoir, et divisez le produit par la largeur du déversoir:*

Le résultat, exprimé en secondes, sera la durée de la vidange.

NOTA. Dans les applications, on aura soin de ne jamais supposer $h = 0$ à la fin de la vidange, parce que la formule précédente donnerait un temps infini, ce qui tient à des considérations qu'il ne convient pas d'exposer ici; mais, comme on pourra cependant faire $h = 0^m.05$ au moins, on aura le temps correspondant à un abaissement du niveau très-voisin de la hauteur du déversoir.

EXEMPLE. Quelle est la durée de la vidange du bassin d'une écluse de chasse avec déversoir, dans le cas des données suivantes?

$$A = 28000^{mq}, \quad H = 1^m.50, \quad h = 0^m.10, \quad L = 12^m.$$

La formule donne

$$t = \frac{1.114 \times 28000}{12} \frac{\sqrt{1.50} - \sqrt{0.10}}{\sqrt{1.5 \times 0.1}} = 6097'' = 1^h 41' 37''.$$

95. CAS OU L'ORIFICE D'ÉCOULEMENT, D'ABORD AVEC CHARGE SUR LE SOMMET, SE TRANSFORME EN DÉVERSOIR. Il arrive souvent que l'orifice, qui avait une charge d'eau sur son sommet, se transforme eu un déversoir par l'effet de l'abaissement du niveau. Dans ce cas, on calculera d'abord la durée de l'écoulement depuis le moment où il commence jusqu'à l'instant où l'orifice devient un déversoir, et ensuite celle de l'abaissement du niveau depuis cet instant jusqu'à celui où il atteint sa limite inférieure, pour la fixation de laquelle on aura égard à la note du numéro précédent.

96. OBSERVATION RELATIVE AUX BASSINS DONT LA SURFACE DU NIVEAU N'A PAS UNE ÉTENDUE CONSTANTE. Lorsque l'aire de la surface du niveau varie pendant la vidange, le calcul se compliquerait beaucoup par cette variation, si l'on voulait opérer rigoureusement. On échappera à cette difficulté, tout en conservant aux résultats une exactitude suffisante pour la pratique, en par-

tageant la hauteur totale de l'abaissement du niveau en plusieurs parties pour chacune desquelles on puisse, sans erreur notable, adopter pour cette aire une valeur constante, et l'on calculera successivement la durée de l'abaissement du niveau d'une tranche à l'autre. La somme de ces durées partielles donnera la durée totale de la vidange.

Cette observation s'applique aux écluses, aux étangs, et quel que soit le genre de l'orifice d'écoulement.

97. Manière de régler la vidange des étangs. Lorsqu'il s'agit de vider des étangs, il faut régler l'ouverture des orifices de manière que les vallées et terrains inférieurs ne soient pas inondés, et que cependant l'écoulement ait lieu dans un temps aussi court que possible.

On y parviendra en procédant ainsi qu'il suit :

D'après le nivellement de la vallée inférieure, le développement et le profil moyen du canal ou ruisseau de décharge, s'il est rétabli, on calculera, à l'aide des règles et formules des nos **37** et suivants, la quantité d'eau qui peut couler dans le canal à pleins bords, sans que la vallée soit inondée.

Cela fait, on se donnera la largeur de l'orifice à peu près égale à celle du canal, s'il n'en résulte pas des dimensions trop grandes; mais quelquefois cette dimension est donnée *a priori*. Dans l'un ou l'autre cas, cette largeur étant connue, on placera le seuil de l'orifice à peu près à hauteur du fond du canal et de celui de la cunette de l'étang, si cela se peut; on partagera la hauteur totale de l'abaissement de niveau à obtenir en parties égales de $0^{m}.10$ à $0^{m}.20$ pour les très-grands étangs, de $0^{m}.30$ à $0^{m}.50$ environ pour les petits. On déterminera, pour chacun de ces abaissements partiels, et par des opérations géométriques, l'aire moyenne de la surface du niveau.

A l'aide de la formule

$$Q = mLE\sqrt{2gH},$$

ou de la règle du n° **13**, on aura

$$E = \frac{Q}{mL\sqrt{2gH}}.$$

On déterminera approximativement, pour la hauteur du

maximum du niveau correspondant à chaque tranche, quelle est la levée de vanne pour laquelle la dépense que l'orifice ferait en 1″, sous cette charge supposée constante, serait égale au volume que le canal de fuite peut débiter ?

Cette formule, dont les notations sont connues, revient à la règle suivante :

Pour déterminer la levée de la vanne qu'il convient de donner pour chacune des hauteurs successives du niveau, multipliez la vitesse due à la hauteur du niveau au-dessus du centre de l'orifice par la largeur de cet orifice et par le coefficient de la dépense ;

Par le produit divisez le volume d'eau que le canal peut débiter en 1″ : le quotient sera la hauteur cherchée.

Avec cette hauteur d'orifice, le volume d'eau qui s'écoulera réellement sera toujours un peu moindre que celui que le canal pourra débiter.

Il sera ensuite facile, en appliquant les règles des nos 85 et suivants, de calculer la durée de l'écoulement de chaque tranche horizontale, et la somme donnera la durée totale de la vidange.

Si cette durée, ainsi obtenue, dépassait celle que l'on peut adopter, il faudrait augmenter les dimensions du canal de fuite.

La règle précédente s'applique d'ailleurs à tous les cas, soit qu'il y ait alimentation ou non.

Exemple. Le canal de fuite d'un étang de 200 hectares de superficie avait une largeur de $2^{m}.20$ sur une profondeur moyenne de 1 mètre. La pente du lit était de 2^{m} sur 1800^{m} de développement ou de $0^{m}.0011$ par mètre.

La formule du n° 37, relative à l'établissement du régime uniforme dans ce canal, donne, pour la vitesse moyenne de l'eau,

$$U = 56.86\sqrt{\frac{2^{mq}.20}{4^{m}.20}\times 0.0011 - 0^{m}.072} = 1^{m}.288,$$

et pour la dépense qu'il peut faire par seconde sans déborder,

$$Q = 2^{mq}.20 \times 1^{m}.288 = 2^{mc}.83,$$

D'après la disposition de l'orifice, le coefficient de la dépense est $m = 0.62$. En partageant le volume d'eau contenu dans cet étang en tranches de 0m.15 d'épaisseur, et calculant les levées de vanne par la règle du numéro précédent, jusqu'au moment où l'orifice d'écoulement sera transformé en un déversoir, on a formé le tableau suivant, qui contient les données et les résultats du calcul.

Hauteurs du niveau au-dessus du seuil correspondantes aux limites de chaque tranche.	Aire des surfaces moyennes du niveau.	Levées de vanne ou hauteurs de l'orifice.	Charges sur le centre de l'orifice correspondantes au niveau		Durée de la vidange d'une tranche à une autre.	
			supérieur H.	inférieur h.	En secondes.	En jours.
m m	mq	m	m	m	"	j
3.10 à 2.95	2000000	0.531	2.835	2.085	64000	0.741
2.95 à 2.80	2000000	0.544	2.678	2.528	65500	0.755
2.80 à 2.65	2000000	0.558	2.521	2.371	67800	0.785
2.65 à 2.50	2000000	0.573	2.364	2.214	72700	0.842
2.50 à 2.35	2000000	0.590	2.205	2.035	75700	0.876
2.35 à 2.20	2000000	0.609	2.046	1.896	78700	0.941
2.20 à 2.05	2000000	0.630	1.885	1.735	84500	0.911
2.05 à 1.90	1995000	0.652	1.724	1.574	85700	0.992
1.90 à 1.75	1990000	0.672	1.564	1.414	88200	1.021
1.75 à 1.60	1985000	0.707	1.397	1.247	93900	1.087
1.60 à 1.45	1980000	0.739	1.231	1.081	99400	1.150
1.45 à 1.30	1972000	0.775	1.063	0.913	107700	1.248
1.30 à 1.15	1964000	0.822	0.889	0.739	117000	1.355
1.15 à 1.10	1960000	0.872	0.714	0.560	41500	0.479
Durée totale de l'abaissement du niveau de 3m.10 à 1m.10 au-dessus du seuil						j 13.173

Lorsque le niveau atteindra la hauteur de 1m.10 au-dessus du seuil, l'orifice deviendra un déversoir; et, en calculant par la formule du n° 94 les durées de l'écoulement correspondantes à des tranches de 0m.15 d'épaisseur jusqu'à la hauteur de 0m.35 au-dessus du seuil, ce qui correspond à peu près au niveau de la cunette et au moment où l'on pourra regarder l'étang comme vidé, on aura les données et les résultats suivants:

Charges sur le seuil du déversoir correspondantes au niveau.		Aire des surfaces moyennes du niveau.	Durée de la vidange d'une tranche à la suivante.	
supérieur H.	inférieur h.		En secondes.	En jours.
m	m	mq	"	j.
1.10 à	0.95	1900000	136009	1.572
0.95 à	0.80	1400000	129500	1.520
0.80 à	0.65	900000	112800	1.309
0.65 à	0.50	400000	70500	0.817
0.50 à	0.35	15000	41700	0.483
Durée totale de l'abaissement du niveau de 1m,10 à 0m,35 au-dessus du seuil......................				5j.701

La durée totale de la vidange de cet étang sera donc égale à

$$13^{j}.173 + 5^{j}.701 = 18^{j}.874.$$

Cette application est relative à la vidange d'un étang dont la durée avait été fixée à trois semaines par arrêt de la cour royale de Colmar, à la suite d'un long et dispendieux procès que l'on eût évité si un règlement analogue avait été adopté dès l'origine.

98. Hauteur dont le niveau d'un réservoir s'abaisse dans un temps donné. Si l'on veut calculer la hauteur dont le niveau d'un bassin prismatique s'abaisse dans un temps donné, lorsqu'il n'y a pas d'alimentation, on la déterminera, pour les orifices avec charge sur le sommet, par la formule

$$H - h = \frac{tma}{A}\sqrt{2gH} - 4.904\,\frac{t^2m^2a^2}{A^2},$$

dont toutes les notations sont connues (nos **90** et suiv.), et qui revient à la règle suivante :

Multipliez l'aire de l'orifice par le coefficient de la dépense et par le temps de l'écoulement, et divisez le produit par l'aire du réservoir ;

Multipliez ce quotient par la vitesse due à la charge sur le centre de l'orifice à l'origine du temps observé ;

Élevez ensuite ce même quotient au carré et multipliez-le par 4.904 ;

Retranchez ce produit du précédent : le reste sera la hauteur dont le niveau se sera abaissé pendant le temps donné.

Exemple. Quelle est la hauteur dont le niveau variera en 2′ ou 120″ dans une écluse prismatique de 250^{mq} de superficie, qui a deux orifices de 0^{mq}.30 de surface, avec une charge de 1^{m}.80 sur le centre à l'origine de l'écoulement?

Le coefficient de la dépense sera pour ces deux orifices voisins $m = 0.625$. On a

$$\frac{tma}{A} = \frac{120 \times 0.625 \times 2 \times 0^{mq}.30}{250^{mq}} = 0.180.$$

La formule donne

$$H - h = 0.180 + 5^{m}.95\,(0.180)^2 \times 4^{m}.904 = 0^{m}.912.$$

99. Orifices en déversoir. Saignée des inondations. Pour les orifices en déversoir, on calculera l'abaissement au bout d'un temps donné par la formule

$$H - h = H \left\{ 1 - \frac{1}{\left(1 + \frac{t .. 202 L \sqrt{2gH}}{A}\right)^2} \right\}$$

dans laquelle les notations sont aussi connues (n°s 90 et suiv.), et qui revient à la règle suivante:

Multipliez les 0.202 *de vitesse due à la hauteur du niveau au-dessus du déversoir à l'origine du temps observé par la largeur du déversoir et par le temps écoulé; divisez le produit par l'aire du réservoir;*

Ajoutez le quotient à l'unité; faites le carré de cette somme et divisez l'unité par ce carré;

Retranchez ce second quotient de l'unité, et multipliez le reste par la hauteur de niveau au-dessus du déversoir à l'origine de l'observation;

Le produit sera l'abaissement du niveau dans un temps donné.

Exemple. De quelle quantité s'abaissera en 1^{h} ou 3600″ le niveau du réservoir d'une écluse de chasse dont la surface a une étendue de 250000^{mq}, l'écoulement ayant lieu par un orifice en déversoir de 12 de largeur avec une charge de 1^{m}.80 à l'origine?

La formule donne

$$H - h = 1^{m}.80 \left\{ 1 - \frac{1}{\left(1 + \frac{3600 \times 0.202 \times 12 \sqrt{19.62 \times 1.80}}{250000}\right)^2} \right\}$$

$$= 0^{m}.563.$$

100. Observation relative aux bassins dont les sections horizontales n'ont pas une étendue constante. Si l'aire de la surface du niveau varie notablement pendant l'écoulement, il faudra fractionner la durée en intervalles assez petits pour qu'on puisse, dans les formules des deux numéros précédents, considérer, pour chacun de ces intervalles, l'aire comme sensiblement constante.

101. Temps nécessaire pour remplir une écluse. Écluses doubles de navigation. Dans les écluses doubles de navigation, le bassin supérieur se vide dans l'inférieur sans qu'il y ait d'alimentation, et l'on calculera le temps nécessaire pour que les deux bassins soient remplis au même niveau par les règles suivantes :

Fig. 20.

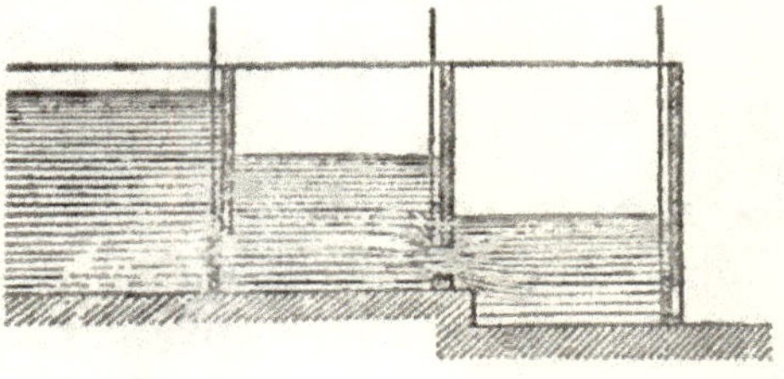

102. Orifices noyés dès l'origine de l'écoulement. Si l'orifice est noyé dès l'origine de l'écoulement, en appelant (fig. 20)

A et A′ les aires constantes des bassins supérieur et inférieur,
H′ et h' les hauteurs du niveau au-dessus du centre de l'orifice en amont et en aval à l'origine,
a l'aire de l'orifice, ou la somme des aires des orifices, s'il y en a deux,
m le coefficient de la dépense (n[os] **12** et suivants),
on calculera le temps nécessaire pour que les deux bassins parviennent au même niveau par la formule

$$t = \frac{0.451\,AA'}{ma(A+A')}\sqrt{H'-h'},$$

qui revient à la règle suivante:

Multipliez l'aire du bassin supérieur par celle du bassin inférieur, prenez les 0.451 du produit;

Multipliez l'aire de l'orifice par le coefficient de la dépense et par la somme des aires des surfaces des bassins;

Divisez le premier produit par le second et multipliez le quotient par la racine carrée de la différence des niveaux d'amont et d'aval à l'origine de l'observation :

Le résultat sera le temps nécessaire pour que le niveau de l'eau s'établisse à la même hauteur dans les deux bassins.

EXEMPLE. Pour la double écluse de Bayard à Toulouse on a les données suivantes :

$A=205^{mq}$, $A'=215^{mq}$, $a=1^{mq}.249$, $m=0.625$, $H=4^{m}.14$, $h'=0^{m}.24$.

La formule donne

$$t=\frac{0.451\times 205^{mq}\times 215^{m}}{0.625\times 1^{mq}.249(205^{mq}.+215^{mq})}\sqrt{4.14-0.24}=120''=2'.$$

L'observation directe a donné 2′ 29″, et la différence provient du temps employé à lever la vanne. (D'Aubuisson, *Traité d'hydraulique*, page 99.)

103. CAS OU L'ORIFICE D'ÉCOULEMENT N'EST PAS NOYÉ DÈS L'ORIGINE. Si l'orifice d'écoulement qui verse les eaux du bassin supérieur dans le bassin inférieur n'est pas noyé dès l'origine, et si même (fig. 21) le niveau de ce dernier bassin est au-dessous du seuil au moment où l'écoulement commence, on calculera le temps écoulé depuis cet instant jusqu'à celui où l'orifice est noyé par la formule

Fig. 21.

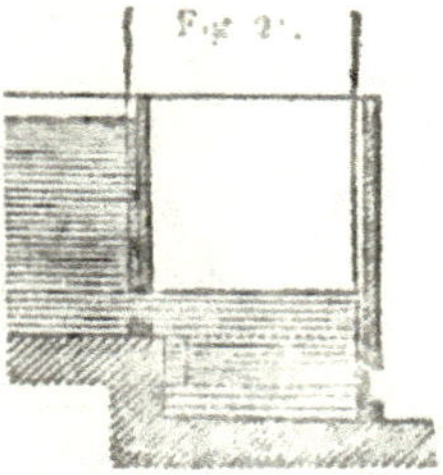

$$t=\frac{0.451\sqrt{A}}{ma}\left[\sqrt{AH'}-\sqrt{AH'-A'(h'+h)}\right],$$

dans laquelle A, A′, H′, m et a, ont les significations indiquées plus haut; et où l'on désigne par

h' la hauteur du niveau inférieur au-dessous du seuil à l'origine de l'écoulement,

h la demi-hauteur de l'orifice.

Cette formule revient à la règle suivante :

Multipliez la racine carrée de l'aire de la surface du niveau du bassin supérieur par 0.451, *et divisez le résultat par le produit de l'aire de l'orifice et du coefficient de la dépense ;*

Cubez le volume d'eau contenu dans le bassin supérieur au-dessus du centre de l'orifice et celui qui doit passer dans le bassin inférieur, pour en élever le niveau jusqu'à la hauteur du centre de cet orifice ;

retranchez le second volume du premier, extrayez la racine carrée du reste ;

Retranchez cette racine carrée de celle du volume contenu dans le bassin supérieur à l'origine, et multipliez le reste par le quotient de la première opération :

Le résultat exprimera en secondes le temps nécessaire pour que le niveau du bassin inférieur s'élève à la hauteur du centre de l'orifice, que l'on regardera comme noyé à ce moment.

A partir de cet instant on calculera le temps nécessaire pour remplir l'écluse inférieure, par la règle du n° **101**.

EXEMPLE. Dans l'écluse de Bayard, quel serait le temps nécessaire pour élever le niveau de l'écluse inférieure de $0^m.30$ en contre-bas du centre de l'orifice jusqu'à son côté supérieur, la hauteur de cet orifice étant de $0^m.70$? On a $h+h'=0^m65$.

La formule précédente donne

$$t=\frac{0.451\times\sqrt{205}}{0.625\times 1^{m}.249}\times$$
$$\times\left(\sqrt{205\times4.14}-\sqrt{205\times4.14-215\times0.65}\right)=21''.$$

101. TEMPS NÉCESSAIRE POUR REMPLIR UNE ÉCLUSE A L'AIDE D'UN RÉSERVOIR A NIVEAU CONSTANT. A l'origine de l'écoulement, l'orifice n'étant pas noyé, on calculera d'abord le temps nécessaire pour que le niveau de l'écluse arrive jusqu'au centre de l'orifice, par la formule

$$t=\frac{Ah'}{ma\sqrt{2gH}},$$

dans laquelle

A désigne l'aire de la surface de niveau du liquide dans l'écluse,

h' la hauteur du niveau dans l'écluse à l'origine du mouvement en contre-bas du centre de l'orifice,

a l'aire de l'orifice,

m le coefficient de la dépense relative à cet orifice,

H la hauteur constante du niveau du réservoir au-dessus du centre de l'orifice,

$2g=19^m.62$.

Cette formule revient à la règle suivante :

Multipliez l'aire de la surface du niveau de l'écluse par la hauteur de ce niveau au-dessous du centre de l'orifice, et divisez ce

volume par celui qui s'écoule en 1″ sous la charge constante du réservoir au-dessus du centre de l'orifice :

Le quotient sera, en secondes, le temps nécessaire pour élever le niveau de l'écluse à la hauteur du centre de l'orifice.

Cela fait, en conservant les notations précédentes, on aura le temps nécessaire pour que le niveau s'élève du centre de cet orifice jusqu'à la hauteur générale du réservoir, par la formule

$$t=\frac{0.451\,A}{ma}\sqrt{H},$$

qui revient à la règle suivante.

Divisez les 0.451 *de l'aire de la surface du niveau de l'écluse par le produit de l'aire de l'orifice ou des orifices et du coefficient de la dépense, et multipliez le quotient par la racine carrée de la hauteur du niveau du réservoir au-dessus du centre de l'orifice:*

Le produit exprimera en secondes la durée du temps nécessaire pour remplir l'écluse au niveau du réservoir, depuis l'instant où l'eau avait atteint le centre de l'orifice.

Exemple. Quel est le temps nécessaire pour remplir une écluse dont le niveau est d'abord à hauteur du seuil de l'orifice, qui a $1^{m}.65$ de hauteur, et doit s'élever jusqu'à $2^{m}.25$, hauteur constante du niveau du réservoir au-dessus du centre de cet orifice, et pour laquelle on a les données suivantes:

$$A=325^{mq},\quad a=1^{mq}.258,\quad m=0.625?$$

On a d'abord, depuis le commencement de l'écoulement jusqu'au moment où l'orifice est noyé jusqu'à son centre,

$$t=\frac{325^{mq}.\times 0^{m}.325}{0.625\times 1^{mq}.258\sqrt{19.62\times 2^{m}.25}}=20'',$$

et depuis ce moment jusqu'à celui où les niveaux sont à même hauteur,

$$t=\frac{0.451\times 325^{mq}}{0.625+1^{mq}.258}\sqrt{2^{m}.25}=279''.$$

La durée totale du remplissage de l'écluse sera donc de

$$20''+279''=299''=4'59''.$$

MOUVEMENT ET ÉCOULEMENT DES GAZ.

105. Mesure de la pression des gaz et vapeurs. Pour calculer le volume de gaz qui s'écoule par un orifice donné, il est nécessaire de connaître la pression de ce gaz. On emploie à cet effet, un tube recourbé (fig. 22) en forme de siphon renversé, dans lequel on verse de l'eau si la pression à mesurer est très-faible, ou du mercure si elle est forte.

Fig. 22.

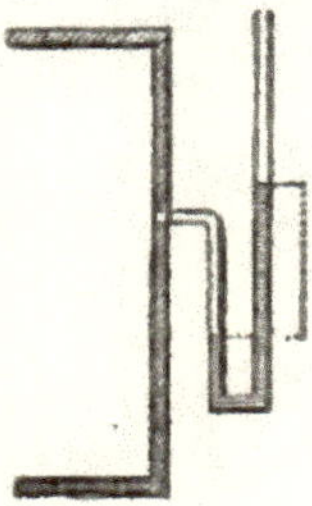

Si l'on nomme

P la pression intérieure dans le réservoir où le tuyau dans lequel débouche le tube du manomètre sur un centimètre carré,

p la pression extérieure ou celle de l'air atmosphérique sur un centimètre carré,

h la hauteur de la colonne de liquide qui mesure la différence de ces pressions en mètres,

on aura, pour exprimer la différence des pressions P et *p*, les relations suivantes :

$P-p=0^{kil}.1h$ si le liquide est de l'eau,
$P-p=1^{kil}.3598h$ si le liquide est du mercure.

La pression atmosphérique, étant moyennement mesurée par une colonne de mercure de $0^{m}.76$, est égale à

$1^{kil}.3598\times0.76=1^{kil}.033$ par centimètre carré.

On aura la pression P du gaz à l'intérieur par la formule

$p=1^{kil}.033+0^{kil}.1h$ si le liquide est de l'eau,
$P=1^{kil}.033+1^{kil}.3598h$ si le liquide est du mercure.

Ces formules reviennent à la règle suivante :

Pour déterminer l'excès de la pression d'un gaz, dans une capa-

cité quelconque, sur la pression atmosphérique, multipliez la hauteur exprimée en mètres du liquide qui, dans le manomètre, mesure cette différence de pression, par

$0^{kil}.10$ *si le liquide est de l'eau,*
$1^{kil}.3598$ *si le liquide est du mercure:*

Le produit sera la différence de pression cherchée, exprimée en kilogrammes sur un centimètre carré.

Exemple. Quelle est la pression intérieure de l'air dans un cylindre de machine soufflante, lorsque le manomètre à mercure présente une différence de niveau de $0^{m}.06$?

La formule donne, pour l'excès de la pression intérieure sur celle de l'air atmosphérique,

$$P-p=1^{kil}.3598\times0.06=5^{kil}.0816,$$

et la pression intérieure est, par conséquent,

$$P=1^{kil}.033+1^{kil}.3598\times0.06=1^{kil}.1141$$

par centimètre carré.

106. Valeurs des pressions exprimées en atmosphères. Il est d'usage de comparer les pressions des gaz, et surtout celles des vapeurs, à la pression atmosphérique, que l'on prend alors pour unité.

En divisant la valeur de la pression de la vapeur exprimée en kilogrammes, et déduite de la formule ci-dessus, par 1.0330, ou la hauteur de la colonne de mercure qui la mesure par 0.76, le quotient indiquera le nombre de pressions atmosphériques qui équivaudraient à la pression mesurée.

Exemple. La pression de la vapeur dans une chaudière étant mesurée par une colonne de mercure de $1^{m}.90$ en sus de celle de l'air, l'excès de pression de cette vapeur sur celle de l'air est égal à

$$\frac{1.90}{0.76}=2.5 \text{ atmosphères},$$

et la pression réelle de la vapeur dans la chaudière est

$$\frac{1.90+0.76}{0.76}=3.5 \text{ atmosphères}.$$

107. Mesure de la pression exercée sur une surface donnée. Connaissant la pression sur un centimètre carré, en la multipliant par le nombre de centimètres carrés contenus dans une surface donnée on aura la pression sur cette surface.

Ainsi la pression sur le mètre carré s'obtiendra en multipliant par 10000 celle qui est supportée par chaque centimètre carré.

Dans l'exemple précédent, l'excès de la pression intérieure sur la pression extérieure était, pour un mètre carré, égal à

$$10000 \times 0^{kil}.0816 = 816 \text{ kilogrammes.}$$

108. Manomètre a long tube. Dans quelques usines à vapeur, on emploie, pour mesurer la tension du fluide, des manomètres analogues à ceux de la fig. 22, mais composés d'un long tube de fer (fig. 23), dans lequel le mercure peut s'élever à plusieurs mètres de hauteur, ce qui permet d'estimer ainsi des pressions de plusieurs atmosphères. Un flotteur suspendu à un fil qui passe sur une poulie surnage la colonne de mercure, et un indicateur attaché à l'autre extrémité du fil parcourt une échelle sur laquelle on lit la hauteur du mercure, ou mieux la pression de la vapeur.

Fig. 23.

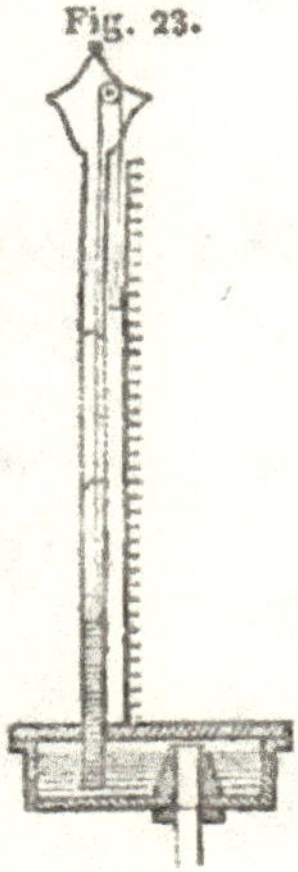

109. Manomètre ordinaire des machines a haute pression. Le manomètre le plus généralement employé pour les machines à vapeur consiste, comme on sait, en un tube fermé par sa partie supérieure et plongé par l'autre dans une cuvette qui contient du mercure (fig. 24).

Fig. 24.

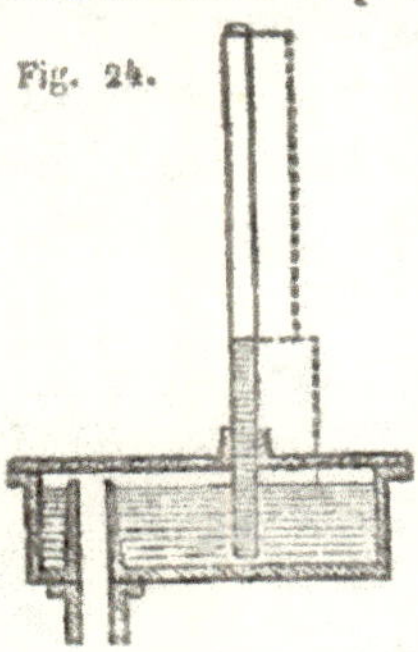

L'instrument est ordinairement gradué de manière que, l'air contenu dans le tube étant à la température moyenne de l'air ou à 10° et à la pression atmosphérique moyenne, le mercure contenu dans le tube soit au niveau de celle de la cuvette.

Appelant donc

p' la pression de l'air, quand l'instrument a été gradué, ordinairement égale à $1^{kil}.0330$;

t' la température au même instant et que l'on peut supposer égale à 10°;

t la température de la chambre du manomètre;

h' la hauteur occupée par l'air dans le tube au moment de l'observation ;

h la hauteur à laquelle le mercure est monté au-dessus du niveau de la cuvette ;

x la pression de l'air comprimé dans le tube ; on aura d'abord

$$x = \frac{h+h'}{h} \times \frac{1+0.003665\,t}{1+0.003665\,t'} \times p',$$

et la pression P du gaz et de la vapeur se calculera par la formule

$$P = x + 1^{kil}.3598h.$$

Ces formules reviennent à la règle suivante:

Multipliez la température à laquelle l'instrument a été gradué par 0.003665, *augmentez le produit de l'unité ; multipliez de même la température de la chambre du manomètre par* 0.003665, *et augmentez le produit de l'unité ; prenez le rapport de la deuxième somme à la première, et multipliez-le par celui de la hauteur totale du tube au-dessus du niveau de la cuvette à la hauteur occupée par l'air dans le tube ;*

Multipliez le produit par la pression atmosphérique : le résultat sera la pression de l'air contenu dans le tube du manomètre.

A cette pression ajoutez le produit de la hauteur de la colonne de mercure au-dessus du niveau de la cuvette par 1.3598 : *la somme sera la pression de la vapeur dans la chaudière sur un centimètre carré.*

Nota. S'il y avait dans le tube une petite colonne d'eau qui surnageât le mercure, il faudrait diminuer h' de la hauteur de cette couche, et en ajouter le poids à celui de la colonne de mercure.

Dans ce cas, il faudrait en outre augmenter la pression de l'air contenu dans le tube de celle de la vapeur d'eau à la température t de la chambre, que l'on trouvera dans une table donnée plus loin au chapitre des *Machines à vapeur*.

Exemple. Quelle est la pression de la vapeur dans une chaudière dont le manomètre fournit les indications suivantes :

$$h = 0^{m}.16 \quad h' = 0^{m}.30, \quad t' = 10^{0}, \quad t = 30^{0}?$$

La première formule donne

$$x = \frac{0.46}{0.30} \times \frac{1+0.10995}{1+0.003665} \times 1^{kil}.033 = 1^{kil}.695,$$

et la seconde

$$P = 1^{kil}.695 + 1^{kil}.3598 \times 0.16 = 1^{kil}.913.$$

110. Détermination de la tension de la vapeur, a l'aide des soupapes de sureté. Enfin, si l'on n'a pas de manomètre, on peut, dans les usines à vapeur, recourir à l'observation des soupapes de sûrete à l'instant où elles sont en équilibre sous l'action de la vapeur et du poids curseur suspendu au levier, quoique ce moyen soit assez imparfait.

Fig. 25.

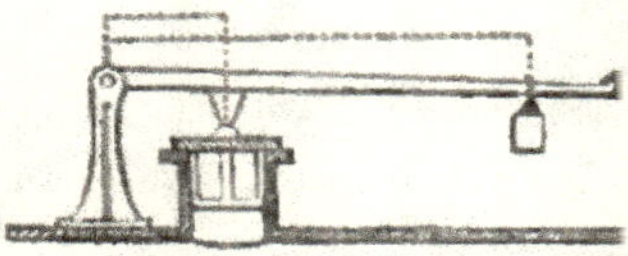

Nommant alors (fig. 25)

q le poids curseur suspendu au levier,

o la surface intérieure de la soupape exposée à l'action de la vapeur en centimètres carrés,

r le rayon des tourillons du levier de pression,

f le rapport du frottement à la pression pour les tourillons du levier et de leurs coussinets. (Voir au chapitre *Du frottement*),

l la distance horizontale du point de pression du levier sur la soupape au plan vertical qui passe par l'axe des tourillons,

L la distance analogue pour le point curseur q,

$p = 1^{kil},033$ la pression atmosphérique sur un centimètre carré,

on aura la pression P de la vapeur dans la chaudière, par la formule

$$P = p + \frac{q(L - fr)}{o(l + fr)},$$

qui revient à la règle suivante:

Multipliez le rayon du tourillon du levier par le rapport du frottement à la pression pour les tourillons et leurs coussinets; retranchez ce produit de la distance L *du poids curseur à l'axe de rotation; ajoutez le même produit à la distance* 1 *du point de pression du levier sur la soupape à l'axe de rotation; prenez le rapport de la différence précédente à cette somme, et multipliez-le par celui du poids curseur exprimé en kilogrammes à l'aire* o *de la surface intérieure de la soupape, exprimée en centimètres carrés; ajoutez le produit à la pression atmosphérique: la somme sera la pression de la vapeur dans la chaudière.*

EXEMPLE. La surface intérieure d'une soupape de sûreté est de 12 centimètres carrés.

On a

$$q=6^{kil},\quad L=0^{m}.45,\quad f=0.08,\quad r=0^{m}.005,\quad l=0^{m}.08.$$

La formule donne

$$P=1^{kil}.033+2^{kil}.795=3^{kil}.828=3^{atm}.704.$$

111. DENSITÉ DE L'AIR OU DE LA VAPEUR. Lorsqu'on connaît la pression P et la température t d'un gaz ou d'une vapeur, on en déduit facilement sa densité d ou le poids du mètre cube par les formules suivantes :

$$d=\frac{1.2572\,P}{1+0.003665\,t},$$

pour la vapeur d'eau

$$d=\frac{0.7840\,P}{1+0.00368\,t},$$

qui reviennent à la règle suivante :

Pour calculer la densité de l'air ou de la vapeur d'eau,

Multipliez la pression exprimée en kilogrammes sur un centimètre carré, pour l'air par 1.2572, *pour la vapeur d'eau par* 0.7840 *et divisez le produit par l'unité, augmentée, pour l'air de* 0.003665 *fois, pour la vapeur de* 0.00368 *fois la température en degrés centigrades :*

Le résultat sera, en kilogrammes, le poids du mètre cube.

EXEMPLE. Quelle est la densité de l'air à la température $t=10^{\circ}$, et la pression $P=1^{kil}.115$?

La formule donne

$$d=1^{kil}.352.$$

112 VITESSE MOYENNE AVEC LAQUELLE UN GAZ OU UNE VAPEUR SORT PAR UN ORIFICE. Lorsque l'on connaîtra, par l'observation du manomètre, l'excès $P-p$ de la pression intérieure d'un gaz contenu dans un réservoir sur la pression d'un autre réservoir dans lequel il s'écoule, ou sur la pression atmosphérique si l'écoulement a lieu à l'air libre, on determinera la vitesse d'écoulement par la formule

$$V = \sqrt{2g\frac{P-p}{d}},$$

dans laquelle

$g = 9^{m}8088$,

P est la pression intérieure	sur un mètre carré,
p la pression extérieure	

d la densité du gaz, ou le poids du mètre cube, déterminée comme il est dit au n° **111**.

Si l'on se sert du manomètre à mercure, on pourra remplacer la formule ci-dessus par la suivante :

$$V = \sqrt{2g\frac{13598}{d}h} = \sqrt{\frac{266760\,h}{d}},$$

qui revient à la règle suivante :

Pour déterminer la vitesse avec laquelle un gaz s'écoule par l'orifice d'un réservoir,

Multipliez la hauteur de la colonne de mercure qui mesure en mètres la différence de pression de l'intérieur à l'extérieur par 266760; *divisez le produit par la densité du gaz, déterminée par la formule du n°* **111**.

La racine carrée du quotient sera la vitesse cherchée.

Exemple. Quelle est la vitesse de sortie de l'air qui s'écoule d'une conduite où l'excès de la pression intérieure sur la pression atmosphérique extérieure est mesuré par une colonne de mercure $h = 0^{m}.06$, et dont la température $t = 10°$?

On trouvera d'abord par la règle du n° **111** $d = 1^{kil}352$, et la formule ci-dessus donne

$$V = 108^{m}.8.$$

113. Volume d'air dépensé par un orifice d'une surface donnée. La dépense théorique ou le volume de gaz ou de vapeur qui s'écoulerait par un orifice d'une ouverture donnée, abstraction faite des effets de la contraction, se calculera par la formule suivante :

$$Q = AV,$$

dans laquelle

A est l'aire de l'orifice en mètres carrés,

V la vitesse par seconde en mètres,

et qui revient à la règle suivante :

Multipliez l'aire de l'orifice par la vitesse d'écoulement déterminée par la règle du n° **112** *précédent.*

Le produit sera la dépense théorique cherchée.

Pour avoir la dépense effective, il faut multiplier la dépense théorique par

0.61 si la contraction est complète,

0.84 si l'orifice est terminé par un ajutage cylindrique,

0.96 si l'orifice est à l'extrémité d'une buse conique, allongée et raccordée avec la conduite, ainsi que cela a lieu généralement.

Exemple. Quel est le volume d'air qui s'écoule par un orifice de $0^{m}.034$ de diamètre situé à l'extrémité d'une buse de haut fourneau de forge, l'excès de la pression intérieure dans la conduite sur la pression de l'air étant mesuré par une colonne de mercure de $0^{m}.06$, et la température étant de 10^{0} ?

La formule du n° **112** donne pour la vitesse d'écoulement

$$V = 108^{m}. \text{ en } 1''.$$

Le volume d'air écoulé en 1″ sera donc

$$Q = 096 \times 0^{mq}.00091 \times 108^{m}.8 = 0^{mc}.095.$$

114. Cas ou l'on a observé la pression a une distance considérable de l'orifice de la conduite. Lorsqu'on aura observé la pression à l'aide du manomètre, en un point de la conduite assez éloigné de l'extrémité pour que la résistance des parois exerce une influence notable, on calculera la vitesse à l'orifice placé à l'extrémité de cette conduite, supposée circulaire et sans étranglement, ainsi que cela arrive ordinairement, par la formule

$$V=\sqrt{\frac{2g(P-p)}{d\left(1+\frac{0.0252\,Lm^2D'^4}{D^5}\right)}}=\sqrt{\frac{266760\,h}{d\left(1+\frac{0.0252\,Lm^2D'^4}{D^5}\right)}},$$

dans laquelle

$P-p$ représente encore l'excès de la pression intérieure sur la pression extérieure rapportée au mètre carré, et égal à $13598h$, h étant la colonne de mercure qui mesure cette différence de pression,

d la densité ou le poids du mètre cube du gaz à la pression P,

L la longueur de la conduite en mètres,

D le diamètre de la conduite en mètres,

D' le diamètre de l'orifice en mètres,

m le coefficient de la dépense relatif à l'orifice.

Cette formule revient à la règle suivante :

Pour calculer la vitesse avec laquelle l'air s'écoule par l'extrémité d'une conduite où l'on a mesuré la pression à une grande distance de l'orifice,

Multipliez la longueur en mètres de la conduite par 0.0252, *par le carré du coefficient de la dépense convenable à l'orifice (nos* **12** *et suiv.), et par la quatrième puissance du diamètre de l'orifice ; divisez ce produit par la cinquième puissance du diamètre de la conduite ;*

Au quotient ajoutez l'unité, et multipliez la somme par le poids du mètre cube du gaz, calculé par la règle du n° **111** ;

Multipliez la hauteur de la colonne de mercure qui mesure l'excès de la pression intérieure sur la pression extérieure par 266760, *et divisez ce produit par le précédent :*

La racine carrée du quotient sera la vitesse cherchée.

Exemple. Quel est le volume d'air, à la température de 10°, qui s'écoule par un orifice de $0^m.06$ de diamètre lacé à l'extrémité d'une conduite de $0^m.25$ de diamètre, et de 100^m de longueur, à l'origine de laquelle la différence de pression est mesurée par une colonne de mercure de $0^m.06$?

La formule précédente donne

$$V=\sqrt{\frac{266760\times0.06}{1{,}352\left(1+\frac{0.0252\times100\times(0.96)^2\times(0.06)^4}{(0.25)^5}\right)}}=107^m.3.$$

La vitesse d'écoulement à l'orifice de la conduite étant connue, on calculera la dépense par la formule et la règle du n° **113.**

Si l'orifice est une buse ordinaire.

$$Q=0.96\times0.7854(0{,}06)^2\times107^m{,}3=0\ ^{mc}.291.$$

115. CAS OU L'OBSERVATION DE LA PRESSION A ÉTÉ FAITE DANS UN RÉSERVOIR OÙ LA CONDUITE PREND SON ORIGINE. Si l'on a placé le manomètre dans un réservoir d'où part la conduite du gaz, on calculera la vitesse à l'extrémité de cette conduite par la formule

$$V=\sqrt{\frac{266760\,h}{d\left[1+\frac{m^2D'^4}{D^4}\left\{\left(\frac{1}{m'}-1\right)^2+\frac{0.0252\,L}{D}\right\}\right]}},$$

dans laquelle, outre les notations précédentes, on désigne par m' le coefficient de la dépense à l'origine de la conduite, ordinairement égal à 0.61,

et qui revient à la règle suivante :

Divisez l'unité par le coefficient de la dépense à l'origine de la conduite, du quotient retranchez l'unité et élevez le reste au carré; multipliez la longueur de la conduite par 0.0252, *et divisez le produit par le diamètre de la conduite; ajoutez ce quotient au carré précédent, multipliez la somme par le carré du coefficient de la dépense relatif à l'orifice de la conduite, par la quatrième puissance du diamètre à l'orifice, et divisez-la par la quatrième puissance du diamètre de la conduite;*

Au résultat ajoutez l'unité, et multipliez la somme par la densité du gaz ou le poids du mètre cube (*n°* **111**) ;

Multipliez ensuite la hauteur de la colonne de mercure qui mesure l'excès de la pression dans le réservoir sur la pression extérieure par **266760** ;

Divisez le produit par le résultat des opérations précédentes : la racine carrée du quotient sera la vitesse de sortie du gaz à l'orifice de la conduite, exprimée en mètres.

Exemple. Quelle serait, dans le cas des données de l'exemple précédent, la vitesse de sortie, si la pression indiquée avait été mesurée dans le réservoir ?

Le coefficient de la dépense à l'origine de la conduite étant

$$m' = 0.61,$$

on trouve

$$V = 107^{m}.06,$$

ce qui montre qu'il n'y a pas de différence bien notable quand on mesure la pression dans le réservoir, ou à l'origine de la conduite.

116. Observations relatives aux règles a suivre pour l'établissement des conduites de gaz. Les formules précédentes montrent que, dans l'établissement des conduites de gaz, on doit :

1° Donner aux conduites des diamètres aussi grands que le permettent l'économie et les localités. Il conviendra de faire

$$D = 0^{m}.30 \text{ à } 0^{m}.40,$$

pour les conduites principales ;

$$D = 0^{m}.20 \text{ à } 0^{m}.25,$$

pour les conduites de distribution ;

2° Diminuer autant que possible la longueur totale des conduites ;

3° Éviter tous les étranglements et rétrécissements dans les conduites ;

4° Disposer tous les passages, soit à l'origine des conduites, soit aux robinets de distribution, de manière à y diminuer ou annuler les effets de la contraction ;

5° Éviter les changements inutiles de direction des conduites, arrondir les coudes formés par les changements inévitables.

DE LA FORCE DES COURS D'EAU.

117. *La chute totale* d'un cours d'eau dans une usine est la hauteur du niveau supérieur de l'eau dans le réservoir d'amont au-dessus du niveau du canal de fuite en aval.

La force d'un cours d'eau, ou *la quantité du travail absolu* qu'il fournit, est le produit du poids de l'eau qu'il dépense en 1″ par la chute totale.

Ainsi, en appelant toujours
Q ce volume d'eau exprimé en mètres cubes,
H la chute totale en mètres,
Le travail absolu ou la force du cours d'eau sera donné par

$$1000\,QH^{km},$$

et si l'on veut l'exprimer en force de chevaux-vapeur de 75^{km}, on aura le nombre N de chevaux correspondant par la formule

$$N = \frac{1000\,QH}{75}.$$

Exemple. Quelle est la force absolue d'un cours d'eau qui fournit $0^{mc},450$ par seconde, et dont la chute totale est de $5^{m}.25$?

La force absolue cherchée est

$$1000 \times 0^{mc}.450 \times 5^{m}.25 = 2362^{km}.5\,,$$

et son expression en chevaux

$$N = \frac{2362.5}{75} = 31.5.$$

Cette force absolue des cours d'eau, qui constitue leur valeur vénale, doit évidemment être estimée d'après leur produit régulier quand les orifices sont tellement proportionnés que le courant est à l'état de régime, ce que l'on reconnaît à la hauteur constante du niveau dans le réservoir.

On doit aussi avoir l'attention de faire le jeaugeage dans la saison où les eaux ont leur hauteur moyenne.

ROUES HYDRAULIQUES.

DES RÈGLES A EMPLOYER POUR ESTIMER L'EFFET UTILE D'UNE ROUE HYDRAULIQUE ÉTABLIE.

118. Classification des divers genres de roues en usage. Les systèmes de roues hydrauliques le plus généralement en usage sont :

1° Les anciennes roues à palettes planes, qui reçoivent l'eau à leur partie inférieure et se meuvent dans des coursiers où elles ont un jeu plus ou moins considérable ;

2° Les roues à palettes emboîtées dans des coursiers circulaires sur une partie de la chute totale et qui reçoivent l'eau par des orifices avec charge d'eau sur le côté supérieur ;

3° Les roues à palettes planes emboîtées dans des coursiers circulaires sur toute la hauteur de la chute, qui reçoivent l'eau par des vannes en déversoir, et que l'on nomme improprement *roues de côté;*

4° Les roues à aubes courbes, imaginées par M. Poncelet, qui reçoivent l'eau à la partie inférieure, et par des vannages inclinés ;

5° Les roues à augets, qui reçoivent l'eau, soit à leur sommet, soit au-dessous de ce point;

6° Les roues pendantes montées sur bateaux, qui se meuvent dans un courant en quelque sorte indéfini par rapport à leurs dimensions;

7° Les turbines.

119. Notations adoptées. Dans tout ce qui va suivre nous appellerons toujours

Q le volume d'eau dépensé en 1″ exprimé en mètres cubes;

V la vitesse d'arrivé du filet moyen de l'eau sur la roue, déterminée comme il a été dit au n° 49 ;

v la vitesse de la circonférence extérieure de la roue ;

a l'angle formé par la direction de ces deux vitesses : cet angle est facile à déterminer en menant à la règle une tangente à la courbe décrite par le filet moyen (n° 49), et une autre à la circonférence extérieure de la roue, au point où ces courbes se rencontrent ;

P. l'effort moyen transmis par l'eau à la circonférence extérieure de la roue exprimé en kilogrammes : ce serait le poids que la roue pourrait élever à l'aide d'un cordage qui s'enroulerait sur cette circonférence ;

h la hauteur dont l'eau descend depuis son point d'introduction jusqu'au bas de la roue : ce sera la hauteur du point de rencontre du filet moyen avec la circonférence extérieure au-dessus du point inférieur de la roue.

D'après cela, le produit P*v* du poids qui serait soulevé à la circonférence de la roue et du chemin *v* parcouru par son point d'application en 1″ représentera l'effet utile ou la quantité de travail transmise à la circonférence de la roue.

120. Des anciennes roues a palettes planes. Ces roues, que l'on rencontre souvent dans les anciens moulins, sont ordinairement placées dans des coursiers en bois ou en pierres de taille assez mal exécutés, où leurs aubes ont un jeu de 0m.03 à 0m.04 au moins. Le vannage est vertical et placé à une distance quelquefois très-grande de la roue.

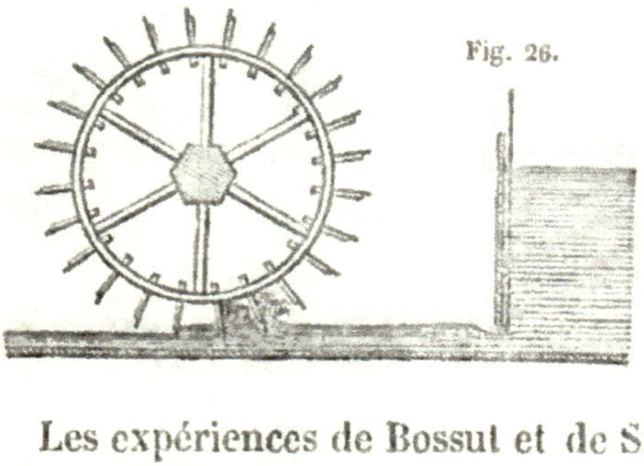

Fig. 26.

Les expériences de Bossut et de Smeaton ont montré que la vitesse de la circonférence extérieure de la roue correspondante au maximum d'effet était comprise entre 0.33 et 0.50 de celle de l'eau affluente, le premier rapport convenant plus spécialement au cas dans lequel les chutes ou les vitesses sont grandes, et le second à celui où les dépenses sont considérables.

Dans ces circonstances, l'effet utile ou la quantité de travail transmise à la circonférence de la roue est donnée par la formule pratique suivante, déduite des expériences de ces auteurs,

$$Pv = 61\,Q(V - v)\,v^{\text{km}},$$

dans laquelle la vitesse V se détermine selon les cas par l'une des règles des n°s 45 et suivants.

Cette formule revient à la règle suivante :

Pour avoir l'effet utile ou la quantité de travail utilisé par une roue à aubes planes recevant l'eau à sa partie inférieure,

Multipliez le volume d'eau dépensé, exprimé en mètres cubes, par 61, *par l'excès de la vitesse d'arrivée de l'eau sur celle de la circonférence extérieure de la roue, et par la vitesse de cette circonférence :*

Le produit sera l'effet utile cherché, exprimé en kilogrammes élevés à un mètre en 1".

Exemple. Quel est l'effet utile d'une roue à aubes planes du genre précédent, qui dépense $0^{\text{mc}}.500$ par seconde, la vitesse d'arrivée de l'eau sur la roue étant de $4^{\text{m}}.50$, et celle de la circonférence extérieure de la roue de $2^{\text{m}}.50$?

La règle précédente donne, pour l'effet utile cherché,

$$Pv = 61 \times 0^{\text{mc}}.500 \times (4^{\text{m}}.50 - 2^{\text{m}}.50)\,2^{\text{m}}.50 = 152^{\text{km}},5,$$

ou 2 chevaux-vapeur environ.

121. Rapport de l'effet utile au travail absolu du moteur. Si l'orifice était placé près de la roue, et que la vitesse de sortie de l'eau fût peu altérée par la résistance des parois, la hauteur totale de chute, correspondante à la vitesse $V = 4^{\text{m}}.50$, serait d'environ $1^{\text{m}}.03$ (n° 3), et le travail absolu du moteur serait

$$1000 \times 0^{\text{mc}}.500 \times 1^{\text{m}}.03 = 515^{\text{km}},$$

ou 6.87 chevaux-vapeur.

Le rapport de l'effet utile réel au travail absolu du moteur n'étant que $\dfrac{152.5}{515} = 0.297$, on voit que ces roues n'utilisent guère que 0.30 du travail absolu du moteur.

Lorsque le jeu de la roue dans son coursier dépasse $0^{\text{m}}.04$, l'effet utile diminue encore, et ne s'élève au plus qu'à 0.25 du travail absolu du moteur.

122. Observation. Il faut limiter l'application de cette règle aux cas où le volume d'eau versé sur la roue ne remplit pas tout à fait l'intervalle compris entre les aubes, ce dont il sera toujours facile de s'assurer à la simple vue. Dans le cas où le volume d'eau dépensé serait plus grand que celui que la roue peut admettre, on calculera l'effet utile en supposant ce volume d'eau réduit à celui qui peut être reçu entre les aubes. Mais on ne doit pas se dissimuler que, dans ce cas, les évaluations seront fort incertaines.

123. Cas où les palettes ont un jeu considérable dans le coursier. Enfin, si ce jeu excède de beaucoup les proportions ci-dessus, il ne serait plus possible d'appliquer la formule expérimentale précédente, et il faudrait recourir à la règle suivante :

Fig. 27.

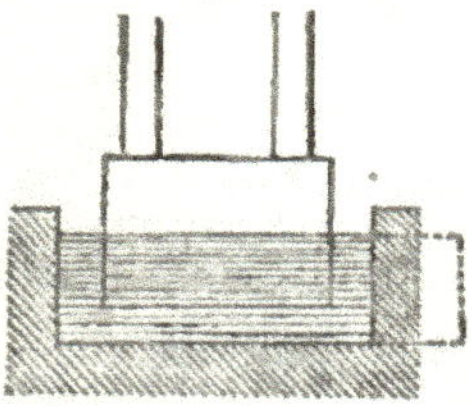

Connaissant le volume d'eau Q dépensé par l'orifice, déterminez, par les règles des nos 43 et suivants, d'après la forme du coursier, la vitese V d'arrivée de l'eau sur la roue ; puis, en appelant

L la largeur connue du coursier,

x l'épaisseur de la lame d'eau dans ce coursier, à l'endroit où elle atteint la roue,

on aura évidemment

$$Q = VLx, \quad \text{d'où} \quad x = \frac{Q}{VL},$$

ce qui revient à dire que

L'épaisseur de la lame d'eau sous la roue est égale au quotient du volume d'eau dépensé en 1" par le produit de la vitesse d'arrivée de l'eau sur la roue et de la largeur du coursier.

Ayant ainsi déterminé la profondeur x de l'eau, on aura l'aire A de la section d'eau par le produit $xL = A$ de sa largeur par sa profondeur.

D'après le dessin et les dimensions des aubes, il sera facile de déterminer à quelle profondeur les aubes sont immergées dans cette section d'eau ; et, en appelant a l'aire de la surface immergée de chaque palette, on calculera l'effet utile de la roue par la formule suivante :

$$Pv = 76.45 aV(V - v)v^{km},$$

qui revient à la règle suivante :

Multipliez l'aire de la surface immergée par 76.45, par la vitesse d'arrivée de l'eau sur la roue par l'excès de cette même vitesse sur celle de la circonférence extérieure de la roue et par la vitesse de cette même circonférence :

Le produit sera l'effet utile de la roue, exprimé en kilogrammes élevés à un mètre en 1″.

EXEMPLE. Quel est l'effet utile d'une roue à aubes planes qui a dans son coursier un jeu de $0^m.10$ sur chaque côté, et de $0^m.06$ au-dessous des aubes, avec les données suivantes :
$Q = 0^{mc}.600$, $V = 5^m.50$, $v = 3^m$;
$L = 1^m$, largeur du coursier;
$l = 0^m,80$, largeur des aubes.

On a d'abord

$$x = \frac{Q}{VL} = \frac{0^{mc}.600}{5.5 \times 1^m} = 0^m.109,$$

$$a = 0^m.80\,(0^m.109 - 0^m.06) = 0^{mq}.0392,$$

$$Pv = 76.45 \times 0^{mq}.0392 \times 5^m.50\,(5^m.50 - 3^m)\,3^m = 124^{km} = 1^{chev}.65.$$

Si l'orifice était placé près de la roue, qu'il y eût peu de perte de vitesse dans le coursier, la chute totale serait à peu près celle qui est due à la vitesse d'arrivée $V = 5^m.50$ ou égale à $1^m.54$, et la force absolue du cours d'eau serait d'environ

$$1000 \times 0^{mc}.600 \times 1^m.54 = 924^{km}.$$

Le rapport de l'effet utile au travail absolu du moteur n'est donc que

$$\frac{124}{924} = 0.134.$$

On voit que dans le cas de l'exemple ci-dessus l'effet utile n'est au plus que 0.134 ou $\frac{1}{7.46}$ du travail absolu du moteur.

124. EFFORT MAXIMUM EXERCÉ PAR L'EAU SUR LA ROUE. Il importe souvent de pouvoir calculer l'effort maximum que l'eau peut exercer sur la roue au moment de la mise en train de l'usine. Pour y parvenir, on supposera la vanne levée au maximum, ou plutôt de manière à fournir un volume d'eau plus que suffisant pour remplir l'intervalle des aubes, et l'on calculera le travail utile correspondant au maximum d'effet de la roue pour cette levée par les règles données ci-dessus. Connaissant cette quantité de travail, on la divisera par la vitesse v de la circonférence de la roue, et l'on aura l'effort P exercé dans le cas du maximum d'effet avec la plus forte levée de vanne. On multipliera cet effort par 1.33, et le produit 1.33 P donnera l'effort maximum que la roue peut exercer pour mettre l'usine en marche.

EXEMPLE. En admettant que le volume d'eau de $0^{mc}.500$ dépensé dans l'exemple du n° **120** soit le plus grand que la roue puisse admettre entre les aubes, quel est l'effort maximum exercé au moment de la mise en marche de l'usine?

La dépense d'eau étant considérable dans ce cas, la vitesse de la circonférence de la roue correspondante au maximum d'effet est (**120**).

$$v = 0.50 \times 4^{m}.50 = 2^{m}.25.$$

La formule donne alors pour l'effet utile

$$Pv = 61 \times 0^{mc}.500 (4^{m}.50 - 2^{m}.25) 2^{m}.25 = 154^{km}.4.$$

Par conséquent, l'effort exercé à la circonférence extérieure de la roue est alors

$$P = \frac{154^{km}.4}{2.25} = 68^{kil}.67,$$

et l'effort maximum au moment de la mise en marche de l'usine sous cette levée de vanne sera d'environ

$$1,33 \times 68^{kil}.67 = 91^{kil}.33.$$

125. ROUES A PALETTES PLANES, EXACTEMENT EMBOITÉES DANS DES COURSIERS CIRCULAIRES ET RECEVANT L'EAU PAR UN ORIFICE AVEC CHARGE SUR LE SOMMET. On rencontre fréquemment des roues construites avec soin, dont une partie est emboîtée, sur une portion plus ou moins grande de la hauteur totale de chute, par un coursier circulaire avec fort peu de jeu, et qui sont souvent garnies d'un fond (fig. 28).

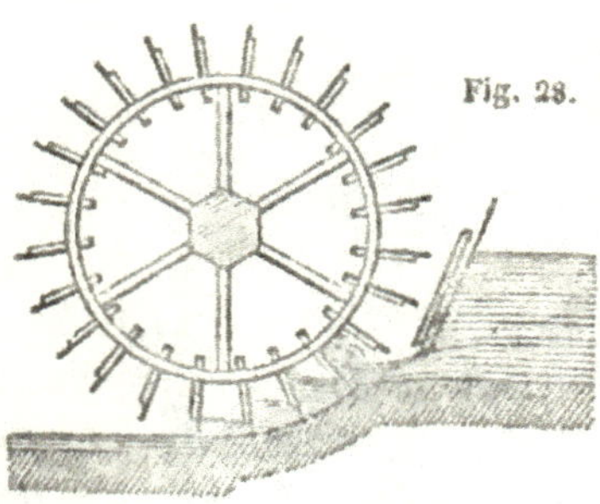

Fig. 28.

L'eau agit sur ces roues, d'abord en choquant les palettes, sur lesquelles elle arrive avec la vitesse V; puis, en suivant le mouvement de la roue, elle descend de la hauteur h du point d'introduction ou de rencontre du filet moyen et de la circonférence extérieure au-dessus du bas du coursier. Si les palettes de la roue sont noyées d'une certaine quantité égale ou inférieure à la hauteur d'eau qui se trouve entre les deux palettes du bas, on prendra pour h la hauteur du point d'introduction au-dessus du niveau des eaux dans le canal de fuite.

L'orifice est alors formé par une vanne, qui, en s'élevant ou s'abaissant, laisse une certaine charge d'eau sur le sommet de cette ouverture.

Quelle que soit la proportion de la partie circulaire du coursier par rapport à la hauteur de chute, toutes les fois que le volume d'eau introduit dans la roue ne dépassera pas les $\frac{2}{3}$ de la capacité de l'intervalle compris entre les aubes, et que la vitesse de la roue n'excédera pas notablement celle de l'eau affluente, la formule pratique suivante, déduite de nombreuses séries d'expériences sur quatre roues de grandeur et de force différentes, depuis 2 jusqu'à 15 chevaux *, représentera l'effet utile de la roue, à moins de $\frac{1}{20}$ près,

$$Pv = 750\,Q\left[h + \frac{(V\cos a - v)v}{9.81}\right]^{km}$$

dont la notation est connue, d'après les conventions du n° **119**, et qui revient à la règle suivante :

Déterminez, par la règle du n° **49**, *le point de rencontre du filet moyen de la veine fluide avec la circonférence extérieure de la roue ; prenez la hauteur* h *de ce point au-dessus du bas du coursier, sous l'axe de la roue, ou du niveau du canal de fuite si la roue est noyée d'une quantité égale ou inférieure à l'épaisseur d'eau entre les palettes les plus basses.*

Multipliez la vitesse V *d'arrivée de l'eau, déterminée par la règle du n°* **49**, *par le cosinus de l'angle qu'elle forme avec la tangente à la circonférence de la roue au point de rencontre du filet moyen ; du produit retranchez la vitesse* v *de la circonférence de la roue, multipliez le reste par cette même vitesse* v, *et divisez le produit par* 9.81 ;

---

* *Expériences sur les roues hydrauliques*, par M. A. Morin, chapitres 1, 2, 3, 4 et 5. (Metz, 1836.) A Paris, chez L. Mathias, libraire.

Ajoutez le quotient à la hauteur h *et multipliez la somme par 750 fois le volume d'eau dépensé par seconde, exprimé en mètres cubes :*

Le résultat sera l'effet utile de la roue en 1″.

Premier exemple : *Roue de la fonderie de Toulouse.* Quel est l'effet utile de cette roue dans les circonstances suivantes :

$$Q=0^{mc}.604,\ h=0^{m},422,\ a=0,\ V=5^{m}.47,\ v=3^{m}.04.$$

La formule donne

$$Pv=750\times0^{mc}.604\left(0^{m}.422+\frac{5^{m}.47-3^{m}.04}{9.81}\times3^{m}.04\right)=532^{km}.$$

L'expérience directe, faite avec le frein dynamométrique, a donné 504^{km}.

Deuxième exemple : *Roue de la sécherie artificielle de la poudrerie de Metz.* Quel est l'effet utile de cette roue dans les circonstances suivantes :

$$Q=0^{mc}.215,\ h=0^{m}414,\ a=0,\ V=2^{m}.696,\ v=1^{m}.616.$$

La formule donne

$$Pv=750\times0^{mc}.215\left[0^{m}.414+\frac{(2^{m}.696-1^{m}.616)}{9.81}\times1^{m}.616\right]=95^{km}.5.$$

L'expérience faite avec le frein a donné $96^{km}.3$.

Troisième exemple : *Roue d'un martinet à la manufacture d'armes de Châtellerault.* Quel est l'effet utile de cette roue dans les circonstances suivantes :

$$Q=0^{mc}.441,\ h=1^{m}.28,\ \cos a=0.90,\ V=2^{m}.77,\ v=1^{m}.025.$$

La formule donne

$$Pv=750\,0^{mc}.441\left[1^{m}.28+\frac{(2^{m}.493-1^{m}.025)}{9.81}\times1^{m}.025\right]=473^{km}.$$

L'expérience faite avec le frein a donné 460^{km}.

Quatrième exemple : *Roue de l'atelier des meules à broyer les matières à Baccarat* (Meurthe). Quel est l'effet utile de cette roue dans les circonstances suivantes :

$$Q=0^{mc}.392,\ h=1^{m}.40,\ a=50^{0},\ V\cos a=1^{m}.985,\ v=1^{m}.375.$$

La formule donne

$$Pv=750\times0^{mc}.392\left[1^{m}.40+\frac{(1^{m}.985-1^{m}.375)}{9.81}\times1^{m}.375\right]=437^{km}.$$

L'expérience directe, faite avec le frein, a donné le même résultat.

Les quatre exemples que nous venons de donner sont relatifs aux roues sur lesquelles ont été faites les expériences relatées dans le mémoire déjà cité, et qui ont servi à établir la formule pratique ci-dessus.

126. COMPARAISON DE L'EFFET UTILE AU TRAVAIL ABSOLU DU MOTEUR. La comparaison de l'effet utile de la roue au travail absolu du moteur montre que le rapport de ces quantités est pour

la roue de la fonderie de Toulouse, où la hauteur *h* n'était qu'environ $\frac{1}{4}$ de la chute totale........ 0.40 à 0.45

la roue de la sécherie artificielle de la poudrerie de Metz, où *h* était $\frac{2}{5}$ de la chute totale....... 0.42 à 0.49

la roue de la manufacture d'armes de Châtellerault, où *h* était $\frac{2}{3}$ environ de la chûte totale... 0.47

la roue de l'atelier des meules de Baccarat, où *h* était $\frac{3}{4}$ de la chute totale.................... 0.55

Ce qui prouve que ces roues utilisent une portion d'autant plus grande du travail moteur que l'eau est prise plus près du niveau.

127. ROUES A PALETTES PLANES, EMBOITÉES DANS UN COURSIER CIRCULAIRE SUR TOUTE LA HAUTEUR DE LA CHUTE, ET RECEVANT L'EAU PAR UNE VANNE EN DÉVERSOIR. Les meilleures roues à palettes planes sont celles qui, exactement emboîtées, sur toute la hauteur de la chute, dans un coursier circulaire, où elles n'ont qu'un jeu de quelques millimètres, reçoivent l'eau par une vanne en déversoir placée le plus près possible de la circonférence.

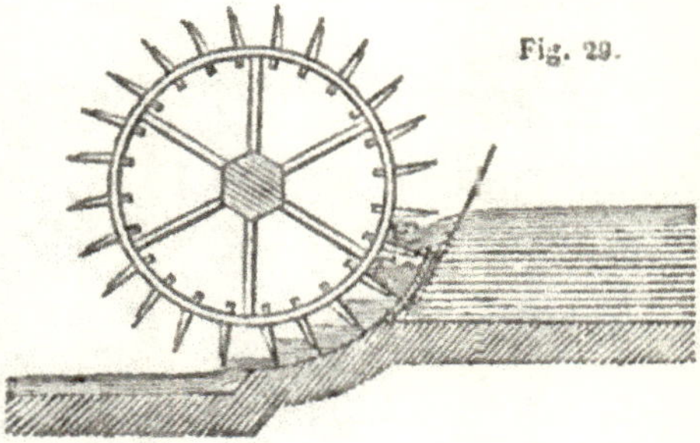

Fig. 29.

Toutes les fois que le volume d'eau admis dans chaque auget n'excédera pas la moitié ou les deux tiers de sa capacité, et que la vitesse de la circonférence de la roue n'égalera pas ou ne surpassera pas de beaucoup celle de l'eau affluente, l'effet utile sera représenté, à moins de $\frac{1}{20}$ près, par la formule pratique suivante, déduite de plusieurs séries d'expériences faites sur deux grandes roues de côté, l'une de la force de 12 chevaux, et l'autre de celle de 25 chevaux, établies à la cristallerie de Baccarat (Meurthe):

$$Pv = 797\,Q[h + (V\cos a - v)v]^{km}.$$

Cette formule revient évidemment à la règle pratique donnée pour les roues précédentes, sauf le seul changement du multiplicateur 750, qui, pour le cas actuel, devient 797.

Elle montre l'avantage que l'on trouve à disposer la vanne en déversoir; mais c'est ce qui est rendu encore plus évident par la comparaison de l'effet utile au travail absolu du moteur : car le rapport de ces quantités s'élève, dans ce dernier cas, à 0.65 ou à 0.70 environ, tandis qu'il n'était, pour les roues précédentes, que de 0.55 au plus*.

Premier exemple. Quel est l'effet utile de la roue à aubes planes de l'atelier des tours de la cristallerie de Baccarat, dans les circonstances suivantes :

Largeur de l'orifice en déversoir..................	$3^m.90$
Hauteur du niveau général du réservoir au-dessus de la vanne..................................	$0^m.175$
Volume d'eau dépensé en 1''........................	$0^{mc}.493$
Chute totale..	$2^m.056$

On a de plus

$$h = 1^m.935, \quad V\cos a = 1^m.033, \quad v = 0.728.$$

On trouve, pour l'effet utile cherché,

$$Pv = 797 \times 0^{mc}.493 \left(1^m.935\ \frac{1^m.033 - 0^m.728}{9.81} \times 0^m.728\right) = 769^{km}.$$

L'expérience directe faite avec le frein a donné 748^{km}. La chute totale étant de $2^m.056$, le rapport de l'effet utile au travail absolu du moteur est

$$\frac{769}{1014} = 0.758.$$

Deuxième exemple. Quel est l'effet utile de la roue à aubes planes de l'atelier des meules de la cristallerie de Baccarat, dans les circonstances suivantes?

---

* Voyez le *Mémoire* cité, chapitres IV et V, pages 42 à 65.

La dépense d'eau étant de

$$Q=0^{mc}.419, \quad h=1^m.48, \quad V\cos a=0^m.985, \quad v=1^m.621,$$

on trouve, pour l'effet utile cherché,

$$Pv=797\times0^{mc}.419\left(1^m.48\times\frac{0^m.985-1^m.621}{9.81}\times1^m.621\right)=458^{km}.$$

L'expérience faite avec le frein a donné 458^{km}.

La chute totale étant de $1^m.623$, le travail absolu du moteur était

$$1000\times0^{mc}.419\times1^m.623=681^{km},$$

et le rapport de l'effet utile au travail absolu du moteur est

$$0.673,$$

tandis que, quand la même roue recevait l'eau par un orifice avec charge sur le sommet, elle n'utilisait que 0.55 du travail absolu du moteur.

Nota. Dans l'application des formules de ce numéro et du précédent, on ne devra pas s'étonner que la vitesse d'affluence de l'eau soit parfois plus faible que celle de la circonférence extérieure de la roue. Alors le terme $\frac{(V\cos a-v)}{9.81}v$ deviendra soustractif, ainsi que cela a eu lieu pour le dernier exemple cité.

128. Règle pour calculer le volume d'eau reçu dans chaque auget. Les règles précédentes, données aux nos **125** à **127**, s'appliquent à des roues dont les augets ou l'intervalle compris entre deux aubes ne reçoivent qu'un volume d'eau qui ne dépasse pas les $\frac{2}{3}$ de cette capacité.

Pour calculer le volume d'eau que doit recevoir chaque auget, en l'appelant q, et e l'écartement des aubes à la circonférence extérieure, on aura, en conservant les notations précédentes,

$$q=\frac{Qe^{mc}}{v},$$

ce qui revient à la règle suivante:

Pour calculer le volume d'eau que reçoit chaque auget,

Divisez la vitesse à la circonférence par l'écartement des augets, vous aurez le nombre d'augets qui passent par seconde devant l'orifice ;

Divisez le volume d'eau dépensé en 1'' par le nombre d'augets qui passent en 1'' devant l'orifice;

Le quotient sera le volume d'eau que chaque auget doit recevoir.

Exemple. Quel est le volume d'eau que devait recevoir chaque auget de la roue à aubes planes de la cristallerie de Baccarat, dans le cas des données du second exemple du n° **127**?

L'écartement des augets était.........	$0^{m}.398$
La dépense d'eau....................	$Q=0^{mc}.419$
La vitesse de la circonférence de la roue.	$v=1^{m}.621$
Le nombre d'augets qui passaient dans 1'' devant l'orifice..............	$\frac{v}{e}=4.70.$
Le volume d'eau introduit dans chaque auget........................	$=\frac{0^{mc}.419}{4.07}=0^{mc}.103.$
La capacité des augets..............	$0^{mc}.493$
Le rapport du volume que chaque auget devait recevoir à sa capacité.....	$=\frac{0.103}{0.493}=\frac{1}{4.8}.$

On opérera de la même manière dans tous les cas analogues quel que soit le genre de la roue que l'on examinera.

129. Roues a aubes courbes. Ces roues, dont la disposition et la théorie sont dues à M. Poncelet, sont accompagnées d'un vannage incliné à 1 de base sur 1 ou 2 de hauteur, et emboîtées dans leur partie inférieure par une portion très-courte de coursier circulaire et par les bajoyers du canal de fuite. Elles peuvent être construites en bois ou en fer, et reçoivent l'eau à leur partie inférieure.

Fig. 30.

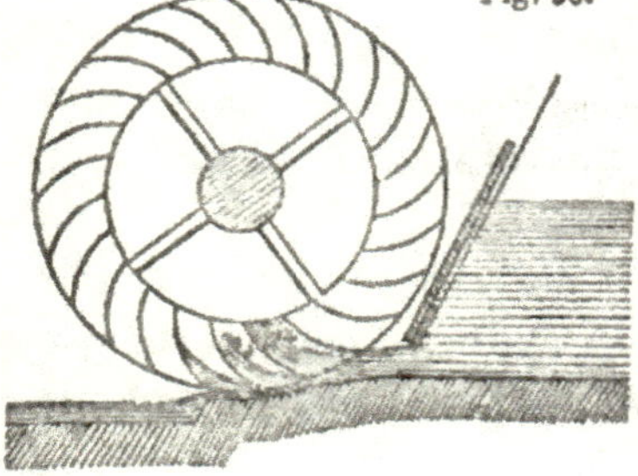

Lorsque les aubes sont bien contenues dans leur contour, que la couronne est assez large pour que l'eau ne jaillisse pas dans l'intérieur de la roue, que le bord intérieur des aubes est à peu près perpendiculaire à la circonférence intérieure des couronnes, l'expérience montre 1° que la vitesse v de la circonférence extérieure de la roue correspondant au maximum d'effet est $v=0.55$ V;

2° Qu'alors, pour les chutes de $2^m.00$ et au-dessus, le rapport de l'effet utile au travail absolu du moteur s'élève à 0.60 et 0.65;

3° Qu'avec les coursiers plans, le rapport de l'effet utile au travail absolu du moteur diminue assez rapidement dès que la vitesse s'éloigne notablement en plus ou en moins de celle qui correspond au maximum d'effet; mais qu'avec les nouveaux coursiers courbes, dont le tracé est décrit au n° **173**, la vitesse peut varier entre des limites étendues sans que l'effet utile diminue notablement;

4° Qu'au contraire, si les couronnes ne sont pas assez larges et si les aubes forment un angle trop aigu avec la circonférence intérieure des couronnes, l'eau jaillit dans la roue, et l'effet utile n'est plus pour les fortes chutes voisines de 2^m que 0.50 et pour les chutes de $1^m.50$ et au-dessous que 0.55 du travail absolu du moteur;

5° Que l'effort maximum qu'une roue à aubes courbes peut transmettre au moment de la mise en train de l'usine croît avec la largeur des couronnes, et s'élève habituellement à 1.30 fois celui qui correspond au maximum d'effet pour la même levée.

On pourra calculer l'effet de ces roues par les formules suivantes, dans lesquelles V représente la vitesse due à la charge sur le sommet de l'orifice et dont les autres notations sont connues :

1° Roues très-bien construites, à coursiers courbes ou plans, dans lesquelles l'eau ne jaillit pas à l'intérieur, et qui fonctionnent avec des levées de vanne de $0^m.20$ et au-dessus avec des chutes d'eau de $1^m.50$ et au-dessous,

$$Pv = 162.9Q\,[V - v]\,v^{km}.$$

2° Roues bien construites, fonctionnant à de fortes levées de vanne sous des chutes de $1^m.60$ à 2.00,

$$Pv = 152.9Q\,(V - v)\,v^{km};$$

3° Roues dans lesquelles l'eau jaillit un peu à l'intérieur et qui fonctionnent avec des levées de vanne comprises entre $0^m.10$ et $0^m.20$, sous des chutes supérieures à $1^m.50$,

$$Pv = 142.9Q\,(V - v)\,v^{km};$$

4° Quant aux roues dont le vannage est peu incliné ou même

vertical et placé à une trop grande distance de la roue, leur effet utile est beaucoup moindre et ne peut guère être estimé que par la formule

$$Pv = 102\,Q(V - v)\,v^{km},$$

ce qui montre l'avantage d'une bonne disposition de toutes les parties de la roue et du coursier.

L'expérience montre de plus que l'effet croît avec la hauteur de l'orifice, et qu'il est avantageux d'employer des levées de $0^m.20$, $0^m.25$ et au delà.

Lorsque les couronnes de ces roues sont disposées de manière à ne pas présenter des saillies qui éprouvent beaucoup de résistance de la part de l'eau, elles peuvent encore marcher à peu près à leur vitesse normale quand elles sont noyées d'une quantité égale aux deux tiers de la largeur de leurs couronnes.

Exemple. Quel est l'effet utile d'une roue à aubes courbes avec coursier courbe dans les circonstances suivantes :

$$Q = 0^{mc}.5844, \quad V = 4^m.418, \quad v = 2^m.172,$$

les couronnes ayant d'ailleurs une largeur convenable, et l'eau, facilement admise, ne jaillissant pas à l'intérieur ?

La formule relative aux roues bien établies donne

$$Pv = 162.9 \times 0^{mc}.5844\,(4^m.418 - 2^m,172)\,2^m.172 = 464^{km}.41.$$

L'expérience au frein a donné $475^{km}.9$.

La chute totale mesurée au-dessus du ressaut était de $1^m.272$, et le travail absolu du moteur égal à

$$584^{kil}.4 \times 1^m.272 = 743^{km}.4.$$

Le rapport de l'effet utile donné par la formule à ce travail absolu est donc $\frac{464.41}{743.4} = 0.624$.

L'expérience au frein a donné 0.64.

130. Roues a augets. Les roues à augets reçoivent l'eau, soit au sommet, par un coursier qui la conduit de l'orifice à l'un des augets supérieurs de la roue, soit au-dessous du sommet, par un vannage incliné; elles ne sont pas ordinairement emboîtées dans des coursiers circulaires.

Fig. 31.

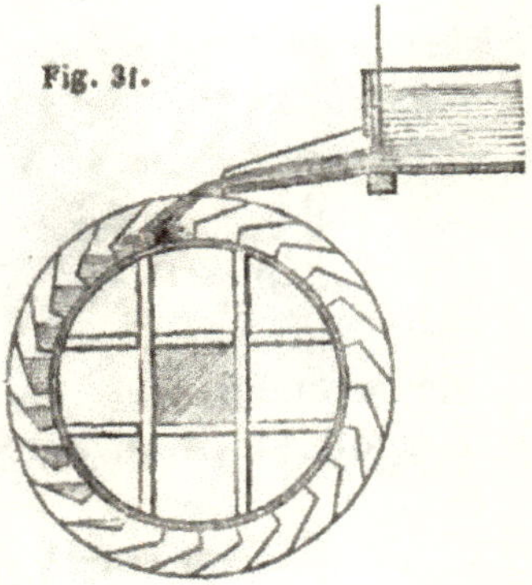

Nous distinguerons deux cas particuliers pour le calcul de l'effet utile de ces roues :

1° Le cas où les roues marchent à une vitesse qui n'excède pas 2^m à la circonférence, lorsqu'elles ont seulement 2^m de diamètre, ou $2^m.50$ si elles sont plus grandes, et où les augets ne sont pas remplis au delà de la moitié de leur capacité, ce qu'il est facile de reconnaître par la règle du n° **128**;

2° Celui où la roue, étant petite, marche à une vitesse de plus de 2^m à la circonférence extérieure par seconde, et où, les augets étant remplis au delà de la moitié de leur capacité, la force centrifuge accélère le versement de l'eau, qui commence à une hauteur notable au-dessus du bas de la roue.

131. Roues a augets a petite vitesse, dont les augets ne sont remplis qu'a moitié. Le premier cas est le plus général, et alors l'effet utile de la roue sera, d'après des expériences nombreuses*, faites sur quatre roues dont les diamètres étaient respectivement de $9^m.10$, $3^m.425$, $2^m.72$ et $2^m.28$, représenté à $\frac{1}{20}$ près par la formule pratique

$$Pv = 780Qh + 102Q(V\cos a - v)v,$$

dans laquelle toutes les lettres conservent les significations indiquées au n° **119**, et qui revient à la règle suivante:

Pour obtenir l'effet utile d'une roue à augets dans le premier des cas spécifiés au n° **130**,

Multipliez le volume de l'eau dépensée en 1″ par 780 et par la hauteur du point de rencontre du filet moyen et de la circonférence

* Expériences sur les roues hydrauliques, chap. VI, VII, VIII et IX, *Mémoire* déjà cité.

extérieure de la roue, déterminé comme il a été dit au n° 49, au-dessus du bas de la roue;

Multipliez la vitesse V d'arrivée de l'eau sur la roue (n° 49) par le cosinus de l'angle que forme sa direction avec la tangente à la circonférence de la roue au point de rencontre du filet moyen ; du produit retranchez la vitesse v de la circonférence extérieure; multipliez le reste par cette même vitesse v et par 102 fois le volume d'eau dépensé en 1″ ; ajoutez ce dernier produit au premier:

La somme des deux produits sera l'effet utile cherché.

Premier exemple. Quel est l'effet utile de la roue hydraulique de la filature de MM. Schlumberger et Cie, à Guebwiller, dans les circonstances suivantes :

Dépense d'eau en 1″........................	$Q = 0^{mc}.383$
Vitesse de l'eau affluente..................	$V = 2^{m}.13$
Vitesse de la circonférence de la roue......	$v = 1^{m}.22$
Cos a....................................	$= 1$
Hauteur du point de rencontre du filet moyen avec la circonférence extérieure au-dessus du bas de la roue.............	$= 7^{m}.452$

On trouve

$$Pv = 780 \times 0^{mc}.383 \times 7^{m}.452 + 102 \times 0^{mc}.383 (2^{m}.13 - 1^{m}.22) 1^{m}.22 = 2270^{km}.$$

ou 30.26 chevaux-vapeur de 75 kilogrammes élevés à 1m en 1″*.

La chute totale étant.......................	$7^{m}.78$
Le travail absolu du moteur est............	2980^{km}
Le rapport de l'effet utile au travail absolu est.	0.762

Deuxième exemple. Quel est l'effet utile de la roue à augets du moulin de Senelles, près Longwy, dans les circonstances suivantes:

Dépense d'eau en 1″........................	$Q = 0^{mc}.135$
Vitesse d'arrivée de l'eau sur la roue.......	$V = 2^{m}.67$
Vitesse de la circonférence de la roue......	$v = 1^{m}.70$
Angle des deux vitesses....................	$a = 36°$
Hauteur du point de rencontre du filet moyen au-dessus du bas de la roue.............	$h = 3^{m}.425$

---

* Cette roue peut transmettre une force de 48 chevaux environ; mais alors les augets sont trop pleins, et le rapport de l'effet utile au travail absolu du moteur n'est que de 0,60 au plus.

On trouve

$$Pv=780\times 0^{mc}.135\times 3^{m}.425$$
$$+102\times 0^{mc}.135(2^{m}.67\times 0.804-1^{m}.70)\,1^{m}.70=371^{km},$$

ou cinq chevaux-vapeur environ.

La chute totale étant de $3^{m}.34$, le travail absolu du moteur était de

$$1000\times 0^{mc}.135\times 3^{m}.84=519^{km},$$

et le rapport de l'effet utile à cette quantité de travail absolu est de*

$$\frac{371}{519}=0.71.$$

TROISIÈME EXEMPLE. Quel est l'effet utile de la roue à augets de l'aiguiserie de Fleur-Moulin (Moselle), dans les circonstances suivantes :

Dépense d'eau en 1″.................... $Q=0^{mc}.1215$
Vitesse d'arrivée de l'eau sur la roue...... $V=2^{m}.36$
Vitesse de la circonférence de la roue en 1″ $v=1^{m}.24$
Angle de ces deux vitesses, à peu près..... $a=0$
Hauteur du point de rencontre du filet moyen au-dessus du bas de la roue............ $h=2^{m}.28$

On trouve

$$Pv=780\times 0^{mc}.1215\times 2^{m}.28+102\times 0^{mc}.1215(2^{m}.36-1^{m}.24)\,1^{m}.24$$
$$=233^{km},$$

ou 3.1 chevaux-vapeur de 75^{km}.

La chute totale étant de $2.^{m}56$, le travail absolu du moteur était de

$$1000\times 0^{mc}.1215\times 2^{m}.56=310^{km},$$

et le rapport de l'effet utile au travail absolu est

$$\frac{233}{311}=0.749.$$

Les exemples que nous venons de donner sont des résultats directs d'expériences faites avec le frein**.

---

* Expériences sur les roues hydrauliques, chap. VI, VII et VIII, *Mémoire* cité.
** Voyez les expériences sur les roues hydrauliques, déjà citées, chap. IX.

132. Modification de la formule précédente, quand les augets sont remplis au delà de la moitié de leur capacité. La formule précédente pourrait encore s'appliquer avec une approximation suffisante aux grandes roues hydrauliques, dont les augets recevraient un volume d'eau égal aux deux tiers de leur capacité, en substituant au facteur 780 du premier terme le multiplicateur 650.

Exemple. Quel est l'effet utile de la roue hydraulique de la filature de MM. N. Schlumberger et Cie, à Guebwiller (Haut-Rhin), dans les circonstances suivantes :

Dépense d'eau en 1″......................	$Q=0^{mc}.766$
Vitesse d'arrivée de l'eau sur la roue.......	$V=3^{m}.01$
Vitesse de la circonférence de la roue......	$v=1^{m}.50$
Angle des deux vitesses V et v.............	$a=0$
Hauteur du point de rencontre du filet moyen avec la circonférence extérieure, au-dessus du bas de la roue......................	$h=7^{m}.08$

On trouve

$$Pv=650\times0^{mc}.766\times7^{m}.08+102\times0^{mc}.766(3^{m}.01-1^{m}.50)\,1^{m}.50$$
$$=3702^{km}.$$

La chute totale étant de $7^{m}.77$, le travail absolu du moteur est de 5951^{km}, et le rapport de l'effet utile à cette quantité de travail absolu est

$$\frac{3702}{5951}\,0.622.$$

tandis qu'il était de 0.76 quand les augets n'étaient qu'à moitié remplis.

133. Des roues hydrauliques a grande vitesse ou dont les augets sont remplis au delà des $\frac{2}{3}$ de leur capacité. Mais quand les roues sont petites et que la vitesse de leur circonférence extérieure dépasse 2^{m} par seconde, ou que les augets sont remplis au delà des $\frac{2}{3}$ de leur capacité, l'action de la force centrifuge, jointe à celle de la gravité, accélère le versement de l'eau d'une manière notable, qui dépend des rapports des vitesses et des dimensions, et dès lors la formule ci-dessus ne peut plus représenter l'effet utile de ces roues.

Ce cas se présente fréquemment dans les roues des marteaux de forge, dans les scieries des pays de montagnes, etc., et il est alors nécessaire de recourir aux formules qui ont été données par M. Poncelet, et dont la complète exactitude a été vérifiée par des expériences directes, faites avec le frein dynamométrique*.

Fig. 32.

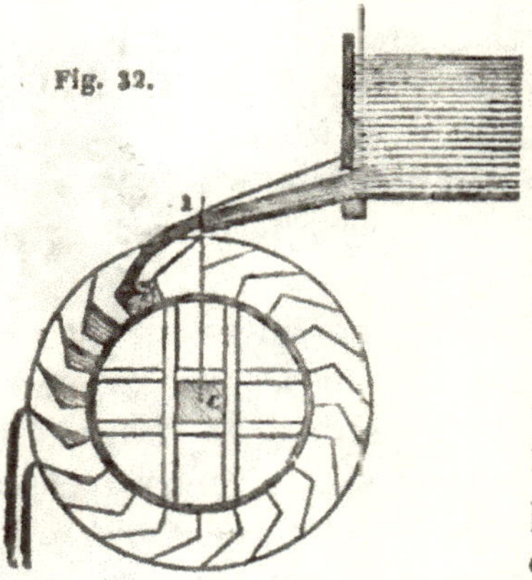

Sous l'action de la gravité et de la force centrifuge, la surface de l'eau dans les augets prend une courbure cylindrique (fig. 32), dont l'axe, parallèle à celui de la roue, est dans le plan vertical de ce dernier, et à une distance CI exprimée par la formule

$$CI = \frac{894.6}{n^2},$$

dans laquelle n exprime le nombre de tours de la roue en 1′, et qui revient à la règle suivante:

Pour trouver le centre de courbure des surfaces de niveau de l'eau dans les augets d'une roue hydraulique,

Divisez 894.6 *par la carré du nombre de révolutions de la roue en* 1′ : *le quotient sera la distance à porter sur la verticale qui passe par le centre de la roue et au-dessus de ce point, pour déterminer le centre de courbure cherché.*

Exemple. Quelle est la hauteur du centre de courbure de la surface de l'eau dans les augets de la roue de la forge de la Renardière à Framont, au-dessus de l'axe de cette roue, quand elle fait 24.25 tours en 1′ ?

On a $$CI = \frac{894.6}{(24.25)^2} = 1^m.52.$$

Ce centre se trouve donc très-près de la circonférence extérieure de la roue, qui n'a que 1^m.37 de rayon.

---

* Voyez les expériences sur les roues hydrauliques, chap. VI, VII et VIII, *Mémoire cité.*

134. Détermination de la hauteur a laquelle le versement de l'eau commence. Après avoir déterminé le centre de courbure des surfaces de niveau, décrivez de ce point des arcs de cercle qui passent par le bord de chacun des augets ; puis, après avoir calculé, par la règle du n° **128**, le volume d'eau que doit recevoir chaque auget, comparez-le à celui que cet auget peut contenir lorsqu'il arrive à peu près à la hauteur de l'axe, ce qui est facile en multipliant la longueur intérieure des augets par l'aire du profil.

Vous reconnaîtrez ainsi facilement vers quel auget le versement de l'eau a dû commencer ; et, pour trouver exactement à quelle position de l'auget cela a lieu, décrivez du centre I des arcs de cercle, avec des rayons un peu moindres ou un peu plus grands que celui qui correspond au bord de cet auget, selon que pour cette position le versement a déjà ou n'a pas encore commencé. Puis, par les points de rencontre de ces arcs de cercle avec la circonférence extérieure, tracez le profil intérieur d'un auget qui passerait par les positions successives *a'*, *a''*, etc.

Fig. 33.

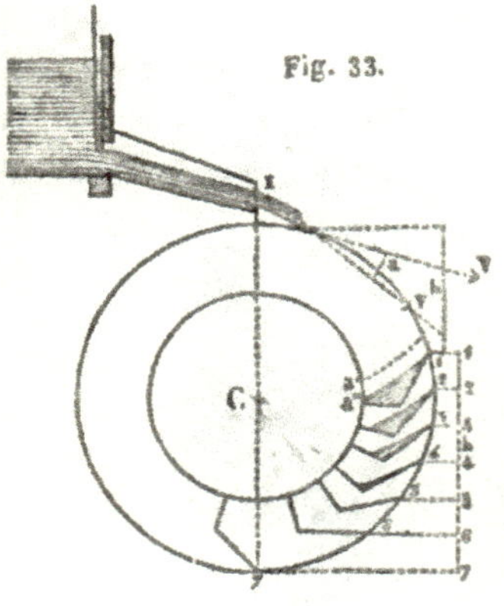

Après deux ou trois tâtonnements, vous trouverez facilement quelle est la position de l'auget où le volume d'eau qu'il peut contenir est égal à celui qu'il a dû recevoir. Soit *a''* cette position.

135. Calcul de l'effet utile de la roue. Cela fait, nommant

h la hauteur du point de rencontre du filet moyen avec la circonférence extérieure au-dessus du bord de l'auget arrivé en *a''*, où le versement commence,

h' la hauteur du même bord au-dessus du bas de la roue,

q le volume d'eau que chaque auget a dû recevoir, calculé d'après la règle dn n° **128**,

et conservant toujours aux lettres V, *v*, *a*, Q, les mêmes significations que par le passé (n° **119**),

Partagez la hauteur h en six parties égales aux points 1, 2, 3, 4, 5, 6, 7 ; par ces points menez des horizontales, qui rencontreront en 1, 2, 3, 4, 5, 6, 7 (voy. figure 33), la circonférence extérieure de la roue : tracez les profils intérieurs de l'auget dont le bord serait parvenu successivement à ces hauteurs, et décrivez les arcs de cercle des rayons 11, 12, 13,...,17, qui limitent la surface du niveau de l'eau ;

Calculez alors les volumes d'eau contenus dans l'auget à ces diverses positions ; en les appelant

$$q_1,\ q_2,\ q_3,\ q_4,\ q_5,\ q_6,\ q_7,$$

vous remarquerez d'abord, que $q_1 = q$, ou le volume d'eau introduit, puisqu'il correspond à la position où le versement commence ; et que vous aurez toujours $q_7=0, q_6=0$, et très-souvent encore $q_5=0$; ce qui sera indiqué par le tracé seul des arcs de courbure du niveau, qui passeront alors en dehors de la face de l'auget.

Cela fait, l'effet utile de la roue sera donné par la formule suivante, que M. Poncelet a déduite de considérations théoriques directes, et qui a été complétement vérifiée par les expériences faites sur la roue du marteau de la forge de la Renardière, à Framont * :

$$Pv = 1000k\left(qh + \frac{h'}{18}\left[q_1 + 4(q_2 + q_4 + q_6) + 2(q_3 + q_5)\right]\right) + 102Q(V\cos a - v)v,$$

dans laquelle k représente le nombre d'augets qui passent par seconde devant l'orifice, et qui est évidemment égal au quotient $\frac{v}{e}$ de la vitesse v de la roue à la circonférence extérieure par l'écartement e des augets.

Cette formule revient à la règle suivante :

Déterminez par la règle du n° **128** *le volume d'eau que chaque auget doit recevoir, et multipliez-le par la hauteur du point d'arrivée moyen de l'eau à la circonférence extérieure de la roue (n°* **49**) *au-dessus du point où le versement commence (n°* **134**) ;

Divisez la hauteur du point où le versement commence au-dessus

---

* Expériences déjà citées sur les roues hydrauliques, ch. IX. Metz, 1836.

du bas de la roue en un nombre pair de parties égales ; calculez, comme on l'a dit plus haut, le volume d'eau contenu dans un auget parvenu successivement à ces diverses hauteurs ; ajoutez le volume d'eau introduit dans chaque auget à quatre fois la somme des volumes qu'il conserve dans les positions de rang pair, à partir du point où le versement commence, et à deux fois la somme des volumes qu'il contient dans les positions de rang impair ; multipliez la somme par le tiers des intervalles dans lesquels on a partagé la hauteur du point où le versement commence au-dessus du bas de la roue ;

Ajoutez ce produit au premier et multipliez la somme par mille fois le nombre d'augets qui passent devant l'orifice en 1″ ;

Multipliez la vitesse V *d'arrivée de l'eau sur la roue par le cosinus de l'angle que fait sa direction avec la tangente, à la circonférence de la roue ; du produit retranchez la vitesse de la circonférence extérieure de la roue, multipliez le reste par cette dernière vitesse et par* 102 *fois le volume d'eau dépensé en* 1″ ;

Ajoutez ce nouveau produit au précédent :

La somme sera l'effet utile de la roue en 1″.

Exemple. Quel est l'effet utile de la roue de la forge de la Renardière, à Framont, dans les circonstances suivantes :

$$Q = 0^{mc}.380, \quad n = 24.25,$$
$$CI = \frac{894.6}{(24.25)^2} = 1^m.52, \quad h = 1^m.44, \quad h' = 1^m.30 ?$$

En partageant h' en quatre parties égales seulement, on a

$$q = q_1 = 0^{mc}.047, \quad q_2 = 0^{mc}.027, \quad q_3 = q_4 = q_5 = 0,$$
$$V = 5^m.04, \quad \cos\alpha = 0.98, \quad v = 3^m478.$$

Le nombre d'augets de la roue est de 20, il en passe 8.083 par seconde devant le coursier.

La formule donne

$$Pv = \left\{ \begin{array}{l} 1000 \times 8.083 \left(\begin{array}{l} 0^{mc}.047 \times 1.44 \\ + \dfrac{1^m 30}{12} [0^{mc}.047 + 4 \times 0^{mc}.027] \end{array} \right) \\ + 102 \times 0^{mc}.380 [5^m.04 \times 0.98 - 3^m.478] 3^m.478 \end{array} \right\} = 880.0^{km}$$

ou 11.7 chevaux de 75^{km}.

136. Cas ou toute l'eau dépensée par l'orifice ne peut être admise sur la roue. Il existe dans les forges des roues qui marchent si vite et sur lesquelles on verse une telle quantité d'eau qu'une partie du liquide ne peut y être admise, et il devient plus difficile dans ce cas d'estimer l'effet utile. Cependant on y parviendra encore avec une approximation suffisante à l'aide des règles suivantes :

Puisque toute l'eau n'est pas admise, l'auget qui la reçoit est entièrement plein, et le versement commence dès cette position ; par conséquent, dans la formule précédente il faut faire $h=0$.

Le volume que la roue reçoit réellement est égal à celui qui peut être contenu dans le premier auget où elle entre, multiplié par le nombre $k=\frac{v}{e}$ d'augets qui passent en 1″ devant l'orifice. Il faudra donc, dans cette formule, remplacer Q par kq, et alors l'effet utile de la roue sera donné par la formule

$$Pv=1000k\left(\frac{h'}{18}[q+4(q_2+q_4+q_6)+2(q_3+q_5)]\right)$$
$$+102qk(V\cos a-v)v.$$

On observera que, pour déterminer le volume d'eau q admis dans le premier auget, il faudra décrire l'arc de cercle du rayon Ib de la surface de niveau et calculer l'aire du profil mixtiligne compris entre cet arc et les faces de l'auget, puis la multiplier par la largeur intérieure de la roue.

Fig. 34.

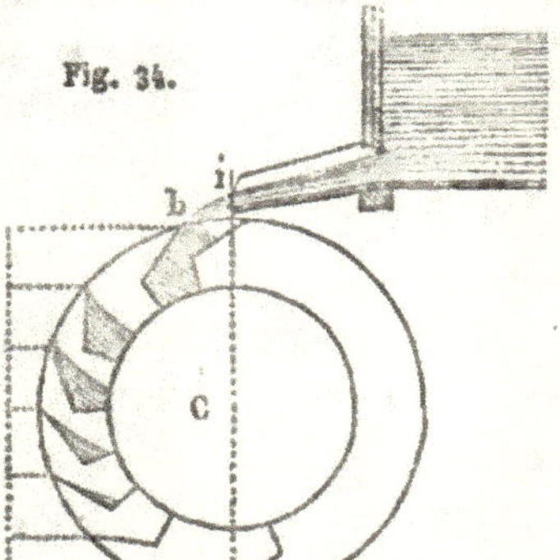

Cette formule revient à la règle suivante :

Partagez la hauteur du point moyen d'arrivée de l'eau sur la roue (n° 49) *en un nombre pair de parties égales; calculez le volume d'eau que contient un auget parvenu successivement à ces diverses hauteurs* (**134**); *au volume correspondant au premier auget ajoutez quatre fois la somme des volumes correspondants aux positions de rang pair et deux fois la somme des volumes correspondants aux autres positions de rang impair; multipliez la somme par le tiers de la hauteur entre les positions successives de l'auget, et par* 1000 *fois le nombre d'augets qui passent en* 1″ *devant l'orifice;*

Multipliez la vitesse d'arrivée de l'eau sur la roue par le cosinus de l'angle que sa direction fait avec la tangente à la circonférence de la roue; du produit retranchez la vitesse de la circonférence extérieure de la roue; multipliez le reste par la vitesse de la circonférence extérieure de la roue, par 102 fois le volume d'eau introduit dans un auget, et par le nombre d'augets qui passent en 1″ devant l'orifice;

Ajoutez ce dernier produit au premier :

La somme sera la quantité de travail utilisée par la roue en 1″.

137. Des roues pendantes des bateaux. L'effet utile des roues pendantes, plongées dans un courant indéfini, se calcule ordinairement par la formule suivante :

$$Pv = 147.5 \times A(V - v)^2 v,$$

dans laquelle on représente par
A l'aire de la partie immergée de l'aube verticale,
V la vitesse du courant mesurée à la surface,
v la vitesse du milieu de la partie immergée de l'aube verticale,
et qui revient à la règle pratique suivante:

Pour calculer la quantité de travail utilisée par une roue pendante,

Élevez au carré l'excès de la vitesse de l'eau à la surface sur la vitesse du milieu de la partie immergée de l'aube verticale; multipliez ce carré par cette dernière vitesse, par l'aire de la partie immergée de la même palette, et par 147.5 :

Le produit sera la quantité de travail cherchée.

Exemple. Quel est l'effet utile d'une roue pendante de moulin sur bateaux du Rhône, dans les cas des données suivantes:

Surface immergée de l'aube verticale.......... $A = 2^{mk}.80$
Vitesse de l'eau à la surface.................. $V = 2^{m}.00$
Vitesse du milieu de la partie immergée de l'aube verticale .... $v = 1^{m}.00$

La formule donne pour l'effet utile

$$Pv = 147.5 \times 2^{mq}.08 \times 1 = 307^{km}.$$

138. Autre formule pour les mêmes roues. M. Poncelet a proposé, pour calculer l'effet utile de ces roues, une formule qui est basée sur des considérations plus rigoureuses que la précédente, et qui s'accorde avec une grande exactitude avec les résultats de dix-sept expériences faites par Bossut.

Cette formule est

$$Pv = 81.56AV(V-v)v,$$

dans laquelle la notation est la même que pour la précédente, et qui revient à la règle suivante :

Pour calculer la quantité de travail utilisée par une roue pendante,

Multipliez 81.56 *fois l'aire de la partie immergée de l'aube verticale par la vitesse de l'eau à la surface, par l'excès de cette vitesse sur celle du milieu de la partie immergée de l'aube verticale, et par la vitesse de ce point milieu :*

Le produit sera la quantité de travail cherchée.

Exemple. Quel est l'effet utile de la roue citée dans l'exemple précédent?

La formule ci-dessus donne

$$Pv = 81.56 \times 2^{mq}.08 \times 2^{m} \times 1 \times 1 = 339^{km}.$$

On voit que, dans les limites ordinaires de la pratique, les deux règles s'accordent à $\frac{1}{12}$ près environ.

Il est néanmoins à désirer que des expériences directes soient faites sur ce sujet.

139. Des turbines. On nomme ordinairement turbines des roues à axe vertical, dont les palettes, quelquefois planes, mais habituellement courbes, se meuvent par l'action d'une veine fluide qui y entre par l'intérieur et sort par la circonférence extérieure ou *vice versa*.

140. Anciennes roues a axe vertical. Il existe dans le midi de la France d'anciennes roues à axe vertical grossièrement construites, à palettes ou cuillère courbes, dont les unes, renfermées dans des cuves cylindriques en bois ou en maçonnerie, sont appelées *roues à cuve*. Telles sont celles des moulins de l'Hôpital et du Basacle, à Toulouse, et celles des moulins des Quatre-Tournants, à Metz.

Les autres sont de simples roues à palettes courbes, mises en mouvement par le choc de l'eau, qui y est conduite par des buses pyramidales. On les nomme *rouets volants*. Telles sont celles du moulin du Canal, à Toulouse, etc.

141. Effet utile des roues a cuve. Pour les roues à cuve, on calculera le rapport de l'effet utile au travail absolu du moteur par la formule

$$R = \frac{4.2 \times n \frac{D'^2}{D^2} \sqrt[4]{E} - n^2}{39 \frac{D'}{D} E},$$

déduite par M. Piobert de ses expériences sur trois roues de ce genre, et dans laquelle on appelle

R le rapport cherché,
n le nombre de tours de la roue en 1″,
D le diamètre de la cuve cylindrique,
D′ le diamètre intérieur de l'enveloppe du rouet ou de la roue,
E la levée de la vanne.

Le travail absolu s'obtiendra en multipliant le poids de l'eau dépensée par l'orifice, calculé par la règle du n° **23** pour les orifices accompagnés d'un coursier à parois verticales convergentes, par la chute totale mesurée depuis le niveau du réservoir jusqu'au bas de la roue.

Enfin, en multipliant le travail absolu par le rapport R réduit de la formule ci-dessus, on aura l'effet utile transmis par la roue.

Exemple. Quel est l'effet utile de la roue à cuve du moulin n° 3 du Basacle, à Toulouse, dans les circonstances suivantes :

$$D = 1^{m}.02, \quad D' = 0^{m}.89, \quad n = 1.50, \quad E = 0^{m}.50,$$
$$Q = 1^{m}.353, \quad H = 2^{m}.35?$$

On a d'abord

$$R = \frac{4.2 \times 1.50 \left(\frac{0.89}{1.02}\right)^2 \sqrt[4]{0.50} - (1.50)^2}{39 \times \frac{0.89}{1.02} \times 0.50} = 0.105.$$

L'expérience a donné R = 0.110.

Le travail absolu dépensé par le moteur étant

$$QH = 1353^{kil}. \times 2^{m}.35 = 3180^{km},$$

l'effet utile est $0.105 \times 3180^{km} = 334^{km}$.

L'expérience avec le frein a donné $352^{km}.9$.

142. Vitesse correspondant au maximum d'effet des roues a

CUVE. Le nombre de tours qui correspond au maximum d'effet des roues à cuve est donné par la formule

$$n = 2.1 \frac{D'^2}{D^2} \sqrt[4]{E}.$$

EXEMPLE. Quel est le nombre de tours en 1″ qui dans l'exemple précédent correspondrait au maximum d'effet?

On a $D = 1^m.02$, $D' = 0^m.89$, $E = 0^m.50$.

La formule donne

$$n = 2.1 \times \left(\frac{0.89}{1.02}\right)^2 \sqrt[4]{0.50} = 1.35.$$

143. EFFET UTILE DES ROUES A ROUETS VOLANTS. Les expériences de MM. Tardy et Piobert sur l'une des roues du moulin du Canal, à Toulouse, ont montré que dans les circonstances les plus favorables la quantité de travail disponible transmise par ces roues n'était que 0 35 du travail absolu du moteur, et que le maximum d'effet correspondait au cas où la vitesse v du point où le filet moyen choquait la roue était égale à environ 0.55 de la vitesse V d'arrivée de l'eau.

144. TURBINES DE M. FOURNEYRON. M. Fourneyron, ingénieur

Fig. 35.

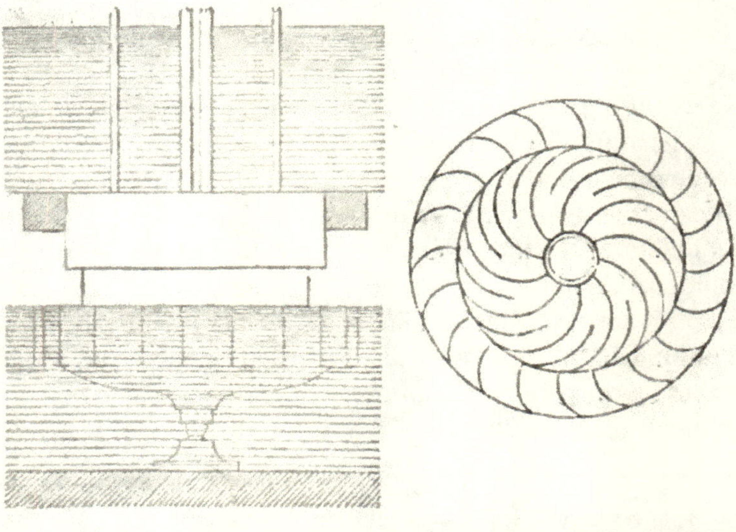

civil, construit depuis quelques années de nouvelles turbines, bien supérieures pour leurs effets aux anciennes (fig. 35). Elles occupent fort peu de place, pèsent très-peu par rapport à la force considérable qu'elles peuvent transmettre, tournent noyées dans l'eau à une profondeur quelconque, et conviennent également bien aux grandes et aux petites chutes.

Des expériences, insérées dans les Comptes rendus des séances de l'Académie des sciences *, et d'autres, qui ont été publiées en 1838 **, ont montré que si l'on nomme

n le nombre de tours faits par la roue en 1',

V la vitesse due à la chute totale,

R le rayon extérieur de la roue,

toutes les fois que le nombre n sera compris entre les valeurs

$$n = \frac{3.3\,V}{R} \quad \text{et} \quad n = \frac{5.6\,V}{R},$$

et que la levée de la vanne excédera les deux tiers de la hauteur de la roue, l'effet utile disponible transmis par la roue sera représenté, à $\frac{1}{15}$ près, par la formule

$$Pv = 650\,QH \quad \text{à} \quad Pv = 700\,QH^{km}.$$

Lorsque la levée de vanne est comprise entre les deux tiers et la moitié de la hauteur de la roue, l'effet utile n'est plus que

$$Pv = 600\,QH \quad \text{à} \quad Pv = 650\,QH\,;$$

et pour des levées de vanne inférieures, il diminue encore de plus en plus.

Nota. On observera que le volume d'eau dépensé en 1" devra être déterminé directement par l'une des méthodes indiquées précédemment, et non par l'observation des dimensions des orifices démasqués par la vanne de la turbine, parce que la vitesse de la roue influe notamment sur la dépense d'eau que font ces orifices.

Premier exemple. Quel est l'effet utile de la turbine du tissage mécanique de Moussay, près Senones, département des Vosges, dans les circonstances suivantes :

Dépense d'eau en 1". . . . $Q = 0^{mc}.7844$

---

* Compte rendu des séances de l'Académie des sciences, n° 13, année 1836, et n° 9, année 1837.

** Expériences sur les roues hydrauliques à axe vertical appelées *turbines*, par M. A. Morin. Metz, 1838.

Chute totale. . . . . $H = 6^{m}.911$

Le travail absolu du moteur est. . . . . $1000QH = 5420^{km} = 72^{ch}.3$

Le nombre de tours de la roue étant compris entre les limites indiquées,

La règle ci-dessus donne pour l'effet utile

$$650 \times 5420^{km} = 3523^{km} \text{ à } 700 \times 5420^{km} = 3794^{km}.$$

L'expérience faite avec le frein a donné

$$3406^{km} = 45^{ch}.4.$$

Deuxième exemple. Quel est l'effet utile de la turbine du tissage mécanique de Müllbach, département du Bas-Rhin, dans les circonstances suivantes :

Dépense d'eau en 1″. . . . . $Q = 2^{mc}.033$

Chute totale. . . . . $H = 3^{m}.230$

Le travail absolu du moteur est. . . . . $1000QH = 6567^{km} = 87^{ch}.6.$

La vitesse de la roue étant de 67 tours en 1′ et comprise entre les limites indiquées,

La règle précédente donne pour l'effet utile

$$0.650 \times 6567^{km} = 4268^{km} \text{ à } 0.700 \times 6567^{km} = 4597.$$

L'expérience faite avec le frein a donné

$$4389^{km}.$$

145. Turbine de M. Fontaine-Baron. Cette turbine se compose d'une zone annulaire en fonte portant des aubes courtes héliçoïdes. Une autre couronne fixe porte des courbes directrices et reçoit de petites ventelles dirigées dans le sens des rayons qui se lèvent toutes à la fois et de la même quantité au moyen d'un dispositif spécial.

Le pivot qui supporte l'arbre vertical et la roue, au lieu d'être placé dans l'eau, est établi au-dessus.

M. Fontaine établit aussi, pour les usines exposées à des crues d'aval prolongées, des turbines à double système de couronnes et de ventelles qui peuvent dépenser des quantités d'eau très-variables selon le besoin.

Des expériences exécutées à la poudrerie du Bouchet ont montré :

* 1° Que la turbine de M. Fontaine-Baron rend un effet utile égal à 0.68 ou 0.70 du travail absolu du moteur quand les vannes sont levées de manière à démasquer entièrement les orifices formés par les courbes directrices,

De sorte qu'alors l'effet utile peut se calculer par la formule

$$Pv = 680 QH^{km};$$

2° Que pour des levées de vannes moindres, réduisant la dépense dans le rapport de 4 à 3 environ, l'effet utile ne descend pas au-dessous de 0.575 du travail absolu du moteur à la vitesse du maximum d'effet ;

3° Que la vitesse de cette roue peut varier entre des limites étendues en deçà et au delà de celle qui correspond au maximum d'effet sans que le rapport de l'effet utile au travail absolu du moteur diminue d'une manière notable ;

4° Que l'effort maximum que la roue peut exercer s'élève à environ 1.48 fois celui qui correspond au maximum d'effet pour chaque levée de vanne;

5° Que ce moteur, facile à installer, dont les pivots sont hors de l'eau et peuvent être graissés et visités à volonté, et qui exige peu de constructions hydrauliques, peut être classé au rang des meilleures turbines.

Quant aux turbines doubles du même constructeur, l'on ne possède pas encore d'expériences authentiques sur leur effet utile dans les différentes circonstances de leur marche, quoique déjà il y en ait un assez grand nombre en activité. Il paraît probable qu'elles doivent satisfaire au but proposé de permettre des dépenses d'eau très-variables sans que le rapport de l'effet utile au travail absolu du moteur diminue beaucoup dans le cas des petites dépenses d'eau, ce qui est le point important.

Exemples. Quel est l'effet de la turbine du Bouchet dans le cas des données suivantes :

$$Q = 0^{mc}.7652, \quad H = 1^{m}.52\ ?$$

---

* Voir la seconde partie des *Leçons de mécanique pratique* professées au Conservatoire des arts et métiers, pages 369 et suivantes.

Les vannes étant levées de leur hauteur totale égale à $0^{m}.04$, la règle précédente donne

$$Pv = 680 \times 0.2652 \times 1^{m}.52 = 274^{km}.1.$$

L'expérience au frein a donc donné $279^{km}.9$.

146. Turbine Jonval construite et perfectionnée par MM. A. Koechlin et Cie. Ce récepteur hydraulique se compose d'un tuyau cylindrique vertical, qui se raccorde à sa partie inférieure avec un autre tuyau à section rectangulaire, dont l'axe est horizontal et qui est muni d'une vanne verticale pour permettre ou suspendre à volonté le mouvement du liquide.

Vers sa partie supérieure le cylindre est rétréci et alésé exactement pour recevoir la roue, qui porte des aubes courbes à surface héliçoïde dont la génératrice est horizontale. Immédiatement au-dessus de la roue et dans une partie légèrement évasée est placée une couronne portant des directrices qui assurent la direction de l'eau.

Il n'existe pas de vannes autres que celle du bas du tuyau pour faire varier la dépense de petites quantités.

La roue est ordinairement placée à une hauteur intermédiaire entre les niveaux supérieur et inférieur.

Le pivot de son arbre constamment plongé dans l'eau peut à l'aide de dispositions simples être facilement lubrifié d'huile. Cette disposition présente l'avantage de réduire la longueur de l'arbre et de permettre de visiter facilement la roue et son pivot.

Quand la variation du volume d'eau à dépenser est considérable et durable, on ferme une portion du passage offert par les aubes, en fixant à la couronne qui les porte des coins obturateurs qui réduisent la largeur libre de la roue.

Des expériences faites par la Société industrielle de Mulhouse, et d'autres qui ont été exécutées au Bouchet, ont montré :

1° Que cette turbine fonctionnant à son état normal avec tous ses orifices complétement ouverts donne un effet utile égal à 0.72 du travail absolu du moteur ;

2° Que quand la moitié seulement des aubes sont garnies de leurs obturateurs, l'effet utile est encore d'environ 0.70 à 0.71 du travail absolu du moteur :

On pourra donc dans ces deux cas calculer l'effet utile de la roue par la formule

$$Pv = 700 QH^{km};$$

3° Que, quand toutes les aubes sont garnies de leurs obturateurs, l'effet utile est encore égal à **0.63** du travail absolu du moteur, ce qui montre que la dépense d'eau peut varier dans des limites étendues sans que le moteur cesse de fonctionner avantageusement :

Dans ce cas la formule qui donnera l'effet utile sera donc

$$Pv = 630 QH^{km};$$

4° Que pour chaque dépense d'eau et chaque chute la vitesse de la roue peut varier entre des limites très-étendues, en s'écartant en plus ou en moins de $\frac{1}{4}$ de celle qui correspond au maximum d'effet, sans que le rapport de l'effet utile au travail absolu du moteur diminue notablement ;

5° Que le rétrécissement de l'orifice d'évacuation inférieur produit toujours une diminution dans le rapport de l'effet utile au travail absolu du moteur, et que cette diminution est d'autant plus sensible que le rétrécissement est plus considérable, d'où résulte que ce moteur se prête difficilement dans son état actuel à l'emploi d'un régulateur.

147. Exemple. Quel est l'effet utile de la turbine de MM. A. Kœchlin et Cie dans les circonstances suivantes :

$$Q = 0^{mc}.35527, \quad H = 1^{m}.70,$$

toutes les aubes étant ouvertes?

La formule donne

$$Pv = 700 \times 0^{mc}.35527 \times 1^{m}.70 = 422^{km}.75.$$

L'expérience au frein faite sur la turbine au Bouchet a donné $434^{km}.62$.

148. Effort transmis a la circonférence extérieure ou a une distance donnée de l'axe d'une roue hydraulique. Lorsque l'on aura calculé, par l'une des règles des nos **120** à **146**, selon le genre de roue, la quantité de travail transmise à cette circonférence, on déterminera l'effort moyen exercé à cette circonférence extérieure, ou à une distance donnée de l'axe, *en divisant la quantité de travail trouvée par la vitesse de la circonférence extérieure ou du point donné.*

ÉTABLISSEMENT DES USINES ET DES MOTEURS HYDRAULIQUES.

149. CANAL D'ARRIVÉE. On calculera les dimensions qu'il convient de donner au canal d'arrivée par les règles des nos 51 et suivants de manière à ne laisser prendre à l'eau qu'une vitesse de fond qui ne puisse pas altérer le sol, et l'on devra donner à ce canal une section transversale au moins égale à 10 ou 12 fois celle de l'orifice à sa plus grande ouverture.

150. ÉTANG OU RÉSERVOIR. Si les moteurs doivent travailler par intermittences, et que les localités ainsi que les droits de l'usine le permettent, il sera avantageux d'établir le plus près possible un étang ou réservoir destiné à réunir et à conserver les eaux. Ces étangs servent aussi en temps de sécheresse à accumuler les eaux de la nuit et des intermittences du travail pour travailler par éclusées quand on en a le droit. L'amplitude des variations du niveau étant d'autant moindre que la superficie du réservoir est plus considérable, il conviendra de lui donner la plus grande superficie que permettent les localités et l'économie.

151. VANNES DE PRISE D'EAU ET DE GARDE. Les canaux d'usines doivent être munis à leur origine de vannes qui servent à la fois à régler le volume d'eau qu'ils débitent, à empêcher l'arrivée des corps étrangers et à les mettre à l'abri des crues. Ces vannages sont toujours verticaux, et afin qu'ils n'occasionnent pas en temps d'eaux basses ou ordinaires une dénivellation trop sensible entre le réservoir supérieur et le canal, ils doivent démasquer de larges orifices que l'on calculera en conséquence.

152. VANNES DES MOTEURS HYDRAULIQUES. Pour diminuer, autant que possible, la perte de vitesse ou de force vive qu'occasionne toujours la présence des coursiers qui conduisent l'eau depuis l'orifice jusqu'à la roue, il faut disposer cet orifice et ses

bords de façon que la contraction y soit aussi faible que possible. A cet effet, les orifices avec charge sur le sommet devront avoir leur seuil et leurs côtés dans le prolongement du fond ou des côtés du réservoir, ou raccordés avec ses parois par des contours arrondis.

La vanne sera inclinée, s'il se peut, à 1 de base sur 1 ou 2 de hauteur.

L'orifice sera placé aussi près que possible de la roue, pour diminuer la longueur du coursier.

Les orifices en déversoir devront être placés immédiatement auprès de la roue.

153. Pente du coursier. La pente du coursier, placé entre l'orifice et la roue, devra être $\frac{1}{12}$ à $\frac{1}{16}$, s'il est très-court, et s'il est long on la règlera par les formules des numéros **51** et suivants.

154. Jeu de la roue. Lorsque les roues devront être emboîtées dans un coursier circulaire, il conviendra que ce coursier soit construit en pierre de taille dans la partie que parcourent les aubes, et que la roue n'ait sur le fond et les côtés que le jeu strictement nécessaire pour la facilité du mouvement; 4 ou 5 millimètres suffiront.

155. Ressaut du coursier sous la roue. Pour les roues à aubes courbes, il conviendra de ménager en aval de la verticale passant par l'axe de la roue un ressaut de $0^m.33$ à $0^m.40$ au moins, et plus, s'il se peut, pour faciliter le dégorgement des eaux. Le sommet de ce ressaut sera placé au niveau des eaux moyennes.

156. Coursier des roues a aubes planes. Pour les roues à aubes planes emboîtées dans un coursier circulaire, il conviendra de placer le fond de ce coursier au-dessous du niveau des eaux du canal de fuite, d'une quantité à peu près égale à la hauteur que l'eau occupe sous l'axe entre deux aubes consécutives.

On se rappellera que les augets, ou le volume compris entre deux aubes consécutives, ne doivent pas être remplis au delà de la moitié ou des deux tiers de leur capacité. Dans les proportions ordinaires cet abaissement sera compris entre 0m.15 et 0m.25.

157. Canal de fuite. Pour les roues à aubes courbes et à augets, il conviendra d'élargir le canal de fuite en aval de la roue pour faciliter le dégorgement des eaux.

Pour les roues à aubes planes emboîtées dans les coursiers circulaires, et qui doivent marcher à des vitesses supérieures à 1m.00 en 1" à la circonférence, on prolongera les joues du coursier, avec le même écartement, à quelques mètres au delà de la verticale de l'axe de la roue. On lui donnera une pente réglée par la formule du n° 60, et telle que l'eau puisse y conserver une vitesse moyenne U égale à celle avec laquelle elle quitte la roue.

Cette disposition a pour but de profiter de la force vive que possède l'eau quand elle quitte la roue pour dégager celle-ci des eaux d'aval, et d'éloigner le remous qui se forme à sa rencontre avec le liquide contenu dans le canal de fuite.

Un peu plus loin on augmentera la profondeur et la largeur du canal de fuite autant que les circonstances locales et l'économie le permettront, pour diminuer sa pente et par conséquent la perte de chute qu'elle occasionne.

158. Cas ou l'on est exposé a de hautes eaux d'aval. Lorsque la roue sera exposée à être fréquemment noyée par de hautes eaux d'aval, on devra tenir le fond du coursier des roues à aubes planes ou courbes et des roues à augets à une hauteur telle, que les chômages ne soient pas trop longs. La connaissance des localités indiquera ce qu'il faudra dans chaque cas sacrifier ainsi de la chute disponible.

Cette circonstance devra souvent déterminer à préférer les turbines à toutes les autres roues hydrauliques.

159. Roues a palettes planes, emboîtées dans des coursiers circulaires. L'expérience, ainsi que la théorie, montrant que ces roues fonctionnent plus avantageusement quand elles reçoivent l'eau par des orifices en déversoir, on adoptera une vanne de ce genre, qu'on placera le plus près possible de la circonférence extérieure de la roue. Le rayon de cette circonférence ne

devra jamais être moindre que la hauteur totale de la chute. Sauf cette condition, on pourra le déterminer d'après des considérations particulières à l'usine et le nombre de tours que l'on voudra faire faire à la roue en 1'.

Il convient que cette vanne s'abaisse de $0^m.20$ à $0^m,25$ au-dessous du niveau général du réservoir. Cet abaissement étant fixe, on déterminera, d'après la règle du n° **49**, la rencontre du filet moyen avec la circonférence extérieure de la roue.

La vitesse d'arrivée V de l'eau sur la roue sera la vitesse due à la hauteur du point de rencontre, ci-dessus déterminé, au-dessous du niveau du réservoir. Sa direction, et l'angle a qu'elle forme avec la tangente à la circonférence extérieure de la roue en ce même point, s'obtiendront par le tracé des tangentes à la parabole décrite par le filet moyen, et à la circonférence à leur point de rencontre (**49**).

La vitesse v de la roue peut varier depuis $v=0.30\,V$ jusqu'à $v=V$ sans inconvénient ; mais, pour la facilité de l'introduction de l'eau, il convient que la vitesse de ce liquide excède notablement celle de la roue, et l'on fera

$$v=0.50\,V \quad \text{à} \quad v=0.70\,V.$$

D'après cela, dans la formule pratique (n° **127**) des roues de côté avec vanne en déversoir,

$$Pv=797\,Q\left[h+\frac{(V\cos a-v)}{9.81}\,v\right],$$

les quantités h, V, v, cos a, seront connues ; il ne restera plus que l'effet utile Pv ou le volume d'eau à déterminer.

Il peut se présenter deux cas dans les applications : le premier est celui où la force que la roue doit avoir, ou l'effet utile qu'elle doit transmettre, est donné ; il faut alors déterminer le volume d'eau à dépenser en 1''.

Le deuxième est celui où, le volume d'eau Q dont on peut disposer étant donné, on veut déterminer la force ou l'effet utile de la roue.

160. Premier cas. Établir une roue de côté d'une force

DONNÉE. Dans ce cas, l'effet utile à obtenir étant donné, on calculera le volume d'eau à dépenser par la formule

$$Q + \frac{Pv}{797\left[h = \frac{(V\cos a - v)}{9.81}v\right]} \text{ mètres cubes,}$$

qui revient à la règle suivante :

Après avoir déterminé, comme il a été dit au n° 49, le point de rencontre du filet moyen avec la circonférence extérieure de la roue ;

Multipliez la vitesse d'arrivée V de l'eau par le cosinus de l'angle qu'elle forme avec la tangente à la circonférence extérieure ; du produit retranchez la vitesse v de cette circonférence, dont vous fixerez la valeur entre 0.50 V *et* 0.70 V *; multipliez le reste par le rapport de la vitesse v de la circonférence de la roue à* 9.81 ;

Ajoutez le produit à la hauteur h, *déterminée comme il est dit au n°* **125** ;

Multipliez la somme par 797, et par le produit divisez la quantité de travail ou l'effet utile que la roue doit produire en 1″ ;

Le quotient sera le volume d'eau Q *à dépenser par seconde.*

L'orifice étant en déversoir, l'expression du volume d'eau Q qu'il dépense en 1″ est

$$Q = mLH\sqrt{2gH},$$

dans laquelle

L est la largeur de l'orifice ou du déversoir, ordinairement égale à celle du canal,

H la hauteur du sommet de la vanne abaissée au-dessous du niveau général du réservoir, et que l'on a prise, d'après le n° **159**, égale à $0^m.20$ ou $0^m.25$,

$g = 9.81$,

m un coefficient numérique égal, dans ce cas, à 0.480 (n° **29**).

De cette relation, où Q, m, H et g sont connus, on déduira la largeur L à donner à l'orifice,

$$L = \frac{Q}{0.480 H\sqrt{2gH}},$$

formule qui revient à la règle suivante :

Pour déterminer la largeur de l'orifice en déversoir d'une roue qui doit dépenser un volume d'eau donné Q,

Multipliez la hauteur dont la vanne s'abaisse au-dessous du niveau du réservoir par la vitesse due à cette hauteur (règle du n° 2) et par 0.480.

Par le produit, divisez le volume d'eau donné :

Le quotient sera la largeur cherchée en mètres.

161. Largeur de la roue. La largeur de la roue devra être égale à celle de l'orifice augmentée de 0m.05 environ de chaque côté.

162. Observation. La règle précédente conduit parfois à une largeur que l'on ne peut atteindre dans l'exécution, soit parce qu'elle est par elle-même beaucoup trop grande, soit parce que les localités ne permettent pas de l'adopter. Il ne convient guère en général que cette largeur dépasse 5 à 6 mètres, quoique l'on rencontre quelquefois des roues qui ont jusqu'à 8 et 9 mètres de large.

Si l'on éprouve quelque gêne à ce sujet, on pourra augmenter la hauteur H, dont la vanne s'abaisse au-dessous du niveau du réservoir, jusqu'à 0m.30 et même 0m.35, ce qui conduira à une largeur moindre pour la roue.

D'après les expériences faites à Wesserling par M. Marozeau, il paraît qu'il y a avantage à fractionner le vannage et la roue en compartiments quand le volume d'eau à dépenser varie beaucoup. Cette disposition permet d'employer toujours de forts abaissements de vanne, en se servant, selon les cas, d'un ou plusieurs orifices.

163. Dimension des aubes. Les aubes ou palettes sont ordinairement espacées de 0m.30 à 0m.40 à la circonférence extérieure, elles ont même dimension dans le sens du rayon suivant lequel elles sont dirigées, ce qui est commode pour les assemblages; il est inutile de les incliner sur ce rayon dans le but d'éviter le choc de l'eau à l'entrée, car on ne parvient pas pour cela à annuler la perte de force vive, assez faible d'ailleurs, qui se produit à l'introduction de l'eau.

Dans le cas des forts abaissements de vanne, on pourra être obligé de donner aux aubes 0m.45 à 0m.50 d'écartement et de largeur, mais on doit regarder ces dimensions comme des limites supérieures.

Le rayon de la roue étant déterminé, comme nous l'avons dit n° 159, par des considérations particulières à l'usine qu'on veut établir, et le nombre des palettes devant être entier, et pour la symétrie des assemblages, divisible par le nombre de bras de la roue, on choisira, parmi ceux qui satisfont à cette condition, le nombre qui donnera aux palettes un écartement convenable.

Ainsi, par exemple, dans les cas ordinaires, on divisera la circonférence par $0^m.35$, et l'on prendra le nombre entier divisible par le nombre de bras le plus voisin du quotient.

On sait qu'entre le fond d'un auget et l'aube qui est au-dessus, on doit laisser un jeu de $0^m.03$ à $0^m.05$, pour faciliter la sortie de l'air contenu entre les aubes.

164. Observation relative a la capacité des augets. Le nombre et les dimensions des aubes ou augets étant ainsi déterminés, on connaîtra leur capacité, qui est égale au produit de leur longueur par l'aire du trapèze formé par le profil de deux aubes consécutives et de leur fond. On s'assurera, par la règle du n° **128**, qu'à la vitesse v que la roue doit prendre, ou à la plus petite vitesse qu'elle puisse acquérir, les augets ne seront pas remplis au delà de la moitié ou des deux tiers au plus de leur capacité, ce qui est une condition indispensable pour le bon effet de la roue (n° **132**). S'il en était autrement, on augmenterait la vitesse ou la capacité des augets.

165. Deuxième cas. Quelle sera la force d'une roue a aubes planes établie d'après les règles des n^os^ **159** et suivants, et qui dépense un volume donné d'eau. Ce deuxième cas de l'établissement des roues à aubes planes revient évidemment à supposer la roue établie d'après les règles précédentes, et à déterminer son effet utile. Il suffira alors de recourir à la règle et à la formule du n° **127**.

166. Roues a aubes courbes. Vannage. Le vannage de ces roues doit, autant que les localités le permettent, être incliné à 1 de base sur 1 de hauteur, ou au moins à 1 de base sur

2 de hauteur. La tête d'eau, ordinairement en madriers, doit être tangente à une circonférence d'un rayon supérieur de $0^m.05$ seulement à celui de la roue.

167. Ressaut du coursier. Le sommet du ressaut du coursier doit être placé au niveau moyen des eaux du canal de fuite, toutes les fois qu'on ne sera pas exposé à des crues considérables, fréquentes et durables, et que l'on pourra donner au canal de fuite immédiatement auprès de la roue une largeur égale à cinq ou six fois celle du coursier.

Lorsque les localités forceront à ne donner au canal de fuite près de la roue qu'une largeur égale à celle du coursier, il faudra faire un petit sacrifice sur la chute et placer le sommet du ressaut du coursier à $0^m.08$ ou $0^m.10$ au-dessus du niveau moyen des eaux d'aval.

D'après cela on aura la chute disponible H égale à la hauteur du niveau d'amont au-dessus du sommet du ressaut.

Ce sommet devra toujours être à $0^m.30$ ou $0^m.40$ au moins au-dessus du fond du canal de fuite près la roue, et, s'il est possible d'abaisser davantage ce fond, on devra le faire.

168. Levée de la vanne. On adoptera généralement pour la marche habituelle de la roue une hauteur d'orifice de $0^m.20$ à $0^m.25$, en se réservant la facilité d'en employer de plus grandes pour les cas accidentels de crues des eaux d'aval ou de surcharge de la roue.

Lorsque la roue devra dépenser beaucoup d'eau, il ne faudra pas craindre d'adopter des hauteurs d'orifice de $0^m.30$ à $0^m.40$.

169. Volume d'eau a dépenser. Sachant que la roue doit transmettre un effet utile donné, exprimé par le produit Pv^{km}, et que la roue bien construite rendra au moins 0.60 du travail absolu du moteur, on déterminera le volume d'eau à dépenser en 1″ par la formule

$$Q = \frac{Pv}{600H} \text{ mètres cubes},$$

formule dans laquelle H est la chute disponible mesurée au-dessus du ressaut, comme il a été dit au n° **167**.

170. Largeur de l'orifice. La hauteur de l'orifice étant désignée par E, et, comme on l'a dit au n° **168**, prise égale à $0^m.20$ ou $0^m.25$ pour les cas ordinaires, on admettra d'abord comme approximation à rectifier par le tracé, dont il sera parlé au n° **173**, que le seuil de l'orifice est à la hauteur de $0^m.08$ à $0^m.10$ au plus au-dessus du ressaut, de sorte que la charge d'eau sur le sommet de l'orifice, que l'on désignera par H', sera à peu près

$$H' = H - E - 0^m.10.$$

En nommant L la largeur à donner à l'orifice, elle se calculera par la formule

$$L = \frac{Q}{0.80 E \sqrt{19.62 H'}}$$

pour les vannages inclinés à 1 de base sur 1 de hauteur, et par la formule

$$L = \frac{Q}{0.74 E \sqrt{19.62 H'}}$$

pour les vannages inclinés à 1 de base sur 2 de hauteur.

171. Largeur de la roue. On fera la largeur intérieure de la roue égale à celle de l'orifice augmentée de $0^m.04$ à $0^m.05$.

172. Largeur des couronnes et rayon de la roue. Si des circonstances locales ou des conditions d'installation de la roue ne déterminent pas à priori le rayon extérieur, on admettra en général entre la largeur E' des couronnes, mesurée dans le sens du rayon, et le diamètre 2R de la roue, le rapport $\frac{E'}{2R} = 0.25$, et l'on calculera la valeur de E' par la formule

$$E' = \frac{Q}{0.206 L' \sqrt{19.62 H'}},$$

qui revient à la règle suivante :

Pour déterminer la largeur des couronnes d'une roue à aubes courbes, multipliez la largeur de la roue entre ses couronnes par 0.206 *et par la vitesse due à la charge* H' *sur le sommet de l'orifice, appréciée approximativement comme il a été dit au n°* **170**; *par ce produit divisez le volume d'eau exprimé en mètres cubes : le quotient sera la largeur cherchée.*

Cela fait, on aura pour le diamètre de la roue

$$2R = 4E'.$$

Quand le rayon de la roue sera déterminé par des conditions locales, on calculera la largeur E′ des couronnes par la formule

$$E' = R - \sqrt{R^2 - 7.27 \frac{QR}{L'\sqrt{19.62H'}}},$$

qui revient à la règle suivante :

Pour obtenir la largeur des couronnes d'une roue à aubes courbes dont le rayon est donné, multipliez le volume d'eau à dépenser en 1″ par 7.27 fois le rayon de la roue ; divisez le produit par celui de la largeur dans œuvre de la roue et de la vitesse due à la charge H′ sur le sommet de l'orifice ; retranchez le quotient du carré du rayon ; extrayez la racine carrée du reste ; et retranchez-la du rayon.

175. Profil du coursier. Le rayon de la roue étant déterminé, menez à sa circonférence une tangente *ad* inclinée à $\frac{1}{10}$ ou $\frac{1}{12}$ sur

Fig. 36.

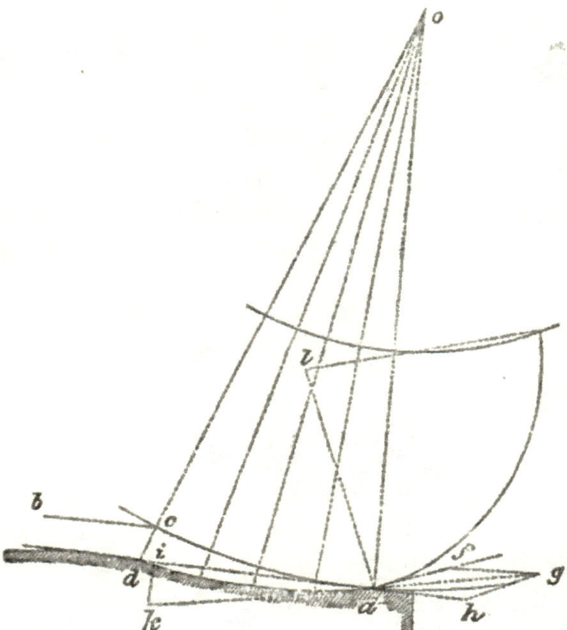

l'horizontale. Parallèlement à cette tangente, menez une ligne *bc* qui en soit éloignée de la hauteur E de l'orifice et qui rencontre la circonférence extérieure en un point *c*. Par ce point et par le centre *o* de la circonférence menez un rayon que vous prolongerez jusqu'à sa rencontre en *d* avec la tangente *ad*. Partagez l'arc *ac* et la ligne *cd* en un même nombre de parties égales. Par les points de division de l'arc menez des rayons sur lesquels vous porterez en dehors du cercle des longueurs égales à autant de parties de *cd* qu'il y a d'unités dans le rang du rayon à partir de *a*. La série des points ainsi obtenus forme une spirale, que l'on trace à la règle ployante et qui donne le profil du coursier.

Du côté d'aval, à partir du point *a*, la courbe est prolongée par une portion circulaire d'une longueur égale à peu près à une fois et demie l'écartement des aubes à la circonférence extérieure de la roue, ce qui fixe la crête du ressaut.

Du côté d'amont, on raccorde cette courbe avec une ligne horizontale, qui formera le fond du canal d'arrivée au moyen d'un arc de cercle d'un grand rayon, de manière qu'il n'y ait pas de changement brusque de direction ou de *jarret* à cet endroit.

S'il arrivait que le seuil de l'orifice ou le point sur lequel repose la vanne fût notablement plus élevé que le ressaut, on pourrait l'abaisser en prenant pour base du tracé la tangente horizontale au cercle extérieur de la roue.

D'après ce tracé on pourra déterminer la véritable position du sommet de l'orifice correspondante à une ouverture donnée E', et par suite la valeur exacte de la charge H' au-dessus du sommet de cet orifice. Elle différera généralement assez peu de la valeur approximative admise au n° **170** pour que l'on n'ait rien à changer au tracé.

174. Tracé des aubes. A partir du point *a* de la tangente *ad* à la circonférence extérieure de la roue portez sur cette ligne une longueur *ai* égale à l'arc *ac* développé. A l'extrémité de cette longueur élevez à la tangente une perpendiculaire *ik* égale à *cd* ; joignez l'extrémité de cette perpendiculaire avec le point *a* et prolongez cette ligne d'une longueur $ag = \sqrt{19.62\,H'}$ à une échelle arbitraire. A la même échelle prenez sur *ad* prolongé $ah = 0.55\sqrt{19.62\,H'}$. Construisez le parallélogramme dont *ag* est la diagonale et *ah* l'un des côtés. Le côté *af* parallèle à *hg* sera la tangente au premier élément de la courbe. En *a* élevez une perpendiculaire *al* à *af*, et sur cette ligne prenez le centre de courbure des aubes de manière que l'arc de cercle qui sert de base à leur surface cylindrique rencontre la circonférence intérieure des couronnes sous un angle à peu près droit.

175. Nombre des aubes. L'écartement des aubes doit être tel, que la plus courte distance du bord extérieur de l'une d'elles soit moindre que l'ouverture minimum de l'orifice ; on le prend habituellement égal à $0^m.25$ ou $0^m.30$, en ayant soin de s'arranger de façon que le nombre des aubes soit divisible exactement par le nombre des bras que l'on devra donner à la roue.

176. Vitesse de la roue. Le tracé précédent est fait d'après la condition que la vitesse normale de la circonférence de la roue soit les 0.55 de la vitesse due à la charge sur le sommet de l'orifice. On en déduira facilement le nombre de tours de la roue en 1′.

Mais ce tracé du coursier donne à ces roues la propriété de pouvoir marcher à des vitesses notablement différentes de celle qui correspond au maximum d'effet, sans que l'effet utile soit de beaucoup diminué.

Exemple. Appliquant ces règles à l'établissement d'une roue destinée à transmettre un effet utile de 7 chevaux avec une chute totale de $1^m.10$, ce qui est à peu près le cas d'un moulin à pilons ou à meules de la poudrerie du Ripault, on aura d'après ces données

$$Pv = 7 \times 75^{km} = 525^{km}.$$

La rivière de l'Indre étant exposée à des crues longues et fréquentes, et le canal de fuite ne pouvant guère avoir plus de quatre fois la largeur de la roue, on placera le ressaut du coursier à $0^m.10$ au-dessus du niveau moyen des eaux d'aval ; on aura donc

$$H = 1^m.00,$$

et par suite

$$Q = \frac{525^{km}}{600 \times 1^m} = 0^{mc}.875.$$

Admettant d'abord, comme le tracé le fera voir ensuite, que le seuil de l'orifice soit à peu près à $0^m.10$ de hauteur au-dessus du ressaut, et que la levée de vanne soit de $0^m.25$, la charge sur le sommet de l'orifice sera

$$H' = 1^m.00 - 0^m.25 - 0^m.10 = 0^m.65.$$

d'où

$$V = \sqrt{19.62\,H'} = 3^m.57.$$

On aura donc, en inclinant le vannage à 1 de base sur 1 de hauteur,

$$L = \frac{0^{mc}.875}{0.80 \times 0^m.25 \times 3^m.57} = 1^m.225.$$

La largeur intérieure de la roue entre les couronnes sera $L' = 1^m.30$ au plus.

On aura ensuite pour la largeur des couronnes

$$E' = \frac{0^{mc}.875}{0.206 \times 1^m.30 \times 3^m.57} = 0^m.66,$$

et enfin

$$2R = 4 \times 0^m.915 = 3^m.66.$$

Si des circonstances locales, telles, par exemple, que la hauteur à laquelle il faut placer le sol de l'usine pour qu'elle ne soit pas inondée en temps de grandes eaux, obligeaient à employer un plus grand diamètre, celui de $4^m.00$ par exemple, on aurait pour la largeur des couronnes

$$E' = 2^m - \sqrt{4 - 7.27\,\frac{0^{mc}.875 \times 2^m}{1^m.30 \times 3^m.57}} = 0^m.886.$$

177. Modification du tracé des coursiers plans des anciennes roues a aubes courbes. Pour transformer un coursier plan de roue à aubes courbes en un coursier courbe qui satisfasse, comme celui du n° **175**, à la condition que l'eau entre sans choc par un point *a* de la circonférence extérieure pris un peu en amont de la verticale abaissée du centre *o* de la roue, on mènera une tangente *af* à l'extrémité des aubes; sur la tangente *ah* à la circonférence extérieure de la roue on prendra $ah = 0.55V$; par le point *h* on mènera une parallèle *hg* à la ligne *af*; du point *a* comme centre, avec un rayon égal à V, on tracera un arc de cercle, qui coupera *hg* en *g*. Par ce dernier point et par le point *a*, on fera passer la ligne *ga* que l'on prolongera vers *k*. Sur ce prolongement on déterminera un point *k*, tel qu'il se trouve à une distance *ki* de *ad* égale à la hauteur que doit avoir l'orifice. La ligne *ki* perpendiculaire *ad* donnera la longueur *ai* de la tangente *ad*, qu'il faudra enrouler sur la circonférence extérieure de la roue de *a* en *c*. Après avoir mené le rayon O*c*, on prendra $cd = ik$, et l'on achèvera le tracé de la courbe spirale et du coursier, comme il a été dit au nº **175**.

Il arrivera peut-être quelquefois que pour des roues dont les aubes feraient avec la circonférence extérieure un trop petit angle, ce tracé conduirait à relever beaucoup le point supérieur ou le seuil du coursier. Il conviendrait alors de prendre le point *a* sur la verticale qui passe par le centre *o* de la roue. Si les aubes étaient en bois, on faciliterait cette modification du coursier en changeant un peu la direction de leur portion extrême et en lui faisant faire un plus grand angle, de 30° par exemple, avec la circonférence extérieure.

178. Forme extérieure des couronnes. On aura soin que la surface extérieure des couronnes n'offre aucune saillie qui puisse éprouver de la résistance de la part de l'eau quand la roue sera noyée.

Pour les usines où il peut se produire des variations périodiques de la vitesse, telles que les marteaux de forge, les laminoirs, etc., l'emploi des couronnes en fonte contribuera beaucoup à maintenir la régularité du mouvement.

179. Cas ou l'on est exposé a des crues fréquentes et durables. Lorsque la roue sera exposée à être noyée d'une grande quantité pendant des périodes assez longues, il conviendra de donner aux couronnes une largeur plus considérable que celle qui aurait été fournie par les règles précédentes.

Dans ce cas il sera bon de disposer en outre vers le milieu de la chute un orifice accompagné de directrices, qui y introduirait à cette hauteur une certaine quantité de liquide en même temps que l'orifice inférieur en fournit par le bas. On aura soin dans ce cas de prolonger la partie inférieure du coursier additionnel de cet orifice par une portion concentrique à l'axe, qui emboîtera exactement la roue.

Cette disposition, qui fait participer la roue à aubes courbes des propriétés des roues de côté, facilite la marche de ces moteurs quand ils sont noyés par de très-grandes eaux d'aval. Mais, quand on voudra l'adopter, il faudra faire faire aux aubes courbes avec la circonférence extérieure un angle de 40 à 45 degrés environ, afin de faciliter le tracé des directrices, qui s'exécutera comme il sera dit au n° **191** pour les roues à augets, en employant pour V et v les valeurs adoptées au n° **173**.

180. Établir une roue a aubes courbes susceptible de dépenser un volume d'eau donné. Dans ce cas, le volume d'eau à dépenser étant donné, après avoir choisi une levée de vanne convenable, on calculera, par la règle du n° **170**, la largeur de l'orifice, et on disposera les formes du coursier et les proportions de la roue d'après les règles précédentes.

Il ne restera plus alors à calculer que l'effet utile que la roue pourra produire, et l'on suivra, à cet effet, la règle du n° **129**.

181. Roues a augets. — Disposition du vannage. Il y a deux manières de disposer le vannage des roues à augets, selon que le niveau des eaux dans le réservoir est à peu près constant ou qu'il est variable, et d'après d'autres considérations.

Pour les chutes dont le niveau ne varie pas de plus de $\frac{1}{10}$ à $\frac{1}{8}$ de la chute totale, il convient de faire arriver l'eau au sommet de la roue. On procédera, dans ce cas, ainsi qu'il suit :

Connaissant la plus grande et la plus petite hauteur du niveau du réservoir, on basera la construction sur la hauteur moyenne. On connaîtra alors la chute totale moyenne.

L'orifice d'écoulement sera vertical ; son seuil sera placé, pour les chutes

de 2m.60	à 3m	une hauteur de	0m.50
3 .00	4	—	0 .60
4 .00	6	—	0 .70
6 .00	7	—	0 .80
7 .00	8	—	0 .90

en contre-bas du niveau des eaux moyennes, et raccordé, ainsi que les côtés, avec les parois du réservoir par des contours arrondis.

A partir de ce seuil, un coursier, dont la largeur égale à celle de l'orifice sera déterminée plus tard, incliné à $\frac{1}{12}$ au plus, conduira l'eau sur la roue. On ne lui donnera, si l'on peut, que 1^{m} à 1^{m}.50 de longueur.

Entre le dessous de ce coursier et la roue on laissera un jeu de 0^{m}.01.

Cela fait, de la chute totale on retranchera la charge d'eau sur le seuil, la pente totale du coursier et le jeu qu'on vient de fixer : le reste sera le diamètre de la roue.

On disposera les supports de l'extrémité du canal ou du réservoir de façon que le seuil soit le plus près possible du sommet de la roue et que le coursier soit très-court. A cet effet, il conviendra souvent d'employer des consoles en fonte pour soutenir ce coursier.

182. Levée de la vanne. Dans les cas ordinaires il conviendra de limiter la levée de la vanne à 0^{m}.10 ou 0^{m}.12 environ, à moins qu'il n'en résulte pour l'orifice et la roue une largeur qu'on ne pourrait pas adopter.

183. Nombre et forme des augets. L'écartement des augets à la circonférence extérieure de la roue doit être compris entre 0^{m}.30 et 0^{m}.40, et leur nombre doit être divisible par celui des bras de la roue. On divisera donc la circonférence de la roue par 0^{m}.35, et l'on prendra pour le nombre des augets le nombre entier divisible par celui des bras qui sera le plus voisin du quotient.

Les couronnes ou les joues auront dans le sens du rayon une largeur égale à l'écartement des augets à la circonférence extérieure.

Pour des roues très-puissantes, on pourra, dans la vue de limiter leur largeur dans le cas de l'axe, donner aux augets un écartement et aux couronnes une largeur de 0^{m}.50.

On divisera la circonférence extérieure en autant de parties qu'il y aura d'augets, et par les points de division on mènera des rayons.

On tracera la circonférence moyenne entre les deux cercles qui limitent la couronne. La partie du rayon qui sera comprise entre cette circonférence moyenne et la circonférence intérieure de la couronne formera le fond de l'auget.

Pour tracer la face antérieure de l'auget, on joindra l'extrémité du fond, qui se trouve à la circonférence moyenne, avec le point de division de la circonférence extérieure qui correspond au rayon précédent, et l'on aura ainsi le contour intérieur du profil de l'auget.

Si les augets doivent être en tôle, il conviendra d'arrondir l'angle du fond et de la face.

184. Déterminer la vitesse de la circonférence extérieure de la roue. Pour que l'eau entre sans choquer par dehors la face de l'auget, ce qui la ferait rejaillir, on procédera de la manière suivante :

Fig. 37.

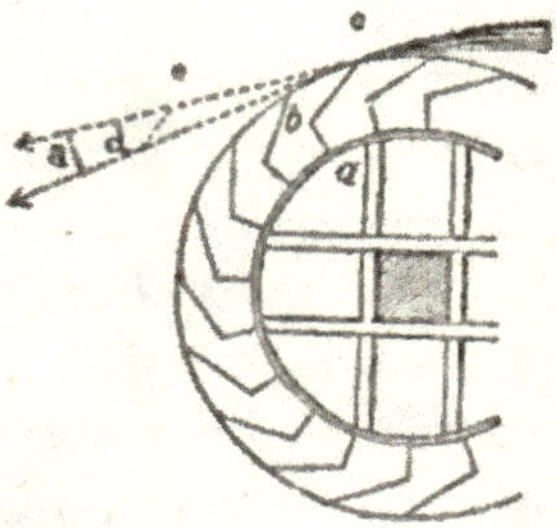

On déterminera, par les règles des nos **49** et **50**, le point de rencontre *c* (fig. 37) du filet moyen avec la circonférence extérieure de la roue, la vitesse d'arrivée V de l'eau, et sa direction en ce point ; sur cette direction on portera, à une échelle quelconque, une longueur *cd* pour représenter cette vitesse. On tracera le profil *abc* d'un auget passant par le point *c ;* par le point *d* on mènera une parallèle *de* à la face *bc;* elle rencontrera la tangente *ce*, menée en *c* à la circonférence extérieure de la roue, en un point *e :* la longueur *ce* sera, à l'échelle adoptée pour les vitesses, celle que la roue doit au plus atteindre pour que l'eau ne rejaillisse pas sur la face extérieure de l'auget.

La vitesse habituelle, ou de régime, devra être un peu au-dessous de celle que l'on aura ainsi déterminée.

Pour les roues d'un grand diamètre, le tracé précédent donnerait quelquefois des vitesses un peu faibles à la circonférence. Il conviendra alors de limiter la largeur du fond des augets à $\frac{1}{3}$ de celle de la couronne, ce qui augmentera l'inclinaison de la face, et par suite la valeur que le tracé donnera pour la vitesse de la roue.

Pour les roues en bois, cette vitesse ne devra pas être au-dessous de 1^m à $1^m.20$ par seconde, pour éviter les inconvénients du défaut d'équilibre de la roue autour de son axe de figure, et pourra sans perte sensible d'effet utile s'élever à $2^m.00$ et plus.

185. Hauteur que l'eau parcourt sur la roue. Dans le cas actuel on prendra pour la hauteur h que l'eau parcourt sur la roue le diamètre même de cette roue.

186. Volume d'eau a dépenser pour établir une roue d'une force donnée. Pour que la roue produise un effet utile donné, on devra dépenser un volume d'eau qui sera exprimé par la formule

$$Q = \frac{Pv}{780h + 102(V\cos a - v)v} \text{ mètres cubes,}$$

dans laquelle Pv représente l'effet utile donné que la roue doit transmettre, et qui revient à la règle suivante :

Multipliez la vitesse V *d'arrivée de l'eau sur la roue par le cosinus de l'angle qu'elle forme avec la vitesse* v *de la circonférence extérieure; du produit retranchez cette dernière vitesse; multipliez le reste par* 102 *fois la vitesse de la circonférence extérieure; ajoutez le produit à* 780 *fois la hauteur* h *que l'eau parcourt sur la roue;*

Par le produit divisez l'effet utile ou la quantité de travail que la roue doit produire:

Le quotient exprimera, en mètres cubes, le volume d'eau que la roue devra dépenser en 1″.

187. Largeur de l'orifice. La largeur de l'orifice, disposé comme il est au n° **132**, sera donnée par la formule

$$L = \frac{Q}{0.70E\sqrt{2gH}},$$

qui revient à la règle suivante :

Multipliez la levée de la vanne par la vitesse due à la charge sur le centre de l'orifice (n° 2) *et par* 0.70; *par le produit divisez le volume d'eau à dépenser en* 1″.

Le quotient sera, en mètres, la largeur de l'orifice et du coursier.

188. Largeur de la roue. La largeur intérieure de la roue doit être égale à celle de l'orifice, augmentée de $0^m.10$.

189. Disposition a donner, dans certains cas, au vannage, pour que la roue reçoive l'eau au-dessous de son sommet. Lorsque le niveau des eaux dans le réservoir est sujet à des variations de hauteur de plus de 0m.30 à 0m.40, ou quand des motifs particuliers obligent à faire marcher la roue dans le même sens que les eaux du canal de fuite, il faut disposer le vannage de la manière suivante, qui peut aussi être adoptée pour les chutes au-dessus de 4m de hauteur, et qui est analogue à celle dont il est question au n° **21**, et qui est représentée fig. 9.

Le filet moyen de la veine fluide doit atteindre la circonférence extérieure de la roue à 30° au-dessus de l'horizontale qui passe par son centre, ou à 60° du sommet.

D'une autre part, il convient que l'eau ait, à l'arrivée, une vitesse de 3m environ par 1″; d'après cela, le point d'arrivée du filet moyen, qui passera par l'ajutage supérieur, sur la circonférence extérieure de la roue, sera à la hauteur de 0m.46 au moins au-dessous du niveau des eaux dans le réservoir supérieur.

190. Rayon de la roue. La hauteur h que l'eau parcourra sur la roue sera égale à la chute totale diminuée de 0m.46, et le rayon de la roue sera donné par la formule

$$R = \frac{h}{1 + \sin 30^\circ} = \frac{h}{1.50},$$

qui revient à la règle suivante:

Divisez la hauteur que l'eau doit parcourir sur la roue par 1.50: *Le quotient sera en mètres le rayon de la roue.*

191. Inclinaison a donner aux cloisons directrices. Pour faire arriver l'eau dans les augets suivant une direction telle qu'elle ne choque pas leur face extérieure par dehors, il faut disposer convenablement les cloisons directrices qui la conduisent.

La direction que doit suivre le filet moyen sera déterminée de la manière suivante:

Au point c où l'eau doit arriver sur la roue, menez une tangente ce à sa circonférence extérieure et tracez le profil cba d'un auget;

Prenez la vitesse v de la roue égale à 0.66 de la vitesse $V = 3^m$ de l'eau affluente, et portez à une échelle quelconque la longueur ce pour représenter cette vitesse v; par le point e menez une parallèle ed à la face bc de l'auget. Du point c de rencontre du filet moyen et de la circonférence extérieure de la roue, avec un rayon égal à la vitesse $V = 3^m$, à l'échelle adoptée, décrivez un arc de cercle, qui rencontrera en *d* la ligne *ed*. Joignez les points *c* et *d*: la ligne *cd*, prolongée au-dessus de *c*, sera la direction cherchée du filet moyen.

Fig. 38.

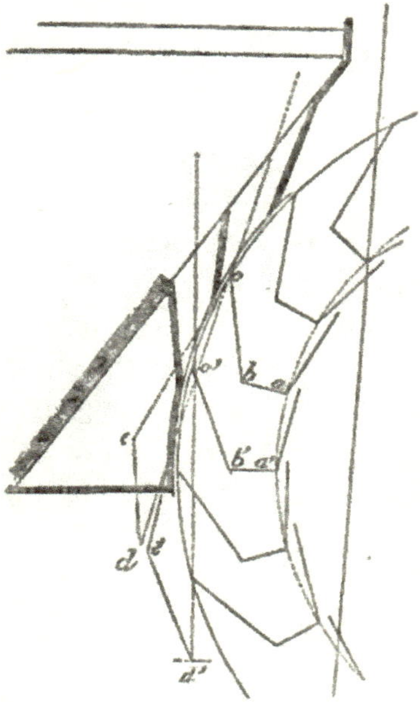

Il conviendra de répéter cette construction pour des niveaux différents, et équidistants de $0^m.10$ en $0^m.10$, à partir du plus élevé jusqu'au plus bas auquel on voudra travailler. On aura ainsi une série de lignes analogues à *dc*, qui donneront les inclinaisons dont les directrices devront se rapprocher autant que possible.

Ainsi, par exemple, pour un niveau supposé à $0^m.20$ plus bas, on recherchera, de même que précédemment, la direction qu'il faut donner au filet moyen pour qu'arrivant sur la roue à $0^m.46$ au-dessous du niveau abaissé, il entre sans choquer la face d'un auget *a'b'c'* supposé parvenu en cette position.

Les cloisons directrices ainsi déterminées devront d'ailleurs se terminer inférieurement à une circonférence concentrique à la roue et de $0^m.01$ de rayon de plus que cette roue. Les perpendiculaires abaissées du point inférieur de chacune de ces directrices sur celles qui sont immédiatement au-dessous ne devront avoir que $0^m.07$ à $0^m.06$ de longueur, et il conviendra qu'au-dessus du pied de ces perpendiculaires les directrices aient encore $0^m.04$ à $0^m.05$ de hauteur au moins.

Ces conditions serviront à déterminer par le tracé le nombre des directrices et l'inclinaison du vannage.

Lorsque le volume d'eau à dépenser sera tel, que plusieurs orifices devront être ouverts à la fois, la vitesse de l'eau qui s'écoulera par ceux du bas sera plus grande que le tracé précédent ne le suppose, et l'eau n'entrera pas moins dans les augets. Seulement la perte de force vive produite par le choc sera un peu plus grande.

En général, il ne conviendra guère de démasquer plus de deux orifices, car on risquerait alors de remplir les augets au delà de la moitié de leur capacité.

Il convient que les vannages de ce genre soient exécutés en fonte, pour que l'épaisseur des cloisons directrices soit réduite à $0^m.010$ ou $0^m.015$. On les consolidera et on leur donnera la rigidité nécessaire par des diaphragmes ou nervures espacées de $0^m.80$ environ.

Si la vanne est en fonte, ce qui n'est pas nécessaire, on sera obligé de l'équilibrer par des contre-poids.

Pour la facilité de l'exécution et pour assurer la rectitude du plan suivant lequel la vanne sera guidée, il faudra ménager aux portions de la tête d'eau sur lesquelles elle devra glisser une saillie de quelques millimètres sur le plan des bords des cloisons directrices et de leurs diaphragmes. On dressera ces saillies dans un même plan.

La vitesse $v=0.66\,V$, adoptée ci-dessus pour celle de la roue, devra être la plus petite de toutes celles qu'elle puisse prendre.

Ces vannages permettent de prendre l'eau à des niveaux très-différents : mais on devra néanmoins tâcher de restreindre ces variations à $0^m.60$ au plus, et l'on n'adoptera cette disposition que dans le cas indiqué. Les sujétions qu'elle entraîne doivent engager à ne l'employer que quand elle est tout à fait nécessaire.

Après avoir ainsi fixé les directions des cloisons directrices pour trois orifices, on les terminera inférieurement à $0^m.01$ de la circonférence de la roue, et supérieurement à un plan incliné qui leur laisse des longueurs suffisantes pour assurer la direction de la veine fluide, comme il a été dit plus haut.

Ce plan déterminera la direction des coulisses et des guides destinés à conduire la vanne inclinée, qui, en s'abaissant, laissera passer l'eau dans l'un ou l'autre des orifices.

192. Observation relative a l'introduction de l'eau. Ce mode d'introduction de l'eau offre quelquefois l'inconvénient que l'eau affluente gêne et empêche l'échappement de l'air contenu dans les augets, qui alors, ne peuvent se remplir. On remédiera à ce défaut en laissant une ouverture à chaque auget dans l'intérieur de la roue. A cet effet, l'on prolongera la face intérieure au-dessus du fond de l'auget précédent de $0^{m}.10$ environ, en laissant à l'air un passage de $0^{m}.02$ à $0^{m}.03$ au plus. C'est ce qu'indique la figure 38.

195. Largeur de l'orifice. Pour établir une roue de force donnée, on essayera d'abord de régler la dépense d'eau, et par suite la largeur des orifices, de façon qu'il n'y en ait qu'un seul démasqué à la fois.

A cet effet, on calculera d'abord le volume d'eau à dépenser par l'orifice supérieur, par la formule et la règle du n° 186, par laquelle on connaît V, v, a et h, ainsi que Pv ou l'effet utile du moteur; puis on calculera la largeur L de l'orifice par la formule

$$L = \frac{Q}{0.75\,E\sqrt{2gH}},$$

dans laquelle

E sera la longueur de la perpendiculaire abaissée du bord supérieur de la vanne ou de la deuxième cloison sur la première cloison directrice opposée,

H la hauteur du niveau moyen des eaux au-dessus du milieu de cette ligne.

Si cette largeur n'est pas démesurée, et si les localités permettent de l'adopter, on la conservera pour la dimension définitive à donner à l'orifice dans le sens parallèle à l'axe.

Si au contraire elle est trop grande, on admettra que l'orifice suivant soit démasqué en tout ou en partie; et en appelant

E′ la perpendiculaire abaissée du sommet de la vanne sur la deuxième cloison,

H′ la hauteur du niveau au-dessus du milieu de cette perpendiculaire, on calculera la largeur L de l'orifice par la formule

$$L = \frac{Q}{0.75\left(E\sqrt{2gH} + E'\sqrt{2gH'}\right)}.$$

Cette formule revient à la règle suivante, qui s'applique aussi à la précédente :

Pour calculer la largeur du vannage dans le cas où il y a plusieurs orifices démasqués à la fois,

Multipliez la longueur de la perpendiculaire abaissée du bord de chacun de ces orifices sur la cloison directrice opposée par la vitesse due à la hauteur du niveau au-dessus du milieu de cette perpendiculaire; faites la somme de tous les produits semblables, et multipliez-la par 0.75 ;

Par le produit divisez le volume d'eau à dépenser :

Le quotient sera la largeur à donner au vannage.

194. Largeur intérieure de la roue. La largeur intérieure de la roue sera égale à celle de l'orifice déterminée par la formule ci-dessus, augmentée de $0^m.05$ à $0^m.10$ de chaque côté.

195. Observation relative a la capacité des augets. On devra, dans tous les cas, s'assurer, par l'application de la règle du nº 128, qu'à la vitesse déterminée de la roue, et avec le volume d'eau dépensé, les augets ne reçoivent qu'un volume d'eau au plus égal à la moitié de leur capacité.

196. Établissement des roues pendantes sur bateaux. Les aubes doivent avoir une hauteur égale à $\frac{1}{4}$ ou $\frac{1}{5}$ du rayon de la roue, et comprise entre $6^m.35$ et $9^m.80$; leur écartement à la circonférence extérieure est égal à leur hauteur.

Leur bord supérieur doit être immergé au-dessous du niveau d'une quantité qui dépend de la profondeur du courant, et qui s'élève, pour les moulins du Rhône, jusqu'à $0^m.50$.

Il est avantageux d'adapter aux extrémités des aubes des rebords de $0^m.05$ à $0^m.10$ de saillie.

M. Navier conseille d'incliner les aubes de 30° environ sur le rayon du côté d'amont, quand la roue plonge de $\frac{1}{4}$ ou $\frac{1}{5}$ de son rayon, et de 15° quand elle plonge de $\frac{1}{3}$, ce qui est la limite supérieure à laquelle la roue doive être immergée.

La hauteur des aubes étant déterminée par les proportions indiquées ci-dessus, la vitesse V de l'eau à la surface étant connue, celle v du centre des aubes devra être 0. 4 V.

En nommant E la hauteur des aubes, on déterminera leur largeur par la formule:

$$L = \frac{Pv}{147.5 \times E(V-v)^2 v},$$

qui revient à la règle suivante.

Multipliez la hauteur immergée de l'aube par le carré de l'excès de la vitesse de l'eau sur celle de la roue, par cette dernière vitesse et par 147.5 ;

Par le produit divisez la quantité de travail que la roue doit transmettre en 1" :

Le quotient sera la largeur à donner aux aubes.

EXEMPLES. Quelle doit être la largeur des aubes d'une roue pendante destinée à transmettre une quantité de travail de 600^{km} en 1", dans le cas des données suivantes :

Hauteur des aubes . . . . $E = 0^m.80$

Vitesse du courant . . . . $V = 1^m.80$

Vitesse du centre des aubes. . . . . . . $v = 0.4\,V = 0^m.72$

La formule donne

$$L = \frac{600}{147.5 \times 0.80 \times (1.08)^2 \times 0.72} = 6^m.058.$$

197. ÉTABLISSEMENT DES TURBINES DE M. FOURNEYRON. Quoique l'auteur de ces turbines s'en soit réservé la construction par un brevet qui lui assure le fruit de ses longues et persévérantes recherches, nous donnerons ici quelques indications succinctes qui permettront de fixer les idées sur les dimensions principales qu'il conviendra de leur donner, et mettront à même de se décider dans le choix du moteur.

L'expérience prouvant que ces roues fonctionnent aussi bien quand elles sont noyées que quand elles ne le sont pas, il conviendra de les placer au-dessous du niveau des plus basses eaux d'aval, ce qui permettra de profiter en tout temps de la totalité de la chute disponible.

198. VOLUME D'EAU A DÉPENSER. Ayant ainsi déterminé la chute totale, et sachant qu'en temps d'eaux moyennes et avec une levée de vanne égale à $\frac{2}{3}$ de sa hauteur, la turbine rendra un effet utile moyennement égal à 0.65 du travail absolu du moteur, on calculera le volume d'eau à dépenser en 1" par la formule.

$$Q = \frac{Pv}{650H}.$$

199. RÉSERVOIR CYLINDRIQUE. Pour les chutes moyennes la vitesse de l'eau dans le réservoir cylindrique ne doit pas excéder le quart ou le cinquième de la vitesse due à la chute totale: D'après cela, on prendra pour vitesse moyenne U de l'eau dans le réservoir cylindrique le quart ou le cinquième de la vitesse due à la chute totale H, et l'on calculera le diamètre de ce réservoir par la formule

$$D=\sqrt{\frac{Q}{0.7854U}},$$

qui revient à la règle suivante :

Pour déterminer le diamètre intérieur du réservoir cylindrique d'une turbine,

Multipliez le quart ou le cinquième de la vitesse due à la chute totale par 0.7854;

Par le produit divisez le volume d'eau à dépenser, et extrayez la racine carrée du quotient :

Le résultat sera le diamètre cherché.

Exemple. On se propose d'établir une turbine de la force de 50 chevaux avec une chute de $4^{m}.5$.

On a d'abord, pour le volume d'eau à dépenser,

$$Q=\frac{50\times75}{650\times4^{m}.50}=1^{mc}.282.$$

La vitesse due à la hauteur de $4^{m}.50$ est de $9^{m}.40$. On aura donc

$$U=\frac{9^{m}.40}{4}=2^{m}.35 \quad \text{ou} \quad U=\frac{9^{m}.40}{5}=1^{m}.88,$$

et par suite

$$D=\sqrt{\frac{1.282}{0.7854\times2.35}}=0^{m}.835,$$

$$D=\sqrt{\frac{1.282}{0.7854\times1.88}}=0^{m}.932.$$

Si la chute et la dépense sont variables, on devra d'ailleurs calculer ce diamètre pour différents cas, et adopter la plus grande valeur que l'on obtiendra.

Ainsi, dans l'exemple ci-dessus, si la chute devait être réduite, par des crues, à $2^{m}.50$, le volume d'eau à dépenser serait alors

$$Q=\frac{50\times75}{650\times2.50}=2^{mc}.308.$$

La vitesse due à la chute totale serait de 7^m. On aurait

$$U = \frac{7}{4} = 1^m.75 \quad \text{ou} \quad U = \frac{7}{5} = 1^m.40,$$

et par suite

$$D = \sqrt{\frac{2.308}{0.7854 \times 1.75}} = 1^m.35,$$

ou

$$D = \sqrt{\frac{2.308}{0.7854 \times 1.40}} = 1^m.44.$$

La turbine de Mülbach, qui est à peu près dans les circonstances précédentes, a pour diamètre intérieur

$$D = 1^m.330.$$

Autre exemple. On se propose d'établir une turbine de la force de 45 chevaux avec une chute de $8^m.04$.

On a d'abord pour le volume d'eau à dépenser

$$Q = \frac{45 \times 75}{650 \times 8.04} = 0^{mc}.646.$$

La vitesse due à la hauteur de chute totale $8^m.04$ est de $12^m.55$. On a donc

$$U = \frac{12^m.55}{5} = 2^m.51,$$

et par suite

$$D = \sqrt{\frac{0.646}{0.7854 \times 2.51}} = 0^m.572.$$

La turbine du Moussay, établie dans des conditions peu différentes des précédentes, a un réservoir dont le diamètre intérieur est à peu près de la dimension ci-dessus.

200. Diamètre extérieur. Quand on aura déterminé le diamètre intérieur du réservoir, on y ajoutera $0^m.040$ à $0^m.050$ pour l'épaisseur du vannage cylindrique et le jeu de la roue, et l'on aura le diamètre extérieur de la roue.

Dans le cas du premier exemple cité, avec la plus grande dépense, on aura donc, en appelant R' le rayon intérieur de la turbine,

$$2R' = D + 0^m.040 = 1^m.370.$$

C'est celui de la turbine de Mülbach.

Le diamètre intérieur est ordinairement égal à 0.70 à 0.80 du diamètre extérieur de la turbine; par conséquent, en appelant R le rayon extérieur, on aura

$$2R' = 0.70 \times 2R \quad \text{ou} \quad 2R' = 0.80 \times 2R;$$

d'où

$$2R = \frac{2R'}{0.70} \quad \text{ou} \quad 2R = \frac{2R'}{0.80}.$$

Pour le premier exemple cité plus haut, on aurait par cette règle

$$2R = \frac{1.370}{0.70} = 1^{m}.957 \quad \text{ou} \quad 2R = \frac{1.370}{0.80} = 1^{m}.712.$$

A la turbine de Mülbach,

$$2R = 1^{m}.900.$$

Pour le deuxième exemple on aurait

$$2R' = D + 0^{m}.04 = 0^{m}.612;$$

puis

$$2R = \frac{0.612}{0.70} = 8^{m}.874.$$

La turbine du Moussay a un diamètre extérieur égal à $0^{m}.85$.

201. Nombre de tours de la roue. Le rapport de l'effet utile au travail absolu du moteur est en général d'autant plus grand que la levée de la vanne approche davantage d'être égale à la hauteur de la roue ou de chaque intervalle compris entre les diaphragmes. D'une autre part, la valeur du rapport de la vitesse de la circonférence extérieure de la roue à la vitesse due à la hauteur de chute qui correspond au maximum d'effet croît avec la levée de vanne ou avec la dépense d'eau, et d'autant plus rapidement que les chutes sont plus fortes.

On pourra calculer approximativement le nombre n de tours correspondant au maximum d'effet par la formule

$$n = K' \frac{V}{R},$$

dans laquelle on fera pour les turbines analogues à celle de

Mülbach.	Levées de vanne...	m 0.05	m 0.10	m 0.15	m 0.20	m 0.25	m 0.30
	K'=	4.94	5.59	6.24	6.89	7.54	8.69
Moussay.	Levées de vanne...	m 0.05	m 0.06	m 0.07	m 0.08	m 0.09	m 0.10
	K'=	4.20	4.52	4.83	5.16	5.08	5.80

La vitesse pourra d'ailleurs s'éloigner en plus ou en moins de

$\frac{1}{6}$ à $\frac{1}{8}$ de celle qui correspond au maximum d'effet sans que l'effet utile diminue notablement.

En résumé, pour les turbines avec des charges moyennes de $3^m.00$ à $4^m.00$ et de fortes dépenses d'eau, on pourra calculer le nombre de tours approximativement par la formule

$$n = 5.25 \frac{V}{R} \quad \text{à} \quad n = 7.50 \frac{V}{R};$$

et pour les turbines avec des chutes de 6 à 8^m et de faibles dépenses d'eau,

$$n = 4.50 \frac{V}{R} \quad \text{à} \quad n = 5.50 \frac{V}{R};$$

ce qui permettra de déterminer ensuite les dimensions à donner aux diverses communications de mouvement.

COMPARAISON DES DIVERSES ESPÈCES DE ROUES HYDRAULIQUES.

202. Avantages et inconvénients des roues a aubes planes. Les roues à aubes planes, exactement emboîtées dans un coursier circulaire avec vanne en déversoir, rendent en effet utile ou en travail disponible, déduction faite du frottement de leurs tourbillons, 0.70 à 9.75 du travail absolu du moteur.

Elles peuvent, sans que leur effet utile s'éloigne sensiblement du maximum d'effet, marcher à des vitesses très-différentes, depuis la vitesse égale à celle de l'eau affluente jusqu'à celle pour laquelle les augets sont remplis au delà des $\frac{2}{3}$ de leur capacité.

Elles conviennent particulièrement aux chutes de $1^m.30$ à $2^m.50$.

Leur rayon devant être au moins égal à la hauteur de chute, on voit que, pour des chutes au delà de $2^m.50$, elles seraient très-grandes et par suite très-lourdes.

Leurs inconvénients sont d'exiger parfois une très-grande largeur que les localités ou les difficultés de la construction ne permettent pas de leur donner, et de ne pouvoir marcher quand elles sont noyées sensiblement au-dessus de la hauteur de leurs palettes.

203. Avantages et inconvénients des roues a augets. Les avantages des roues à augets sont les mêmes que ceux des roues à aubes planes, emboîtées dans des coursiers circulaires, elles rendent en effet utile les 0.70 du travail absolu du moteur.

Elles conviennent particulièrement pour les grandes chutes au-dessus de 3^m, et comme elles n'exigent pas l'usage d'un coursier circulaire où elles soient exactement emboîtées quand leurs augets ne sont remplis qu'à moitié, elles occasionnent moins de dépense et de sujétion.

L'eau devant y arriver habituellement avec une vitesse de 2^m.50 à 3^m au moins, et la chute étant considérable, elles peuvent utiliser des cours d'eau très-puissants sans avoir une largeur exagérée.

Avec de grandes chutes elles peuvent encore marcher quand elles sont noyées au-dessus de la hauteur des couronnes.

204. Avantages et inconvénients des roues a aubes courbes. Les roues à aubes courbes établies d'après les règles posées par M. Poncelet utilisent 0.65 du travail moteur lorsque la chute totale est de 2^m.0, 1^m.50 et au-dessous, et 0.60 pour les chutes plus grandes.

Elles peuvent marcher à une vitesse considérable, ce qui permet de faire faire à la roue un plus grand nombre de tours par minute que dans les autres systèmes de roues à axe horizontal.

Leur largeur, celle de l'orifice et celle du coursier, sont, à force égale, bien moindres que les dimensions analogues pour les roues à aubes planes, ce qui rend leur construction plus économique, leur poids moindre, et permet de les établir dans des localités où celles-ci ne pourraient trouver place.

Elles peuvent marcher noyées jusqu'à une hauteur à peu près égale à celle de la couronne, ce qui les rend précieuses dans les pays de plaines, exposés à des inondations. Mais, si le niveau des eaux d'aval s'élève au-dessus des couronnes, leur vitesse diminue notablement.

Avec le nouveau tracé du coursier elles peuvent marcher à une vitesse sensiblement différente de celle qui correspond au maximum d'effet sans que l'eau rejaillisse dans la roue et sans qu'il en résulte une perte notable dans l'effet utile.

Elles sont particulièrement avantageuses pour les petites chutes de 1^m.50 et au-dessous, avec forte dépense d'eau.

205. Avantages et inconvénients des turbines. Les turbines de M. Fourneyron ont les avantages suivants :

1° Elles peuvent s'appliquer à toutes les chutes, depuis les plus faibles jusqu'aux plus grandes que l'art puisse utiliser ;

2° Elles transmettent un effet utile net égal à 0m.65 et même souvent 0m.70 du travail absolu dépensé par le moteur quand la vanne est levée à une hauteur voisine de celle de la roue ;

3° Elles peuvent marcher à des vitesses très-différentes de celle qui correspond au maximum d'effet sans que l'effet utile diffère notablement de ce maximum ;

4° Elles peuvent fonctionner sous l'eau à des profondeurs très-grandes, sans que le rapport de l'effet utile au travail absolu du moteur diminue notablement.

D'où il suit qu'en les plaçant, lors de la construction, au niveau des plus basses eaux d'aval, on utilise, en tous temps, toute la chute dont on peut disposer.

206. Inconvénient des faibles levées de vanne. Lorsque la vanne n'est levée que d'une quantité égale à moins des deux tiers de la hauteur de la roue, l'effet utile des turbines Fourneyron diminue d'autant plus que la levée de vanne est plus faible.

Cet inconvénient est assez grave pour les usines exposées à fonctionner sous des chutes et par conséquent avec des dépenses très-différentes. En effet, en temps de crues, la roue avec une levée de vanne totale égale à sa hauteur se trouve, quoique noyée, dans des conditions très-favorables et rend environ 0.70 du travail absolu du moteur ; mais en temps de sécheresse, alors que l'on a peu d'eau et le maximum de chute, on ne peut lever la vanne que d'une fraction de la hauteur de la roue, et alors celle-ci ne rend que 0.60 et parfois 0.50 du travail absolu dépensé par le moteur.

On voit que dans ces circonstances cette roue rend à proportion moins dans les temps de basses eaux que dans les temps de crues, où l'on a plus d'eau et de force qu'il ne serait nécessaire.

M. Fourneyron a cherché à remédier à ce défaut par l'emploi de diaphragmes, qui fractionnent la roue en plusieurs zones horizontales. Cette disposition est favorable, mais l'expérience n'en a pas encore constaté les avantages d'une manière authentique.

Cette turbine se prête à l'emploi d'un régulateur, mais cela exige que la vanne ne soit pas entièrement levée.

207. Turbine de M. Fontaine-Baron. La turbine de ce constructeur rend un effet utile égal à 0.65 ou 0.70 du travail absolu du moteur quand les vannes sont levées de manière à démasquer entièrement les orifices formés par les courbes directrices.

Pour des levées de vannes moindres, qui réduisent la dépense dans le rapport de 4 à 3, l'effet utile descend à 0.57 ou 0.58 du travail absolu du moteur.

La vitesse de la roue peut varier entre des limites étendues en deçà et au delà de celle qui correspond au maximum d'effet, sans que le rapport de l'effet utile au travail absolu du moteur diminue d'une manière notable.

Elle se prête à l'installation d'un régulateur destiné à renfermer dans des limites convenables les écarts de la vitesse, pourvu que les vannes ne soient pas entièrement levées.

L'effort maximum que la roue peut exercer s'élève à 1.48 fois celui qui correspond au maximum d'effet pour la même levée des vannes.

L'emploi d'une couronne double permet de faire varier dans des limites très-étendues la dépense d'eau, et paraît particulièrement favorable pour les temps de crues, sans qu'il en résulte d'inconvénient notable pour les temps de basses eaux.

L'installation de cette turbine ne présente pas de difficultés particulières, est en général très-facile, et exige peu de constructions hydrauliques.

208. Turbine de MM. A. Koechlin et Cie. On a vu que cette turbine, fonctionnant à son état normal avec toutes ses aubes ouvertes, donne un effet utile égal à 0.72 du travail absolu dépensé par le moteur, et que cet effet diminue peu quand une partie seulement des aubes est rétrécie par des obturateurs. On pourrait même probablement lui conserver le même rendement dans tous les cas par des dispositions convenables.

La vitesse de cette roue peut varier entre des limites étendues sans que son effet utile diminue notablement.

Elle peut marcher en temps de crues sans être gênée par les arrière-eaux jusqu'à des élévations considérables du niveau d'aval.

L'usage de la vanne inférieure pour régler la dépense de l'eau n'est pas favorable à l'effet utile, dont le rapport au travail absolu du moteur diminue à mesure que cet orifice devient plus petit.

Cette roue se prête difficilement à l'emploi d'un régulateur qui en maintienne la vitesse dans des limites données.

Son installation est facile ainsi que son entretien, et elle exige peu de constructions hydrauliques.

DES MOULINS A VENT.

209. Les moulins à vent le plus généralement employés ont quatre ailes rectangulaires formant une surface gauche, dont l'arête la plus rapprochée de l'axe de rotation fait avec le plan du mouvement un angle d'environ 18°, et la plus éloignée un angle d'environ 7°; on les nomme *moulins à la hollandaise.*

Souvent aussi les ailes ont la figure d'un trapèze.

Les quatre bras et les ailes forment ce que l'on appelle le *volant.*

Dans les pays de plaine l'axe de rotation est incliné de 8 à 15 à l'horizon.

210. Moyen de déterminer la vitesse du vent. La vitesse V du vent peut se mesurer en observant celle d'un corps léger, tel, par exemple, que des plumes, la fumée d'une cheminée ou celle de la poudre, emportée à la hauteur du volant par le courant d'air.

Smeaton indique un autre moyen de l'évaluer, et qui consiste à diviser par quatre la vitesse que prennent les extrémités des ailes, quand, le moulin étant désengrené, le volant marche à vide.

On emploie aussi pour cet usage un moulinet analogue à celui de Wolteman, décrit au n° **142** et très-léger, dont on place l'axe de rotation dans le sens du courant d'air. Mais il faut au préalable connaître le rapport du nombre de tours des ailettes à la vitesse du vent pour l'instrument que l'on emploie.

211. Quantité de travail transmise a la circonférence des ailes. En appelant O la surface d'une des quatre ailes, l'effet utile, ou la quantité de travail transmise à la circonférence des ailes, sera donné, d'après les expériences de Coulomb et de Smeaton, par la formule pratique

$$Pv = 0.13 \times OV^3 \text{ kil. mètres},$$

dans laquelle la vitesse v de l'extrémité des ailes doit, pour l'effet maximum du moteur, être égale à 2.60 fois celle V du vent.

Cette formule revient à la règle suivante :

Multipliez les 0.13 *de la surface d'une aile par le cube de la vitesse du vent :*

Le produit sera la quantité de travail transmise à la circonférence extérieure des ailes.

Exemple. Quelle est la quantité de travail transmise à la circonférence extérieure des ailes d'un moulin à vent à la hollandaise dans les circonstances suivantes :

Longueur des ailes..............................	$10^{m}.40$
Largeur des ailes................................	$1^{m}.95$
Surface d'une aile..............................	$20^{mq}.20$
Vitesse du vent en 1''..........................	$6^{m}.50$
Vitesse de l'extrémité des ailes................	$16^{m}.86$

On trouve

$$Pv = 0.13 \times 20^{mq}.28 \times (6^{m}.50)^3 = 724^{km} = 9^{chev}.70.$$

DES MACHINES A VAPEUR.

DONNÉES D'EXPÉRIENCE SUR LA VAPEUR.

212. Relation entre la tension et la température de la vapeur. Avant de rapporter les règles à suivre pour calculer l'effet utile des machines à vapeur, nous indiquerons la manière de déterminer diverses données importantes de ce calcul.

La pression ou la tension de la vapeur s'exprime, comme celle des gaz, de diverses manières, que nous avons indiquées aux nos **105** et suivants.

Lorsque la vapeur est en communication continuelle avec la chaudière qui la produit, il s'établit entre sa température et sa tension une relation qui, d'après les belles expériences de MM. Arago et Dulong *, est

$$p = 1^{kil}.033\,(0.2847 + 0.007153\,t)^5,$$

dans laquelle

p exprime la pression sur un centimètre carré,
t la température en degrés centigrades,
et qui revient à la règle suivante :

* Annales de physique et de chimie, 1830.

Pour avoir la pression de la vapeur d'eau dans une chaudière où la température est t,

Multipliez la température t, *exprimée en degrés centigrades, par* 0,007153; *ajoutez* 0,2847 *au produit ; élevez la somme à la cinquième puissance :*

Le résultat sera la pression de la vapeur exprimée en atmosphères.

En le multipliant par 1.033, *vous aurez la pression exercée par cette vapeur sur chaque centimètre carré exprimé en kilogrammes.*

Exemple. Quelle est la tension de la vapeur à 128°.8?

On a

$$p = {}^{\text{kil}}.033\,(0{,}2847 + 0.007153 \times 128°)^5$$
$$= 1.033 \times 2.551 = 2^{\text{kil}}.635.$$

L'expérience donne $p = 2^{\text{kil}}.582$.

213. On évitera le calcul précédent en recourant à la table suivante, déduite de celle qu'ont donnée ces illustres physiciens.

TABLE DES FORCES ÉLASTIQUES, DES TEMPÉRATURES *, DES DENSITÉS ET DES VOLUMES CORRESPONDANTS DE LA VAPEUR JUSQU'A 50 ATMOSPHÈRES.

Élasticité de la vapeur en prenant la pression de l'atmosphère pour unité.	Colonne de mercure à 0 degré qui mesure l'élasticité.	Températures correspondantes données par le thermomètre centigrade à mercure.	Pression sur un centimètre carré en kilogrammes.	Densité correspondante ou poids du mètre cube.	Volume d'un kilogramme de vapeur en litres.
atm.	m.	°	k.	k.	litres.
0.00171	0.0013	— 20.0	0.0018	0.0015	666667.0
0.0025	0.0019	— 15.0	0.0026	0.0022	454336.0
0.0034	0.0026	— 10.0	0.0029	0.0029	344828.0
0.0047	0.0036	— 5.0	0.0050	0.0040	250000.0
0.0066	0.0050	0.0	0.0069	0.0054	185185.0
0.0091	0.0069	5.0	0.0094	0.0072	138889.0
0.0125	0.0095	10.0	0.0129	0.0097	103093.0
0.0168	0.0128	15.0	0.0170	0.0216	79365.1
0.0228	0.0173	20.0	0.0235	0.0171	38469.5
0.0304	0.0231	25.0	0.0314	0.0225	44444.5
0.0402	0.0306	30.0	0.0418	0.0295	33898.2
0.0531	0.0404	35.0	0.0549	0.0381	26246.7
0.0698	0.0530	40.0	0.0720	0.0491	20366.6
0.0905	0.0687	45.0	0.0934	0.0627	15948.9
0.1165	0.0887	50.0	0.1205	0.0797	12547.1
0.1495	0.1137	55.0	0.1544	0.1005	9951.4
0.1905	0.1447	60.0	0.1965	0.1260	7936.5
0.2404	0.1827	65.0	0.2482	0.1568	6377.6
0.3013	0.2290	70.0	0.3112	0.1932	5176.0
0.3725	0.2831	75.0	0.3963	0.2433	4110.2
0.4633	0.3521	80.0	0.4783	0.2892	3457.8
0.5680	0.4317	85.0	0.5865	0.3497	2859.5
0.6912	0.5253	90.0	0.7136	0.4196	2383.2
0.8347	0.6343	95 0	0.8617	0.4998	2000.8
1.00	0.7600	100.0	1.0330	0.5913	1691.2
1.10	0.836	102.7	1.1363	0.6455	1548.4
1.20	0.912	105.2	1.2396	0.6995	1429.7
1.30	0.988	107.5	1.3429	0.7531	1327.6
1.40	1.064	109.7	1.4462	0.8064	1240.1
1.50	1.140	112.2	1.5495	0.8584	1165.0
1.60	1.216	114.3	1.6528	0.9106	1098.2
1.70	1.292	116.3	1.7561	0.9625	1039.0
1.80	1.368	118.0	1.8594	1.0147	985.52

* Les températures qui correspondent aux tensions de 1 à 4 atmosphères inclusivement, ont été calculées par la formule de Tredgold, qui, dans cette partie de l'échelle, s'accorde mieux que l'autre avec les observations.

SUITE DE LA TABLE DES FORCES ÉLASTIQUES, DES TEMPÉRATURES, DES DENSITÉS ET DES VOLUMES CORRESPONDANTS DE LA VAPEUR JUSQU'A 50 ATMOSPHÈRES.

Élasticité de la vapeur en prenant la pression de l'atmosphère pour unité.	Colonne de mercure à 0 degré qui mesure l'élasticité.	Températures correspondantes données par le thermomètre centigrade à mercure.	Pression sur un centimètre carré en kilogrammes.	Densité correspondante ou poids du mètre cube.	Volume d'un kilogramme de vapeur en litres.
atm.	m.	°	k.	k.	litres.
1.90	1.444	119.7	1.9627	1.0664	937.7
2.00	1.520	121.4	2.0660	1.1174	874.9
2.10	1.596	123.0	2.1693	1.1689	855.6
2.20	1.672	124.6	2.2726	1.2196	820.0
2.30	1.748	126.1	2.3759	1.2702	787.3
2.40	1.824	127.5	2.4792	1.3207	757.2
2.50	1.900	128.8	2.5825	1.3713	729.3
2.60	1.976	130.1	2.6858	1.4215	703.5
2.70	2.052	131.4	2.7891	1.4714	679.6
2.80	2.128	132.7	2.8924	1.5159	659.7
2.90	2.204	133.9	2.9957	1 5707	636.7
3.00	2.280	135.1	3.0990	1.6201	617.6
3.1	2.356	136.2	3.2023	1.6696	509.0
3.2	2.432	137.3	3.3056	1.7188	581.8
3.3	2.508	138.4	3.4089	1.7978	565.7
3.4	2.584	139.5	3.5122	1.8164	550.5
3.5	2.660	140.6	3.6155	1.8650	536.3
3.6	2.736	141.6	3.7188	1.9135	522.6
3.7	2.812	142.6	3.8221	1.9619	509.7
3.8	2.888	143.6	3.9254	2.0102	497.5
3.9	2.964	144.5	4.0287	2.0585	485.8
4.0	3.040	145.4	4.1320	2.1067	474.7
4.1	3.116	145.5	4 2353	2.1585	463.3
4.2	3.192	146.4	4.3386	2.2064	453.3
4.3	4.268	147.3	4.4419	2.2551	443.5
4.4	3.344	148.2	4.5452	2.3020	434.4
4.5	3.420	149.1	4.6485	2.3496	425 6
4.6	3.496	149.9	4.7518	2.3970	417.2
4.7	3.572	150.6	4.8551	2.4450	409.0
4.8	3.648	151.5	4.9584	2.4916	401.4
4.9	3.724	152.3	5.0617	5.5388	393.9
5.0	3.800	153.1	5.1650	2.5860	386.7
5.1	3.876	153.8	5.2683	2.6330	379.8
5.2	3.952	154.6	5.3716	2.6796	373.2
5.3	4.028	155.4	5.4749	2.7277	366.6
5.4	4.104	156.1	5.5782	2.7731	365.6
5.5	4.180	156.8	5.6815	2.8198	354.6
5.6	2.456	157.5	5.7848	2.8662	348.9

SUITE DE LA TABLE DES FORCES ÉLASTIQUES, DES TEMPÉRATURES, DES DENSITÉS ET DE VOLUMES CORRESPONDANTS DE LA VAPEUR JUSQU'A 50 ATMOSPHÈRES.

Élasticité de la vapeur en prenant la pression de l'atmosphère pour unité.	Colonne de mercure à 0 degré qui mesure l'élasticité.	Températures correspondantes données par le thermomètre centigrade à mercure.	Pression sur un centimètre carré en kilogrammes.	Densité correspondante ou poids du mètre cube.	Volume d'un kilogramme de vapeur en litres.
atm.	m.	°	k.	k.	litres.
5.7	4.332	158.20	5.8881	2.9128	343.3
5.8	4.408	158.90	5.9914	2.9590	338.0
5.9	4.484	156.44	6.0947	3.0064	332.6
6.0	4.560	160.20	6.1980	3.0520	327.7
6.1	4.636	160.91	6 3013	3.0978	322.8
6.2	4.712	1g1.56	6.4046	3.1441	318.1
6.3	4.788	161.21	6.5079	3.1824	313.5
6.4	4.864	162.70	6 6112	3.2367	309.0
6.5	4.940	163 48	6.7145	3.2814	304.8
6.6	3,016	164.10	6.8178	3.3271	300.6
6.7	5.092	164.71	6.9211	3.3729	296.5
6.8	5.168	165.32	7.0244	3.4183	292.6
6.9	5.224	165.92	7.1277	3.4638	288.7
7.0	5.32	166.50	7.231	3.5094	285.0
7.5	5.70	169.37	7.747	3.7353	267.7
8.0	6.08	172.10	8.264	3.9784	251.4
9.0	6.84	177.10	9.297	4.4057	227.0
10.0	7.60	181.60	10.335	4.8477	206.3
11.0	8.36	186.03	11.363	5.2807	189.4
12.0	9.12	190.00	12.396	5.7100	175.1
13.0	9.88	193.70	13.429	6.1367	163.0
14.0	10.64	197.19	14.462	6.5595	152.5
15.0	11.40	200.48	15.495	6.9790	143.3
16.0	12.16	203.60	16.528	7.3957	135.2
17.0	12.92	506·56	17.561	7.8087	128.1
18.0	13 68	209.40	18.594	8.2196	121.7
19.0	14.44	212.10	19.627	8.6284	115.9
20.0	15.20	214.70	20.660	9.0336	110.7
21.0	15.96	217.20	21.693	9.4372	106.0
22.0	16.72	219.60	22.726	9.8382	101.6
23.0	17.48	521.90	23.759	10.237	97.9
24.0	18.24	224.20	24.792	10.632	94.1
25.0	19.00	226.20	25.825	11.029	90.7
30.0	22.80	236.30	30.990	12.977	77.2
35.0	26.60	244.85	36.155	14.887	67.2
40.0	30.40	252.55	42.320	16.762	59.7
45.0	34.20	259.52	46.485	18.611	53.7
50.0	38.00	265.89	51.650	20.433	48.9

214. Poids d'un mètre cube de vapeur d'eau a une température donnée. Le poids d'un mètre cube de vapeur d'eau, ou sa densité d à la température t^0 à laquelle correspond la pression p par centimètre carré, est donné par la formule du n° **111**, que nous croyons devoir répéter ici, et par la table précédente :

$$d = \frac{0.78402}{1+0.00368\,t}\,p.$$

Cette formule revient à la règle suivante :

Pour avoir le poids d'un mètre cube de vapeur d'eau à la température t° *et à la pression* p *sur un centimètre carré,*

Divisez 0.78402 *par l'unité augmentée de* 0.00368 *fois la température exprimée en degrés centigrades; multipliez le quotient par la pression sur un centimètre carré exprimée en kilogrammes :*

Le produit sera le poids cherché du mètre cube.

Exemple. Quelle est la densité ou le poids d'un mètre cube de vapeur à la pression de $2^{\text{atm}}.5$ ou de $2^{\text{kil}}.582$ par centimètre carré?

D'après le tableau précédent, la température est $t = 128^\circ.8$: on a donc

$$d = \frac{0.78402}{1+0.00368\times 128^\circ.8} \times 2^{\text{kil}}.582 = 1^{\text{kil}}.373.$$

215. Poids d'un volume donné de vapeur d'eau. Le poids d'un volume donné v de vapeur d'eau à la température t et à la pression p s'obtiendra donc en multipliant le volume donné par le poids du mètre cube, calculé comme il vient d'être dit;

Et en l'appelant q, on aura

$$q = dv^{\text{kil}}.$$

216. Volume d'un poids donné de vapeur a une pression et a une température données. Réciproquement on aura le volume d'un poids donné de vapeur d'eau à une température et à une pression données par la formule

$$V = \frac{q}{d} = 1.2777\,q\,\frac{1+0.00368\,t}{p},$$

qui revient à la règle suivante :

Pour avoir le volume d'un poids donné de vapeur, multipliez la température en degrés centigrades par 0.00368 ; *au produit ajoutez l'unité; divisez la somme par la pression exprimée en kilogrammes sur un centimètre carré, et multipliez le quotient par* 1.2777 *fois le poids donné :*

Le résultat sera le volume cherché.

EXEMPLE. Quel est le volume d'un poids de $1^{kil}.5$ de vapeur d'eau à la température de $128^{\circ}.8$ et à la pression de 2.5 atmosphères, ou $2^{kil}.582$ par centimètre carré?

On a

$$V = 1.2777 \times 1.50 \times \frac{1 + 0.00368 \times 128^{\circ}.8}{2.582} = 1^{mc}.09.$$

217. DÉFINITION DE L'UNITÉ DE CHALEUR. Pour comparer les quantités de chaleur entre elles, on prend, d'après M. Clément, pour unité la quantité de chaleur qui est nécessaire pour élever d'un degré du thermomètre centigrade la température d'un kilogramme d'eau, et on nomme cette unité *calorie*.

EXEMPLE. Combien y a-t-il de calories dans un kilogramme d'eau à 18°?

D'après la définition il y en a 18.

Combien y a-t-il de calories dans 25 litres ou kilogrammes d'eau à 125°?

Il y a $25 \times 125^{\circ} = 3125$ calories.

218. POIDS DE DIFFÉRENTES VARIÉTÉS DE HOUILLE. L'hectolitre ras de houille pèse en houille de

Labarthe................	88 kil.
Auvergne et Blanzy......	87
Combelle................	86
Lataupe.................	85
Saint-Étienne...........	84
Decize..................	83
Mons....................	80
Moyenne....	84 kil.

L'hectolitre de coke pour les hauts fourneaux pèse moyennement 40 kil.; celui de coke des usines à gaz, 30 à 35 kil.; celui qui provient de la distillation dans des fours, 40 à 45 kil.

219. Du bois. La quantité de chaleur développée par les différents bois paraît être la même quand ils sont desséchés au même degré, et peut être en moyenne estimée à 3600 unités de chaleur par kilogramme de bois parfaitement sec; mais les bois à l'état ordinaire contiennent des quantités d'humidité comprises entre 20 à 30 p. 100, de sorte que leur puissance calorifique se trouve réduite à 2700 ou 2800 calories par kilogramme.

Les bois se mesurent au volume, et leur effet calorifique étant proportionnel à leur poids, il importe de connaître le poids du stère de bois. Le tableau suivant est dû à M. Berthier, de l'Académie des Sciences, et est relatif à des bois à l'état de siccité ordinaire.

Poids du mètre cube de différents bois d'après M. Berthier.

Nature des bois.	État des bois.	Poids du stère.
		kil
Chêne de futaie des environs de Moulins.	Coupé depuis un an en bûches fendues.	275
	Coupé en quatre.	315
Chêne de la forêt de Monadier, près Moulins.	Gros bois coupé depuis 3 ans. refendu.	386
	Gros bois coupé en quatre.	485
Chêne des environs de Cahors.	Coupé depuis un an.	325
Chêne de charbonnage.	Coupé depuis un an, long de $0^m.813$.	220 à 262
Hêtre des environs de Moulins.	En gros rondins refendus.	400
	Vermoulu en partie.	375
Bouleau des environs de Moulins.	En gros rondins.	400
Tremble de charbonnage.		190 à 220
Sapin de Moulins.	En gros bois.	300 à 340
Orme.		320 } Extrait de la 1re édit. du Traité de la chaleur.
Charme.		398

Le tableau suivant est relatif à des bois complétement secs. Il est dû à M. Chevandier. Il contient, outre le bois du stère, la composition en carbone et en hydrogène et la quantité d'unités de chaleur ou la puissance calorifique absolue d'un stère de bois correspondante à la combustion de ces éléments, ainsi que la valeur relative des bois sous le rapport de la chaleur développée.

POIDS, COMPOSITION EN CARBONE ET EN HYDROGÈNE, ET PUISSANCE CALORIFIQUE D'UN STÈRE DE BOIS SEC.

Nature des bois.	Poids d'un stère de bois sec en kil.	Charbon contenu dans un stère en kil.	Hydrogène libre contenu dans un stère en kil.	Puissance calorifique d'un stère en calories.	Valeur relative des différents bois.
	kil.	kil.	kil.		
Chêne à glands sessiles (bois de quartiers).	380	188.49	2.61	1 614 319	1.0000
Hêtres (bois de quartiers).	380	187.20	2.64	1 604 824	0.9941
Chêne, les deux variétés confondues (bois de quartiers).	371	184.02	2.55	1 576 401	0.9765
Charme (bois de quartiers).	370	179.73	2.28	1 532 082	0.9490
Chêne à glands pédonculés (bois de quartiers).	339	178.07	2.47	1 525 225	0.9448
Bouleau (bois de quartiers).	338	171.92	3.65	1 516 271	0.9392
Charme (quartiers et rondins mêlés).	361	173.35	2.23	1 494 938	0.9260
Bouleau (quartiers et rondins mêlés).	332	168.87	3.58	1 489 190	0.9224
Bouleau (rondinage de brins).	318	161.75	3.43	1 426 434	0.8836
Sapin id.	312	158.89	2.94	1 386 376	0.8587
Chêne, les deux variétés confondues (rondinage de brin).	317	157.24	2.18	1 346 772	0.8342
Hêtre (rondinage de brin).	314	154.68	2.18	1 326 072	0.8214
Aune (bois de quartiers).	293	149.52	2.98	1 311 993	0.8127
Aune (quartiers et rondins mêlés).	291	148.50	2.96	1 303 054	0.8071
Charme (rondinage de brins).	313	152.04	1.94	1 296 432	0.8030
Hêtre (rondinage de branches).	304	149.76	2.11	1 283 870	0.7953
Sapin id.	287	146.15	2.70	1 275 068	0.7898
Aune (rondinage de brins).	283	144.41	2.88	1 267 217	0.7849
Pin id.	283	144.66	2.63	1 260 600	0.7808
Pin (rondinage de branches).	281	143.63	2.61	1 251 581	0.7752
Charme id.	298	144.75	1.84	1 234 029	0.7644
Sapin (bois de quartiers).	277	141.03	2.61	1 230 800	0.7624
Saule (quartiers et rondins mêlés).	285	142.28	2.14	1 224 424	0.7584
Bouleau (rondinage de branches).	269	136.82	2.90	1 206 556	0.7473
Saule (rondinage de brins).	276	137.79	2.07	1 185 698	0.7344
Tremble (quartiers et rondins mêlés).	273	134 56	2.57	1 176 858	0.7290
Chêne, les deux variétés confondues (rondinage de branches).	277	137.40	1.90	1 176 671	0.7288
Pin (bois de quartiers).	256	130.86	2.38	1 140 375	0.7064

La quantité d'eau contenue dans le bois variant avec l'état de siccité, le tableau suivant, dû à M. Chevandier, servira à l'apprécier.

QUANTITÉS D'EAU HYGROMÉTRIQUE CONTENUE DANS LES DIFFÉRENTES ESSENCES DE BOIS DE DIVERSES QUALITÉS SOUMIS A LA DESSICCATION SPONTANÉE, 6 MOIS, 1 AN, 18 MOIS, 2 ANS, APRÈS LA COUPE.

Essences.	Bois de quartiers.				Rondinage de branches.				Rondinage de brins.			
	6 mois.	1 an.	18 mois.	2 ans.	6 mois.	1 an.	18 mois.	2 ans.	6 mois.	1 an.	18 mois.	2 ans.
	p. 100	p. 100	p. 100	p. 100	p. 100	p. 100	p. 100	p. 100	p. 100	p. 100	p. 100	p. 100
Hêtre. . . .	23.34	19.34	17.40	17.74	33.48	24 00	19.80	20 32	30.44	23.46	18.60	19.93
Chêne. . . .	29.63	23.75	20.74	19.46	31.20	26.90	24.55	21.09	32.71	26.74	23.35	20.28
Charme. . .	24.68	20.18	18.77	17.94	31.38	25.89	22.33	19.30	27.19	23.08	20.60	18.59
Bouleau. . .	23.28	18.10	15.98	17.47	37.34	28.99	24.12	21.78	39.72	29.01	22.73	19.52
Tremble . .	31.00	21.55	15.87	16.77	35.69	26.01	21.83	19.44	40.45	26.22	17.77	17.92
Aune	22.37	19.17	15.27	16.72	»	»	»	»	42.45	24.09	19.06	18.05
Saule	»	»	»	»	»	»	»	»	36.44	23.15	17.12	17.58
Sapin	28.56	16.65	14.78	17.22	28.29	17.14	15.09	18.66	33.78	16.87	15.21	18.09
Pin	29.31	18.54	15.81	17.96	35.30	17.59	15.72	17.39	41.49	18.67	15.63	17.42

220. Du charbon de bois. Le mètre cube de charbon de bois des départements du centre a, d'après M. Berthier, le poids suivant :

Charbon de chêne et de hêtre. . . . . 240 à 250 kil.
Charbon de bouleau. . . . . 220 à 230
Charbon de pin . . . . 200 à 210
Dans les Vosges,
Charbon de chêne et de hêtre, rondinage. . . 228 kil.
Charbon de sapin. 135

Le produit de la carbonisation ordinaire des forêts peut s'estimer ainsi qu'il suit :

Bois dur de la Meuse. — Un stère de bois pesant 375 kil. rend en volume $0^{mc}.33$ à $0^{mc}.40$; en poids, 80 kil. de charbon. — 100 kil. de bois rendent 21 kil. de charbon. — Poids du mètre cube de charbon, 240 kil.

Bois mêlés des Ardennes. — Un stère de bois pesant 300 kil. rend en volume $0^{mc}.33$ à $0^{mc}.40$; en poids, 60 à 66 kil. de charbon. — 100 kil. de bois rendent 20 à 22 kil. de charbon; le mètre cube de charbon pèse 200 kil.

La quantité de chaleur développée par un kilogramme de charbon de bois varie de 6000 à 7000 calories.

RÉSUMÉ DES QUANTITÉS DE CHALEUR DÉVELOPPÉES PAR LES DIVERS COMBUSTIBLES.

Nature des combustibles.	Nombre d'unités de chaleur développées par un kilogramme de combustible.	Observations.
Charbon de bois.	6000 à 7000	à 0.15 de cendres.
Coke.	6000	
Houille moyenne.	7050	
Tourbe sèche.	4800	
Tourbe ordinaire, avec 0.20 d'eau, 1re qualité.	3000	
Tourbe de seconde qualité.	1500	
Bois séché de toutes sortes.	3600	
Bois ordinaire, avec 0,20 d'eau.	2800	
Charbon de tourbe.	5800	
Tannée très-sèche.	3300	
Tannée ordinaire.	2300	

Mais l'expérience montre que les meilleurs foyers n'utilisent guère que 0.55 à 0.64 de la quantité de chaleur développée par le combustible, et d'après ce rapport il sera facile de calculer la quantité de chaleur qui peut être utilisée dans un foyer donné par chaque kilogramme de combustible brûlé.

221. QUANTITÉ DE CHALEUR CONTENUE DANS UN POIDS DONNÉ DE VAPEUR. La quantité de chaleur contenue dans un poids donné q de vapeur à la température t est à peu près

$$q(550+t) \text{ calories,}$$

formule qui revient à la règle suivante :

Pour avoir la quantité de chaleur contenue dans un poids donné de vapeur,

Ajoutez 550 *à la température de la vapeur exprimée en degrés centigrades, et multipliez la somme par le poids de la vapeur.*

EXEMPLE. Quel est le nombre d'unités de chaleur contenues dans 6 kilogrammes de vapeur 120°?

On trouve pour le nombre cherché

$$6\times(550+120)=4020 \text{ calories.}$$

222. QUANTITÉ DE COMBUSTIBLE A BRULER POUR OBTENIR UN POIDS DONNÉ DE VAPEUR. La quantité de combustible à brûler pour transformer un poids donné q d'eau, à la température t', en vapeur à la température t, en appelant n le nombre d'unités de chaleur que l'on peut utiliser dans un bon foyer par kilogramme de combustible (**220**), est donnée par la formule

$$q\times\frac{(550+t-t')}{n}\text{kil.,}$$

qui revient à la règle suivante :

Pour calculer le poids de combustible qu'il faut brûler pour transformer un poids donné d'eau à une température aussi donnée en vapeur à une autre température aussi donnée,

Ajoutez 550 *à l'excès de la température de la vapeur sur celle de l'eau ; multipliez la somme par le poids de l'eau à vaporiser, et divisez le produit par le nombre d'unités de chaleur que l'on peut obtenir dans un bon foyer avec le combustible employé.*

EXEMPLE. Quel est le poids de houille de première qualité

qu'il faut brûler pour produire 10 kilogrammes de vapeur à 135° avec de l'eau à 15°?

En admettant que le foyer utilise 0.60 de la chaleur développée par le combustible, la règle ci-dessus donne

$$10\times\frac{550+135-15}{0.60\times7050}=1^{\text{kil}}.58.$$

223. Quantité d'eau nécessaire a l'injection. Le poids q' d'eau à la température t' qu'il faut mêler à un poids donné q de vapeur à la température t pour que le mélange soit à la température t'' est donné par la formule

$$q'=\frac{q(550+t-t'')}{t''-t'},$$

qui revient à la règle suivante :

Ajoutez 550 à l'excès de la température de la vapeur sur celle que doit avoir le mélange; multipliez la somme par le poids de vapeur à condenser, et divisez le produit par l'excès de température du mélange sur celle de l'eau froide :

Le quotient sera le poids de l'eau froide à injecter.

Exemple. Quel est le poids d'eau à 12° qu'il faut injecter dans le condenseur d'une machine à basse pression pour condenser 7^{kil} de vapeur à 100° et que le mélange soit à 35°?

La règle ci-dessus donne

$$q'=\frac{7(550+100-35)}{35-12}=187^{\text{kil}}\text{ ou litres.}$$

224. Quantité de vapeur nécessaire pour élever un volume donné d'eau a une température donnée. Le poids de vapeur q à la température t qu'il faut condenser dans un poids q' d'eau à la température t' pour que le mélange soit à une température donnée t'' est donné par la formule

$$q=\frac{q'(t''-t')}{550+t-t''}\text{kil.},$$

qui revient à la règle suivante :

Multipliez le poids d'eau à échauffer par l'excès de la température que doit avoir le mélange sur la température de l'eau froide, et divisez le produit par 550, augmenté de l'excès de la température de la vapeur sur celle que doit avoir le mélange :

Le quotient sera le poids de vapeur à condenser.

EXEMPLE. Quel est le poids de vapeur à 130° qu'il faut condenser dans une cuve de teinture contenant deux mètres cubes ou 2000 kilogrammes d'eau à 12° pour que le mélange soit à 55°?

La règle précédente donne

$$q=\frac{2000(55-12)}{550+130-12}=129^{\text{kil}} \text{ environ.}$$

EFFET UTILE DES MACHINES A VAPEUR.

225. On est dans l'usage d'estimer la force des machines à vapeur en la comparant à l'unité dynamique, appelée force de cheval, et qui équivaut à 75 *kilogrammes élevés à* 1^{m} *en* 1''.

Quelquefois aussi on compare la quantité de charbon brûlée à la quantité de travail produite.

Nous donnerons ici les règles à suivre pour ces deux genres de comparaisons.

226. MACHINES A BASSE PRESSION DU SYSTÈME DE WATT. La force en chevaux d'une machine à basse pression du système de Watt est donnée par la formule

$$\text{K}n\times 2.222pv\left(1-\frac{p'}{p}\right)^{\text{km}},$$

dans laquelle

p est la pression de la vapeur de la chaudière sur un centimètre carré ;

v le volume engendré par le piston dans une course simple, en mètres cubes ;

p' la tension de la vapeur dans le condenseur (elle se déduit ordinairement de la température de l'eau dans le condenseur, règle du n° **212** ou du n° **213**);

n le nombre de courses simples du piston en 1';

K un coefficient constant, dont la valeur, que l'on trouvera dans le tableau suivant, dépend de la force de la machine, de la perfection de son exécution et de l'état d'entretien où elle est maintenue.

Force des machines en chevaux.	Valeur du coefficient K pour des machines	
	en très-bon état d'entretien.	en état ordinaire d'entretien.
40 à 8	0.50	0.42
10 à 20	0.56	0.47
30 à 50	0.60	0.54
60 à 100	0.60	0.54

La formule précédente revient à la règle pratique suivante :

Pour avoir la force en chevaux d'une machine à basse pression,

Multipliez 2.222 par la pression de la vapeur sur un centimètre carré exprimée en kilogrammes, par le volume engendré par le piston dans une course, par le nombre de courses simples de ce piston en 1', et par l'excès de l'unité sur le rapport de la pression dans le condenseur à la pression dans la chaudière;

Puis multipliez ce produit par la valeur du coefficient K, prise dans la tableau précédent, et correspondante à la force nominative et à l'état d'entretien de la machine.

Exemple. Quelle est la force en chevaux de la machine à basse pression établie par MM. Peel et Williams à la filature de MM. Dolfus, Mieg et Cie (Haut-Rhin), en très-bon état d'entretien, dans les circonstances suivantes?

Pression de la vapeur dans la chaudière. . . . $p = 1^{kil}.329$
Pression dans le condenseur. . . . . $p' = 0\ .103$
Volume engendré par le piston. . . . . $v = 0^{mc}.458$
Nombre de coups de piston en 1'. . . . . $n = 41.8$
La force en chevaux est

$$0.56 \times 41.8 \times 2.222 \times 1^{kil}.329 \times 0^{mc}.458(1 - 0.0775) = 28^{ch}.16.$$

L'expérience faite avec le frein par la Société industrielle de Mulhouse a donné, pour la force en chevaux de cette machine, 2257^{km} ou 30 chevaux *.

* Bulletin de la Société industrielle de Mulhouse, n° 42, page 153.

227. Quantité de travail due a la combustion d'un kilogramme de houille. La quantité de travail due à la combustion d'un kilogramme de houille est donnée par la formule

$$\mathrm{K}\, 479\,137\,50\, \frac{1+0.00368\,t}{550+t-t'} \left(1-\frac{p'}{p}\right)^{\mathrm{km}},$$

dans laquelle, outre les notations du numéro précédent, on se rappelle que

t est, en degrés centigrades, la température de la vapeur dans la chaudière correspondante à la pression p,

t' est, en degrés centigrades, la température de l'eau d'alimentation, qui est ordinairement celle du condenseur,

ou, avec une approximation suffisante pour la pratique, par la formule

$$108\,722\,\mathrm{K} \left(1-\frac{p'}{p}\right)^{\mathrm{km}} *,$$

et qui revient à la règle suivante :

Retranchez de l'unité le rapport de la pression du condenseur à celle de la chaudière; multipliez le reste par 109722 *et par la valeur du coefficient de correction* K, *donnée par le tableau du n°* **226**, *correspondante à la force et à l'état d'entretien de la machine :*

Le produit sera la quantité de travail utilisée par la machine par kilogramme de charbon brûlé.

Exemple. Quelle est la quantité de travail correspondant à la combustion d'un kilogramme de houille pour une machine à basse pression, en très-bon état d'entretien, dans les circonstances suivantes?

Pression de la vapeur dans la chaudière	....	$1^{\mathrm{kil}}.291$
Température *id.*	....	107°
Pression de la vapeur dans le condenseur	.....	$0^{\mathrm{kil}}.055$
Température *id.*	....	35°

* Cette simplification résulte de ce que le facteur $\frac{1+0.00368\,t}{550+t-t'}$ varie fort peu depuis la pression d'une atmosphère jusqu'à celle de 8 à 10, que l'on ne dépasse pas ordinairement dans les machines en usage, et a pour valeur moyenne 0.00229.

La quantité de travail cherchée est

$$0.56 \times 47913750 \times \frac{1+0.00368\times107}{550+107-35}\left(1-\frac{0.055}{1.291}\right)=57542^{\text{km}}.$$

La formule simplifiée donnerait............... 58827^{km}.

228. Force en chevaux des machines a détente et a condensation. Pour des machines à détente et à condensation, quelle que soit la manière dont se fait la détente, que la machine ait un, deux ou trois cylindres, la force en chevaux sera donnée par la formule

$$\mathrm{K}n\times 2.222pv\left(1+\log\text{hyp}\frac{p}{p}-\frac{p'}{p_1}\right).$$

Dans cette formule, on désigne par log hyp $\frac{p}{p_1}$, la quantité que l'on nomme le logarithme hyperbolique du rapport $\frac{p}{p_1}$, et l'on en trouvera la valeur dans la table du n° **239**, en regard de celle de $\frac{p}{p_1}$.

De plus

n est le nombre de courses simples du piston 1′,

p la pression de la vapeur dans la chaudière,

p_1 la pression de la vapeur après la détente,

p' la pression dans le condenseur correspondante à sa température,

v le volume engendré par le piston pendant l'admission de la vapeur,

K un coefficient constant, qui dépend de la force de la machine, de son état d'entretien, et qui, d'après les résultats d'expériences que l'on possède sur cette matière, est donné par le tableau suivant :

Force des machines en chevaux de 75 kilogr.	Valeur du coefficient K pour des machines en très-bon état d'entretien.	Valeur du coefficient K pour des machines en état ordinaire d'entretien.	Observations.
4 à 8	0.33	0.30	Expériences faites à Douai* en 1828, et de la Société industrielle de Mulhouse.
18 à 20	0.42	0.35	
20 à 40	0.50	0.42	Expériences de M. de Prony**.
au-dessous de 30	0.44	0.35	Machines d'épuisement des mines de Cornouailles. Résultat déduit des rapports mensuels***.
30 à 40	0.49	0.39	
40 à 50	0.57	0.46	
50 à 60	0.62	0.50	
60 à 70	0.66	0.53	
70 à 80	0.82	0.66	
80 à 100	0.70	0.59	

La formule précédente revient à la règle suivante :

Ajoutez à l'unité le produit du logarithme hyperbolique du rapport de la pression dans la chaudière à celle de la détente, ou du rapport du volume de la vapeur après la détente à celui qu'elle occupait à la pression de la chaudière; retranchez de la somme le rapport de la pression dans le condenseur à la pression de la vapeur après la détente; multipliez le reste par 2.222, par le nombre de courses simples du piston en 1', par la pression de la vapeur dans la chaudière sur un centimètre carré de surface exprimée en kilogrammes, et par le volume de la vapeur admise à cette pression, exprimé en mètres cubes;

Puis multipliez le résultat par le coefficient K correspondant à l'état d'entretien et à la force de la machine, tel que l'indique le tableau ci-dessus.

On peut, dans les applications, éviter l'emploi des tables de logarithmes et se borner à une approximation qui suffira presque toujours dans la pratique, en prenant

$$\log \text{hyp} \frac{p}{p_1} = \frac{1}{6}\left(\frac{p}{p_1} + \frac{8(p-p_1)}{p+p_1} - \frac{p_1}{p}\right).$$

Exemple. Quelle est la force en chevaux de la machine à dé-

---

* Mémorial de l'artillerie, 3e numéro.

** Journal des Mines, XIIe volume.

*** Lean's Historical Statement of the Steam engines in Cornwall.

tente et de condensation construite par MM. Risler et Dixon dans la filature de MM. Schlumberger-Steiner et Cie, à l'état ordinaire d'entretien, dans les circonstances suivantes?

Pression de la vapeur dans la chaudière........................ $p = 3^{at}.75 = 3^{kil}.874$

Pression de la détente... $p_1 = \frac{1}{3.88} p = 0.967 = 0.999$

Pression dans le condenseur......... $p' = 0.103$

Volume de vapeur à la pression p introduit dans la machine à chaque coup de piston........................ $v = 0^{mc}.0687$

Nombre de coups de piston en 1'..... $n = 52$

La règle ci-dessus donne

$$0.42 \times 52 \times 2.222 \times 3^{kil}.874 \times 0^{mc}.0687 (1 + \log \text{hyp}\, 3.88 - 0.10) = 29^{chev}.$$

L'expérience faite avec le frein par la Société industrielle de Mulhouse a donné pour la force de cette machine 1896^{km} ou $25^{chev}.3$ *

229. QUANTITÉ DE TRAVAIL DUE A LA COMBUSTION D'UN KILOGRAMME DE HOUILLE DANS LES MACHINES A DÉTENTE ET CONDENSATION. La quantité de travail due à la combustion d'un kilogramme de houille est donnée par la formule

$$K\, 47913750 \frac{1 + 0.00368\, t}{550 + t - t'} \left(1 + \log \text{hyp} \frac{p}{p_1} - \frac{p'}{p_1}\right)^{km},$$

dans laquelle toutes les notations sont connues d'après les conventions précédentes.

On peut, comme au nº **227**, remplacer cette expression par la formule plus simple, et suffisamment exacte pour la pratique,

$$109722\, K \left(1 + \log \text{hyp} \frac{p}{p_1} - \frac{p'}{p_1}\right)^{km},$$

qui revient à la règle suivante :

Ajoutez à l'unité le logarithme hyperbolique du rapport de la pression dans la chaudière à la pression de la détente, ou du rapport du volume de la vapeur après la détente à celui qu'elle occupait à

---

* Bulletin de la Société industrielle de Mulhouse, nº 42, p. 153.

la pression de la chaudière; retranchez de la somme le rapport de la pression dans le condenseur à celle de la détente;

Multipliez le reste par 109722 *et par le coefficient* K, *choisi dans le tableau précédent d'après la force et l'état d'entretien de la machine :*

Le produit sera la quantité de travail utilisée par la machine par kilogramme de charbon brûlé.

Exemple. Quelle est la quantité de travail utilisé par kilogramme de charbon brûlé dans une machine à détente et condensation en très-bon état d'entretien dans les circonstances suivantes?

Pression de la vapeur de la chaudière........................	$p = 3^{at}.25 = 3^{k}.37$
Pression de la détente........	$p_1 = \frac{1}{4} p = 0^{at}.813 = 0.843$
Pression de la vapeur dans le condenseur........................	$p' = 0.055$
Température de la vapeur dans la chaudière........................	137°
Température de l'eau d'alimentation.	35°

La règle précédente donne

$$0.42 \times 47913750 \times \frac{1 + 0.00368 \times 137}{560 + 137 - 35} \left(1 + \log \text{hyp}\, 4 - \frac{0.055}{0.843}\right) = 107742^{km}.$$

La formule simplifiée aurait donné 107200^{km}.

250. Observation relative a l'usage des règles précédentes. On remarquera que les règles précédentes ne peuvent s'appliquer que quand le robinet régulateur, qui permet à la vapeur de passer dans la boîte de distribution, est assez grand et entièrement ouvert pendant la période de l'admission, ou en d'autres termes quand la vapeur arrive en plein sur le piston, de sorte que la tension de la vapeur dans le cylindre diffère alors le moins possible de celle de la chaudière.

On devra de plus s'assurer qu'il n'y a pas de fuites considérables par les pistons, ce qu'il sera aisé de constater, par l'observation de la température du condenseur, en arrêtant d'abord la machine, puis en ouvrant ensuite le robinet d'admission de la vapeur pendant quelques instants sans permettre le mouvement de la machine, dont le condenseur ne devra pas acquérir, pendant ce temps, une augmentation notable de température. Quant aux fuites par les garnitures, on ne pourra les reconnaître que par un examen attentif de la machine.

231. Machines a vapeur employées aux épuisements. Lorsque les machines à vapeur sont employées aux épuisements, les résistances passives, les intermittences de travail et les pertes éprouvées par les pompes occasionnent, dans l'effet utile, mesuré par le produit du poids de l'eau élevée et de la hauteur d'élévation, un déchet considérable, qu'accroît encore souvent le défaut de soin apporté à l'entretien de ces machines, ordinairement confiées à des ouvriers peu habiles.

D'après des observations suivies sur un grand nombre de machines, on pourra évaluer la quantité de travail habituellement utilisée, dans ce cas, par les diverses sortes de machines, à l'aide du tableau suivant :

Système de construction des machines.	Noms des constructeurs.	Force nominative en chevaux.	Effet utile par kil. de charbon brûlé.	Quantité de charbon brûlée par force de cheval et par heure.	Tension moyenne de la vapeur.	Observations.
			km.	kil.	atm.	
Newcomen. .	»	44	21.000	13.00	1.15	Résultat moyen de 4 machines.
Watt, à simple effet....	Const. Périer	80 24	38.900 37.715	6.94 7.10	1.25 1.15	Pomp. de Chaillot Pompe du Gros-Caillou.
Watt, à double effet....	Watt, Boulton.	70	36.776	7.30	1.25	Résultat moyen de 8 m. à Anzin.
Woolff......	Edwards.	10 à 12	32.970*	8.18	2.50	Effet moyen de 24 mach. à Anzin.

232. Machines a haute pression avec détente sans condensation; force en chevaux. La force en chevaux de ces machines sera donnée par la formule

$$Kn \times 2.222pv\left(1 + \log\text{hyp}\frac{p}{p_1} - \frac{1^{\text{kil}}.033}{p_1}\right),$$

* Ce résultat, bien inférieur à ce que l'on obtient de ces machines bien entretenues, montre qu'il importe dans les mines d'employer les machines les plus simples et les plus grandes, et des machines analogues à celle de Cornouailles, dont les résultats sont consignés au tableau n° 228.

dans laquelle les lettres ont toutes la même signification que précédemment, et où l'on fera :

Pour des machines en très-bon-état d'entretien $K = 0.40$

Pour des machines en état ordinaire d'entretien $K = 0.35$

Cette formule revient à la règle suivante :

Multipliez par le logarithme hyperbolique du rapport de la pression dans la chaudière à celle de la détente, ou du volume de la vapeur après la détente à celui qu'elle occupait à la pression de la chaudière; au produit ajoutez l'unité, et de la somme retranchez le rapport de 1.033 *à la pression de la détente;*

Multipliez le reste par le volume, en mètres cubes, de la vapeur admise à la pression de la chaudière, par cette pression en kilogrammes sur un centimètre carré, par 2.222, *par le nombre de courses simples de piston en* 1' *et par le coefficient :*

0.40 *pour une machine en très-bon état d'entretien,*

0.35 *pour une machine en état ordinaire d'entretien.*

Exemple. Quelle est la force d'une machine à vapeur à haute pression avec détente et sans condensation, en état ordinaire d'entretien, dans les circonstances suivantes?

Pression de la vapeur dans la chaudière. . .	$p = 6^{at} = 6^{kil}.199$
Pression de la détente.	$p_1 = \frac{1}{6}p = 1^{at} = 1^{kil}.033$
Volume de vapeur admis à chaque coup de piston ou volume engendré par le piston pendant l'admission	$v = 0^{m.c}.020$
Nombre de courses simples du piston en 1'.	$n = 44$

La formule ci-dessus donne

$$0.35 \times 44 \times 2.222 \times 6.199 \times 0.020 (1 + \log\text{hyp}\, 6 - 1) = 7^{chev}.6.$$

233. Quantité de travail due a la combustion d'un kilogramme de houille. La quantité de travail due à la combustion d'un kilogramme de houille dans ces machines est donnée par la formule

$$K\,47913750 \frac{1 + 0.00368\,t}{550 + t - t'} \left(1 + \log\text{hyp} \frac{p}{p_1} - \frac{1.033}{p_1}\right)^{km},$$

dans laquelle toutes les lettres ont les mêmes significations que précédemment, et où l'on attribuera au coefficient K les valeurs indiquées ci-dessus.

On peut remplacer, avec une exactitude suffisante pour la pratique, cette formule par la suivante :

$$210972\,\mathrm{K}\left(1+\log\mathrm{hyp}\frac{p}{p_1}-\frac{1.033}{p_1}\right)^{\mathrm{km}},$$

qui revient à la règle suivante :

Ajoutez l'unité au logarithme hyperbolique du rapport de la pression de la chaudière à celle de la détente, ou du rapport du volume de la vapeur après la détente à celui qu'elle occupait à la pression de la chaudière ; de la somme retranchez le rapport de 1.033 *à la pression de la détente ;*

Multipliez le reste par 109722 *et par le coefficient*

0.40 *pour les machines en très-bon état d'entretien,*

0.33 *pour les machines en état ordinaire d'entretien :*

Le produit sera la quantité de travail utilisée par kilogramme de houille brûlée.

Exemple. Quelle est la quantité de travail utilisée par kilogramme de houille brûlée dans une machine à vapeur à détente, sans condensation, à l'état ordinaire d'entretien, dans les circonstances suivantes :

Pression de la vapeur dans la chaudière. . $p=5^{\mathrm{at}}=5^{\mathrm{kil}}.156$

Pression de la détente. . . . . $p_1=\frac{1}{5}p=1^{\mathrm{at}}=1^{\mathrm{kil}}.033$

Température de la vapeur dans la chaudière . . . . $t=153^\circ.08$

Température de l'eau d'alimentation . . . . $t'=15^\circ$

La première formule donne. . . . . 62207^{km}.

La formule simplifiée donnerait. . . . . . . 63019^{km}.

234. Force en chevaux des machines a vapeur fixes, a haute pression, sans détente ni condensation. La force en chevaux de ces machines se calculera par la formule

$$\mathrm{K}\times n\times 2.222\,pv\left(1-\frac{1.033}{p}\right),$$

dans laquelle toutes les lettres ont des significations connues.

Les machines de ce genre n'ayant pas de pompe à air, n'élevant que l'eau nécessaire à la production de la vapeur, et étant ordinairement sans balancier et d'une construction fort simple, on pourra, quand la pression dans la chaudière sera de 4 atmosphères et plus, prendre pour le nombre K les valeurs suivantes, en attendant des expériences plus complètes que celles que l'on possède jusqu'ici.

Cette formule revient à la règle suivante :

Pour calculer la force en chevaux d'une machine à vapeur fixe, à haute pression, sans détente ni condensation,

Multipliez le volume engendré par le piston, par 2.222 *fois le nombre de courses simples en* 1' *et par l'excès de la pression de la vapeur dans la chaudière sur la pression atmosphérique ;*

Multipliez le produit par la valeur du coefficient K, *prise dans le tableau ci-dessus, et correspondante à l'état d'entretien et à la force nominative de la machine.*

EXEMPLE. Quelle est la force en chevaux d'une machine fixe à haute pression, sans détente ni condensation, en très-bon état d'entretien, dans les circonstances suivantes?

$$p = 5^{at} = 5^{kil}.166, \quad v = 0^{mc}.1965, \quad n = 50.$$

Force des machines en chevaux de 75km.	Valeur du coefficient K pour des machines	
	en très bon état d'entretien.	en état ordinaire d'entretien.
au-dessous de 10	0.50	0.40
de 10 à 20	0.55	0.44
20 à 30	0.60	0.48
30 à 40	0.65	0.52
40 et au-dessus	0.70	0.56

La formule donne

$$0.70 \times 50 \times 2.222 \times 0.1965 \times 4.133 = 63^{ch}.$$

235. QUANTITÉ DE TRAVAIL DUE A LA COMBUSTION D'UN KILOGRAMME DE CHARBON. Cette quantité de travail sera donnée par la formule

$$K \times 47\,913\,750 \frac{1 + 0.00368\,t}{550 + t - t'} \left(1 - \frac{1.033}{p_1}\right)^{km},$$

où le coefficient K conservera la valeur indiquée au tableau du n° 234, selon l'état d'entretien de la machine.

Cette formule peut être remplacée par cette autre plus simple

$$109\,722\,K\left(1-\frac{1.033}{p}\right),$$

qui revient à la règle suivante :

De l'unité retranchez le rapport de $1^{kil}.033$ *à la pression de la vapeur dans la chaudière ;*

Multipliez le reste par 109 722 *et par la valeur du coefficient* K *donnée par le tableau du n°* 234 :

Le produit sera la quantité de travail utilisée par kilogramme de charbon brûlé.

Nota. On doit remarquer que l'on ne possède pas sur ces machines un nombre suffisant de bonnes observations pour que l'on puisse regarder la valeur du coefficient K comme déterminée avec toute l'exactitude désirable, et que l'on ne doit considérer les résultats fournis par les règles précédentes que comme des valeurs approximatives.

236. Effet utile des machines locomotives. Dans les machines locomotives dont le piston transmet directement le mouvement aux roues, sans l'intermédiaire d'un balancier, d'un parallélogramme et d'un volant, et qui sont ordinairement très-bien exécutées et très-bien entretenues, l'emploi de la vapeur à haute pression sans détente ni condensation est plus avantageux que dans les précédentes, lorsqu'elles ne marchent pas très-vite, et qu'elles sont très-chargées.

Quand le régulateur sera complétement ouvert, on pourra calculer leur effet utile exprimé en kilogrammes élevés à 1^m par seconde par la formule

$$\frac{n}{60}\,8190\,v\,(p-1.033),$$

qui revient à la règle suivante :

Multipliez 8190 *fois le volume correspondant au nombre de courses simples des deux pistons en* 1″ *par l'excès de la pression de la vapeur dans la chaudière sur la pression atmosphérique rapportée au centimètre carré :*

Le produit sera la quantité de travail utilisée par la machine pour le tirage de sa charge.

237. Observations sur cette règle. Cette règle ne peut plus être appliquée avec quelque exactitude quand les machines marchent vite, parce que la pression résistante due à l'échappement de la vapeur croît beaucoup avec la vitesse, et devient quelquefois égale au tiers ou à la moitié de la pression motrice exercée dans le cylindre; tandis qu'à l'inverse, cette dernière pression est souvent alors très-inférieure à celle de la chaudière.

238. Résumé des règles pratiques précédentes. En récapitulant les résultats précédents, on voit qu'avec de bons fourneaux, qui donnent environ 6 à 7 kilogrammes de vapeur par kilogramme de houille brûlé, les résultats obtenus dans les divers systèmes de machines à vapeur de force moyenne peuvent être résumés comme le montre le tableau suivant :

Système des machines.	Effet utile par kilogr. de houille brûlé.		Charbon brûlé par force de cheval et par heure.
	En très-bon état d'entretien.	En état ordinaire d'entretien.	
A basse pression, système de Watt, sans détente et avec condensation.....	km 54000	km 45000	kil. 5 à 6
A haute pression, avec détente et condensation ..	198000	90000	2.5 à 3, mais le plus souvent 4k.
A haute pression, avec détente et sans condensation................	93000	53000	4 à 5 kil. environ.
A haute pression, sans détente ni condensation, et fixes................	27000	21480	8 à 10 kil.

239. Usage de la table des logarithmes hyperboliques. Pour trouver dans la table suivante la valeur de la quantité que nous avons désignée, dans les numéros précédents, sous le nom de *logarithme hyperbolique* du rapport de la pression dans la chaudière à la pression de la détente, il suffira de calculer le rapport $\frac{p}{p_1}$ de ces pressions, et d'en chercher la valeur dans la colonne dite des nombres. On trouvera à droite, dans la colonne correspondante des logartihmes, la valeur cherchée.

TABLE DES LOGARITHMES HYPERBOLIQUES DEPUIS 1 JUSQU'A 100.

Nomb.	Logarithmes.	Nomb.	Logarithmes.	Nomb.	Logarithmes.	Nomb.	Logarithmes.
1,00	0,0000000	1,40	0,3364722	1,80	0,5877866	2,20	0,7884573
1,01	0,0099503	1,41	0,3435897	1,81	0,5933268	2,21	0,7929925
1,02	0,0198026	1,42	0,3506568	1,82	0,5988365	2,22	0,7975071
1,03	0,0295588	1,43	0,3576744	1,83	0,6043159	2,23	0,8020015
1,04	0,0392207	1,44	0,3646431	1,84	0,6097655	2,24	0,8064758
1,05	0,0487902	1,45	0,3715635	1,85	0,6151856	2,25	0,8109302
1,46	0,0582689	1,46	0,3784364	1,86	0,6205764	2,26	0,8153648
1,07	0,0676586	1,47	0,3852624	1,87	0,6259384	2,27	0,8197798
1,08	0,0769610	1,48	0,3920420	1,88	0,6312717	2,28	0,8241754
1,09	0,0861777	1,49	0,3987761	1,89	0,6365768	2,29	0,8285518
1,10	0.0953102	1,50	0,4054651	1,90	0,6410536	2,30	0,8329091
1,11	0.1043600	1,51	0,4121096	1,91	0,6471032	2,31	0,8372475
1,12	0,1133287	1,52	0,4187103	1,92	0,6523251	2,32	0,8415671
1,13	0,1222176	1,53	0,4252677	1,93	0,6575200	2,33	0,8458682
1,14	0,1310283	1,54	0,4317824	1,94	0,6626879	2,34	0,8501509
1,15	0,1397619	1,55	0,4382549	1,95	0,6678293	2,35	0,8544153
1,16	0,1484200	1,56	0,4446858	1,96	0,6729444	2,36	0,8586616
1,17	0,1570037	1,57	0,4510756	1,97	0,6780335	2,37	0,8628899
1,18	0,1655144	1,58	0,4574248	1,98	0,6830968	2,38	0,8671004
1,19	0,1739533	1,59	0,4637340	1,99	0,6881346	2,39	0,8712933
1,20	0,1823215	1,60	0,4700036	2,00	0,6931472	2,40	0,8754687
1,21	0,1906203	1,61	0,4762341	2,01	0,6981347	2,41	0,8796267
1,22	0,1988508	1,62	0,4824261	2,02	0,7030974	2,42	0,8837675
1,23	0,2070141	1,63	0,4885800	2,03	0,7080357	2,43	0,8878912
1,24	0,2151113	1,64	0,4946962	2,04	0,7129497	2,44	0,8919980
1,25	0,2231435	1,65	0,5007752	2,05	0,7178397	2,45	0,8960880
1,26	0,2311117	1,66	0,5068175	2,06	0,7227059	2,46	0,9001613
1,27	0,2390169	1,67	0,5128236	2,07	0,7275481	2,47	0,9042181
1,28	0,2468600	1,68	0,5187937	2,08	0,7323678	2,48	0,9082585
1,29	0,2546422	1,69	0,5247285	2,09	0,7371640	2,49	0,9122826
1,30	0,2623642	1,70	0,5306282	2,10	0,7419373	2,50	0,9162907
1,31	0,2700271	1,71	0,5364933	2,11	0,7463879	2,51	0,9202827
1,32	0,2776317	1,72	0,5423242	2,12	0,7514160	2,52	0,9242589
1,33	0,2851789	1,73	0,5481214	2,13	0,7561219	2,53	0,9282193
1,34	0,2926696	1,74	0,5538851	2,14	0,7608058	2,54	0,9321640
1,35	0,3001045	1,75	0,5596157	2,15	0.7654678	2,55	0,9360933
1,36	0,3074846	1,76	0,5653138	2,16	0,7701082	2,56	0,9400072
1,37	0,3148107	1,77	0,5709795	2,17	0,7747271	2,57	0,9439058
1,38	0,3220834	1,78	0,5766133	2,18	0,7793248	2,58	0,9477893
1,39	0,3293037	1,79	0,5822156	2,19	0,7839015	2,59	0,9516578

SUITE DE LA TABLE DES LOGARITHMES HYPERBOLIQUES DEPUIS 1 JUSQU'A 100.

Nomb.	Logarithmes.	Nomb.	Logarithmes.	Nomb.	Logarithmes.	Nomb.	Logarithmes.
2,60	0,9555114	3,05	1,1151415	3,50	1,2527629	3,95	1,3737156
2,61	0,9593502	3,06	1,1184149	3,51	1,2556160	3,96	1,3762440
2,62	0,9631743	3,07	1,1216775	3,52	1,2584609	3,97	1,3787661
2,63	0,9669838	3,08	1,1249295	3,53	1,2612978	3,98	1,3812818
2,64	0,9707789	3,09	1,1281710	3,54	1,2641266	3,99	1,3837912
2,65	0,9745596	3,10	1,1314021	3,55	1,2669475	4,00	1,3862943
2,66	0,9783261	3,11	1,1346227	3,56	1,2697605	4,01	1,3887912
2,67	0,9820784	3,12	1,1378330	3,57	1,2725655	4,02	1,3912818
2,68	0,9858167	3,13	1,1410330	3,58	1,2753627	4,03	1,3937663
2,69	0,9895411	3,14	1,1442227	3,59	1,2781521	4,04	1,3962446
2,70	0,9932517	3,15	1,1474024	5,60	1,2809338	4,05	1,3987168
2,71	0,9969486	1,16	1,1505720	3,61	1,2837077	4,06	1,4011829
2,72	1,0006318	3,17	1,1537315	3,62	1,2864740	4,07	1,4036429
2,73	1,0043015	3,18	1,1568811	3,63	1,2892326	4,08	1,4060969
2,74	1,0079579	3,19	1,1600209	3,64	1,2919836	4,09	1,4085449
2,75	1,0116008	3,20	1,1631508	3,65	1,2947271	4,10	1,4109869
2,76	1,0152306	3,21	1,1662709	3,66	1,2974631	4,11	1,4134230
2,77	1,0188473	3,22	1,1693813	3,67	1,3001916	4,12	1,4158531
2,78	1,0224509	3,23	1,1724821	3,68	1,3029127	4,13	1,4182774
2,79	1,0260415	3,24	1,1755733	3,69	1,3056264	4,14	1,4206957
2,80	1,0296194	3,25	1,1786549	3,70	1,3083328	4,15	1,4231083
2,81	1,0331844	3,26	1,1817271	3,71	1,3110318	4,16	1,4255150
2,82	1,0367368	3,27	1,1847899	3,72	1,3137236	4,17	1,4279160
2,83	1,0402766	3,28	1,1878434	3,73	1,3164082	4,18	1,4303112
2,84	1,0438040	3,29	1,1908875	3,74	1,3190856	4,19	1,4327007
2,85	1,0473189	3,30	1,1939224	3,75	1,3217558	4,20	1,4350845
2,86	1,0508216	3,31	1,1969481	3,76	1,3244189	4,21	1,4374626
2,87	1,0543120	3,32	1,1999647	3,77	1,3270749	4,22	1,4398351
2,88	1,0577902	3,33	1,2029722	3,78	1,3297240	4,23	1,4422020
2,89	1,0612564	3,34	1,2059707	3,79	1,3323660	4,24	1,4445632
2,90	1,0647107	3,35	1,2089603	3,80	1,3350010	4,25	1,4469189
2,91	1,0681530	3,36	1,2119409	3,81	1,3376291	4,26	1,4492691
2,92	1,0715836	3,37	1,2149127	3,82	1,3402504	4,27	1,4516138
2,93	1,0750024	3,38	1,2178757	3,83	1,3428648	4,28	1,4539530
2,94	1,0784095	3,39	1,2208299	3,84	1,3454723	4,29	1,4562867
2,95	1,0818051	3,40	1,2237754	3,85	1,3480731	4,30	1,4586149
2,96	1,0851892	3,41	1,2267122	3,86	1,3506671	4,31	1,4609379
2,97	1,0885619	3,42	1,2296405	3,87	1,3532544	4,32	1,4632553
2,98	1,0919233	3,43	1,2325605	3,88	1,3558351	4,33	1,4655675
2,99	1,0952733	3,44	1,2354714	3,89	1,3584091	4,34	1,4678743
3,00	1,0986123	3,45	1,2383742	3,90	1,3609765	4,35	1,4701758
3,01	1,1019400	3,46	1,2412685	3,91	1,3635373	4,36	1,4724720
3,02	1,1052568	3,47	1,2441545	3,92	1,3660916	4,37	1,4747630
3,03	1,1085626	3,48	1,2470322	3,93	1,3686394	4,38	1,4770487
3,04	1,1118575	3,49	1,2499017	3,94	1,3711807	4,39	1,4793292

SUITE DE LA TABLE DES LOGARITHMES HYPERBOLIQUES DEPUIS 1 JUSQU'A 100.

Nomb.	Logarithmes.	Nomb.	Logarithmes.	Nomb.	Logarithmes.	Nomb.	Logarithmes.
4,40	1,4816045	4,85	1,5789787	5,30	1,6677068	5,75	1,7491998
4,41	1,4838746	4,86	1,5810384	5,31	1,6695918	5,76	1,7509374
4,42	1,4861396	4,87	1,5830939	5,32	1,6714733	5,77	1,7526720
4,43	1,4883995	4,88	1,5851452	5,33	1,6733512	5,78	1,7544036
4,04	1,4906543	4,89	1,5871923	5,34	1,6752256	5,79	1,7561323
4,45	1,4929040	4,90	1,5892352	5,35	1,6770965	5.80	1,7578579
4,46	1,4951487	4,91	1,5912739	5,36	1,6789639	5,81	1,7595805
4,47	1,4973883	4,92	1,5933085	5,37	1,6808278	5,82	1,7613002
4,48	1,4996230	4,93	1,5953389	5,38	1,6826882	5,83	1,7630170
4,49	1,5018527	4,94	1,5973653	5,39	1,6845453	5,84	1,7647308
4,50	1,5040774	4,95	1,5993875	5,40	1,6863989	5,85	1,7664416
4,51	1,5062971	4,96	1,6014057	5,41	1,6882491	5,86	1,7681496
4,52	1,5085119	4,97	1,6034198	5,42	1,6900958	5,87	1,7698546
4,53	1,5107219	4,98	1,6054298	5,43	1,6919391	5,88	1,7715567
4,54	1,5129269	4,99	1,6074358	5,44	1,6937790	5,89	1,7732559
4,55	1,5151272	5,00	1,6094379	5,45	1,6956155	5,90	1,7749523
4,56	1,5173226	5,01	1,6114359	5,46	1,6974487	5,91	1,7766458
4,57	1,5195132	5,02	1,6134300	5,47	1,6992786	5,92	1,7783364
4,58	1,5216990	5,03	1,6154200	5,48	1,7011051	5,93	1,7800242
4,59	1,5238800	5,04	1,6174060	5,49	1,7029282	5,94	1,7817091
4,60	1,5260563	5,05	1,6193882	5,50	1,7047481	5,95	1,7833912
4,61	1,5282278	5,06	1,6213664	5,51	1,7065646	5,96	1,7850704
4,62	1,5303947	5,07	1,6233408	5,52	1,7083778	5,97	1,7867469
4,63	1,5325568	5,08	1,6253112	5,53	1,7101878	5,98	1,7884205
4,64	1,5347143	5,09	1,6272778	5,54	1,7119944	5,99	1,7900914
4,65	1,5368672	5,10	1,6292405	5,55	1,7137979	6,00	1,7917594
4,66	1,5390154	5,11	1,6311994	5,56	1,7155981	6,01	1,7934247
4,67	1,5411590	5,12	1,6331544	5,57	1,7173950	6,02	1,7950872
4,68	1,5432981	5,13	1,6351056	5,58	1,7191887	6,03	1,7967470
4,69	1,5454325	5,14	1,6370530	5,59	1,7209792	6,04	1,7984040
4,70	1,5475625	5,15	1,6389967	5,60	1,7227666	6,05	1,8000582
4,71	1,5496879	5,16	1,6409365	5,61	1,7245507	6,06	1,8017098
4,72	1,5518087	5,17	1,6428726	5,62	1,7263316	6,07	1,8033586
4,73	1,5539252	5,18	1,6448050	5,63	1,7281094	6,08	1,8050047
4,74	1,5560371	5,19	1,6467336	5,64	1,7298840	6,09	1,8066481
4,75	1,5581446	5,20	1,6486586	5,65	1,7316555	6,10	1,8082887
4,76	1,5602476	5,21	1,6505798	5,66	1,7334238	6,11	1,8099267
4,77	1,5623462	5,22	1,6524974	5,67	1,7351891	6,12	1,8115621
4,78	1,5644405	5,23	1,6544112	5,68	1,7369512	6,13	1,8131947
4,79	1,5665304	5,24	1,6563214	5,69	1,7387100	6,14	1,8148247
4,80	1,5686159	5,25	1,6582280	5,70	1,7404661	6,15	1,8164520
4,81	1,5706971	5,26	1,6601310	5,71	1,7422189	6,16	1,8180767
4,82	1,5727739	5,27	1,6620303	5,72	1,7439687	6,17	1,8196988
4,83	1,5748464	5,28	1,6639260	5,73	1,7457155	6,18	1,8213182
4,84	1,5769147	5,29	1,6658182	5,74	1,7474591	6,19	1,8229351

Suite de la table des logarithmes hyperboliques depuis 1 jusqu'a 100.

Nomb.	Logarithmes.	Nomb.	Logarithmes.	Nomb.	Logarithmes.	Nomb.	Logarithmes.
6,20	1,8245493	6,65	1,8946168	7,10	1,9600947	7,55	2,0215475
6,21	1,8261608	6,66	1,8961194	7,11	1,9615022	7,56	2,0228711
6,22	1,8277699	6,67	1,8976198	7,12	1,9629077	7,57	2,0241929
6,23	1,8293763	6,68	1,8991179	7,13	1,9643112	7,58	2,0255131
6,24	1,8309801	6,69	1,9006138	7,14	1,9657127	7,59	2,0268315
6,25	1,8325814	6,70	1,9021075	7,15	1,9671123	7,60	2,0281482
6,26	1,8341801	6,71	1,9035989	7,16	1,9685099	7,61	2,0294631
6,27	1,8357763	6,72	1,9050881	7,17	1,9699056	7,62	2,0307763
6,28	1,8373699	6,73	1,9065751	7,18	1,9712993	7,63	2,0320878
6,29	1,8389610	6,74	1,9080600	7,19	1,9726911	7,64	2,0333976
6,30	1,8405496	6,75	1,9095425	7,20	1,9740810	7,65	2,0347056
6,31	1,8421356	6,76	1,9110228	7,21	1,9754689	7,66	2,0360119
6,32	1,8437191	6,77	1,9125011	7,22	1,9768549	7,67	2,0373166
6,33	1,8453002	6,78	1,9139771	7,23	1,9782390	7,68	2,0386195
6,34	1,8468787	6,79	1,9154509	7,24	1,9796212	7,69	2,0399207
6,35	1,8484547	6,80	1,9169226	7,25	1,9810014	7,70	2,0412203
6,36	1,8500283	6,81	1,9183921	7,26	1,9823798	7,71	2,0425181
6,37	1,8515994	6,82	1,9198594	7,27	1,9837562	7,72	2,0438143
6,38	1,8531680	6,83	1,9213247	7,28	1,9851308	7,73	2,0451088
6,39	1,8547342	6,84	1,9227877	7,29	1,9865035	7,74	2,0464016
6,40	1,8562979	6,85	1,9242486	7,30	1,9878743	7,75	2,0476928
6,41	1,8578592	6,86	1,9257074	7,31	1,9892432	7,76	2,0489823
6,42	1,8594181	6,87	1,9271641	7,32	1,9906103	7,77	2,0502701
6,43	1,8609745	6,88	1,9286186	7,33	1,9919754	7,78	2,0515563
6,44	1,8625285	6,89	1,9300710	7,34	1,9933387	7,79	2,0528408
6,45	1,8640801	6,90	1,9315214	7,35	1,9947002	7,80	2,0541237
6,46	1,8656293	6,91	1,9329696	7,36	1,9960599	7.81	2,0554049
6,47	1,8671761	6,92	1,9344157	7,37	1,9974177	7,82	2,0566845
6,48	1,8687205	6,93	1,9358598	7,38	1,9987736	7,83	2,0579624
6,49	1,8702625	6,94	1,9373017	7,39	2,0001278	7,84	2,0592388
6,50	1,8718021	6,95	1,9387416	7,40	2,0014800	7,85	2,0605135
6,51	1,8733394	6,96	1,9401794	7,41	2,0028305	7,86	2,0617866
6,52	1,8748743	6,97	1,9416152	7,42	2,0041790	7,87	2,0630580
6,53	1,8764069	6,98	1,9430489	7,43	2,0055258	7,88	2,0643278
6,54	1,8779371	6,99	1,9444805	7,44	2,0068708	7,89	2,0655961
6,55	1,8794650	7,00	1,9459101	7,45	2,0082140	7,90	2,0668627
6,56	1,8809906	7,01	1,9473376	7,46	2,0095553	7,91	2,0681277
6,57	1,8825138	7,02	1,9487632	7,47	2,0108949	7,92	2,0693911
6,58	1,8840347	7,03	1,9501866	7,48	2,0122327	7,93	2,0706530
6,59	1,8855533	7,04	1,9516080	7,49	2,0135687	7,94	2,0719132
6,60	1,8870696	7,05	1,9530275	7,50	2,0149030	7,95	2,0731719
6,61	1,8885837	7,06	1,9544449	7,51	2,0162354	7,96	2,0744290
6,62	1,8900954	7,07	1,9558604	7,52	2,0175661	7,97	2,0756845
6,63	1,8916048	7,08	1,9572739	7,53	2,0188950	7,98	2,0769384
6,64	1,8931119	7,09	1,9586853	7,54	2,0202221	7,99	2,0781907

SUITE DE LA TABLE DES LOGARITHMES HYPERBOLIQUES DEPUIS 1 JUSQU'A 100

Nomb.	Logarithmes.	Nomb.	Logarithmes.	Nomb.	Logarithmes.	Nomb.	Logarithmes.
8,00	2,0794415	8,45	2,1341664	8,90	2,1860512	9,35	2,2353763
8,01	2,0806907	8,46	2,1353491	8,91	2,1871742	9,36	2,2364452
8,02	2,0819384	8,47	2,1365304	8,92	2,1882959	9,37	2,2375130
8,03	2,0831845	8,48	2,1377104	8,93	2,1894163	9,38	2,2385797
8,04	2,0844290	8,49	2,1388889	8,94	2,1905355	9,39	2,2396452
8,05	2,0856720	8,50	2,1400661	8,95	2,1916535	9,40	2,2407096
8,06	2,0869135	8,51	2,1412419	8,96	2,1927702	9,41	2,2417729
8,07	2,0881534	8,52	2,1424163	8,97	2,1938856	9,42	2,2428350
8,08	2,0893918	8,53	2,1435893	8,98	2,1949998	9,43	2,2438960
8,09	2,0906287	8,54	2,1447609	8,99	2,1961128	9,44	2,2449559
8,10	2,0918640	8,55	2,1459312	9,00	2,1972245	9,45	2,2460147
8,11	2,0930984	8,56	2,1471001	9,01	2,1983350	9,46	2,2470723
8,12	2,0943306	8,57	2,1482676	9,02	2,1994443	9,47	2,2481288
8,13	2,0955613	8,58	2,1494339	9,03	2,2005523	9,48	2,2491843
8,14	2,0967905	8,59	2,1505987	9,04	2,2016591	9,49	2,2502386
8,15	2,0980182	8,60	2,1517622	9,05	2,2027647	9,50	2,2512917
8,16	2,0992444	8,61	2,1529243	9,06	2,2038691	9,51	2,2523438
8,17	2,1004691	8,62	2,1540851	9,07	2,2049722	9,52	2,2533948
8,18	2.1016923	8,63	2,1552445	9,08	2,2060741	9,53	2,2544446
8,19	2,1029140	8,64	2,1564026	9,09	2,2071748	9,54	2,2554934
8,20	2,1041341	8,65	2,1575593	9,10	2,2082744	9,55	2,2565411
8,21	2,1053529	8,66	2,1587147	9,11	2,2093727	9,56	2,2575877
8,22	2,1065702	8,67	2,1598687	9,12	2,2104697	9,57	2,2586332
8,23	2,1077861	8,68	2,1610215	9,13	2,2115656	9,58	2,2596776
8,24	2,1089998	8,69	2,1621729	9,14	2,2126603	9,59	2,2607209
8,25	2,1102128	8,70	2,1633230	9,15	2,2137538	9,60	2,2617631
8,26	2.1114243	8,71	2,1644718	9,16	2,2148461	9,61	2,2628042
8,27	2,1126343	8,72	2,1656192	9,17	2,2159372	9,62	2,2638442
8,28	2,1138428	8,73	2,1667653	9,18	2,2170272	9,63	2,2648832
8,29	2,1150499	8,74	2,1679101	9,19	2,2181160	9,64	2,2659211
8,30	2,1162555	8,75	2,1690536	9,20	2,2192034	9,65	2,2669579
8,31	2,1174596	8,76	2,1701959	9,21	2,2202898	9,66	2,2680610
8,32	2,1186622	8,77	2,1713367	9,22	2,2213750	9,67	2,2689820
8,33	2,1198634	8,78	2,1724763	9,23	2,2224590	9,68	2,2700618
8,34	2,1210632	8,79	2,1736146	9,24	2,2235418	9,69	2,2710944
8,35	2,1222615	8,80	2,1747517	9,25	2,2246235	9,70	2,2721258
8,36	2,1234584	8,81	2,1758874	9,26	2,2257040	9,71	2,2731562
8,37	2,1246539	8,82	2,1770218	9,27	2,2267833	9,72	2,2741856
8,38	2,1258479	8,83	2,1781550	9,28	2,2278615	9,73	2,2752138
8,39	2,1270405	8,84	2,1792868	9,29	2,2289385	9,74	2,2762411
8,40	2,1282317	8,85	2,1804174	9,30	2,2300144	9,75	2,2772673
8,41	2,1294214	8,86	2,1815467	9,31	2,2310890	9,76	2,2782924
8,42	2,1306098	8,87	2,1826747	9,32	2,2321626	9,77	2,2793165
8,43	2,1317967	8,88	2,1838015	9,33	2,2332350	9,78	2,2803395
8,44	2,1329822	8,89	2,1849270	9,34	2,2343062	9,79	2,2813614

SUITE DE LA TABLE DES LOGARITHMES HYPERBOLIQUES DEPUIS 1 JUSQU'A 100

Nomb.	Logarithmes.	Nomb.	Logarithmes.	Nomb.	Logarithmes.	Nomb.	Logarithmes.
9,80	2,2823823	20	2,9957323	50	3,9120230	80	4,3820266
9,81	2,2834022	21	3,0445224	51	3,9318256	81	4,3944491
9,82	2,2844211	22	3,0910425	52	3,9512437	82	4,4067191
9,83	2,2854389	23	3,1354942	53	3,9702919	83	4,4188406
9,84	2,2864556	24	3,1780538	54	3,9889840	84	4,4308168
9,85	2,2874714	25	3,2188758	55	4,0073332	85	4,4426512
9,86	2,2884861	26	3,2580965	56	4,0253517	86	4,4543473
9,87	2,2894998	27	3,2958369	57	4,0430513	87	4,4659081
9,88	2,2905124	28	3,3322045	58	4,0604430	88	4,4773368
9,89	2,2915241	29	3,3672958	59	4,0775373	89	4,4886364
9,90	2,2925347	30	3,4011974	60	4,0943446	90	4,4998097
9,91	2,2935443	31	3,4339872	61	4,1108738	91	4,5108595
9,92	2,2945529	32	3,4657359	62	4,1271344	92	4,5217886
9,93	2,2955604	33	3,4965076	63	4,1431347	93	4,5325995
9,94	2,2965670	34	3,5263605	64	4,1588331	94	4,5432946
9,95	2,2975725	35	3,5553481	65	4,1743873	95	4,5538769
9,96	2,2985770	36	3,5835189	66	4,1896547	96	4,5643482
9,97	2,2995806	37	3,6109179	67	4,2046926	97	4,5747110
9,98	2,3005831	38	3,6375862	68	4,2195077	98	4,5849675
9,99	2,3015846	39	3,6635616	69	4,2341065	99	4,5951199
10	2,3025851	40	3,6888794	70	4,2484952	100	4,6051702
11	2,3978953	41	3,7135720	71	4,2626799		
12	2,4849066	42	3,7376696	72	4,2766661		
13	2,5649493	43	3,7612000	73	4,2904594		
14	2,6390573	44	3,7841896	74	4,3040651		
15	2,7080502	45	3,8066625	75	4,3174881		
16	2,7725887	46	3,8286414	76	4,3307333		
17	2,8332133	47	3,8501475	77	4,3438054		
18	2,8903718	48	3,8712010	78	4,3567088		
19	2,9444390	49	3,8918203	79	4,3694478		

COMPARAISON DES DIVERS SYSTÈMES DE MACHINES A VAPEUR.

240. Avantages et inconvénients des machines a vapeur a basse pression. Les machines à basse pression présentent les avantages suivants :

Leur construction est simple; elles n'ont qu'un piston, et la quantité de travail consommé par les frottements y est moindre que dans les machines à deux cylindres.

La tension étant faible, il y a, toutes choses égales, moins de fuites de vapeur, et, sous ce rapport, elles sont d'un plus facile entretien.

Les dangers ou plutôt les conséquences des explosions y sont moins graves, parce que la vapeur y dépasse rarement d'une quantité notable la pression atmosphérique.

Leurs inconvénients sont qu'à force égale, elles ont des dimensions plus grandes, et, par conséquent, plus de poids; qu'elles consomment plus de charbon que les machines à haute pression à détente et à condensation.

Elles exigent environ $0^{mc}.890$ d'eau par force de cheval et par heure pour la condensation et la production de la vapeur.

241. Avantages et inconvénients des machines a détente et a condensation. Les machines à détente et à condensation ont l'avantage de consommer moyennement $\frac{1}{3}$ à $\frac{1}{2}$ de combustible de moins que les machines à basse pression.

Leurs inconvénients sont :

Une plus grande complication dans le mécanisme des soupapes;

Pour quelques-unes l'usage de deux pistons;

Une sujétion plus grande dans l'entretien des garnitures, ce qui expose à des fuites d'autant plus grandes, que la tension dans la chaudière est élevée et que la détente est poussée plus loin.

Dans les cas ordinaires, elles exigent, pour la condensation, environ $0^{mc}.550$ à $0^{mc}.560$ d'eau par force de cheval et par heure.

242. Avantages et inconvénients des machines a détente et sans condensation. Les machines à haute pression avec détente et sans condensation ont les avantages suivants :

Elles n'exigent d'eau que ce qu'il en faut pour la production de la vapeur;

A force égale, leur poids et leur volume sont moindres que ceux des précédentes.

Leurs inconvénients sont :

De consommer plus de charbon que les machines à haute pression avec détente et condensation;

De nécessiter plus de sujétion dans l'ajustage et l'entretien, pour éviter les fuites de vapeur, qui sont d'autant plus abondantes, que la pression de la vapeur dans la chaudière est plus élevée;

D'obliger à employer de la vapeur à quatre ou cinq atmosphères au moins en sus de l'air, attendu que la proportion de la force perdue par le dégagement de la vapeur dans l'air à la force totale de la vapeur est d'autant plus grande, que la tension dans la chaudière est plus petite : de là résultent plus de chances de danger dans les effets destructeurs des explosions.

243. Avantage des détentes variables. On distingue deux sortes de détente variable :

L'une, réglée à volonté par le mécanicien selon les variations de la résistance, et particulièrement utile pour régler la marche des bateaux à vapeur et des machines locomotives;

L'autre, variable par l'action même du pendule conique, jouit de la propriété de renfermer les écarts de la vitesse dans des limites données, quelles que soient les variations de la résistance.

Dans ce dernier système de détente, la quantité de vapeur dépensée croît et diminue en même temps que la résistance, et il réunit à l'avantage de l'économie du combustible celui d'assurer la régularité du mouvement.

244. Avantages et inconvénients des machines a haute pression sans détente ni condensation. Les machines à haute pression sans détente ni condensation n'ont d'autres avantages que celui d'être d'un poids et d'un volume moindres, à force égale, que celles des autres systèmes.

Leurs inconvénients sont :

De consommer beaucoup plus de charbon ;

De présenter beaucoup de sujétion dans l'ajustage et l'entretien, pour diminuer les fuites de vapeur.

D'offrir des dangers dans les suites des explosions.

245. Conséquences relatives au choix a faire d'un système de machine a vapeur. De ce résumé il suit, à ce qu'il nous semble :

1° Que, dans les établissements où le combustible ne sera pas très-cher, on pourra préférer les machines à basse pression ;

2° Que, dans les localités où le combustible est cher, et quand on pourra maintenir les machines en bon état d'entretien, on devra employer les machines à détente et à condensation, et surtout celles de nouvelle construction à un seul cylindre avec détente variable par l'action du régulateur à vitesse moyenne constante ;

3° Que pour la navigation par bateaux à vapeur sur mer, quand on a de bons ouvriers chargés de l'entretien des machines, il peut y avoir quelque avantage, sous le rapport du tonnage des bâtiments, à donner la préférence aux machines à moyenne pression avec détente et condensation.

4° Que, pour les machines locomotives, les conditions du moindre poids et du plus petit volume possible conduisent à adopter l'usage des machines à haute pression avec ou sans détente et sans condensation.

Dans la comparaison qui précède, nous n'avons pas tenu compte de la plus ou moins grande régularité du mouvement des machines, parce qu'en proportionnant convenablement le volant, on a le moyen de la régler au degré nécessaire.

PROPORTIONS DES MACHINES A VAPEUR.

246. Machines a basse pression. — Vitesse du piston. La pression dans la chaudière est ordinairement de $1^{atm}.25$ ou

$1^{kil}.2912$ par centimètre carré. Il convient que l'admission de vapeur soit interrompue par le tiroir vers les 0.80 de la course, afin de diminuer la résistance pendant l'émission au condenseur.

Dans ces machines, qui sont ordinairement à balancier, la vitesse moyenne du piston varie depuis environ $0^m.90$ en 1″, que l'on adopte pour les petites machines de quatre chevaux, jusqu'à celle de $1^m.30$, que l'on ne dépasse guère pour les plus grandes, à partir de 70 chevaux et au-dessus. On trouvera les valeurs convenables des vitesses correspondant aux diverses forces dans le tableau suivant.

247. Nombre de tours du volant en 1′. Ce nombre de tours, qui est égal à 60 fois la vitesse moyenne du piston divisée par la course ou par le double du rayon de la machine, diminue à mesure que la course augmente. On est donc obligé, pour ne pas avoir des nombres de tours trop petits, de diminuer le rapport de la course au diamètre du piston à mesure que la force de la machine augmente.

248. Diamètre du cylindre. Le diamètre du cylindre se calcule par la formule

$$D^2 = 0.01986 \frac{N}{v},$$

dans laquelle

D exprime le diamètre du cylindre en mètres,

N la force en chevaux,

v la vitesse moyenne du piston en 1″.

Cette formule peut être employée pour les plus fortes machines, et même pour celles des bateaux à vapeur de 250 chevaux.

Les résultats qu'elle fournit sont réunis dans le tableau suivant, qui contient en regard de ceux-ci les proportions adoptées par Watt.

PROPORTIONS DES MACHINES A VAPEUR A BASSE PRESSION.

Force nominale en chevaux.	Vitesse du piston en 1″.		Diamètre du cylindre,		Course du piston		Nombre de tours du volant,	
	Proposée.	Donnée par Watt.	d'après la formule.	donné par Watt.	proposée.	donnée par Watt.	déduit des proportions proposées.	donné par Watt.
	m	m	m	m	m	m		
4	0.90	0.884	0.297	0.303	0.900	0.914	30.0	29.0
6		0.960	0.365	0.355		1.068	30.0	27.0
8	1.00	0.975	0.398	0.407	1.200	1.200	25.0	24.0
10		1.015	0.445	0.444		1.220	25.0	25.0
12		1.015	0.488	0.483	1.250	1.220	24.0	25.0
14		1.015	0.527	0.522		1.220	21.0	25.0
16	1.10	1.086	0.538	0.552	1.400	1.416	23.6	23.0
18		1.086	0.570	0.585		1.416	23.6	23.0
20		1.090	0.601	0.602		1.520	22.0	21.5
22		1.090	0.630	0.635	1.500	1.520	22.0	21.5
24		1.090	0.6[illegible]8	0.661		1.520	22.0	21.5
26	1.15	1.118	0.670	0.680	1.700	1.678	20.3	20.0
28		1.118	0.693	0.705		1.678	20.3	20.0
30		1.140	0.720	0.718	1.900	1.800	18.2	19.0
36		1.140	0.768	0.784		2.133	18.2	19.0
40	1.25	1.244	0.797	0.800	2.100	2.135	17.85	17.5
45		1.244	0.845	0.847		2.135	17.85	17.5
50		1.244	0.891	0.893	2.250	2.133	16.70	17.5
60		1.244	0.976	0.978		2.440	16.70	17.5
70	1.30	1.300	1.034	1.036	2.450	2.440	15.95	16.0
80		1.300	1.105	1.105		2.440	15.95	16.0
90		1.300	1.172	1.172		2.440	15.95	16.0
100		1.300	1.233	1.232		2.440	15.95	16.0

249. DÉPENSE DE VAPEUR. La quantité d'eau à vaporiser par heure est de 33 litres par force de cheval ou $0^{mc}.033$ N.

250. VOLUME D'EAU NÉCESSAIRE A LA CONDENSATION PAR HEURE. Ce volume se calculera par la formule

$$889^{lit}.55\ N.$$

251. POMPE A AIR. Le poids d'eau chaude à extraire par heure du conducteur est de

$$922^{kil}.55\ N.$$

Cette pompe n'est habituellement qu'à simple effet. D'après

les proportions adoptées par Watt, le diamètre de son piston était les $\frac{2}{3}$ de celui du cylindre, et sa course la moitié de celle du piston à vapeur. Le volume engendré par son piston dans une course simple est $\frac{1}{4.5}$ du volume engendré par le piston à vapeur.

Pour les machines qui emploient un peu de détente, comme on l'a indiqué plus haut, on peut abaisser cette proportion à $\frac{1}{4.75}$, comme on le fait dans les bateaux à vapeur.

L'aire du passage couvert par la soupape dormante est $\frac{1}{4}$ de celle du piston de la pompe à air ou $\frac{1}{9}$ de celle du piston à vapeur.

L'aire des orifices du piston de la pompe à air doit être aussi égale à $\frac{1}{4}$ de celle de son piston.

252. POMPE A EAU FROIDE. Le volume engendré par le piston de cette pompe dans une course simple doit être de $\frac{1}{24}$ de celui du piston à vapeur ; on peut le porter à $\frac{1}{18}$ si la machine est exposée à être surchargée.

253. POMPE ALIMENTAIRE. Le volume engendré par le piston de cette pompe dans une course simple est ordinairement $\frac{1}{230}$ de celui qu'engendre le piston à vapeur. Dans les tableaux à vapeur on porte quelquefois cette proportion à $\frac{1}{132}$, quoiqu'il y ait inconvénient à alimenter par de trop grandes quantités d'eau à la fois.

254. CONDENSEUR. La capacité du condenseur est ordinairement égale à $\frac{1}{3}$ du volume engendré par le piston à vapeur dans une course simple ; mais il n'y a pas d'inconvénient à augmenter cette proportion quand la construction de la machine le permet.

255. RÉSERVOIR D'ALIMENTATION. Les chaudières des machines à basse pression sont ordinairement munies d'un réservoir à soupape, qui s'ouvre ou se ferme par les mouvements d'un flotteur placé dans la chaudière. La pression dans la chaudière étant de $1^{atm}.25$, il convient que le niveau de l'eau dans le réservoir soit au moins à $2^{m}.60$ au-dessus de celui de l'eau dans la chaudière.

256. Chaudières des machines a basse pression. La capacité totale de la chaudière doit être d'environ $0^{mc}.660\,N$, dont environ $0^{mc}.400\,N$ pour l'eau et $0^{mc}.260\,N$ pour la vapeur.

Pour les bateaux à vapeur où l'on est obligé de restreindre considérablement l'espace occupé par les chaudières, la capacité réservée à l'eau est en moyenne de $0^{mc}.200\,N$ à $0^{mc}.220\,N$. Celle qui reçoit la vapeur ne peut guère être inférieure à $0^{mc}.140\,N$, et s'élève, dans quelques bâtiments de la force de 450 chevaux, à $0^{mc}.170\,N$ ou $0^{mc}.180\,N$.

357. Surface de chauffe. L'étendue totale de la surface de chauffe doit être d'environ $1^{mq}.32\,N$ par force de cheval, et pour les machines exposées à être surchargées, il sera prudent de la porter à $1^{mq}.50\,N$.

La surface exposée à l'action directe de la chaleur rayonnante est ordinairement $\frac{1}{12}$ à $\frac{1}{14}$ de la surface de chauffe totale, et il conviendra d'augmenter cette proportion autant que la disposition de la chaudière et la facilité du service le permettront.

Dans les bateaux à vapeur, la surface de chauffe totale n'est en moyenne que de $1^{mq}.00$ par force de cheval; mais la portion exposée à l'action directe du foyer est $\frac{1}{5}$ à $\frac{1}{6}$ de la surface de chauffe totale.

On a cherché à employer dans ces chaudières des tubes cylindriques pour la circulation de l'air et de la fumée. On leur donne un diamètre de $0^{m}.80$ à $0^{m}.10$ au plus quand on doit brûler de la houille, et seulement $0^{m}.04$ à $0^{m}.05$ si l'on emploie du coke.

258. Grille. La surface de la grille est ordinairement $\frac{1}{12}$ à $\frac{1}{15}$ de la surface totale de chauffe, et peut se calculer en moyenne par la formule $0^{mq}.09\,N$.

Pour les grands bâtiments à vapeur le défaut d'espace oblige à réduire cette proportion à $0^{mq}.050\,N$ ou $0^{mq}.060$; mais cela nécessite un tirage actif.

259. Carneaux. Le développement des carneaux qui entourent les chaudières ordinaires est à peu près égal à son contour. L'aire de leur section doit être environ $\frac{1}{6}$ de celle de la grille.

Si l'on emploie des tubes pour le passage de la fumée, il paraît convenable d'augmenter la proportion ci-dessus, afin de tenir compte des effets de la contraction ainsi que du frottement de la vapeur.

260. Cheminées. La hauteur des cheminées est habituellement de 20 mètres. Dans les villes, les règlements de police obligent quelquefois à la porter à 36 mètres.

261. Passages et orifices de circulation de la vapeur. L'aire de section de tous ces passages doit être égale à $\frac{1}{25}$ de celle du piston. Il en est de même de celle du tuyau à vapeur, dont le diamètre doit être $\frac{1}{5}$ de celui du cylindre.

La valve régulatrice doit, à sa position normale, laisser un passage libre, dont l'aire soit au moins 0.75 de la section du tuyau à vapeur.

262. Lumière d'admission. L'aire de ces lumières étant déterminée par la condition ci-dessus, on établira entre leur hauteur et leur largeur un rapport voisin de 1 à 4 ou de 1 à 5, en ayant soin que, par l'effet du règlement du tiroir et du calage de l'excentrique, l'ouverture réellement démasquée ne soit pas sensiblement moindre que $\frac{1}{25}$ de la surface du piston.

263. Orifices et tuyaux d'émission. Ces passages doivent avoir des sections au moins égales, et, s'il se peut, supérieures à celles des orifices et tuyaux d'admission.

264. Robinet d'injection. L'ouverture ordinaire de ce robinet doit être de $0^{mq}.000029\,N$; mais il faut se réserver la faculté de l'ouvrir jusqu'à $0^{mq}.000040\,N$.

265. Soupape de sureté. L'aire de la soupape de sûreté doit être de $0^{mq}.0004056$ par force de cheval, ou son diamètre de $0^{m}.0227$ par force de cheval. La charge de la soupape doit être de $0^{kil}.91$ par force de cheval.

266. Machines de Woolf a deux cylindres avec détente et condensation. — Admission dans le petit cylindre. Il convient de régler les tiroirs de manière que l'admission cesse et que la détente commence dans le petit cylindre aux $\frac{2}{3}$ de la course du piston.

267. Vitesse des pistons. Il est assez d'usage et il paraît convenable de placer les deux axes des cylindres dans le plan moyen du balancier, le petit étant le plus rapproché de l'axe des tourillons, et de régler dans le rapport de 3 à 4 la distance verticale des axes des tiges du petit et du grand piston à celui des tourillons. En même temps l'on fera croître la vitesse des pistons avec la force du piston, comme il est indiqué au tableau suivant.

268. Rapport des diamètres des deux cylindres. On établira entre les diamètres du grand et du petit cylindre les relations suivantes, dans lesquelles D est le diamètre du petit cylindre et D′ celui du grand.

$$\text{Pression dans la chaudière...}\begin{cases} \overset{\text{atm.}}{4.50}, & D' = 1.935\,D, \\ 4.00, & D' = 1.825\,D, \\ 3.50, & D' = 1.700\,D. \end{cases}$$

PROPORTIONS DES MACHINES A DEUX CYLINDRES A MOYENNE PRESSION, DÉTENTE ET CONDENSATION, DU SYSTÈME DE WOOLF.

Force nominale.	Vitesses		Courses		Diamètres correspondants aux pressions de						Nombre de tours du volant en 1'.
					4.50 atm		4.00 atm		3.50 atm		
	du grand piston.	du petit piston.	du grand piston.	du petit piston.	petit cylindre.	grand cylindre.	petit cylindre.	grand cylindre.	petit cylindre.	grand cylindre.	
	m	m	m	m	m	m	m	m	m	m	
4	0.900	0.675	0.900	0.875	0.140	0.282	0.158	0.288	0.174	0.198	30.0
8					0.177	0.342	0.192	0.350	0.211	0.358	
8			1.000	0.750	0.192	0.371	0.209	0.382	0.229	0.389	30.0
10					0.214	0.414	0.232	0.423	0.254	0.432	
12	1.000	0.750	1.100	0.825	0.232	0.448	0.251	0.458	0.278	0.469	27.3
14					0.248	0.480	0.269	0.491	0.295	0.502	
16			1.200	0.900	0.263	0.509	0.285	0.520	0.313	0.531	27.5
18					0.265	0.513	8.286	0.521	0.314	0.535	
20	1.100	0.825			0.276	0.534	0.299	0.545	0.328	0.538	
22			1.300	0.975	0.287	0.555	0.311	0.567	0.342	0.581	25.4
24					0.297	0.575	0.322	0.587	0.354	0.601	
26			1.450	1.090	0.300	0.580	0.325	0.593	0.357	0.607	25.8
28	1.150	0.865			0.309	0.599	0.335	0.611	0.368	0.625	
30			1 800	1.200	0.318	0.615	0.345	0.630	0.378	0.642	21.6
36					0.342	0.661	0.369	0.574	0.465	0.688	
40			1.700	1.275	0.340	0.858	0.388	0.673	0.404	0.886	22.1
45	1.250	0.938			0.380	0.696	0.390	0.711	0.428	8.727	
50			1 800	1.350	0.380	0.735	0 411	0.750	0.452	0.789	20.8
60					0.416	0.805	0.450	0.821	0.494	0.840	
70			2.000	1.500	0.440	0.850	0.477	0.870	0.524	0.890	19.5
80	1.300	0.975			0.470	0.910	0.510	0.930	0.560	0.953	
90			2.100	1.575	0.500	0.988	0.541	0.987	0.594	1.010	18.6
100					0.528	1.032	0.870	1.040	0.626	1.065	
110					0.552	1.070	0.598	1.090	0.556	1.113	
120	1.300	0.975	2.100	1.575	0.577	1.115	0.824	1.140	0.885	1.163	18.6
130					0.600	1.160	0.650	1.185	0.713	1.210	

269. Poids de vapeur maximum a produire en une heure. On calculera le poids d'eau à vaporiser par heure par les formules suivantes :

Pression en atmosphères..................	atm 4.50	atm 4.00	atm 3.50
Poids d'eau à vaporiser en une heure.......	kil 15.99N	kil 16.80N	kil 17.90N

270. Poids d'eau a injecter au condenseur par heure. Ce poids se calculera par les formules suivantes :

Poids d'eau à injecter par heure....	kil 461.64 N	kil 482.46 N	kil 510.25 N

271. Pompe a eau froide. Cette pompe n'étant qu'à simple effet, le volume que son piston doit engendrer doit être de $\frac{1}{10}$ de celui qu'engendre le petit piston à vapeur. On porte quelquefois cette proportion à $\frac{1}{6}$ ou $\frac{1}{8}$, pour être en mesure de fournir à l'injection quand la pression dépasse sa valeur normale.

272. Pompe a air. Le volume engendré par le piston de cette pompe dans une course simple doit être d'environ $\frac{1}{1.4}$ de celui qu'engendre le petit piston à vapeur. Quelques constructeurs portent ce rapport à l'unité.

273. Pompe alimentaire. Afin de se réserver la facilité d'alimenter rapidement en cas de besoin, le volume correspondant à une course simple du piston de cette pompe doit être $\frac{1}{40}$ à $\frac{1}{60}$ de celui qu'engendre le petit piston dans une course simple.

274. Aire des orifices et tuyaux pour le passage de la vapeur. Il convient de donner aux orifices d'admission au petit cylindre une superficie égale à $\frac{1}{20}$ ou $\frac{1}{25}$ de l'aire du petit piston à vapeur.

Le tuyau à vapeur pour l'admission devra aussi avoir une section égale à $\frac{1}{20}$ de l'aire du petit piston, et la valve régulatrice devra démasquer à l'état normal un passage libre égal à environ 0.75 de l'aire de cette section.

Le tuyau d'émission du petit cylindre au grand doit avoir une section égale à $\frac{1}{35}$ ou $\frac{1}{30}$ de l'aire du piston de ce dernier.

L'aire des lumières d'émission et celle de la section du tuyau d'évacuation au condenseur devraient être égales à $\frac{1}{15}$ ou $\frac{1}{20}$ de celle du grand piston.

On devra diminuer autant que possible la longueur des tuyaux de conduite de la vapeur, le nombre des coudes, et donner à ceux-ci un grand rayon.

275. Poids d'eau a vaporiser par heure. On pourvoira largement aux besoins de la machine en comptant sur une production de vapeur déterminée ainsi qu'il suit :

Pression en atmosphères	atm 4.50	atm 4.00	atm 3.50
Poids d'eau à vaporiser par heure	kil 19.19N	kil 20.16N	kil 21.48N

276. Machines a haute pression et a détente sans condensation. — Limite convenable de la détente dans ces machines. La pression que la vapeur doit conserver à la fin de la détente ne paraît pas devoir être notablement inférieure à $1^{atm}.500$; et, en conséquence, en appelant toujours p la pression normale dans la chaudière, et p_1 celle qui a lieu à la fin de la course du piston, on aura pour

$$p = 6^{atm}.00, \qquad 5^{atm}.50, \qquad 5^{atm}.00.$$

$$\frac{p}{p_1} = \frac{6.00}{1.50} = 4, \quad \frac{5.50}{1.50} = 3.666, \quad \frac{5.00}{1.50} = 3.333.$$

277. Vitesse du piston. La vitesse du piston peut être réglée, d'après la force en chevaux, de la manière suivante :

Force en chevaux.	4 à 8	10 à 16	18 à 24	26 à 36	40 à 60	70 et au delà
Vitesse en 1″.....	$0^m.90$	$1^m.00$	$1^m.10$	$1^m.15$	$1^m.25$	$1^m.30$

278. Courses du piston. Les courses du piston pourront être proportionnées comme il est dit au tableau suivant :

Force en chevaux.	Course.	Force en chevaux.	Course.
Machines à cylindres fixes sans balancier.		*Machines à balancier ou à cylindre oscillant.*	
	m		m
4 à 6	0.70	4 à 6	0.90
8 à 10	0.80	8 à 10	1.20
12 à 14	0.90	12 à 14	1.25
16 à 18	1.00	16 à 18	1.40
20 à 22	1.10	20 à 24	1.50
24 à 26	1.15	26 à 28	1.70
28 à 30	1.20	30 à 36	1.90
32 à 34	1.25	40 à 45	2.10
36 à 40	1.30	50 à 60	2.25
45 à 50	1.40	70 et au-dessus.	2.45
60 à 70	1.50		
80 à 100	1.60		

279. FORMULES PRATIQUES POUR CALCULER LE DIAMÈTRE DES CYLINDRES DE CES MACHINES. Quoique l'emploi des faibles détentes ne soit pas avantageux sous le rapport de l'économie du combustible, comme il peut se présenter des circonstances où l'on soit obligé de renoncer à des détentes prolongées, on donne, dans le tableau suivant, les formules pratiques que l'on peut employer pour déterminer le diamètre des cylindres des machines à haute pression depuis la détente nulle jusqu'à celle qui correspond aux limites indiquées au n° **276**.

Détente.	Formules pour les pressions.		
	atm. 6.60	atm. 5.50	atm. 5.00
1.0	$D^2 = 0.006171 \frac{N}{v}$	$D^2 = 0.006857 \frac{N}{v}$	$D^2 = 0.007714 \frac{N}{v}$
1.5	$D^2 = 0.006676 \frac{N}{v}$	$D^2 = 0.007430 \frac{N}{v}$	$D^2 = 0.008374 \frac{N}{v}$
2.0	$D^2 = 0.007564 \frac{N}{v}$	$D^2 = 0.008444 \frac{N}{v}$	$D^2 = 0.009545 \frac{N}{v}$
2.5	$D^2 = 0.008573 \frac{N}{v}$	$D^2 = 0.009596 \frac{N}{v}$	$D^2 = 0.010890 \frac{N}{v}$
3.0	$D^2 = 0.009651 \frac{N}{v}$	$D^2 = 0.010837 \frac{N}{v}$	$D^2 = 0.012350 \frac{N}{v}$
3.5	$D^2 = 0.010782 \frac{N}{v}$	$D^2 = 0.012140 \frac{N}{v}$	»
4.0	$D^2 = 0.01196 \frac{N}{v}$	»	»

Ces formules conduisent au tableau suivant :

TABLEAU DES DIMENSIONS DES CYLINDRES DES MACHINES

Force en chevaux.	Vitesse du piston.	Course du piston.	Nombre de coups doubles ou de tours du volant.	Diamètres du piston correspondants à la pression de 6 atm.00 et à des détentes de 1.0	1.5	2.0	2.5	3.0	3.5	4.0
	m	m		m	m	m	m	m	m	m
1	0.900	0.700	38.5	0.166	0.172	0.183	0.195	0.207	0.219	0.230
6				0.203	0.211	0.224	0.239	0.253	0.268	0.282
8		0.800	33.7	0.234	0.243	0.259	0.276	0.293	0.309	0.326
10	1.000			0.248	0.258	0.275	0.292	0.310	0.324	0.345
12		0.900	33.3	0.272	0.283	0.301	0.320	0.340	0.359	0.378
14				0.294	0.305	0.325	0.346	0.367	0.388	0.409
16		1.000	30.0	0.314	0.327	0.348	0.370	0.393	0.415	0.437
18				0.317	0.330	0.351	0.374	0.397	0.419	0.442
20	1.100	1.100	30.0	0.335	0.348	0.371	0.393	0.419	0.442	0.466
22				0.351	0.365	0.389	0.414	0.439	0.464	0.488
24		1.150	28.7	0.367	0.381	0.406	0.432	0.459	0.484	0.510
26				0.373	0.388	0.415	0.440	0.467	0.493	0.520
28	1.150	1.200	28.7	0.387	0.405	0.429	0.456	0.484	0.512	0.540
30				0.401	0.417	0.444	0.472	0.502	0.530	0.558
36		1.300	26.6	0.439	0.457	0.486	0.518	0.550	0.580	0.612
40	1.250		28.8	0.444	0.462	0.492	0.523	0.556	0.587	0.618
45		1.400	26.8	0.471	0.490	0.522	0.555	0.589	0.622	0.654
50				0.496	0.516	0.550	0.585	0.621	0.656	0.691
60		1.500	25.0	0.544	0.566	0.602	0.641	0.680	0.718	0.757
70	1.300		26.0	0.576	0.599	0.638	0.679	0.720	0.761	0.802
80		1.600	24.4	0.616	0.641	0.682	0.726	0.770	0.813	0.857
90				0.633	0.680	0.725	0.770	0.817	0.862	0.910
100				0.688	0.716	0.762	0.812	0.862	0.910	0.958

A HAUTE PRESSION ET DÉTENTE SANS CONDENSATION.

Diamètres du piston correspondants à la pression de 5atm 50 et à des détentes de						Diamètres du piston correspondants à la pression de 5atm et à des détentes de				
1.0	1.5	2.0	2.5	3.0	3.5	1.0	1.5	2.0	2.5	3.0
m	m	m	m	m	m	m	m	m	m	m
0.179	0.182	0.197	0.206	0.219	0.232	0.185	0.193	0.206	0.219	0.224
0.214	0.222	0.237	0.253	0.268	0.28	0.227	0.237	0.252	0.269	0.287
0.247	0.257	0.274	0.292	0.310	0.328	0.262	0.273	0.291	0.311	0.331
0.262	0.273	0.290	0.309	0.329	0.348	0.278	0.289	0.309	0.330	0.351
0.287	0.298	0.318	0.339	0.360	0.381	0.304	0.317	0.338	0.361	0.385
0.310	0.322	0.343	0.366	0.389	0.412	0.328	0.342	0.365	0.390	0.416
0.331	0.345	0.367	0.392	0.416	0.440	0.351	0.366	0.391	0.418	0.444
0.335	0.349	0.372	0.396	0.420	0.443	0.355	0.370	0.395	0.421	0.449
0.353	0.367	0.391	0.418	0.443	0.469	0.374	0.390	0.417	0.445	0.474
0.370	0.385	0.401	0.438	0.465	0.492	0.392	0.409	0.437	0.467	0.497
0.386	0.402	0.429	0.458	0.485	0.514	0.410	0.427	0.456	0.488	0.519
0.393	0.410	0.436	0.466	0.494	0.523	0.417	0.435	0.464	0.496	0.528
0.408	0.425	0.453	0.483	0.513	0.543	0.433	0.451	0.482	0.515	0.548
0.423	0.440	0.469	0.500	0.531	0.562	0.448	0.467	0.499	0.533	0.568
0.463	0.482	0.514	0.548	0.582	0.616	0.491	0.512	0.546	0.584	0.622
0.468	0.488	0.519	0.554	0.588	0.622	0.496	0.517	0.552	0.590	0.628
0.497	0.517	0.551	0.585	0.623	0.660	0.527	0.549	0.586	0.626	0.666
0.523	0.545	0.581	0.619	0.657	0.696	0.555	0.578	0.618	0.660	0.702
0.573	0.598	0.636	0.678	0.720	0.762	0.608	0.633	0.676	0.723	0.770
0.607	0.632	0.671	0.719	0.762	0.807	0.644	0.671	0.716	0.766	0.815
0.649	0.676	0.720	0.768	0.815	0.863	0.688	0.717	0.766	0.819	0.872
0.689	0.717	0.764	0.815	0.864	0.915	0.730	0.761	0.813	0.868	0.924
0.726	0.756	0.806	0.859	0.911	0.965	0.770	0.802	0.857	0.916	0.974

280. Poids d'eau a vaporiser et charbon a bruler par force de cheval et par heure. En admettant une construction passablement soignée, un état ordinaire d'entretien de la machine et une production de vapeur de $5^{kil}.50$ par kilogramme de houille brûlé, on peut former le tableau suivant des quantités d'eau et de charbon consommées par force de cheval et par heure :

POIDS D'EAU ET DE CHARBON CONSOMMÉS PAR FORCE DE CHEVAL ET PAR HEURE.

Détente.	6 atm. 50		5 atm. 50		5 atm. 00	
	Eau.	Charbon.	Eau.	Charbon.	Eau.	Charbon.
	kil.	kil.	kil.	kil.	kil.	kil.
1.00	53.26	9.70	54.68	9.95	56.41	10.23
1.50	38.38	6.98	39.50	7.18	40.83	7.43
2.00	32.64	5.94	33.65	6.11	34.90	6.35
2.50	29.60	5.38	30.61	5.56	31.86	5.80
3.00	27.77	5.04	28.81	5.24	30.12	5.47
3.50	26.59	4.84	27.66	5.04	»	»
4.00	25.81	4.70	»	»	»	»

Pour les machines à détente variable on ne doit pas admettre que le volume occupé par la vapeur à la fin de la détente soit jamais moins du double de celui de la vapeur admise.

281. Pompe alimentaire. Le volume engendré par le piston de cette pompe dans une course simple est ordinairement $\frac{1}{60}$ à $\frac{1}{50}$ de celui qu'engendre le piston à vapeur.

282. Orifices d'admission et d'émission. L'aire des lumières des passages et des tuyaux à vapeur doit être $\frac{1}{20}$ de la surface du piston.

Si la machine travaille avec peu de détente et doit marcher vite, il faut porter cette proportion à $\frac{1}{14}$ ou $\frac{1}{12}$.

283. Machines a haute pression, détente et condensation a un seul cylindre. La détente peut être poussée jusqu'à ce que la vapeur n'ait plus qu'une pression de $0^{atm}.500$, et si l'on emploie de la vapeur qui soit dans la chaudière à la pression de $5^{atm}.00$, $4^{atm}.50$, $4^{atm}.00$, on admettra que la détente normale sera de six fois le volume de l'admission.

284. Formules pour déterminer le diamètre du piston. On calculera le diamètre du piston par les formules suivantes :

$$p = \overset{atm}{5.00}, \qquad D^2 = 0.004145 \frac{N}{Kv},$$

$$p = 4.50, \qquad D^2 = 0.004628 \frac{N}{Kv},$$

$$p = 4.00, \qquad D^2 = 0.005238 \frac{N}{Kv},$$

dans lesquelles on donnera au coefficient K les valeurs suivantes :

Force en chevaux.	Valeur de Kv.	Force en chevaux.	Valeur de Kv.
4 à 8	0.306	26 à 28	0.437
10 à 16	0.360	30 à 36	0.460
18	0.396	40 à 60	0.500
20 à 24	0.418	70 et au-dessus.	0.520

Ces formules conduisent au tableau suivant :

TABLEAU DES DIMENSIONS DES CYLINDRES DES MACHINES A HAUTE PRESSION, A DÉTENTE ET CONDENSATION.

Forces en chevaux.	Vitesse du piston.	Courses du piston pour les machines		Nombre de coups doubles ou de tours du volant en 1' pour les machines		Diamètres du cylindre des machines fonctionnant aux pressions de		
		sans balancier.	à balancier ou à cylindre oscillant.	sans balancier.	à balancier ou à cylindre oscillant.	atm 5.00	atm 4.50	atm 4.00
	m	m	m	m	m	m	m	m
4		0.70	0.90	38.5	3.00	0.233	0.246	0.262
6	0.900					0.285	0.301	0.320
8		0.80	1.20	33.7	22.5	0.329	0.348	0.370
10					25.0	0.339	0.359	0.382
12	1.000	0.90	1.25	33.3	24.0	0.372	0.393	0.418
14						0.401	0.424	0.451
16		1.00	1.40	30.0	21.4	0 424	0.453	0.483
18					23.6	0.434	0.459	0.488
20	1.100	1.10		30.0		0.445	0.471	0.501
22			1.50		22.0	0.467	0.494	0.525
24		1.15		28.7		0.488	0.516	0.548
26			1.70		20.3	0.497	0.525	0.558
28	.150	1.20		28.7		0.516	0.545	0.579
30			1.90		18.1	0.520	0.550	0.584
36		1.30		26.0		0.570	0.602	0.640
40			2.10	28.8	17.8	0.576	0.609	0.647
45	.250	1.40		26.8		0.611	0.646	0.686
50			2.25		16.7	0.644	0.680	0.723
60		1.50		25.0		0.705	0.745	0.792
70				26.0	15.6	0.747	0.789	0.840
80	1.300	1.60	2.45			0.798	0.844	0.898
90				24.4	15.9	0.846	0.894	0.952
100						0.892	0.944	1.005

285. Poids d'eau a vaporiser par heure. Les machines de ce genre devant être habituellement à détente variable, il convient de proportionner la production de vapeur d'après leur dépense maximum. Les quantités d'eau à vaporiser dans la marche normale, et quand la machine sera surchargée, seront :

Pression dans la chaudière.	Poids d'eau à vaporiser par heure	
	à l'état normal.	au maximum.
atm.	kil. ou lit.	kil. ou lit.
5.00	14.88 N	29.76 N
4.50	15.10 N	30.20 N
4.00	15.33 N	30.66 N

286. Poids d'eau a injecter par heure. Ce poids, pour le cas d'une admission maximum correspondante au tiers de la course, se calculera par les formules suivantes pour

$$p = 5^{atm}.00,\quad 4^{atm}.50,\quad 4^{atm}.00.$$

Poids d'eau à injecter par heure. 864.42N kil., 871.88N kil., 880.24N kil.

287. Pompe a air. Le volume engendré par le piston de la pompe à air dans une course simple doit être pour

$$p = 5^{atm}.00,\qquad 4^{atm}.50,\qquad 4^{atm}.00,$$

$$\frac{1}{2.6},\qquad \frac{1}{2.9},\qquad \frac{1}{3.1},$$

de celui que parcourt le piston à vapeur pendant l'admission la plus longue, supposée égale au tiers de la course.

288. Pompe alimentaire. Afin de se réserver le moyen d'alimenter rapidement en cas de besoin, on donnera au volume engendré par le piston de cette pompe dans une course simple pour

$$p = 5^{atm}.00,\qquad 4^{atm}.50,\qquad 4^{atm}.00,$$

$$\frac{1}{60},\qquad \frac{1}{70},\qquad \frac{1}{80},$$

du volume engendré par le piston à vapeur pendant la plus longue admission, supposée égale au tiers de la course.

289. Aire des orifices d'admission et d'émission, et des tuyaux. L'aire des lumières d'admission et d'émission doit être égale à $\frac{1}{25}$ de la surface du piston, ainsi que celle de section des tuyaux.

Dans la réglementation des tiroirs, on devra avoir soin de faire cesser l'échappement un peu avant la fin de la course, afin de comprimer la vapeur dans les conduits et dans l'espace nuisible à une pression voisine de l'admission, mais jamais supérieure.

290. Proportions des chaudières a haute pression. On emploie généralement en France pour les machines fixes à haute pression des chaudières à bouilleurs extérieurs; on calculera dans leur établissement sur une vaporisation de 30 kil. d'eau par mètre carré de surface de chauffe et par heure, quoique l'on puisse obtenir facilement davantage.

Les quantités d'eau à vaporiser par heure étant représentées par Q^{kil}, la surface de chauffe sera

$$S = \frac{Q}{30} \text{ en mètres carrés.}$$

Le diamètre des bouilleurs est ordinairement la moitié de celui de la chaudière, et celle-ci doit être remplie très-peu au-dessus de son centre.

Le diamètre D' des chaudières est habituellement limité ainsi qu'il suit :

Production de vapeur par heure Q.	Diamètre D'.
kil.	m.
130 et au-dessous.	0.65
250 à 300	0.70
350 à 500	0.80
500 à 600	0.90
600 à 900	1.00
1000 à 1200	1.10

La longueur L' de la chaudière se calculera par la formule

$$L' = \frac{S}{3.665D'}.$$

291. Grilles. On brûle facilement 40 à 45 kil. de houille par mètre carré de surface de grille, et l'on peut pousser la consommation jusqu'à 80 kil. Comme on a déterminé la production de vapeur pour le cas d'un maximum de force des machines, on pourra aussi admettre cette dernière consommation.

Pour les machines à haute pression et à détente à moitié de la course sans condensation, l'on donnera $0^{mq}.0657$ de surface de grille par force de cheval.

Pour les machines à détente et à condensation, il suffira de $0^{mq}.0625$ par force de cheval, ce qui dépasse même les proportions habituelles.

La largeur des grilles doit être à peu près égale au diamètre des chaudières, un peu moindre pour les petites chaudières, un peu supérieure pour les grandes.

Leur longueur ne doit pas excéder $1^{m}.75$, ce qui est déjà beaucoup pour la facilité du service.

La surface libre à laisser entre les barreaux dépend de la nature des houilles à brûler, et varie de $\frac{1}{7}$ à $\frac{1}{15}$ de la surface totale de la grille.

292. Nombre de chaudières a employer. Le diamètre maximum que l'on puisse donner aux chaudières étant de 1^{m} à $1^{m}.10$, on sera obligé d'employer plusieurs chaudières à la fois, quand les quantités de vapeur à produire seront considérables.

293. Épaisseur du métal des chaudières. D'après une ordonnance de police du 25 mai 1828, les épaisseurs à donner aux chaudières en tôle, qui sont aujourd'hui le plus généralement employées, sont fixées par la formule pratique suivante :

$$e = 0.0018\,nd + 0^{m}.003,$$

dans laquelle

e représente l'épaisseur du métal,

d le diamètre intérieur,

n le nombre d'atmosphères qui indique la plus forte pression de la vapeur que la machine doit supporter en sus de celle de l'air.

Les résultats de cette formule sont consignés dans le tableau suivant.

TABLE DES ÉPAISSEURS A DONNER AUX CHAUDIÈRES EN TOLE,
POUR LES MACHINES A VAPEUR.

Diamètre des chaudières.	Pression de la vapeur en atmosphères.						
	2	3	4	5	6	7	8
centim.	millim.	millim.	millim.	millim.	millim.	millim.	millim.
50	3.90	4 80	5 70	6.60	7.50	8.40	9.30
55	3.99	4.98	5.97	6 96	7.95	8.94	9.93
60	4.08	5.16	6.24	7.30	8.40	9.48	10.56
65	4.17	5.34	6.51	7.68	8.85	10.02	11.19
70	4.26	5.52	6.78	8.04	9.30	10.56	11.82
75	4.35	5 70	7.05	8.40	9.75	11.10	12.45
80	4.44	5.88	7.32	8.76	10.20	11.64	13.08
85	4.53	6.06	7.59	9.12	10.65	12.18	13.71
90	4.62	6.24	7.86	9.48	11.10	12.72	14.34
95	4.71	6.42	8.13	9.84	11.55	13.26	14.97
100	4.80	6.60	8.40	10.20	12.00	13.80	15.60

294. SOUPAPES DE SÛRETÉ. Une ordonnance du 22 mai 1843 fixe les dimensions des deux soupapes de sûreté dont toute chaudière à vapeur doit être pourvue.

En appelant

S la surface totale de chauffe de la chaudière,

p la pression effective ou l'excès de la pression intérieure sur la pression atmosphérique, exprimée en atmosphères,

d le diamètre de l'ouverture couverte par la soupape, exprimé en centimètres,

on aura, pour déterminer le diamètre d, la formule

$$d^{\text{cent}} = 2.6\sqrt{\frac{S^{\text{mq}}}{p - 0.412}}.$$

Les résultats fournis par cette formule sont consignés dans le tableau suivant :

TABLE DES DIAMÈTRES A DONNER AUX ORIFICES DE SURETÉ*.

Surface de chauffe des chaudières.	NUMÉROS DES TIMBRES INDIQUANT LES TENSIONS DE LA VAPEUR, pour les atmosphères :									
	1.5	2	2.5	3	3.5	4	4.5	5	5.5	6
m. q.	cent.	cent.	cent.	cent.	cent.	cent.	cent.	cent.	cent.	cent.
1	2.493	2.063	1.799	1.616	1.479	1.372	1.286	1.214	1.152	1.100
2	3.525	2.918	2.544	2.286	2.092	1.941	1.818	1.716	1.630	1.555
3	4.317	3.573	3.116	2.799	2.563	2.377	2.227	2.102	1.996	1.905
4	4.985	4.126	3.598	3.232	2.959	2.745	2.572	2.427	2.305	2.200
5	5.574	4.613	4.023	3.614	3.308	3.069	2.875	2.714	2.578	2.459
6	6.106	5.054	4.407	3.958	3.624	3.362	3.149	2.973	2.823	2.694
7	6.595	5.458	4.760	4.276	3.914	3.631	3.402	3.211	3.045	2.910
8	7.050	5.835	5.089	4.571	4.185	3.882	3.637	3.433	3.260	3.111
9	7.478	6.189	5.398	4.848	4.438	4.117	3.857	3.641	3.458	3.299
10	7.882	6.524	5.690	5.110	4.679	4.340	4.066	3.838	3.645	3.478
11	8.267	6.843	5.967	5.360	4.907	4.552	4.265	4.025	3.823	3.648
12	8.637	7.147	6.233	5.598	5.125	4.754	4.454	4.204	3.993	3.810
13	8.987	7.439	6.487	5.827	5.334	4.949	4.636	4.376	4.156	3.965
14	9.325	7.720	6.732	6.047	5.536	5.138	4.811	4.541	4.312	4.124
15	9.654	7.990	6.698	6.259	5.730	5.316	4.980	4.701	4.464	4.259
16	9.970	8.253	7.197	6.464	5.918	5.490	5.143	4.854	4.610	4.399
17	10.277	8.506	7.418	6.663	6.100	5.659	5.302	5.004	4.752	4.534
18	10.575	8.753	7.633	6.841	6.277	5.823	5.455	5.149	4.890	4.666
19	10.865	8.993	7.842	7.044	6.449	5.982	5.605	5.290	5.024	4.794
20	11.147	9.227	8.046	7.227	6.616	6.138	5.750	5.428	5.154	4.918
21	11.423	9.454	8.245	7.389	6.780	6.289	5.892	5.561	5.282	5.040
22	11.691	9.677	8.439	7.580	6.939	6.437	6.031	5.692	5.406	5.158
23	11.954	9.894	8.629	7.750	7.095	6.582	6.167	5.820	5.527	5.274
24	12.211	10.107	8.814	7.917	7.248	6.723	6.299	5.845	5.646	5.388
25	12.463	10.316	8.996	8.080	7.397	6.862	6.429	6.069	5.763	5.499
26	12.710	10.520	9.174	8.240	7.544	6.998	6.556	6.188	5.877	5.608
27	12.952	10.720	9.349	8.397	7.776	7.132	6.681	6.306	5.989	5.715
28	13.190	10.917	9.520	8.551	7.828	7.262	6.804	6.422	6.099	5.819
29	13.423	11.110	9.689	8.703	7.967	7.391	6.924	6.535	6.207	5.922
30	13.633	11.300	9.855	8.851	8.103	7.517	7.043	6.648	6.313	6.024

* Pour déterminer les diamètres des soupapes de sûreté, il faut diviser la surface de chauffe de la chaudière, exprimée en mètres carrés, par le nombre qui indique la tension maximum de la vapeur dans la chaudière, préalablement diminué du nombre 0,412; prendre la racine carrée du quotient ainsi obtenu, et la multiplier par 2,6: le résultat exprimera, en centimètres et en fractions décimales du centimètre, le diamètre cherché.

Les surfaces annulaires de recouvrement des soupapes doivent avoir les proportions suivantes :

	mill	mill	mill	mill	mill	mill	mill	mill	mill
Diamètre des orifices.	20	25	30	35	40	45	50	55	60 et au-dessus
Largeur limite des recouvrements.......	0.67	0.83	1.00	1.11	1.32	1.50	1.83	1.83	2.20

295. Appareils exigés pour les chaudières a vapeur. Les chaudières doivent être pourvues : 1° D'un manomètre à air libre, c'est-à-dire ouvert à sa partie supérieure toutes les fois que la pression effective de la vapeur ne dépassera pas quatre atmosphères;

2° D'une pompe d'alimentation;

3° D'un flotteur d'alarme;

4° D'au moins un appareil indicateur du niveau.

296. Cheminées et carneaux. Quand les cheminées sont en tôle, on leur donne $0^{mq}.01$ de section à raison de 33 kil. de vapeur à produire, ou environ $\frac{1}{7}$ de la surface de la grille.

Pour les cheminées en briques, la proportion de Watt est de $\frac{1}{6}$ de l'aire de la grille.

L'aire des carneaux est à peu près la même, mais un peu moindre, que celle de la section de la cheminée.

BASES DES PROPORTIONS DES PRINCIPAUX ORGANES DE TRANSMISSION DU MOUVEMENT DES MACHINES A VAPEUR.

297. Balancier. La distance horizontale entre la verticale de la tige du piston et celle qui passe par l'axe de la manivelle doit être égale à trois fois la course du piston.

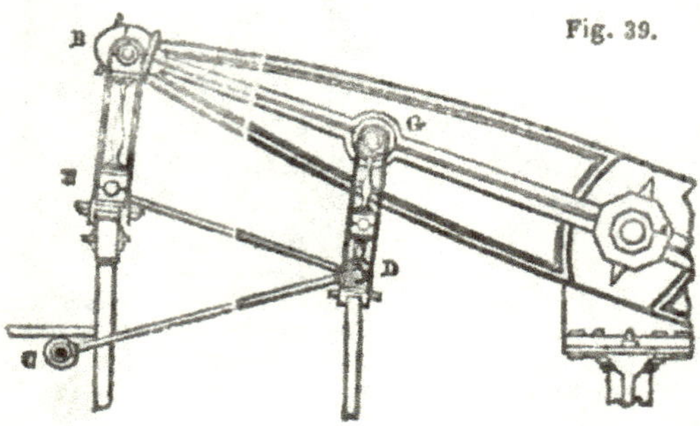

Fig. 39.

La distance entre les centres des articulations des extrémités du balancier doit être égale à 3.0825 fois la longueur de la course du piston.

Parallélogramme. L'articulation G doit être au milieu de la demi-longueur AB du balancier. La longueur des anneaux BF et GD doit être égale à $\frac{1}{2}$ ou $\frac{3}{7}$ de la course du piston.

Watt plaçait le centre de rotation de la bride CD sur la verticale de la tige du piston, en un point situé à hauteur de la moitié de la corde de l'arc décrit par le point D; mais il peut être pris à la même hauteur en dehors de la verticale de la tige.

On trouvera dans les formules relatives à la résistance des matériaux la règle à suivre pour donner aux balanciers la résistance suffisante.

298. Anneaux du parallélogramme. Ces anneaux ne doivent être soumis qu'à une charge de 140 à 150 kil. par centimètre carré de leur section transversale. Les barres méplates dont ils se composent ont habituellement une largeur égale à quatre fois leur épaisseur.

Les boulons transversaux qui fixent les anneaux du parallélogramme peuvent être chargés de 380 à 400 kil. par centimètre carré de leur section transversale.

299. Tige du piston. Watt, dans ses machines à balanciers et à basse pression, donnait à la tige du piston un diamètre égal à $\frac{1}{10}$ de celle du piston. En admettant que la vapeur soit à la pression de $1^{atm}.25$ dans la chaudière, et que la pression résistante derrière le piston soit de $0^{atm}.25$, cela revient à une charge d'environ 100 kil. par centimètre carré de la tige du piston. Cette proportion est aussi celle que l'on suit pour les machines des bateaux marins.

Dans les machines sans balanciers où la tige, quelquefois faite en acier, communique directement le mouvement à la bielle et est guidée par des pièces fixes, on la charge de 150 à 180 kil. par centimètre carré. Quelques constructeurs vont même, pour les fortes machines à tiges d'acier, jusqu'à 260 kil.

Fig. 40.

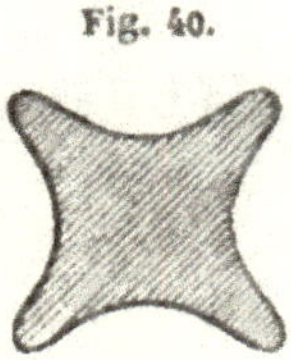

La tige des machines oscillantes est assez ordinairement chargée de 200 kil. par centimètre carré.

300. Bielle. D'après la pratique de Watt, l'aire de la section transversale de la bielle des machines à basse pression en son milieu doit être $\frac{1}{28}$ de celle du piston, ce qui correspond à une charge de 28^{kil} environ par centimètre carré de section. Cette bielle a des nervures, et présente au milieu le profil ci-contre. Les côtés du carré circonscrit à ce profil sont égaux à $\frac{1}{20}$ de la longueur de la bielle.

Les extrémités de la bielle ont une section dont l'aire doit être $\frac{1}{35}$ de celle du piston, ce qui correspond à une charge de 35^{kil} par centimètre carré.

Lorsque la bielle sera en fer forgé, on pourra lui faire supporter une charge de 60 kil. par centimètre carré de section au milieu, et de 90 kil. aux bouts. Quelques constructeurs vont jusqu'à 100 kil. au milieu et 200 aux bouts. Je pense qu'on ne devrait pas aller au delà de 80 kil. et de 120 kil. respectivement.

Pour les bateaux à vapeur marins dont la bielle est en fer, on adopte habituellement la charge de 50 à 60 kil. par centimètre carré au milieu, et celle de 100 kil. aux bouts.

Les petites bielles, dites *bielles pendantes*, supportent à peu près la même charge par mètre carré, et quelquefois moins.

301. Arbre du volant. Si l'on nomme

P l'effort transmis à la circonférence de la roue d'engrenage montée sur l'arbre du volant, ou à la circonférence moyenne de la roue à aubes, s'il s'agit d'un bateau à vapeur,

R le bras de levier de cet effort ou le rayon moyen de la roue, on calculera le diamètre des tourillons de l'arbre du volant par l'une ou l'autre formule

$$d^3 = \frac{PR}{K} = 716\frac{N}{m},$$

en nommant

N la force effective des chevaux, et

m le nombre de tours de l'arbre du volant en 1'.

Dans ces formules, K représente un coefficient numérique constant qu'il convient de prendre égal à

K = 132000 kil. au plus pour les machines fixes et de bateaux de rivière;

K = 120000 pour les machines de bateaux marins.

302. Bouton de la manivelle. La charge que doit supporter le bouton de la manivelle est assez ordinairement de 50 kil. par centimètre carré de section.

303. Manivelle. Le diamètre du tourillon de l'arbre du volant et celui du bouton de la manivelle étant déterminés par les règles précédentes, les autres dimensions de la manivelle en sont la conséquence.

L'épaisseur du métal autour du bouton de la manivelle est égale au rayon de ce bouton ; et, en représentant le diamètre

Fig. 41. Fig. 42.

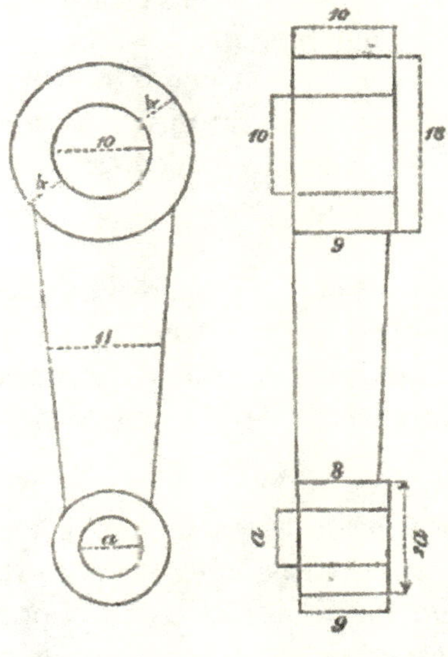

du tourillon du volant par 10 et celui du bouton de la manivelle par a, les autres dimensions ont les proportions indiquées par les figures ci-contre.

VOLANTS.

304. Objet des volants. Les volants ont pour but de régulariser le mouvement des machines, et de resserrer entre des limites convenables les variations périodiques de leur vitesse.

On ne doit donc les employer que dans les trois cas suivants :

1° Si la puissance a une vitesse périodiquement variable, comme dans les machines à vapeur, les manivelles mues par des hommes, etc.;

2° Si la résistance éprouvée par l'outil est périodiquement variable, ou n'agit qu'à certains instants du mouvement, comme dans les laminoirs, les marteaux, les scieries, les machines à découper, etc.;

3° Si la puissance et la résistance sont à la fois variables ou intermittentes.

On doit placer le volant le plus près possible de la pièce dont le mouvement est variable ou l'action intermittente.

Le degré de régularité que doit produire un volant dépend de l'objet auquel on le destine, de la nature des outils à employer, des produits à obtenir, etc.

Pour simplifier la solution de la question de l'établissement des volants, on néglige ordinairement l'influence régulatrice de leurs bras, et on détermine seulement le poids qu'il convient de donner à l'anneau.

En appelant
a la largeur de l'anneau parallèlement à l'axe de rotation,
b son épaisseur dans le sens du rayon,
R son rayon moyen, mesuré au milieu de l'anneau.

Le poids de cet anneau en fonte a pour expression

$$P = 45239abR.$$

Des considérations locales et particulières à la machine elle-même servent ordinairement à déterminer le rayon du volant, et dans les formules suivantes nous le supposerons connu; mais nous ferons observer qu'on doit le faire aussi grand que possible, tout en ne dépassant pas certaines limites, qui dépendent de la vitesse maximum que la circonférence de cet anneau peut prendre sans que la force centrifuge acquière une intensité trop considérable. Cette vitesse ne doit pas excéder, mais peut atteindre 25 à 30 mètres par seconde.

FORMULES PRATIQUES POUR PROPORTIONNER LES VOLANTS DES MACHINES A VAPEUR.

Si l'on appelle
P le poids de l'anneau du volant,
V la vitesse de sa circonférence moyenne,
N la force en chevaux de la machine,
m le nombre de tours de l'arbre du volant en 1',

n un nombre qui varie avec le degré de régularité que l'on veut obtenir,

K un coefficient numérique constant pour chaque genre de machine, et dépendant de sa disposition et de la proportion de la détente employée,

on aura, pour déterminer le poids P de l'anneau, la formule suivante :

$$PV^2 = K.\frac{nN}{m},$$

dans laquelle on fera $n = 32$, si l'on veut obtenir le même degré de régularité que Watt dans ses machines à basse pression.

Cette formule revient à la règle suivante :

Pour obtenir le poids de l'anneau du volant d'une machine à vapeur, multipliez la force nominale en chevaux par le nombre régulateur n, *que l'on prend habituellement égal à* 32; *divisez le produit par celui du nombre de tours du volant et du carré de la vitesse de sa circonférence moyenne, et multipliez le quotient par le coefficient* K, *donné dans le tableau suivant :*

TABLEAU DES VALEURS DES COEFFICIENTS NUMÉRIQUES DES FORMULES PRATIQUES POUR PROPORTIONNER LES VOLANTS DES MACHINES A VAPEUR.

Espèces de machines.			Coefficients de la formule générale $PV^2 = K\frac{nN}{m}$ K	Coefficients de la formule ordinaire correspondante à $n=32$ ou à la régularité des machines de Watt, $P = 32K\frac{N}{mV^2}$ 32K
A pleine pression, avec ou sans condensation. . .	A balancier. . .	Bielle infinie.	4617	148704
		Bielle égale à 6 fois la manivelle. . .	5227.5	165524
		Bielle égale à 5 fois la manivelle. . .	5528.2	176902
		Bielle égale à 4 fois la manivelle. . .	5829.4	186541
	Sans balancier, bielle égale à 5 fois la manivelle.		5592	178944
Machines à un seul cylindre, à cinq atmosphères de pression, à détente et condensation. . . .	A balancier, détente commençant. . .	à $\frac{1}{3}$ de la course. .	7203.6	230515
		à $\frac{1}{4}$ —	7618.5	243792
		à $\frac{1}{5}$ —	7843	250976
		à $\frac{1}{6}$ —	8103.8	259322
		à $\frac{1}{7}$ —	8315	266608
		à $\frac{1}{8}$ —	8449.4	270381
	Sans balancier, détente commençant au $\frac{1}{3}$ —		6665.5	213296

Machine			Détente			
Machine oscillante de M. Cavé, à 5 atmosphères, à condensation, détente au $\frac{1}{5}$ de la course.					7442.2	238150
Machine à deux cylindres, du système de Woolf, à détente et condensation, à 4.5 atmosphères de pression, à balancier. Bielle égale à cinq fois la manivelle.			Détente 4.50, dans le grand cylindre seulement.		5558	177882
			Détente 7.50, commençant aux $\frac{2}{5}$ de la course du petit cylindre.		6031	192992
Machine à un seul cylindre, à haute pression, à détente, sans condensation.	A cinq atmosphères de pression.	A balancier, bielle égale à 5 fois la manivelle.	Détente commençant	à $\frac{1}{2}$ de la course.	7080.3	226569
				à $\frac{1}{3}$ —	8186	261952
				à $\frac{1}{4}$ —	9218.4	294986
				à $\frac{1}{5}$ —	10231.3	327402
			Bielle infinie, détente	à $\frac{1}{2}$ —	7063.5	226032
	A six atmosphères de pression.	A balancier, bielle égale à 5 fois la manivelle.	Détente commençant	à $\frac{1}{2}$ —	6974.7	223190
				à $\frac{1}{3}$ —	7948.9	254365
				à $\frac{1}{4}$ —	8913.5	285232
				à $\frac{1}{5}$ —	9694.6	310227
				à $\frac{1}{6}$ —	10651.1	340835
			Sans balancier, détente	à $\frac{1}{4}$ —	8597.5	275120
			A cylindre oscillant de M. Cavé, détente à	$\frac{1}{2}$ —	7291.5	233328
Machine pleine pression, sans balancier, et avec bielle égale à 5 fois la manivelle.			Manivelle simple.		5592	178944
			Manivelles doubles à angles droits.		1531.3	49002
			Manivelles triples à angles égaux.		415.6	13202
Machine à détente et condensation, sans balancier, à 5 atmosphères, bielle égale à 5 fois la manivelle, détente au $\frac{1}{5}$			Manivelle simple.		7619.3	243818
			Manivelles doubles à angles droits.		1818.7	58198
			Manivelles triples à angles égaux.		$65^{7.3}$	22055

305. Observation sur la valeur a donner au nombre régulateur n. Watt, dans sa pratique et pour les cas ordinaires, avait adopté pour ses volants une règle qui revenait à la formule précédente dans laquelle on aurait fait $n=32$, et l'on pourra aussi adopter cette valeur de n dans tous les cas ordinaires pour les autres genres de machines. Mais quand la nature des produits exigera une très-grande régularité, ainsi que cela arrive pour les filatures en fin, les machines à papier, etc., il faudra augmenter la valeur de ce nombre, et la porter à $n=50$ ou $n=60$.

Exemples. Quel devrait être le poids de l'anneau du volant de la machine à vapeur à basse pression de la force de quarante chevaux de la filature du Logelbach, près Colmar, dont le volant fait 18 à 20 tours en 1'?

Les cotons filés étant des numéros 40 à 60, le diamètre moyen étant pris égal à $6^m.10$, la vitesse à cette circonférence sera pour 19 tours en 1'

$$\frac{3.14 \times 6^m.10 \times 19}{60} = 6^m.06.$$

Le tableau nous donne pour la formule où $n=32$

$$P = 4647 \times \frac{32 \times 40}{19 \times (6.06)^2} = 8527 \text{ kil.}$$

Quel doit être le poids du volant d'une machine à vapeur de la force de 30 chevaux, sans balancier, à détente, commençant au cinquième de la course à un seul cylindre avec condensation, fonctionnant avec de la vapeur à 5 atmosphères de pression?

Si l'on se contente de la régularité ordinaire des machines de Watt, on fera $n=32$. D'après le tableau du n° **284**, le nombre de tours de l'arbre du volant doit être en 1' $m=28.7$. Le tableau donne $K=6665.5$. La course du piston doit être de $1^m.20$. Par conséquent le diamètre moyen du volant doit être d'environ 4.50 fois cette course ou $5^m.40$. La vitesse à sa circonférence moyenne sera donc

$$V = \frac{28.7}{60} .3.1416 \times 5^m.4 = 8^m.115.$$

On a donc

$$P = 6665.5 \, \frac{32 \times 30}{28.7 \times (8.115)^2} = 3386^{kil}.1.$$

306. Diamètre des volants. — Machines a basse ou a haute pression. Le diamètre moyen est compris entre 3.00 et 3.50 fois la longueur de la course du piston.

Machines a deux cylindres, détente, condensation et balancier. Le diamètre moyen est égal à 3.5 à 4.0 fois la longueur de la course du piston.

Machines a un seul cylindre, a haute pression avec ou sans détente, sans balancier. Le diamètre moyen est égal à 4.00 à 4.50 fois la course du piston.

Cette dimension du volant doit être limitée par la condition de ne pas augmenter démesurément l'espace occupé par la machine, et de ne pas donner à la circonférence de l'anneau une trop grande vitesse.

307. Volant pour un marteau frontal. Les marteaux frontaux battent ordinairement 70 à 80 coups en 1', et leur poids, y compris celui du manche, varie, suivant la qualité des fontes employées à les faire et suivant la nature de la fabrication, de 3000 à 4000 kilogrammes.

On calculera le poids de l'anneau du volant à monter sur l'arbre à cames par les formules suivantes :

$$\text{Marteaux de}\begin{cases}3000 \text{ à } 3500^{\text{kil}} \ldots\ldots\ldots\; P=\dfrac{20000}{R^2},\\ 4000 \text{ à } 4900 \ \ldots\ldots\ldots\; P=\dfrac{30000}{R^2},\end{cases}$$

qui reviennent à la règle suivante :

Pour déterminer le poids de l'anneau du volant à monter sur l'arbre à cames d'un marteau frontal,

Par le carré du rayon moyen de cet anneau divisez le nombre

20000 *pour les marteaux de* 3000 *à* 3500,
30000 *pour les marteaux de* 4000 *à* 4900;

Le quotient sera le poids cherché en kilogrammes.

Exemple. Quel doit être le poids de l'anneau du volant de l'arbre à cames pour un marteau qui pèse, avec son manche, 3165 kilogrammes, et dont le rayon moyen est de $2^{m}.15$?

La formule donne

$$P = \frac{20\,000}{(2.15)^2} = 4329^{kil}.$$

Le volant d'un marteau frontal établi à Framont, qui marche avec une régularité suffisante, et dont le rayon est de $2^m.15$, ne pèse que 4230 kil.

308. Volant pour un marteau a l'allemande conduit par un engrenage. Les marteaux à l'allemande pèsent de 600 à 800 kilogrammes, y compris le poids du manche, de la hurasse et des ferrures. Ils battent ordinairement, à leur plus grande vitesse, 100 à 110 coups en 1'.

On calculera le poids de l'anneau du volant à monter sur l'arbre à cames par la formule

$$P = \frac{15\,000}{R^2},$$

qui revient à la règle suivante :

Pour déterminer le poids de l'anneau du volant à monter sur l'arbre à cames d'un marteau à l'allemande,

Divisez 15 000 *par le carré du rayon moyen de l'anneau :*

Le quotient sera le poids cherché en kilogrammes.

Exemple. Quel doit être le poids de l'anneau du volant à monter sur l'arbre à cames d'un marteau à l'allemande, le rayon moyen de cet anneau étant de $1^m.65$?

La formule donne

$$P = \frac{15\,000}{(1^m.65)^2} = 5509^{kil}.$$

L'anneau du volant d'un marteau à engrenage établi à Moulin-Neuf, près Moyeuvre, dont le rayon moyen est de $1^m.65$, pèse 5150 kilogrammes environ.

309. Volant pour un martinet a engrenage. On emploie dans les forges des martinets de diverses grosseurs, selon l'usage auquel on les destine. Ils battent ordinairement de 150 à 200 coups à la minute.

On déterminera le poids de l'anneau du volant à monter sur l'arbre à cames par la formule suivante :

$$\text{Martinets de} \begin{cases} 500^{\text{kil}} \ldots\ldots P = \dfrac{9000}{R^2}, \\ 360 \ \ldots\ldots P = \dfrac{6000}{R^2}. \end{cases}$$

Nota. Dans les poids indiqués ci-dessus on comprend celui du manche et de toutes les ferrures.

Ces formules reviennent à la règle suivante :

Pour déterminer le poids de l'anneau du volant d'un martinet à engrenage,

Par le carré du rayon moyen de l'anneau divisez le nombre

9000 *pour les martinets de* 500^{kil},
6000 *pour les martinets de* 360^{kil} :

Le quotient sera le poids cherché de l'anneau en kilogrammes.

Exemple. Quel doit être le poids de l'anneau du volant d'un martinet de 360 kilogrammes, le rayon moyen de cet anneau étant de $1^{\text{m}}.50$?

La formule donne

$$P = \frac{6000}{(1.50)^2} = 2667^{\text{kil}}.$$

310. Volant pour les moulins a poudre a pilons. Les pilons des moulins à poudre pèsent 40 à 42 kilogrammes et battent 56 coups à la minute, à raison de deux coups par tour de l'arbre à cames. L'expérience a prouvé que des volants de $2^{\text{m}}.50$ de diamètre moyen, avec un anneau de $0^{\text{m}}.17$ de largeur dans le sens de l'axe et $0^{\text{m}}.18$ dans le sens du rayon, produisaient une régularité bien suffisante pour la conservation des engrenages et la diminution des ébranlements de la charpente.

Par conséquent, on pourra adopter ces proportions, et si quelque circonstance locale obligeait à employer un diamètre plus petit, on se servirait de la formule

$$P = \frac{23000}{V^2} \text{ kil.}$$

pour calculer le poids de l'anneau dont on se serait donné le diamètre.

311. VOLANT POUR UNE SCIERIE. Pour les scieries à une lame, destinées au débit des gros bois et donnant de 80 à 90 coups en 1', il suffira que le poids du volant placé sur l'axe de la manivelle soit déterminé par la formule

$$P = \frac{30\,000}{V^2},$$

en nommant V la vitesse moyenne de la circonférence du milieu de l'anneau.

Ce poids peut être réparti entre deux volants placés de chaque côté du châssis.

Il faut en outre ajouter à l'anneau du volant, dans le prolongement du rayon qui correspond à la manivelle, une masse de fonte ou de plomb destinée à former contre-poids au châssis pendant sa descente. Lorsqu'il s'agira d'une scierie à une seule lame dont le châssis ne pèsera pas plus de 400 kilogrammes, ce contre-poids pourra être déterminé avec une approximation suffisante par la formule

$$p = \frac{65^k}{r},$$

dans laquelle

p représente le poids à donner au contre-poids,

r la distance à laquelle son centre de gravité se trouve de l'axe du volant.

EXEMPLE. Quel doit être le poids du volant d'une scierie à une seule lame, son rayon moyen étant de $0^m.76$ et sa vitesse de 88 tours en 1'?

On a

$$V = \frac{88}{60}\,6^m.28 \times 0^m.76 = 7^m.02.$$

La formule donne

$$P = \frac{30\,000}{49.28} = 609^{kil}.$$

Les deux volants d'une scierie établie à Metz depuis dix à douze ans et qui marche avec toute la régularité désirable, ne pèsent que 512 kilogr. Cependant on fait ordinairement ces volants plus forts, et nous pensons que la règle précédente ne conduit pas à un poids exagéré.

Le contre-poids à placer à la circonférence moyenne de l'anneau du volant sur le prolongement du rayon correspondant à la manivelle sera, d'après la formule précédente, égal à

$$p=\frac{65}{0.76}=85^{\text{kil}}.$$

312. Observations relatives aux scieries a plusieurs lames. Lorsque les châssis doivent recevoir plusieurs lames, le volant et le contre-poids peuvent être d'autant plus légers qu'il y a plus de lames. Mais, comme la scierie sera nécessairement quelquefois armée d'une seule lame, il conviendra de déterminer le volant dans tous les cas par la règle du numéro précédent.

313. Laminoir pour les grandes tôles et l'étirage des fers en barres. Pour ces usines on déterminera le poids de l'anneau du volant par la formule

$$P=\frac{130\,000\,\text{NK}}{m\text{V}^2},$$

dans laquelle on représente par

P le poids cherché,

N la force en chevaux transmise par le moteur à l'arbre du volant,

V la vitesse moyenne de la circonférence milieu du volant,

m le nombre de tours des cylindres ou du volant 1′,

K un coefficient numérique.

On prendra

K = 20 pour les machines de 80 à 100 chevaux faisant marcher à la fois 6 à 8 équipages de cylindres à tôle ou pour le fer en barres,

K = 25 pour les machines de 60 chevaux faisant marcher 4 à 6 équipages de cylindres pour l'étirage des fers,

K = 80 pour les machines de 30 à 40 chevaux ne faisant marcher à la fois qu'un seul équipage de cylindres à grosses tôles, ou deux équipages de cylindres ébaucheurs et finisseurs pour les petits fers.

Premier exemple. Quel doit être le volant d'une usine dont le moteur a la force de 60 chevaux et fait marcher 6 équipages de cylindres ébaucheurs et finisseurs pour l'étirage des fers en barres, dans le cas des données suivantes?

Diamètre du volant.......................... $5^m.84$

Nombre de tours du volant et des laminoirs en 1'.. $m=60$

Vitesse de la circonférence moyenne de l'anneau. $V=18^m.4$

La formule donne, en faisant $K=25$,

$$P=\frac{130\,000\times 60\times 25}{60\times(18.4)^2}=9599^{kil}.$$

L'anneau de volant de l'usine de Fourchambault, dont les dimensions et la vitesse sont celles de l'exemple précédent, et dont la machine conduit :

4 équipages de cylindres ébaucheurs } pour les gros fers.
4 Id. de cylindres finisseurs }
3 équipages de cylindres ébaucheurs } pour les petits fers,
3 Id. de cylindres finisseurs }

dont 6 environ pouvant être en train en même temps, ne pèse que 8000 kilogrammes.

Deuxième exemple. Quel doit être le poids de l'anneau du volant d'une usine à fer mue par une roue hydraulique de la force de 36 chevaux et qui conduit un équipage de cylindres pour les gros fers, et un autre pour les petits fers, dans le cas des données suivantes?

Diamètre du volant.......................... 9^m

Nombre de tours du volant et des cylindres en 1'.. 60

Vitesse à la circonférence moyenne de l'anneau. $V=28^m.26$

La formule donne, en faisant $K=80$,

$$P=\frac{130000\times 36\times 80}{60\times(28.26)^2}=7813^{kil}.$$

Une usine qui se trouve dans les circonstances des données précédentes a un volant du poids de 9000 kilog., mais il y a lieu de croire qu'il est un peu plus fort qu'il n'est nécessaire.

NOTA. On concevra facilement que le volant doit être d'autant moins lourd que le moteur est plus puissant, attendu que dans le nombre d'équipages de cylindres qu'il conduit il n'y en a qu'un ou deux qui travaillent précisément au même instant.

La formule précédente peut aussi s'employer lorsque le moteur doit conduire alternativement un équipage de cylindres et un marteau frontal.

314. OBSERVATION SUR L'EMPLOI DE CETTE FORMULE. Les valeurs précédentes du coefficient K conviennent pour les laminoirs conduits par des machines à vapeur, des roues à augets et des roues de côté; mais lorsque la roue motrice sera à aubes courbes ou à aubes planes, recevant l'eau par la partie inférieure, ces roues marchant ordinairement à de plus grandes vitesses et contenant moins d'eau que les autres, on pourra donner à ce coefficient K une valeur un peu plus faible.

DES PRINCIPALES

COMMUNICATIONS DU MOUVEMENT.

DES COURROIES.

315. On emploie souvent, pour transmettre le mouvement d'un axe de rotation à un autre qui en est éloigné, des courroies en cuir corroyé noir passant sur des poulies ou tambours. La théorie et l'expérience montrent * :

1° Que, quand ces courroies sont convenablement tendues, elles ne glissent point et transmettent la vitesse dans un rapport constant et inverse de celui des diamètres des tambours;

2° Que, dans la transmission du mouvement d'un axe à un autre par des cordes ou courroies sans fin, la somme des tensions des deux brins reste constante; de sorte que, quand le brin conducteur se surtend, le brin conduit se détend de la même quantité, et que la somme des tensions de ces deux brins est la même que quand la machine est au repos;

3° Que l'effort T nécessaire pour faire glisser sur un tambour une courroie dont la tension est t, ou une corde sur la gorge d'une poulie, est donné par la formule

$$\log T = \log t + 0.434 f \frac{S}{R},$$

* Expériences sur le frottement des axes de rotation, les variations de tension et le frottement des courroies de transmission du mouvement, etc., faites à Metz en 1834, par A. Morin, lieutenant-colonel d'artillerie.

expression dans laquelle les logarithmes sont ceux des tables, et où l'on représente par

f le rapport du frottement à la pression pour les courroies et les tambours, et dont la valeur devra être prise, d'après les expériences citées, égale à

0.47 pour des courroies à l'état ordinaire d'onctuosité sur des tambours en bois;

0.50 pour des courroies neuves sur des tambours en bois,

0.28 pour des courroies à l'état ordinaire d'onctuosité sur des poulies en fonte,

0.38 pour des courroies humides sur des poulies en fonte,

0.50 pour des cordes de chanvre sur des poulies ou tambours en bois;

S l'arc embrassé à la circonférence du tambour ou de la poulie,

R le rayon du tambour ou de la poulie.

La formule précédente revient à la règle suivante :

Pour calculer la tension que doit avoir le brin conducteur d'une corde ou courroie enroulée sur un tambour pour faire glisser à sa surface le brin conduit soumis à une tension donnée,

Multipliez le rapport de l'arc embrassé au rayon du tambour par 0.434 fois le rapport du frottement à la pression ; ajoutez le produit au logarithme de la tension donnée du brin conduit :

La somme sera le logarithme de la tension cherchée.

Nota. Cette règle montre qu'il est inutile d'augmenter démesurément le diamètre des tambours, dans la vue d'empêcher le glissement des courroies.

Exemple. Quelle doit être la tension du brin conducteur d'une courroie de cuir qui embrasse la demi-circonférence d'un tambour en bois de $0^m.35$ de rayon pour faire glisser le brin conduit soumis à une tension de 50 kilogrammes?

La formule donne

$$\log T = \log 50 + 0.434 \times 0.47 \times 3.14 = 2.33947,$$

et par conséquent

$$T = 218^{kil}.5.$$

316. Règle et table pratique. La règle précédente exigeant l'usage des tables de logarithmes, on a calculé la table suivante,

qui donne la valeur de l'effort T capable de faire glisser une corde ou courroie sur une poulie ou tambour quand on connaît la tension t du brin à entraîner, ou la résistance à vaincre, et le rapport de l'arc de la circonférence embrassé par cette corde ou courroie à la circonférence entière, ordinairement donnée par le tracé. En nommant K le rapport de la tension T à la résistance t, on a $T=Kt$, et l'on trouvera les valeurs de K dans la table.

Rapport de l'arc embrassé à la circonférence entière.	Valeur du rapport K.					
	Courroies neuves sur tambours en bois.	Courroies à l'état ordinaire		Courroies humides sur poulies en fonte.	Cordes sur tambour ou treuils en bois	
		sur tambours en bois	sur poulies en fonte.		bruts.	bruts.
1.20	1.87	1.80	1.42	1.61	1.87	1.51
0.30	2.57	2.43	1.69	2.05	2.57	1.86
0.40	3.51	3.26	2.02	2.60	3.51	2.29
0.50	4.81	4.38	2.41	3.30	4.81	2.82
0.60	6.59	5.88	2.87	4.19	6.58	3.47
0.70	9.00	7.90	3.43	5.32	9.01	4.27
0.80	12.34	10.62	4.09	6.75	12.34	5.25
0.90	16.90	14.27	4.87	8.57	16.90	6.46
1.00	23.14	19.16	5.81	10.89	23.90	7.95
1.50	»	»	»	»	111.31	22.42
2.00	»	»	»	»	535.47	63.23
2.50	»	»	»	»	2575.80	178.52

317. Usage de cette table. A l'aide de ces valeurs il est facile de calculer la tension capable de faire glisser une corde ou courroie en surmontant une résistance donnée, ou l'effort nécessaire pour soutenir et laisser descendre lentement un poids donné.

Premier exemple. Quelle doit être la tension du brin conducteur d'une courroie ordinaire pour faire glisser sur un tambour en bois le brin conduit dont la tension est de 50 kil., l'arc embrassé à la surface du tambour étant d'une demi-circonférence ?

La table indique pour ces données que le multiplicateur $K = 4.38$; on a donc

$$T = 4.38 \times 50^{kil} = 219^{kil}.$$

La formule du numéro (315) a donné pour le même cas

$$T = 218^{kil}.50.$$

Deuxième exemple. Quel est l'effort qu'un tonnelier doit exercer pour soutenir une pièce de vin qui, en glissant sur un plan incliné, exerce sur chacun des brins de la corde qui la retient une tension de 250 kil., en supposant qu'il ait fait deux tours de chaque brin autour d'un treuil à surface polie, arrêté par un cliquet?

La valeur du multiplicateur est ici $K = 63.23$.

On a donc pour chaque brin

$$t = \frac{T}{K} = \frac{250^{kil}}{63.23} = 3^{kil}.95,$$

ou pour les deux brins $7^{kil}.90$.

Observation. On voit par ce dernier exemple quelle facilité le frottement des cordes donne pour modérer la descente des fardeaux; mais, dans ces manœuvres, il faut avoir grand soin d'éviter les à-coup et d'opérer avec continuité.

L'expérience a aussi montré que la résistance des courroies au glissement est indépendante de leur largeur, et qu'il n'y a pas d'avantage à augmenter cette dimension au delà de ce qui est nécessaire pour que la courroie résiste aux efforts qu'elle doit transmettre.

318. Règles pour établir une transmission de mouvement par des cordes ou courroies. Pour établir une transmission de mouvement par des cordes ou courroies sans fin, il faut d'abord déterminer la quantité de travail qui devra être transmise à la poulie ou au tambour. En la divisant par la vitesse que doit prendre la circonférence de ce tambour, on aura l'effort Q qui doit être transmis par les courroies, ou une valeur approximative de la différence des tensions T et t; on aura donc

$$T - t = Q.$$

On calculera ensuite la plus petite valeur que l'on puisse

donner à la tension t du brin conduit, au moyen de la relation

$$t = \frac{Q}{(K-1)},$$

ce qui revient à la règle suivante :

*Cherchez dans la table du n° **316** la valeur du rapport* K *de la tension des deux brins au moment où ils commenceraient à glisser, selon l'état et la nature des courroies et tambours; de ce nombre* K *retranchez l'unité, et par le reste divisez l'effort* Q *à exercer à la circonférence du tambour pour vaincre la résistance :*

Le quotient sera la plus faible tension que l'on puisse donner au brin conduit.

Dans ce calcul on prendra pour Q la plus grande valeur qu'il puisse atteindre en tenant compte des frottements dus aux forces autres que les tensions T et t; et, pour être sûr que, dans les variations accidentelles de la résistance ou de la tension, la courroie ne glissera pas, ainsi que pour compenser approximativement l'influence des tensions sur le frottement de l'axe dont la formule ci-dessus fait abstraction, on augmentera d'un dixième au moins la valeur donnée pour t par la règle précédente.

Connaissant t, on aura la plus grande des deux tensions

$$T = Q + t,$$

et par suite la somme des deux tensions $T + t$, dont la moitié sera, au repos, la valeur de la tension de chacun des brins.

Exemple. Quelle doit être la tension du brin conduit d'une courroie en cuir enroulée sur la demi-circonférence d'une poulie en fonte de 0.30 de diamètre, la résistance à vaincre à la circonférence de cette poulie étant de 35 kilogrammes?

L'arc embrassé par la courroie en cuir à l'état ordinaire sur la poulie en fonte étant 0.50 de la circonférence, on trouve dans la table K = 2.41, et par conséquent la règle ci-dessus donne

$$t = \frac{35^{kil}}{2.41 - 1} = 24^{kil}.83.$$

On devra porter cette tension à $27^{kil}.31$, et la tension du brin conducteur sera

$$T = 35.0 + 27.31 = 62^{kil}.31.$$

La tension naturelle ou au repos de chacun des brins sera

$$T_1 = \frac{T+t}{2} = 43^{kil}.57.$$

319. Des rouleaux de tension. Pour que la tension naturelle des courroies reste constante, qu'elle atteigne et ne dépasse pas la valeur qu'on vient de calculer, il faut employer des rouleaux de tension.

Fig. 43.

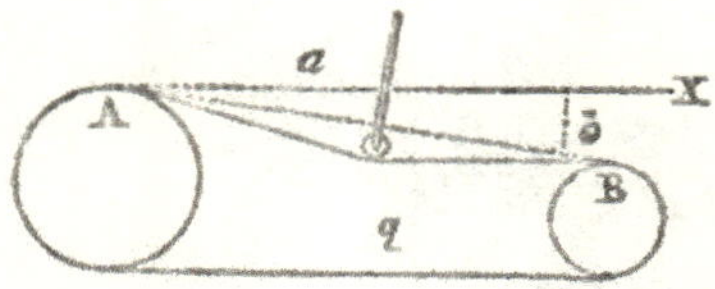

On calculera le poids q de ces rouleaux par la relation approximative

$$q = \frac{2T_1 \cos a}{\cos b},$$

dans laquelle

a est la moitié de l'angle obtus formé par les deux brins de la courroie sur laquelle il pèse, angle que l'on pourra se donner *à priori*,

b l'angle que fait la ligne AB avec l'horizontale (fig. 43).

Cette formule revient à la règle suivante :

Pour calculer dans le cas de la figure 43, le poids d'un rouleau de tension capable de produire par sa pression sur les deux brins d'une courroie une tension naturelle donnée,

Multipliez la tension naturelle donnée par 2 fois le cosinus de la moitié de l'angle obtus formé par les deux brins de la courroie, et divisez le produit par le cosinus de l'angle formé par la tangente commune aux deux tambours avec l'horizontale.

Dans la pose, on devra donner à la courroie une longueur telle qu'au repos elle ne prenne que la flexion réglée, et la teusion T aura alors à très-peu près la valeur qui lui aura été assignée.

On se réservera d'ailleurs, par les moyens connus, la faculté d'augmenter ou de diminuer à volonté l'action du poids du rouleau.

Nota. Si, pour certaines dispositions de tambours, le rouleau de tension ne devait pas agir verticalement, on pourra, par une combinaison convenable de leviers, diriger son action dans tel sens qu'il sera nécessaire, et alors on calculera l'effort qu'il devra exercer sur la courroie, perpendiculairement à la ligne AB, par la règle ci-dessus, en y supposant l'angle b nul et son cosinus égal à l'unité.

Exemple. Dans l'exemple du numéro précédent, l'angle a étant de 85°, et l'inclinaison de la ligne AB de 10°, quel devra être le poids du rouleau?

La formule donne

$$q = 87.14 \times \frac{0.0872}{0.9848} = 7^{\text{kil}}.71.$$

Nous terminerons ce qui est relatif aux courroies en ajoutant qu'on peut, sans aucun risque et avec l'assurance qu'elles marcheront longtemps, leur faire supporter des tensions de $0^{\text{kil}}.25$ par millimètre carré de section, ce qui permettra de calculer leur largeur quand on connaîtra l'épaisseur du cuir que l'on doit employer.

Enfin les poulies sur lesquelles passent les courroies en cuir doivent avoir une convexité égale à environ $\frac{1}{10}$ de leur largeur.

DES ENGRENAGES.

320. Règles pour déterminer les rayons des roues. Les engrenages étant destinés à transmettre le mouvement de rotation d'un axe à un autre dans un rapport constant, qu'on se donne *à priori*, on déterminera d'abord deux cercles dont les rayons seraient entre eux dans le rapport inverse des nombres de tours que doit faire chaque roue.

Appelant

R le rayon de l'un des cercles,

R′ le rayon de l'autre cercle,

n le nombre de tours que le cercle de rayon R′ doit faire pour un tour du cercle du rayon R, on aura

$$R = nR'.$$

Cette formule revient à la règle suivante :

Le rayon du pignon est au rayon de la roue comme l'unité est au nombre de tours que le pignon doit faire par tour de roue.

Si l'on se donne l'un des rayons, l'autre sera ainsi déterminé.

Si la distance des centres des deux roues est donnée, en la nommant d on aura

$$d = R + R',$$

et l'on calculera les rayons par les formules

$$R = \frac{nd}{n+1}, \qquad R' = \frac{d}{n+1},$$

qui revient à la règle suivante :

Le rayon de la roue est égal au produit de la distance des centres par le rapport du nombre des tours que le pignon doit faire par tour de roue au même nombre augmenté de l'unité.

Le rayon du pignon est égal à la distance des centres divisée par le nombre de tours du pignon par tour de roue augmenté de l'unité.

321. Définitions. Ces cercles ainsi déterminés se nomment *cercles primitifs* ou *proportionnels*. Ils servent de base au tracé.

L'*épaisseur* des dents se mesure sur la circonférence de ces cercles.

L'intervalle d'une dent à l'autre s'appelle le *creux*.

La largeur des dents est leur dimension dans le sens de l'axe de rotation.

La partie des dents qui est en dehors des cercles primitifs se nomme *la face*, celle qui est en dedans se nomme *le flanc*.

La somme de l'épaisseur et du creux, ou la distance de deux dents consécutives, mesurée de milieu en milieu, forme ce qu'on nomme *le pas* de l'engrenage.

322. Manière de calculer l'effort qu'une dent doit supporter. En divisant la quantité de travail qu'une roue doit transmettre par la vitesse de la circonférence de son cercle primitif, on aura l'effort que les dents doivent supporter.

Ce calcul devra être fait pour le cas où la quantité de travail transmise par la roue sera un maximum, ou quand l'usine marchera sous sa plus grande charge.

Connaissant l'effort P que doit supporter une dent d'engrenage, on déterminera l'épaisseur b à donner aux dents, mesurée sur la circonférence primitive, par les formules données au chapitre de la *Résistance des Matériaux*.

Leur largeur parallèle à l'axe sera aussi déterminée par les mêmes règles.

Le creux devra être égal à l'epaisseur, augmentée de $\frac{1}{10}$ à $\frac{1}{15}$, selon le degré de perfection apporté à l'exécution.

Le pas de l'engrenage sera, en l'appelant a, si les dents sont de même matière,

$$a = 2.1\,b \quad \text{ou} \quad a = 2.067\,b,$$

selon la perfection d'exécution; ou, si elles sont de matières différentes,

$$a = b + 1.1\,b' \quad \text{ou} \quad a = b + 1.067\,b',$$

b étant alors l'épaisseur de la dent de la roue, et b' celle de la dent du pignon.

Nota. Dans les ateliers de construction, pour la facilité et l'économie d'exécution, on est quelquefois dans l'usage de calculer seulement les dimensions des dents en bois, et de faire les dents en fonte de même épaisseur.

323. Règles pour déterminer le nombre de dents des roues. Si l'on nomme

m le nombre de dents de la roue dont le cercle primitif a le rayon R,

m' le nombre de dents de la roue dont le crcle primitif a le rayon R',

on déterminera ce nombre de dents par les formules

$$m = \frac{2\pi R}{a} = \frac{6.28 R}{a}, \quad \text{et} \quad m' = \frac{m}{n}.$$

Mais il arrivera presque toujours que ces nombres seront composés d'un nombre entier et d'une fraction; et comme d'ailleurs il convient, pour la symétrie et la facilité des assemblages, que le nombre des dents de la roue soit exactement divisible par le nombre de ses bras quand elle doit être de plusieurs pièces, on devra prendre pour le nombre m le nombre entier inférieur à celui qu'on a trouvé, et qui sera à la fois divisible par le nombre de bras de la roue et par le rapport n du rayon de la roue à celui du pignon. Le nombre m' s'en déduira par la relation

$$m = nm'.$$

Cette modification conduit à prendre le pas un peu plus grand, ou les dents un peu plus fortes que le premier calcul ne l'aurait donné ; ce qui n'a aucun inconvénient.

Nous ajouterons que, pour les bonnes exécution et proportion des engrenages, il convient que le pignon ait au moins vingt dents, sauf les cas exceptionnels où l'on serait forcé d'adopter un plus petit nombre.

Exemple. Une roue d'engrenage doit conduire un pignon, auquel elle fera faire quatre tours pendant qu'elle en fera un ; la distance des centres est de 3^m ; la quantité de travail que la roue doit transmettre est de 1025^{km} en 1'', et elle fait huit tours en 1' : on a

$$n=4, \quad R=\frac{nd}{n+1}=\frac{4\times 3^m}{5}=2^m.40, \quad R'=\frac{3^m}{5}=0^m.60;$$

la vitesse de la circonférence de la roue est

$$\frac{6.28\times 2^m.40\times 8}{60}=2^m.010;$$

l'effort qui doit être exercé par les dents est

$$\frac{1025^{km}}{2^m,010}=510^{kil}.$$

Si les dents de la roue sont en bois dur, on a, d'après les formules de la *Résistance des Matériaux*, pour leur épaisseur

$$b=0.143\sqrt{510}=3^{cent}.23.$$

Les dents du pignon seront en fonte, et leur épaisseur, calculée par les mêmes formules, sera

$$b'=0.105\sqrt{510}=2^{cent}.37.$$

Enfin le pas sera alors

$$a=b+1.067\,b'=5^{cent}.76,$$

l'engrenage étant supposé exécuté avec soin.

La première valeur du nombre de dents de la roue sera

$$m=\frac{2\pi R}{a}=\frac{15.10}{0.0576}=262.$$

La roue devant avoir huit bras, on prendra $m=256$, qui est à la fois divisible par 8 et par $n=4$, et entre chaque bras il y aura trente-deux dents.

Le pignon étant coulé d'une seule pièce, on prendra $m' = 64$. On en déduira ensuite

$$a = \frac{2\pi R}{m} = \frac{15.1}{256} = 5^{cent}.9.$$

324. Tracé pratique des engrenages. Le pas de l'engrenage et les rayons des cercles primitifs étant déterminés, on divisera leur circonférence en autant de parties qu'ils doivent contenir de dents en partant du point a où ces cercles coupent la ligne des centres cc', et on marquera sur ces circonférences l'épaisseur de chaque dent.

Fig. 44.

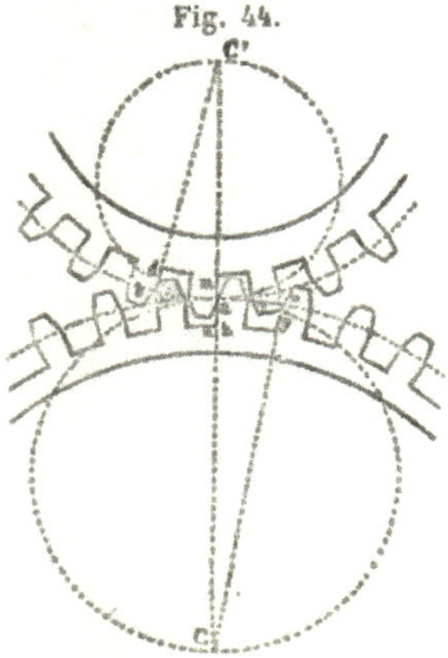

Par le premier point b de division du cercle $C'a$ du pignon, placé à une distance de la ligne des centres égale au pas, on mènera un rayon $C'b$, qui rencontrera le cercle dont le diamètre est $C'a$ en un point d. On joindra le point d avec le premier point b' de division du cercle primitif Ca de la roue; sur le milieu de la ligne $b'd$ on élèvera une perpendiculaire, qui rencontrera la circonférence de rayon Ca en un point qui sera pris pour le centre d'un arc de cercle dont le rayon sera la distance de ce même point à b et b', et qui formera la courbe de la dent.

Le rayon du cercle que l'on substitue à l'épicycloïde étant ainsi déterminé, on tracera toutes les dents avec la même courbure sur les deux faces.

325. Limite de la longueur des dents. Du point C comme centre, avec le rayon Cd, on décrira une circonférence de cercle, qui limitera la longueur des dents de la roue de manière que l'une cesse de pousser quand la précédente arrive à la ligne des centres.

326. Tracé du flanc. Par le centre C et par le point b' on mènera un rayon, qui donnera la direction du flanc. On en fera autant pour l'autre face de la dent.

327. Dents du pignon. Pour les dents du pignon, on portera de même de part et d'autre du point *a*, sur les cercles primitifs, des longueurs égales au pas. On mènera le rayon C*e* du cercle primitif de la roue; il rencontrera la circonférence dont le diamètre est C*a* en un point *g*, qu'on joindra au premier point de division du cercle C′, à partir de *a*; sur le milieu de la ligne ainsi tracée on élèvera une perpendiculaire; cette ligne rencontrera le cercle de rayon C′*a* en un point, qui sera le centre d'un arc de cercle dont le rayon sera la distance du centre au point *e*, et qui formera la face de la dent du pignon. Ce rayon servira à tracer de même les deux faces de chacune des dents du pignon.

Du centre C′, avec le rayon C′*g*, on décrira une circonférence qui limitera la longueur de toutes les dents du pignon, de manière qu'une de ses dents commence à être poussée par le flanc de celle de la roue quand la précédente arrive à la ligne des centres.

Les circonférences des rayons C*d* et C′*g* rencontrent la ligne des centres en des points en deçà desquels on portera jusqu'en *n* vers C et jusq'en *m* vers C′ sur CC′ une longueur égale à 0^m.004 à 0^m.005 pour les petits engrenages, ou à 0^m.008 et 0^m.010 environ pour les grands; puis des points *m* et *n* ainsi déterminés, avec les rayons C′*m* et C*n*, on décrira des circonférences qui, en rencontrant les flancs des dents du pignon et des dents de la roue, limiteront leur longueur et formeront le fond du creux.

On adoucira par un petit raccordement curviligne le flanc et le fond du creux, pour ne pas avoir d'angle rentrant à vive arête.

328. Observations sur le tracé généralement suivi par les praticiens. Les praticiens sont dans l'usage de substituer aussi à l'épicycloïde un cercle, dont ils prennent le rayon égal, les uns à la corde du pas, les autres aux $\frac{3}{4}$ de cette corde.

Cette méthode se rapproche beaucoup de celle que l'on vient d'indiquer, et peut, sans inconvénient, lui être substituée toutes les fois que les roues n'ont pas des rayons très-différents et que les dents ne doivent pas être très-épaisses. Mais, pour de petits pignons à grosses dents qui doivent être conduits par de grandes roues, elle ne conviendrait plus, et il faudra suivre celle qui précède.

329. Modification a apporter au tracé précédent pour le cas de pignons très-petits soumis a de grands efforts. Les dents déterminées par le tracé du n° **324** pourraient être trop minces vers le bout dans le cas où le pignon serait très-petit et les efforts qu'il transmet très-grands.

Le tracé l'indiquera : l'on sera forcé alors de renoncer à avoir deux dents en prise à la fois, et l'on devra recommencer l'opération en prenant les arcs *ae* et *ab* décrits pendant la durée du contact d'abord égaux aux $\frac{3}{4}$ du pas, et on opérera comme il a été dit aux nos **324** et suivants. Si les dents étaient encore trop minces vers le bout et réduites à moins de la moitié de leur épaisseur à la naissance, on recommencerait de nouveau le tracé en prenant ces arcs *ab* et *ae* égaux à la moitié du pas.

Neta. Dans ce qui précède nous avons toujours supposé qu'il s'agissait d'un pignon conduit par une roue, et nous n'avons pas parlé de lanternes, parce que cet engrenage vicieux doit être abandonné.

330. Modification relative au cas où les pignons sont grands et les efforts a transmettre très-faibles. Au contraire, si les rayons des roues sont grands et les efforts à transmettre assez faibles, il pourrait arriver que les dents tracées par la méthode du n° **324** fussent un peu courtes. Dans ce cas, au lieu de se borner à faire agir une dent pendant un intervalle égal à une fois le pas avant la ligne des centres et autant après cette ligne, on pourra prendre les arcs *ab* et *ae* égaux à une fois et demie ou deux fois le pas, et faire le reste du tracé comme il est indiqué aux nos **324** et suivants.

331. Limite de la saillie des dents. Dans tous les cas, il ne convient pas que la saillie des dents sur l'anneau qui les porte excède 1.5 fois leur épaisseur mesurée sur le cercle primitif.

332. Engrenage intérieur d'une roue et d'un pignon. Lorsqu la roue conductrice mène un pignon placé dans son intérieur, la courbe des dents de la roue et le flanc de celle du pignon doivent encore être tracés par la méthode du n° **324**; mais ce tracé ne pourrait plus s'appliquer au flanc des dents de la roue et à la courbe de celle du pignon.

Cette courbe devrait alors être formée par une épicycloïde engendrée par un point du cercle primitif de la roue roulant extérieurement sur le cercle primitif du pignon; on la remplacera par un arc de cercle décrit de la naissance d'une dent avec un rayon égal à la corde de l'arc qui mesure le pas sur le cercle primitif du pignon.

Quant au flanc de la dent de la roue, il se réduirait dans le tracé actuel au point de la circonférence primitive qui aurait décrit l'épicycloïde de la dent du pignon. Cela montre qu'alors la dent de la roue agirait avant la ligne des centres toujours par le même point, et se creuserait d'autant plus promptement que ce genre d'engrenage est ordinairement employé pour transmettre le mouvement des roues hydrauliques, et qu'alors la roue et le pignon sont sans cesse mouillés et exposés à un frottement considérable.

Dans les cas ordinaires, où l'on aura eu l'attention de ne pas faire le pignon trop petit et où il n'aura pas à supporter des efforts trop grands, il sera possible et préférable de supprimer tout à fait l'engrenage avant la ligne des centres, et alors on opérera ainsi qu'il suit :

ac' étant la ligne des centres (fig. 45), *a* le point de contact des cercles primitifs, prenez, pour les cas ordinaires, sur ces cercles un arc égal à deux fois le pas; à l'extrémité de cet arc menez un rayon, qui rencontre le cercle dont le diamètre est égal à $c'a = R'$.

Fig. 45.

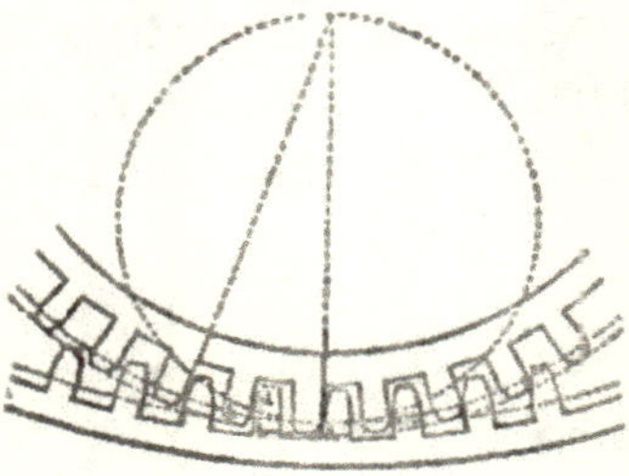

Joignez ce point de rencontre et l'extrémité de l'arc pris sur le cercle de la roue; sur le milieu de la ligne de jonction élevez une perpendiculaire, dont la rencontre avec le cercle primitif *ca* sera le centre des arcs de cercle qui formeront la courbe de la dent.

Le flanc du pignon aura la direction des rayons du cercle *c'*. Du centre de la roue décrivez, comme au n° **324**, une circonférence qui limitera la longueur des dents de la roue, de manière qu'une dent ne cesse de pousser que quand la seconde qui la suit arrive à la ligne des centres.

La longueur utile du flanc du pignon est ainsi déterminée ; mais il est nécessaire de le prolonger en dehors du cercle primitif *c'a* de 0m.003 à 0m.005, en arrondissant les angles à partir de la circonférence primitive avec un rayon égal à la corde du pas sur le cercle primitif du pignon.

De même il faut mener du centre de la roue des rayons tangents aux faces de la dent pour former des flancs qui ne servent à peu près alors qu'à donner une profondeur convenable au creux.

Les dents de la roue et du pignon étant ainsi limitées vers l'extrémité, donnez au creux une profondeur telle, qu'il y ait entre ces dents et le fond de ce creux 0m.008 à 0m.10 de jeu au plus pour les grands engrenages, et seulement 0m.004 à 0m.005 pour les petits.

333. Modification pour le cas des petits pignons soumis a de grands efforts. Si le pignon était trop petit, il pourrait arriver que les dents ainsi construites, pour qu'il y en ait toujours deux en contact à la fois, fussent trop minces à l'extrémité. Dans ce cas, recommencez le tracé en prenant des arcs égaux à 1.5, ou, s'il le faut, à une fois le pas. Ce cas se présentera rarement.

Les engrenages intérieurs ainsi tracés ne conviennent qu'au cas où la roue conduit le pignon.

334. Engrenage d'un pignon et d'une crémaillère. Pour tracer les dents d'un pignon qui doit conduire une crémaillère, il faut d'abord déterminer la hauteur dont la crémaillère doit s'élever pour un tour de pignon.

Alors appelant

h cette hauteur,

r le rayon du cercle primitif du pignon,

On aura $$r=\frac{h}{2\pi}.$$

Connaissant la résistance que la crémaillère oppose au pignon, on calculera l'épaisseur b de la dent du pignon, d'où l'on conclura le pas; puis le nombre m des dents du pignon sera réglé par la formule

$$m = \frac{2\pi r}{a}.$$

On prendra pour m le nombre entier inférieur le plus voisin, et on déduira de la relation ci-dessus une valeur du pas a un peu plus grande que la première que l'on avait trouvée, ce qui n'a pas d'inconvénients.

Cela fait, on enroulera un fil sur la circonférence du cercle primitif, et, avec une pointe ou un style placé à son extrémité, en déroulant ce fil on tracera la développante du cercle, qui sera la courbe des deux faces de dent du pignon.

Deux rayons tangents aux naissances de ces courbes à la circonférence primitive formeront le flanc des dents; et, pour limiter la longueur utile de la courbe de façon que le contact cesse à une distance donnée, que l'on essayera d'abord de rendre égale au pas, on portera sur la ligne des contacts une longueur ab égale à ce pas, et du centre c, avec cb pour rayon, on tracera une circonférence qui déterminera la longueur des dents du pignon.

Fig. 46.

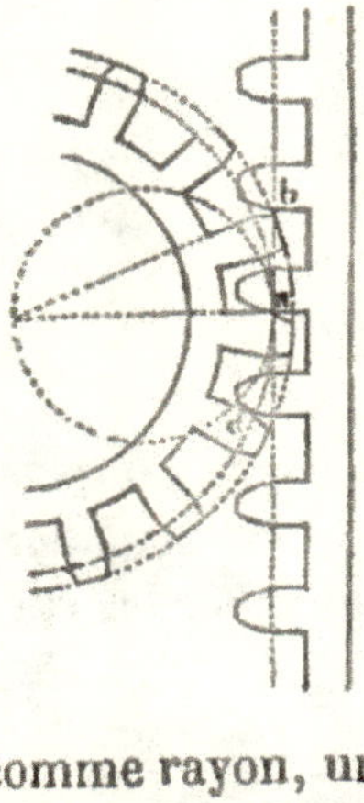

Quant aux dents de la crémaillère, on les tracera avec une exactitude suffisante pour la pratique en décrivant, de la naissance d'une des dents comme centre, avec le pas comme rayon, un arc de cercle, qu'on limitera en d, à sa rencontre avec le cercle dont le diamètre est égal au rayon du pignon. Ces dents auront leurs flancs perpendiculaires à la direction du mouvement, et seront symétriques ainsi que celles du pignon.

La profondeur du creux et la saillie totale se régleront comme il a été dit aux nos **324** et suivants.

Il arrive souvent pour cet engrenage que, d'après la dimension trouvée pour le pas, il ne serait pas possible de faire conduire avant et après le point de contact du cercle primitif et de la ligne da, à une distance égale au pas, sans que les dents ne devinssent trop minces au bout. On restreindra alors l'amplitude du contact et l'on déterminera le rayon des courbes des dents de la crémaillère comme il a été dit au n° 330, pour les engrenages ordinaires.

335. Cames des pilons. Les cames des pilons se traceront de la même manière que les dents du pignon qui conduit une crémaillère; mais comme il n'y en a qu'un petit nombre dans la circonférence, on peut se donner la condition que chacune d'elles agisse pendant une partie donnée de cette circonférence, et faire en sorte que le pilon ait le temps de retomber avant qu'une autre came soit arrivée pour le relever.

Appelant

h la levée du pilon, ordinairement donnée d'avance,

m le nombre de cames qui agissent sur un même pilon dans une révolution de l'arbre,

n le nombre de révolutions de l'arbre en 1',

$t = \frac{60''}{n}$ la durée d'une révolution,

r, le rayon du cercle primitif à développer,

l'intervalle d'une levée à une autre serait

$$\frac{t}{m} = \frac{60''}{mn}.$$

Mais, attendu que les résistances passives peuvent un peu retarder la descente, on augmentera ce temps d'un sixième, pour ne pas être exposé à voir les mentonnets choquer les cames en descendant.

Faisant alors

$$\frac{6}{7}\frac{t}{m} = t',$$

on calculera le rayon r par la formule

$$r = \frac{60h}{\left(\frac{6}{7}\frac{t}{m} - \sqrt{\frac{2h}{9.81}}\right)6.28 \times n}.$$

Cette formule revient à la règle suivante :

Divisez la durée d'une révolution de l'arbre à cames par le nombre de cames qui agissent sur un même pilon; prenez les $\frac{6}{7}$ de ce *temps, et retranchez-en la racine carrée du double de la levée, divisée par* 9.81; *multipliez le reste par* 6.28 *fois le nombre de révolutions de l'arbre à cames en* 1′:

Fig. 47.

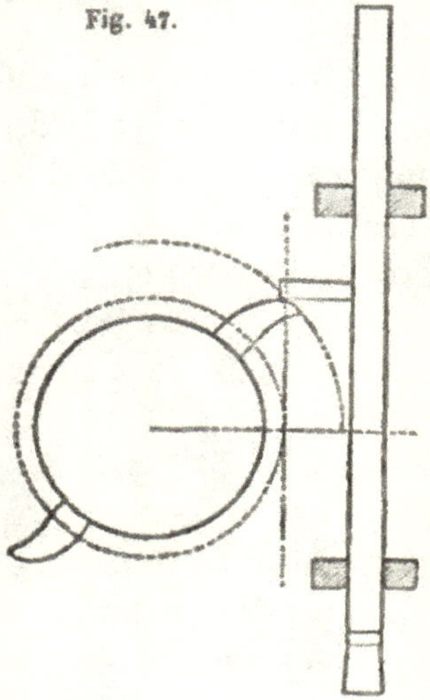

Par le produit divisez la levée multipliée par 60 :

Le quotient sera le plus petit rayon que l'on puisse prendre pour le cercle à développer.

Il n'y aura aucun inconvénient à le prendre plus grand.

EXEMPLE. Quelle est la limite inférieure du rayon du cercle à développer pour former les cames d'un moulin à pilons, dans le cas des données suivantes :

$$h = 0^{m}.40, \quad m = 2, \quad n = 26, \quad t' = \frac{60}{52}\left(\frac{6}{7}\right) = 0''.99 ?$$

On trouve

$$r = \frac{60 \times 0^{m}.40}{(0.99 - 0.285)6.28 \times 25} = 0^{m}.217.$$

Le rayon que l'on adopte ordinairement est environ le double de cette limite inférieure.

On tracera le cercle du rayon r ainsi déterminé, et on limitera la longueur de la courbe, comme il a été dit au numéro précédent, en portant sur la tangente une longueur égale à la levée, et en décrivant du centre de l'arbre à cames le cercle qui passerait par le point ainsi déterminé.

Le reste du tracé ne présente pas de difficultés.

336. CAMES EN ÉPICYCLOÏDES DESTINÉES A TRANSMETTRE UN MOUVEMENT CIRCULAIRE ALTERNATIF. Pour construire les cames qui sont employées à soulever les marteaux des foulons, les marteaux frontaux, etc., on déterminera d'abord par l'amplitude du mouvement qu'on doit imprimer à ces outils la longueur de l'arc qui correspond à la durée du contact.

On se donnera pour le cercle à cames un rayon convenable

d'après les proportions en usage, et suffisant pour que l'outil, en redescendant, ne rencontre pas la came avant d'être parvenu à sa position inférieure et d'avoir terminé son action.

Fig. 48.

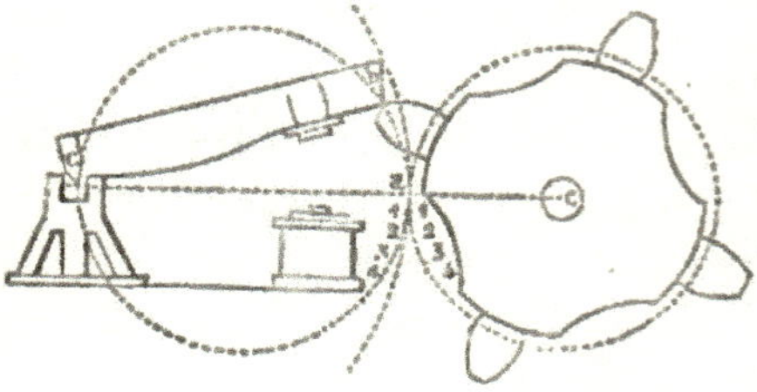

Tracez le cercle primitif *ca* de la came, le cercle du rayon *c'a* et le cercle dont le diamètre est *ca'*.

Partagez ce dernier cercle et le cercle *ca* en parties égales, à partir de *a*, aux points 1, 2, 3, 4, 5.

Des points 1, 2, 3, 4, 5, de division du cercle *ca*, avec des rayons égaux aux cordes 1*a*, 2*a*, 3*a*, etc., du cercle de diamètre *c'a*, décrivez des arcs de cercle qui, par leurs intersections successives, formeront la courbe de l'épicycloïde de la came.

De *a* en *b*, sur le cercle diamètre *c'a*, portez un arc égal à celui pendant lequel la came doit conduire le manche. Du point *c* comme centre, avec un rayon égal à *cb*, décrivez une circonférence, qui limitera la longueur utile des cames.

Pour la facilité du dégagement du manche on donne à ces cames un flanc en ligne droite, dirigé suivant le rayon, et on en détermine la longueur d'après les dimensions du manche et le jeu nécessaire.

Ces cames n'étant pas exposées à être contremenées comme les engrenages ordinaires, il n'est pas nécessaire de leur donner des deux côtés une courbure symétrique, quoique cela se pratique ordinairement.

Fig. 49.

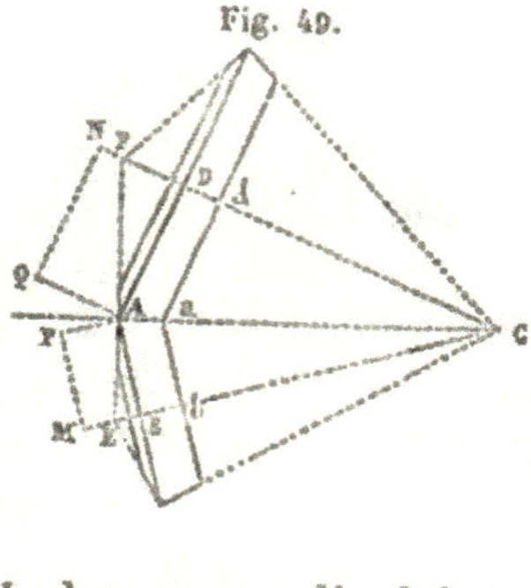

337. Engrenages coniques. L'angle formé par les deux axes de rotation étant donné, élevez en un point quelconque de ses deux côtés CM et CN des perpendiculaires qui soient entre elles dans le rapport inverse des vitesses angulaires ou des nombres de tours. Par les extrémités P et Q de ces perpendiculaires menez deux parallèles PA et QA aux lignes CM et CN. La ligne CA partagera l'angle MCN en deux parties telles, que les cônes qui auraient pour génératrice cette ligne, tournant respectivement autour de CM et CN, rouleraient l'un sur l'autre en se transmettant des vitesses angulaires dans le rapport donné.

Ces cônes se nomment les *cônes primitifs*.

Si l'on appelle

R le rayon de la roue conductrice,

R′ le rayon du pignon,

n le rapport des vitesses angulaires ou des nombres de tours, on aura

$$R = nR',$$

et si l'on se donne l'un des rayons, l'autre sera déterminé.

On calculera, par les formules de la *Résistance des Matériaux*, l'épaisseur et la largeur des dents, et l'on en conclura le pas a,

Divisant ensuite la circonférence $2\pi R$ par le pas a, on aura le nombre m de dents de la roue; et, comme il sera généralement fractionnaire, on prendra pour m le nombre entier inférieur le plus voisin divisible à la fois par le nombre des bras de la roue et par le rapport n des vitesses, ce qui conduira à une nouvelle valeur du pas égale à $\frac{2\pi R}{m}$ ou au quotient de la circonférence primitive par le nombre de dents adopté, et un peu supérieure à la précédente.

On aura ensuite le nombre de dents du pignon $m' = \frac{m}{n}$ en divisant celui des dents de la roue par le nombre de tours que le pignon doit faire par tour de roue.

La largeur des dents se porte de A en a sur la ligne CA, et l'on abaisse de a des perpendiculaires ab et ad, qui sont les rayons de deux nouveaux cercles.

C'est entre les cercles AB et ab, AD et ad, qu'est comprise la denture.

Au point A on élève, sur la ligne CA, une perpendiculaire, dont les rencontres E et F avec les axes CB et CD donnent le sommet de deux nouvelles surfaces coniques perpendiculaires aux précédentes, et qui forment les *surfaces de tête* de l'engrenage.

Cela fait, on développe les cônes dont les sommets sont en E et F, et qui ont pour arêtes AE et AF. Les cercles AB et AD, qui leur servent de bases, se touchent en A dans le développement, et on les regarde comme les cercles primitifs d'un engrenage plan, que l'on trace comme il est dit au n° **324**.

Fig. 50.

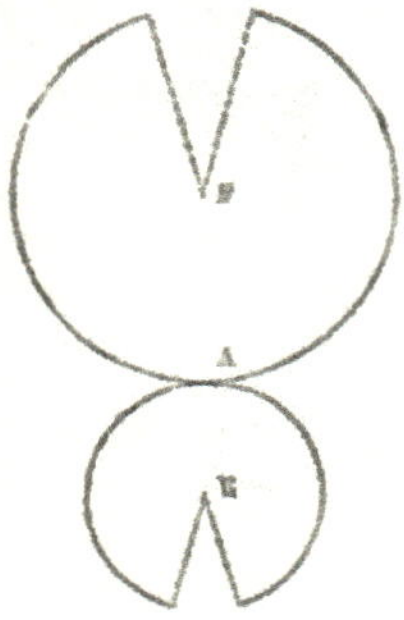

On fait le tracé d'un certain nombre de dents sur une feuille flexible de tôle mince, que l'on découpe suivant le profil déterminé, et on la présente ensuite comme un gabarit sur la surface de tête de la roue correspondante, sur laquelle on trace l'engrenage à la pointe.

On répète les mêmes opérations pour les surfaces coniques perpendiculaires en *a* aux cônes primitifs, et qui forment les surfaces de tête intérieures.

Les deux tracés ainsi reportés sur ces surfaces de tête étant repérés convenablement, les profils des dents sur l'un et sur l'autre se correspondront exactement; et, en traçant des lignes droites de l'un à l'autre des points homologues, on exécutera toute la surface des dents.

338. Engrenages a développantes de cercle. Lorsqu'une roue doit conduire plusieurs pignons de diamètres différents, l'engrenage à épicycloïdes et le tracé pratique qu'on lui substitue (n° **324**) ne satisfont plus pour tous ces pignons à la condition de transmettre la vitesse dans un rapport constant. Il convient, dans ce cas, d'employer l'engrenage dont les dents ont la forme de développantes, et l'on procédera ainsi qu'il suit:

Fig. 51.

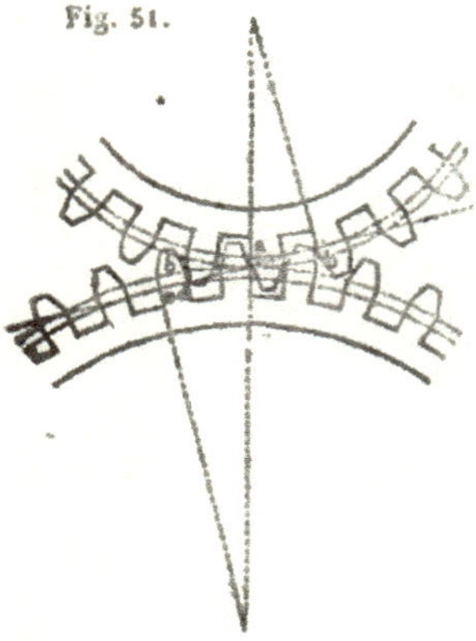

On déterminera les rayons des cercles primitifs, l'épaisseur et la largeur des dents, ainsi que le pas, comme il a été dit aux nos **324** à **331**.

Cela fait, si l'on veut que les dents se conduisent, avant et après la ligne des centres, d'une quantité égale au pas, on portera, à partir du point *a*, sur le cercle primitif du pignon, un arc *ab* égal au pas ; on mènera le rayon *c'b*. Du point *a* on abaissera une perpendiculaire sur *c'b*, et du point *c* une parallèle *ce* à *c'b*. On décrira des centres *c* et *c'* les circonférences qui auront pour tangente commune la ligne *ae* prolongée, et l'on enroulera sur ces circonférences un fil dont l'extrémité soit fixée à un style ; puis, en déroulant le fil, le style tracera successivement la développante de ces deux circonférences. Les courbes ainsi obtenues seront celles des profils des dents.

Du centre *c*, avec un rayon égal à la distance de ce centre au pied de la perpendiculaire abaissée de *a* sur *c'b*, on décrira une circonférence de cercle qui limitera la longueur des dents de la roue.

La courbe de la dent du pignon, étant arrivée à une distance égale au pas, rencontrera la ligne *ae* en un point dont on prendra la distance au centre *c'* pour rayon d'une circonférence de cercle qui limitera les dents du pignon.

Pour la facilité du passage des dents dans les creux, il est nécessaire de donner aux dents des flancs formés par des rayons tangents à leur naissance, et dont la longueur mesurée en dedans des cercles développés ne doit pas excéder $0^{m}.004$ à $0^{m},005$ pour les petits engrenages, et $0^{m}.008$ à 0.010 pour les grands, ce qui détermine la profondeur des creux.

339. Modification relative au cas des pignons très-petits et des grands efforts. Si, par suite de la grande différence des rayons primitifs R et R' et de l'épaisseur à donner aux dents, la condition de faire agir les dents à une distance égale au pas avant et après la ligne des centres conduisait à avoir des dents trop minces au bout, on recommencerait le tracé, en ne faisant agir les dents qu'à une distance égale aux trois quarts ou à la moitié du pas.

340. Le tracé précédent s'applique aux roues d'angle. Ce tracé des engrenages à développantes de cercle peut être appliqué aux roues d'angle comme aux engrenages plans.

341. Engrenage d'une vis sans fin conduisant un pignon. Pour tracer l'engrenage d'une vis sans fin conduisant un pignon, on déterminera d'abord l'épaisseur des dents et le pas d'après l'intensité des efforts à transmettre.

Le pas des filets de la vis à la circonférence primitive sera égal au pas de l'engrenage, et, comme alors il passera une dent du pignon à chaque tour de la vis, on pourra calculer le rayon du pignon de façon qu'il fasse un tour pour un nombre de tours donné de la vis.

Soit n ce nombre, on aura, pour déterminer le rayon du pignon la formule suivante

$$R = \frac{na}{6.28},$$

qui revient à la règle suivante :

Pour déterminer le rayon du cercle primitif d'un pignon qui doit être conduit par une vis sans fin,

Multipliez le pas par le nombre de tours que doit faire la vis par tour de pignon, et divisez le produit par 6.28 :

Le quotient sera le rayon cherché.

Le pas de la vis étant connu, on aura le diamètre du noyau, d'après les règles pratiques qui seront données au chapitre de la *Résistance des matériaux*, par la formule

$$r = \frac{5}{2}a.$$

Quant à la ligne droite qui représenterait le cercle primitif de la vis, elle sera parallèle à l'axe de la vis et à une distance égale à $\frac{11}{10}r$.

Cela fait, on tracera le profil des dents du pignon et celui des filets de la vis, comme pour un pignon conduisant une crémaillère (n° 334).

La vis sera ainsi entièrement déterminée.

Quant au pignon, il faut que ses dents soient inclinées sur son axe comme les filets sur celui de la vis. A cet effet, ayant fait le tracé du profil des dents sur les deux faces de tête de l'engrenage, on ploiera sur le cylindre qui contient les sommets des dents une ligne droite allant de l'extrémité d'une dent au point homologue de la dent précédente, dans le sens du mouvement; et, en opérant ainsi de proche en proche, à mesure que l'on creusera les dents du modèle on formera la surface gauche des dents du pignon.

DU FROTTEMENT.

342. On distingue deux genres de frottement, provenant, le premier, de la résistance qui se manifeste quand un corps glisse sur un autre, et le deuxième, de la résistance qu'un corps éprouve quand il roule sur un autre.

Dans le premier cas, la résistance prend le nom de *frottement de glissement*; dans le deuxième, celui de *frottement de roulement*.

De nombreuses expériences* faites sur tous les corps employés dans les machines et dans les constructions, sous des pressions comparables à celles qui ont lieu dans la pratique et avec tous les enduits en usage, ont prouvé que le frottement de glissement est

1° indépendant de la vitesse du mouvement,

2° indépendant de l'étendue de la surface de contact,

3° proportionnel à la pression, dans un rapport constant pour les mêmes corps dans le même état, et variable d'un corps à l'autre.

L'expérience a aussi appris que, quand les corps ont été quelque temps en contact, comme une vanne avec ses coulisses, le frottement au moment où l'on veut les faire glisser l'un sur l'autre est plus grand que quand ils sont déjà en mouvement. Il faut donc distinguer ici deux cas : 1° celui où les corps ont été quelque temps en contact; 2° celui où les corps sont en mouvement les uns sur les autres.

Les valeurs du rapport du frottement à la pression, pour l'un

* Nouvelles expériences sur le frottement, faites à Metz en 1831, 1832, 1833, imprimées par ordre de l'Académie des sciences. — 1834, chez Mathias, libraire, à Paris.

et pour l'autre cas et pour tous les corps en usage dans les machines, sont consignés dans les tableaux suivants :

TABLEAU N° 1.

FROTTEMENT DES SURFACES PLANES LORSQU'ELLES ONT ÉTÉ QUELQUE TEMPS EN CONTACT.

Indication des surfaces en contact.	Disposition des fibres.	État des surfaces.	Rapport du frottement à la pression.
Chêne sur chêne......	parallèles	sans enduit.	0.62
	id.	frottées de savon sec.	0.44
	perpendiculaires	sans enduit.	0.54
	id.	mouillées d'eau.	0.71
	bois debout sur bois à plat.	sans enduit.	0.43
Chêne sur orme......	parallèles	id.	0.38
Orme sur chêne......	id.	id.	6.69
	id.	frottées de savon sec.	0.41
	perpendiculaires	sans enduit.	0.57
Frêne, sapin, hêtre, sorbier sur chêne.....	parallèles	id.	0.53
Cuir tanné sur chêne..	le cuir à plat.	id.	0.61
	le cuir de champ	id.	0.43
	id.	mouillées d'eau.	0.79
Cuir noir corroyé ou courroie. — sur surface plane en chêne...	parallèles	sans enduit.	0.74
		id.	0.47
Cuir noir corroyé ou courroie. — sur tambour en chêne.	perpendiculaires	sans enduit.	0.50
Natte de chanvre sur chêne............	parallèles	mouillées d'eau.	0.87
	id.	sans enduit.	0.80
Corde de chanvre sur chêne............	parallèles	id.	0.62
Fer sur chêne........	parallèles	mouillées d'eau.	0.65
	id.	id.	0.65
Fonte sur chêne......	parallèles	sans enduit.	0.62
Cuivre jaune sur chêne.	parallèles	mouillées d'eau.	0.62
Cuir de bœuf pour garniture de piston, sur fonte............	à plat ou de champ	avec huile, suif ou saindoux.	0.12
Cuir noir corroyé ou courroie sur poulie en fonte.	à plat	sans enduit.	0.28
		mouillées d'eau.	0.38

Indication des surfaces en contact.	Disposition des fibres.	Etat des surfaces.	Rapport du frottement à la pression.
Fonte sur fonte.......	id.	sans enduit.	0.16[1]
Fer sur fonte.........	id.	id.	0.19
Chêne, orme, charme, fer, fonte et bronze, glissant deux à deux l'un sur l'autre.....	id.	enduites de suif.	0.10[2]
		enduites d'huile ou de saindoux.	0.15[3]
Pierre calcaire oolithique sur calcaire oolithique............	id.	sans enduit.	0.74
Pierre calcaire dure dite muschelkalk sur calcaire oolithique.....	id.	id.	0.75
Brique sur calcaire oolithique............	id.	id.	0.67
Chêne sur calcaire oolithique............	bois debout	id.	0.63
Fer sur calcaire oolithique............	id.	id.	0.49
Pierre calcaire dure ou muschelkalk sur muschelkalk..........	id.	id.	0.70
Pierre calcaire oolithique sur muschelkalk.	id.	id.	0.75
Brique sur muschelkalk.	id.	id.	0.67
Fer sur id. ..	id.	id.	0.42
Chêne sur id. ..	id.	id.	0.64
Pierre calcaire oolithique sur calcaire oolithique............	id.	avec enduit de mortier de trois parties de sable fin et d'une partie de chaux hydraulique.	0.74[4]

343. On remarque que, l'expérience ayant démontré qu'un ébranlement assez faible pouvait déterminer le mouvement ou la séparation des surfaces sous un effort de traction peu supérieur

1. Les surfaces conservant quelque onctuosité.

2. Lorsque le contact n'a pas duré assez longtemps pour exprimer l'enduit.

3. Lorsque le contact a duré assez longtemps pour exprimer l'enduit et ramener les surfaces à l'état onctueux.

4. Après un contact de 10 à 15′.

à celui qui suffit pour vaincre le frottement quand le mouvement est acquis, on ne devra pas faire usage de ce tableau dans toutes les applications à la stabilité des constructions exposées à des ébranlements quelconques, mais se servir de ceux du tableau suivant :

TABLEAU N° 2.

FROTTEMENT DES SURFACES PLANES EN MOUVEMENT LES UNES ET LES AUTRES.

Indication des surfaces en contact.	Disposition des fibres.	État des surfaces.	Rapport du frottement à la pression.
Chêne sur chêne.......	parallèles	sans enduit.	0.48
	id.	frottées de savon sec.	0.16
	perpendiculaires	sans enduit.	0.34
	id.	mouillées d'eau.	0.25
	bois debout sur bois à plat	sans enduit.	0.19
Orme sur chêne.......	parallèles	id.	0.43
	perpendiculaires	id.	0.45
	parallèles	id.	0.25
Frêne, sapin, hêtre, poirier sauvage et sorbier, sur chêne......	id.	id.	0.36 à 0.40
Fer sur chêne.........	id.	id.	0.62
		id.	0.26
		mouillées d'eau.	0.21
		frottées de savon sec.	0.49
Fonte sur chêne.......	id.	sans enduit.	0.22
		mouillées d'eau.	0.19
		frottées de savon sec.	0.62
Cuivre jaune sur chêne..	id.	sans enduit.	0.25
Fer sur orme,.........	id.	id.	0.20
Fonte sur orme........	id.	id.	0.27
Cuir noir corroyé sur chêne..............	id.	id.	0.30
Cuir tanné sur chêne...	à plat ou de champ	id.	à 0.35
		mouillées d'eau.	0.29
Cuir tanné sur fonte et sur bronze..........	à plat ou de champ	sans enduit.	0.56
		mouillées d'eau.	0.36
		onctueuses et mouillées d'eau.	0.23
		enduites d'huile.	0.15
Chanvre en brin ou en corde sur chêne	parallèles	sans enduit.	0.52
	perpendiculaires	mouillées d'eau.	0.33

Indication des surfaces en contact.	Disposition des fibres.	État des surfaces.	Rapport du frottement à la pression.
Chêne et orme sur fonte.	parallèles	sans enduit.	0.38
Poirier sauvage sur fonte.	id.	id.	0.44
Fer sur fer............	id.	id.	» [1]
Fer sur fonte et sur bronze.............	id.	id.	0.18 [2] 0.15 [2]
Fonte sur fonte et sur bronze.............	id.	id.	0.31 0.20
Fonte sur fonte........	id.	mouillées d'eau.	0.22
Bronze { sur bronze.....		sans enduit.	0.16 [3]
Bronze { sur fonte......	id.	id.	
Bronze { sur fer........		id.	
Chêne, orme, charme, poirier sauvage, fonte, fer, acier et bronze glissant l'un sur l'autre ou sur eux mêmes...	id.	lubréfiées à la manière ordin. avec enduit de suif, saindoux, cambouis mou, etc.	0.07 à 0.08 [4]
		légèrement onctueuses au toucher.	0.15
Pierre calcaire oolithique sur calcaire oolithique.	id.	sans enduit.	0.64
Pierre calcaire dite muschelkalk sur calcaire oolithique..........	id.	id.	0.67
Brique ordinaire sur calcaire oolithique......	id.	id.	0.65
Chêne sur calcaire oolithique..............	bois debout	id.	0.38
Fer forgé sur calcaire oolithique..........	parallèles	id.	0.69
Pierre calcaire dite muschelkalk sur muschelkalk..............	id.	id.	0.38
Pierre calcaire oolithique sur muschelkalk.....	id.	id.	0.65
Brique ordinaire sur muschelkalk..........	id.	id.	0.60
Chêne sur muschelkalk..	bois debout	id.	0.38
Fer sur muschelkalk....	parallèles	id.	0.24
	id.	mouillées d'eau.	0.30

1. Les surfaces se rodent dès qu'il n'y a pas d'enduit.

2. Les surfaces conservant encore un peu d'onctuosité.

3. Les surfaces étant un peu onctueuses.

4. Lorsque l'enduit est sans cesse renouvelé et uniformément réparti, ce rapport peut s'abaisser jusqu'à 0.04 ou 0.05.

TABLEAU N° 3.

FROTTEMENT DES TOURILLONS EN MOUVEMENT SUR LEURS COUSSINETS.

Indication des surfaces en contact.	État des surfaces.	Rapport du frottement à la pression lorsque l'enduit est renouvelé. à la manière ordinaire.	Rapport du frottement à la pression lorsque l'enduit est renouvelé. d'une manière continue.
Tourillons en fonte sur coussinets en fonte..........	enduites d'huile d'olive, de saindoux, de suif ou de cambouis mou....	0.07 à 0.08	0.04 à 0.05
	avec les mêmes enduits mouillés d'eau.......	0.08	»
	enduites d'asphalte.....	0.054	»
	onctueuses...........	0.14	»
	onctueuses et mouillées d'eau.............	0.14	»
Tourillons en fonte sur coussinets en bronze.........	enduites d'huile d'olive, de saindoux, de suif ou de cambouis mou..	0.07 à 0.08	0.04 à 0.05
	onctueuses...........	0.16	»
	onctueuses et mouillées d'eau.............	0.16	»
	très-peu onctueuses.....	0.19	» [1]
Tourillons en fonte sur coussinets en bois de gayac...	sans enduit...........	0.18	» [2]
	enduites d'huile ou de saindoux...........	»	0.090
	onctueuses d'huile ou de saindoux...........	0.10	»
	onctueuses d'un mélange de saindoux et de plombagine.........	0.14	»
Tourillons en fer sur coussinets en fonte.	enduites d'huile d'olive, de suif, de saindoux ou de cambouis mou..	0.07 à 0.08	0.04 à 0.05

1. Les surfaces commençant à se roder. — 2. Les bois étant un peu onctueux.

Indication des surfaces en contact.	État des surfaces.	Rapport du frottement à la pression lorsque l'enduit est renouvelé.	
		à la manière ordinaire.	d'une manière continue.
Tourillons en fer sur coussinets en bronze.	enduites d'huile d'olive, de saindoux ou de suif	0.07 à 0.08	0.04 à 0.05
	enduites de cambouis ferme	0.09	»
	onctueuses et mouillées d'eau	0.09	»
	très-peu onctueuses	0.25	» [1]
Tourillons en fer sur coussinets en gayac.	enduites d'huile ou de saindoux	0.11	»
	onctueuses	0.19	»
Tourillons en bronze sur coussinets en bronze.	enduites d'huile	0.10	»
	enduites de saindoux	0.09	»
Tourillons en bronze sur coussinets en fonte.	enduites d'huile ou de suif	»	0.045 à 0.052
Tourillons en gayac sur coussinets en fonte.	enduites de saindoux	0.12	»
	onctueuses	0.15	»
Tourillons en gayac sur coussinets en gayac.	enduites de saindoux	»	»

344. Usage des tableaux précédents. Lorsqu'on connaîtra la pression supportée par des surfaces d'une matière et à un état donnés, en la multipliant par le rapport du frottement à la pression convenable au cas examiné, on aura le frottement qui s'oppose à ce qu'elles glissent l'une sur l'autre, soit au moment du départ, soit quand le mouvement est acquis.

Applications. — Premier exemple. Quel est l'effort nécessaire pour lever une vanne en chêne de 1^m de largeur sur $0^m.05$

1. Les surfaces commençant à se roder.

d'épaisseur et $0^m.35$ de hauteur, formant un orifice de $0^m.30$ de hauteur, et dont le milieu est à $1^m.50$ au-dessous du niveau de l'eau?

Le montant de la vanne est en chêne et a $0^m.08$ d'épaisseur sur $0^m.12$ de largeur et $2^m.30$ de longueur, dont $1^m.60$ immergé dans l'eau.

La surface pressée par l'eau est égale à $1^m \times 0^m.35 = 0^{mq}.35$.

La hauteur de la colonne d'eau qui presse son milieu étant $1^m.50$, la pression supportée par la vanne égale

$$0^{mq}.35 \times 1^m.50 \times 1000^{kil} = 525^{kil}.$$

Le frottement, au moment où la vanne commence à se mouvoir, est (tableau du n° 342)

$$0.71 \times 525^{kil} = 373^{kil}.$$

Le poids de la vanne et de la portion du montant immergée dans l'eau est sensiblement égal à celui du volume d'eau qu'il déplace. Le poids de la partie non immergée de la tige est égal à

$$900(0^m.08) \times 0^m.12 \times 0^m.7 = 6^{kil}.05.$$

L'effort nécessaire pour soulever la vanne est donc

$$373^{kil} + 6^{kil}.05 = 379^{kil}.05.$$

Lorsque le mouvement est acquis, l'effort nécessaire pour vaincre le frottement n'est plus, tableau n° 2, que

$$0.25 \times 525^{kil} = 131^{kil}.25.$$

Deuxième exemple. Quel est l'effort nécessaire pour soulever une vanne en fonte de 3^m de largeur sur $0^m.45$ de hauteur, fermant un orifice incliné à $40°$, de $0^m.45$ d'ouverture, et dont le milieu est immergé à $0^m.60$ au-dessous du niveau de l'eau?

(Par une disposition convenable de contre-poids, le poids propre de la vanne est équilibré, et l'appareil pour la manœuvre de la vanne ne doit vaincre que le frottement de la vanne dans ses coulisses.)

La surface pressée par l'eau $= 3^m \times 0^m.45 = 1^{mq}.35$. La hauteur du niveau sur son milieu étant de $0^m.60$, la pression totale $= 0^m.60 \times 1^{mq}.35 \times 1000 = 810$ kil.

Le frottement au moment du départ (tableau du n° **342**) est

$$0.16 \times 810 = 129^{kil}.60.$$

Troisième exemple. Quel est le frottement d'un châssis de scie en fonte, du poids de 50 kilogrammes, en mouvement dans des coulisses horizontales en bronze, avec enduit de saindoux?

Le frottement est (tableau du n° 343)

$$0.07 \times 50^{kil} = 3^{kil}.50.$$

Si les surfaces n'étaient qu'onctueuses, quel serait le frottement?

Le frottement (tableau du n° 343) $= 0.14 \times 50^{k} = 7^{k}$.

345. Quantité de travail consommée par le frottement des surfaces planes. Pour calculer la quantité de travail consommée par le frottement de deux surfaces planes en mouvement l'une sur l'autre sur une longueur donnée,

Multipliez la pression N *par le rapport* f *du frottement à la pression correspondant aux surfaces en contact, vous aurez la valeur du frottement;*

Multipliez ce frottement par le chemin e *ou l'espace dont les surfaces ont glissé l'une sur l'autre :*

Le produit sera la quantité de travail cherchée.

Exemple. Quel est la quantité de travail consommée par chaque course du châssis de scie horizontal du numéro précédent?

La course étant de $0^{m}.65$, cette quantité de travail est

$$0.14 \times 50^{k} \times 0^{m}.65 = 4^{km}.55;$$

et, s'il y a 100 coups en 1', la quantité de travail consommée en 1'' est

$$4^{km}.55 \times \frac{100}{60} = 7^{km}.58.$$

346. Quantité de travail consommée par le frottement des tourillons. Pour calculer la quantité de travail consommée à chaque tour par le frottement des tourillons d'un arbre sur ses coussinets,

Déterminez la pression N *exercée sur les coussinets en tenant compte du poids de l'arbre et de son équipage, de l'effort de la puissance et de celui de la résistance* (n° **348**);

Multipliez cette pression N *par le rapport* f *du frottement à la pression correspondant à l'état des corps en contact* (tableau n° 343), *vous aurez le frottement* fN;

Multipliez ce frottement par le chemin parcouru par les points en contact dans une révolution, ou par la circonférence $2\pi r = 6.28\,r$ *du tourillon :*

Le produit 6.28 fNr *sera le travail consommé par le frottement pour chaque tour.*

Pour avoir le travail consommé dans chaque seconde, multipliez ce produit par le nombre n *de tours faits par seconde :*

Le produit 6.28 nfNr *sera le travail consommé par seconde.*

Premier exemple. Quelle est la quantité de travail consommée par seconde par le frottement des tourillons d'une roue hydraulique soumise à une pression de 12000 kilogrammes?

Le rayon des tourillons est supposé de $0^{m}.10$; ils sont en fonte et reposent sur des coussinets en bronze enduits de saindoux. La roue fait cinq tours en 1'.

Le frottement des tourillons en fonte sur des coussinets en bronze est (tableau du n° 343)

$$0.07 \times 12000^{kil} = 840^{kil}.$$

Le chemin parcouru par la circonférence des tourillons en 1" est

$$\frac{6.28 \times 0^{m}.10 \times 5}{60''} = 0^{m}.0523.$$

La quantité de travail consommée par le frottement des tourillons est $840^{k} \times 0^{m}.0523 = 44^{km}$.

Deuxième exemple. Quelle est la quantité de travail consommée par le frottement des tourillons d'une roue hydraulique dont l'effet utile est 3615^{km} ou de 48.2 chevaux, dans les circonstances suivantes?

Le diamètre de cette roue $= 9^{m}.10$.

L'effort exercé par l'eau à la circonférence de la roue est vertical, agit de haut en bas et est égal à 1374 kilogrammes.

La résistance verticale du pignon agit de bas en haut, et est aussi égale à 1374 kilogrammes environ.

Le poids de la roue est de.................... 25000^{kil}

Le poids de l'eau contenue dans la roue est de... 1480

Le rayon des tourillons en fonte sur coussinets de bronze avec enduit de saindoux. . . . . $0^m.118$

La vitesse de la circonférence de la roue est de. . . $2^m.63$

Il résulte des données ci-dessus que l'effort exercé par l'eau et celui qui est transmis au pignon sont à peu près égaux, dirigés en sens contraire, et qu'ils se détruisent.

La pression sur les tourillons est donc égale à

$$25000 + 1480 = 26480^{kil}.$$

Le rapport du frottement à la pression, pour les coussinets en bronze et les tourillons en fonte, avec enduit de saindoux, est (tableau du n° 343) égal à 0.08, et le frottement est en conséquence

$$0.08 \times 26480^{kil} = 2118^{kil}.40.$$

Le chemin parcouru en 1″ par la circonférence des tourillons est

$$2^m.63 \times \frac{0^m.118}{4^m.55} = 0^m.0682.$$

La quantité de travail consommée par le frottement de ces tourillons en 1″ est donc

$$2118^{kil}.4 \times 0^m.0682 = 144^{km}.4,$$

ou environ deux chevaux-vapeur.

TROISIÈME EXEMPLE. Quel est le travail consommé par seconde pour les tourillons en fonte de la roue hydraulique du laminoir de Framont, dont le rayon extérieur est $4^m.57$, et qui tourne sur des coussinets en bronze avec enduit de suif?

La quantité de travail transmise à la circonférence égale. . . . . 4500^{km}

La résistance opposée par le premier pignon à l'effort vertical exercé par l'engrenage est dirigée de bas en haut et égale à. 2930

Le poids de l'eau contenue dans les augets est à peu près. . . . . 5500^k

Le poids de la roue hydraulique et de son équipage. 86687^k

La vitesse de la circonférence de la roue. . . . . . . $2^m.30$

Le rayon des tourillons. . . . . $0^m.21$

La pression sur les tourillons est

$$86687 + 5500 - 2930 = 89257^{kil}.$$

Le frottement des tourillons enduit de suif est

$$0.08 \times 89257^{kil} = 7140^{kil}.$$

Le chemin parcouru par la circonférence du tourillon est

$$2^{m}.30 \times \frac{0^{m}.21}{4^{m}.57} = 0^{m}.106.$$

La quantité de travail consommée par le frottement de ces tourillons en 1″ est

$$7140^{kil} \times 0^{m}.106 = 756^{km}.8 = 10^{chev}.25.$$

347. Quantité de travail consommée par le frottement des pivots. *Multipliez la pression* N *par le rapport* f *du frottement à la pression* (tableau du n° **343**), *vous aurez le frottement ;*

Multipliez ce frottement fN *par les* $\frac{2}{3}$ *de la circonférence extérieure de la base du pivot, ou par* 4.19r;

Le produit 4.19fNr *sera le travail consommé à chaque tour par le frottement du pivot.*

Pour avoir le travail consommé dans chaque seconde, multipliez ce produit par le nombre n *de tours faits dans* 1″ :

Le produit 1.29nfNr *sera le travail cherché.*

Exemple. Quelle est la quantité de travail consommée par seconde par le frottement du pivot d'un arbre vertical soumis à une pression de 3400 kilogrammes, faisant 150 tours en 1′, le rayon du pivot en acier sur crapaudine en bronze étant de $0^{m}.03$?

La règle ci-dessus donne, pour cette quantité de travail en 1″,

$$4.19 \times 2.5 \times 0.07 \times 3400^{kil} \times 0^{m}.03 = 7^{km}.48.$$

348. Manière de déterminer la pression supportée par un axe de rotation. Pour déterminer la pression supportée par un axe ou par un pivot, il se présente plusieurs cas à examiner.

Fig. 52.

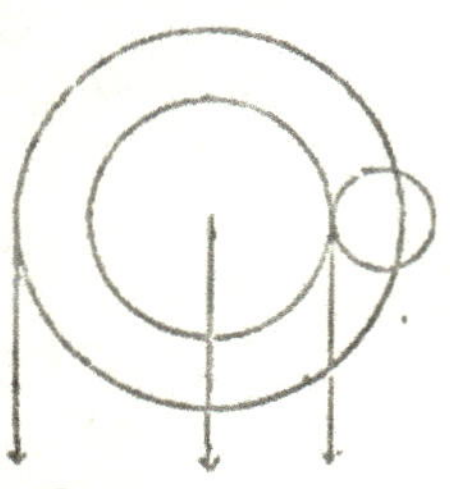

1° *Si toutes les forces agissent verticalement* (fig. 52), *ajoutez le poids* M *de l'arbre et de son équipage aux forces* P *qui agissent de haut en bas, ajoutez-y ou retranchez-en la somme des forces* Q *qui agissent de haut en bas ou de bas en haut : la somme ou le reste sera la pression cherchée.*

Pour les roues hydrauliques on pourra, dans la plupart des cas, négliger le poids de l'eau qu'elle contiennent par rapport à celui de la roue, et ne tenir compte que de l'effort P qu'elles transmettent à leur circonférence et de la résistance qu'elles éprouvent de la part du premier engrenage, ainsi que de leur poids.

2° *S'il y a des forces verticales et des forces horizontales, faites séparément les sommes A et B de chacun de ces groupes de forces, en y comprenant le poids des arbres et de leur équipage.*

Fig. 53.

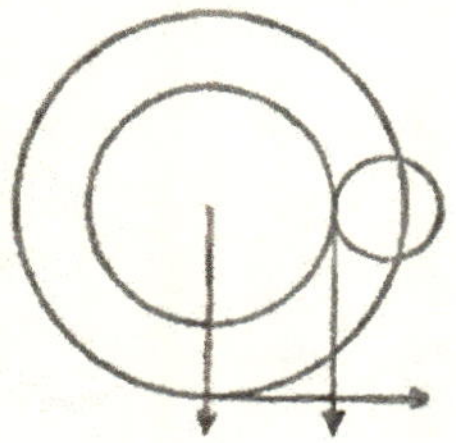

Vous saurez presque toujours d'avance quelle est la plus grande des deux sommes; alors ajoutez les 0.96 *de la plus grande aux* 0.4 *de la plus petite, vous aurez la pression cherchée* N *à moins de* $\frac{1}{25}$ *près.*

Si l'on ignore quelle est la plus grande des deux sommes, ajoutez-les et prenez les 0.83 *du total, vous aurez la pression cherchée* N *à moins de* $\frac{1}{6}$ *près.*

Cette approximation sera presque toujours suffisante.

3° *S'il y a des forces dont la direction soit inclinée, décomposez-les dans le sens vertical et dans le sens horizontal, et opérez sur les sommes des composantes comme dans le cas précédent.*

4° *Si, par suite de la direction et de l'intensité des forces, l'un des tourillons était pressé de haut en bas sur son coussinet et l'autre de bas en haut, calculez séparément la pression sur chacun d'eux d'après les règles précédentes.*

Ce cas se présente rarement, et l'on doit l'éviter autant que possible dans les constructions.

349. Frottement sur un plan incliné. Lorsqu'un corps est posé sur un plan incliné et soumis à l'action d'une force extérieure et de la pesanteur, il peut se présenter plusieurs cas.

1° Cas où le corps doit rester naturellement en repos. L'inclinaison qu'il conviendra de donner au plan pour que le corps y reste en repos et en équilibre, c'est-à-dire prêt à obéir au moindre effort extérieur, sera donnée par la relation

$$\text{tang}\ a = f,$$

a étant l'angle d'inclinaison du plan sur l'horizon,
f le rapport du frottement à la pression pour les surfaces en contact.

Exemple. Quelle est l'inclinaison sur laquelle un vaisseau peut rester en équilibre sur ses chantiers ; les surfaces en contact étant en bois et enduites de savon, mais devenues onctueuses, le contact ayant duré quelque temps?

Le tableau du n° **342** donne $f = 0.15$: on a donc

$$\tang a = 0.15,$$

ce qui revient à dire que la hauteur du plan incliné doit être les 0.15 de sa base.

2° Le corps étant tiré de bas en haut par une force qui tend a le faire monter. En nommant

a l'angle que fait le plan incliné avec l'horizon,
b l'angle que fait la direction de la force avec le plan incliné,
Q le poids du corps,
P l'effort capable de produire le mouvement ou d'entretenir un mouvement uniforme,
f le rapport du frottement à la pression pour les surfaces en contact, dont on prendra la valeur dans le tableau n° **342** s'il s'agit de déterminer l'effort capable de produire le mouvement, ou dans celui du n° **343** s'il s'agit de l'effort capable d'entretenir un mouvement uniforme,

on aura la valeur de l'effet P par la formule

$$P = \frac{\sin a + f \cos a}{\cos b + f \sin b} Q,$$

qui revient à la règle suivante :

Pour déterminer l'effort de traction qu'il faut exercer de haut en bas sous un angle donné pour faire monter un corps le long d'un plan incliné,

Multipliez le rapport du frottement à la pression pour les surfaces en contact par le cosinus de l'angle formé par le plan incliné avec l'horizontale ; ajoutez le produit au sinus du même angle ;

Multipliez le rapport du frottement à la pression par le sinus de l'angle formé par la direction de la force avec le plan ; à la somme ajoutez le cosinus du même angle ;

Divisez la première somme par la seconde, et multipliez le quotient par le poids à élever :

Le produit sera l'effort cherché.

3° Le corps étant tiré par un effort horizontal qui tend a le

FAIRE MONTER. Dans ce cas, en conservant la notation ci-dessus, observant seulement que l'angle $b = a$, on calculera l'effort P par la formule

$$P = \frac{\tang a + f}{1 + f \tang a} Q,$$

qui revient à la règle suivante, pour l'application de laquelle on remarquera que la tangente trigonométrique de l'angle a est le rapport de la hauteur du plan incliné à sa base :

Pour déterminer l'effort horizontal de traction qu'il faut exercer pour faire monter un corps le long d'un plan incliné,

Ajoutez le rapport du frottement à la pression pour les surfaces en contact à la tangente de l'angle du plan incliné avec l'horizon ;

Ajoutez l'unité au produit du même rapport par la même tangente, et divisez la première somme par la seconde ;

Par le quotient multipliez le poids à élever :

Le produit sera l'effort de traction cherché.

4° CAS OÙ LA FORCE TEND A POUSSER LE CORPS POUR LE FAIRE MONTER. Si la force fait un angle b avec la direction du plan, on se servira de la formule

$$P = \frac{\sin a + f \cos a}{\cos b - f \sin b} Q,$$

qui revient à la règle suivante :

Pour calculer l'effort à exercer pour faire monter un fardeau en le poussant sur un plan incliné,

Multipliez le cosinus de l'angle d'inclinaison du plan avec l'horizon par le rapport du frottement à la pression pour les surfaces en contact; au produit ajoutez le sinus de l'angle d'inclinaison du plan sur l'horizon ;

Multipliez le sinus de l'angle que fait la direction de la force avec le plan par le rapport du frottement à la pression ; retranchez le produit du cosinus de l'angle formé par la force et le plan incliné ;

Par le reste divisez la première somme, et multipliez le quotient par le poids à élever :

Le résultat sera l'effort à exercer.

Si la force est horizontale, on se servira de la formule

$$P = \frac{\tang a + f}{1 - f \tang a} Q,$$

qui revient à la règle suivante :

Pour déterminer l'effort qu'il faut exercer horizontalement pour faire monter un poids Q le long d'un plan incliné, en le poussant,

Ajoutez la tangente de l'angle d'inclinaison du plan sur l'horizon au rapport du frottement à la pression pour les surfaces en contact;

Multipliez la même tangente par le rapport du frottement à la pression; retranchez le produit de l'unité, et par le reste divisez la somme précédente :

Le quotient multiplié par le poids à élever sera l'effort à exercer.

5° Dans tous les cas précédents, si la force doit seulement soutenir le corps, l'empêcher de descendre ou modérer son mouvement, on suivra les mêmes règles, en y changeant seulement le signe du frottement, c'est-à-dire en retranchant les termes où il entre comme facteur là où ils étaient additifs, et les ajoutant là où ils étaient soustractifs.

350. De l'emploi du coin dans les presses. Dans les presses à coins, où l'on se sert ordinairement de deux coins qui glissent réciproquement l'un sur l'autre par leur face inclinée, le rapport de l'effet utile au travail dépensé est donné par la formule

$$\frac{1 - f^2 - 2f\tan a}{(1 - f^2)\tan a + 2f'} \tan a,$$

dans laquelle

a est encore l'angle des faces inclinées sur la base des coins,
f le rapport du frottement à la pression pour ces faces,
f' la valeur du même rapport pour les bases des coins et les corps qu'elles poussent, et qui peut avoir une valeur différente du premier.

Cette formule revient à la règle suivante :

Pour calculer le rapport de l'effet utile au travail dépensé dans une presse à coins,

Multipliez la tangente de l'angle des coins par le double du rapport du frottement à la pression pour les coins; au produit ajoutez le carré du même rapport; retranchez la somme de l'unité;

Multipliez la tangente de l'angle des coins par l'unité diminuée du carré du rapport du frottement à la pression pour les coins; au produit ajoutez le double du rapport du frottement à la pression pour les coins et les corps à comprimer :

Le quotient du premier reste par la seconde somme multipliée par la tangente de l'angle des coins sera le rapport cherché du travail utilisé au travail dépensé.

EXEMPLE. Quel est le rapport de l'effet utile au travail dépensé dans une presse à coins où, les surfaces étant toutes bien graissées, $f = f' = 0.10$; $\tang a = 0.25$, ou la hauteur des coins égale au quart de la base?

La formule ci-dessus donne pour le rapport la valeur 0.525 : ce qui montre que, dans ce cas, il y a 0.475, ou plus des $\frac{2}{5}$ du travail dépensé qui est perdu, non compris encore la perte qui a lieu dans les machines de ce genre, où l'on agit par choc, par les effets de compression des corps choqués.

Si, les surfaces étant de bois mouillé, on avait eu $f = f' = 0.25$, on aurait trouvé pour le rapport cherché la valeur 0.276 : ce qui prouve que, dans ce cas, on perd par le frottement seul 0.724, ou près des $\frac{3}{4}$ du travail dépensé.

351. FROTTEMENT DE LA VIS ET DE SON ÉCROU. Lorsqu'une vis ou un écrou à filets carrés doit produire une pression donnée, on calculera la valeur de l'effort à exercer au bout du levier qui traverse la tête de la vis ou l'écrou par la formule suivante :

$$P = \frac{r}{R} \times \frac{h + 6.28\,fr}{6.28\,r - fh}\,Q,$$

dans laquelle on représente par
Q la pression à produire,
P l'effort cherché,
r le rayon du filet moyen de la vis,
R le bras de levier de l'effort,
h le pas de la vis,
f le rapport du frottement à la pression pour l'écrou et la vis,
et qui revient à la règle suivante :

Pour calculer l'effort à exercer à l'extrémité d'un levier pour produire une pression donnée à l'aide d'une vis à filets carrés,

Multipliez le rayon moyen des filets par le rapport du frottement à la pression pour la vis et son écrou, rapport ordinairement égal à 0.10 *pour les vis en bon état, et par* 6.28; *au produit ajoutez le pas de la vis;*

Multipliez 6.28 *par le rayon moyen des filets; diminuez ce pro-*

duit de celui du pas par le rapport du frottement à la pression pour la vis et son écrou; divisez la première somme par ce reste;

Multipliez le quotient par le rapport du rayon moyen des filets au bras du levier de la puissance :

Le produit multiplié par la pression à produire sera l'effort cherché.

EXEMPLE. Quel est l'effort que doit exercer la puissance à l'extrémité d'un bras de levier de $1^m.5$ pour produire une pression de 6000 kil. à l'aide d'une vis à filets carrés de $0^m.058$ de diamètre moyen, et d'un pas $h = 0^m.0104$?

On a

$$r = 0^m.029, \qquad R = 1^m.50, \qquad f = 0.10,$$

si les surfaces sont passablement graissées; et la formule donne

$$P = \frac{0^m.029}{1^m.500} \times \frac{0^m.0104 + 6.28 \times 0.10 \times 0.029}{6.28 \times 0^m.029 - 0.10 \times 0^m.0104} \times 6000$$
$$= 0.00305 \times 6000 = 18^{kil}.30.$$

Si l'on avait négligé l'influence du frottement, on aurait eu avec ces données

$$P = \frac{h}{6.28\,R}\,Q = 0.0011\,Q = 0.0011 \times 6000 = 6^{kil}.6,$$

ce qui montre que, par l'effet du frottement seul de la vis et de son écrou, l'effort ou le travail développé par la puissance doit être, dans le cas actuel, à peu près triple de celui qu'exigerait la résistance utile seule.

332. DÉTERMINER LA PRESSION QU'UN EFFORT DONNÉ PEUT PRODUIRE A L'AIDE D'UNE VIS A FILETS CARRÉS. S'il s'agit, à l'inverse, de déterminer la pression qu'une vis peut produire par l'action d'un effort donné, on déterminera cette pression par la formule

$$Q = \frac{R}{r} \times \frac{6.28\,r - fh}{h + 6.28\,fr}\,P,$$

qui revient à la règle suivante :

Pour calculer la pression qu'un effort donné peut exercer à l'aide d'une vis à filets carrés,

Multipliez le rayon moyen des filets par 6.28; du produit retranchez celui du pas de la vis par le rapport du frottement à la pression pour la vis et son écrou, et dont la valeur habituelle est 0.10 *pour des vis en bon état; divisez le reste par le pas, augmenté du rayon moyen des filets multiplié par le rapport du frottement à la pression et par 6.28;*

Multipliez ce quotient par le rapport du bras de levier de la puissance au rayon moyen des filets :

Le produit multiplié par l'effort donné sera la pression cherchée.

Exemple. Dans le cas des données de l'exemple précédent la formule donnerait

$$Q = \frac{1^{m}.500}{0^{m}.029} \times \frac{6.28 \times 0^{m}.029 - 0.10 \times 0^{m}.0104}{0^{m}.0104 + 6.28 \times 0.10 \times 0.029} P = 327.37 P,$$

et si l'effort de la puissance est de 20 kil., la pression produite par la vis sera

$$Q = 327.37 \times 20 = 6547^{kil}.4.$$

Si l'on avait calculé l'effet de cette vis sans tenir compte du frottement, on aurait eu

$$Q = \frac{6.28 R}{h} P = 905.8 P = 18116^{kil};$$

ce qui montre combien sont erronés les calculs de l'effet des vis où l'on néglige l'influence des frottements. Et l'on doit même observer que les formules précédentes ne tiennent pas compte du frottement des pivots, des épaulements et des guides, qui, bien que faibles par rapport à celui de l'écrou, consomment encore une portion notable du travail du moteur.

353. Résistance due a la roideur des cordes. La roideur des cordes qui s'enroulent sur des poulies ou tambours, ou l'effort qu'il faut exercer pour vaincre leur résistance à l'enroulement, se calcule par la formule

$$R = \frac{A + BQ}{D},$$

dans laquelle on exprime par

R la roideur cherchée rapportée à la circonférence moyenne de la poulie du diamètre D, y compris le diamètre de la corde,

A un nombre constant qui exprime en kilogrammes la roideur naturelle dépendante de l'état et du mode de fabrication de la corde,

B un facteur constant par lequel il faut multiplier la tension Q du brin qui s'enroule pour avoir la partie de la résistance qui dépend de cette charge.

Les expériences de Coulomb montrent :

1° Que pour les cordes en chanvre non goudronnées, qu'on appelle *cordes blanches*, sèches ou imbibées d'eau, en bon état, les valeurs de A et B, en passant d'une corde à une autre, sont à peu près entre elles comme les carrés des diamètres ;

2° Que pour ces mêmes cordes à demi usées les nombres A et B sont entre eux comme les racines carrées des cubes des diamètres ;

3° Que pour les cordes goudronnées la quantité B est proportionnelle au nombre des fils de caret dont les cordes se composent.

C'est sur ces bases qu'a été calculé le tableau suivant, qui donne les valeurs de A et de B pour des cordes de différents diamètres, comprenant à peu près tous ceux qui sont en usage dans les machines employées à élever des fardeaux.

La première partie de ce tableau est relative aux cordes blanches, la deuxième, aux cordes goudronnées,

Nombre de fils.	Cordes blanches.			Cordes goudronnées.		
	Diamètres.	Valeur de la roideur naturelle A.	Valeur de la roideur proportionnelle à Q. B	Diamètre.	Valeur de la roideur naturelle A.	Valeur de la roideur proportionnelle à Q. B
	m.	kil.		mil.	kil.	
1	0.0089	0.0106038	0.002678	0.0105	0.021201	0.002512992
9	0.0110	0.0225207	0.003267	0.0129	0.041143	0.003769488
12	0.0127	0.0388476	0.004356	0.0149	0.067314	0.005025984
15	0.0141	0.0595845	0.005445	0.0167	0.097712	0.006282480
18	0.0155	0.0847314	0.006534	0.0183	0.138339	0.007538976
21	0.0168	0.1142883	0.007623	0.0198	0.183193	0.008795472
24	0.0179	0.1482552	0.008712	0.0211	0.234276	0.010051968
27	0.0190	0.1866321	0.009801	0.0224	0.291586	0.011308464
30	0.0200	0.2294190	0.010890	0.0236	0.355125	0.012564963
33	0.0210	0.2766159	0.011979	0.0247	0.424891	0.013821456
36	0.0220	0.3282228	0.013068	0.0258	0.500886	0.015077952
39	0.0228	0.4842397	0.014157	0.0268	0.534108	0.016334448
42	0.0237	0.5446666	0.015216	0.0279	0.671559	0.017590944
45	0.0246	0.3095035	0.016335	0.0289	0.766237	0.018847440
48	0.0254	0.5787504	0.017424	0.0298	0.867144	0.020103936
51	0.0261	0.6524075	0.018513	0.0308	0.974278	0.021360432
54	0.0268	0.7304742	0.019602	0.0316	1.078641	0.022616928
57	0.0276	0.8129511	0.020691	0.0326	1.207231	0.023873424
60	0.0283	0.8998380	0.021780	0.0334	1.333050	0.025129920

354. Usage de ces tables. A l'aide de ces tables il sera facile de trouver la roideur d'une corde donnée à enrouler sur un tambour donné et soumise à une tension connue; on suivra à cet effet la règle suivante :

Recherchez dans la table relative aux cordes de même nature que celle qu'on veut employer la valeur des nombres A *et* B *correspondante au diamètre le plus voisin de celui de cette corde; multipliez le poids à soulever ou la tension* Q *du brin qui doit s'enrouler par la valeur de* B, *au produit ajoutez celle de* A, *et divisez la somme par le diamètre moyen du tambour ou de la poulie, en tenant compte du diamètre de la corde :*

Le résultat sera en kilogrammes la roideur de la corde rapportée à la circonférence de la poulie, ou la quantité dont la résistance utile Q *doit être augmentée pour tenir compte de cette roideur.*

Exemple. Quelle est la roideur d'une corde blanche sèche de $0^{m}.028$ de diamètre ou de 60 fils de caret, enroulée sur une poulie de chèvre de $0^{m}.220$ de diamètre à la gorge, sous une tension de 800 kil. ?

La table donne pour la corde blanche de 60 fils de caret, enroulée sur un tambour d'un mètre au diamètre,

$$A = 0^{kil}.889838, \quad B = 0.02178,$$

on a

$$D = 0^{m}.220 + 0^{m}.028 = 0^{m}.248,$$

et par suite

$$R = \frac{0.889838 + (0.02178 \times 800)}{0.248} = 73^{kil}.85.$$

La résistance totale à vaincre, non compris le frottement de l'axe de la poulie, est donc

$$Q + R = 873^{kil}.85.$$

On voit que dans cet exemple la roideur a augmenté cette résistance de $\frac{1}{9}$ environ de sa valeur.

355. Palans. On emploie dans les constructions et dans la navigation, pour l'élévation des fardeaux et la tension des cordages, des palans dont les poulies sont égales et réunies dans des chapes autour d'un même axe. Lorsque l'on connaîtra la tension à donner au cordage ou le poids Q à élever, on calculera l'effort P à exercer sur le brin libre ou *garant* sur lequel agit la puissance au moyen de la formule suivante :

Nommant

R le rayon moyen de la poulie, y compris le demi-diamètre de la corde,

r le rayon de l'œil des poulies,

f le rapport du frottement à la pression pour l'axe et les poulies, ordinairement égal à 0.15 attendu que les surfaces ne sont qu'un peu onctueuses,

A et B les quantités constantes données au tableau du n° 353 pour chaque corde,

n le nombre des brins, non compris le garant ou celui sur lequel agit la puissance.

On calculera d'abord les quantités

$$a = \frac{A}{2(R - fr)}, \quad b = \frac{R + fr + \frac{1}{2}B}{R - fr};$$

puis on aura la tension P que la puissance doit exercer par la formule

$$P = a\left(\frac{nb^n}{b^n - 1} - \frac{1}{b - 1}\right) + \frac{(b-1)b^n}{b^n - 1}Q.$$

Exemple. Quelle tension doit-on donner au garant d'un palan dont les poulies ont $0^m.060$ de diamètre à la gorge et $0^m.009$ à l'œil, équipé à 6 brins avec une corde blanche de $0^m.012$ de diamètre, pour soulever un poids de 1000?

On a

$$R = \frac{0.060 + 0.012}{2} = 0^m.036, \quad r = 0^m.0045, \quad f = 0.15,$$

les surfaces étant simplement onctueuses.

Le tableau du n° 353 donne

$$A = 0.038848, \qquad B = 0.004356.$$

On trouve d'abord

$$a = \frac{0.038848}{2(0.036 - 0.15 \times 0.0045)} = 0.5498,$$

$$b = \frac{0^m.036 + 0.15 \times 0^m.00045 + \frac{0.004356}{2}}{0^m.036 - 0.15 \times 0^m.0045} = 10999,$$

et on déduit

$$P = 0^{kil}.5498\left(\frac{6\times(1.0999)^6}{(1.0999)^6-1} - \frac{1}{0.0999}\right) + \frac{0.0999\times(1.0999)^6}{(1.0999)^6-1}Q$$

$$= 2^{kil}.072 + 0.2294\times 1000^{kil} = 231^{kil}.47,$$

au lieu de $\frac{1000}{6} = 166^{kil}.67$ que l'on aurait eu si l'on n'avait pas tenu compte des résistances passives.

356. Application a différents palans en usage. La formule précédente étant d'un calcul un peu laborieux pour la pratique, on a réuni dans le tableau suivant les résultats de son application à plusieurs palans des dimensions les plus usuelles. Les données de ce calcul sont consignées au tableau suivant :

Numéros des palans.	Diamètre des poulies de la gorge.	Diamètre des cordes.	Rayon moyen R.	Rayon de l'œil des poulies r.	Nombre de brins n.	Nombre de fils de caret.
	m.	m.	m.	m.		
1	0.032	0.008	0.0200	0.00300	4	»
2	0.060	0.012	0.0360	0.00450	6	6
3	0.100	0.015	0.0575	0.00500	6	12
4	0.120	0.018	0.0690	0.00525	8	18
5	0.150	0.020	0.0850	0.00750	8	»
6	0.200	0.030	0.1150	0.01000	4	»

Les formules pratiques à employer pour les différents palans sont réunies dans le tableau suivant :

Numéros des palans.	Diamètre des cordes.	Palans équipés avec des cordes blanches. Formules.	Palans équipés avec des cordes goudronnées. Formules.
	m.	kil.	kil.
1	0.008	$P=0.6311+0.3122Q$	»
2	0.012	$P=1.959+0.2273Q$	$P=3.003+0.2344Q$
3	0.015	$P=2.680+0.2172Q$	$P=4.469+0.2240Q$
4	0.018	$P=5.345+0.1780Q$	$P=8.568+0.1852Q$
5	0.020	$P=6.810+0.1825Q$	»
6	0.030	$P=11.170+0.3350Q$	»

357. Usage du tableau précédent. A l'aide de ce tableau il est facile de déterminer l'effort que la puissance doit exercer sur le garant pour soulever un poids donné ou produire une tension donnée, ou la tension qu'un effort donné, exercé sur le garant, peut produire sur un câble auquel le palan mobile est amarré.

Premier exemple. Quel est l'effort qui doit être exercé sur le garant d'un palan n° 4, équipé à 8 brins avec une corde blanche en bon état de $0^m.018$ de diamètre, pour produire une tension de 4000 kil.?

La formule relative à ce palan donne

$$P = 5^k.345 + 0.178 \times 4000^k = 717^k.345.$$

Si l'on n'avait pas tenu compte des résistances passives, ainsi qu'on le fait le plus souvent à tort, on aurait trouvé cet effort égal à $\frac{4000}{8} = 500$ kil. seulement.

Deuxième exemple. Quelle est la tension qu'on peut produire à l'aide de 20 hommes exerçant chacun sur le garant un effort momentané de 40 kil., avec le plan n° 4 équipé avec une corde goudronnée de 18 fils de caret?

On a $P = 20 \times 40 = 800^{kil}$, et la formule donne

$$Q = \frac{800^k - 8^k.568}{0.1852} = 4273^k.$$

358. Frottement des boutons de manivelles et des excentriques circulaires. On calculera la quantité de travail consommée par le bouton d'une manivelle ou par un excentrique circulaire, dans une révolution de leur axe de rotation, par la formule

$$6.28 f P r^{km},$$

dans laquelle on représente par

P l'effort moyen que le bouton de la manivelle ou l'excentrique doit transmettre, mesuré dans le sens de la bielle,

r le rayon du bouton de la manivelle ou de l'excentrique circulaire,

F le rapport du frottement à la pression pour les surfaces en contact;

et qui revient à la règle suivante :

Pour calculer la quantité de travail consommée dans une révolution par le bouton d'une manivelle ou par un excentrique circulaire,

Multipliez le rapport du frottement à la pression pour les surfaces en contact par 6.28, par la valeur moyenne de l'effort que le bouton de la manivelle ou l'excentrique transmet, et par le rayon de ce bouton ou de cet excentrique.

EXEMPLE. Quelle est la quantité de travail consommée par le bouton d'une manivelle de machine à vapeur de la force de 30 chevaux à basse pression?

La vitesse moyenne du piston étant de $1^{m}.14$ en $1''$, celle de l'extrémité de la bielle est la même, et l'effort moyen à transmettre par cette bielle est

$$\frac{30 \times 75^{km}}{1^{m}.14} = 1973^{kil}7.$$

Si le rayon du tourillon est $r = 0^{m}.04$, et le rapport du frottement à la pression $f = 0.08$, on a pour le travail cherché

$$6.28 \times 0.08 \times 1973^{kil}7. \times 0.04 = 39^{km}.66.$$

Le nombre de tours du volant étant de 19 en $1'$, le travail consommé par seconde par ce frottement sera

$$\frac{19}{60} \times 39.69 = 12^{km},57.$$

359. OBSERVATION RELATIVE AUX EXCENTRIQUES. On remarquera que, le rayon des excentriques circulaires étant toujours très-grand par rapport à la course des tiges ou bielles qu'ils conduisent, le travail consommé par le frottement de ces pièces est très-considérable en proportion de l'effet utile. On doit donc autant que possible n'employer ces excentriques, et en général toutes les cames à grand développement, que pour conduire des pièces qui offrent peu de résistance.

360. FROTTEMENT DES ENGRENAGES, On calculera la quantité de travail consommé par le frottement d'un engrenage en $1''$ par la formule

$$0.329\, nfQ \frac{m + m'}{mm'} r,$$

dans laquelle on appelle

n le nombre de tours de la roue conduite en 1',
Q l'effort moyen transmis à la roue conduite,
f le rapport du frottement à la pression pour les dents en contact,
m et m' les nombres de dents des roues,
r le rayon du cercle primitif,
et qui revient à la règle suivante :

Pour calculer la quantité de travail consommée par le frottement d'un engrenage en 1''.

Multipliez le nombre de tours de la roue conduite en 1' *par* 0.329, *par le rapport du frottement à la pression, par l'effort moyen à transmettre à cette roue, et par le rayon du cercle primitif;*

Divisez la somme des nombres de dents des deux roues par leur produit, et multipliez ce quotient par le premier produit :

Le résultat sera la quantité de travail cherchée.

Exemple. Quelle est la quantité de travail consommée par le frottement d'une roue à dents en bois et d'un pignon à dents en fonte graissés à la manière ordinaire, la roue ayant 240 dents et le pignon 60, l'effort moyen transmis au pignon étant de 360 kil., le nombre de tours de ce pignon de 60 en 1', et le rayon de son cercle primitif égal à 0.^{m}50?

La formule donne

$$0.329 \times 60 \times 0.08 \times 360^{kil} \times \frac{240+60}{240 \times 60} \times 0^m.50 = 5^{km}.92.$$

TIRAGE DES VOITURES

361. De nombreuses expériences exécutées dans les années 1837, 1838, 1839, 1840 et 1841 *, sur des voitures suspendues et non suspendues, sur des routes pavées ou en empierrement, à différents états, ont conduit aux conséquences suivantes :

La résistance opposée par les routes pavées ou en empierrement solide au mouvement des voitures, et rapportée à l'axe de l'essieu dans une direction parallèle au terrain, est 1° sensiblement proportionnelle à la pression et inversement proportionnelle au rayon des roues ; 2° indépendante du nombre de roues, et à très-peu près indépendante de la largeur des bandes des roues.

Sur les terrains compressibles, tels que les terres, les sables, le gravier, les rechargements en matériaux mobiles et les routes neuves en empierrement, cette résistance décroît quand la largeur de la bande de roue augmente.

Sur les terrains mous et compressibles, tels que les terres, le sable, les accotements en terre, en bon état ou avec ornières, et dans les limites ordinaires de la vitesse, la résistance est indépendante de la vitesse pour les voitures suspendues ou non suspendues.

A pas de 1^m en $1''$, sur le pavé en bon état et sur les routes en empierrement, la résistance est sensiblement la même pour les voitures suspendues ou non suspendues.

* Expériences sur le tirage des voitures et sur les effets destructeurs qu'elles exercent sur les routes, par A. Morin. Paris, 1843, L. Mathias, libraire.

Sur les routes en empierrement et sur le pavé, la résistance croît avec la vitesse, de manière que ses accroissements sont à peu près proportionnels à ceux de la vitesse, à partir de celle de 1^m en $1''$.

L'augmentation du tirage en fonction de la vitesse est d'autant moindre que la voiture est moins rigide, mieux suspendue, et la route plus unie. Elle est assez faible entre les vitesses du pas et du grand trot pour les diligences bien suspendues sur les routes en empierrement en très-bon état qui n'offrent pas de cailloux à fleur du sol.

Sur un bon pavé, bien serré et bien uni, la résistance, au pas, n'est que les trois quarts de celle qu'offrent les meilleures routes en empierrement; et, pour les voitures bien suspendues, la résistance, au trot, est la même sur le pavé que sur les routes en empierrement en bon état. Mais, sur un pavé médiocrement entretenu, mal posé et à joints trop larges, comme celui de Paris, la résistance, au trot, même pour les voitures les mieux suspendues, est plus grande que sur les bonnes routes en empierrement.

L'inclinaison du tirage correspondante au maximum d'effet utile doit, en général, croître avec la résistance du sol, et être d'autant plus grande que le rayon des roues de l'avant-train est plus petit; ce qui, sur les routes ordinaires, conduit à se rapprocher de la direction horizontale autant que la construction de la voiture le permet.

D'autres expériences sur les effets destructeurs que les voitures exercent sur les routes ont conduit aux conclusions suivantes :

1° La loi de la proportionnalité des chargements aux largeurs des jantes, admise dans l'hypothèse d'une répartition uniforme de la pression sur toute la largeur de la bande, et introduite comme base fondamentale des anciens tarifs de chargement encore actuellement en vigueur, dans l'intérêt de la conservation des routes, n'est pas exacte; et, avec les chargements réglés suivant cette loi, les voitures à jantes larges dégradent plus les routes que les voitures à jantes étroites.

2° A chargement égal les roues à jantes droites de $0^m.060$ produisent, sur les routes en empierrement, des dégradations plus considérable que les roues à jantes de 0m.115 et 0m.175; mais il y a peu de différence entre les dégradations produites par les roues des deux dernières dimensions. Il n'y a donc pas d'avantages pour la conservation des routes à exiger des jantes de plus de 0m.12 de largeur sur les routes en empierrement; à plus forte raison en est-il de même sur le pavé.

3° A chargements égaux, et à largeurs égales des bandes de roue, les voitures à roues de grands diamètres dégradent moins les routes que les voitures à petites roues.

4° La répartition des chargements sur deux ou plusieurs trains, produisant celle de la pression sur le sol, contribue à diminuer les dégradations.

5° Si le chargement d'un seul train ou d'une paire de roues dépasse 4000kil à 4500kil, il dégrade beaucoup les routes, quels que soient la largeur et le diamètre des roues.

6° Le transport d'un poids donné par des voitures comtoises, marchant en convoi, avec bandes de 0m.06, produit moins de dégradations que s'il était fait par des charrettes et des chariots à larges bandes chargés comme les anciens règlements le permettaient.

7° Les voitures suspendues allant au trot de 12 000m à 13 000m à l'heure dégradent moins les routes que les voitures non suspendues allant au pas.

Les résultats des expériences faites avec des voitures des dimensions ordinaires employées par l'industrie ont été réunis dans le tableau suivant, qui donne, pour ces voitures, le rapport du tirage à la charge totale, véhicule compris, pour les différentes natures de routes ou de terrains que l'on trouve habituellement.

Dans ce tableau on a désigné par r' et r'' les rayons des roues de devant et de derrière,

r_1 le rayon de la boîte de roue.

TABLEAU RÉCAPITULATIF D'EXPÉRIENCES

Désignation de la route parcourue par la voiture.	Affûts et charrettes d'artillerie : $l = 0^m.10$ à $0^m.12$ $r_1 = 0^m.038$ $r' = r'' = 0^m.782$ $r' + r'' = 1^m.564$	Chariots d'artillerie : $l = 0^m.70$ à $0^m.75$ $r_1 = 0^m.038$ $r' = 0^m.575$ $r'' = 0^m.780$ $r' + r'' = 1^m.355$	Chariots comtois $l = 0^m.06$ à $0^m.07$ $r_1 = 0^m.027$ $r' = 0^m.625$ $r'' = 0^m.725$ $r' + r'' = 1^m.35$
Accotement en terre, en très bon état, à peu près sec. .	$\frac{1}{34.8}$	$\frac{1}{30.1}$	$\frac{1}{31.0}$
Accotement solide, recouvert d'une couche de gravier de $0^m.03$ à $0^m.04$ d'épaisseur.	$\frac{1}{13.6}$	$\frac{1}{11.8}$	$\frac{1}{11.9}$
Accotement solide, recouvert d'une couche de gravier de $0^m.03$ à $0^m.06$ d'épaisseur.	$\frac{1}{11.6}$	$\frac{1}{10.1}$	$\frac{1}{10.1}$
Sol en terre ferme, recouvert de $0^m.10$ à $0^m.15$ de gravier, ou route neuve. . .	$\frac{1}{10.8}$	$\frac{1}{9.3}$	$\frac{1}{9.4}$
Accotement ou route couverte de neige non frayée . . .	$\frac{1}{18.4}$	$\frac{1}{16.0}$	$\frac{1}{16.2}$
Sol en terre ferme, recouvert d'une couche de sable fin mêlé de gravier de $0^m.10$ à $0^m.15$ d'épaisseur. . . .	$\frac{1}{10.2}$	$\frac{1}{8.1}$	$\frac{1}{8.9}$
Route en empierrement en très bon état, très sèche et très unie.	pas $\frac{1}{62.7}$ trot $\frac{1}{50.5}$	$\frac{1}{54.3}$	$\frac{1}{57.5}$
Route en empierrement un peu humide ou couverte de poussière, avec quelques cailloux à fleur du sol. . .	$\frac{1}{44.8}$	$\frac{1}{38.7}$	$\frac{1}{40.3}$
Route en empierrement très solide, avec gros cailloux à fleur du sol mouillé. .	$\frac{1}{54.1}$	$\frac{1}{46.8}$	$\frac{1}{49.1}$

SUR LE TIRAGE DES VOITURES.

Charrettes de roulage : $l = 0^m.10$ à $0^m.12$ $r_1 = 0^m.032$		Charrettes : $l = 0^m.10$ à 0.12 $r_1 = 0^m.032$		Diligences des Messageries Royales et générales $l = 0^m.10$ à $0^m.12$ $r_1 = 0^m.032$ $r' + r'' = 1^m.15$	Voiture à trains suspendus $l = 0.^m07$ à $0^m.08$ $r_1 = 0^m.027$ $r' = 0^m.45$ $r'' = 0^m.70$ $r' + r'' = 1^m.15$
$r' = 0^m.450$ $r'' = 0^m.750$ $r' + r'' = 1^m.20$	$r' = 0^m.55$ $r'' = 0^m.85$ $r' + r'' = 1^m.40$	$r' = 0^m.80$	$r' = 1^m.00$		
$\frac{1}{27.2}$	$\frac{1}{31.7}$	$\frac{1}{36.3}$	$\frac{1}{45.4}$	pas et trot $\frac{1}{26.1}$	pas et trot $\frac{1}{26.4}$
$\frac{1}{10.5}$	$\frac{1}{12.3}$	$\frac{1}{14.0}$	$\frac{1}{17.5}$	pas et trot $\frac{1}{10.1}$	pas et trot $\frac{1}{10.1}$
$\frac{1}{8.9}$	$\frac{1}{10.4}$	$\frac{1}{11.9}$	$\frac{1}{14.9}$	pas et trot $\frac{1}{8.6}$	pas et trot $\frac{1}{8.6}$
$\frac{1}{8.3}$	$\frac{1}{9.7}$	$\frac{1}{11.1}$	$\frac{1}{13.9}$	pas et trot $\frac{1}{8.0}$	pas et trot $\frac{1}{8.0}$
$\frac{1}{14.3}$	$\frac{1}{16.7}$	$\frac{1}{19.0}$	$\frac{1}{23.8}$	$\frac{1}{13.7}$	
$\frac{1}{7.9}$	$\frac{1}{9.2}$	$\frac{1}{10.5}$	$\frac{1}{13.1}$	pas et trot $\frac{1}{7.5}$	pas et trot $\frac{1}{6.9}$
				pas $\frac{1}{47.6}$	pas $\frac{1}{49}$
$\frac{1}{49.9}$	$\frac{1}{58}$	$\frac{1}{66.2}$	$\frac{1}{82.8}$	trot $\frac{1}{40.9}$	trot $\frac{1}{41.8}$
				grand trot $\frac{1}{39.7}$	grand trot $\frac{1}{40.6}$
				pas $\frac{1}{35.7}$	pas $\frac{1}{34.3}$
$\frac{1}{35.2}$	$\frac{1}{41}$	$\frac{1}{47.0}$	$\frac{1}{58.6}$	trot $\frac{1}{26.8}$	trot $\frac{1}{27.2}$
				grand trot $\frac{1}{24.3}$	grand trot $\frac{1}{24.6}$
				pas $\frac{1}{40.8}$	pas $\frac{1}{41.8}$
$\frac{1}{42.8}$	$\frac{1}{49.8}$	$\frac{1}{56.9}$	$\frac{1}{71.0}$	trot $\frac{1}{26.5}$	trot $\frac{1}{27}$
				grand trot $\frac{1}{22.6}$	grand trot $\frac{1}{22.8}$

Suite du tableau récapitulatif d'expériences

Désignation de la route parcourue par la voiture.		Affûts et charrettes d'artillerie : l=0m.10 à 0m.12 r_1=0m.038 r'=r''1m.782 $r'+r''$=1m.561	Chariots d'artillerie : l=0m.70 à 0m.75 r_1=0m.038 r'=0m.575 r''=0m.780 $r'+r''$=1m.355	Chariots comtois l=0m.06 à 0m.07 r_1=0m.027 r'=0m.625 r''=0m.725 $r'+r''$=1m.35
Route en empierrement	solide, avec frayé léger et boue molle.	$\frac{1}{34.8}$	$\frac{1}{30.1}$	$\frac{1}{31.0}$
	solide, avec ornière et boue	$\frac{1}{28.5}$	$\frac{1}{24.6}$	$\frac{1}{25.2}$
	avec détritus et boue épaisse.	$\frac{1}{24.1}$	$\frac{1}{20.8}$	$\frac{1}{21.3}$
	très dégradée, ornières profondes de 0m.06 à 0m.08, boue épaisse. . .	$\frac{1}{18.4}$	$\frac{1}{15.9}$	$\frac{1}{16.2}$
	très mauvaise, ornières profondes de 0m.10 à 0m.12, boue épaisse, fond dur et inégal. . .	$\frac{1}{16.5}$	$\frac{1}{14.3}$	$\frac{1}{14.4}$

sur le tirage des voitures.

Charrettes de roulage : $l = 0^m.10$ à $0^m.12$, $r_1 = 0^m.032$		Charrettes : $l = 0^m.10$ à $0^m.12$, $r_1 = 0^m.032$		Diligences des Messageries Royales et Générales : $l = 0^m.10$ à $0^m.12$, $r_1 = 0^m.12$, $r' + r'' = 1^m.15$		Voitures à trains suspendus : $l = 0^m.07$ à $0^m.08$, $r_1 = 0^m.027$, $r' = 0^m.45$, $r'' = 0^m.70$, $r' + r'' = 1^m.15$	
$r' = 0^m.450$, $r'' = 0^m.750$, $r' + r'' = 1^m.20$	$r' = 0^m.55$, $r'' = 0^m.85$, $r' + r'' = 1^m.40$	$r' = 0^m.80$	$r' = 1^m.00$				
				pas	$\frac{1}{26.1}$	pas	$\frac{1}{26.4}$
$\frac{1}{27.2}$	$\frac{1}{31.7}$	$\frac{1}{36.2}$	$\frac{1}{43.2}$	trot	$\frac{1}{21.7}$	trot	$\frac{1}{22}$
				grand trot	$\frac{1}{20.0}$	grand trot	$\frac{1}{20.3}$
				pas	$\frac{1}{21.0}$	pas	$\frac{1}{21.3}$
$\frac{1}{22.2}$	$\frac{1}{25.8}$	$\frac{1}{29.5}$	$\frac{1}{36.9}$	trot	$\frac{1}{18.5}$	trot	$\frac{1}{18.5}$
				grand trot	$\frac{1}{17.1}$	grand trot	$\frac{1}{17.2}$
				pas	$\frac{1}{17.9}$	pas	$\frac{1}{18.1}$
$\frac{1}{18.7}$	$\frac{1}{21.8}$	$\frac{1}{24.9}$	$\frac{1}{31.1}$	trot	$\frac{1}{15.8}$	trot	$\frac{1}{15.9}$
				grand trot	$\frac{1}{14.9}$	grand trot	$\frac{1}{15.0}$
				pas	$\frac{1}{13.7}$	pas	$\frac{1}{13.8}$
$\frac{1}{14.3}$	$\frac{1}{16.7}$	$\frac{1}{19.0}$	$\frac{1}{23.8}$	trot	$\frac{1}{12.4}$	trot	$\frac{1}{12.5}$
				grand trot	$\frac{1}{11.8}$	grand trot	$\frac{1}{11.9}$
				pas	$\frac{1}{12.2}$	pas	$\frac{1}{12.3}$
$\frac{1}{12.7}$	$\frac{1}{14.9}$	$\frac{1}{17.0}$	$\frac{1}{21.2}$	trot	$\frac{1}{10.5}$	trot	$\frac{1}{9.9}$

Suite du tableau récapitulatif d'expériences

Désignation de la route parcourue par la voiture.		Affûts et charrettes d'artillerie : $l=0^m.10$ à $0^m.12$ $r_1=0^m.038$ $r'=r''=0^m.782$ $r'+r''=1^m.564$	Chariots d'artillerie : $l=0^m.70$ à $0^m.75$ $r_1=0^m.058$ $r'=0^m.575$ $r''=0^m.780$ $r'+r''=1^m.355$	Chariots comtois $l=0^m.06$ à $0^m.07$ $r_1=0^m.027$ $r'=0^m.625$ $r''=0^m.725$ $r'+r''=1^m.35$
Pavé en grès de Sierck serré.		$\frac{1}{80.9}$	$\frac{1}{70.0}$	$\frac{1}{75.5}$
Pavés en grès de Fontainebleau.	ordinaire sec. . . .	$\frac{1}{75.7}$	$\frac{1}{64.6}$	$\frac{1}{69.2}$
	idem	$\frac{1}{74.7}$	»	»
	en état ordinaire, mouillé et couvert de boue. . .	$\frac{1}{58.1}$	$\frac{1}{50.3}$	$\frac{1}{52.9}$
Tablier de pont en madriers.		$\frac{1}{54.1}$	$\frac{1}{46.8}$	$\frac{1}{49.1}$

sur le tirage des voitures.

Charrettes de roulage: $l=0^m.10$ à $0^m.12$, $r_1=0^m.032$		Charrettes : $l=0^m.10$ à 0.12, $r_1=0^m.032$		Diligences des Messageries Royales et générales $l=0^m.10$ à $0^m.12$, $r_1=0^m.032$, $r'+r''=1^m.15$		Voiture à trains suspendus $l=0^m.07$ à $0^m.08$, $r_1=0^m.027$, $r'=0^m.45$, $r''=0^m.70$, $r'+r''=1^m.15$	
$r'=0^m.450$, $r''=0^m.750$, $r'+r''=1^m.20$	$r'=0^m.55$, $r''=0^m.85$, $r'+r''=1^m.40$	$r'=0^m.80$	$r'=1^m.00$				
				pas	$\frac{1}{62.0}$	pas	$\frac{1}{64.2}$
$\frac{1}{64.7}$	$\frac{1}{75.5}$	$\frac{1}{86.3}$	$\frac{1}{107.9}$	trot	$\frac{1}{42.0}$	trot	$\frac{1}{43.0}$
				grand trot	$\frac{1}{36.2}$	grand trot	$\frac{1}{37.0}$
				pas	$\frac{1}{57.1}$	pas	$\frac{1}{59}$
$\frac{1}{59.6}$	$\frac{1}{69.5}$	$\frac{1}{79.9}$	$\frac{1}{99.9}$	trot	$\frac{1}{38.1}$	trot	$\frac{1}{39.0}$
				grand trot	$\frac{1}{32.7}$	grand trot	$\frac{1}{33.3}$
				pas	$\frac{1}{57.1}$	pas	$\frac{1}{59}$
»	»	»	»	trot	$\frac{1}{40.9}$	trot	$\frac{1}{41.8}$
				grand trot	$\frac{1}{35.8}$	grand trot	$\frac{1}{36.5}$
				pas	$\frac{1}{44.0}$	pas	$\frac{1}{45.1}$
$\frac{1}{46.0}$	$\frac{1}{53.5}$	$\frac{1}{74.4}$	$\frac{1}{76.5}$	trot	$\frac{1}{32.9}$	trot	$\frac{1}{33.5}$
				grand trot	$\frac{1}{29.2}$	grand trot	$\frac{1}{29.8}$
$\frac{1}{42.8}$	$\frac{1}{49.8}$	$\frac{1}{69}$	$\frac{1}{71}$	pas et trot	$\frac{1}{40.8}$	pas et trot	$\frac{1}{41.8}$

A l'aide de ce tableau, il est facile de trouver l'intensité du tirage qu'exige une voiture d'un poids et de dimensions donnés sur une route connue.

Premier exemple. Quelle est l'intensité du tirage d'une diligence des Messageries générales, pesant 4400 kil., allant au grand trot sur un pavé en grès de Fontainebleau?

Le tableau donne, dans ce cas, pour le rapport du tirage à la charge, la fraction $\frac{1}{32.7}$; par conséquent le tirage sera

$$\frac{4400}{32.7} = 134^{\text{kil}}.5.$$

Chacun des cinq chevaux qu'on y attelle ordinairement exerce donc un effort de

$$\frac{134^{\text{kil}}.5}{5} = 26^{\text{kil}}.9.$$

Deuxième exemple. Quel est le tirage de la même voiture sur une route en empierrement, dégradée, avec des ornières remplies de boue épaisse, à la vitesse du grand trot?

Le tableau donne, dans ce cas, pour le rapport du tirage à la charge, $\frac{1}{14.9}$. Le tirage est donc

$$\frac{4400}{14.9} = 295^{\text{kil}}.3.$$

Chacun des six chevaux qu'on est alors obligé d'y atteler exerce donc un effort moyen de

$$\frac{295^{\text{kil}}.5}{6} = 49^{\text{kil}}.2.$$

RÉSISTANCE DES MATÉRIAUX

ET STABILITÉ DES CONSTRUCTIONS.

Règles pratiques et résultats d'expériences relatifs aux solides soumis a un effort de compression, tels que les murs, les colonnes, les piliers, les pilotis, les étais, etc.

362. Les expériences exécutées par MM. Rondelet, Gauthey, G. Resnie et Vicat ont montré :

1° Que les qualités physiques des pierres, telles que la dureté, la pesanteur spécifique, la couleur, ne peuvent servir d'indice pour juger exactement de leur résistance;

2° Que, dans une même carrière, les pierres qui proviennent du ciel ou toit et du fond ou mur sont moins résistantes que celles du milieu;

3° Que, pour des figures semblables, la résistance est proportionnelle à l'aire des sections tranversales;

4° Que, pour une même nature de pierre, la résistance est la plus grande possible quand l'échantillon a la forme cubique;

5° Que, la résistance d'un cube étant représentée par l'unité, celle du cylindre inscrit posé sur sa base sera 0.80; celle du même cylindre posé sur une de ses arêtes sera 0.22, et celle de la sphère inscrite 0.26;

6° Que les pierres dures cèdent fort peu à la pression et se divisent tout à coup en lames et en aiguilles sans consistance et qui se réduisent facilement en poussière;

7° Que les pierres tendres se partagent, dans les premiers instants de la rupture, en pyramides ou en cônes ayant pour bases les faces supérieures ou inférieures;

8° Que la résistance des supports diminue d'autant plus qu'ils sont composés d'un plus grand nombre de parties;

9° Que, dans les constructions ordinaires, on ne doit charger les maçonneries en pierre de taille que du dixième, et les maçonneries de moellons que du vingtième du poids que pourraient supporter sans s'écraser les matériaux dont elles sont composées;

10° Que les bois, soumis à la compression, dont la longueur n'excède pas beaucoup l'équarrissage, se rompent ordinairement en formant un renflement transversal et en se fendant suivant la longueur; mais que, quand la longueur excède 10 à 12 fois l'équarrissage, les pièces surchargées se fléchissent de plus en plus et se rompent tranversalement;

11° Que les charges permanentes que l'on peut faire supporter aux pièces de bois chargées debout doivent être réduites au dixième de celles qui produiraient l'écrasement;

12° Que les charges permanentes que l'on peut faire supporter aux pièces de fonte soumises à la compression ne doivent pas excéder le cinquième de celles qui produiraient l'écrasement.

C'est d'après ces résultats généraux des expériences directes et de l'observation des constructions existantes que l'on a formé le tableau suivant, qui donne le poids dont on peut charger avec sécurité les supports de différentes natures soumis à des efforts de compression.

POIDS DONT ON PEUT CHARGER AVEC SÉCURITÉ LES SUPPORTS SOUMIS A DES EFFORTS DE COMPRESSION, TELS QUE LES MURS, LES COLONNES, LES PILIERS, LES ÉTAIS, ETC., PAR CENTIMÈTRE QUARRÉ DE LA SECTION TRANSVERSALE.

Désignation des corps.	Poids du décimètre cube.	Poids dont on peut charger les corps avec sécurité, le rapport de la longueur à la plus petite dimension étant au dessous de 12.
Pierres volcaniques, granitiques, siliceuses et argileuses.	kil.	kil.
Basalte de Suède et d'Auvergne	2.95	200
Lave dure du Vésuve.	2 60	59
Lave tendre de Naples	1.97	23
Porphyre.	2.87	247
Granit vert des Vosges.	2.85	62
Granit gris de Bretagne.	2.74	65
Granit de Normandie dit Gatmos.	2.66	70
Granit gris des Vosges	2.64	42
Grès très dur, blanc ou roussâtre.	2.50	87
Grès tendre.	2.49	0.4
Pierre de porc ou puante (argileuse).	2.66	68
Pierre grise de Florence (argileuse à grains fins).	2.56	42
Pierres calcaires.		
Marbre noir de Flandre.	2.72	79
Marbre blanc veiné, statuaire et turquin. . . .	2.69	31
Pierre noire de S-Fortunat, très dure et coquilleuse	2.65	63
Roche de Châtillon, près Paris, pure et un peu coquilleuse.	2.29	17
Liais de Bagneux, près Paris, très dur, à grain fin	2.44	44
Roche douce d'idem.	2.08	13
Roche d'Arcueil, près Paris	2.30	25
Pierre de Saillaucourt, près Pontoise, 1re qualité.	2.41	14
Pierre de Saillaucourt, près Pontoise, 2e —	2.29	12
Pierre de Saillaucourt, près Pontoise, 3e —	2.10	9
Pierre ferme de Conflans, employée à Paris . . .	2.07	9
Pierre tendre (lambourde vergelée), employée à Paris, résistant à l'eau.	1.80	6
Lambourde de qualité inférieure, résistant mal à l'eau.	1.56	2
Calcaire dur de Givry, près Paris	2.36	31
Calcaire tendre d'idem.	2.07	12
Calcaire jaune oolithique de Jaumont, près Metz, 1re qualité.	2.20	18
Calcaire jaune oolithique de Jaumont, près Metz, 2e —	2.00	12
Id. d'Amanvillers, près Metz, 1re qualité.	2.00	12
Id. d'Amanvillers, près Metz, 2e —	2.00	10
Roche vive de Sauiny, près Metz.	2.55	30
Roche jaune de Rozérieulles, près Metz.	2.40	18
Calcaire bleu à gryphite, donnant la chaux hydraulique de Metz.	2.60	30

POIDS DONT ON PEUT CHARGER AVEC SÉCURITÉ LES SUPPORTS SOUMIS A DES EFFORTS DE COMPRESSION, TELS QUE LES MURS, LES COLONNES, LES PILIERS, LES ÉTAIS, ETC., PAR CENTIMÈTRE QUARRÉ DE LA SECTION TRANSVERSALE.

Désignation des corps.	Poids du décimètre cube.	Poids dont on peut charger les corps avec sécurité, le rapport de la longueur à la plus petite dimension étant au dessous de 12.
Briques.	kil.	kil.
Brique dure très cuite.	1.56	15
Brique rouge	2.17	6
Brique rouge pâle.	2.09	4
Brique de Hammersmith.	»	7
Brique de Hammersmith brûlée ou vitrifiée.	»	10
Plâtres et mortiers.		
Plâtre gâché à l'eau.	»	5
Plâtre gâché au lait de chaux	»	7.3
Mortier ordinaire en chaux et sable	»	3.5
Mortier en ciment ou tuileaux pilés.	»	4.8
Mortier en grès pilé.	»	2.9
Mortier en pouzzolane de Naples et de Rome.	»	3.7
Béton en bon mortier de 18 mois.	»	4.0

Désignation des corps.	Poids dont on peut charger des supports avec sécurité, le rapport de leur hauteur à leur plus petite dimension étant										
	au dessous de 12	12	16	20	24	28	32	36	40	48	60
Bois.	kil.	kil.	kil.	kil.	kil.	kil.	kil.	kil.	kil.	kil.	kil.
Chêne fort.	30 à 40	25.0	21.2	17.8	15.0	12.0	10.8	9.2	7.6	5.0	2.5
Chêne faible. . . .	19	8.4	7.4	6.4	5.8	5.2	»	»	»	»	»
Sapin jaune ou rouge.	40 à 50	33.0	28.4	24.2	20.6	17.6	15.00	13.2	11.2	7.5	»
Sapin blanc. . . .	79.	8.0	6.6	5.8	5.0	»	»	»	»	»	»
Métaux.											
Fer	1000	835	710	600	500	420	350	290	240	167	84
Fonte.	2000	1670	1420	1200	1000	840	700	580	480	334	167
Cuivre coulé . . .	823	»	»	»	»	»	»	»	»	»	»

363. APPLICATIONS DES RÉSULTATS PRÉCÉDENTS AUX CONSTRUCTIONS EN MOELLONS. Dans l'application des résultats du tableau précédent aux maçonneries de moellons, on ne devra charger les constructions que de la moitié du poids indiqué pour la même nature de pierre, attendu qu'il est relatif à des constructions faites avec des pierres de grandes dimensions.

364. Détermination des charges qui produiraient l'écrasement. On obtiendra les charges qui produiraient l'écrasement des matériaux en multipliant les nombres du tableau ci-dessus par 10 pour les pierres et le bois, et par 5 pour les métaux.

365. Pilots. Les pilots étant contenus latéralement par le sol dans lequel ils sont enfoncés, on peut les charger de 30 à 35 kil. au moins par centimètre carré de leur section transversale.

Les règles de Rondelet pour des pilots dont la longueur de fiche est 16 fois leur diamètre correspondent même à des charges généralement plus fortes.

Les pilots doivent être enfoncés jusqu'à ce que chacune des dernières volées de 30 coups d'un mouton de 300 à 400 kil. tombant de $1^m.30$ de hauteur ne les fasse enfoncer que 8 à 10 millimètres.

Premier exemple. Une construction dont le poids doit être de 15 000 000 kil. doit être fondée sur pilotis; les pilots que l'on veut employer ont $0^m.30$ de diamètre, Combien en faudra-t-il?

La règle ci-dessus donne pour la charge de chaque pilot

$$\frac{(30)^2}{1.273} \times 35 = 24745 \text{ kil.}$$

Il faudra donc

$$\frac{15\,000\,000}{24745} = 606 \text{ pilots,}$$

que l'on répartira de manière qu'ils supportent, autant que possible, des portions égales de la charge totale.

Deuxième exemple. La même construction doit être élevée sur une fondation en béton de bon mortier hydraulique. Quelle sera la surface de l'empattement qui reposera sur le béton?

D'après le tableau ci-dessus, on aura

$$\frac{15\,000\,000}{40\,000} = 375 \text{ mèt. carrés,}$$

en admettant que la charge soit uniformément répartie.

S'il en était autrement, on ferait un calcul particulier pour chaque partie de la fondation, selon la charge qu'elle devrait supporter.

NOTA. Dans cet exemple on n'a pas tenu compte de la compressibilité du terrain, qui doit souvent être prise en considération pour la détermination de la surface de l'empattement.

Règles pour calculer l'allongement que prennent les matériaux sous un effort de traction exercé dans le sens de leur longueur.

360. Quand un corps est soumis, dans le sens de a slongueur, à des efforts de traction tels, que les allongements qui en résultent ne dépassent pas les limites de l'élasticité, l'expérience montre que les allongements totaux sont :

1° Proportionnels à la longueur du corps;

2° En raison inverse de l'aire de la section transversale du corps;

3° Proportionnels aux efforts exercés jusqu'à une certaine limite particulière à chaque corps, et qui est l'allongement au delà duquel le corps ne revient pas à sa dimension primitive quand il cesse d'être soumis à l'effort qui l'a allongé.

D'après ces résultats, on pourra calculer l'allongement que prendra un corps prismatique ou cylindrique soumis, dans le sens de sa longueur, à un effort de traction donné, par la formule suivante :

$$i = \frac{P}{EA},$$

dans laquelle

i représente l'allongement du corps par mètre courant de sa longueur, en mètres;

P l'effort de traction longitudinale qui tend à allonger le corps;

A l'aire de la section transversale du corps, exprimée en mètres carrés;

E un nombre constant pour chaque corps, qu'on nomme coefficient ou module d'élasticité, qui exprime en kilogrammes le poids qui serait capable d'allonger d'une quantité égale à sa longueur primitive une barre prismatique formée de cette substance, et ayant l'unité de surface pour section transversale, si un pareil changement dans les dimensions était possible sans que ce nombre E changeât de valeur.

Les valeurs du nombre E relatives aux divers corps le plus fréquemment en usage dans les constructions, et au millimètre carré de surface, ainsi que les valeurs de i et de P relatives aux limites d'allongement et de charge que l'on ne peut dépasser sans altérer l'élasticité, sont consignées dans les tableaux suivants, dont le premier a été établi par M. Poncelet, d'après les expériences de divers auteurs, et le second, particulièrement relatif aux bois, est extrait d'un travail publié par MM. Chevandier et Wertheim.

VALEURS DU COEFFICIENT D'ÉLASTICITÉ E DE L'ALLONGEMENT RELATIF A LA LIMITE D'ÉLASTICITÉ NATURELLE ET DE LA CHARGE CORRESPONDANTE A CETTE LIMITE.

Désignation des corps.	Allongement relatif à la limite d'élasticité naturelle.	Charge par mil. quarré correspond. à cette limite.	Valeur du coefficient E d'élasticité par mill. quarré
Bois.	m	kil.	kil.
Chêne	$\frac{1}{600}$=0.00167	2.00	1200
Sapin janne ou blanc	$\frac{1}{850}$=0.00117	2.17	1300
Sapin rouge ou pin	$\frac{1}{470}$=0.00210	3.15	1500
Mélèze ou larix	$\frac{1}{620}$=0.00192	1 73	900
Hêtre ronge	$\frac{1}{570}$=0.00175	1.63	930
Frêne	$\frac{1}{885}$=0.00113	1.27	1120
Orme	$\frac{1}{414}$=0.00242	2.35	970
Métaux.			
Fers doux passés à la filière, de petites dimensions	$\frac{1}{1250}$=0.00080	14.75	18000
Fers en barres	$\frac{1}{1520}$=0.00066	12.205	20000
Acier d'Allemagne, de très bonne qualité, recuit à l'huile	$\frac{1}{835}$=0.00120	25.00	21000
Acier fondu très fin, trempé, recuit à l'huile	$\frac{1}{4500}$=0.000222	66.00	30000
Fonte de fer à grains fins	$\frac{1}{1200}$=0.00083	10.00	12000
Fils de cuivre	»	»	13100
Fils de laiton, recnits	$\frac{1}{742}$=0.00135	15.00	10000
Laiton fondu	$\frac{1}{1320}$=0.00076	4.80	6450
Bronze de canon fondu	$\frac{1}{1590}$=0.00063	2.00	3200
Fil de plomb de coupelle, étiré à froid, de 4 mill. de diamètre	$\frac{1}{1490}$=0.00067	0.40	600
Fil de plomb impur du commerce, étiré à froid, de 6 mil. de diam.	$\frac{1}{2000}$=0.00050	0.40	800
Plomb fondu ordinaire	$\frac{1}{477}$=0.00210	1.00	500

RÉSULTATS

DES EXPÉRIENCES DE MM. CHEVANDIER ET WERTHEIM, SUR LES BOIS DES VOSGES.

Essence de bois.	Allongement relatif à la limite d'élasticité naturelle.	Charge par millimètre quarré correspondante à cette limite.	Valeur du coefficient E d'élasticité par millimètre quarré.
	m	kil.	kil.
Acacia	0.00255	3.188	1261.9
Sapin.	0.00193	2.153	1113.2
Charme	0.00118	1.282	1085.7
Bouleau	0.00162	1.617	997.2
Hêtre.	0.00236	2.317	980.4
Chêne à glands pédonculés.	»	»	977.8
Chêne à glands sessiles.	0.00254	2.349	921.8
Pin silvestre	0.00289	1.633	564.1
Orme.	0.00158	1.842	1165.3
Sycomore.	0.00098	1.139	1163.8
Frêne.	0.00111	1.246	1121.4
Aune.	0.00101	1.121	1108.1
Tremble	0.00096	1.033	1075.9
Erable.	0.00105	1.068	1021.4
Peuplier	0.00195	1.007	517.2

Coefficients d'élasticité des bois des dimensions usuelles provenant des Vosges.

Essence de bois.	Dimensions des pièces.			Coefficient d'élasticité.	Observations.
	Longueur.	Largeur.	Épaisseur.		
	m.	cent.	cent.	kil	
Sapin.	14.00	29 0	32.4	1136.7	
	13.00	25.5	28.4	1156.7	
	10.48	22.5	24.5	1026.9	
	10.46	17.0	19.6	1245.0	
	10.47	9.3	12.3	1257.6	Chevrons.
	4.24	24.6	5.4	1089.6	Madriers.
	4.25	24.1	2.8	1202.2	Planches.
	Moyenne.			1159.2	
Chêne.	5.87	23.2	23.3	825 1	
	6.11	21.7	23.7	822.3	
	7.06	19.1	22.0	858.3	
	6.82	16.0	18.9	1007.0	
	6.34	13.7	16.1	638.1	
	4.01	8.3	8.1	601.3	Chevrons.
	4.00	7.8	8.04	774.3	Chevrons.
	6.50	29 3	3.46	965.8	Doublettes.
	3.65	14.3	4.22	1210.7	Échantillons.
	3.37	24.2	2.82	1251.2	Entrevoux.
	Moyenne.			895.5	

367. Usage de ces tableaux et règle.

Pour calculer à l'aide de ces tableaux l'allongement que prendra un corps prismatique ou cylindrique d'une section donnée A *sous l'action d'un effort donné* P, *on divisera l'effort* P *par l'aire de la section transversale du corps, exprimée en millimètres carrés : le quotient sera l'effort de traction correspondant à chaque millimètre carré.*

L'allongement par mètre courant sera la quatrième proportionnelle à la charge par millimètre carré correspondante à la limite d'élasticité, à l'allongement dû à cette charge et à la charge supportée par le corps sur chaque millimètre carré de sa section.

L'allongement total sera le produit de l'allongement par mètre et de la longueur du corps.

Exemple. Quel est l'allongement éprouvé par une barre de fer rond de 25 millimètres de diamètre sur 8 mètres de longueur, sous un effort de traction de 4000 kil. ?

L'effort de traction supporté par chaque millimètre carré de la section transversale est

$$\frac{4000 \times 1.273}{(25)^2} = 8^{kil}.15.$$

La charge correspondante à la limite d'élasticité pour le fer en barres étant, d'après le tableau du n° 306, de $12^{kil}.205$ par millimètre carré, et l'allongement correspondant égal à $0^m.00066$, on aura la proportion

$$12^{kil}.205 : 0^m.00066 :: 8^{kil}.15 : x,$$

d'où

$$x = \frac{8.15 \times 0.00066}{12.205} = 0^m.00044$$

pour l'allongement par mètre courant, et, par suite,

$$0^m.00044 \times 8 = 0^m.00352$$

pour l'allongement total de la barre de 8 mètres.

368. Résistance des bois perpendiculairement au rayon des couches ligneuses. Les expériences de MM. Chevandier et Wertheim ont montré que la résistance des bois dans ces deux sens était beaucoup moindre que leur résistance dans le sens des fibres, et elles ont fourni les valeurs des coefficients d'élasticité et de leur cohésion ou de la charge par millimètre carré capable de produire la rupture.

Valeurs du coefficient d'élasticité E et de la charge par millimètre quarré capable de produire la rupture des bois dans les deux sens perpendiculaires aux fibres.

Essence des bois. (Bois des Vosges.)	Dans le sens du rayon.		Dans le sens de la tangente au cylindre.	
	Coefficient d'élasticité E.	Charge par millim. quarré capable de produire la rupture.	Coefficient d'élasticité E.	Charge par millim. quarré capable de produire la rupture.
	kil	kil.	kil	kil.
Charme	208.4	1.007	103.4	0.608
Tremble	107.6	0.171	43.7	0.414
Aune	98.3	0.329	59.4	0.175
Sycomore	134.9	0.522	80.5	0.610
Érable	157.1	0.716	72.7	0.371
Chêne	188.7	0.582	129.8	0.406
Bouleau	81.1	0.823	155.2	1.063
Hêtre	269.7	0.883	159.3	0.752
Frêne	111.3	0.218	102.0	0.408
Orme	122.6	0.345	63.4	0.366
Peuplier	73.3	0.146	38.9	0.214
Acacia	170.3	»	152.2	1.521
Sapin	94.5	0.220	34.1	0.297
Pin silvestre	97.7	0.256	28.6	0.196

Limites des efforts de traction que l'on peut avec sécurité faire supporter aux corps employés dans les constructions.

369. Dans les constructions permanentes, il sera prudent de ne soumettre les corps qu'à des efforts de traction égaux à la moitié de ceux qui correspondent à la limite d'élasticité.

Cependant, pour des constructions ou des appareils qui ne seraient pas exposés à des efforts variables ni longtemps prolongés, et pour lesquels la légèreté serait une condition de rigueur, on pourra élever les efforts de traction que l'on fera supporter aux corps aux trois quarts de ceux qui correspondent à la limite d'élasticité.

A l'inverse, si les efforts peuvent accidentellement dépasser leur valeur moyenne, on devra donner aux pièces un excès de solidité. Tel est, par exemple, le cas des vis de pression, des boulons, etc., exposés à des à-coup.

Résultats d'expériences sur la rupture des solides prismatiques par traction longitudinale.

370. Les résultats des expériences sur la rupture des prismes par traction longitudinale sont beaucoup moins précis que ceux des expériences sur l'allongement. Il est bon néanmoins de les connaître. On en a conclu généralement que :

Quand un solide prismatique ou cylindrique est soumis à un effort de traction longitudinale, sa résistance à la rupture est à peu près proportionnelle à l'aire de sa section transversale.

On admet généralement que, dans la pratique des constructions, on ne doit faire supporter d'une manière permanente aux prismes ou cylindres que des efforts de traction égaux à $\frac{1}{10}$ de ceux qui produiraient la rupture pour les bois, les pierres et les mortiers, et à $\frac{1}{6}$ pour les métaux. Quoique cette règle soit suffisante pour assurer la solidité des constructions, il sera préférable, ainsi que l'a remarqué M. Poncelet, de déterminer la limite des efforts de traction à faire supporter aux corps d'après celle du n° **367**, quand l'expérience aura fait connaître la charge correspondante à la limite d'élasticité.

Le tableau suivant contient les charges capables de produire la rupture par traction, et les charges que l'on peut faire supporter avec sécurité, déduites de la règle ci-dessus pour la plupart des corps employés dans les constructions.

Solides prismatiques ou cylindriques soumis a des efforts de traction longitudinale.

Désignation des corps.	Effort par millimètre carré	
	capable de produire la rupture.	qu'on peut faire supporter au corps avec sécurité.
Bois.	kil.	kil,
Chêne dans le sens des fibres { fort	8.00	0.80
Chêne dans le sens des fibres { faible	6.00	0.60
Tremble id	6 à 7	0.6 à 0.7
Sapin id	8 à 9	0.8 à 0 9
Frêne id	12.00	1.20
Orme id	10.40	1.04
Hêtre id	8.00	0.80
Teak id	11.00	1.10
Buis id	14.00	1.40
Poirier id	6.90	0.69
Acajou	5.60	0.56
Tremble, latéralement aux fibres, par glissement	0.57	0.057
Sapin id	0.42	0.042
Chêne, perpendiculairement aux fibres	1.60	0.160
Peuplier id	1.25	0.125
Larix id	0.94	0.694
Chêne ou sapin. { Pièces droites formées de morceaux assemblés par entailles en crémaillères	4.00	0.40
Chêne ou sapin. { Arcs en planches de champ ou en bois plié	3.00	0.30
Métaux.		
Fer forgé ou étiré en barres. { le plus fort, de petit échantillon	60.00	10.00
Fer forgé ou étiré en barres. { le plus faible, de très-gros échantillon	25.00	4.16
Fer forgé ou étiré en barres. { moyen	40 00	6.66
Fer ou tôle laminée. { tiré dans le sens du laminage	41.00	7.00
Fer ou tôle laminée. { tiré dans le sens perpendiculaire	36.00	6.00
Fer dit ruban, très-doux	45.00	7.50
Fil de fer non recuit { de Laigle, de 0^{mil}.23 de diamètre	90.00	15.00
Fil de fer non recuit { le plus fort, de 0^{mil}.05 à 1 mil. de diam.	80.00	13.33
Fil de fer non recuit { le plus faible, d'un grand diamètre	50.00	8.33
Fil de fer non recuit { moyen, de 1 à 3 mil. de diamètre	60.00	10.00
Fil de fer en faisceau, ou câble	30.00	5.00
Chaînes en fer doux. { ordinaires, à maillons oblongs	24.00	4.00
Chaînes en fer doux. { renforcées par des étançons	32.00	5.33
Fonte de fer grise. { la plus forte coulée verticalement	13.50	2.25
Fonte de fer grise. { la plus faible coulée horizontalement	12.50	2.17
Acier. { fondu ou de cémentation, étiré au marteau, en petits échantillons	100.00	16.67
Acier. { le plus mauvais, en gros échantillons, mal trempé	36.00	6.00
Acier. { moyen	75.00	12.50
Bronze de canons, moyennement	23.00	3.83
Cuivre rouge. { laminé dans le sens de la longueur	21 00	3.50
Cuivre rouge. { id. de qualité supérieure	26.00	4.33
Cuivre rouge. { battu	25.00	4.17
Cuivre rouge. { fondu	13.40	2.33
Cuivre jaune, ou laiton fin	12.60	2.10
Arcs ou pièces d'assemblage en fer forgé ou en fonte grise	42.00	4.20

Solides prismatiques ou cylindriques soumis a des efforts de traction longitudinale.

Désignation des corps.	Effort par millimètre carré capable de produire la rupture.	Effort par millimètre carré qu'on peut faire supporter au corps avec sécurité.
Suite des métaux.	kil.	kil.
Cuivre rouge en fil non recuit. — le plus fort au-dessous de 1 millim. de diamètre	70.00	11.67
Cuivre rouge en fil non recuit. — moyen de 1 à 2 millim. de diamètre.	50.00	8.33
Cuivre rouge en fil non recuit. — id. le plus mauvais	40.00	6.67
Cuivre jaune en fil non recuit — le plus fort au-dessous de 1 millim. de diamètre	85.00	14.16
Cuivre jaune en fil non recuit — moyen, id	50.00	8.33
Fil de platine. — écroui, non recuit, de $0^m.127$ de diam.	116.00	19.33
Fil de platine. — id. recuit	34.00	5.67
Étain fondu	3.00	0.50
Zinc fondu	6.00	1.00
Zinc laminé	5.00	0.833
Plomb fondu	1.28	0.213
Plomb laminé	1.35	0.225
Fil de plomb de coupelle, fondu, passé à la filière, de 4 millim. de diamètre	1.36	0.227
Cordes.		
Aussières et grelins en chanvre de Strasbourg, de 13 à 14 millim. de diamètre.	8.8	4.40
Id. en chanvre de Lorraine	6.5	3.25
Id. en chanvre de Lorraine ou de Strasbourg, de 23 millim.	6.0	3.00
Id. de Strasbourg, de 40 à 54 mill.	5.5	2.75
Vieille corde de 23 millim	4 2	2.10
Courroie en cuir noir	»	0.20
Pierres.		
Basalte d'Auvergne	77.00	7.70
Calcaire de Portland	60.00	6.00
Id. blanc, grain fin et homogène	14 40	1.44
Id. à tissu compacte, lithographique	30 80	3.08
Id. à tissu arénacé, sablonneuse	22.90	2.29
Id. à tissu oolithique	13 70	1.37
Briques. — de Provence, très-bien cuites	19.50	1.95
Briques. — ordinaires, faibles	8.00	0.80
Plâtre — gâché ferme	11.70	1.17
Plâtre — id. moins ferme	5.80	0.58
Plâtre — fabriqué à la manière ordinaire	4.00	0.40
Mortiers — en chaux grasse et sable, de 14 ans	4.20	0.42
Mortiers — id. id. mauvais	0.75	0 075
Mortiers — en chaux hydraulique ordinaire et sable.	9.00	0.90
Mortiers — en chaux éminemment hydraulique	15.00	1.50
Mortiers — ciment de Pouilly, d'un an	9.60	0.96

PREMIER EXEMPLE. Une tige de pompe en bois de chêne doit soulever une charge de 7000 kil. : quel devra être le côté de sa section carrée ?

D'après le tableau précédent, on trouve pour la surface de sa section

$$\frac{7000}{0.6} = 11667 \text{ mill. carrés.}$$

Le côté de la section sera de $0^m.108$.

DEUXIÈME EXEMPLE. Une chaîne ordinaire doit supporter une tension de 1500 kil. : quel sera le diamètre du fer dont elle sera formée ?

La surface des sections du fer est $0.7854d^2$, et celle des deux branches de l'anneau $2 \times 0.7854d^2$: on aura donc

$$\frac{1500}{4} = 2 \times 0.7854\,d^2,$$

le diamètre étant exprimé en millimètres ; d'où

$$d = \sqrt{\frac{1500}{4 \times 2 \times 0.7854}} = 15^{mil}.4.$$

TROISIÈME EXEMPLE. Une courroie en cuir noir de $0^m.005$ d'épaisseur doit transmettre un effort de 125 kil. : quelle devra être sa largeur ?

D'après le tableau ci-dessus on trouve cette largeur

$$\frac{125}{0.2 \times 5} = 125^{mil}.$$

371. EFFORT NÉCESSAIRE POUR ARRACHER DES VIS A BOIS. Les vis à bois de $0^m.050$ de longueur, de $0^m.0056$ de diamètre en dehors des filets, et de $0^m.0028$ au noyau, engagées par douze filets dans des planches de $0^m.027$ d'épaisseur, peuvent être chargées avec sécurité, dans du

Sapin, de	35^{kil}
Chêne, de	68
Frêne sec, de	71
Orme, de	59

Solides soumis a des efforts de flexion transversale qui agissent perpendiculairement a leur longueur.

372. En nommant

R la limite supérieure de l'effort d'extension ou de compression auquel on peut soumettre chaque unité de surface d'une manière permanente sans crainte que son élasticité ne soit altérée dans le sens parallèle aux fibres;

I le moment d'inertie de la section transversale du corps à l'endroit où la rupture tend à se faire, pris par rapport à la ligne dite des fibres invariables;

v la plus grande ordonnée de la surface extérieure, ou la distance de la fibre de cette section la plus éloignée de la surface des fibres invariables, soit au-dessus, soit au-dessous,

Le produit $\frac{RI}{v}$ représentera la somme des moments de la résistance à la rupture de toutes les fibres de la section de rupture, et ce moment devra être égal à celui de la charge ou de l'effort qui tend à rompre le corps par rapport à la même section.

C'est d'après ce principe que sont établies les formules suivantes, dans lesquelles, pour obtenir des dimensions que l'on puisse adopter avec sécurité, on a donné, en général, au nombre R, les valeurs ci-après :

Fonte		7500000[kil]
Fer forgé		6000000
Acier	de 1re qualité	16660000
	de qualité moyenne	12500000
Bois de chêne et de sapin		600000

373. Cas où l'on voudrait alléger les pièces. Lorsqu'on tiendra à alléger les pièces, on pourra augmenter les valeurs ci-dessus du nombre R d'un tiers environ, en employant des matériaux de qualité choisie. Ce qui donnera pour

La fonte		R = 10000000[kil]
Le fer forgé		8000000
L'acier	de 1re qualité	22000000
	qualité moyenne	16633000
Bois de chêne ou de sapin		800000

Cela reviendra à augmenter d'un tiers le diviseur des formules qui donneront les dimensions.

Au contraire, il arrive quelquefois que la nécessité de ne laisser prendre aux solides que des flexions très-petites, par suite de leur destination spéciale, oblige à diminuer les valeurs de R.

Quand, par des motifs quelconques, on n'aura pas employé pour l'établissement des formules pratiques les valeurs de R indiquées au n° **372**, on aura soin d'en avertir et de donner la valeur mise en usage.

374. Observation relative a la destination des corps. Dans le calcul des dimensions à donner aux solides exposés à des flexions transversales, on doit distinguer les cas où les corps peuvent, sans inconvénients, prendre sous la charge une certaine flexion, de ceux où la flexion doit être excessivement petite.

Les poutres, les supports des constructions ordinaires, sont dans le premier cas.

Les arbres des roues hydrauliques ou des roues d'engrenage, les tourillons, etc., sont dans le second, et les coefficients numériques à employer doivent être choisis en conséquence.

375. Solides encastrés par l'une de leurs extrémités. Dans les formules suivantes, nous appellerons

P l'effort exercé sur le corps perpendiculairement à sa longueur

c la longueur de la partie non encastrée, jusqu'au point où agit l'effort P, ou son bras de levier;

p le poids du mètre courant du solide, en kilogrammes;

a la largeur du solide dans le sens perpendiculaire au plan qui passe par l'axe longitudinal du corps et par la direction de l'effort P;

b l'épaisseur du solide dans le sens de l'effort P;

d le diamètre du solide, s'il s'agit de corps ronds ou cylindriques.

Les poids ou les pressions seront exprimés en kilogrammes. les dimensions linéaires en mètres, à moins que le contraire ne soit formellement exprimé.

376. Solide prismatique encastré par l'une de ses extrémités; cas où l'on tient compte du poids du solide Les dimensions transversales se détermineront à l'aide des formules suivantes pour

la fonte*........................ $ab^2 = \dfrac{\left(P + \dfrac{pc}{2}\right)c}{1250000}$,

le fer forgé........................ $ab^2 = \dfrac{\left(P + \dfrac{pc}{2}\right)c}{1000000}$,

le bois de chêne ou de sapin.... $ab^2 = \dfrac{\left(P + \dfrac{pc}{2}\right)c}{100000}$.

377. Cas où l'on peut négliger le poids du solide. Lorsqu'on pourra négliger le poids du solide, on emploiera les formules suivantes pour

la fonte........................ $ab^2 = \dfrac{Pc}{1250000}$,

le fer........................ $ab^2 = \dfrac{Pc}{1000000}$,

le bois de chêne ou de sapin....... $ab^2 = \dfrac{Pc}{100000}$.

378. Cas où la charge est uniformément répartie. Si la charge est uniformément répartie sur la longueur du corps, on l'ajoutera au poids propre du solide; et, en nommant de même que ci-dessus p la charge par mètre courant, on emploiera les formules suivantes pour

la fonte........................ $ab^2 = \dfrac{pc^2}{2500000}$,

le fer........................ $ab^2 = \dfrac{pc^2}{2000000}$,

le bois de chêne ou de sapin....... $ab^2 = \dfrac{pc^2}{200000}$.

Nota. On observera que les formules précédentes donneront

---

* Nous ne donnerons pas la traduction en langage ordinaire de toutes les formules contenues dans ce chapitre, parce qu'elles sont assez simples pour être comprises à la première lecture.

des dimensions plus fortes pour les pièces en fer forgé que pour celles en fonte; mais, malgré sa flexibilité, le fer devra toujours être préféré à la fonte pour les pièces exposées à des chocs ou à des vibrations considérables.

379. Relation entre la largeur et l'épaisseur. Dans les applications on pourra établir *à priori* une relation entre la largeur et l'épaisseur du solide.

Pour les pièces de charpente en bois, l'expérience montre qu'il convient d'établir entre la largeur et l'épaisseur le rapport de 5 à 7; on a alors $a = \frac{5}{7} b$, et par suite la formule qui donnera la hauteur d'une pièce de charpente encastrée par l'une de ses extrémités et chargée à l'autre est

$$b^3 = \frac{Pc}{71429}.$$

Exemple. Quelles doivent être la hauteur et la largeur d'une pièce de bois qui est encastrée à l'une de ses extrémités et qui doit porter à l'autre une charge de 750 kilogrammes, placée à $1^m.75$ du point d'encastrement?

La formule ci-dessus donne

$$b^3 = \frac{750 \times 1^m.75}{71429} = 0.0184, \quad b = 0^m.264, \quad \text{et} \quad a = 0^m.189.$$

Quoique la proportion la plus convenable soit la précédente, l'économie engage souvent à refendre en deux les pièces de bois destinées à être employées dans les constructions. On fera alors $a = \frac{1}{2} b$ dans la formule du n° **407**, et l'on aura

$$b^3 = \frac{Pc}{50000}.$$

380. Remarque générale relative au poids propre des solides. On observera que, quand on voudra tenir compte du poids propre du solide dont les dimensions ne sont pas connues, il faudra d'abord calculer ces dimensions en négligeant ce poids, puis le déterminer approximativement d'après cette première recherche, et ajouter la moitié de ce poids approché à la charge donnée pour calculer de nouvelles valeurs des dimensions, qui alors seront suffisamment exactes.

D'après cette remarque, qui s'appliquera dans tous les cas où le poids propre du corps ou une charge uniformément répartie sur sa longueur pourrait avoir une influence notable sur sa résistance, nous nous bornerons à l'avenir à tenir seulement compte de la charge extérieure P.

381. Cas où la section transversale du corps est un carré. Si la section transversale est un carré, on a $a = b$, et les formules précédentes deviennent : pour

la fonte.......................... $b^3 = \frac{Pc}{1250000}$,

le fer.......................... $b^3 = \frac{Pc}{1000000}$,

le bois de chêne ou de sapin........ $b^3 = \frac{Pc}{100000}$.

Exemple. Quel doit être l'équarrissage d'une pièce de bois à section carrée encastrée à l'une de ses extrémités et chargée à l'autre d'un poids de 2000 kilogrammes, la distance de la charge au point d'encastrement étant $c = 1^m.50$?

$$b^3 = \frac{2000 \times 1.50}{100000} = 0.030;$$

d'où

$$b = 0^m.311.$$

382. Cas où la section transversale est un cercle. Si le corps est un cylindre à base circulaire, on aura pour

la fonte.......................... $d^3 = \frac{Pc}{736312}$,

le fer.......................... $d^3 = \frac{Pc}{589050}$,

le bois de chêne.................. $d^3 = \frac{Pc}{58905}$.

Exemple. Quel doit être le diamètre d'un boulon en fer exposé à un effort de 600 kilogrammes exercé perpendiculairement à sa direction, à la distance de $0^m.06$ du point d'encastrement?

La formule donne

$$d^3 = \frac{600 \times 0.06}{589050} = 0.0000611;$$

d'où

$$d = 0^m.0394.$$

383. Formule particulière pour les tourillons des roues hydrauliques. Pour les tourillons des roues hydrauliques, qui ne doivent point éprouver de flexion sensible, qui sont exposés à être mouillés d'eau et usés par le frottement du sable fin qu'elle entraîne avec elle, et qui sont ordinairement en fonte, on prendra

$$d^3 = \frac{Pc}{368156}.$$

On observera que cette formule donne aux tourillons une force double de celle qui correspondrait à la formule du n° précédent, ou revient à prendre $R = 3750000^{kil}$.

Pour diminuer autant que possible la longueur de portée des tourillons, on est dans l'usage de faire $c = d$.

Premier exemple. La roue de Guebwiller (n° 131) pèse 25000 kilogrammes; elle peut contenir $5^{mc}.500$ d'eau : la charge totale sur ses deux tourillons est donc égale à 30500 kilogr., et chacun d'eux porte 15250 kilog. La longueur des tourillons est égale à leur diamètre.

La formule ci-dessus donne

$$d = 0^m.204.$$

Le constructeur anglais a fait

$$d = 0^m.236.$$

Cette roue a marché dix à douze ans.

Deuxième exemple. La roue de la filature du Logelbach, près Colmar, pèse 44000 kilog., chaque tourillon porte 22000 kilog. On a

$$c = d,$$

et par suite la formule donne

$$d = 0^m.244.$$

Le constructeur a fait

$$d = 0^{m}.216.$$

Cette roue marche depuis quinze ans.

384. Tourillons des arbres exposés a des chocs. La même formule servira pour les tourillons des arbres exposés à des chocs, tels que ceux des marteaux, des pilons, des bocards, etc.

385. Tourillons des arbres bien graissés. Pour les autres arbres de communications de mouvement, qui sont bien graissés et s'usent moins que ceux des roues hydrauliques, on prendra les formules du n° **382**, qui deviennent, en y faisant $c = d$, pour

la fonte........................ $d^2 = \frac{P}{736312}$,

le fer forgé..................... $d^2 = \frac{P}{589050}$.

Exemple. Quel doit être le diamètre d'un tourillon en fer, bien graissé, qui doit supporter une pression de 800 kilogr. ?

La formule donne

$$d^2 = \frac{800}{589050} = 0.00136;$$

d'où

$$d = 0^{m}.0368.$$

386. Essieux des voitures. La nécessité de diminuer autant que possible le travail consommé par le frottement des essieux des voitures a conduit à adopter, pour ce cas, la formule suivante, qui donne des dimensions plus faibles que les précédentes:

Essieux en fer.................. $d^3 = \frac{Pc}{700000}$.

Cette formule revient à prendre $R = 7130124^{kil}$.

On observera d'ailleurs que l'on emploie pour les essieux des fers de première qualité.

Le tableau suivant des dimensions adoptées par les meilleurs constructeurs de voitures en Angleterre montre que cette formule reproduit, aussi exactement que possible, les dimensions déduites d'une longue expérience.

Espèces de voitures.	Nombre de roues.	Charge de chaque essieu.	Portée des essieux.	Diamètre au gros bout.	Diamètre au petit bout.	Diamètre au gros bout calculé par la formule.
		kil.	m	cent.	cent.	cent.
Tilbury............	2	104.5	0.30	3.8	3.2	3.6
Cabriolets.........	2	296.0	0.23	4.1	3.5	4.6
Britzchka..........	4	235.0	0.20	4.1	3.5	4.1
Char-à-bancs.......	4	148.0	0.23	4.5	3.8	4.5
Landau............	4	400.0	0.23	5.1	3.8	5.3
Diligence..........	4	382.0	0.28	5.7	4.1	5.6
Charrette..........	2	609.0	0.29	6.4	3.4	6.3
Wagon............	4	015.0	0.33	7.6	6.4	7.8
Charrette de roulage.	4	1420.0	0.33	8.6	6.9	8.4

La charge totale des diligences des Messageries générales de France dépasse rarement 5000 kil. Elle se compose du poids de la voiture, égal à 2000 kil. environ, sans ses roues; de 18 voyageurs, pesant moyennement 1200 kilogrammes; de marchandises, formant le complément, et pesant 1800 kilogrammes. Les deux premières portions sont réparties à peu près symétriquement sur les quatre essieux, et les essieux de derrière portent environ les $\frac{3}{4}$ de la 3e. On a donc pour

chacun des essieux de derrière..... $P = 1475^{kil}$
chacun des essieux de devant...... $P = 1025^{kil}$

La longueur commune de ces essieux est $c = 0^m.277$.

La formule ci-dessus donne pour les essieux de derrière

$$d = \sqrt[3]{\frac{1475 \times 0.277}{700000}} = 0^m.0836,$$

et pour les essieux de devant

$$d = \sqrt[3]{\frac{1025 \times 0.277}{700000}} = 0^m.0740.$$

Dans les ateliers de construction de ces messageries, on donne respectivement à ces essieux, fabriqués avec beaucoup de soin, des diamètres égaux à $0^m.068$ et $0^m.063$; ce qui revient à prendre moyennement

$$R = 12295000^{kil}.$$

Ainsi la règle ci-dessus donne des dimensions plus fortes qu'il n'est nécessaire.

387. Solides d'égale résistance encastrés par l'une de leurs extrémités. Pour diminuer le poids des pièces de support chargées à leur extrémité, on peut leur donner, dans le sens de leur longueur, la forme d'un solide parabolique qui ait la même résistance en un point quelconque de sa longueur.

Le profil longitudinal du corps est alors ordinairement une demi-parabole dont l'axe forme la partie supérieure ou inférieure du corps, ou une parabole entière.

La hauteur et la largeur du solide à la partie encastrée sont encore données par les formules des nos 405 et suivants ; et, quand on connaît ces dimensions, dont l'une des deux est arbitraire, on détermine le profil du solide ou la parabole par l'équation

$$y^2 = \frac{b^2}{c} x,$$

dans laquelle

x représente les abscisses de la courbe du solide comptées à partir du point où agit la charge,

y les ordonnées correspondantes dans le sens perpendiculaire à sa longueur.

Cette équation revient à la règle suivante :

Pour déterminer la courbure parabolique que doit avoir un solide d'égale résistance,

Calculez d'abord, par les règles des nos 405 et suivants, la hauteur du solide à la partie encastrée si sa largeur est donnée, ou sa largeur si sa hauteur est donnée;

Cela fait, portez sur sa longueur, à partir de l'extrémité extérieure, des distances ou abscisses égales; à l'extrémité de chacune de ces abscisses élevez à la longueur du corps des perpendiculaires égales à la racine carrée de la quatrième proportionnelle à la lon-

gueur du solide, à l'abscisse correspondante et au carré de la hauteur au point d'encastrement.

Si le solide a la forme d'une demi-parabole, les ordonnées y se mesurent depuis l'axe de cette parabole ou des abscisses jusqu'à la courbe (fig. 54 et 55).

Fig. 54.

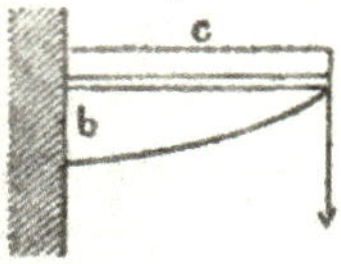

Fig. 55.

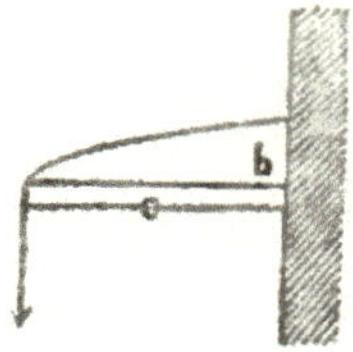

Fig. 56.

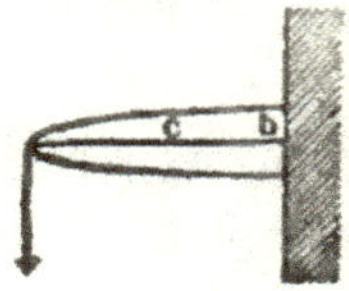

S'il a la forme d'une parabole entière, ces ordonnées se mesurent d'une branche à l'autre de la courbe (fig. 56).

Cette forme convient particulièrement aux consoles ou corbeaux, chargés à leur extrémité ou destinés à supporter des arbres de transmission, etc.

388. Solides encastrés par l'une de leurs extrémités et renforcés par des nervures. Lorsque le solide encastré par l'une de ses extrémités a la forme de la figure 57, la formule qui lie entre elles les dimensions et l'effort supporté est pour les pièces en fonte.

Fig. 57.

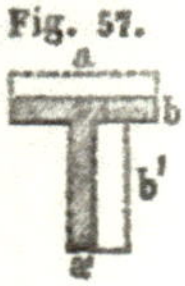

$$Pc = 2500\,000 \times \frac{az^3 - (a-a')(z-b)^3 + a'(b'+b-z)^3}{b+b'-v},$$

dans laquelle

$$z = \frac{1}{2}\,\frac{ab^2 + a'b'^2 + 2a'bb'}{ab + a'b'}.$$

Lorsqu'on adopte les proportions suivantes

$$a' = b = \tfrac{1}{5}a \quad \text{et} \quad b' = a,$$

on a

$$z = \tfrac{2}{5}a.$$

La formule à employer pour calculer la valeur de a est

$$a^3 = \frac{Pe}{500\,000}.$$

Lorsqu'on adopte les proportions

$$a' = b = \tfrac{1}{5} a \quad \text{et} \quad b' = \tfrac{1}{2} a,$$

on a

$$z = \tfrac{13}{60} a \quad \text{ou environ } \tfrac{1}{5} a,$$

La formule à employer pour calculer la valeur de a est

$$a^3 = \frac{Pc}{165\,000}.$$

Exemple. Quelle doit être la largeur d'une pièce en fonte destinée à supporter à son extrémité un poids de 600 kilogrammes, à la distance de $0^m.80$ du point d'encastrement, et pour laquelle on se donne *a priori*

$$a' = b = \tfrac{1}{5} a \quad \text{et} \quad b' = a.$$

La formule donne

$$a^3 = \frac{600^{kil} \times 0^m.80}{500\,000} = 0.00096\,;$$

d'où

$$a = b' = 0^m.099, \quad t = a' = 0^m.0198 \text{ soit } 0^m.020.$$

389. Forme des consoles, corbeaux de support, etc. Ce profil, qui convient particulièrement aux consoles, corbeaux, etc., se combine souvent dans le sens longitudinal avec la forme parabolique, dont la courbure se déterminera par la règle du n° 387.

On calculera alors les dimensions du profil à la partie encastrée, en laissant à la face supérieure la même épaisseur et la même largeur sur toute la longueur, et l'on donnera à la nervure un profil parabolique dans le sens de la longueur.

La forme de ce profil sera déterminée par la relation

$$y^2 = \frac{b'^2}{c} x$$

du n° 387.

Exemple. Quelles doivent être les dimensions et le profil longitudinal d'une console en fonte dans les proportions de l'exemple du n° 388, et qui doit supporter à son extrémité un poids de 800 kilogrammes, à la distance de 1^m de la partie encastrée ?

On a d'abord, par la règle du n° 386,

$$a^3 = \frac{800^{\text{kil}} \times 1}{500\,000} = 0.0016,$$

d'où

$$a = b' = 0^{\text{m}}.117, \quad a' = b = 0^{\text{m}}.0234.$$

Puis l'équation

$$y^2 = \frac{b'^2}{c} x = 0.137\, x$$

de la courbe du profil longitudinal de la nervure donne successivement

Aux distances de l'extrémité égales à..	m 0.05	m 0.10	m 0.20	m 0.30	m 0.40	m 0.60	m 0.80	m 1.00
Les hauteurs......	0.0262	0.0370	0.0524	0.0642	0.0740	0.0907	0.105	0.117

390. Autre forme en usage. Si le solide présente la forme de la fig. 58, on aura la relation

Fig. 58.

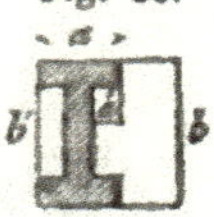

$$\frac{\text{P}c}{1\,250\,000} = \frac{ab^3 - 2a'b'^3}{b}.$$

Si, par exemple, on établit *a priori* les relations

$$a' = \tfrac{1}{3}a, \quad b' = 2a, \quad b = 2.5a,$$

la formule devient

$$b^3 = \frac{\text{P}c}{329\,350}.$$

Exemple. Quel est l'effort que peut supporter le balancier de la machine à vapeur des forges de Decazeville, de la force de 100 chevaux?

Le constructeur, M. Hallette, a fait

$$a = 0^{\text{m}}.24, \ b = 1^{\text{m}}.25, \ a' = 0^{\text{m}}.0876, \ b' = 1^{\text{m}}.134, \ c = 4^{\text{m}}.40.$$

On trouve

$$\text{P} = \frac{0.24 \times (1.25)^3 - 2 \times 0.0875 \times (1.134)^3}{1.25 \times 4.40} \times 1250\,000 = 48662^{\text{kil}}.$$

Le diamètre du cylindre $= 0^{\text{m}}.850$; la pression dans la chaudière est au plus de 4 atmosphères en sus de celle de l'air; la machine est à haute pression. Le double de la pression supportée par le piston (voir l'observation du n° 393) est donc

$$2 \times 4 \times 10\,330 \times \frac{(0.85)^2}{1.270} = 47014^{\text{kil}}.$$

391. Balanciers. Ce profil est celui que l'on donne aux balanciers des machines à vapeur, des machines soufflantes, des

Fig. 59.

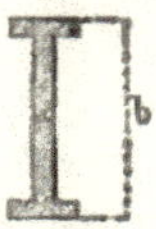

pompes, etc. Mais, dans ce cas, la hauteur totale au milieu est ordinairement égale à 12 fois l'épaisseur du corps du balancier.

Les nervures de dessus et du dessous ont une largeur égale à $\frac{1}{4}$ de la hauteur au milieu, ou à trois fois l'épaisseur, et une épaisseur égale à celle du balancier.

On a alors

$$a = \tfrac{1}{4}b, \quad a' = \tfrac{1}{12}b, \quad b' = \tfrac{5}{6}b,$$

et la formule ci-dessus devient pour les balanciers

en fonte.................... $b^3 = \dfrac{Pc}{192\,000}$,

en bois.................... $b^3 = \dfrac{Pc}{15\,360}$.

392. Autre proportion en usage pour les balanciers des machines à vapeur. On donne souvent aux balanciers une hauteur égale à 16 fois l'épaisseur du corps, et alors on a, à très-peu près, les proportions suivantes :

$$a = \tfrac{1}{8}b, \quad a' = \tfrac{1}{32}b, \quad b' = \tfrac{7}{8}b.$$

La formule devient alors, pour les balanciers en fonte,

$$b^3 = \frac{103\,900}{Pc}.$$

393. Observation. Dans l'application des formules précédentes aux balanciers des machines à vapeur, il paraît que les constructeurs anglais sont dans l'usage* d'estimer l'effort P supporté par l'extrémité du balancier au double de celui qui correspond à la pression habituelle de la chaudière, ce qui revient à prendre

$$R = 3\,750\,000^{\text{kil}}.$$

---

* *Traité des machines à vapeur*, par Tredgold, page 400.

Quoique la forme du profil longitudinal doive être parabolique et déterminée par la règle du n° **387**, on est dans l'usage de donner aux extrémités une hauteur égale au tiers de celle du milieu; et on fait passer par les points ainsi déterminés des arcs de cercle, ou la courbe d'une règle flexible, qui limitent le contour supérieur et inférieur du balancier.

Fig. 60.

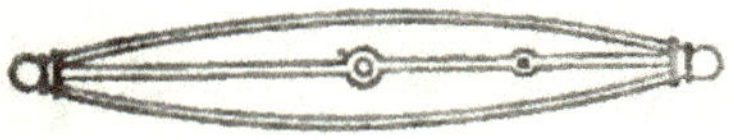

Enfin pour compenser l'affaiblissement produit par le percement des trous de boulons pour l'assemblage du parallélogramme et des différentes tiges, on dispose au milieu, et suivant l'axe longitudinal de figure, une nervure de même épaisseur que les précédentes, et qui règne des deux côtés.

Exemple. Quelles doivent être les dimensions du balancier d'une machine à vapeur à basse pression dont le cylindre a un diamètre égal à $0^m.90$, la course du piston étant de $1^m.82$?

La longueur totale du balancier est (n° **297**)

$$3.0825 \times 1^m.82 = 5^m.610 = 2c:$$

on a donc

$$c = 2^m.805.$$

L'effort supporté par le piston, en admettant que la vapeur ait une pression de 1.25 atmosphère, doit, d'après l'observation précédente, être estimé à

$$2 \times 12910 \times \frac{(0.90)^2}{1.273} = 16429^{kil}.$$

La formule ci-dessus donne

$$b^3 = \frac{16429 \times 2^m.805}{103\,900} = 0.4435;$$

d'où

$$b = 0^m.765.$$

Cet exemple est relatif à la machine à vapeur de la filature de Logelbach, construite par MM. Watt et Boulton. Ces ingénieurs ont donné au balancier une hauteur égale à $0^m.750$.

94. CAS OU LE PROFIL EST RENFORCÉ PAR DEUX NERVURES. Lorsque le profil a la forme indiquée (fig. 61), la formule à employer pour les pièces en fonte est

Fig. 61.

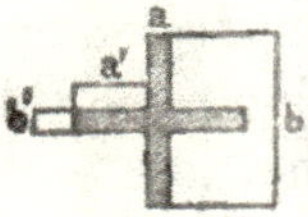

$$\frac{Pc}{1\,250\,000} = \frac{ab^3 + 2a'b'^3}{b}.$$

Dans le cas particulier où l'on fait

$$2a' + a = b \quad \text{et} \quad b' = a'.$$

la formule devient

$$\frac{Pc}{1\,250\,000} = \frac{ab^3 + ba^3 - a^4}{b};$$

et si de plus on se donne

$$a = \tfrac{1}{5}b,$$

la formule se réduit à

$$b^3 = \frac{Pc}{258\,000}.$$

Si l'on fait

$$a = \tfrac{1}{5}b = b' = a',$$

la formule devient

$$b^3 = \frac{Pc}{254\,000}.$$

Si l'on avait négligé tout à fait l'influence de la nervure, on aurait eu

$$b^3 = \frac{Pc}{250\,000},$$

ce qui montre que dans ce cas les nervures augmentent peu la résistance de la pièce dans le sens de la dimension b.

Mais les pièces de cette forme sont habituellement employées comme supports horizontaux, mobiles autour de leur axe de figure ; ou comme supports verticaux, et destinées alors à résister dans tous les sens, et l'usage des nervures leur donne une grande rigidité dans le sens des diagonales.

395. Bras en fonte des roues hydrauliques. Pour les bras des roues hydrauliques la forme ci-contre (fig. 62) est assez convenable; mais alors l'effort exercé par l'eau à la circonférence de la roue étant dirigé dans le sens de l'épaisseur b, et les nervures étant toujours minces, leur effet se borne à peu près à empêcher le bras de fléchir, de *fouetter* dans le sens perpendiculaire à l'effort P, et l'on calculera les dimensions du bras par la formule

Fig. 62.

$$ab^2 = \frac{Pc}{1\,250\,000},$$

dans laquelle il conviendra de faire $a = \frac{1}{5}b$ et qui deviendra alors

$$b^3 = \frac{Pc}{250\,000}.$$

Si l'on fait $a = \frac{1}{6}b$, on emploiera la formule

$$b^3 = \frac{Pc}{208\,000}.$$

Ces formules reviennent à la règle suivante :

Multipliez l'effort auquel chaque bras doit résister par la longueur totale de ce bras, à partir de l'embrasure ou du moyeu ;

Divisez le produit par

$$250000 \text{ si } a = \tfrac{1}{5}b,$$
$$208000 \text{ si } a = \tfrac{1}{6}b,$$

La racine cubique du quotient sera l'épaisseur du bras dans le sens de l'effort qu'il doit supporter.

396. Exemple. Roue de la cristallerie de Baccarat. La force de la roue est au maximum (expériences déjà citées sur les roues hydrauliques, page 127) de 20 chevaux, à la vitesse ordinaire de $1^m.50$ à la circonférence extérieure de la roue en une seconde.

Le rayon extérieur de la roue est.................. $2^m.48$

La longueur des bras est de.......................... $2^m.03$

Il y a quatre systèmes de bras.

On a donc

$$P = \frac{1}{4} \times \frac{20 \times 75}{1.50} \times \frac{2.48}{2.03} = 305^{kil};$$

et comme $a = \frac{1}{5} b$, on a

$$b^3 = \frac{305 \times 2.03}{250\,000} = \frac{619}{250\,000} = 0.00248, \quad b = 0^m.135.$$

Le constructeur a fait

$$b = 0^m.114.$$

Cette roue marche depuis plus de vingt ans.

397. Proportions de la nervure pour les bras des roues hydrauliques. Quant à la nervure, si elle règne de part et d'autre du bras, on fera

$$a' = 1.5a \quad \text{et} \quad b' = 0.66a.$$

Si elle n'existe que d'un côté, ce qui convient dans certains cas pour les roues à aubes courbes et les roues à augets à joues en tôle ou en fonte, afin de faciliter leur circulation dans le coursier, on fera

$$b' = 0.66a \quad \text{et} \quad a' = 3a \quad \text{ou} \quad 4a.$$

Pour les roues hydrauliques d'une grande largeur, et dont les aubes ou augets, en fléchissant, pourraient tendre à rapprocher les joues ou les extrémités des bras, il conviendra d'augmenter l'épaisseur et la saillie de la nervure.

398. Observation. Les bras des roues hydrauliques et des roues d'engrenage étant également sollicités à rompre par les deux bouts, il convient de leur donner la même épaisseur b dans le sens de la résistance sur toute leur longueur.

Quant à la largeur a, elle reste aussi la même dans toute l'étendue du bras.

399. Règles pour déterminer l'effort que chaque bras d'une roue hydraulique doit être en état de supporter. L'effort P exercé à l'extrémité du bras est toujours facile à déterminer quand on connaît la quantité de travail transmise à la circonférence de la roue (voy. n° 148). Mais on observera que, s'il y a plusieurs systèmes de bras pour soutenir la roue, l'effort exercé par l'eau se répartit entre eux à peu près également. On divisera donc l'effort exercé par l'eau à la circonférence de la roue par le nombre de systèmes de bras qu'elle porte, et le quotient donnera la valeur de l'effort P que chaque bras, considéré isolément, doit être en état de supporter. Cette valeur est un peu trop grande, et conduit, surtout pour les roues en bois, à des dimensions plus que suffisantes. Mais l'humidité altérant le bois, il est prudent de tenir les bras des roues hydrauliques plus forts, à proportion, que d'autres pièces.

400. Bras des roues d'engrenage. Pour les bras des roues d'engrenage en fonte on suivra encore la formule

$$ab^2 = \frac{Pc}{1\,250\,000},$$

en négligeant l'effet de la nervure, qui est alors très-mince, et qui n'a guère pour objet que d'empêcher le bras de fléchir perpendiculairement au plan de la roue.

On fera alors $b = 5.5a$, et l'on emploiera, pour déterminer b, la formule

$$b^3 = \frac{Pc}{230\,000}.$$

Cette dimension sera celle du bras près du moyeu et sur toute sa longueur.

Quant à la nervure, si on la répartit également des deux côtés du bras, près de l'anneau qui porte les dents, elle effleurera cet anneau de part et d'autre, et l'on fera $a' = 0.5a$.

Si la nervure règne d'un seul côté du bras, ce qui se fait toujours pour les roues d'angle, elle affleurera encore le bord de l'anneau, et on fera $a' = 0.5a$.

Cette nervure aura, dans tous les cas, près du moyeu ou de l'axe, une largeur plus grande qu'auprès de l'anneau.

401. Exemple. — Roue d'engrenage de la filature de Guebwiller. Sur le premier arbre de couche conduisant toute la filature la force maximum de la roue hydraulique est de 49.4 chevaux, à la vitesse de $1^m.54$ à la circonférence extérieure. Le rayon du pignon intérieur est égal à 0m.89, celui de la roue d'engrenage est de 2m.63 : on a donc pour cette roue

$$P = \frac{49.4 \times 75}{1.54} \times \frac{0.89}{2.63} = 814^{kil},$$

et

$$b^3 = \frac{814 \times 2.63}{230\,000} = 0.0093\,;$$

d'où

$$b = 0^m.210 \quad \text{et} \quad a = 0^m.038.$$

Le constructeur anglais a fait

$$b = 0^m.21 \quad \text{et} \quad a = 0^m.047.$$

Cette roue a marché dix à douze ans.

402. Dents d'engrenage. Si l'on appelle
a la largeur des dents parallèlement à l'axe de la roue,
b leur épaisseur mesurée sur la circonférence du cercle primitif,
s la saillie sur l'anneau,
toutes ces dimensions étant exprimées *en centimètres*, on établira en général, pour les dents habituellement graissées et dont le cercle primitif n'aura pas une vitesse de plus de 1m.50 par seconde, la relation. . . . . $a = 4b$

Si la vitesse à la circonférence du cercle primitif dépasse 1m.50 en 1″, on fera. . . . . $a = 5b$

Si l'engrenage est exposé à être habituellement mouillé d'eau, on fera. . . . . $a = 6b$

La saillie des dents sur l'anneau ne devra jamais dépasser la limite. . . . . $s = 1.5b$

Ces relations établies, on calculera l'épaisseur des dents à la circonférence primitive par les formules suivantes : pour

La fonte. $b = 0.105\sqrt{P}$

Le bronze et le cuivre. . . . . $b = 0.131\sqrt{P}$

Le bois dur, tel que charme, racine de poirier, de sorbier, etc. . . . . $b = 0.145\sqrt{P}$

Le creux entre les dents sera, pour les roues qui sont retaillées et très-bien exécutées, égal à

$$(1+\tfrac{1}{15})\,b=1.067b,$$

et pour les roues qui ne sont pas retaillées

$$(1+\tfrac{1}{10})\,b=1.10b.$$

403. Anneau et bras des roues d'engrenage. Pour les roues à dents en fonte l'épaisseur de l'anneau avec lequel elles font corps devra être les $\frac{3}{4}$ de l'épaisseur des dents à la circonférence primitive, et il conviendra alors de renforcer cet anneau à l'intérieur par une nervure, placée au milieu, dont l'épaisseur et la saillie seront égales à celle de l'anneau.

Pour les roues à dents de bois, la largeur de l'anneau où elles sont encastrées doit être égale à celle des dents, augmentée de part et d'autre de la dent d'une quantité égale aux $\frac{3}{4}$ de son épaisseur à la circonférence primitive.

L'épaisseur de cet anneau dans le sens du rayon doit être égale à celle des dents à la circonférence primitive.

La queue des dents, ou la partie qui s'engage dans l'anneau, a de part et d'autre deux à trois millimètres de moins dans le sens de la circonférence, et quatre ou cinq de moins dans le sens de l'axe, de sorte que la dent, chassée avec force, s'appuie contre la surface extérieure de l'anneau par des épaulements.

La partie de la queue formant saillie de 20 à 25 millimètres à l'intérieur de l'anneau est taillée à queue d'aronde. Entre deux dents l'on insère des coins de même forme qui les calent fortement, et des vis à bois placées de deux en deux joints empêchent ces coins de tomber, si les bois se dessèchent.

Quant au nombre de bras, on donne ordinairement

Aux roues de $1^m.30$ et au-dessous.	4 bras,
Aux roues de $1^m.30$ à $2^m.50$.	6 bras,
Aux roues de $2^m.50$ à $5^m.00$.	8 bras,
Aux roues de $5^m.00$ à $7^m.00$.	10 bras.

Pour les roues de grand diamètre très-légères supportant de faibles efforts, il convient d'augmenter le nombre des bras, afin que l'anneau conserve sa forme en se refroidissant.

404. Observation générale relative aux limites inférieures des épaisseurs a adopter. Dans l'application des règles des nos **402** à **403** inclusivement on remarquera que, pour les roues qui ne transmettent que de faibles efforts, et qui ont en même temps d'assez grandes dimensions, on serait conduit à des épaisseurs de métal qui seraient certainement capables de résister aux efforts que les bras auraient à supporter, mais qui seraient peut-être trop minces pour la coulée. Les limites inférieures des épaisseurs que l'on pourrait adopter en pareil cas dépendent de la nature de la fonte employée, et dès lors les dimensions à donner ne peuvent plus être déterminées par la considération des efforts à supporter.

405. Engrenages exposés a des vibrations. Lorsque les engrenages doivent conduire des machines dans la marche desquelles il se produit des chocs, les règles ordinaires ne peuvent plus être employées, et il faut se régler sur les dimensions indiquées par l'usage. Cette observation s'applique aux marteaux à engrenages, aux pilons, aux bocards, etc. On diminuera d'ailleurs beaucoup la fatigue des engrenages en employant des volants convenablement proportionnés.

406. Premier exemple. — Roue d'engrenage a dents en fonte, montés sur la joue de la roue de la filature du Logelbach. La force de la roue est de 25 chevaux, à la vitesse de $1^{m}.30$ par seconde à sa circonférence; on a donc

$$P=\frac{25\times75}{1.30}=\frac{1875}{1.30}=1443^{kil}.$$

La formule du n° **432** donne

$$b=3^{cent}.997 \quad \text{et} \quad a=6b=23^{cent}.98,$$

les dents étant mouillées d'eau.

Le constructeur anglais a fait

$$b=3^{cent}.7 \quad \text{et} \quad a=26^{cent}.0.$$

Cette roue a marché quinze ans.

407. Deuxième exemple. — Roue d'engrenage de la roue de la cristallerie de Baccarat. La force de la roue est au plus de

20 chevaux (voy. les expériences déjà citées sur les roues hydrauliques, p. 127), à la vitesse de $1^m.50$ en $1''$ à sa circonférence; son rayon est de $2^m.003$; celui de la roue d'engrenage à dents en bois est de $1^m.815$. On a donc

$$P=\frac{20\times75}{1.50}\times\frac{2.003}{1.815}=1103^{kil}.$$

La formule donne

$$b=4^{cent}.82,\quad a=4b=19^{cent}.28.$$

Le constructeur a fait

$$b=4^{cent}.8,\quad a=18^{cent}.5.$$

Mais, après un long service, les dents sont usées, leur épaisseur b est réduite à $4^c.1$; cependant elles résistent encore.

408. Troisième exemple. — Roue d'engrenage a dents en bois de la filature de Guebwiller. Cette roue transmettait une force de 49.4 chevaux ou 3705^{km}, à la vitesse de $4^m.55$ à la circonférence primitive.

L'effort exercé à la circonférence primitive était

$$\frac{3705^{km}}{4.55}=814^{kil}.$$

La formule donne

$$b=4^{cent}.13 \quad\text{et}\quad a=5b=20^{cent}.70.$$

Le constructeur a fait

$$b=3^{cent}.96 \quad\text{et}\quad a=20^{cent}.$$

Cette roue a marché quinze ans.

409. Solides posés librement sur deux appuis, tels que poutres, pièces de support, etc. Dans les formules suivantes nous désignerons par

2P la charge ou l'effort exercé sur le corps perpendiculairement à sa longueur,

$2c$ la distance entre les appuis,

p, a, b et d, conservant les significations indiquées au n° **375**.

410. Solides prismatiques chargés au milieu de leur longueur; cas où l'on tient compte du poids du solide. Les dimensions transversales se détermineront à l'aide des formules suivantes: pour

la fonte.................... $ab^2 = \dfrac{\left(P + \dfrac{pc}{2}\right)}{1250000} c,$

le fer forgé... .... $ab^2 = \dfrac{\left(P + \dfrac{pc}{2}\right)}{1000000} c,$

le bois de chêne et de sapin... $ab^2 = \dfrac{\left(P + \dfrac{pc}{2}\right)}{100000} c.$

411. Cas où l'on peut négliger le poids du solide. Lorsqu'on pourra négliger le poids du solide, on emploiera les formules suivantes : pour

la fonte.......................... $ab^2 = \dfrac{Pc}{1250000},$

le fer forgé........................ $ab^2 = \dfrac{Pc}{1000000},$

le bois de chêne et de sapin....... $ab^2 = \dfrac{Pc}{100000}.$

Exemple Quelle doit être l'épaisseur d'une poutre posée librement sur deux appuis, destinée à supporter au milieu de sa longueur une charge de 3500 kilog., la distance des appuis étant de 4^m?

On a

$$2P = 3500^{kil}, \qquad 2c = 4^m.$$

Si l'on suppose

$$a = \tfrac{5}{7} b,$$

la formule donne

$$b^3 = \frac{1750 \times 2}{71429} = 0.0489,$$

d'où

$$b = 0^m.366.$$

412. Cas où la charge est uniformément répartie. Si la charge est uniformément répartie sur la longueur du corps, on l'ajoutera au poids propre du solide : et, en nommant, de même que précédemment, p la charge par mètre courant, on emploiera les formules suivantes : pour

la fonte........................ $ab^2 = \dfrac{pc^2}{2500000}$,

le fer forgé...................... $ab^2 = \dfrac{pc^2}{2000000}$,

le bois de chêne et de sapin....... $ab^2 = \dfrac{pc^2}{200000}$.

NOTA. Il y a lieu de faire ici les mêmes observations qu'aux nos **379** et **380** sur les rapports que l'on peut établir *a priori* entre les dimensions a et b des corps, et sur la marche à suivre pour tenir compte du poids du solide dont on cherche les dimensions.

EXEMPLE. Quelle doit être l'épaisseur d'une pièce de bois posée librement sur deux appuis distants de 6^m, supportant une charge de 3000 kilogrammes par mètre courant?

On a

$$p = 3000^{kil}, \qquad 2c = 6^m.$$

Et si l'on pose

$$a = \tfrac{5}{7} b,$$

la formule donne

$$b^3 = \frac{3000 \times 9}{142858} = 0.189;$$

d'où

$$b = 0^m.574.$$

413. Cas où la section transversale est un carré. Si la section transversale est un carré, on emploiera les formules suivantes :

Disposition de la charge.	Matière dont le solide est formé.	Formules à employer.
La charge agissant au milieu de la longueur.	Fonte	$b^3 = \frac{Pc}{1\,250\,000}$
	Fer forgé	$b^3 = \frac{Pc}{1\,000\,000}$
	Bois de chêne et de sapin.	$b^3 = \frac{Pc}{100\,000}$
La charge agissant à des distances l et l' des points d'appui.	Fonte.	$b^3 = \frac{Pll'}{1\,250\,000c}$
	Fer forgé.	$b^3 = \frac{Pll'}{1\,000\,000c}$
	Bois de chêne et de sapin.	$b^3 = \frac{Pll'}{100\,000c}$
La charge étant répartie par moitié en deux points situés à la même distance l des points d'appui.	Fonte.	$b^3 = \frac{Pl}{1\,250\,000}$
	Fer forgé.	$b^3 = \frac{Pl}{1\,000\,000}$
	Bois de chêne et de sapin.	$b^3 = \frac{Pl'}{100\,000}$
La charge étant répartie sur une longueur $2c'$, dont le milieu est aux distances l et l' des appuis.	Fonte.	$b^3 = \frac{P\left(\frac{ll'}{c} - \frac{c'}{2}\right)}{1\,250\,000}$
	Fer forgé.	$b^3 = \frac{P\left(\frac{ll'}{c} - \frac{c'}{2}\right)}{1\,000\,000}$
	Bois de chêne et de sapin.	$b^3 = \frac{P\left(\frac{ll'}{c} - \frac{c'}{2}\right)}{100\,000}$

414. Cas où la section transversale est un cercle ou un

POLYGONE RÉGULIER. Dans ce cas, on emploiera les formules suivantes :

Disposition de la charge.	Matière dont le solide est formé.	Formules à employer.
La charge agissant au milieu de la longueur.	Fonte	$d^3 = \frac{Pc}{736\,312}$
	Fer forgé	$d^3 = \frac{Pc}{589\,050}$
	Bois de chêne et de sapin.	$d^3 = \frac{Pc}{58\,905}$
La charge agissant à des distances l et l' des points d'appui.	Fonte.	$d^3 = \frac{Pll'}{736\,312c}$
	Fer forgé.	$d^3 = \frac{Pll'}{589\,050c}$
	Bois de chêne et de sapin.	$d^3 = \frac{Pll'}{58\,905c}$
La charge étant répartie par moitié en deux points situés à la même distance l des points d'appui.	Fonte.	$d^3 = \frac{Pl}{736\,312}$
	Fer forgé.	$d^3 = \frac{Pl}{589050}$
	Bois de chêne et de sapin.	$d^3 = \frac{Pl}{58\,905}$
La charge étant répartie sur une longueur $2c'$, dont le milieu est aux distances l et l' des appuis.	Fonte.	$d^3 = \frac{P\left(\frac{ll'}{c} - \frac{c'}{2}\right)}{736312}$
	Fer forgé.	$d^3 = \frac{P\left(\frac{ll'}{c} - \frac{c'}{2}\right)}{589\,050}$
	Bois de chêne et de sapin.	$d^3 = \frac{P\left(\frac{ll'}{c} - \frac{c'}{2}\right)}{58\,905}$

Exemples du n° 413.

PREMIER EXEMPLE. Quel doit être le côté du carré d'un arbre en fonte d'une longueur $2c = 1^m$, supportant un effort de

$2P = 750$ kilogrammes, agissant à des distances $l = 0^m.40$ et $l' = 0^m.60$?

La formule donne

$$b^3 = \frac{375 \times 0^m.4 \times 0^m.6}{1250000 \times 0^m.5} = 0.000144;$$

d'où

$$b = 0^m.0524.$$

DEUXIÈME EXEMPLE. Quel doit être le côté du carré d'une pièce de bois d'une longueur $2c = 4^m$, supportant une charge de $2P = 12000$ kilogrammes également répartie en deux points situés à la même distance $l = 0^m.6$ des appuis?

La formule donne

$$b^3 = \frac{6000 \times 0.6}{100000} = 0.036;$$

d'où

$$b = 0^m.330.$$

EXEMPLE DU N° 414. Quel doit être le diamètre d'un arbre en fer forgé d'une longueur $2c = 1^m.5$, qui supporte un effort de $2P = 360$ kilogrammes, agissant à des distances $l = 0^m.70$ et $l' = 0^m.80$ des points d'appui?

La formule donne

$$d^3 = \frac{180 \times 0.7 \times 0.8}{589050 \times 0.75} = 0.000228;$$

d'où

$$d = 0^m.0611.$$

415. ARBRES DES ROUES HYDRAULIQUES, DES ROUES D'ENGRENAGE, DES VOLANTS, ETC. Les axes de rotation des machines étant quelquefois exposés à des secousses et ne devant éprouver que des flexions très-faibles, il conviendra de se servir des formules suivantes, qui reviennent à prendre $R = 3750000^{kil}$.

416. Arbres a section carrée.

Disposition de la charge.	Matière dont l'arbre est formé.	Formules à employer.
La charge agissant au milieu de la longueur.	Fonte.	$b^3 = \frac{Pc}{625\,000}$
	Fer forgé	$b^3 = \frac{Pc}{500\,000}$
	Bois de chêne et de sapin.	$b^3 = \frac{Pc}{50\,000}$
La charge agissant à des distances l et l' des points d'appui.	Fonte.	$b^3 = \frac{Pll'}{625\,000c}$
	Fer forgé.	$b^3 = \frac{Pll'}{500\,000c}$
	Bois de chêne et de sapin.	$b^3 = \frac{Pll'}{50\,000c}$
La charge étant répartie par moitié en deux points situés à la même distance l des points d'appui.	Fonte.	$b^3 = \frac{Pl}{625\,000}$
	Fer forgé	$b^3 = \frac{Pl}{500\,000}$
	Bois de chêne et de sapin.	$b^3 = \frac{Pl}{50\,000}$
La charge étant répartie sur une longueur $2c'$, dont le milieu est aux distances l et l' des appuis.	Fonte.	$b^3 = \frac{P\left(\frac{ll'}{c} - \frac{c'}{2}\right)}{625\,000}$
	Fer forgé.	$b^3 = \frac{P\left(\frac{ll'}{c} - \frac{c'}{2}\right)}{500\,000}$
	Bois de chêne et de sapin.	$b^3 = \frac{P\left(\frac{ll'}{c} - \frac{c'}{2}\right)}{50000}$

417. Arbres a section circulaire ou polygonale.

Disposition de la charge.	Matière dont l'arbre est formé.	Formules à employer.
La charge agissant au milieu de la longueur.	Fonte.	$d^3 = \frac{Pc}{368\,156}$
	Fer forgé.	$d^3 = \frac{Pc}{295\,000}$
	Bois de chêne et de sapin.	$d^3 = \frac{Pc}{29\,500}$
La charge agissant à des distances l et l' des points d'appui.	Fonte.	$d^3 = \frac{Pll'}{368\,156c}$
	Fer forgé.	$d^3 = \frac{Pll'}{295\,000c}$
	Bois de chêne et de sapin	$d^3 = \frac{Pll'}{29\,500c}$
La charge étant répartie par moitié en deux points situés à la même distance l des points d'appui.	Fonte.	$d^3 = \frac{Pl}{368\,156}$
	Fer forgé	$d^3 = \frac{Pl}{295\,000}$
	Bois de chêne et de sapin.	$d^3 = \frac{Pl}{29\,500}$
La charge étant répartie sur une longueur $2c'$, dont le milieu est aux distances l et l' des appuis.	Fonte	$d^3 = \frac{P\left(\frac{ll'}{c} - \frac{c'}{2}\right)}{368\,156}$
	Fer forgé	$d^3 = \frac{P\left(\frac{ll'}{c} - \frac{c'}{2}\right)}{295\,000}$
	Bois de chêne et de sapin.	$d^3 = \frac{P\left(\frac{ll'}{c} - \frac{c'}{2}\right)}{29\,500}$

d étant le diamètre du cylindre ou du cercle inscrit au polygone.

Premier exemple. Un arbre carré de roue hydraulique en fonte doit porter en son milieu une charge de 4000 kilogrammes, la longueur de portée est de 3^m.

La formule donne

$$b^3 = \frac{2000 \times 1.50}{625000} = 0.0048 \quad \text{et} \quad b = 0^{m}.1685.$$

Si l'arbre avait été cylindrique, on aurait eu

$$d^3 = \frac{2000 \times 1^{m}50}{368156} = 0.00815 \quad \text{et} \quad d = 0^{m}.201.$$

Si la même charge agissait en un point situé aux distances $l = 2^{m}$ et $l' = 1^{m}$ des points d'appui écartés de $2c = 3^{m}$, on trouverait, pour l'arbre cylindrique,

$$d^3 = \frac{2000 \times 2 \times 1}{368156 \times 1.50} = 0.00724 \quad \text{et} \quad d = 0^{m}.1935.$$

Si cet arbre était en chêne et chargé en son milieu, on aurait

$$d = 0^{m}.392.$$

Si la même charge était répartie par moitié en deux points situés à la même distance $l = 0^{m}.55$ des points d'appui, on aurait pour l'arbre carré en fonte

$$b^3 = \frac{2000 \times 0.55}{625000} = 0.00176 \quad \text{et} \quad b = 0^{m}.1207;$$

pour l'arbre cylindrique en fonte

$$d^3 = \frac{2000 \times 0.55}{368156} = 0.00299 \quad \text{et} \quad d = 0^{m}.144.$$

Si la charge était répartie en trois points sur une longueur $2c' = 1^{m}.20$, dont le milieu fût aux distances $l = 1^{m}.10$, $l' = 1^{m}.90$, des points d'appui, on aurait pour l'arbre carré

$$b^3 = \frac{2000\left(\frac{1.10 \times 1.90}{1.50} - 0.30\right)}{625000} = 0.0035 \quad \text{et} \quad b = 0^{m}.152,$$

et pour l'arbre cylindrique

$$d^3 = \frac{2000\left(\frac{1.10 \times 1.90}{1.50} - 0.30\right)}{368156} = 0.00594 \quad \text{et} \quad d = 0^{m}.181.$$

Deuxième exemple. Un arbre de roue hydraulique à huit pans doit supporter une roue pesant 15 000 kilog., dont le poids est réparti sur une longueur $2c'=4^{m}.5$. La portée totale est $2c=6^{m}.80$. Le milieu de la partie chargée est aux distances $l=3^{m}.25$ et $l'=3.55$ des appuis.

La formule donne, s'il doit être en chêne,

$$d=0^{m}.835,$$

et s'il doit être en fonte

$$d=0^{m}.360.$$

Troisième exemple. La roue hydraulique de la taillerie de Baccarat pèse 13 500 kilogrammes; son poids est réparti sur une longueur $2c'=3^{m}.13$, dont le milieu est à des distances $l=l'=2^{m}.20$ des appuis, éloignés de $2c=4^{m}.40$. L'arbre est à huit pans.

La formule donne

$$d=0^{m}.296.$$

Le constructeur a fait

$$d=0^{m}.250.$$

Cette roue marche depuis près de vingt ans.

418. Arbres de roues hydrauliques en fonte a noyau carré renforcé par des nervures. La partie intermédiaire entre les points qui supportent la charge est habituellement d'une dimension moindre que ces parties, mais elle est renforcée par des nervures.

Fig. 63.

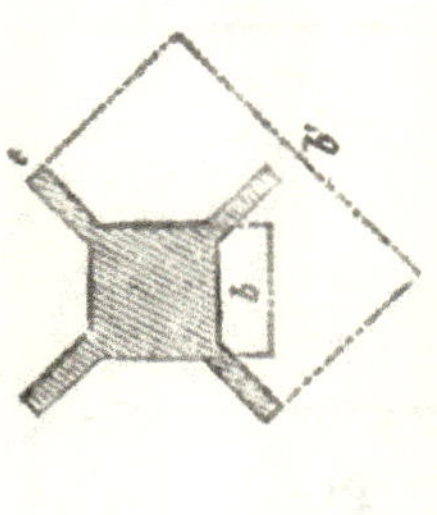

En nommant alors

b le côté du carré,

b' la largeur totale extérieure des nervures, mesurée de dehors en dehors,

e leur épaisseur,

on aura entre ces dimensions et la charge que l'on peut faire porter à ce corps supposé en fonte la relation suivante, pour laquelle on a pris $R=3750000$, comme au nº 415, attendu qu'il s'agit encore ici d'arbres de roues hydrauliques qui doivent être très-rigides.

Disposition de la charge.	Formules à employer.
La charge agissant au milieu de la longueur.	$\frac{b^4+(b'^3-b^3)e+(b'-b)e^3}{b'}=\frac{Pc}{625\,000}$
La charge agissant à des distances l et l' des points d'appui.	$\frac{b^4+(b'^3-b^3)e+(b'-b)e^3}{b'}=\frac{Pll'}{625\,000c}$
La charge étant répartie par moitié en deux points situés à la même distance l des points d'appui.	$\frac{b^4+(b'^3-b^3)e+(b'-b)e^3}{b'}=\frac{Pl}{625\,000}$
La charge étant répartie sur une longueur $2c'$ dont le milieu est aux distances l et l' des appuis.	$\frac{b^4+(b'^3-b^3)e+(b'-b)e^3}{b'}=\frac{P\left(\frac{ll'}{c}-\frac{c'}{2}\right)}{625\,000}$

419. Proportions convenables à établir entre les diverses dimensions. Dans le cas où il s'agirait de déterminer les dimensions b, b' et e, il conviendra d'établir *a priori* entre elles quelque relation simple. Si, par exemple, on fait

$$b'=3b, \quad e=\tfrac{1}{3}b',$$

les formules ci-dessus deviennent, pour la fonte :

Disposition de la charge.	Formules à employer.
La charge agissant au milieu de la longueur.	$b^3=\frac{Pc}{2\,029\,500}$
La charge agissant à des distances l et l' des points d'appui.	$b^3=\frac{Pll'}{2\,029\,500c}$
La charge étant répartie par moitié en deux points situés à la même distance l des points d'appui.	$b^3=\frac{Pl}{2\,029\,500}$
La charge étant répartie sur une longueur $2c'$ dont le milieu est aux distances l et l' des appuis.	$b^3=\frac{\left(\frac{ll'}{c}-\frac{c'}{2}\right)}{2\,029\,500}$

Exemple. Un arbre carré en fonte de 4^m de longueur, à nervures proportionnées comme il est dit ci-dessus, doit supporter une charge de 10000 kilog.

Si la charge est au milieu de la longueur, on a

$$b^3 = \frac{5000 \times 2}{2029500} = 0.00493;$$

doù

$$b = 0^m.170, \quad e = 0^m.057, \quad b' = 0^m.510.$$

Si la charge est aux distances $l = 1^m.50$ et $l' = 2^m.50$ des appuis, on a

$$b^3 = \frac{5000 \times 1.50 \times 2.50}{2029500 \times 2} = 0.00462;$$

d'où

$$b = 0^m.1665, \quad e = 0^m.0555, \quad b' = 0^m.4995.$$

Si la charge est répartie par moitié en deux points situés à la même distance $l = 0^m.60$ des appuis, on a

$$b^3 = \frac{5000 \times 0.60}{2029500} = 0.001476;$$

d'où

$$b = 0^m.114, \quad e = 0^m.038, \quad b' = 0^m.342.$$

Si la charge est répartie en quatre points sur une longueur $2c' = 2^m.80$, dont le milieu est aux distances $l = 1^m.95$ et $l' = 2^m.05$des appuis, on a

$$b^3 = 5000 \frac{\left(\frac{1.95 \times 2.05}{2} - 0.70\right)}{2029500} = 0.0032;$$

d'où

$$b = 0^m.147, \quad e = 0^m.049, \quad b' = 0^m.441.$$

Nota. Quoique dans ces exemples nous ayons supposé que la charge pouvait être au milieu de la longueur ou répartie en plusieurs points, nous ferons observer qu'en général les arbres à nervures ne sont chargés qu'en deux points entre lesquels règnent les nervures,

420. CAS OÙ LA SECTION PRÉSENTE UN NOYAU CYLINDRIQUE RENFORCÉ PAR DES NERVURES. En conservant les notations du numéro précédent, b exprimant alors le diamètre du noyau, on aura les formules suivantes :

Fig. 64.

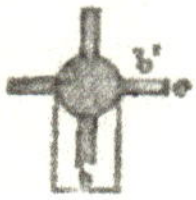

Disposition de la charge.	Formules à employer.
La charge agissant au milieu de la longueur.	$\frac{0.589b^4+(b'^3-b^3)e+(b'-b)e^3}{b'}=\frac{Pc}{625\,000}$
La charge agissant à des distances l et l' des points d'appui.	$\frac{0.589b^4+(b'^3-b^3)e+(b'-b)e^3}{b'}=\frac{Pll'}{625\,000c}$
La charge étant répartie par moitié en deux points situés à la même distance l des points d'appui.	$\frac{0.589b^4+(b'^3-b^3)e+(b'-b)e^3}{b'}=\frac{Pl}{625\,000}$
La charge étant répartie sur une longueur $2c'$ dont le milieu est aux distances l et l' des appuis.	$\frac{0.589b^4+(b'^3-b^3)e+(b'-b)e^3}{b'}=\frac{P\left(\frac{ll'}{c}-\frac{c'}{2}\right)}{625\,000}$

421. PROPORTIONS ORDINAIRES ENTRE LES DIVERSES DIMENSIONS. Si l'on établit entre la saillie et l'épaisseur des nervures les relations précédentes, assez convenables, $b'=3b$ et $e=\frac{1}{3}b$, on a :

Disposition de la charge.	Formules à employer.
La charge agissant à des distances l et l' des points d'appui.	$b^3=\frac{Pll'}{1\,942\,500c}$
La charge étant répartie par moitié en deux points situés à la même distance l des points d'appui.	$b^3=\frac{Pl}{1\,942\,500}$
La charge étant répartie sur une longueur $2c'$, dont le milieu est aux distances l et l' des appuis.	$b^3=\frac{P\left(\frac{ll'}{c}-\frac{c'}{2}\right)}{1\,942\,500}$

EXEMPLE. — ARBRE DE LA ROUE DE LA FILATURE DE MM. N^s SCHLUMBERGER ET COMP^e, A GUEBWILLER. La roue, avec l'eau qu'elle peut contenir, pèse 30500 kilog.; son poids est réparti par moitié en deux points situés à la même distance $l = 0^{m}.65$ des appuis : on a donc

$$P = 15250^{kil}.$$

La formule donne $b = 0^{m}.172$.

Le constructeur anglais a fait $b = 0^{m}.1336$, et les nervures sont proportionnées comme il est dit plus haut Cette dimension est à peu près celle que l'on obtiendrait en prenant $R = 7500000^{kil}$. Mais plusieurs arbres proportionnés d'après cette valeur ont été trouvés trop flexibles; c'est pourquoi nous avons adopté la valeur $R = 3750000^{kil}$, comme pour les autres arbres des roues hydrauliques.

422. OBSERVATIONS RELATIVES A LA PORTION DE L'ARBRE SUR LAQUELLE SE FAIT L'ASSEMBLAGE. Dans les applications des formules précédentes on observera que, pour la facilité des assemblages, la partie sur laquelle repose la charge ne peut avoir le profil que nous avons indiqué aux figures 63 et 64, et qu'il convient de lui donner, dans tous les cas, un profil carré, circulaire ou polygonal. On en calculera alors les dimensions par les formules des n^{os} **416** ou **417**, relatives à ces formes; puis on la raccordera avec le noyau et les nervures, dont nous venons de déterminer les dimensions, par une partie pyramidale ou tronconique allongée et par des arrondissements convenables.

Fig. 65.

EXEMPLE. La roue hydraulique en fer de l'exemple précédent pèse avec l'eau qu'elle contient 30500 kilog.

La charge est répartie par moitié en deux points situés à la même distance $l = 0^{m}.65$ du milieu des coussinets.

L'arbre est en fonte; la partie qui reçoit les manchons d'assemblage des bras est cylindrique; et la portion intermédiaire est un cylindre, d'un diamètre moindre, renforcé par des nervures.

La formule donne pour la partie cylindrique qui reçoit les manchons $d = 0^m.299$.

Le constructeur a fait $d = 0^m.258$ seulement; mais cette partie de l'arbre porte quatre petites nervures pour servir d'arrêt aux cales qui serrent les manchons, ce qui la renforce un peu.

La partie de cet arbre qui est intermédiaire entre les points de support des manchons est à nervures, proportionnées comme il a été dit au n° **421**.

423. Arbres cylindriques creux en fonte. Pour augmenter la résistance et le diamètre extérieur, on adopte quelquefois des arbres cylindriques creux en fonte.

En nommant d le diamètre extérieur, d' le diamètre intérieur, on emploiera les formules suivantes :

Disposition de la charge.	Formules à employer.
La charge agissant au milieu de la longueur.	$\frac{d^4-d'^4}{d} = \frac{Pc}{368\,156}$
La charge agissant à des distances l et l' des points d'appui.	$\frac{d^4-d'^4}{d} = \frac{Pll'}{368\,156c}$
La charge étant répartie par moitié en deux points situés à la même distance l des points d'appui.	$\frac{d^4-d'^4}{d} = \frac{Pl}{368\,156}$
La charge étant répartie sur une longueur $2c'$, dont le milieu est aux distances l et l' des appuis.	$\frac{d^4-d'^4}{d} = \frac{P\left(\frac{ll'}{c} - \frac{c'}{2}\right)}{368\,156}$

424. Proportions généralement adoptées dans ce cas. Il est d'usage de faire le diamètre intérieur égal aux $\frac{3}{5}$ du diamètre extérieur, ce qui fixe l'épaisseur à $\frac{1}{5}$ du diamètre extérieur : alors les formules précédentes deviennent :

Disposition de la charge.	Formules à employer.
La charge agissant au milieu de la longueur.	$d^3 = \frac{Pc}{320\,453}$
La charge agissant à des distances l et l' des points d'appui.	$d^3 = \frac{Pll'}{320\,453}$
La charge étant répartie par moitié en deux points situés à la même distance l des points d'appui.	$d^3 = \frac{Pl}{320\,453}$
La charge étant répartie sur une longueur $2c'$, dont le milieu est aux distances l et l' des appuis.	$d^3 = \frac{P\left(\frac{l'}{c} - \frac{c'}{2}\right)}{320\,453}$

EXEMPLE. Un arbre de roue de martinet de la manufacture d'armes de Châtellerault supporte, sur une longueur $2c' = 2^m$, le poids d'une roue $2P = 21017^k$; le milieu de la partie chargée est aux distances

$$l = 1^m.55,\ l' = 2^m.06, \text{ des points d'appui};\ 2c = 3^m.61.$$

La formule donne

$$d^3 = \frac{10508\left(\frac{1.55 \times 2.06}{1.805} - 0.50\right)}{320453} = 0.0416 \quad \text{et} \quad d = 0^m.346,$$

$$\frac{d - d'}{2} = 0^m.069.$$

425. SOLIDES ENCASTRÉS PAR LEURS DEUX EXTRÉMITÉS. Lorsqu'un solide est encastré par ses deux extrémités, sa résistance est deux fois plus grande que quand il repose librement sur des appuis, et l'on emploiera en conséquence pour toutes les formes indiquées aux n°s 410 et suiv. les mêmes formules, mais en y remplaçant P, ou la moitié de la charge totale 2P, par $\frac{P}{2}$ ou le quart de cette charge. Il faudra toutefois, dans des cas pareils, s'assurer que l'encastrement est très-solide, sans quoi il ne produirait pas son effet. Les poutres scellées dans les murs ne peuvent être regardées comme encastrées que quand elles y sont engagées sur une longueur de $0^m.70$ à $0^m.80$.

426. Solides prismatiques ou cylindriques exposés à la torsion. Les arbres qui transmettent le mouvement sont exposés à des efforts de torsion dont il est souvent nécessaire de tenir compte, en les proportionnant. On calculera les dimensions qu'il convient de leur donner pour les mettre en état de résister d'une manière permanente à ces efforts par les formules suivantes*, en ayant soin d'adopter celles des arbres forts pour les arbres premiers moteurs et pour tous ceux qui ont à mettre en mouvement des machines pesantes, et celles des arbres légers pour les transmissions ultérieures du mouvement aux machines de fabrication marchant rapidement.

Forme de la section transversale.		Matières dont le corps est formé.	Formules à employer pour les arbres allégés.	Formules à employer pour les arbres forts.
Carré		Fer ou fonte	$b^3=\frac{PR}{315\,000}$	$b^3=\frac{PR}{157\,500}$
		Bois	$b^3=\frac{PR}{52\,425}$	$b^3=\frac{PR}{26\,212}$
Circulaire		Fer ou fonte	$d^3=\frac{PR}{262\,000}$	$d^3=\frac{PR}{131\,000}$
		Bois	$d^3=\frac{PR}{43\,638}$	$d^3=\frac{PR}{21\,819}$
Annulaire.	d et d' étant quelconques	Fer ou fonte	$\frac{d^4-d'^4}{d}=\frac{PR}{262\,000}$	$\frac{d^4-d'^4}{d}=\frac{PR}{131\,000}$
		Bois	$\frac{d^4-d'^4}{d}=\frac{PR}{43\,638}$	$\frac{d^4-d'^4}{d}=\frac{PR}{21\,819}$
	si $d'=\frac{3}{5}d$	Fer ou fonte	$d^3=\frac{PR}{227\,900}$	$d^3=\frac{PR}{113\,950}$
		Bois	$d^3=\frac{PR}{37\,972}$	$d^3=\frac{PR}{18\,986}$

On désigne dans ces formules par

* Ces formules sont établies en admettant que le corps ne supporte qu'un effort permanent de 2 000 000 kilog. pour le fer et la fonte, et de 333 333 kilog. pour le bois, par mètre carré de section pour les arbres allégés.

P l'effort qui tend à tordre le corps ;
R le bras de levier de cet effort ;
b le côté du carré, si la section du corps est carrée ;
d le diamètre du corps, s'il est cylindrique, ou celui du cercle inscrit, s'il est à section polygonale ;
d et *d'* les diamètres extérieur et intérieur, s'il s'agit d'un cylindre creux.

Nota. Si les engrenages qui transmettent le mouvement sont situés de part et d'autre d'un tourillon, c'est ce tourillon qui supporte l'effort de torsion, et son diamètre doit être calculé en conséquence.

Exemple. Quel doit être le diamètre du tourillon de l'arbre cylindrique en fonte de la turbine de Müllbach, pour transmettre une force de 45 chevaux à la vitesse de 50 tours en 1' par un engrenage de 0m,70 de rayon ?

La vitesse à la circonférence de l'engrenage étant égale à

$$\frac{50}{60} \times 6.28 \times 0.70 = 3^{m}.663,$$

l'effort exercé à la circonférence de cette roue sera

$$\frac{45 \times 75^{km}}{3^{m}.663} = 921^{kil}.4.$$

La formule des arbres forts ou premiers moteurs donne

$$d^3 = \frac{921.4 \times 0.7}{131000} = 0.004923;$$

d'où

$$d = 0^{m}.170.$$

Le tourillon de cet arbre a 0m.162 de diamètre, et le corps a 0m.182. Dans des expériences au frein il a transmis une force de 91 chevaux à la vitesse de 66 tours en 1', ce qui correspond à un effort de 1410 kil., sans éprouver d'altération.

427. Observation relative aux arbres de transmission du mouvement. Lorsque l'on voudra déterminer les dimensions d'un arbre de transmission de mouvement ou d'un tourillon, on devra les calculer par les formules relatives à la résistance à la rupture par flexion, et par celle du numéro précédent relative à la torsion, et prendre pour la dimension définitive le plus grand des deux résultats.

428. Solides cylindriques creux, d'épaisseur uniforme, soumis a des pressions intérieures. On calculera l'épaisseur à donner aux tuyaux cylindriques par la formule suivante :

$$e = \frac{pd}{2R'} + e' = \frac{n \times 10330\,d}{2R'} + e',$$

dans laquelle on représente par

e l'épaisseur du tuyau,

p la pression intérieure sur un mètre carré,

n le nombre d'atmosphères correspondant à cette pression en sus de celle de l'air,

d le diamètre intérieur,

R' l'effort de traction que l'on peut avec sécurité faire supporter d'une manière permanente à un mètre carré de surface de la substance employée, et qui est indiquée au tableau du n° **370**,

e' une épaisseur constante qu'il est nécessaire d'ajouter à quelques tuyaux pour les mettre en état de résister aux accidents de la pose et des transports.

Cette formule revient aux suivantes pour les tuyaux, en prenant pour (tableau du n° **370**)

le fer............	$R'=6000000$;	$e=0.00086\ nd+0.0030$
la fonte..........	$R'=2170000$;	$e=0.00238\ nd+0.0085$
le cuivre laminé..	$R'=3500000$;	$e=0.001476\,nd+0.0040$
le plomb.........	$R'=213000$;	$e=0.00242\ nd+0.0050$
le zinc...........	$R'=833000$;	$e=0.00620\ nd+0.0040$
le bois...........	$R'=160000$;	$e=0.03230\ nd+0.0270$
les pierres natur..	$R'=140000$;	$e=0.03690\ nd+0.0300$
les pierres factices.	$R'=96000$;	$e=0.05380\ nd+0.0400$

On sait que pour les chaudières à vapeur en tôle de fer, exposées à être détériorées par l'action de la flamme, on doit, d'après une ordonnance royale, régler l'épaisseur par la formule

$$e = 0.0018\ nd + 0^{m}.003,$$

qui revient à peu près à prendre $R'=3000000$ kil. et à augmenter l'épaisseur calculée d'une quantité constante de $0^{m}.003$; et que pour le service des eaux de Paris, on donne aux tuyaux en fonte des épaisseurs qui correspondent à peu près à la formule

$$e = 0^{m}.002\, nd + 0^{m}.01,$$

dans laquelle $n=10$ atmosphères est la pression d'épreuve pour la reception de ces tuyaux.

429. Résistance d'une sphère a la rupture. Lorsqu'une sphère creuse est soumise à une pression intérieure qui tend à la faire éclater, si l'on nomme

r son rayon extérieur;
r' son rayon intérieur;
e son épaisseur, égale à $r-r'$;
p la pression intérieure, exprimée en kilogrammes, sur un mètre carré, en sus de celle de l'air;
R la charge par mètre carré capable de produire la rupture (tableau n° **370**),

on calculera la pression capable de faire éclater cette sphère par la formule

$$p = \mathrm{R}\, \frac{r^2 - r'^2}{r'^2},$$

qui devient, pour

le fer.................... $p = 40000000 \dfrac{r^2 - r'^2}{r'^2}$,

la fonte.................. $p = 13500000 \dfrac{r^2 - r'^2}{r'^2}$,

le cuivre rouge battu....... $p = 25000000 \dfrac{r^2 - r'^2}{r'^2}$.

Exemple. Quelle est la pression exercée par l'eau sur les parois intérieures d'une bombe de $0^{m}.32$, qu'elle brise par l'effort de dilatation qu'elle exerce en se congelant?

Le diamètre extérieur de la bombe........... $2r = 0^{m}.32$
Le diamètre intérieur....................... $2r' = 0^{m}.23$

On a donc

$$p = 13500000 \times \frac{(0.16)^2 - (0.115)^2}{(0.115)^2} = 12681900^{kil},$$

ou

$$\frac{12681900}{10330} = 1228 \text{ atmosphères.}$$

La rupture ayant lieu par l'œil, et par conséquent sur une surface un peu moindre que celle des autres sections passant par le centre, la pression au moment de la rupture peut être en réalité un peu moindre.

Lorsque l'épaisseur du métal n'est que de $\frac{1}{10}$ du rayon intérieur, $r^2 - r'^2 = 2er$ à très-peu près, et les formules ci-dessus deviennent, pour

le fer. . . . . $p = \frac{80000000e}{r}$,

la fonte. . . . . $p = \frac{27000000e}{r}$,

le cuivre rouge battu. . . . . $p = \frac{50000000e}{r}$.

Mais s'il s'agit de calculer l'épaisseur qu'il convient de donner à une sphère pour qu'elle puisse résister d'une manière permanente à une pression intérieure donnée, on emploiera les formules suivantes dans le cas où l'épaisseur sera au-dessous de $\frac{1}{7}$ du rayon extérieur, pour

le fer. . . . . $e = \frac{pr}{13333333}$,

la fonte. . . . . $e = \frac{pr}{4500000}$,

le cuivre rouge battu.. . . . . $e = \frac{pr}{8333333}$.

Exemple. Quelle épaisseur convient-il de donner à une sphère creuse en cuivre rouge battu soumise à une pression de 4 atmosphères en sus de celle de l'air, et dont le diamètre extérieur est de $0^{m}.60$?

On a

$$p = 4 \times 10330 = 41320^{kil} \text{ et } e = \frac{41320 \times 0.30}{8333333} = 0^{m}.0015.$$

450. Proportions et dimensions des vis. Dans les constructions, les boulons employés à la réunion des diverses parties doivent être proportionnés ainsi qu'il suit:

Le noyau de la partie filetée ne doit pas être soumis à une

tension de plus de $2^{kil}.80$ par millimètre carré de l'aire de sa section.

En appelant

P l'effort que doit supporter le boulon,

d le diamètre du noyau fileté en millimètres,

on calculera ce noyau par la formule

$$d = 0.674\sqrt{P}.$$

Le diamètre extérieur des filets sera égal à $\frac{6}{5}d$ ou $\frac{6}{5}$ du diamètre du noyau, et la saillie des filets sur le noyau sera égale à $\frac{1}{10}d$ ou $\frac{1}{10}$ du diamètre du noyau.

Le pas sera égal à $\frac{1}{5}d$ ou $\frac{1}{5}$ du diamètre du noyau.

Lorsque les écrous ne doivent pas être dévissés souvent, on leur donne une épaisseur égale au diamètre extérieur de la vis, ou à $\frac{6}{5}$ de celui du noyau. Ils contiennent alors six tours de filet.

Si l'écrou doit être dévissé souvent, son épaisseur devra être $1\frac{1}{3}$ fois le diamètre extérieur ou $\frac{8}{5}$ de celui du noyau.

Pour la facilité du passage des filets dans les trous des pièces à réunir, il convient de donner au corps du boulon dont l'extrémité est filetée un ou deux millimètres de diamètre de plus qu'à l'extérieur des filets.

Ces proportions conviennent également aux vis à filets carrés ou à celles dont les filets sont triangulaires.

FORMULES POUR CALCULER LA FLEXION QUE PRENNENT LES SOLIDES DE DIVERSES FORMES.

431. Il est souvent nécessaire de calculer la flexion que prendra un support sous une charge donnée bien inférieure à celle qu'il peut porter avec sécurité, ou, ce qui revient au même, de déterminer les dimensions du corps de façon que la flexion ne dépasse pas des limites que l'on fixe à l'avance. Nous rapporterons ici les formules dont l'emploi se présente le plus fréquemment, mais il ne sera pas inutile de résumer les résultats généraux de la théorie et de l'expérience sur la résistance des matériaux à la flexion.

Résultats généraux de la théorie et de l'expérience relativement à la flexion des matériaux.

Lorsqu'un solide encastré horizontalement par l'une de ses extrémités est sollicité à l'autre par un effort perpendiculaire à sa longueur, la flexion qu'il prend est proportionnelle à l'effort exercé et au cube de son bras de levier.

Si la charge est uniformément répartie sur la longueur du solide, la flexion est celle que produirait un poids égal aux $\frac{3}{8}$ de cette charge et qui agirait à l'extrémité.

Lorsqu'un solide est posé horizontalement sur deux appuis et chargé en son milieu, la flexion est proportionnelle au poids qu'il supporte et au cube de la moitié de la distance des appuis.

Si la charge est uniformément répartie sur la longueur du solide, la flexion est celle que produirait un poids égal aux $\frac{5}{8}$ de la charge qui agirait au milieu de la longueur.

Lorsqu'un solide est encastré horizontalement par ses deux extrémités et chargé en son milieu, la flexion est encore proportionnelle à l'effort exercé et au cube de la demi-distance des appuis, mais elle est moitié moindre que si le corps était posé librement sur deux appuis. Dans ce cas l'on devra avoir égard à l'observation du n° **425**.

Les résultats précédents sont exacts tant que les charges ne dépassent pas celles qui produiraient une altération permanente dans l'élasticité des corps ; et, comme les efforts indiqués dans les formules des n°s **472** et suivants sont de beaucoup au-dessous de ces limites, on pourra employer les règles que nous allons indiquer pour calculer la flexion de tous les corps dont les proportions sont données dans ces numéros.

432. SOLIDES SOUMIS A DES EFFORTS DE FLEXION TRANSVERSALE PERPENDICULAIREMENT A LEUR LONGUEUR. Nous conserverons dans les formules suivantes les notations du n° **475**, et nous nommerons de plus f la flèche de courbure, exprimée en mètres, et mesurée à l'extrémité pour les solides encastrés par un bout et chargés à l'autre, ou au milieu de la longueur pour les solides posés sur des appuis ou encastrés par leurs deux extrémités.

463. Solide prismatique encastré par l'une de ses extrémités. — Cas où l'on tient compte du poids du solide. On calculera la flèche de courbure de l'extrémité chargée par les formules suivantes, pour

la fonte .... $f=\frac{(P+\frac{3}{8}pc)c^3}{3000000000\,ab^3}$,

le fer forgé............. $f=\frac{(P+\frac{3}{8}pc)c^3}{5000000000\,ab^3}$,

le bois de chêne ou de sapin. $f=\frac{(P+\frac{3}{8}pc)c^3}{300000000\,ab^3}$,

l'acier fondu........... $f=\frac{(P+\frac{3}{8}pc)c^3}{7500000000\,ab^3}$,

l'acier d'Allemagne...... $f=\frac{(P+\frac{3}{8}pc)c^3}{5250000000\,ab^3}$.

Ces diviseurs correspondent aux valeurs des coefficients d'élasticité du tableau n° **336**.

Exemple. Quelle est la flexion que prend à son extrémité une pièce de chêne encastrée par une de ses extrémités et chargée à 4^m de la partie encastrée d'un poids de 750 kilogrammes, sa largeur étant de $0^m.20$ et sa hauteur de $0^m.30$?

Le poids de la pièce est

$$pc=800\times 0^m.20\times 0^m.30\times 4^m=192^{kil}.$$

La formule ci-dessus donne

$$f=\frac{(750+\frac{3}{8}\times 192)\times 64}{300000000\times 0.20\times 0.027}=0^m.030.$$

434. Cas où l'on peut négliger le poids du solide. Lorsqu'on pourra négliger le poids du solide, on emploiera les formules suivantes : pour

la fonte................ $f=\frac{Pc^3}{3000000000ab^3}$,

le fer forgé............. $f=\frac{Pc^3}{5000000000ab^3}$,

le bois.................. $f=\frac{Pc^3}{300000000ab^3}$,

l'acier fondu............ $f=\frac{Pc^3}{7500000000ab^3}$,

l'acier d'Allemagne....... $f=\frac{Pc^3}{5250000000ab^3}$.

EXEMPLE. Quelle est la flexion d'une lame de ressort en acier fondu encastrée à l'une de ses extrémités et soumise à l'autre à un effort de 50 kilogrammes, les dimensions étant les suivantes,

$$a=0^m.03,\quad b=0^m.015,\quad c=0^m.25.$$

La formule donne

$$f=\frac{50\times(0.25)^3}{7500000000\times 9.03\times(0.015)^3}=0^m.00100.$$

435. CAS OÙ LA CHARGE EST UNIFORMÉMENT RÉPARTIE. Si la charge est uniformément répartie sur la longueur du corps, on l'ajoutera au poids propre de celui-ci si l'on veut en tenir compte; et, en nommant toujours p la charge par mètre courant, on emploiera les formules suivantes : pour

la fonte................ $f=\frac{pc^4}{8000000000ab^3}$,

le fer.................. $f=\frac{pc^4}{13333000000ab^3}$,

le bois.................. $f=\frac{pc^4}{800000000\,ab^3}$.

EXEMPLE. Quelle est la flexion que prend une pièce de bois de chêne de $0^m.40$ de largeur sur $0^m.50$ d'épaisseur, chargée d'un poids de 9000 kilogrammes par mètre courant, sa longueur étant de $3^m.28$?

La formule donne

$$f=\frac{9000\times(3.28)^4}{800000000\times 0.40\times(0.50)^3}=0^m.0261.$$

436. OBSERVATION SUR LA MANIÈRE DE TENIR COMPTE DU POIDS PROPRE DU SOLIDE OU DES CHARGES UNIFORMÉMENT RÉPARTIES SUR SA LONGUEUR. En général, une charge uniformément répartie sur

un solide encastré par l'une de ses extrémités produit la même flexion qu'un poids égal aux $\frac{3}{8}$ de sa valeur placé à l'autre extrémité, quelle que soit la section transversale constante du solide. Cette observation nous dispensera de faire mention à l'avenir du poids du solide ou des charges uniformément réparties.

437. Solide cylindrique a section circulaire encastré par l'une de ses extrémités. Si le corps est un cylindre à section circulaire, on calculera sa flexion par les formules suivantes : pour

la fonte.................. $f=\frac{Pc^3}{1764000000\,d^4}$,

le fer.................... $f=\frac{Pc^3}{2940000000\,d^4}$,

le bois................... $f=\frac{Pc^3}{176400000\,d^4}$.

Exemple. Quelle est la flexion que prend un boulon de fer rond de $0^m.04$ de diamètre, encastré par l'une de ses extrémités, et supportant un poids de 100 kilog. à $0^m.60$ de distance du point d'encastrement?

La formule donne

$$f=\frac{100\times(0.6)^3}{2940000000\times(0.04)^4}=0^m.0029.$$

438. Solide cylindrique creux. Si le corps est un solide cylindrique creux à section circulaire, on calculera sa flexion par les formules suivantes : pour

la fonte............ $f=\frac{Pc^3}{1764000000\,(d^4-d'^4)}$,

le fer.............. $f=\frac{Pc^3}{2940000000\,(d^4-d'^4)}$,

le bois............. $f=\frac{Pc^3}{176400000\,(d^4-d'^4)}$.

Exemple. Quelle est la flexion que prend un arbre cylindrique creux en fonte, encastré par une extrémité et chargé à l'autre d'un poids de 5000 kilog., dans les circonstances suivantes?

$$c=2^{m},\quad d=0^{m}.30,\quad d'=0^{m}.18.$$

La formule donne

$$f=\frac{5000\times 2^{3}}{1764000000\,[(0.3)^{4}-(0.18)^{4}]}=0^{m}.0032.$$

439. Solide prismatique renforcé par une nervure. Si le solide présente le profil de la figure 57, en conservant les notations du n° **380**, et z ayant la même valeur, on calculera la flexion d'une pièce de fonte encastrée par l'une de ses extrémités, et soumise à l'autre à un effort P, par la formule

$$f=\frac{Pc^{3}}{13100000000\,[az^{3}-(a-a')(z-b)^{3}+a'(b+b'-z)^{3}]}.$$

Si le solide a les proportions

$$a'=b=\tfrac{1}{5}a,\quad \text{et}\quad b'=a,$$

on a

$$z=\tfrac{2}{5}a.$$

La formule devient

$$f=\frac{Pc^{3}}{2096000000a^{4}}.$$

Exemple. Quelle est la flexion que prend une console de 1^{m} de saillie, chargée à son extrémité d'un poids de 250 kilogrammes, et ayant les proportions suivantes?

$$a'=b'=\tfrac{1}{5}a=0^{m}.02,\quad a=0^{m}.10.$$

La formule donne

$$f=\frac{250\times 1}{2096000000\times 0.0001}=0^{m}.0013.$$

Si le solide a les proportions

$$a'=b=\tfrac{1}{5}a\quad \text{et}\quad b'=\tfrac{1}{2}a,$$

on a

$$z=\tfrac{1}{5}a.$$

La formule devient

$$f=\frac{Pc^{4}}{432000000a^{4}}.$$

440. Solides d'égale résistance. Les solides d'égale résistance dont le profil longitudinal présente la forme parabolique prennent des flexions doubles de celles des solides prismatiques ou cylindriques de même section à la partie encastrée.

441. Solides posés horizontalement sur deux appuis. En appelant, comme au n° 409,

2P la charge supportée par un solide posé librement sur deux appuis,

2c la distance horizontale des appuis,

lorsque la charge agit verticalement au milieu de la longueur du solide, on calculera la flexion en ce point par les mêmes formules que pour les solides encastrés par une de leurs extrémités, nos 433 et suivants.

442. Solides a section rectangulaire posés sur deux appuis et chargés en un point quelconque de leur longueur. En nommant, comme au n° 413, l et l' les distances du point où agit la charge aux deux appuis, et conservant les notations précédentes, on calculera la flexion au point charge par les formules suivantes : pour

la fonte.................... $f = \dfrac{Pl^2 l'^2}{3000000000\, ab^3 c}$,

le fer...................... $f = \dfrac{Pl^2 l'^2}{5000000000\, ab^3 c}$,

le bois de chêne ou de sapin.. $f = \dfrac{Pl^2 l'^2}{300000000\, ab^3 c}$.

Exemple. Quelle est la flexion d'une pièce de bois à section carrée, de $0^m.60$ de côté et de 5^m de longueur, chargée d'un poids de 14000 kilogrammes à 2^m de l'un des appuis et à 3^m de l'autre ?

La formule donne

$$f = \frac{7000 \times 4 \times 9}{300000000 \times (0.6)^4 \times 2.5} = 0^m.0025.$$

443. Solide posé horizontalement sur deux appuis et chargé uniformément sur sa longueur. Pour calculer la flexion d'un solide d'une des formes indiquées aux nos 432 et suiv., on emploiera les mêmes formules, en remplaçant la moitié P du poids qui chargeait le corps en son milieu par

$$\tfrac{5}{8}\,pc.$$

Exemple. Quelle est la flexion de chacune des 7 poutrelles d'une travée de pont chargé d'hommes serrés en masse, dans les circonstances suivantes ?

Le pont a $4^{m}.2$ de largeur ; la portée des poutrelles $2c=4^{m}.30$, $a=0^{m}.12$. La surface du tablier correspondante est de $18^{mq}.06$.

Les hommes étant serrés en masse, il y en a 6 par mètre carré, ce qui correspond à 390 kilogrammes ; chaque poutrelle porte donc

$$\frac{390\times 18^{mq}.06}{7}=1010^{kil} \quad \text{ou} \quad \frac{1010}{4.3}=234^{kil}.8=p$$

par mètre courant.

La formule donne alors

$$f=\frac{\tfrac{5}{8}\,234.8\times(2.15)^4}{300000000\times(0.12)^4}\;0^{m}.0530.$$

444. Cas où l'on veut tenir compte du poids propre du solide. Lorsque le corps est chargé d'un poids 2P en son milieu et qu'on veut tenir compte de son poids propre ou d'une charge uniformément répartie, on emploiera les mêmes formules qu'aux nos 442 et suiv., en ajoutant au poids P, qui représente la moitié de la charge, la quantité $\tfrac{5}{8}p\times 2c$, qui représente les $\tfrac{5}{8}$ de la charge uniformément répartie.

Exemple. Quelle est la flexion d'une pièce de chêne posée sur deux appuis éloignés de 5^{m}, la largeur étant de $0^{m}.25$ et la hauteur de $0^{m}.30$, sous une charge de 1500 kilogrammes placée en son milieu, et en tenant compte du poids propre de la pièce ?

Le poids de la pièce est de

$$800\times 0^{m}.25\times 0^{m}.30\times 5^{m}=300^{kil}.$$

La règle précédente donne

$$f=\frac{(1500+\frac{5}{8}\times 300)\times(0.5)^3}{300000000\times 0.25\times(0.30)^3}=0^{m}.014$$

445. Inclinaison des solides fléchis a leur extrémité ou au milieu. Dans tous les cas où le solide est encastré par l'une de ses extrémités et chargé à l'autre, ou posé librement sur deux appuis et chargé en son milieu, on calculera l'angle i que son extrémité fait à l'horizon par la formule

$$\operatorname{tang} i=\frac{3f}{2c}.$$

Si le solide est encastré par l'une de ses extrémités et chargé d'un poids uniformément réparti sur sa longueur, on calculera l'inclinaison de son extrémité à l'horizon par la formule

$$\operatorname{tang} i=\frac{4f}{3c}.$$

Si le solide est posé librement sur deux appuis et chargé d'un poids uniformément réparti sur sa longueur, on calculera l'inclinaison de ses extrémités à l'horizon par la formule

$$\operatorname{tang} i=\frac{8f}{5c}.$$

446. Solides encastrés par leurs deux extrémités et chargés au milieu de leur longueur. La flexion des solides encastrés par leurs deux extrémités n'est que le quart de celle des solides posés librement sur deux appuis et soumis à la même charge.

Exemple. Quelle serait la flexion de la pièce de chêne de l'exemple du nº **444**, si elle était encastrée par ses deux extrémités ?

La règle précédente donne pour cette flexion

$$f=0^{m}.0033.$$

RÉSISTANCE DES MATÉRIAUX A LA TORSION.

Résultats généraux des expériences sur la résistance des matériaux à la flexion par torsion.

447. Lorsqu'un solide encastré par l'une de ses extrémités est sollicité par une force qui agit dans un plan perpendiculaire à sa longueur et qui tend à le tordre, les angles de déplacement de chacune des fibres longitudinales ou des molécules du corps sont :

1° Proportionnels à la distance de ces fibres à l'axe de figure ou de symétrie du solide ;

2° Proportionnels à la distance de la section que l'on considère à celle qui est encastrée.

En nommant

c la longueur du solide depuis la section encastrée jusqu'à celle où agit l'effort de torsion,

r le rayon du solide s'il est cylindrique,

b le côté du carré si le solide est prismatique à section carrée,

P l'effort qui tend à tordre le solide,

R le bras de levier de cet effort,

a l'angle de torsion dans la section correspondante au plan perpendiculaire à la longueur du solide, et qui contient l'effort P, cet angle devant être exprimé en parties de la circonférence dont le rayon est l'unité,

on calculera l'angle a par les formules suivantes :

448. SOLIDES CYLINDRIQUES A SECTION CIRCULAIRE.

en acier. . . . . $a = \dfrac{\mathrm{PR}c}{577440806d^4},$

en fer. . . . . $a = \dfrac{\mathrm{PR}c}{595082854d^4}.$

EXEMPLE. Quelle est la torsion d'un arbre cylindrique en fer de 6^m de longueur et de $0^m.08$ de diamètre, portant à l'une de ses extrémités un engrenage de $0^m.30$ de rayon qui transmet un effort de 60 kilogrammes?

L'arbre étant sollicité à la torsion à l'une de ses extrémités par l'effort moteur, et à l'autre par la résistance, la torsion totale est la même que s'il était encastré à la section où agit la résistance et tordu à celle où agit la puissance.

La formule donne

$$a = \frac{60 \times 0.30 \times 6}{595082854 \times (0.08)^4} = 0^m.00443.$$

L'angle a étant mesuré à la circonférence de 1^m de rayon, le déplacement produit par la torsion à la circonférence de l'engrenage sera

$$0^m.00443 \times 0.3 = 0^m.001329.$$

449. Solides prismatiques a section carrée. On calculera l'angle a par les formules suivantes : pour

l'acier. . . . . $a = \dfrac{PRc}{980294667 b^4},$

le fer. . . . . $a = \dfrac{PRc}{993575000 b^4}.$

Exemple. Quelle est la torsion éprouvée par un arbre carré en acier de $0^m.04$ de côté, et de $1^m.50$ de longueur, soumis à un effort de 10 kilogrammes agissant à $0^m.25$ de l'axe?

La formule donne

$$a = \frac{10 \times 0.25 \times 1.50}{980294667 \times (0.04)^4} = 0^m.00149.$$

L'angle a étant mesuré à la circonférence dont le rayon est l'unité, le déplacement produit par la torsion à la distance $r = 0^m.25$ sera de

$$0^m.00149 \times 0.25 = 0^m.00037.$$

STABILITÉ DES CONSTRUCTIONS.

Règles pour calculer la poussée des voutes et les épaisseurs a donner a leurs piédroits.

Voûtes en plein cintre à extrados parallèle.

450. Table des angles de rupture et des poussées des voutes en plein cintre a extrados parallèle. La rupture des voûtes en plein cintre à extrados parallèle n'a lieu que par rotation à l'intérieur autour d'un joint des reins, ou par glissement sur l'un des joints.

On calculera les angles de rupture, et la poussée horizontale maximum appliquée à l'extrados de la clef, par la table suivante*, dans laquelle on nomme

R le rayon de l'extrados,

r le rayon de l'intrados,

$K = \frac{R}{r}$ le rapport de ces rayons,

C le rapport de la poussée horizontale agissant à la clef au carré du rayon.

On déduira la valeur de la poussée en kilogrammes, sur chaque mètre courant de longueur de la voûte, de celle du rapport C, en multipliant le produit Cr^2 par le poids du mètre cube de la maçonnerie employée, et qui est moyennement égal à 2250 kilogrammes.

---

* Cette table, ainsi que les suivantes et tout ce qui concerne la poussée des voûtes, est un extrait d'un Mémoire de M. Petit, capitaine de génie, inséré au n° 12 du *Mémorial de l'officier du génie*.

TABLE DES ANGLES DE RUPTURE, DES POUSSÉES ET DES ÉPAISSEURS LIMITES DES PIÉDROITS DES VOUTES EN PLEIN CINTRE.

Valeur du rapport $K=\frac{R}{r}$	Rapport du diamètre à l'épaisseur.	Valeur de l'angle de rupture.	Rapport C de la poussée au quarré du rayon r de l'intrados. Cas de la rotation.	Rapport C de la poussée au quarré du rayon r de l'intrados. Cas du glissement.	Rapport $\sqrt{2C}$ de l'épaisseur limite du piédroit au rayon de l'intrados. *Stabilité de Lahire.*
1.36	5.555	63° 26′	0.15482	0.13002	0.7670
1.35	5.714	63 19	0.15287	0.12587	0.7622
1.34	5.882	63 10	0.15096	0.12176	0.7574
1.33	6.060	63 00	0.14893	0.11767	0.7524
1.32	6.264	62 50	0.14678	0.11362	0.7468
1.31	6.451	62 33	0.14510	0.10959	0.7425
1.30	6.666	62 14	0.14330	0.10559	0.7379
1.29	6.896	62 9	0.14013	0.10163	0.7297
1.28	7.142	62 3	0.13691	0.09770	0.7213
1.27	7.407	61 47	0.13430	0.09379	0.7144
1.26	7.692	61 30	0.13157	0.08992	0.7071
1.25	8.000	61 13	0.12847	0.08608	0.6987
1.24	8.333	61 1	0.12516	0.08227	0.6896
1.23	8.695	60 40	0.12201	0.07849	0.6809
1.22	9.090	60 19	0.11887	0.07474	0.6721
1.21	9.523	60 00	0.11516	0.07102	0.6615
1.20	10.000	59 41	0.11140	0.06733	0.6504
1.19	10.526	59 10	0.10791	0.06368	0.6404
1.18	11.111	58 40	0.10417	0.06005	0.6292
1.17	11.764	58 9	0.10021	0.05646	0.6171
1.16	12.500	57 40	0.09593	0.05289	0.6038
1.15	13.333	57 1	0.09176	0.04935	0.5905
1.14	14.285	56 25	0.08729	0.04585	0.5759
1.13	15.384	55 45	0.08254	0.04237	0.5601
1.12	16.666	54 48	0.07789	0.03984	0.5444
1.11	18.181	54 10	0.07275	0.03552	0.5259
1.10	20.000	53 15	0.06734	0.03213	0.5066
1.09	22.222	52 14	0.06177	0.02879	
1.08	25.000	51 7	0.05649	0.02546	
1.07	28.571	49 48	0.05065	0.02217	
1.06	33.333	48 18	0.04455	0.01891	
1.05	40.000	46 32	0.03813	0.01568	
1.04	50.000	44 4	0.03139	0.01249	
1.03	66.666	41 4	0.02459	0.00932	
1.02	100.000	38 12	0.01791	0.00618	
1.01	200.000	32 36	0.00889	0.00308	
1.00	Infini.	0 00	0.00000	0.00000	

Suite de la TABLE DES ANGLES DE RUPTURE, DES POUSSÉES ET DES ÉPAISSEURS LIMITES DES PIÉDROITS DES VOUTES EN PLEIN CINTRE.

Valeur du rapport $K=\frac{R}{r}$	Rapport du diamètre à l'épaisseur.	Valeur de l'angle de rupture.	Rapport C de la poussée au quarré du rayon r de l'intrados		Rapport $\sqrt{2C}$ de l'épaisseur limite du piédroit au rayon de l'intrados. *Stabilité de Lahire.*
			Cas de la rotation.	Cas du glissement.	
2.732	1.154	0° 00′	0.00000	0.98925	
2.70	1.176	13 42	0.00211	0.96262	
2.65	1.212	22 00	0.00319	0.92468	
2.60	1.250	27 30	0.00809	0.88151	
2.50	1 333	35 52	0.02 85	0.80346	
2.40	1.428	42 6	0.04109	0.72847	
2.30	1.538	46 47	0.06835	0.6 634	
2.20	1.666	51 4	0.08648	0.58767	
2.10	1.810	54 27	0.10926	0.52186	
2.00	2.000	57 17	0.13017	0.45912	1.3225
1.90	2.282	59 37	0.14813	0.39913	1.2320
1.80	2.500	61 24	0.16373	0.34281	1.1414
1.70	2.857	62 53	0.17180	0.28924	1.0484
1.60	3.333	63 49	0.17517	0.23874	0.9525
1.59	3.389	63 52	0 17533	0.23386	0.9427
1.58	3.448	63 53	0.17535	0.22901	0.9329
1.57	3.508	63 58	0.17524	0.22434	0.9233
1.56	3.571	64 1	0.17499	0.21940	0.9131
1.55	3.636	64 3	0.17478	0.21464	0.9031
1.54	3.703	64 5	0.17445	0.20991	0.8931
1.53	3.773	64 7	0.17397	0.20521	0.8831
1.52	3.846	64 8	0.17352	0.20054	0.8730
1.51	3.920	64 8	0.17310	0.19590	0.8628
1.50	4.000	64 9	0.17254	0.19130	0.8527
1.49	4.081	64 8	0.17180	0.18673	0.8424
1.48	4.166	64 8	0.17095	0.18218	0.8320
1.47	4.255	64 7	0.17008	0.17766	0.8216
1.46	4.347	64 6	0.16915	0.17318	0.8112
1.45	4.444	64 5	0.16798	0.16872	0.8007
1.44	4.545	64 3	0.16683	0.16430	0.7962
1.43	4.651	64 00	0.16568	0.15991	0.7934
1.42	4.761	63 56	0.16448	0.15555	0.7906
1.41	4.878	63 52	0.16317	0.15122	0.7874
1.40	5.000	63 48	0 16167	0.14691	0.7838
1.39	5.128	63 43	0.16014	0.14264	0.7801
1.38	5.263	63 38	0.15845	0.13841	0.7760
1.37	5.406	63 32	0.15672	0.13420	0.7717

451. Épaisseur limite des piédroits. Outre les angles de rupture et les poussées, cette table contient les épaisseurs limites des piédroits.

On nomme ainsi l'épaisseur qui correspond à la supposition d'une hauteur infinie des piédroits : c'est évidemment la limite supérieure de toutes les épaisseurs que l'on puisse adopter.

On démontre que cette épaisseur limite est égale à la racine carrée du double de la poussée horizontale ; et le calcul fait voir que, quand la hauteur des piédroits est un peu considérable, l'épaisseur limite excède, en général, assez peu l'épaisseur calculée par la formule que nous rapporterons plus loin. De sorte que, dans les constructions où l'on ne craindrait pas de donner un petit excès d'épaisseur aux piédroits, on pourra adopter cette épaisseur limite, qui est indiquée dans la dernière colonne du tableau précédent. Ce que nous disons ici pour les voûtes en plein cintre s'appliquera aussi à toutes les autres.

452. Observation sur l'usage de la table précédente. Dans l'usage de cette table, on remarquera que la valeur du rapport C de la poussée due au glissement au carré du rayon de l'intrados l'emporte sur celle de la poussée due à la rotation jusqu'à la valeur de

$$K = \frac{R}{r} = 1.44 ;$$

et, comme on doit évidemment prendre pour les applications la plus grande de ces deux poussées, il faudra, pour les voûtes qui donneront un rapport K compris entre 2.732 et 1.44, employer la valeur relative au cas de rotation.

Un interligne horizontal, placé dans les colonnes, indique pour tous les tableaux la valeur de K où l'une des poussées surpasse l'autre.

453. Limite inférieure de l'épaisseur des voûtes en plein cintre a la clef. L'épaisseur des voûtes en plein cintre extradossées parallèlement ne doit jamais être au-dessous de $\frac{1}{17}$ du diamètre de l'intrados. La dimension qu'il convient de lui donner dans la pratique se calculera par la règle de Perronnet, n° 469.

454. EXEMPLE. Quelle doit être l'épaisseur des piédroits d'une voûte en plein cintre de 5^m de diamètre à l'intrados, dont les naissances sont à 3^m au-dessus des fondations?

D'après la règle du n° 469, on aura pour l'épaisseur E de la voûte à la clef

$$E = \frac{5 \times 5^m + 46^m.777}{144} = 0^m.498,$$

et par suite

$$R = 2^m.998\,;$$

puis

$$\frac{R}{r} = K = 1.20.$$

Ce rapport étant au-dessous de 1.44, la poussée relative au cas de la rotation sera la plus grande, et la table du n° 450 donne

$$C = 0.11140.$$

La poussée par mètre courant sera

$$0.1114 \times (2.50)^2 \times 2250^{kil} = 1566^{kil}.$$

L'épaisseur limite des piédroits sera égale à

$$0.6504 \times 2^m.50 = 1^m.626.$$

455. FORMULE A EMPLOYER POUR LE CAS OÙ L'ON VEUT SE BORNER AUX ÉPAISSEURS NÉCESSAIRES. Lorsqu'il s'agira de constructions considérables, où l'on ne voudra pas faire la dépense d'un surcroît d'épaisseur pour les piédroits, on calculera l'épaisseur qu'il suffit de leur donner par la formule

$$\frac{e}{r} = -0.7854 \times (K^2 - 1)\frac{r}{h} + \sqrt{\left(0.7854[K^2 - 1]\frac{r}{h}\right)^2 + 2\left(1.90KC + \frac{1}{3}[K^3 - 1] - 0.7854[K^2 - 1]\right)\frac{r}{h} + 3.8C}$$

dans laquelle on nomme
e l'épaisseur du piédroit,
h la hauteur du piédroit,
C, *r* et K, ayant les significations du n° 450.

EXEMPLE. Dans le cas de l'exemple du n° **454**, où l'on a

$$h = 3^{m}.00, \quad \frac{h}{r} = \frac{2.50}{3} = 0.833,$$

$$K = 1.20, \quad r = 2^{m}.50, \quad C = 0.1114,$$

la formule donne

$$\frac{e}{r} = 0.5827,$$

et par suite

$$e = 0.5827 \times 2^{m}.50 = 1^{m}.457,$$

au lieu de $1^{m}.626$ que l'on avait obtenu au n° **454**, d'après la table du n° **450**, en regardant la hauteur du piédroit comme infinie.

456. VOUTES EN PLEIN CINTRE EXTRADOSSÉES EN CHAPE A 45°. On calculera l'angle de rupture, la poussée horizontale maximum appliquée à l'extrados de la clef, et le rapport de l'épaisseur limite du piédroit au rayon de l'intrados, définie au n° **450**, à l'aide de la table suivante :

TABLE DES ANGLES DE RUPTURE, DES POUSSÉES ET DES ÉPAISSEURS LIMITES, DES PIÉDROITS DES VOUTES EN PLEIN CINTRE EXTRADOSSÉES EN CHAPPE A 45°.

Valeur du rapport $K = \frac{R}{r}$	Rapport du diamètre à l'épaisseur.	Valeur de l'angle de rupture.	Rapport C de la poussée au quarré du rayon r de l'intrados.		Rapport de l'épaisseur limite du piédroit au rayon de l'intrados. *Stabilité de Vauban.*
			Cas de la rotation	Cas du glissement	
2.00	2.000	60°	0.26424	0.74361	1.7246
1.90	2.222	60	0.28416	0.65648	1.6204
1.80	2.500	60	0.29907	0.57383	1.5147
1.70	2.857	60	0.30867	0.49564	1.4081
1.60	3.333	60	0.31245	0.42191	1.2990
1.59	3.389	60	0.31249	0.41478	1.2880
1.58	3.448	60	0.31257	0.40841	1.2781
1.57	3.508	61	0.31264	0.40067	1.2660
1.56	3.571	61	0.31246	0.39367	1.2548
1.55	3.636	61	0.31222	0.38675	1.2457
1.54	3.703	61	0.31191	0.37983	1.2318
1.53	3.773	61	0.31153	0.37297	1.2214
1.52	3.846	61	0.31108	0.36615	1.2102
1.51	3.920	61	0.31056	0.35938	1.1989
1.50	4.000	61	0.30995	0.35266	1.1877
1.49	4.081	61	0.30928	0.34598	1.1764
1.48	4.166	61	0.30853	0.33934	1.1650
1.47	4.255	61	0.30772	0.33275	1.1537
1.46	4.347	60	0.30685	0.32621	1.1422
1.45	4.444	60	0.30587	0.31971	1.1308
1.44	4.545	60	0.30485	0.31325	1.1195
1.43	4.651	60	0.30408	0.30684	1.1078
1.42	4.761	60	0.30296	0.30047	1.1008
1.41	4.878	60	0.30173		1.0986
1.40	5.000	59	0.30001	0.28787	1.0954
1.39	5.128	59	0.29712		1.0914
1.38	5.263	59	0.29706		1.0914
1.37	5.406	59	0.29550		1.0872

Suite de la TABLE DES ANGLES DE RUPTURE, DES POUSSÉES ET DES ÉPAISSEURS LIMITES, DES PIÉDROITS DES VOUTES EN PLEIN CINTRE EXTRADOSSÉES EN CHAPPE A 45°.

Valeur du Rapport $K = \frac{R}{r}$	Rapport du diamètre à l'épaisseur.	Valeur de l'angle de rupture.	Rapport C de la poussée au quarré du rayon r de l'intrados. Cas de la rotation	Cas du glissement	Rapport de l'épaisseur limite du piédroit au rayon de l'intrados. *Stabilité de Vauban.*
1.36	5.555	59°	0.29386		1.0841
1.35	5.714	58	0.29285		1.0825
1.34	5.882	58	0.29037		1.0777
1.33	6.060	58	0.28850		1.0742
1.32	6.264	58	0.28654		1.0705
1.31	6.451	57	0.28456		1.0668
1.30	6.666	57	0.28231	0.22756	1.0626
1.29	6.896	57	0.28027		1.0588
1.28	7.142	56	0.27810		1.0547
1.27	7.407	56	0.27578		1.0503
1.26	7.692	55	0.27343		1.0458
1.25	8.000	54	0.27102		1.0412
1.24	8.333	53	0.26850		1.0363
1.23	8.695	53	0.26606		1.0316
1.22	9.090	52	0.26377		1.0272
1.21	9.523	51	0.26074		1.0217
1.20	10.000	50	0.25806	0.17171	1.0160
1.19	10.526	50	0.25546		1.0109
1.18	11.111	49	0.25277		1.0045
1.17	11.764	49	0.25010		1.0002
1.16	12.500	48	0.24742		0.9948
1.15	13.333	47	0.24477		0.9894
1.14	14.285	46	0.24218		0.9842
1.13	15.384	44	0.23967		0.9791
1.12	16.666	43	0.23732		0.9743
1.11	18.181	43	0.23502		0.9695
1.10	20.000	42	0.23292	0.12032	0.9652
1.05	40.000	36	0.22902		0.9571

457. Observation sur l'usage de cette table. On remarquera, dans l'usage de ce tableau, que les poussées horizontales relatives au glissement l'emportent sur celles relatives à la rotation jusqu'à la valeur $K = 1.43$ inclusivement. Pour $K = 1.42$, et les valeurs au-dessous, il faudra donc se servir des poussées relatives à la rotation.

458. Limite inférieure de l'épaisseur de ces voutes a la clef. Les voûtes en plein cintre extradossés en chape à 45° sont toujours stables sur leurs piédroits, quelque épaisseur qu'on leur donne. On devra néanmoins calculer encore l'épaisseur à leur donner à la clef par la règle du n° **469**.

459. Exemple. Quelle doit être l'épaisseur limite des piédroits d'une voûte en plein cintre extradossée en chape à 45° dont le diamètre est égal à 8^m et la hauteur des piédroits au-dessous des naissances égale à 5^m?

La règle du n° **469** donne pour l'épaisseur de la voûte à la clef

$$E = \frac{5 \times 8^m + 46^m.777}{144} = 0^m.6026,$$

et par suite

$$R = 4^m.6026, \qquad \frac{R}{r} = K = 1.15.$$

La table ci-dessus donne

$$C = 0.24477.$$

La poussée est donc égale à

$$0.24477 \times 16 \times 2250^{kil} = 8811^{kil},$$

et l'on a pour l'épaisseur-limite des piédroits

$$\frac{e}{r} = 0.9894 \quad \text{et} \quad e = 0.9894 \times 4 = 3^m.9576.$$

460. Formule a employer pour le cas ou l'on veut se borner aux épaisseurs nécessaires. Lorsqu'il s'agira de constructions considérables où l'on ne voudra pas faire la dépense d'un surcroît d'épaisseur pour les piédroits, on calculera l'épaisseur qu'il suffit de leur donner par la formule

$$\frac{e}{r} = -(K^2 - 0.7854)\frac{r}{h} +$$

$$\sqrt{(K^2 - 0.7854)^2 \frac{r^2}{h^2} + 2\left(K\left[2C + \frac{1}{3}K^2\sqrt{2} - K\right] + 0.452\right)\frac{r}{h} + 4C.}$$

Exemple. Dans le cas de l'exemple du numéro précédent, où l'on a

$$\frac{r}{h} = \frac{4^m}{5} = 0.80, \quad K = 1.15, \quad r = 4^m, \quad C = 0.24477,$$

la formule donne

$$\frac{e}{r} = 0.919 \quad \text{et} \quad e = 0.919 \times 4^m = 3.676,$$

au lieu de $3^m.9576$ que l'on avait obtenu au n° **489**, en regardant la hauteur du piédroit comme infinie.

461. Voutes en plein cintre extradossées horizontalement. On calculera l'angle de rupture, la poussée horizontale maximum appliquée à l'extrados de la clef, et le rapport de l'épaisseur-limite du piédroit au rayon de l'intrados, définie au n° **451**, à l'aide de la table suivante :

TABLE DES ANGLES DE RUPTURE, DES POUSSÉES ET DES ÉPAISSEURS LIMITES DES PIÉDROITS DES VOUTES EN PLEIN CINTRE EXTRADOSSÉES HORIZONTALEMENT.

Valeur du rapport $K=\frac{R}{r}$	Rapport du diamètre à l'épaisseur.	Valeur de l'angle de rupture.	Rapport C de la poussée au quarré du rayon r de l'intrados. Cas de la rotation	Cas du glissement	Rapport de l'épaisseur limite du piédroit au rayon de l'intrados. *Stabilité de Lahire.*
2.00	2.000	36°	0.05486	0.50358	1.3834
1.90	2.222	39	0.07101	0.43966	1.2923
1.80	2.500	44	0.08508	0.37901	1.2001
1.70	2.857	48	0.10631	0.32164	1.1035
1.60	3.333	52	0.12500	0.26755	1.0082
1.59	3.389	52	0.12455	0.26232	1.9981
1.58	3.448	53	0.12602	0.25712	0.9883
1.57	3.508	53	0.12747	0.25196	0.9784
1.56	3.571	54	0.12887	0.24683	0.9684
1.55	3.636	54	0.13027	0.24173	0.9584
1.54	3.703	55	0.13153	0.23667	0.9483
1.53	3.773	55	0.13289	0.23163	0.9381
1.52	3.816	55	0.13414	0.22644	0.9280
1.51	3.920	55	0.13531	0.22167	0.9177
1.50	4.000	56	0.13648	0.21673	0.9075
1.49	4.081	56	0.13756	0.21183	0.8972
1.48	4.166	56	0.13856	0.20696	0.8868
1.47	4.255	57	0.13952	0.20213	0.8764
1.46	4.347	57	0.14041	0.19733	0.8659
1.45	4.444	57	0.14122	0.19256	0.8554
1.44	4.545	58	0.14195	0.18782	0.8448
1.43	4.651	58	0.14268	0.18312	0.8341
1.42	4.761	58	0.14311	0.17845	0.8234
1.41	4.878	59	0.14376	0.17381	0.8126
1.40	5.000	59	0.14421	0.16920	0.8018
1.39	5.128	59	0.14456	0.16463	0.7909
1.38	5.263	59	0.14481	1.16009	0.7709
1.37	5.406	60	0.14498	0.15558	0.7689
1.36	5.555	60	0.14506	0.15111	0.7577
1.35	5.714	60	0.14504	0.14666	0.7465
1.34	5.882	60	0.14491	0.14225	0.7420
1.33	6.060	61	0.14467		0.7414
1.32	6.264	61	0.14460		0.7412

Suite de la TABLE DES ANGLES DE RUPTURE, DES POUSSÉES ET DES ÉPAISSEURS LIMITES DES PIÉDROITS DES VOUTES EN PLEIN CINTRE EXTRADOSSÉS HORIZONTALEMENT.

Valeur du rapport $K=\frac{R}{r}$	Rapport du diamètre à l'épaisseur.	Valeur de l'angle de rupture.	Rapport C de la poussée au quarré du rayon r de l'intrados.		Rapport de l'épaisseur limite du piédroit au rayon de l'intrados. *Stabilité de Lahire.*
			Cas de la rotation	Cas du glissement	
1.31	6.451	61	0.14390		0.7394
1.30	6.666	61	0.14332	0.12495	0.7379
1.29	6.896	61	0.14264		0.7362
1.28	7.142	62	0.14186		0.7342
1.27	7.407	62	0.14101		0.7320
1.26	7.692	62	0.13988		0.7290
1.25	8.000	62	0.13872	0.10405	0.7260
1.24	8.333	62	0.13737		0.7225
1.23	8.695	63	0.13593		0.7187
1.22	9.090	63	0.13437		0.7143
1.21	9.523	63	0.13263		0.7099
1.20	10.000	63	0.13073	0.08397	0.7048
1.19	10.526	63	0.12870		0.6995
1.18	11.111	63	0.12650		0.6963
1.17	11.764	64	0.12413		0.6868
1.16	12.500	64	0.12182		0.6805
1.15	13.333	64	0.11893	0.06471	0.6725
1.14	14.285	64	0.11608		0.6641
1.13	15.384	64	0.11303		0.6553
1.12	16.666	64	0.10979		0.6459
1.11	18.181	65	0.10641		0.6358
1.10	20.000	65	0.10279	0.04627	0.6249
1.09	22.222	66	0.098992		0.6133
1.08	25.000	66	0.094967		0.6007
1.07	28.571	67	0.091189		0.5886
1.06	33.333	68	0.086376		0.5729
1.05	40.000	69	0.081755	0.02865	0.5573
1.04	50.000	70	0.076857		
1.03	66.666	71	0.071833		
1.02	100.000	73	0.066169		
1.01	200.000	74	0.061324		
1.00	Infini.	75	0.055172	0.01185	

462. Observation sur l'usage de cette table. On remarquera dans l'usage de cette table que, pour des valeurs de K inférieures à 1.35, il faudra prendre les poussées relatives au cas de la rotation, puisqu'elles sont les plus grandes. Les poussées relatives au cas du glissement l'emportent au contraire dès que $K = 1.35$ et au delà.

463. Limite inférieure de l'épaisseur de ces voutes a la clef. Les voûtes extradossées horizontalement ne doivent jamais avoir une épaisseur moindre que $\frac{1}{46}$ de leur diamètre à l'intrados. La dimension qu'il convient de leur donner dans la pratique se calculera par la règle du n° **469**.

Exemple. Quelle doit être l'épaisseur-limite des piédroits d'une voûte en plein cintre de 10^m de diamètre, extradossée horizontalement, la hauteur des piédroits étant égale à 5^m ?

La règle du n° **469** donne d'abord pour l'épaisseur de la voûte à la clef

$$E = \frac{5 \times 10^m + 46^m.777}{144} = 0^m.672,$$

et par suite

$$R = 5^m.672, \quad \frac{R}{r} = K = 1.13.$$

La table ci-dessus donne $C = 0.11303$.

La poussée, par mètre courant, est donc égale à

$$0.11303 \times 25 \times 2250^{kil} = 5359^{kil}.$$

L'épaisseur-limite des piédroits sera

$$0.6553 \times 5 = 3^m.2765.$$

464. Formule a employer pour le cas ou l'on veut se borner aux épaisseurs nécessaires. Lorsqu'il s'agira de constructions considérables pour lesquelles on ne voudra pas faire la dépense d'un surcroît d'épaisseur pour les piédroits, on calculera l'épaisseur qu'il suffit de leur donner par la formule

$$\frac{e}{r} = -(K - 0.7854)\frac{r}{h + Kr} + \sqrt{(K - 0.7854)^2 \frac{r^2}{(h + Kr)^2} - (K - 0.904)\frac{r}{h + Kr} + 3.8C}.$$

EXEMPLE. Dans le cas de l'exemple du nº 463, où l'on a

$$r = h = 5^{m}, \quad \frac{r}{h} = 1, \quad K = 1.13, \quad C = 0.11303,$$

la formule donne

$$\frac{e}{r} = 0.5615,$$

et par suite

$$e = 2^{m}.8075.$$

465. VOUTES EN ARC DE CERCLE EXTRADOSSEÉS PARALLÈLEMENT. Il se présente deux cas à distinguer pour calculer la poussée de ces voûtes et l'épaisseur de leurs piédroits.

PREMIER CAS. Si le demi-angle au centre a de l'arc de cercle compris entre la verticale du milieu de la clef et le rayon mené à la naissance est plus grand que l'angle de rupture donné par la table du nº 450, relative aux voûtes en plein cintre, et pour la même valeur de

$$\frac{R}{r} = K,$$

la voûte devra être considérée, relativement à la poussée horizontale, comme voûte en plein cintre, et sa poussée sera donnée par la table du nº 450.

On calculera ensuite l'épaisseur des piédroits, ou son rapport au rayon de l'intrados par la formule

$$\frac{e}{r} = -\frac{1}{2}a(K^2-1)\frac{r}{h} + \sqrt{\frac{1}{4}a^2(K^2-1)\frac{r^2}{h^2} + 2\left[1.90C(K-\cos a) + \frac{1}{3}(K^3-1)(1-\cos a) - \frac{1}{2}(K^2-1)a\sin a\right]\frac{r}{h} + 3.8C}$$

EXEMPLE. Quelle doit être l'épaisseur des piédroits d'une voûte en arc de cercle extradossée parallèlement, leur hauteur étant de $3^{m}.25$, la largeur de la voûte égale à 3^{m}, et sa flèche égale à 1^{m}?

On trouve d'abord

$$r = 1^{m}.625.$$

La règle du n° **469** donne pour l'épaisseur de la voûte à la clef

$$E = \frac{5 \times 3^{m}.25 + 46^{m}.77}{144} = 0^{m}.437\,;$$

et par suite

$$R = 2^{m}.062, \qquad \frac{R}{r} = K = 1.26, \qquad \frac{r}{h} = \frac{1}{2}.$$

L'on a aussi

$$a = 63^{\circ} = 1^{m}.10, \quad \sin a = 0.8912, \quad \cos a = 0.4540.$$

Le demi-angle au centre étant plus grand que l'angle de rupture correspondant à $K = 1.26$, qui n'est que de 61°30′, on prendra la valeur de C dans la table du n° **430**, qui donne

$$C = 0.13157.$$

La formule ci-dessus donne alors

$$\frac{e}{r} = 0.627,$$

par suite

$$e = 0.627 \times 1.625 = 1^{m}.019.$$

Si l'on ne craint pas d'augmenter un peu l'épaisseur des piédroits, on pourra calculer leur épaisseur-limite en supposant leur hauteur infinie, ce qui réduit la formule à

$$\frac{e}{r} = \sqrt{3.8C}.$$

Dans le cas de l'exemple précédent, on aurait

$$\frac{e}{r} = 0.7071, \quad \text{et} \quad e = 1^{m}.149.$$

466. Deuxième cas. Si le demi-angle au centre a est plus petit que l'angle de rupture de la voûte proposée, donné par la table du n° **430**, et considéré comme en plein cintre, ce qui a lieu le plus ordinairement pour les voûtes en arc de cercle usitées dans la pratique, on calculera le rapport C de la poussée au carré du rayon de l'intrados par la table suivante, relative aux sept valeurs de la largeur L de la voûte par rapport à la flèche de l'arc de l'intrados, qui comprennent les voûtes les plus usitées; pour lesquelles on a les rapports suivants :

Rapport de l'ouverture à la flèche.	Demi-angle. au centre.	Sinus a.	Rapport du rayon de l'intrados à la flèche.
1	53° 7′ 30″	0.8000	2.500
5	43 36 10	0.6897	3.625
6	36 52 10	0.6000	5.000
7	31 53 26	0.5283	6.625
8	28 4 20	0.4706	8.500
10	22 37 10	0.3846	13.000
16	14 15 0	0.2462	32.500

On déterminera ensuite l'épaisseur des piédroits par la formule du n° 465.

TABLE DES POUSSÉES DES VOUTES EN ARC DE CERCLE EXTRADOSSÉES PARALLÈLEMENT.

Valeur du rapport $K = \frac{R}{r}$	Rapport de la poussée au quarré du rayon de l'intrados.						
	Système L=4f, r=2.500f, a=53° 7' 30''.	Système L=5f, r=3.625f, a=43° 36' 10''.	Système L=6f, r=5f, a=36° 52' 10''.	Système L=7f, r=6.625f, a=31° 53' 26''.	Système L=8f, r=8.500f, a=28° 4' 20''.	Système L=10f, r=13f, a=22° 37' 10''.	Système L=16f, r=32, 5f, a=14° 15' 0''.
1.40	0.15445	0.14691	0.14691	0.14691	0.14691	0.14478	
1.35	0.14717	0.13030	0.12587	0.12587	0.12587	0.12403	
1.34	0.14543	0.12987	0.12171	0.12171	0.12171	0.11999	
1.33	0.14364	0.12781	0.11767	0.11767	0.11767	0.11596	
1.32	0.14173	0.12634	0.11362	0.11362	0.11362	0.11196	
1.31	0.13975	0.12486	0.10959	0.10959	0.10959	0.10800	
1.30	0.13764	0.12331	0.10682	0.10559	0.10559	0.10406	
1.29	0.13543	0.12164	0.10563	0.10163	0.10163	0.10016	
1.28	0.13311	0.11988	0.10437	0.09770	0.09770	0.09628	
1.27	0.13068	0.11803	0.10304	0.09379	0.09379	0.09244	
1.26	0.12815	0.11609	0.10160	0.08992	0.08992	0.08862	
1.25	0.12547	0.11402	0.10009	0.08668	0.08608	0.08483	0.07180
1.24	0.12270	0.11251	0.09850	0.08549	0.08227	0.08108	0.06862
1.23	0.12031	0.10958	0.09679	0.08423	0.07849	0.07735	0.06547
1.22	0.11675	0.10725	0.09499	0.08291	0.07474	0.07366	0.06234
1.21	0.11334	0.10460	0.09305	0.08148	0.07102	0.06999	0.05924
1.20	0.11023	0.10196	0.09102	0.07999	0.06961	0.06636	0.05616
1.19	0.10676	0.09915	0.08885	0.07854	0.06859	0.06275	0.05311
1.18	0.10313	0.09617	0.08655	0.07651	0.06727	0.05918	0.05008
1.17	0.09934	0.09303	0.08408	0.07468	0.06583	0.05212	0.04709
1.16	0.09537	0.08975	0.08144	0.07264	0.06420	0.05004	0.04411
1.15	0.09123	0.08634	0.07866	0.07050	0.06259	0.04904	0.04116
1.14	0.08690	0.08257	0.07568	0.06812	0.06077	0.04803	0.03824
1.13	0.08238	0.07869	0.07251	0.06558	0.05890	0.04671	0.03534
1.12	0.07764	0.07459	0.06911	0.06297	0.05659	0.04451	0.03247
1.11	0.07269	0.07042	0.06548	0.06026	0.05421	0.04384	0.02962
1.10	0.06737	0.06563	0.06158	0.05666	0.05160	0.04214	0.02681
1.09	0.06214	0.06077	0.05739	0.05343	0.04871	0.04023	0.02401
1.08	0.05636	0.05652	0.05288	0.04934	0.04552	0.03806	0.02192
1.07	0.05052	0.05011	0.04804	0.04426	0.04200	0.03560	0.02111
1.06	0.04431	0.04428	0.04280	0.04058	0.03861	0.03276	0.02002
1.05	0.03776	0.03804	0.03709	0.03550	0.03357	0.02944	0.01882
1.04	0.03096	0.03144	0.03095	0.02992	0.02862	0.02561	0.01720
1.03	0.02378	0.02437	0.02424	0.02369	0.02293	0.02131	0.01524
1.02	0.01625	0.01681	0.01690	0.01673	0.01640	0.01546	0.01199
1.01	0.00834	0.00871	0.00886	0.00889	0.00885	0.00862	0.00747

EXEMPLE RELATIF AU PREMIER CAS. Quelle doit être l'épaisseur des piédroits d'une voûte en arc de cercle extradossée parallèlement, dont la largeur $L=8^m$, et la flèche $f=\frac{1}{8}L=1^m$; les piédroits ayant une hauteur $h=4^m.25$?

On a

$$r=8^m.50,\qquad \frac{r}{h}=2,\qquad a=28^\circ4'20''=0^m.49,$$

$$\cos a=0.8828,\qquad \sin a=0.4706.$$

La règle du nº 465 donne pour l'épaisseur de la voûte à la clef

$$E=\frac{5\times17^m+46^m.777}{144}=0^m.915,$$

d'où

$$R=9^m.415,\qquad \frac{R}{r}=K=1.107.$$

La table ci-dessus donne, en prenant la moyenne arithmétique entre les valeurs correspondantes à $K=1.10$ et $K=1.11$,

$$C=0.05313.$$

Ces valeurs, substituées dans la formule, donnent

$$\frac{e}{r}=0.3817;$$

d'où

$$e=3^m.244.$$

L'épaisseur-limite correspondante à la supposition d'une hauteur infinie des piédroits serait

$$\frac{e}{r}=0.4482,$$

d'où

$$e=3^m.810.$$

467. GLISSEMENT DES VOUTES EN ARC DE CERCLE SUR LES JOINTS DE LEURS NAISSANCES. Le frottement, par mètre courant, sur le joint supérieur du piédroit, a pour expression

$$0.38a(K^2-1)r^2\times2250^{kil}.$$

La poussée horizontale par mètre courant a pour valeur

$$Cr^2\times2250^{kil}.$$

Lorsque la poussée surpasse le frottement, il faut employer des moyens d'art, tels que tirants en fer, arcs-boutants, etc., pour s'opposer au glissement, et la résistance que ces corps devront opposer au glissement devra être supérieure à

$$[C - 0.38\,a(K^2 - 1)]\,r^2 \times 2250^{kil}.$$

Lorsque $L = 4f$, la poussée dépasse le frottement quand $K = 1.06$; il y aura donc glissement dans les voûtes qui correspondent à cette valeur de K et à des valeurs plus petites.

Pour les systèmes où $L = 5f$, $L = 6f$, $L = 7f$, $L = 8f$ et $L = 10f$, le glissement commence à la valeur $K = 1.15$.

Pour le système où $L = 16f$ et tous les systèmes plus surbaissés le glissement a lieu quelle que soit l'épaisseur de la voûte.

EXEMPLE. Quel est l'excès de la poussée sur le frottement pour une voûte en arc de cercle de 8^m de largeur sur $0^m.50$ de flèche?

On a

$$r = 32.5f = 16^m.25, \qquad a = 0^m.25.$$

La règle du n° 469 appliquée aux voûtes en arc de cercle donne

$$E = \frac{5 \times 32^m.500 + 46^m.777}{144} = 1^m.454,$$

et par suite

$$R = 17^m.704, \qquad \frac{R}{r} = K = 1.09.$$

La table donne

$$C = 0.02401.$$

On trouve ainsi que l'excès de la poussée sur le frottement est de

$$3654^{kil}$$

par mètre courant.

468. DES VOUTES EN ANSE DE PANIER. On calculera les épaisseurs de piédroits des voûtes en anse de panier comme celles des voûtes en arc de cercle de même largeur et même flèche.

469. DE L'ÉPAISSEUR A DONNER A LA CLEF DES VOUTES. On a indiqué pour chaque espèce de voûte les limites inférieures des épaisseurs à la clef nécessaires pour qu'une voûte se soutienne sans surcharge. On déterminera les épaisseurs convenables par la règle pratique suivante, donnée par Perronnet :

En nommant
E l'épaisseur cherchée à la clef en mètres,
D le diamètre de la voûte si elle est en plein cintre, ou celui de l'arc supérieur si elle est surbaissée,

$$E = \frac{5D + 46^m.777}{144}.$$

Cette formule s'applique aussi aux voûtes en anse de panier ou en arc de cercle, en prenant pour diamètre celui du cercle supérieur. Mais, au delà de 30^m, elle donne des épaisseurs trop fortes, et, dans ce cas, on se guidera par la comparaison des constructions existantes.

DES ÉPAISSEURS A DONNER AUX MURS DE REVÊTEMENT POUR QU'ILS RÉSISTENT A LA POUSSÉE DES TERRES.

470. En nommant
x la largeur d'un mur de revêtement à sa base,
H la hauteur du revêtement au-dessus de sa base,
h la hauteur entière de la surcharge,
α le complément de l'angle du talus naturel des terres avec l'horizon,
p le poids du mètre cube des terres en kilogrammes,
p' le poids du mètre cube de la maçonnerie.

On calculera l'épaisseur x des murs de revêtement à parements verticaux par la formule

$$x = 0.865\,(H + h)\ \text{tang}\ \tfrac{1}{2}\alpha \sqrt{\frac{p}{p'}}$$

qui, pour les terres et les maçonneries ordinaires, se réduit à

$$x = 0.285\,(H + h).$$

Ces formules sont applicables depuis $h = 0$ jusqu'à $h = 2H$, ce qui comprend à peu près tous les cas de la pratique ordinaire des constructions.

471. La table suivante donne les valeurs de x, ou de l'épaisseur des revêtements à parois verticales, en fraction de leur hauteur, pour les diverses terres et maçonneries, avec ou sans berme, et pour des hauteurs de surcharge qui dépassent les limites ordinaires de la pratique. Elle est extraite d'un Mémoire sur la poussée des terres, inséré par M. Poncelet dans le *Mémorial de l'officier du génie.*

TABLE GÉNÉRALE DES ÉPAISSEURS EN FRACTION DE LA HAUTEUR DES REVÊTEMENTS VERTICAUX, AVEC SURCHARGES EN TERRE, CALCULÉES DANS L'HYPOTHÈSE DE LA ROTATION, ET D'UNE STABILITÉ ÉQUIVALENTE A CELLE DU REVÊTEMENT MODÈLE DE VAUBAN SANS CONTREFORTS.

Valeur de $a=\frac{h}{H}$	Valeurs de x pour $\frac{p'}{p}=1, f=0.6$ la berme étant		Valeurs de x pour $\frac{p'}{p}=1, f=1.4$ la berme étant		Valeurs de x pour $\frac{p'}{p}=1.5, f=1$ la berme étant			Valeurs de x pour $\frac{p'}{p}=\frac{5}{3}, f=0.6$ la berme étant		Valeurs de x pour $\frac{p'}{p}=\frac{5}{3}, f=1.4$ la berme étant	
	nulle.	égale à 0.2H.	nulle.	égale à 0.2H.	nulle.	égale à 0.2H.	totale.	nulle.	égale à 0.2H.	nulle.	égale à 0.2H.
0.0	0.452	0.452	0.258	0.258	0.270	0.270	0.270	0.350	0.350	0.198	0.198
0.1	0.498	0.507	0.282	0.290	0.303	0.306	0.303	0.393	0.398	0.222	0.229
0.2	0.548	0.563	0.309	0.326	0.336	0.342	0.326	0.439	0.445	0.249	0.262
0.3	0.604	0.618	0.338	0.361	0.368	0.375	0.343	0.485	0.489	0.274	0.283
0.4	0.665	0.670	0.369	0.394	0.399	0.405	0.357	0.532	0.522	0.303	0.299
0.5	0.726	0.717	0.402	0.423	0.436	0.431	0.368	0.579	0.549	0.332	0.314
0.6	0.778	0.754	0.436	0.450	0.477	0.457	0.377	0.617	0.572	0.360	0.328
0.7	0.824	0.790	0.472	0.476	0.512	0.481	0.385	0.645	0.593	0.387	0.343
0.8	0.847	0.820	0.510	0.501	0.544	0.504	0.391	0.668	0.610	0.413	0.357
0.9	0.903	0.848	0.541	0.524	0.575	0.525	0.398	0.690	0.624	0.437	0.371
1.0	0.930	0.873	0.571	0.546	0.605	0.540	0.405	0.707	0.636	0.457	0.384
1.2	0.985	0.916	0.632	0.586	0.654	0.574	0.411	0.737	0.655	0.498	0.410
1.4	1,023	0.915	0.684	0.624	0.696	0.602	0.416	0.762	0.672	0.537	0.428
1.6	1.056	0.970	0.730	0.658	0.734	0.622	0.420	0.780	0.685	0.566	0.445
1.8	1.084	0.990	0.772	0.690	0.769	0.640	0.423	0.797	0.697	0.594	0.461
2.0	1.107	1.004	0.812	0.714	0.795	0.655	0.425	0.811	0.705	0.622	0.475
2.5	1.151	1,057	0.902	0.778	0.848	0.696	0.431	0.855	0.722	0.680	0.506
3.0	1.180	1.060	0.981	0.835	0.892	0.717	0.435	0.852	0.731	0.726	0.531
3.5	1.203	1.074	1.047	0.885	0.928	0.738	0.438	0.862	0.737	0.765	0.551
4.0	1.222	1,084	1.105	0.926	0.957	0.755	0.442	0.872	0.742	0.800	0.568
4.5	1.237	1,093	1.158	0.962	0.981	0.768	0.444	0.878	0.747	0.855	0.583
5.0	1.247	1.101	1.206	0.994	1.002	0.779	0.445	0.885	0.751	0.862	0.596
5.5	1.254	1.109	1.250	1.021	1.019	0.788	0.447	0.886	0.756	0.885	0.607
6.0	1.259	1.116	1.290	1.047	1.034	0.796	0.448	0.891	0.759	0.905	0.617
7.0	1.269	1.122	1.357	1.087	1.059	0.811	0.449	0.898	0.764	0.941	0.633
8.0	1.276	1.128	1.415	1.121	1.079	0.822	0.451	0.907	0.768	0.968	0.646
9.0	1.280	1.133	1.465	1.155	1.095	0.830	0.452	0.906	0.770	0.992	0.657
10.0	1.283	1.137	1.508	1.182	1.109	0.839	0.452	0.909	0.771	1.013	0.667
15.0	1.298	1.150	1.662	1.271	1.149	0.864	0.455	0.917	0.777	1.088	0.696
20.0	1.309	1.156	1.757	1.327	1.171	0.878	0.456	0.922	0.780	1.129	0.712
25.0	1.312	1.160	1.821	1.363	1.185	0.887	0.457	0.924	0.782	1.146	0.723
30.0	1.316	1.162	1.866	1.389	1.194	0.894	0.485	0.926	0.783	1.174	0.730
infini	1.337	1.175	2.144	1.541	1.213	0.927	0.461	0.934	0.789	1.279	0.769

Nota. Dans ce tableau, $f = \cot. \alpha$ est la tangente de l'angle du talus naturel des terres avec l'horizon. Les valeurs $f = 0.6$ et $f = 1.4$ correspondent, la première aux terres les plus légères, et la seconde aux terres les plus fortes; $f = 1$ est relatif aux terres moyennes dont le talus naturel est à 45°.

472. Observation sur l'usage de cette table. Pour se servir de cette table, on déterminera, par l'observation, l'inclinaison du talus naturel des terres à soutenir, le poids p du mètre cube de ces terres, et le poids p' de la maçonnerie à employer, et l'on choisira la valeur de x correspondante à la fois aux valeurs de $\frac{p'}{p}$, de f et de $a = \frac{h}{H}$, les plus voisines de celles que l'on aura trouvées.

Exemple. Quelle doit être l'épaisseur d'un revêtement vertical de 5^m de hauteur destiné à soutenir une surcharge de 3^m en terre, dont le mètre cube pèse 1350 kil., celui de la maçonnerie pesant 2250 kil., et la valeur de f étant égale à 0.60?

On a

$$\frac{p'}{p} = \frac{2250}{1350} = \frac{5}{3}$$

et la table donne $x = 0.645 \times 5^m = 3^m.225$.

473. Observation relative aux murs de terrasses. On remarquera que la première ligne de la table, correspondant à une surcharge nulle, est celle qui donnera les valeurs x ou de l'épaisseur du revêtement pour les murs en terrasse ou de quai sans surcharge de terre.

Exemple. Quelle doit être l'épaisseur d'un mur de quai de 6^m de hauteur, la terre à soutenir pesant 1500 kil., la maçonnerie 2250 kilog. le mètre cube, et la valeur de f étant égale à l'unité?

La table donne $x = 0.270 \times 6 = 1^m.620$.

474. Lorsque les valeurs de $\frac{p'}{p}$ et de f différeront notablement de celles de la table, on prendra pour x la valeur proportionnelle entre celles qui correspondent aux données de la table les plus voisines.

475. Transformation des profils a parements verticaux en profils a parement extérieur incliné. Les murs de revêtement

n'étant pas toujours à parements verticaux, on déterminera l'épaisseur des murs à parement extérieur incliné et à parement intérieur vertical au moyen du principe suivant :

Tous les revêtements à parement intérieur vertical et dont le parement extérieur a une inclinaison sur la verticale comprise entre zéro et $\frac{1}{6}$ ont, à $\frac{1}{120}$ près, la même épaisseur à $\frac{1}{9}$ de leur hauteur au-dessus de la base.

Lorsque le talus extérieur est à $\frac{1}{5}$, la même égalité a encore lieu, mais à $\frac{1}{71}$ près seulement.

De là résulte la règle suivante pour transformer un profil en un autre :

Connaissant la hauteur H *du revêtement, la hauteur* h *de la surcharge, les poids* p *et* p' *du mètre cube de terre et de maçonnerie, et l'angle du talus naturel des terres dont la tangente est* f,

Recherchez, dans la table précédente, l'épaisseur du mur à parements verticaux capable de résister à la poussée; au neuvième de la hauteur H, *à partir de la base, menez une horizontale égale à l'épaisseur trouvée, et par l'extrémité qui est du côté du parement extérieur menez une ligne inclinée suivant la pente que vous voulez donner à ce parement.*

476. Épaisseur des batardeaux en maçonnerie. On calculera l'épaisseur des batardeaux en maçonnerie à parements verticaux par la formule.

$$x = 0.865\,(\mathrm{H} - h)\sqrt{\frac{1000}{p'}},$$

dans laquelle on exprime par

H la hauteur du revêtement,

h la hauteur du niveau des eaux en contrebas de l'assise supérieure du revêtement,

p' le poids du mètre cube de maçonnerie employée.

Exemple. Quelle doit être l'épaisseur d'un batardeau de 4^{m} de hauteur construit en maçonnerie pesant 2200^{k} le mètre cube, et qui doit soutenir le niveau de l'eau à $0^{m}.50$ au-dessous de son sommet?

La formule donne

$$x = 0.865\,(4^{m} - 0^{m}.50)\sqrt{\frac{1000}{2200}} = 2^{m}.04.$$

Pour les barrages des rivières et cours d'eau devant lesquels il se forme des atterrissements dont la poussée est plus grande que celle de l'eau, il conviendra de remplacer le numérateur 1000 de la quantité qui est sous le radical par le nombre 1800 qui est le poids moyen des terres. Cette formule donnera alors, avec une exactitude suffisante pour la plupart des cas, l'épaisseur convenable au sommet du barrage. La face d'amont sera construite en talus à $\frac{1}{6}$ ou $\frac{1}{4}$ de la hauteur.

477. Murs en pierres sèches. On donne ordinairement à ces murs une épaisseur égale à $\frac{5}{4}$ de celle des murs en maçonnerie calculée par les règles précédentes.

Exemple. Quelle doit être l'épaisseur d'un mur en pierres sèches de 3^m de hauteur destiné à soutenir un parapet de même hauteur?

On a
$$\frac{h}{H}=1.$$

Si l'on admet de plus que le mètre cube de la terre pèse à peu près autant que celui de la maçonnerie en pierres sèches employée, on a
$$\frac{p'}{p}=1;$$

et si $f=6.0$, la table donnerait pour un mur en maçonnerie ordinaire, si la berme était nulle,
$$x=0.930;$$

et par la règle ci-dessus on aura pour l'épaisseur du mur en pierres sèches
$$0.930\times 3^m\times \tfrac{5}{4}=3^m.49.$$

478. De la profondeur a laquelle il faut établir les fondations des murs de revêtement pour les empêcher de glisser sur le sol. Il arrive quelquefois que les murs de revêtement sont construits sur un fond argileux, sur lequel le frottement peut devenir assez faible par l'effet de la présence des eaux pour les exposer à glisser sur leur assise inférieure. Il est nécessaire de descendre les fondations assez bas pour que la résistance ou la *butée* du prisme de terre qui est en avant de la fondation, jointe au frottement de celle-ci sur sa base, soit suffisante pour empêcher le glissement.

Il faut d'abord déterminer l'intensité de la poussée horizontale qui tend à faire glisser le mur sur sa base. Pour cela

Fig. 66.

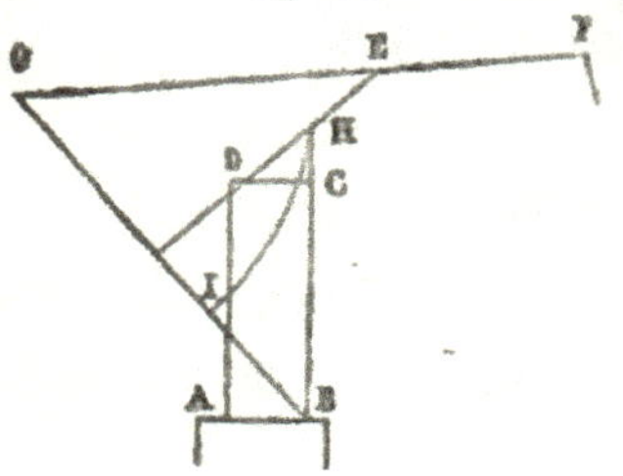

Prolongez la plongée EF (fig. 66) *ou la face supérieure du massif des terres ;*

Abaissez de B *une perpendiculaire sur le talus naturel* DE *prolongé, et tracez-la jusqu'à sa rencontre en* O *avec* EF ;

Prolongez BC *jusqu'à sa rencontre en* H *avec le talus extérieur* DE ;

Du point O *comme centre, avec* OH *pour rayon, décrivez un arc de cercle* HI .

La poussée sera égale à

$$P = \tfrac{1}{2} p\,(BI)^2,$$

p étant toujours le poids du mètre cube des terres.

Cette poussée agit horizontalement, perpendiculairement au parement intérieur du revêtement, et avec un bras de levier moyennement égal à 0.35 BH, à partir du point B.

Puis on calculera le frottement de l'assise inférieure sur le sol en prenant $f = 0.30$ environ, ce qui convient aux sols argileux.

Cela fait et connaissant le poids p du mètre cube des terres, l'angle α complément du talus naturel des terres avec l'horizon, on calculera la profondeur h à donner à la fondation par la formule

$$h = 1.4 \operatorname{tang} \tfrac{1}{2}\alpha \sqrt{\frac{2P'}{p}},$$

dans laquelle P′ représente l'excès de la poussée sur le frottement de l'assise inférieure sur le sol.

Cette règle s'applique également aux fondations des batardeaux et des déversoirs.

Exemple. Quelle doit être la profondeur des fondations d'un batardeau destiné à soutenir une hauteur d'eau de $4^m.00$?

La formule du n° 476 donnera pour l'épaisseur du batardeau

$$x = 0.863 \times 4.00 \sqrt{\frac{1000}{p'}} = 2^m.44$$

pour les maçonneries dont le poids p' du mètre cube est 2000 kil.

Le poids du mur, par mètre courant, sera donc de

$$2000 \times 2.44 \times 4 = 19520^{\text{kil}}.$$

Le frottement sur un fond en schiste argileux n'étant que 0.30 environ de la pression, la résistance au glissement sera

$$0.30 \times 19520 = 5856^{\text{kil}}.$$

La poussée sera égale à

$$P = 1000 \frac{H^2}{2} = 8000^{\text{kil}}.$$

Ainsi la poussée excède le frottement de

$$8000 - 5856 = 2144^{\text{kil}}.$$

Si les terres du sol pèsent $p' = 1500$ kil. le mètre cube, et si celles de la surface sont de même nature que celles du fond, $\alpha = 60^\circ$ environ, on a

$$f = \text{tang}\,\tfrac{1}{2}\alpha = \text{tang}\,30^\circ = 0.578.$$

La formule donne pour la profondeur des fondations

$$h = 1.4 \times 0.578 \sqrt{\frac{2 \times 2144}{1500}} = 1^{\text{m}}.372.$$

479. Épaisseur des murs des batiments d'habitation. Rondelet donne les formules pratiques suivantes pour déterminer l'épaisseur des murs en maçonnerie de moellons, en pierres de taille ou en briques.

En nommant

l la largeur du bâtiment pour les murs de face ou l'espace à diviser pour les murs de refend,

h la hauteur des murs,

n le nombre des étages,

e l'épaisseur des murs.

On calculera l'épaisseur par les formules suivantes, pour les

Murs de face { des bâtiments simples. $e = \frac{2l + h}{48} + 0^{\text{m}}.025,$
des bâtiments doubles. $e = \frac{l + h}{48}.$

Murs de refend.......................... $e = \frac{l + h}{36} + n \times 0^{\text{m}}.013.$

Nota. Ces épaisseurs sont celles des murs au-dessous des

plafonds, et le fruit des murs à l'extérieur doit être compris entre $\frac{1}{200}$ et $\frac{1}{80}$ de la hauteur.

Exemple. Quelle doit être l'épaisseur des murs de face d'un bâtiment double d'une largeur $l = 14^m$ et de $13^m.9$ de hauteur à ses différents étages,

Le rez-de-chaussée ayant...	$4^m.50$ de hauteur,
Le premier...............	3 .60
Le second................	3 .00
Le troisième.............	2 .80
	13 .90

La règle ci-dessus donne pour le mur

du rez-de-chaussée......... $\frac{14+13.9}{48} = 0^m.58$,

du premier............... $\frac{14+9.4}{48} = 0^m.49$,

du second................ $\frac{14+5.8}{48} = 0^m.42$,

du troisième............. $\frac{14+2.8}{48} = 0^m.35$.

480. Comparaison de la règle de Rondelet avec les dimensions en usage pour les batiments d'habitation ordinaires, non voûtés.

Étages.	Dimensions en usage pour les maisons d'habitation de largeur moyenne et des hauteurs d'étage de 3 à 4 mètres.		Dimensions déduites de la règle de Rondelet pour un bâtiment de 16 mètres de largeur.		
	Épaisseur des murs de face.	Épaisseur des murs de refend.	Hauteur de l'étage.	Épaisseur des murs. de face.	Épaisseur des murs. de refend longitudinaux.
	m m	m m	m	m m	m m
Aux fondations.	0.73 à 0.97	0.70 à 0.80	»		
Au niveau des caves	0.57 0.81	0.50 0.60	»		
Au rez-de-chaussée.	0.48 0.65	0.35 0.40	5	0.46 à 0.48	0.50 à 0.52
Au premier étage.	0.43 0.54	»	4	0.44 0.47	
Au deuxième étage.	0.40 0.48	»	3	0.42 0.45	
Au troisième étage.	0.30 0.42	0.20 0.30	»		

Grands bâtiments,	Épaisseur des murs du rez-de-chaussée					
	de face.		mitoyens.		de refend.	
Bâtiments plus considérables que les maisons d'habitation.	m. 0.65 à	m. 1.00	m. 0.54 à	m. 0.65	m. 0.40	m. 0.54
Palais et grands édifices avec rez-de-chaussée voûté...,...	1.30	3.00	1.00	1.30	0.64	2.00

481. Des pans de bois. Les pans de bois au rez-de-chaussée doivent être élevés sur des socles en bonne maçonnerie de mortier hydraulique de 1^m environ de hauteur, pour éviter l'infiltration de l'humidité. Ils doivent être consolidés par des tirants et des ancres en fer.

Les dimensions ordinaires des pans de bois du rez-de-chaussée d'un bâtiment à quatre où cinq étages sont de $0^m.18$ à $0^m.32$ pour les sablières, $0^m.21$ et $0^m.32$ pour les poteaux, $0^m.18$ à $0^m.21$ pour les décharges et tournisses, et $0^m.16$ à $0^m.18$ pour les poteaux de remplissage.

Au dernier étage ces dimensions peuvent être réduites de $0^m.027$ et diminuées de moitié pour les cloisons de distribution.

482. Épaisseur a donner aux murs d'enceinte des batiments d'une grande largeur, dont les combles sont portés par des fermes sans tirants *. Si l'on appelle

$2c$ la largeur du bâtiment,

h la hauteur du mur depuis le niveau du pied des fermes jusqu'à la corniche, ordinairement égale $0.61c$,

e l'épaisseur du mur dans cette partie,

p le poids du mètre cube de maçonnerie, ordinairement égal à 2000 kil.,

P le poids de chaque demi-ferme, y compris celui de la couverture qu'elle supporte, celui de la neige qu'elle peut accidentellement recevoir et la pression que le vent peut exercer sur la surface du toit. (Ce effort total P peut être évalué à

* Ce qui suit, et presque tout ce qui est relatif aux charpentes à grandes portées, est extrait d'un Mémoire de M. le lieutenant-colonel du génie Ardant, publié à Metz en 1840.

400 kil. au plus par mètre de la projection horizontale des arbalétriers quand ils sont inclinés à 3 de base sur 2 de hauteur.)

Q la poussée horizontale de la ferme (d'après les expériences de M. Ardant, elle est en moyenne égale à $0.42P = 168^{\text{kil}}$),

H la hauteur du mur depuis le sol jusqu'au pied des fermes,

E l'épaisseur du mur depuis le pied des fermes jusqu'au sol,

D l'espacement des fermes,

On calculera l'épaisseur du mur par la formule

$$E = \frac{P}{pDH} + \sqrt{\frac{P^2}{p^2D^2H^2} + \frac{12Q}{pD} - \frac{e^2h}{H}}.$$

Si l'on introduit dans cette formule les valeurs moyennes précédentes de P, p et de Q, que l'on y suppose $D = 3^m.30$, elle devient

$$E = 0.06\frac{c}{H} + \sqrt{0.0036\frac{c^2}{H^2} + 0.3206c - 0.61\frac{ce^2}{H}}.$$

On en déduit le tableau suivant :

Portée de la ferme. 2 c.	Espacement des fermes. D.	Hauteur des pieds de la ferme au-dessus du sol. H.	Épaisseur du mur depuis le sol jusqu'au pied de la ferme. E.	Épaisseur du mur depuis les pieds de la ferme jusqu'à la corniche. e.	Largeur de la fondation à un mètre au-dessous du sol.
	m.		m.	m.	m.
30	3.30	5	2.07	0.70	2.60
25	3.30	5	1.96	0.70	2.45
24	3.30	3	1.62	0.60	2.01
24	3.30	5	1.80	0.60	2.25
20	3.30	3	1.40	0.50	1.75
20	3.30	5	1.60	0.50	2.00
16	3.30	3	1.35	0.40	1.70
16	3.30	5	1.42	0.40	1.80

On observera 1° que les épaisseurs données par cette formule ne sont suffisantes que dans le cas d'un terrain à peu près incompressible ; 2° que, si le terrain est compressible, il faudra augmenter la largeur du mur et celle de la fondation du côté extérieur ; 3° que l'on doit éviter de faire supporter aucune poussée à la partie du mur placée au-dessus de la naissance des fermes, et qu'il ne faut jamais appuyer sur la maçonnerie l'extrémité inférieure de l'arbalétrier.

483. Table des inclinaisons et des poids par mètre carré effectif des diverses sortes de couvertures les plus usitées dans les fermes a la Palladio.

Nature de la couverture.	Inclinaison du toit sur l'horizon en degrés.	Poids du mètre carré effectif de couverture.	Quantité de bois en mètres cubes qui entre dans la charpente des toits par mètre carré de couverture.
		kil.	mc.
Tuiles plates à crochet...	45° à 33°	60	0.063
Tuiles creuses posées à sec.	27 à 21	75 à 90	0.058
Tuiles creuses maçonnées.	31 à 27	136	0.068
Cuivre laminé	21 à 18	14	0.042
Zinc n° 14	21 à 18	8.50	0.042
Mastic bitumineux.......	21 à 18	25	0.056
Ardoises................	45 à 33	38	0.056

On admet que le bois de sapin pèse 500 à 600 kilog. le mètre cube, et le bois de chêne de 900 à 950 kilog.

La neige qui peut s'amonceler sur les toits atteint au plus une épaisseur de $0^m.50$, et produit une surcharge qui s'élève au plus à 50 kil. par mètre carré, et qu'en moyenne on pourrait n'estimer qu'à 25 kil.

La pression que le vent peut exercer sur les toitures n'est qu'accidentelle ; cependant dans les localités exposées à de fréquents ouragans, ou pour les très-grands édifices, il sera prudent d'en tenir compte.

484. Pressions exercées par le vent sur une surface d'un mètre carré qu'il frappe perpendiculairement.

Vitesse du vent en 1".	Pression en kilogrammes.
m.	kilogr.
3.00	1.047
5.00	2.908
8.00	7.443
10.85	13.691
14.00	22.795
20.00	46.520
40.00 ouragan.	186.080

185. Dimensions des pièces de charpente qui composent les fermes de diffé
construction de l'École de Metz, où l'on trouvera les dimensions ordi

Table des grosseurs approximatives des pièces de bois qui

Espèce de fermes.	Largeur dans œuvre du bâtiment.	Tirant ne portant point de plancher.	Tirant portant un plancher.	Entrait retroussé.	Jambe de force.	Arbalétrier.	Poinçon.	Aisseliers.	Jambettes.
	m.	cent.	cent.	cent.	cent.	cent.	cent.	cent.	cent.
rme simple.	6	27 sr 24	32 sr 27	»	»	22 sr 19	19 sr 19	»	16 sr 16
	9	33 30	40 32	»	»	26 24	24 24	»	19 19
	12	40 36	47 37	»	»	32 30	30 30	»	21 21
rme à entrait retroussé et arbalétrier allant u faîte au irant.	6	»	42 30	21 19	»	22 19	19 19	19 15	15 15
	9	»	52 30	27 24	»	26 24	24 24	24 18	18 18
	12	»	63 45	33 30	»	32 30	30 30	30 22	22 22
rme avec entrait retroussé et jambe e force.	6	»	42 30	21 19	24 19	18 15	15 15	19 15	14 14
	9	»	52 37	27 24	29 24	22 18	18 18	24 18	16 16
	12	»	63 45	33 30	35 30	27 22	22 22	30 22	18 18
rme pr comble en manardes.	6	»	42 30	23 20	22 20	20 18	18 18	20 13	14 14
	9	»	52 37	30 27	29 27	25 23	23 23	27 18	16 16
	12	»	63 45	36 33	34 33	30 28	28 28	33 22	18 18

RENTES FORMES ET PORTÉES. Nous donnerons ici une table extraite du Cour naires des pièces de bois qui entrent dans les fermes en charpente.

COMPOSENT LES FERMES DE DIFFÉRENTES FORMES ET PORTÉES.

Centrefiches.	Faîte.	Liens de faîte.	Pannes.	Liernes.	Tasseaux et chantignolles.	Sablières.	Blochets.	Chevrons.	Coyaux.	Chanlatte.
cent.	cent.	cent.	cent.	cent.	cent.	cent.	cent.	cent.	cent.	cent.
16 sr 16	19 sr 16	15 sr 15	19 sr 19	»	19 sr 19	23 sr 12	»	9 sr 9	8 sr 7	16 sr 3
19 19	20 17	16 16	20 20	»	20 20	25 14	»	10 10	9 8	18 4
21 21	22 19	17 17	22 22	»	22 22	28 16	»	11 11	10 9	20 5
15 15	19 16	15 15	19 19	»	19 19	23 12	»	9 9	8 7	18 3
18 18	20 17	16 16	20 20	»	20 20	25 14	»	10 10	9 8	18 4
22 22	22 19	17 17	22 22	»	22 22	28 16	»	11 11	10 9	20 5
14 14	19 »	15 15	19 19	19 sr 19	19 19	23 12	18 sr 14	9 9	8 7	16 3
16 16	20 17	16 16	20 20	20 20	20 20	25 14	20 15	10 10	9 8	18 4
18 18	22 19	17 17	22 22	22 22	22 22	28 16	22 16	11 11	10 9	20 5
14 14	19 16	15 15	19 19	20 20	20 20	23 12	18 14	9 9	8 7	16 3
16 16	20 17	16 16	20 20	21 21	21 21	25 14	20 15	10 10	9 8	18 4
18 18	22 19	17 17	22 22	23 23	22 22	28 16	22 16	11 11	10 9	20 5

486. Ferme de charpente de grandes dimensions. Ferme antique ou a la Palladio, avec tirant et aiguilles pendantes en fer également espacées. Ces fermes ont un entrait retroussé

Fig. 67.

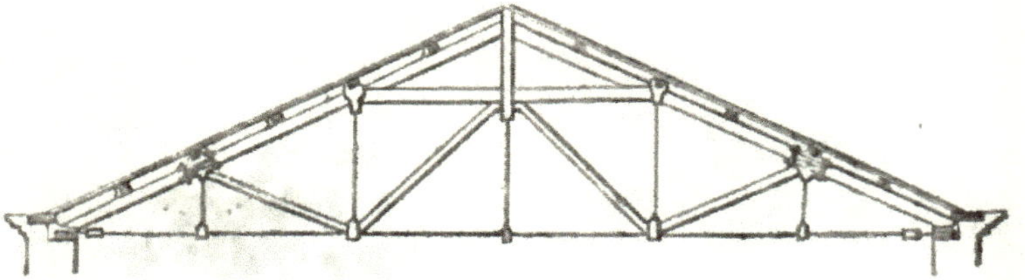

qui partage l'arbalétrier en deux parties, que l'on distingue en arbalétrier supérieur et arbalétrier inférieur.

En nommant

P la charge totale de l'arbalétrier,

P' et P'' les charges respectives des arbalétriers inférieur et supérieur,

a la largeur horizontale des pièces,

b l'épaisseur des pièces,

$2c$ la portée totale de la charpente,

h la flèche ou hauteur du faîte au-dessus du tirant, de sorte que $\frac{c}{h}$ est la tangente d'inclinaison du toit avec la verticale,

L' et L'' la longueur respective de la projection horizontale des deux parties de l'arbalétrier,

L_1 la longueur du tirant comprise entre deux aiguilles consécutives,

L'_1 la longueur d'entrait entre le poinçon et l'arbalétrier,

d la densité de la matière dont le tirant est composé,

on calculera les dimensions des différentes pièces de cette charpente par les formules suivantes :

Arbalétrier supérieur en bois,

$$ab^2 = P'[0.00\,000\,111\,b + 0.00\,000\,107\,L'];$$

Arbalétrier inférieur en bois,

$$ab^2 = P''[0.00\,000\,257\,b + 0.00\,000\,107\,L'';$$

Entrait en bois,

$$ab = 0.0\,000\,009\,P''\frac{c}{h} + 0.00\,000\,107\,d.aL_1^2;$$

Tirant en bois, ne portant pas de plancher,

$$ab = 0.0\,000\,009\,\mathrm{P}.\frac{c}{h} + 0.00\,000\,011\,da\mathrm{L}_1^2,$$

Tirant en fer, ne portant pas de plancher,

$$ab = 0.0\,000\,001\,\mathrm{P}.\frac{c}{h} + 0.00\,000\,011\,da\mathrm{L}_1^2.$$

Le tableau suivant donne les proportions convenables relatives à différentes portées $2c$ pour des fermes à la Palladio avec tirants et aiguilles en bois ou en fer, espacées de $3^m.50$, à l'inclinaison de trois de base sur deux de hauteur. Ces équarrissages sont assez forts pour supporter toute espèce de couverture.

TABLE DES PORTÉES ET DES ÉQUARRISSAGES DES FERMES A LA PALLADIO.

Portée de la ferme.	Équarrissage des pièces.			Contrefiches.	Tirants en fer.	Aiguilles pendantes.
	Arbalétrier supérieur.	Arbalétrier inférieur.	Entrait.			
m	m	m	m	m	m	m
24	0.20 0.26	0.30 0.44	0.30 0.30	0.15 0.15	0.025 0.061	0.025
22	0.18 0.25	0.30 0.42	0.30	0.14	0.025 0.057	0.025
20	0.17 0.24	0.27 0.38	0.27	0.13	0.021 0.061	0.021
18	0.16 0.23	0.26 0.36	0.26	0.12	0.021 0.058	0.021
16	0.15 0.21	0.24 0.33	0.24	0.11	0.015 0.063	0.015
14	0.14 0.19	0.22 0.30	0.22	0.10	0.015 0.059	0.015

OBSERVATION. L'arbalétrier inférieur peut être de deux pièces assemblées à crémaillères par leurs extrémités, ou de deux morceaux dans l'épaisseur, placés l'un au-dessous de l'autre.

En montant la ferme il faut tendre assez fortement les tirants et les aiguilles en fer.

487. Dimensions à donner au tirant pour qu'il résiste aux effets de contraction produits par le froid. Pour que le tirant en fer puisse résister aux augmentations de tension qui proviennent pendant l'hiver de l'abaissement de température, il faut que l'aire ab de sa section transversale vérifie l'égalité suivante :

$$ab = \frac{0.625 \mathrm{P} . \frac{c}{h}}{12\,000\,000 - (\mathrm{T} - \mathrm{T}')\,224\,000},$$

dans laquelle, outre les notations précédentes, T et T′ représentent respectivement la plus haute et la plus basse température de l'année.

Enfin il faut avoir soin de contreventer les fermes par des liernes.

Exemple. Comme application des règles précédentes, M. Ardant donne le calcul suivant, relatif à un bâtiment de 20 mètres de portée, qui doit être couvert en ardoises sous l'inclinaison de 3 de base et 2 de hauteur. Les fermes devant être construites en sapin, on a $d = 600$ kil., le poids du mètre cube, et leur écartement est supposé de $3^{m}.0$.

On a

La demi-portée..................	$c =$	$10^{m}.00$
La hauteur......................	$\frac{2}{3} c = h =$	$6^{m}.666$
La largeur de pan du toit........	$\sqrt{100 + 44.44} =$	$12^{m}.018$
Plus l'épaisseur du mur et la saillie de la corniche		$0^{m}.800$
La largeur totale du pan est donc..............		$12^{m}.818$
L'espacement des fermes étant de $3^{m}.0$, la surface totale portée par arbalétrier est..................		$37^{mq}.954$
Le poids d'un mètre carré de couverture en ardoises est de..................................		$38^{kil}.00$
Celui du bois de la charpente par mètre carré de couverture est d'environ $0^{mc}.056 \times 600$............		$33^{kil}.60$
Ajoutant pour une couche de neige de $0^{m}.25$ d'épaisseur..................................		$25^{kil}.00$
Plus la pression d'un vent de 6 à 7^{m} de vitesse en 1″.		$4^{kil}.40$
Poids total maximum par mètre carré de couverture		$100^{kil}.00$

qui, multiplié par la surface totale $37^{mq}.954$, donne en nombres ronds.......................... $P = 3900^{kil}$.

En plaçant l'entrait aux deux tiers de la longueur totale de l'arbalétrier, on peut admettre que l'arbalétrier supérieur portera............. $P' = 1300^{kil}$.
l'arbalétrier inférieur portera.................. $P'' = 2600^{kil}$.

On a de plus

$$L' = 3^m.333, \quad L'' = 6^m.666.$$

On aura donc pour calculer l'équarrissage des deux portions de l'arbalétrier, pour

L'arbalétrier supérieur,

$$ab^2 = 1300\,[0.00\,000\,111\,b + 0.000\,003\,566];$$

L'arbalétrier inférieur;

$$ab^2 = 2600\,[0.00\,000\,257\,b + 0.000\,007\,132].$$

D'où, en posant pour les deux arbalétriers $a = 0^m.16$, on tire
pour le supérieur.......................... $b = 0^m.18$
pour l'inférieur.......................... $b = 0^m.36$

Si le tirant est en fer et soutenu de 5 en 5^m par les aiguilles pendantes, on a

$$L_1 = 5^m, \quad d = 7500 \text{ kil.}, \quad P = 3900 \text{ kil.}, \quad \frac{c}{h} = \frac{3}{2} = 1.50.$$

On en déduit

$$ab = 0.000\,585 + 0.020\,625a.$$

Si l'on se donne $a = 0^m.02$, on trouve $b = 0^m.05$ en nombre rond.

Pour vérifier s'il pourra résister aux variations de température, on peut admettre que la plus haute et la plus basse température seront

$$T = 25°, \quad T' = -15°, \quad \text{d'où} \quad T - T' = 40°.$$

On trouve par la formule du n° 487

$$ab = 0^{mq}.0012.$$

L'équarrissage de $0^m.02$ sur $0^m.05$ ne donne que

$$ab = 0^{mq}.0010.$$

Il conviendra donc d'adopter

$$a = 0^m.02 \quad \text{et} \quad b = 0^m.06.$$

Pour les aiguilles on adopterait les dimensions du tableau précédent, où elles ont été fixées d'après l'usage.

488. Fermes droites sans tirants. En appelant toujours
P le poids total porté par l'arbalétrier,

Fig. 68

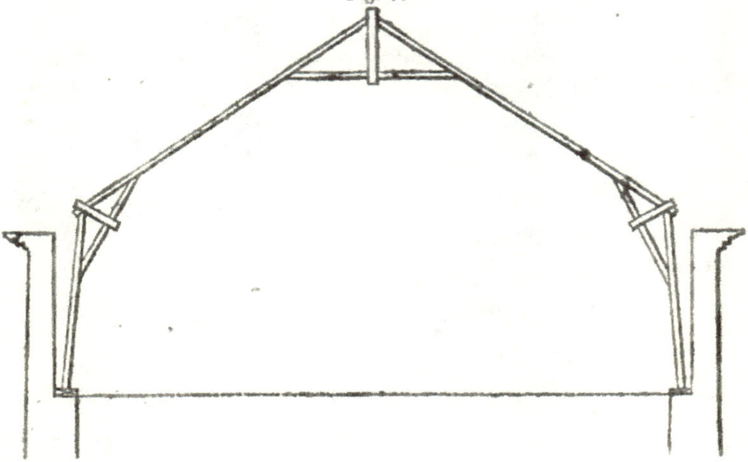

c la demi-portée de la ferme,
a et *b* les dimensions des pièces,
on emploiera pour calculer les dimensions des arbalétriers et des poteaux les formules suivantes * :

Inclinaison du toit sur l'horizon.	Angle que fait l'arbalétrier avec la verticale.	Formules pour l'arbalétrier.	Formules pour le poteau.
2 de base 1 de hauteur.	63°	$ab^2 = 0.00000104PC$	$ab^2 = 0.00000226PC$
3 de base 2 de hauteur.	27°	$ab^2 = 0.00000104PC$	$ab^2 = 0.00000202PC$
1 de base 1 de hauteur.	47°	$ab^2 = 0.00000105PC$	$ab^2 = 0.00000163PC$

Le tableau suivant contient l'application de ces formules dans

---

* Dans une note insérée au n° 14 du *Mémorial de l'officier du génie*, M. Ardant indique que, pour des constructions soignées exécutées avec des bois de choix, on pourra remplacer le coefficient 0,00 000 104 de la formule des arbalétriers par 0.00 000 055, et le coefficient 0.00 000 226 de la formule des poteaux par 0.00 000 107. Cette modification revient à admettre que les charpentes peuvent être chargées de $\frac{1}{5}$ du poids qui produisait la rupture au lieu de $\frac{1}{10}$ de ce poids.

le cas d'une inclinaison de 3 de base sur 2 de hauteur, et d'une charge de 400 kil. par mètre courant de projection horizontale de l'arbalétrier, ce qui suppose à peu près un écartement de $4^m.00$ entre les fermes et une couverture en tuiles inclinée à 60° sur la verticale.

Portée de la ferme exprimée en mètres.	Équarrissage. de l'arbalétrier.	Équarrissage. de chacune des deux moitiés du poteau moisé.	Équarrissage. de l'aisselier et de l'entrait.
m.	m. m.	m. m.	m. m.
24	0.23 et 0.33	0.125 et 0.42	0.18 et 0.18
22	0.22 et 0.32	0.125 et 0.39	0.18 et 0.18
20	0.21 et 0.31	0.125 et 0.38	0.16 et 0.16
18	0.20 et 0.30	0.125 et 0.38	0.16 et 0.16
16	0.19 et 0.29	0.125 et 0.36	0.14 et 0.14
14	0.19 et 0.28	0.125 et 0.35	0.12 et 0.12

489. Fermes droites composées comme celles des figures 69 et 70. On se servira des formules du numéro précédent, en

Fig. 69.

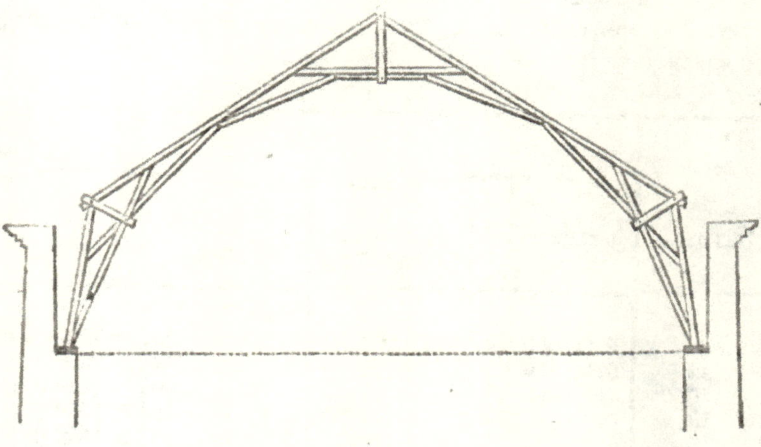

partageant l'épaisseur trouvée pour l'arbalétrier entre cette pièce et le renfort qui la double (fig. 69). On appliquera de même l'épaisseur trouvée pour le poteau à l'ensemble formé par cette pièce et la jambe de force; en donnant à celle-ci la largeur de l'arbalétrier.

Fig. 70.

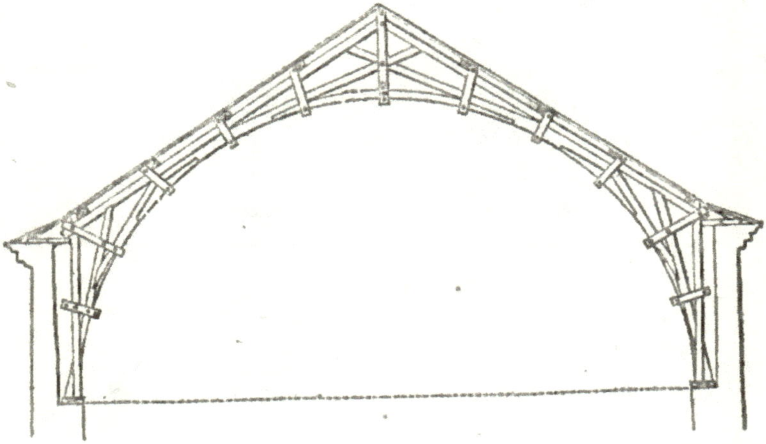

Le tableau suivant contient les dimensions convenables pour les fermes en bois le plus en usage :

TABLE DES ÉQUARRISSAGES DES FERMES DROITES COMPOSÉES (FIG. 69 ET 70), LES ARBALÉTRIERS ÉTANT INCLINÉS A 3 DE BASE SUR 2 DE HAUTEUR, ET CHARGÉS DE 400 KIL. PAR MÈTRE COURANT DE PROJECTION HORIZONTALE.

Portée de la ferme.	Équarrissage.			
	de l'arbalétrier,	des sous-arbalétriers et aisseliers.	de chacune des moises des poteaux.	de la jambe de force.
m	m. m.	m. m.	m. m.	m. m.
24	0.20 et 0.25	0.20 et 0.20	0.125 et 0.25	0.20 et 0.25
22	0.20 et 0.22	0.20 et 0.20	0.125 et 0.22	0.20 et 0.25
20	0.20 et 0.20	0.20 et 0.20	0.125 et 0.20	0.20 et 0.25
18	0.15 et 0.20	0.15 et 0.20	0.125 et 0.18	0.15 et 0.15
16	0.15 et 0.18	0.15 et 0.15	0.120 et 0.16	0.15 et 0.15
14	0.15 et 0.15	0.15 et 0.15	0.120 et 0.15	0.15 et 0.15

Il convient d'éviter autant que possible les mortaises et les entailles à mi-bois, de leur substituer des embrèvements consolidés par des boulons, et de faire passer les moises sur ces assemblages. Il est bon d'intercaler des feuilles de plomb entre les pièces pressées par des efforts considérables.

490. Exemple. Comme exemple d'application de ces règles, M. Ardant donne le calcul suivant relatif aux fermes du manége de Pont-à-Mousson, pour lequel on a $2c = 18^m.00$. Il est couvert en tuiles creuses sous une inclinaison de 27° à l'horizon, ou 63° avec la verticale. Le poids de la couverture par mètre carré peut s'estimer ainsi qu'il suit :

1° 50 tuiles courbes de Lorraine mouillées..........	90^{kil}
2° Un mètre carré de plancher de $0^m.027$ d'épaisseur avec les clous..............................	19
3° Deux mètres courants de chevrons de $0^m.10$ sur $0^m.10$..............................	14^{kil}
	123^{kil}

Longueur de l'arbalétrier $= 10^m.75$.

Écartement des fermes $= 3^m.50$.

Poids porté par une demi-ferme..........	$= 10^m.75 \times 3^m.50 \times 123^{kil} = 4628^{kil}$
Cube approximatif d'une demi-ferme....	$2^{mc}.50$, poids $2.50 \times 600 = 1500$
Poids des pannes et liernes évalués à..............	600
Total.......	6728^{kil}

soit $P = 7000$ kil. en nombre rond.

L'équarrissage de l'arbalétrier sera donc donné par la formule (n° 488) :

$$ab^2 = 0.00\,000\,104 \times 7000 \times 9 = 0.06\,552.$$

On a fait $a = 0^m.20$, et l'on en tire $b = 0^m.572$.

On a adopté $b = 0^m.58$.

Pour le poteau la formule (n° 488) est

$$ab^2 = 0.00\,000\,226 \times 7000 \times 9 = 0.14\,238.$$

On a fait $a = 0^m.40$, partagé entre les deux moises qui forment ce poteau, et l'on en a déduit

$$b = 0^m.596, \quad \text{soit} \quad b = 0^m.60.$$

On a partagé cette épaisseur entre le poteau et la jambe de force, en donnant à chacune de ces pièces 0m.20 de largeur et 0m.30 d'épaisseur.

Cette ferme, soumise à une charge plus que double de celle qu'elle doit porter, n'a éprouvé qu'un abaissement de 0m.67 au sommet, et a repris sa forme primitive à 0m.01 près quand la charge a été enlevée. Elle existe depuis sept ans.

491. Équarrissage a donner aux différentes pièces des charpentes en arc. La charge supportée par ces charpentes se répartit entre la ferme droite formée par les arbalétriers et le cintre. Il convient que la résistance de ces deux parties soit à très-peu près la même. Pour y parvenir, on calculera d'abord par les formules du n° 488 les dimensions des arbalétriers de la ferme droite comme s'ils devaient supporter la moitié de la charge de la ferme totale.

On donnera ensuite au centre une largeur égale à celle de l'arbalétrier et une épaisseur égale à $\frac{5}{4} = 1,25$ fois celle de l'arbalétrier.

Le tableau suivant donne les dimensions des principales pièces d'une ferme de charpente en arc dont les arbalétriers sont inclinés à 3 de base sur 2 de hauteur, et chargés de 400 kilog. par mètre courant de leur projection horizontale.

Portées des fermes en mètres.	Équarrissage en mètres.										Abaissement vertical du sommet de la ferme.	Déplacement horizontal du sommet du poteau.
	de l'arc.		de l'arbalétrier		de chaque moitié des moises du poteau.		de l'aisselier ou entrait		de chaque moitié des moises pendantes.			
	m.	m.	m.	m.	m.	m.	m.	m.	m.	m.	m.	m.
24	0.20 sur	0.40	0.20 sur	0.32	0.12 sur	0.41	0.16 sur	0.16	0.15 sur	0.12	0.04	0.020
22	0.20	0.37	0.20	0.30	0.12	0.35	0.16	0.16	0.15	0.12	0.03	0.015
20	0.20	0.35	0.20	0.28	0.12	0.32	0.16	0.16	0.15	0.10	0.03	0.015
18	0.15	0.35	0.15	0.28	0.12	0.30	0.12	0.12	0.15	0.10	0.03	0.015
16	0.15	0.35	0.15	0.26	0.12	0.27	0.12	0.12	0.12	0.08	0.02	0.010
14	0.15	0.27	0.15	0.22	0.12	0.25	0.10	0.10	0.12	0.08	0.02	0.010

On doublera les nombres contenus dans les deux dernières colonnes pour tenir compte du tassement produit par le resserrement des assemblages.

M. Ardant recommande,

Si l'on adopte pour le cintre les arcs en bois plié, d'employer les lames les plus longues et les plus épaisses que l'on pourra se procurer, de prodiguer les frettes et les boulons, d'éviter de placer des joints sur les reins à l'extrados et au sommet à l'intrados, et d'augmenter le nombre ou la force des lames vers le tiers de chaque demi-arc à partir du pied.

Si l'on construit les arcs en planches de champ, il convient d'employer des madriers de chêne d'une épaisseur égale à $0^m.050$, ou mieux à $0^m.075$, et de renforcer les assemblages par des frettes et des boulons.

Le principal défaut des arcs étant leur flexibilité, les moises doivent leur être normales.

492. Établissement des arcs. Pour établir un arc destiné à porter un fardeau distribué d'une manière quelconque, il faut déterminer l'équarrissage qu'il devra avoir pour résister aux efforts qui agiront sur lui et la flèche de courbure qu'il prendra par l'action de la charge.

En nommant

r le rayon de l'arc,

H la flèche de l'arc,

$2c$ la corde ou portée,

P le poids total porté par l'arc entier,

Q la poussée horizontale sur les appuis au niveau des naissances,

f l'abaissement vertical du point où la charge est suspendue quand elle est réunie en un seul point, ou l'abaissement au sommet quand elle est uniformément répartie,

a la largeur de la section de l'arc quand elle est rectangulaire,

b la hauteur id. id.

r' le rayon de cette section si elle est circulaire,

R' le plus grand effort de compression que l'on puisse faire supporter par mètre de surface à la matière dont l'arc est formé,

E le coefficient d'élasticité des arcs ou des charpentes,

quantités pour lesquelles on a les valeurs suivantes :

Arcs en charpente...... $\begin{cases} R' = 300000^{kil} \\ E = 500000000 \end{cases}$

Arcs en fer fondu ou forgé $\begin{cases} R' = 5000000 \\ E = 1200000000 \end{cases}$

On emploiera les formules suivantes :

Mode de répartition de la charge.	Valeur de la poussée au niveau des naissances.	Abaissement du sommet ou du point de suspension de la charge.	Equarrissage des cintres	
			dont la section est rectangulaire. ab^2	dont la section est circulaire. r^2
Répartie uniformément sur la circonférence du cintre..	0.16 P	$0.051\,\frac{Pr^3}{Eab^3}$	$\frac{P}{R'}(0.599b + 0.27r)$	$\frac{P}{R'}(0.124r + 0.062r)$
Répartie uniformément par rapport à une ligne horizontale..........	0.22 P	$0.084\,\frac{Pr^3}{Eab^3}$	$\frac{P}{R'}(0.680b + 0.25r)$	$\frac{P}{R'}(0.200r + 0.044r)$
Suspendue au sommet......	0.32 P	$0.222\,\frac{Pr^3}{Eab^3}$	$\frac{P}{R'}(0.597b + 0.55r)$	$\frac{P}{R'}(0.200r + 0.212r)$
Suspendue au-dessus du milieu du rayon.	0.28 P	$0.173\,\frac{Pr^3}{Eab^3}$		

493. Arcs surbaissés. En nommant de plus O l'angle total comprimé par l'arc mesuré en mètres à l'unité de distance du centre, et posant

$$M = \frac{1}{O} \quad \text{et} \quad N = O^3,$$

on a pour les arcs surbaissés, si la section est un rectangle plein,

$$ab^2 = \frac{P}{2R'}\left[Mb + \frac{Nr}{4}\right];$$

si la section transversale est un tuyau creux elliptique dont les demi-axes horizontaux soient a et a' et les demi-axes verticaux b et b',

$$ab^3 - ab'^3 = \frac{P}{2R'}\left[\frac{M(ab^3 - a'b'^3)}{3.1415(ab - a'b')} + \frac{Nrb}{18.849}\right].$$

La poussée horizontale contre les appuis est

$$\frac{MP}{2}.$$

Les quantités M et N varient avec le rapport de la portée $2c$ à la montée H de l'arc, et l'on a pour les déterminer la table suivante :

$\frac{c}{H}$	2.000	3.000	4.000	5.000	10.000	15.000	20.000
M	1.080	1.550	2.040	2.660	6.660	7.630	9.520
N	0.792	0.263	0.117	0.053	0.034	0.022	0.001

On a d'ailleurs

$$r = \frac{H}{2}\left[\frac{c^2}{H^2} + 1\right].$$

494. Applications des formules relatives aux arcs surbaissés aux ponts en bois ou en fer. Les formules précédentes peuvent s'appliquer aux ponts en bois ou en fer dont le tablier est porté par des pièces courbes ou suspendu à des cintres fixes qui s'élèvent au-dessus de la chaussée.

Soit un pont en bois dont chaque travée pèse 150000 kil., répartis uniformément entre sept fermes en arc, ayant 24 mètres d'ouverture et 4 mètres de flèche. La charge de chaque ferme sera de 21429 kil., qu'il convient de porter à 24000 kil. pour tenir compte des surcharges accidentelles.

On a donc

$$\frac{P}{2} = 12000 \text{ kil.}, \quad c = 12^{m}.00, \quad H = 4^{m}, \quad \frac{c}{H} = 3, \quad r = 20^{m}.$$

La table donne

$$M = 1.55, \quad N = 0.263,$$

en posant $R' = 300000$.

Si l'arc doit être en bois, la formule des arcs à section rectangulaire donne

$$ab^2 = \frac{12000}{300000}[1.55b + 1.315].$$

En faisant

$$a = 0^{m}.20, \quad \text{on en tire} \quad b = 0^{m}.53.$$

La poussée serait

$$Q = \frac{MP}{2} = 1.55 \times 12\,000^{kil} = 18\,600^{kil},$$

ce qui pour les sept arcs produirait sur les culées une poussée totale de 130200 kil.; et, si le pont a $10^m.00$ de largeur, cela correspond à une poussée de 13020 kil. par mètre courant.

La culée ayant par hypothèse $10^m.25$ de hauteur, si le point d'application de la poussée est à $5^m.30$ au-dessus de la base, le moment de cette force par rapport à l'arête extérieure d'en bas, autour de laquelle elle tend à faire tourner la culée, est de

$$5^m.80 \times 13\,020^{kil} = 75516;$$

et en négligeant la poussée des terres, qui tend au contraire à maintenir la culée, et admettant que le moment de la résistance au renversement doive être 1.50 fois le moment de la puissance, il faudrait augmenter celui-ci de moitié, et le porter à 113274.

D'après cela nommant

e l'épaisseur de la culée, et supposant que le mètre cube de cette maçonnerie pèse 2200 kil.,

le moment du poids de la culée sera par mètre courant de

$$\frac{e^2}{2} 10^m.25 \times 2200^{kil} = e^2 \times 11275^{kil}.$$

On a donc, en égalant les deux moments,

$$e = \sqrt{\frac{113274}{11275}} = 3^m.17.$$

Si l'on voulait s'opposer à la poussée au moyen de tirants en fer en en mettant un par ferme, et le supposant soumis à une tension permanente de 6 kil. par millimètre, il faudrait lui donner une section de 3100 millimètres carrés, ou un diamètre de 63 millimètres. Il serait préférable d'en employer deux, à chacun desquels on donnerait un diamètre de 48 millimètres.

495. Règles pour l'établissement des planchers. Rondelet donne pour règle que, les solives d'un plancher étant espacées tant plein que vide, la hauteur des bois doit être $\frac{1}{24}$ de la portée.

L'espacement ordinaire des poutres sur lesquelles portent les solives est de $4^m.00$.— L'équarrissage de ces pièces doit être $\frac{1}{18}$ de la portée.

496. Règles de Tredgold. Planchers simples formés par un seul rang de solives. En nommant

c la portée en mètres,
b la hauteur id.,
a la largeur id.,

On calculera la hauteur des solives, dont la largeur ne doit pas être au-dessous de $0^m.050$, par les formules suivantes : pour les bois de

$$\text{sapin......}\quad b = 0.0363\sqrt[3]{\frac{c^2}{a}},$$

$$\text{chêne......}\quad b = 0.0376\sqrt[3]{\frac{c^2}{a}},$$

Exemple. Quelle doit être la hauteur des solives en sapin d'un plancher simple de 6^m de portée, leur largeur étant de $0^m.10$?

La formule donne

$$b = 0.0363\sqrt[3]{\frac{36}{0.10}}, = 0^m.258.$$

497. Planchers assemblés. On calculera l'épaisseur des poutres principales, dont l'écartement ne doit pas excéder 3^m, par les formules suivantes : pour le bois de

$$\text{sapin......}\quad b = 0.0688\sqrt[3]{\frac{c^2}{a}},$$

$$\text{chêne......}\quad b = 0.0711\sqrt[3]{\frac{c^2}{a}}.$$

Premier exemple. Quelle doit être la hauteur des poutres principales d'un plancher assemblé en chêne, dont la portée est de 8^m, la largeur a de ces pièces étant de $0^m.25$?

La formule donne

$$b = 0^m.0711\sqrt[3]{\frac{64}{0.25}} = 0^m.451.$$

On calculera l'épaisseur des petites poutres transversales assemblées aux poutres principales, et distantes au plus de $1^m.30$ à $2^m.00$, par les formules suivantes : pour les bois de

$$\text{sapin......} \quad b = 0.0560 \sqrt[3]{\frac{c^2}{a}},$$

$$\text{chêne......} \quad b = 0.0578 \sqrt[3]{\frac{c^2}{a}}.$$

Deuxième exemple. Quelle doit être la hauteur des petites poutres en chêne des planchers ci-dessus, leur largeur étant $0^m.10$, et les poutres principales étant écartées de $2^m.50$?

Le formule donne

$$b = 0.0578 \sqrt[3]{\frac{6.25}{0.10}} = 0^m.229.$$

Les dimensions des solives supérieures se règlent par les formules des planchers simples, n° **496**.

La hauteur des solives inférieures, qui ne servent qu'à fixer les lattes, et dont la largeur a ne doit pas dépasser $0^m.05$, se calculera par les formules suivantes : pour le bois de

$$\text{sapin......} \quad b = 0.0104 \sqrt[3]{\frac{c^2}{a}},$$

$$\text{chêne......} \quad b = 0.0109 \sqrt[3]{\frac{c^2}{a}}.$$

Troisième exemple. Quelle doit être la hauteur des solives inférieures en sapin du plancher précédent, leur largeur étant de $0^m.030$, et les petites poutres étant écartées de 2^m ?

La formule donne

$$b = 0.0104 \sqrt[3]{\frac{4}{0.03}} = 0^m.053.$$

RÉSULTATS D'OBSERVATIONS

SUR

L'EFFET UTILE DES MOTEURS

ET DES MACHINES.

498. On a réuni dans les tableaux suivants divers résultats d'observation sur l'effet utile des moteurs animés, des appareils d'épuisement des eaux, et sur la quantité de travail qui doit être transmise par les moteurs pour faire marcher les diverses machines de fabrication.

Ces résultats ne sont ni aussi nombreux ni aussi complets qu'on l'aurait désiré ; mais si les officiers et les ingénieurs qui liront cet *Aide-Mémoire* veulent bien recueillir les données d'observation propres à établir le calcul des diverses usines qu'ils visiteront et les communiquer à l'auteur, ils le mettront à même de compléter ces tableaux, qui deviendront alors d'une grande utilité pour les praticiens.

Résultats d'observations sur la quantité de travail que peuvent fournir l'homme et les animaux.

Nature du travail.	Poids élevé ou effort moyen exercé	Vitesse ou chemin par seconde.	Travail par seconde.	Durée du travail journalier.	Quantité de travail journalier.
Élévation verticale des poids.	kil.	m	km	h	km
Un homme montant une rampe douce ou un escalier, sans fardeau, son travail consistant dans l'élévation du poids de son corps.	65	0.15	9.75	8	280 800
Un manœuvre élevant des poids avec une corde et une poulie, ce qui l'oblige à faire descendre la corde à vide.	18	0.20	3.60	6	77 760
Un manœuvre élevant des poids ou les soulevant avec la main..	20	0.17	3.40	6	73 440
Un manœuvre élevant des poids ou les portant sur son dos au haut d'une rampe douce ou d'un escalier, et revenant à vide.	65	0.04	2.60	6	56 160
Un manœuvre élevant des matériaux avec une brouette en montant une rampe à 1/12 et revenant à vide . .	60	0.02	1.20	10	43 200
Un manœuvre élevant des terres à la pelle à la hauteur moyenne de 1m.60.	27	0.40	1.08	10	38 880
Action sur les machines.					
Un manœuvre agissant sur une roue à chevilles ou à tambour :					
1° Au niveau de l'axe de la roue . .	60	0.15	9.00	8	259 200
2° Vers le bas de la roue ou à 24°. .	12	0.70	8.40	8	251 120
Un manœuvre marchant et poussant, ou tirant horizontalement.	12	0.60	7.20	8	207 360
Un manœuvre agissant sur une manivelle.	8	0.75	6.00	8	172 800
Un manœuvre exercé poussant et tirant alternativement dans le sens vertical.	5	1.10	5.50	8	158 400
Un cheval attelé à une voiture ordinaire et allant au pas.	70	0.90	63.00	10	2 168 000
Un cheval attelé à un manége et allant au pas.	45	0.90	40.50	8	1 166 400
Un cheval attelé à un manége et allant au trot.	30	2.00	60.00	4.5	972 400
Un bœuf attelé de même et allant au pas	65	0.60	39.00	8	1123 200
Un mulet attelé de même et allant au pas.	30	0.90	27.00	8	777 600
Un âne attelé de même et allant au pas	14	0.80	11.60	8	331 080

Il est nécessaire d'observer que les chiffres relatifs au travail des animaux au manége sont imprimés en eau élevée.

499. Il peut être utile, dans certaines circonstances, de connaître l'effort qu'un manœuvre de force ordinaire est capable d'exercer, pendant un court intervalle de temps, sur certains appareils ou outils; on en trouvera la valeur dans le tableau suivant :

EFFORT QU'UN MANOEUVRE DE FORCE ORDINAIRE PEUT EXERCER PENDANT UN COURT INTERVALLE DE TEMPS.

Désignation des instruments.	Efforts en kilogrammes.
Une plane.	45
Une tarrière avec les deux mains.	45
Une clef d'écrou.	38
Un étau ordinaire, en agissant sur la clef	33
Un ciseau ou un foret dans le sens vertical	33
Une manivelle.	30
Une tenaille ou une pince, en agissant par compression.	27
Un rabot à main	23
Un étau à main.	20
Une scie à main.	16
Un vilbrequin.	7
Un petit tournevis, en tournant avec le pouce et les deigts	6

300. Résultats d'observations sur l'effet utile de l'homme et des animaux employés au transport horizontal des fardeaux.

Nature du transport.	Poids transporté.	Vitesse ou chemin par seconde.	Effet utile par seconde exprimé en kilogram. transportés à 1 mètre.	Durée de l'action journalière.	Effet utile par jour.
	kil.	m	km	h.	km
Un homme marchant sur un chemin horizontal, sans fardeau, son travail consistant dans le transport du poids de son corps	65	1.50	97.5	10.0	3510000
Un manœuvre transportant des matériaux dans une petite charrette ou camion à deux roues, et revenant à vide	100	0.50	50.0	10.0	1800000
Un manœuvre transportant des matériaux dans une brouette, et revenant à vide chercher de nouvelles charges.	60	0.50	30.0	10.0	1080000
Un homme voyageant en portant des fardeaux sur le dos.	40	0.75	30.0	7.0	756000
Un manœuvre transportant des matériaux sur son dos, et revenant à vide chercher de nouvelles charges . . .	65	0.50	32.5	6.0	702000
Un manœuvre transportant des fardeaux sur une civière, et revenant à vide chercher de nouvelles charges.	50	0.33	16.5	10.0	594000
Un cheval transportant des matériaux sur une charrette et marchant au pas, continuellement chargé	700	1.10	770.0	10.0	27720000
Un cheval attelé à une voiture et marchant au trot, continuellement chargé	350	2.20	770.0	4.5	12474000
Un cheval transportant des fardeaux sur une charrette, et revenant à vide chercher de nouvelles charges.	700	0.60	420.0	10.0	15120000
Un cheval chargé sur le dos et allant au pas	120	1.10	132.0	10.0	4752000
Un cheval chargé sur le dos et allant au trot	80	2.20	176.0	7.0	4435000

531. Résultats d'observations sur l'effet utile des divers moyens d'épuisement et d'élévation des eaux.

Nota. L'effet utile indiqué dans ce tableau est mesuré par le produit du poids de l'eau élevée et de la hauteur d'élévation.

Moteurs et appareils employés.	Effet utile.	Rapport de l'effet utile au travail développé par le moteur.
	km	
Baguetage à bras. Un homme avec un seau léger et travaillant 8 heures par jour.	46000	
Écopes ordinaires. Un homme travaillant 8 heures par jour.	48000	
Écopes hollandaises. Un homme travaillant 8 heures par jour.	120000	
Seaux à bascule. Un homme travaillant 8 heures par jour si le puits a { 2 à 3m de profondeur.	60000	
{ 4 à 5m de profondeur.	70000	
Puits ordinaire avec corde et poulie. Un homme travaillant huit heures par jour.	77000	
Puits très profond avec treuil à volant et à manivelle. Un homme travaillant 8 heures par jour.	170000	
Manége des maraichers en 8 huit heures de travail :		
un homme.	200000	
un cheval.	1166000	
un bœuf.	1120000	
un âne.	534000	
Chapelet incliné en 8 heures de travail :		
un homme agissant à une manivelle qui ne doit pas faire plus de 30 tours en 1'.	68000	0.38
un cheval.	449000	
La vitesse du chapelet ne doit pas excéder 1m.50 en 1'.		
Chapelet vertical en 8 heures de travail :		
un homme à la manivelle.	115000	
un cheval.	647000	
Noria perfectionnée de M. Gateau.		
Le rapport de l'effet utile au travail développé par le moteur varie avec la hauteur à laquelle la machine puise l'eau.		
Pour des hauteurs de 1m il est égal à.	»	0.48
id. 2 id.	»	0.57
id. 3 id.	»	0.63
id. 4 id.	»	0.66
id. 6 et au delà, il est égal à.	»	0.70

Moteurs et appareils employés.	Effet utile.	Rapport de l'effet utile au travail développé par le moteur.
	km	
Noria de M. Burel en 8 heures de travail :		
un cheval.	671000	0.58
un âne.	334000	
Roue chinoise, mue par des hommes placés à hauteur de l'axe sur une roue à chevilles :		
un homme, en 8 heures.	144864	0.58
L'eau est élevée à 0m.50 ou 0m.60 au moins au dessus du niveau du réservoir.		
Roue à tympan, mue par des hommes agissant au bas d'une roue à marcher :		
un homme, en 8 heures.	214000	0.88
Autre roue à tympan employée par Peronnet.		
Une roue à tympan avec 24 courbes en développantes de cercle, versant l'eau dans 12 compartiments ménagés dans le tambour intérieur et ayant les dimensions suivantes :		
diamètre extérieur de la roue. 6m.30		
largeur intérieure. 1.00		
diamètre du tambour intérieur. 1.07		
poids de la roue. . . . . 3500 à 3900 k.		
a donné les résultats suivants avec douze hommes :		

Profondeur d'immersion de la couronne.	Nombre de tours en une minute.	Produit par heure.	Effet utile journalier par homme en 8 heures.
m		mc	km
0.325	2.00	148.5	257400
0.244	2.50	123.7	214413
0.162	3.00	111.0	192400
0 081	3.00	74.2	128613

Moteurs et appareils employés.	Effet utile.	Rapport.
ce qui prouve qu'il convient de faire plonger les couronnes de 0m.325 au moins.		
Roues à godets ou à seaux.	»	0.60
Roue à palettes planes, emboîtée dans un coursier circulaire, appelée Flashwheel.	»	0.70
Vis d'Archimède :		
un homme, en 8 heures.	100000	0.70 à 0.75
Le diamètre extérieur est ordinairement $\frac{1}{12}$ de la longueur de la vis, le diamètre du noyau est $\frac{1}{3}$ du diamètre		

Moteurs et appareils employés.	Effet utile.	Rapport de l'effet utile au travail développé par le moteur.

extérieur. Il doit y avoir trois spires entières, dont la trace sur l'enveloppe fait avec l'axe un angle de 67 à 70°. L'inclinaison la plus favorable de l'axe de la vis à l'horizon est de 30 à 45°.

Bélier hydraulique. Les résultats que l'on obtient avec cette machine ont été observés avec beaucoup de soin par M. Eytelwein, et sont consignés dans le tableau suivant :

Nombres de battements des soupapes.	Volume d'eau dépensé.	Hauteur de chute.	Travail absolu du moteur.	Volume d'eau élevé.	Hauteur d'élévation	Effet utile.	Rapport
	litres.	m	km	litres.	m	km	
66	48.4	3.066	148.0	15.40	8.02	123.5	0.835
54	63.5	3.090	196.5	17.42	9.86	172.0	0.875
50	54.6	3.027	165.0	11.92	11.78	140.3	0.851
52	37.1	2.437	90.2	7.67	9.86	75.6	0.840
45	49.8	2.661	135.0	9.52	11.78	112.0	0.830
42	45.1	2.262	102.0	6.82	11.78	80.3	0.787
36	40.4	1.845	74.4	4.78	11.78	56.3	0.755
26	23.8	1.386	33.0	2.25	9.86	22.2	0.637
31	36.6	1.545	56.4	3.20	11.76	37.6	0.667
23	50.5	1.253	63.4	2.95	11.76	34.7	0.547
17	49.1	0.915	44.8	2.18	9.81	21.4	0.477
15	56.1	0.951	53.0	1.63	11.78	19.4	0.353
14	54.8	0.758	41.6	1.00	11.78	11.8	0.284
10	44.6	0.601	26.8	0.41	11.78	4.8	0.179

M. Eytelwein indique les proportions suivantes comme les plus convenables pour la construction des béliers hydrauliques.

La longueur du corps du tuyau conducteur doit être égale à la hauteur d'ascension augmentée de deux fois le rapport de cette hauteur à celle de la chute.

Le diamètre du même tuyau doit être 1.7 fois la racine quarrée du volume d'eau dépensé, ce qui revient à laisser prendre à l'eau une vitesse de $1^m.82$ en $1''$; le diamètre du tuyau d'ascension doit être égal à la moitié de celui du conducteur. Il ne doit pas être recourbé au bout.

Les deux soupapes doivent être très rapprochées l'une de l'autre. On devra généralement préférer les soupapes à

Moteurs et appareils employés.	Effet utile.	Rapport de l'effet utile au travail développé par le moteur.
plaques aux clapets; mais pour des tuyaux de 0m.30 de diamètre et au delà on pourra adopter des clapets.	km	
L'orifice de la soupape d'arrêt doit être égal à l'aire du tuyau de conduite. La soupape d'ascension doit avoir la même surface. Ces soupapes doivent être aussi légères que possible.		
Il suffit que le réservoir d'air ait une capacité égale à celle du tuyau d'ascension.		
Machines à colonne d'eau de Reichenbach	»	0.50
Pompes d'épuisement des mines.		
Résultat de l'observation de huit machines à basse pression à Anzin et de la pompe du Gros-Caillou.	»	0.66
Nota. On prendra ici pour le travail développé par le moteur celui que la machine utilise, et nous ferons remarquer que la longueur des tuyaux d'ascension occasionne des fuites considérables.		
Pompe de la saline de Dieuze.		
La quantité de travail utilisée par la roue hydraulique étant de. 228km		
l'effet utile est de. 125	»	0.523
Le volume d'eau élevé est les $\frac{4}{5}$ du volume engendré par les pistons.		
Le développement des conduites d'eau douce est de 361m, et leur diamètre de 0m.06.		
Le développement des conduites d'eau salée est de 636m, et leur diamètre de 0m.108.		
L'eau n'est élevée qu'à 16 ou 18m de hauteur.		
Dans l'établissement des pompes on doit observer les règles suivantes :		
La vitesse des pistons doit être comprise entre 0m.16 et 0m.25 par seconde.		
L'aire de l'ouverture masquée par les soupapes doit être la moitié environ de celle du corps de pompe.		
Le diamètre du tuyau d'aspiration et celui du tuyau de conduite doivent être égaux aux $\frac{2}{3}$ de celui du corps de pompe.		
La course des pistons des grandes pompes doit être de 1m à 1m.50.		
L'espace nuisible doit être réduit autant que possible.		
Dans les pompes en bon état, les fuites, les pertes occasionnées par la durée de la fermeture des soupapes, réduisent ordinairement le produit aux $\frac{4}{5}$ du volume engendré par le piston.		

552. Résultats d'observations relatifs a diverses machines de fabrication.

Nature des machines et données générales.	Quantité de travail transmise par le moteur *.	Force du moteur en chevaux.
MOUTURE DES FARINES.	km	
Ancien moulin à la française, à Senelle, près Longwy.		
Diamètre des meules. 1m.78		
Nombre de tours des meules en 1'. 70		
Les meules étaient nouvellement repiquées à coups perdus, la mouture très serrée et destinée à une manutention des vivres de la guerre; les produits étaient blutés.		
Quantité de blé moulu par heure. 118k.50	252	3.34
Moulin à l'anglaise, à Lonjau, près Metz.		
Diamètre des meules. 1m.50		
Nombre de tours des meules en 1'. 110		
Poids des meules. 1000kil		
Quantité de blé moulu par tournant en 1 heure. 100		
Machines en activité. . . . { deux tournants. . . . . . . / une bluterie à brosses . . . / un tarare.	637	8.50
Mouture à l'anglaise, a Regret, près Verdun.		
Diamètre des meules 1m.30		
Nombre de tours des meules en 1' 110		
Quantité de blé moulu par tournant en 1 heure. . 100kil		
Machines en activité. — Deux tournants.	422	5.64
Machines accessoires de la fabrication des farines, à Regret, près Verdun.		
Machines en activité. . . . { deux bluteries à brosses. / un tarare.		
Quantité de blé bluté en 24 heures par bluterie. . 750kil	486	6.50

* Il est sans doute inutile de dire que ce que l'on entend ici par la quantité de travail transmise par le moteur, c'est l'effet utile qu'il produit. Ainsi, pour une roue hydraulique, c'est la quantité de travail effectivement transmise par l'eau à sa circonférence extérieure (Voyez nos 118 et suiv.); pour une machine à vapeur, c'est la quantité de travail transmise à l'arbre du volant, que l'on déduit de sa force effective en chevaux, en multipliant celle-ci par 75 km (Voyez nos 225 et suiv.).

Nature des machines et données générales.	Quantité de travail transmise par le moteur.	Force du moteur en chevaux.
	km	
Vermicellerie, à Ars, près Metz.		
Diamètre de la meule verticale { extérieur 1m.70 ; intérieur 1m.60		
Nombre de tours de l'arbre de la meule en 1'. . . . 4		
Poids de pâte préparée en 1 heure. 35kil	221	2.95
SCIERIES.		
Scierie du moulin des Trois-Tournants à Metz, à manivelle et à volants.		
Le mouvement est transmis à l'arbre de la manivelle par une courroie.		
Poids du châssis. 383kil		
Première observation. Essence de bois scié : chêne sec de 0m.222 de hauteur.		
Nombre de lames. 1		
Nombre de coups de scie en 1'. 88		
Surface sciée en 1'. 0mq.0488	249	3.33
Deuxième observation. Même bois.		
Nombre de lames. 4		
Nombre de coups de chaque scie. 79		
Surface sciée en 1' 0mq.161, ou par lame 0mq.04025	277	3.70
Troisième observation. Essence et âge du bois scié : chêne de quatre ans de coupe et de 0m.315 de hauteur.		
Nombre de lames 4		
Nombre de coups de chaque scie en 1'. . . . 90		
Surface sciée en 1' 0mq.131, et par lame 0mq.033	337	4.50
Quatrième observation. Essence et âge du bois scié : hêtre d'un an de coupe, cylindrique de 0m.60 de diamètre moyen.		
Nombre de lames. 1		
Nombre de coups de scie en 1'. 88		
Surface sciée en 1'. 0mq.090	225	3.00
Dans les observations précédentes la scie, en acier laminé, formait un trait de scie de 0m.004 de largeur.		
Ces résultats montrent qu'il ne faut pas beaucoup plus de force pour faire marcher la scierie à plusieurs lames qu'à une seule, ce qui tient à la grande prépondérance du poids du châssis sur la résistance.		

Nature des machines et données générales.	Quantité de travail transmise par le moteur.	Force du moteur en chevaux.
	km	
Scie circulaire au moulin des Trois-Tournants, à Metz.		
Diamètre de la scie. . . . . 0^{m}.70		
Première observation. Essence du bois scié : chêne d'un an de coupe de 0^{m}.222 de hauteur.		
Nombre de tours de la scie en 1'. 266	266	3.55
Surface sciée en 1'. . . . . 0^{mq}.18		
Deuxième observation. Essence du bois scié : sapin en planches sèches de 0^{m}.27 de largeur sur 0^{m}.027 d'épaisseur.		
Nombre de tours de la scie en 1'. 241	552	7.35
Surface sciée en 1'. . . . . 0^{mq}.75		
Nota. Ces résultats montrent que pour le débit des petits bois une scie circulaire fait au moins autant d'ouvrage que quatre scies verticales, dans le même temps et avec la même force motrice.		
On observera que la surface de sciage notée ci-dessus est le produit de la hauteur de la pièce par la longueur sciée, et non par la somme des deux faces séparées par la scie, ainsi que l'on compte ordinairement dans le débit du bois.		
Scierie à placage.		
Longueur de course de la scie. . . . . 1^{m}.20		
Épaisseur { de la lame. 0.00033		
Épaisseur { de la voie ou du trait de scie. 0.00060		
Longueur des dents pour l'acajou et les autres bois précieux. 0.005		
Intervalle des dents dans le sens de la longueur de la scie. 0.010		
Hauteur dont la pièce avance à chaque coup. . . . . 0^{m}.0005 à 0.0010		
Nombre de coups de scie en 1'. 180		
Surface sciée en 1 h^{re} (en comptant les deux faces). . . . . 10^{mq}	50	0.67

Machines pour fabriquer les roues de voitures.

Désignation des machines.	Nombre de paires de roues produites par mois.	Force nécessaire à chaque machine en chevaux.	Nombre de tours de la poulie motrice de la machine en 1'.
		chev.	
Scie circulaire pour scier les plateaux en travers et débiter les rais. . . .	300	2.27	144
Scie circulaire pour mettre les rais d'équerre.	300	0.25	600
Scie à chantourner les jantes. (Course de la scie 0m.316).	300	1.39	144
Scie pour couper les jantes selon le rayon.	1000	1.00	144
Machine à percer les jantes pour les rais et les broches.	500	0.25	600
Machine à équarrir les mortaises. . .	500	0.46	150
Machine à faire les broches des rais. .	400	0.39	600
Machine pour arraser les broches. . .	400	0.25	600
Machine à scier les rais de longueur	500	0.25	600
Machine à faire les tenons des rais. .	700	0.50	600
Machine à planer les rais.	300	2.00	300
Machine à percer les trous des moyeux	1000	1.00	600
Tour à moyeux	300	1.00	600
Machine à diviser les moyeux, percer et équarrir les mortaises.	300	1.00	600
Trois goujonniers	300	»	»

Machines pour le travail des bois.

Désignation des machines.	Force nécessaire en chevaux.	Nombre de tours de la poulie motrice de la machine en 1'.
	chev.	
Machine à raboter les planches.	1.50	600
Machine à rainer et languetter.	1.00	600
Machine à planer les gros bois.	3.00	300
Machine à faire les hampes.	1.00	400
Tour en l'air.	0.66	300 à 400
Machine à mortaiser les bois	0.50	150

Machines d'ajustage pour le travail des métaux.

Désignation des machines.	Poulies motrices des machines	
	Diamètre.	Nombre de tours.
	m.	
Machine à raboter pour pièces de 2m. à 2m.50. . .	0.58	60
Grand tour à engrenage.	0.92	15
	0.75	24
	0.58	32
	0.40	69
Grande machine à percer rotative.	0.90	15
	0.75	23
	0.56	39
	0.39	69
Machine à mortaiser	0.75	16
	0.56	30
	0.39	56
Petites machines à raboter.	0.32	75
Petites machines à mortaiser.	0.32	120
Petits tours à métaux.	0.35	100
Machine à fileter les boulons.	0.75	16
	0.56	30
	0.39	56
Machine à tarauder les écrous	0.75	16
	0.56	30
	0.39	56
Tour à fileter	0.35	100
Petites machines à percer.	0.32	75 à 150

Machines pour l'embatage des roues.

Désignation des machines.	Poulies motrices des machines	
	Diamètre.	Nombre de tours.
	m.	
Machine à cintrer les cercles.	0.500	60
Machine à aléser les boites	0.500	60
Machine à aléser les moyeux	0.400	300
Machine à percer les cercles.	0.400	240

Nature des machines et données générales.		Quantité de travail transmise par le moteur.	Force du moteur en chevaux.
MACHINES A LAINER LES DRAPS.		km	
Manufacture à Sedan, établissement de la Vierge.			
Machines à lainer mues par la vapeur.	50	1500	20.00
Nombre de machines mues par force de cheval. .	2.46		
Trois chevaux font marcher quatre machines à lainer. . .		100 à 120	1.33 à 1.6
Quatre hommes font marcher une machine à lainer.		24	0.33
Établissement de l'esplanade à Sedan *.			
Machines à lainer mues par la machine à vapeur.	19	536	7.15
Nombre de machines mues par force de cheval. .	2.66		
FILATURES DE LAINE.			
A Signy-l'Abbaye, près Réthel.			
Machines mues : Cardes simples.	29	731	9.75
Cardes doubles.	2		
Triquebelle	1		
Métiers à filer de 240 broches.	8		
Id. 200 id.	4		
Tours de construction.	2		
Tour à aiguiser les cardes	1		
A Signy-l'Abbaye.			
Cardes simples	9	262.5	3.50
Cardes doubles.	3		
Machines à pointes	2		
Batteuses.	2		
Loups.	2		
Tissage mécanique des toiles de coton, à la Broque (Vosges).			
Machines mues par la roue : Métiers à tisser. . .	260		
Machines à parer.	15		
Bobinoirs	5		
Ourdissoirs	8		
Petites pompes	6		
Produit en un mois.	86400ᵐ	1920	25.6
Mus par force de cheval, et accessoires, moyennᵗ	12		
Tissage mécanique à Grand'-Fontaine (Vosges).			
Machines mues par la roue : Métiers à tisser	60		
Machines à parer.	5		
Ourdissoirs.	3		
Bobinoirs	2		
Produit par mois, 450 pièces de toile dite de cretonne en coton, de 1ᵐ.20 sur 360ᵐ de longueur.		600	8
Mus par force de cheval, avec les accessoires. . . .	7.5		

* Cette observation et la précédente ont été faites par M. Poncelet.

Nature des machines et données générales.				Quantité de travail transmise par le moteur.	Force du moteur en chevaux.
FILATURE DE LAINE CARDÉE (GRASSE), A PONT-GIRARD.				km	
Première roue.					
6 Métiers de 240 broches.	1440	broches.			
6 Id. 180 id.	1080				
2 Id. 192 id.	384	3644		750	10
2 Id. 120 id.	240				
5 Métiers en gros de 100 broches. . .	500				
32 Cardes et 2 loups.					
Seconde roue.					
8 Métres de 240 broches.	1920				
4 Id. 120 id.	480	3660		750	10
7 Id. 180 id.	1260				
31 Cardes, 2 loups, 2 batteurs.					
Les broches, au nombre de 7304, font 5000 tours en 1'; les cardes 88 à 89; emploient une force de cheval pour 365 broches, et produisent par jour de 12 heures 500 kil., à 32 échets par kil. ou au nº 12 à 13.					
Foulon à compression. — Étoffes dites de Beaucamps. Chaque pièce a 200m de long, 0m.60 de large, et pése 55 à 58 kil. Vitesse du foulon 100 à 120 coups en 1'. Durée du foulage d'une pièce, 2 heures.				150	2.00
FILATURE DE COTON.					
A Mulhouse.					
Nombre de broches.	26000			8250	110
Numéro des cotons filés.	30 à 40				
Broches mues par force de cheval, et accessoires	237				
On estime qu'une machine à parer exige la force d'un cheval.					
A Mulhouse.					
Nombre de broches.	14308			3787	50.5
Numéros des cotons filés.	30 à 40				
Broches et accessoires mues par force de cheval.	287				
A Mulhouse.					
Nombre de broches.	10476				
Numéros des cotons filés.	30 à 40			3349	44.65
Mus par force de cheval, avec les accessoires. .	235				
A Mulhouse.					
Métiers à tisser.	300				
Machines à parer.	19				
Métiers et accessoires mus par force de cheval. .	8.05			2797	2.70
MANUFACTURE DE TABACS DE PARIS.					
Hachoir de gros pour le tabac à priser, hachant 788 kil. de tabac en 1 heure en tranches de 0m.005 de large.				126.9	1.692
Hachoir de fin pour le tabac à fumer, hachant 98 kil. de tabac en 1 heure en tranches de 0m.001 de large.				70.35	0.938

Désignation des machines.	Nature et quantité des produits par heure.	Force transmise à la poulie motrice de la machine.	Observations.
FILATURE DU COTON.	kil.	chevaux.	
1 batteur avec ventilateur à deux battants à trois règles de 0m.41 de diamètre et 0m.82 de longueur, faisant 1100 tours en 1'. Le ventilateur a 0m.50 de diamètre et 0m.25 de longueur; il fait 550 tours en 1'.	60 de coton pour chaîne.	2.916	Chez M. Dolfus Mieg et Ce.
1 batteur à un battant à deux règles de 0m.37 de diamètre et 0m.86 de longueur, faisant 11 à 1200 tours en 1', avec un tambour à peignes de 0m.375 de diamètre sur 0m.81 de longueur, faisant 800 tours en 1'.	60 de coton.	1.767	Chez MM. Schlumberger, Kœchlin et Ce.
Transmission du mouvement conduisant les cylindres cannelés et la toile sans fin de ce batteur.		0.312	
12 cardes doubles à tambour à excentrique, avec la transmission du mouvement.	»	2.697	Chez MM. Kœchlin, Dolfus et Ce.
Par carde.	»	0.225	Id.
Transmission du mouvement pour 26 cardes.	»	1.820	
1 carde simple en gros à tambour de 1 mètre de diamètre et 0m.50 de longueur, à excentrique, faisant 150 tours en 1', ayant 14 chapeaux, sans la communication du mouvement.	0.93	0.066	Chez MM. Dolfus-Mieg et Ce.
1 même carde marchant à vide.	»	0.045	Id.
1 carde double en fin de 0m.975 de longueur, faisant 150 tours en 1' sans la communication du mouvement.	»	0.081	Id.
1 même carde marchant à vide.	»	0.044	
1 carde double en fin à tambour de 1m.00 de diamètre et 0m.86 de longueur, avec peigne à cylindre ayant 14 chapeaux faisant 110 tours en 1'.	1.90	0.207	Chez MM. Schlumberger, Kœchlin et Ce.

Désignation des machines.	Nature et quantité des produits par heure.	Force transmise à la poulie motrice de la machine.	Observations.
	kil.	chevaux.	
1 carde double en fin semblable à la précédente.	1.90	0.270	Chez MM. Schlumberger, Kœchlin et Ce.
Etirages composés de 2 bancs à 7 têtes doubles chacun, avec machines à réunir; 1 banc à 4 têtes sans doubloir, 2 bancs de roulettes à 12 têtes chacun, et une machine à doubler.	54	1.835	Id.
1 banc à broches en gros à corde ayant 60 broches faisant 525 tours en 1'.	19 du n° 0.7 à 0.9	0.760	Chez MM. Dolfus-Mieg et Ce.
1 banc à broches à engrenage hélicoïde ayant 60 broches faisant 550 tours en 1'.	19 du n° 0.7 à 0.9	0.486	Id.
2 bancs à broches à engrenage hélicoïde, l'un à 96 broches faisant 510 tours en 1', l'autre à 96 broches faisant 500 tours.	13 n° 2.75 à 3	1.482	Chez MM. Schlumberger, Kœchlin et Ce.
2 bancs à broches à engrenage hélicoïde, l'un à 78 broches faisant 344 tours, l'autre à 60 broches faisant 260 tours en 1'.	26 n° 0.8 à 1.0	0.797	Id.
1 métier à filer à cordes ayant 240 broches faisant 5000 tours en 1'.	0.75 n° 38 à 40	0.686	Chez MM. Dolfus-Mieg et Ce.
1 métier à filer à cordes ayant 240 broches faisant 5000 tours en 1'.	0.75 n° 38 à 40	0.648	Id.
1 métier à filer à cordes ayant 240 broches faisant 4800 tours en 1', et filant de la chaîne.	0.95	0.[illegible]32	Id.
1 métier à filer à cordes ayant 240 broches faisant 4800 tours en 1', filant de la chaîne.	0.95	0.929	Ce métier a été désigné comme le plus lourd de toute la filature.
3 métiers à filer pour trame ayant chacun 360 broches faisant 4840 tours en 1'.	3.72 n° 30 à 40	2.103	Chez MM. Schlumberger Kœchlin et Ce.
1 métier à filer pour chaîne ayant 3[illegible]0 broches faisant 4300 tours en 1'.	n° 32	0.[illegible]97	Chez M. Kœchlin, Dolfus et Ce.
1 métier à retordre de 120 broches faisant 2100 tours en 1'.	»	0.802	Chez MM. Dolfus-Mieg et Ce.
1 métier à retordre de 120 broches faisant 3000 tours en 1'.	»	1.190	Id.

Désignation des machines.	Nature et quantité des produits par heure.	Force transmise à la poulie motrice de la machine.	Observations.
	kil.	chevaux.	
1 machine à parer pour calicot de 0m.90 de largeur, système écossais. — Vitesse de l'arbre principal, 176 tours en 1'; vitesse des brosses, 45 coups en 1'.	»	0.594	Chez M. Dolfus-Mieg et Ce.
Même machine.	»	0.735	La courroie du ventilateur était surtendue.
1 machine semblable.	»	0.663	
La même machine, le ventilateur ne marchant pas.	»	0.206	
1 machine à parer pour calicot de 0m.90, système écossais, à 2 ventilateurs de 0m.53 de diam. sur 1m.00 de largeur, faisant 212 tours en 1', les brosses donnant 40 coups en 1'.	»	0.313	Chez MM. Schlumberger, Kœchlin et Ce.
1 métier à tisser, système de M. A. Kœchlin pour calicot, de 0m.90 et 34 à 35 fils de trame par centimètre, battant 105 coups à la minute.	»	0.140	Chez MM. Dolfus-Mieg et Ce.
1 métier semblable.	»	0.090	
1 métier semblable.	»	0.104	
1 métier semblable.	»	0.134	
Moyenne.	»	0.1193	
FILATURE DE LA LAINE.			
1 bobinoir de 16 bobines sans la transmission.	»	0.259	Filature de MM. Kœchlin, Dolfus et Ce.
3 bobinoirs ayant ensemble 64 bobines avec leur transmission.	»	1.427	Filature de MM. Risler, Schwartz et Ce.
1 métier à filer la chaîne ayant 220 broches faisant 3050 tours.	nº 6	0.259	Chez MM. Kœchlin, Dolfus et Ce.
1 métier à filer dit Boxergan ayant 300 broches faisant 3200 tours filant de la chaîne.	nº 50	1.273	Chez MM. Risler, Schwartz et Ce.
FILATURE DU LIN.			
1 carde briseuse à volant de 0m.320 de diamètre sur 1m.20 de largeur, faisant 915 tours en 1', avec un grand tambour de 1m.07 de diamètre sur 1m.20 de largeur faisant 76 tours en 1'; 4 débour-			

Désignation des machines.	Nature et quantité des produits par heure.	Force transmise à la poulie motrice de la machine.	Observations.
reurs ayant 0m,10 de diamètre et 1m.20 de largeur faisant 380 tours en 1'; 3 travailleurs de 0m.127 de diamètre et 1m.20 de largeur faisant 10.03 tours en 1'; 1 cylindre à peigne de 0m.38 de diamètre et 1m.20 de largeur faisant 6.1 tours en 1'.	kil. 7.7	chevaux. 1.939	Filature de MM. Boll et Ce.
1 carde finisseuse à tambour de 1m.07 de diamètre sur 1m.20 de largeur faisant 176 tours en 1', à 5 debourseurs de 0m.1 de diamètre et 1m.20 de largeur faisant 250 tours en 1', à 4 travailleurs de 0m.127 de diamètre et 1m.20 de largeur faisant 7.3 tours en 1', à cylindre peigneur de 0m.38 de diamètre et 1m.20 de largeur faisant 3.4 tours en 1'.	3.85	0.811	Id.
1 métier continu ayant 132 broches faisant 2260 tours en 1'.	1.7 n° 7.5 à 9	1.210	
1 métier continu ayant 168 broches faisant 2700 tours en 1'.	1.04 n° 18 à 24	1.960	
FILATURE DE LIN DE LA SOCIÉTÉ ANONYME, A AMIENS.			
Machine à rouler le chanvre ayant 15 paires de rouleaux à cannelures triangulaires.	»	3.376	
Peigneuses de lin.	»	0.392	
FILATURE MOUILLÉE (PRÉPARATION).			
Étaleur ou 1er étireur étirant 1 ruban pour le fil n° 20.	»	0.378	
Étaleur étirant 1 ruban pour le fil n° 50.	»	0.487	
Étaleur étirant 1 ruban pour le fil n° 70.	»	0.495	
2e étireur étirant 2 rubans pour les fils nos 20 à 30.	»	0.680	
2e étireur étirant 2 rubans pour les fils nos 30 à 40.	»	0.544	
2e étireur étirant un ruban pour le n° 60, et 1 pour le n° 70.	»	0.617	

Désignation des machines.	Nature et quantité des produits par heure.	Force transmise à la poulie motrice de la machine.	Observations.
	kil.	chevaux.	
3e étireur étirant 2 rubans pour les fils nos 30 à 60.	»	0.690	
Banc à broches à 8 broches préparant le lin pour le fil n° 20.	»	0.6[illegible]8	
Banc à broches à 8 broches préparant le lin pour le fil n° 30.	»	0.486	
Banc à broches à 16 broches préparant le lin pour le fil n° 40.	»	0.987	
ÉTOUPES.			
Carde briseuse, système écossais, cardant de l'étoupe pour le fil n° 20.	»	2.878	
Carde finisseuse, système écossais, cardant de l'étoupe pour le fil n° 20.	»	1.389	
Carde briseuse, système Fairbairn, cardant de l'étoupe pour les fils nos 30 à 40.	»	0.790	
Carde finisseuse, système Fairbairn, cardant de l'étoupe pour les fils nos 30 à 40.	»	0.602	
1er étireur étirant 1 ruban pour le fil n° 20.	»	0.311	
1er étireur étirant 2 rubans pour le fil n° 35 et 2 pour le n° 40.	»	0.392	
2e étireur étirant 1 ruban pour le fil n° 20.	»	0.275	
2e étireur étirant 1 ruban pour le fil n° 30 et 2 pour le n° 40.	»	0.318	
Banc à broches à 4 broches préparant l'étoupe pour le fil n. 20.	»	0.196	
Banc à broches à 16 broches préparant l'étoupe pour le fil n° 30.	»	0.671	
Banc à broches à 30 broches à engrenage préparant l'étoupe pour le fil n° 40.	»	0.872	
MÉTIER À FILER.			
Métier continu à appareil régulateur de la tension de la corde sans			

Désignation des machines.	Nature et quantité des produits par heure.	Force transmise à la poulie motrice de la machine.	Observations.
fin des broches *, à 132 broches filant de l'étoupe nº 20.	kil. »	chevaux. 0.927	Bobines vides.
Même métier.	»	1.199	Bobines pleines.
Métier continu à 132 broches filant du nº 20, monté à la manière ordinaire.	»	1.361	Ces expériences montrent l'avantage de l'emploi de l'appareil régulateur.
Même métier monté avec un appareil regulateur de la tension de la corde sans fin des broches.	»	1.174	Id.
Métier continu à 132 broches et appareil régulateur filant du nº 22.	»	1.333	
Métier continu à 132 broches et appareil régulateur filant de l'étoupe nº 22.	»	1.343	
Métier continu à 144 broches et appareil régulateur filant de l'étoupe au nº 30.	»	1.467	
Métier continu à 144 broches et appareil régulateur filant de l'étoupe au nº 35.	»	1.294	
Métier continu à 132 broches à appreil régulateur filant du fil nº 35.	»	1.030	
Métier continu à 144 broches et appareil regulateur filant du lin au nº 40.	»	1.392	
Métier continu à 160 broches et appareil régulateur filant de l'étoupe au nº 40.	»	1.537	
Métier continu à 144 broches et appareil régulateur filant du nº 45.	»	1.092	
Métier continu à 160 broches et appareil régulateur filant du fil nº 30.	»	1.248	

* Dans cette filature certains métiers à filer n'avaient qu'une seule corde sans fin pour faire mouvoir toutes les broches. La tension donnée à cette corde à l'aide d'un poids et de galets de tension était seulement suffisante pour l'empêcher de glisser dans la gorge des molettes. Les autres métiers étaient montés à la manière ordinaire avec une corde sans fin pour chaque broche.

Désignation des machines.	Nature et quantité des produits par heure.	Force transmise à la poulie motrice de la machine.	Observations.
Métier contion à 160 broches à appareil regulateur filant du n° 70.	kil. »	chevaux. 0.917	
FILATURE SÈCHE (PRÉPARATIONS).			
Étaleur ou 1er étireur étirant 1 ruban.	»	0.441	
2e étireur étirant 2 rubans pour les fils nos 2 à 8.	»	0.603	
2e étireur étirant 2 rubans pour les fils n° 16.	»	0 568	
2e étireur étirant 3 rubans pour les fils n° 22.	»	0.624	
3e étireur étirant 2 rubans pour les fils nos 1 a 8.	»	0.418	
3e étireur étirant 2 rubans pour le fil n° 16.	»	0.515	
3e étireur étirant 3 rubans pour le fil n° 22.	»	0.638	
Banc à broches à 4 broches préparant le lin pour les fils nos 1 à 8.	»	0.283	
Banc à broche à 4 broches préparant le lin pour le fil n° 16.	»	0.324	
Banc à broches à 4 broches préparant le lin pour les fils nos 20 à 22.	» »	0.351 } 0.330 0.309 }	Bobines pleines. Bobines vides.
Banc à broches à 8 broches préparant le lin pour le fil n° 25.	» »	0 500 } 0.483 0.466 }	Bobines pleines. Bobines vides.
Carde briseuse, système écossais, cardant 2 rubans pour le fil n° 3.	»	2.421	
Carde finisseuse, même système, cardant 2 rubans pour le fil n° 3.	»	1.642	
Carde briseuse, même système, cardant 2 rubans pour le fil n° 10.	»	1.760	
Carde finisseuse, même système, cardant 2 rubans pour le fil n° 10.	»	1.545	
Etireur étirant 1 ruban pour les fils nos 1 à 8.	»	0.093	

Désignation des machines.	Nature et quantité des produits par heure.	Force transmise à la poulie motrice de la machine.	Observations.
	kil.	chevaux.	
Étireur étirant 1 ruban pour le fil nº 12.	»	0.201	
Banc à broches à 2 broches préparant l'étoupe pour le fil nº 5.	»	0.217	
Banc à broches à 2 broches préparant l'étoupe pour le fil nº 6.	»	0.142	
Banc à broches à 2 broches préparant l'étoupe pour le fil nº 8.	»	0.205	
Banc à broches à 4 broches préparant l'étoupe pour le fil nº 12.	»	0.219	
MÉTIERS A FILER.			
Métier continu à 56 broches filant du nº 7, monté à la manière ordinaire.	»	2.868	
Même métier monté avec appareil régulateur de la tension de la corde sans fin des broches.	»	2.097	La corde sans fin passe de chaque broche au tambour qui leur donne le mouvement.
	»	1.804	Elle passe de 2 en 2 broches au tambour.
Métier continu à 56 broches filant du nº 10, sans appareil régulateur.	»	2.406	
Métier continu à 56 broches filant du nº 14, sans appareil régulateur.	»	2.539	
Métier continu à 58 broches filant du nº 16, sans appareil régulateur.	»	2.364	
Métier continu à 58 broches filant du nº 20, sans appareil régulateur.	»	1.697	
Métier continu à 116 broches filant du nº 20, à appareil régulateur.	»	2.517	
Métier continu à 58 broches filant du nº 22, à appareil régulateur.	»	1.256	
Métier continu à 58 broches filant du nº 22, sans appareil régulateur.	»	1.495	
Métier continu à 58 broches filant du nº 22, sans appareil régulateur.	»	1.757	

Désignation des machines.	Nature et quantité des produits par heure.	Force transmise à la poulie motrice de la machine.	Observations.
Même métier, avec appareil régulateur.	kil. »	chevaux. 1.145	
Métier continu à 60 broches filant du nº 24, avec appareil régulateur.	»	1.594	
ÉTOUPES.			
Métier continu à 42 broches filant du nº 4, sans appareil régulateur.	»	1.730	
Même métier, avec appareil régulateur.	»	1.475	
Métier continu à 56 broches filant du nº 8, sans appareil régulateur.	»	1.550	
Métier continu à 56 branches filant du nº 20, sans appareil régulateur.	»	1.730	
Même métier, monté avec appareil régulateur.	»	1.421	
Métier continu à 60 broches filant du nº 12, sans appareil régulateur.	»	1.712	
Même métier, monté avec un appareil régulateur.	»	1.076	

Nature des machines et données générales.	Quantité de travail transmise par le moteur.	Force du moteur en chevaux.
PAPETERIE.	km	
Papeterie à pilons, à Ars, près Metz.		
Poids des pilons. . . . . 100 kil.		
Distance du centre de gravité à l'axe de rotation. 1m25		
Élévation du centre de gravité pendant la levée. . 0m.088		
Nombre de pilons. 16		
Nombre de levées en 1' { de chaque pilon. . . 55		
{ de tous les pilons. . . 880		
Poids de chiffons broyés en 12 h. par pilon. . . 15 kil.		
Poids de pâte produite id 10	202	2.70
Effet utile correspondant à l'élévation d'un pilon : $110\text{kil}\times 0^{m}.088 = 9^{km}.68$		
Travail du moteur pour chaque levée : $\frac{202\times 60}{880} = 13^{km}.79$		
Cylindres pour préparer la pâte, à Ars.		
Nombre de cylindres en activité. 2		
Nombre de tours de cylindres en 1'. 220		
Poids des chiffons déchirés et raffinés en 12 h. 240 kil	336	4.48
Qualité des pâtes : moyenne.		
Autre usine du même genre, à Ars.		
Nombre de cylindres en activité. 2		
Nombre de tours des cylindres en 1'. 220		
Poids des chiffons déchirés et raffinés en 12 h. 200 à 225 kil.	415	5.54
A Vasselonne (Bas-Rhin).		
Un cylindre pour préparer la pâte de qualité moyenne fabrique 216 kil. de pâte en 24 heures.		
Nombre de cylindres en activité { un dégrossisseur / un raffineur. . . } 2	413	5.50
FABRICATION DES CRISTAUX.		
Moulin à minium, à Baccarat (Meurthe).		
Nombre de tonnes à broyer. 3		
Nombre de tours des arbres verticaux en 1'. . . . . . { 1re tonne. 20		
{ 2e id. 25		
{ 3e id. 40	403	5.28
Meules verticales à broyer les terres et les débris des creusets, à Baccarat.		
Diamètre.. { des meules en granit des Vosges. . . 1m.13		
Epaisseur. { id. 0m.43		
Poids. . . { id. 1120kil		
Distance du plan milieu des meules à l'arbre vertical. 1m.20		
Nombre de tours de l'arbre des meules en 1'. . . 7.50	135	1.92

Nature des machines et données générales.		Quantité de travail transmise par le moteur.	Force du moteur en chevaux.
Produit :		km	
Débris de vieux creusets, dits *écailles de pots*. On fait en 12 heures 6 à 8 charges donnant chacune 145 kil. de matière broyée en sable fin. Total. . .	870 à 1160 kil		
Terre grasse sèche, environ.	3000		
Taillerie des cristaux, à Baccarat.			
Première observation. Grande roue de côté.			
Machines mues par la roue :			
Tours à tailler les cristaux.	170		
Tours pour préparer les meules.	5		
Tours à métaux.	2		
Nombre de tours mus par force de cheval.	9.5	1320	17.00
Roue à aubes courbes.			
Nombre de tours à tailler mus par la roue	90	800	10.00
Nombre de tours mus par force de cheval. . . .	9		
Forerie de canons de bronze; machine à vapeur de la fonderie de Douai.			
Nombre de tours des canons en 1' : 10 à 12 au plus.			
Nombre de bancs mus par la machine à vapeur.	4	900	12.00
Roue hydraulique à la fonderie de Toulouse.			
Nombre de bancs mus par la roue.	4	900 à 975	12 à 13
Manéges de la fonderie de Strasbourg.			
Quatre chevaux attelés à un manége font le service d'un banc.		160 à 200 au plus	2.14 à 2.67
On observera que, quand il s'agit du dégrossissage et des autres opérations les plus rudes, la marche des chevaux se ralentit et qu'ils sont très fatigués.)			
Forerie de canons de fonte, à Ruelle, près d'Angoulême.			
Pour un banc.		150 à 225	2 à 3
Allésoirs pour cylindres de machines à vapeur et de machines soufflantes.		150 à 225	2 à 3
Aiguiserie pour la fabrication des grandes scies et de la grosse quincaillerie.			
Machines mues par la roue et données :			

Désignation des meules.	Nombre.	Diamètre.	Nombre de tours en 1'.	Quantité de travail transmise par le moteur.	Force du moteur en chevaux.
		m			
Meules pour les grandes scies.	2	2 à 2.10	72		
Meules pour les outils. .	2	2.00	72		
Petite meule.	1	1.50	204		
Polissoirs pour les scies.		1.30	476		
Petits polissoirs pour les outils.	4	0.60 à 0.80	700 à 600	900	12

Nature des machines et données générales.		Quantité de travail transmise par le moteur.	Force du moteur en chevaux.
Une machine soufflante pour un raffineur d'acier, estimée à 1.50 cheval.		km	
Aiguiserie pour les pointes de Paris, à Fleur-Moulin (Moselle).			
Nombre de meules en activité.	8	318	4.25
Roue à laver dite Washweel, employée dans les fabriques d'indiennes.			
Diamètre du cylindre.	2m		
Largeur id.	0m.80		
Nombre de tours de la roue à laver en 1'.	25		
Nombre de roues à laver en activité.	2	236	3.15
Huilerie à Moulins, près Metz.			
Poids des meules.	3000 kil		
Nombre de tours de l'arbre vertical en 1'.	6		
Poids de graine chargé à chaque rechange de 10'.	25 kil		
Poids de graine broyée en un jour.	1500		
Produit en huile en 12 heures.	600	205	2.72
Huilerie à manége mue par un cheval travaillant 9 heures par jour, et relayé par un autre.			
Produit en 18 heures : trois tonnes de 98 kil. ou	294kil	40	0.53
Nombre de tours de l'arbre vertical en 1'.	4 à 5		
FORGES.			
Bocard à Moyeuvre.			
Nombre de pilons en trois batteries.	44		
Poids d'un pilon.	85kil		
Levée du pilon en charge.	0m.33		
Nombre de levées de chaque pilon par tour de l'arbre à cames.	5		
Nombre de tours de l'arbre à cames en 1'.	9.933		
Nombre de levées en 1'.	1786		
Nombre de levées de chaque pilon en 1'.	40.6	840	11.20
Effet utile de chaque levée, mesuré par l'élévation des pilons, et pour chaque pilon . . .	85kil × 0m.33 = 28km		
Travail transmis par le moteur pour chaque levée	$\frac{840}{44} \times \frac{60}{40.6} = 33^{km}.7$		
Double bocard du haut-fourneau à Hayange.			
Nombre de pilons.	32		
Poids d'un pilon.	80kil		
Levée des pilons en charge.	0m.295		
Nombre de levées de chaque pilon en 1'. . . .	50	698	23.60

Nature des machines et données générales.	Quantité de travail transmise par le moteur.	Force du moteur en chevaux.
Effet utile de chaque levée, mesuré par l'élévation d'un pilon . . . . $20^{kil} \times 0^m.295 = 23^{km}.6$	km	
Travail transmis par le moteur pour chaque levée. . . . . . $\frac{698}{32} \times \frac{60}{50} = 26^{km}.2$		
Le produit d'un seul pilon en 24 heures en matières concassées est en mine de. 2500kil		
castine 2500		
cailloux fins. 250		
laitier. 1500		
Trômpes employées dans les forges catalanes.		
Lorsque les conduites ne sont pas très longues, l'effet utile, mesuré par la moitié de la force vive imprimée à l'air, est le dixième de la quantité de travail absolu fournie par le cours d'eau.		
Le diamètre intérieur du tuyau de descente, ordinairement vertical, est de $0^m.20$ à $0^m.25$; il doit avoir au moins 7 à 8^m de hauteur.		
L'ouverture supérieure, appelée *étranguillon*, a de $0^m.12$ à $0^m.16$ de diamètre.		
Les *aspirateurs* percés au dessous de l'étranguillon sont au nombre de quatre, dirigés de haut en bas obliquement, et ont $0^m.10$ à $0^m.15$ de longueur.		
Machine soufflante à deux cylindres servant deux hauts-fourneaux de 12 à 13^m de hauteur et un fourneau à la Wilkinson, marchant à l'air froid.		
Diamètre des pistons. . . . . $1^m.746$		
Course des pistons. 2		
Nombre de courses doubles de chaque piston en 1'. 10.50		
Vitesse des pistons en 1''. . . . . $0^m.35$		
Pression moyenne de l'air, mesurée en colonne de mercure en sus de l'atmosphère { dans les cylindres. . . . $0^m.063$		
{ près des buses. . . . . . $0^m.039$		
Diamètre des buses. . . { 1er fourneau, deux buses de. . . $0^m.060$		
{ 2e fourneau, deux buses de . . $0^m.054$		
{ fourneau à la Wilkinson, une buse de. . . . . $0^m.058$		
Volume d'air lancé dans les fourneaux en 1''. . . . . . . { 1er fourneau. . . . . $0^{mc}.588$		
{ 2e fourneau. . . . . $0^{mc}.475$		
{ fourneau à la Wilkinson. . $0^{mc}.129$		
Total. . . . . . . $1^{mc}.192$		

Nature des machines et données générales.	Quantité de travail transmise par le moteur.	Force du moteur en chevaux.
Volume engendré par les pistons $2\times\frac{0.7854(1^{m}.746)^2\times2\times10.50}{60}=1^{mc}.68$	km	
Rapport du volume d'air expulsé au volume engendré par les pistons. . . . . $\frac{1.192}{1.680}=0.707-\frac{5}{7}$	1736	23.17
Quantité de travail transmise à la roue par fourneau . . .	725	10.30
Pour le fourneau à la Wilkinson.	186	2.48
La même machine marchant à l'air chaud.		
Nombre de fourneaux en activité 5		
Hauteur des fourneaux. . . . . 13 à 14^{m}		
Diamètre des buses. . . . . $0^{m}.07$ à $0^{m}.08$		
Température de l'air près des buses. . . . . 200°		
Pression de l'air près des buses, en sus de l'atmosphère, mesurée par une colonne de mercure. $0^{m}.030$		
Volume d'air lancé par les deux tuyères dans chaque fourneau à . . . . la tempre de 200° $1^{mc}.148$		
la tempre de 10° $0^{mc},685$		
Produit de ces fourneaux par mois :		
Pour un fourneau au coke. 120 000kil	1858	24.60
au charbon de bois. 160 000		
Quantité de travail transmise à la roue par fourneau. . . .	620	8.27
Machine soufflante du haut fourneau de Framont (Vosges), à un cylindre et à l'air froid.		
Hauteur du fourneau. . . . . $9^{m}.10$		
Pression de l'air près des buses, en sus de l'atmosphère, mesurée en colonne de mercure.. . . . $0^{m}.049$		
Diamètre de la buse . . . . $0^{m}.08$		
Volume d'air lancé dans le fourneau en 1''. . . . . $0^{mc}.462$		
Diamètre. . . . . $1^{m}.31$	600	8.00
Course. . . . . $0^{m}.79$		
Vitesse du piston. . . . . $0^{m}.479$		
Volume engendré par le piston. . . . . $0^{mc}.645$		
Rapport du volume d'air expulsé au volume engendré par le piston. . . . . $\frac{0.462}{0.645}=0.718$		
Machine soufflante du haut fourneau de Grand-Fontaine à Framont (Vosges), à un seul cylindre et à l'air chaud.		
Diamètre du cylindre. . . . . $1^{m}.30$		
Course du piston. . . . . $1^{m}.34$		
Vitesse du piston. . . . . $0^{m}.64$		
Diamètre de la buse. . . . . $0^{m}.08$		
Température de l'air chaud près de la buse. . . . 206°		

Nature des machines et données générales.	Quantité de travail transmise par le moteur.	Force du moteur en chevaux.
Pression de l'air, en sus de l'atmosphère,	km	
en colonne de mercure { près de la buse 0m.032		
{ dans le cylindre. 0m.065		
Volume d'air à 20° lancé en 1″ dans le fourneau. 0mc.312		
Volume réduit à la température de 15° et à la pression de l'atmosphère 0mc.317		
Hauteur du fourneau marchant au charbon de bois. 9m.10	583	7.80
Volume engendré par le piston. 0m.852		
Rapport de volume d'air lancé à la température de 15° au volume engendré par le piston. . . . $\frac{0.317}{0.852}=0.372$		
Produit du fourneau par mois. . . . . . . 60 000 à 70 000		
Machine soufflante de la grande forge à Framont (Vosges), servant quatre feux d'affinerie.		
Diamètre du cylindre. 1m.30		
Course du piston. 1m.382		
Vitesse du piston. 0m.578		
Pression de l'air, en sus de l'atmosphère, en colonne de mercure, près des buses. 0m.04		
Diamètre des buses (il n'y en a qu'une par feu). . 0m.0347		
Volume d'air lancé dans chaque fourneau en 1″ 0mc.079	675	9.00
pour les quatre feux. 0mc.316		
Volume engendré par le piston. 0m.756		
Rapport du volume d'air lancé dans les feux au volume engendré par le piston. . . . . $\frac{0.316}{0.756}=0.417$		
Travail transmis par le moteur pour chaque feu	169	2.25
Machine soufflante à un cylindre, à Moulin-Neuf, près Moyeuvre, servant deux feux d'affinerie et un feu de maréchal.		
Diamètre du cylindre. 0m.86		
Course du piston. 1m.30		
Nombre de courses doubles en 1′. 23		
Vitesse du piston en 1″. 0m.498		
Diamètre des buses (il y en a deux par feu). . . 0m.021		
Pression de l'air dans la conduite, en sus de celle de l'atmosphère, en colonne de mercure, près des buses. 0m.048		
Volume d'air lancé en 1″. { dans les deux feux d'affinerie par quatre buses 0mc.1212		
{ dans le feu de maréchal par une buse. 0mc.0303		
Total. 0mc.1515		

Nature des machines et données générales.		Quantité de travail transmise par le moteur.	Force du moteur en chevaux.
Volume engendré par le piston en 1ʺ. .	0m.298	km	
Rapport du volume d'air lancé dans les fourneaux, au volume engendré par le piston.	$\frac{0.1515}{0.298}$ = 0.508	430	5.75
Travail transmis au moteur pour chaque feu d'affinerie		172	2.30
pour le feu de maréchal. . .		86	1.15
Marteau frontal à Framont (Vosges).			
Poids total du marteau et de son manche.	2800 kil.		
Levée du milieu de la panne au dessus de la pièce forgée.	0m.32 à 0m.36		
Distance du centre de gravité du marteau à l'axe de rotation.	0m.935		
Nombre de coups en 1ʹ.	75	2250	30.00
Marteau frontal à Moyeuvre (Moselle).			
Poids total du marteau.	4500kil		
Levée du marteau au dessus de la pièce à forger.	0m.22 à 0m.25		
Nombre de coups en 1ʹ.	75	2800	37.25
Ancien marteau à l'allemande, à Framont (Vosges).			
Poids { Marteau.	325kil		
Hurasse.	152		
Manche.	198		
Ferrures	21		
Total.	696kil		
Levée du marteau, mesurée au milieu de la panne au dessus de la barre à forger	0m.45		
Distance du centre de gravité à l'axe	1m.80		
Nombre de coups en 1ʹ. . . . . {	90	750	10.00
	100	900	12.00
Marteau à engrenage avec volant, à Framont.			
Poids { Marteau.	285kil		
Manche, hurasse et ferrures	400		
Total.	685kil		
Levée du marteau mesurée au milieu de la panne au dessus de la barre à forger.	0m.45		
Distance du centre de gravité à l'axe de la hurasse.	1m.45		
Nombre de coups en 1ʹ	96	600	8
Ancien marteau à l'allemande, à Hayange.			
Poids { Marteau.	350kil		
Manche et ferrure	234		
Total.	584kil		
Levée du marteau mesurée au milieu de la panne.	0m.45		
Distance du centre de gravité à l'axe de la hurasse.	1m.64		

Nature des machines et données générales.		Quantité de travail transmise par le moteur.	Force du moteur en chevaux.
Nombre de coups de marteau en 1′	112	km	
Martinet de forge à Framont (Vosges).			
Poids { Marteau	84kil	975	13
Poids { Hurasse.	177		
Poids { Manche.	210		
Poids { Ferrures	39		
Total.	510kil		
Distance du centre de gravité en avant de l'axe des tourillons.	0m.51		
Levée du marteau, mesurée au milieu de la penne au dessus de la pièce à forger.	0m.25		
Nombre de coups en 1′. . . . . {	135	480	6.40
	150	565	7.54
Martinet de raffineur d'acier, et martinet pour la fabrication des pelles, des scies platinées, etc.			
Le poids du marteau seul.	40kil		
Levée du marteau, mesurée au milieu de la panne.	0m.18		
Nombre de coups en 1′.	324	448	5.90
Produit en un mois : acier à une marque. . . .	3000kil		
LAMINOIRS CANNELÉS EMPLOYÉS A LA FABRICATION DU FER.			
Usine de Fourchambault.			
Nombre de cylindres en activité. . { 4 ébaucheurs, 4 finisseurs } pour les petits fers . .			
Nombre de cylindres en activité. . { 3 ébaucheurs, 3 finisseurs } pour les gros fers. . .			
Nombre de tours des cylindres en 1′. . { grands cylindres. . . .	60		
Nombre de tours des cylindres en 1′. . { petits cylindres. . . .	140	3750 à 4500	50 à 60
Produit par mois	600 000kil		
Ces équipages de cylindres font le service de 20 fours à pudler et à souder, dont quelques uns sont en réparation.			
Laminoirs cannelés.			
Un équipage de deux cylindres ébaucheurs à souder et de deux cylindres finisseurs.			
Nombre de tours des cylindres en 1′.	60		
Nombre de fours servis par cet équipage . . { à pudler.	5 à 6		
Nombre de fours servis par cet équipage . . { à souder	2		
Produit de cinq fours à pudler en un mois . .	300 000kil	2500 à 2800	33 à 37
deux fours à souder.	300 000		
Laminoir à petite tôle.			
Deux laminoirs à petites tôles.			
Nombre de tours en 1′.	50	1875 à 2250	25 à 30
Produit en un mois.	60000kil		

Machines.	Durée du travail.	Produit.	Données diverses.	Quantité de travail transmise par le moteur.	Force du moteur en chevaux.
Poudrerie d'Angoulême.	h	POUDRERIES.		km	
Moulin de 12 pilons partagés en deux batteries de 6 pilons chacune.	14	Poudre de guerre. 120 kil. de composition battus 11 heures, et 120 kil. de poussier rebattus 3 heures. Produit net en grains, 110 à 113 kil. par jour de 14 heures.	Les pilons pèsent 40 kil. Leur levée est de 0m.40. Ils battent 56 à 57 coups en 1'.	269	3.47
Sécherie artificielle à quatre tables de 8m.00 chacune, chauffée à la vapeur avec ventilateur.	6 6 3	Par table : Poudre de guerre, 400kil Poudre de mine, 600 Poudre de chasse, 200	Les tables ont 2m sur 4m. Le ventilateur fait 200 tours en 1'. Charbon de terre brûlé par heure, 25 kil.	111	1.48
Quatre tonnes en tôle pour la trituration des composés binaires.	12	Poudre de mine. 2 tonnes pour le composé binaire de salpêtre et de charbon. Par tonne {charbon, 10kil; salpêtre, 155} = 165 2 tonnes pour le composé binaire de soufre et de charbon. Par tonne {charbon, 35kil; soufre, 50} = 85 On fait trois charges par jour, ce qui donne en tout 1500 kil.	Les tonnes font 20 tours en 1'. On met dans chaque tonne 200 kil. de gobilles en bronze. Longueur des tonnes, 1m.25 Diamètre, 1m.10	548	7.29
Huit tonnes-mélangeoirs pour le mélange ternaire.	12	Chargement d'une tonne : 1er mélange binaire, 66kil 2e mélange binaire, 34 = 100 On fait sept charges et demie par jour, ce qui donne 1500 kil. de mélange ternaire.	Les tonnes font 20 tours en 1'. Longueur des tonnes, 1m.15 Diamètre, 1m.30 On met dans chaque tonne 100 kil. de gobilles en bronze.	201	2.68

Machines.	Durée du travail.	Produit.	Données diverses.	Quantité de travail transmise par le moteur.	Force du moteur en chevaux.
	h	POUDRERIES.		km	
Une tonne de granulation et une tonne de lissoir pour la poudre de mine.	12	Charge de la tonne de granulation, 250kil Produit en grains ronds par heure, 120 On fait en un jour 1500 kil. On lisse 250 kil. en 1.5 heures, ou 1500 à 1800 kil. par jour.	Les tonnes font 9 à 12 tours en 1'. Diamètre des tonnes, 1.62 m Longueur, 0.60	272	3.62
Deux tonnes pour la trituration du composé binaire de soufre et de charbon.	12	Poudre de chasse. Chasse fine. Chargement d'une tonne : Soufre, 50k } Charbon, 36k } 86k Gobilles de bronze 200k On ne fait qu'une charge par jour.	Les tonnes font 20 tours en 1'. Diamètre des tonnes, 1.10 m Longueur, 1.25	743	9.90
Deux tonnes pour la trituration du composé binaire de salpêtre et charbon.	6	Chargement d'une tonne : Salpêtre, 195k } Charbon, 12 } 207k Gobilles de bronze 150k On fait deux charges par jour. (La quantité mise en fabrication par ces quatre tonnes est donc de 1000 kil.)	Pour la poudre royale on triture les matières pendant un temps double.		
Deux tonnes-mélangeoirs pour la trituration du composé ternaire.	6	Chargement d'une tonne : Mélange ternaire, 100k Gobilles en bronze, 100k On fait deux charges par jour. (On emploie deux usines semblables pour mettre en fabrication 1000 kil. par jour.)	Les tonnes font 20 à 25 tours en 1'. Longueur des tonnes, 1.45 m Diamètre, 1.30 Pour la poudre roy. on triture les matières pendant un temps double.	201	2.68
Un laminoir pour transformer le mélange ternaire en galette.	12	1500 kil. de galette par jour.		104	1.38

Machines.	Durée du travail.	Produit.	Données diverses.	Quantité de travail transmise par le moteur.	Force du moteur en chevaux.
	h	POUDRERIES.		km	
Deux tonnes servant à grainer et tamiser les poudres.	6	Poudre de mine. Chargement d'une tonne 300kil Ce qui fait pour 6 h. 600 Rendant en grains 400 En tout par jour 800	Les tonnes font 20 tours en 1'. Diamètre des tonnes, 1m.30 Longueur, 1.15	194	2.58
Lissoir à deux tonnes à trois compartiments de 0m.75 chacun.	12	Chargement d'une tonne : 600 kil., à 200 kil. par compartiment. (Pour les poudres superfine et royale on lisse 24 heures.)	Les tonnes font 20 à 25 tours en 1'. Diamètre des tonnes, 1m.15	542	7.23
Poudrerie du Bouchet. Moulin de 12 pilons.	14	Poudre de guerre. 120 kil. de composition battus 11 heures, et 120 kil. de poussier rebattus 3 heures. Produit net 112 kil. de grains.	Les pilons pèsent 42 kil. Leur levée est de 0m.40. Ils battent 56 coups en 1'.	278	3.73
Sécherie artificielle à 2 tables.	12	Chargement d'une table : En hiver 150 kil. de poudre, contenant 8 p. 100 d'humidité. En été 200 kil., la poudre contenant 1.5 à 2 p. 100 d'humidité. On sèche ces quantités en 2 heures. Les deux tables produisent en 12 h. 1800 kil. en hiver, 2400 kil. en été.	Vitesse du ventilateur 120 à 130 tours en 1'. Les tables ont 2m.90 sur 2m.21.	70 à 75	1.00
Six tonnes pour la trituration du composé binaire de soufre et charbon.	4	Poudre de mine. Chargement d'une tonne : Charbon, 36k } Soufre, 40k } 76kil Gobilles en bronze 120k On fait trois charges en un jour. Le produit est en 12 h. de 1368 kil.	Les tonnes font 20 à 25 tours en 1'. Diamètre des tonnes, 1m.14 Longueur, 1.00	539	7.18
		Pour 4 tonnes en activité.		340	4.53
		Pour 2 tonnes en activité.		167	2.23

Machines.	Durée du travail.	Produit.	Données diverses.	Quantité de travail transmise par le moteur.	Force du moteur en chevaux.
	h	POUDRERIES.		km	
Deux tonnes de trituration ternaire.	4	Chargement de chaque compartiment d'une tonne : Salpêtre, 23.25 kil; Mélange de soufre et charbon, 14.25; 37.50; ou par tonne 75.00. Les deux tonnes fournissent 450 kil. par jour.	Les tonnes font 20 à 25 tours en 1'.	203.5	2.71
Une tonne de granulation et une tonne de lissage.	»	120 kil. de gobilles par tonne. Chargement de la tonne, 200kil; Chargement du lissoir, 250. On fait 100 kil. de grain par heure, et on lisse 250 kil. en 2 à 3 heures. En tout par jour : Grains 1200 kil. Lissage 1500 à 1000 kil.	Les tonnes font 12 tours en 1'. Diamètre des tonnes, 1.60 m; Longueur, 0.52	210	2.80
Trituration binaire. (Même usine que pour la poudre de mine.) Six tonnes.	16	Poudre de chasse. Chargement d'une tonne : Charbon, 21k; Soufre, 15 } 36k. 120 kil. de gobilles en bronze. Produit d'une tonne par jour, 72 kil. (On triture d'abord le charbon 12 heures, et le mélange 4 heures.)	Mêmes données que pour la poudre de mine.	539	7.18
Trituration ternaire. (Même usine que pour la poudre de mine.) Deux tonnes.	12	Chargement d'une tonne : Matières, 50kil. Produit, 100 kil. de matières en 12 heures.	Mêmes données que pour la poudre de mine.	»	»

Machines.	Durée du travail.	Produit.	Données diverses.	Quantité de travail transmise par le moteur.	Force du moteur en chevaux.
	h	POUDRERIES.		km	
Meules en bronze sur table en bois.	2	Chargement de la table, 50kil En 12 heures 300 de galette de meules	Vitesse de l'arbre vertical des meules, 5 à 6 tours en 1ʹ. Poids des meules 2500 kil. Diamètre des meules { m 1.50, 1.20 Largeur { 0.49, 0.45	217	2.90
Laminoir pour former la galette.	1	90 à 100 kil. de galette par heure.		114	1.52
Grainoir mécanique à huit lames.	12	400 à 450 kil. de galette, donnant 200 à 250 kil. de grain.	L'arbre coudé fait 70 et 75 tours en 1ʹ.	112	1.50
Lissoir à deux tonnes, dont chacune a trois compartiments, de $0^m.74$ de longueur.	24 36	Poudre de chasse fine, 150 kil. dans chaque compartiment; 900 kil. en 24 heures. Poudres superfine et roy., 900 kil. en 36 heures.	Les tonnes font 10 à 12 tours pendant un tiers du temps, et ensuite 18 à 20 tours en 1ʹ.	480	6.40
Sécherie artificielle à deux tables.	3	200 kil. par table en 3 h., la poudre contenant 1.5 p. 100 d'humidité.	Mêmes données que pour la poudre de guerre.	70 à 75	1.00
Meules en fonte pour la fabrication directe de la poudre de chasse.	3	Poids des meules { kil. 3700 4500 5000 5500 6000		266 296 336 384 445	3.55 3.98 4.48 5.09 5.93

Machines.	Durée du travail.	Produit.	Données diverses.	Quantité de travail transmise par le moteur.	Force du moteur en chevaux.
	h	POUDRERIES.		km	
Meules en fonte pour la fabrication directe de la poudre de chasse.	12	Poids des meules, 5000 kil. Charge de la table pour la poudre royale, 20 kil. de composition triturée, 6 h. en deux fois. Poussiers repassés, 20 kil. En 12 heures, 60 kil. de galettes, donnant 36 kil. de grains.	Vitesse de l'arbre vertical des meules, 7 à 8 tours en 1'. Diamètre des meules, 1m.80. Longueur de l'arbre de contour, 0m.45. On ne donne actuellement que 1m.50 de diamètre aux meules, et on fait faire à leur arbre 10 tours en 1', et l'on a adopté le poids de 5250 kil. pour les meules.	336	4.48
— *Poudrerie d'Esquerdes.*					
Deux meules avec transmission du mouvement par dessous.	4	Poudre de chasse, charge 20 kil. de matières.	L'arbre des meules fait 8 à 10 tours en 1'.	473	6.3
Deux meules avec transmission du mouvement par dessus	8	Poudre superfine et royale, 20 kil.	Le poids des meules en pierre est de 5500 kil. à 5700 k.	572	7.6
Moulin de 16 pilons.	14	Poudre de guerre, 160 kil. de composition battue 11 h., et 160 kil. de poussier rebattu 3 h. Produit net en grains, 1 kil. en 14 heures.	Les pilons battent 55 coups en 1'. Leur poids est de 40 kil. Et la levée de 0m.40.	353	4.7

Machines.	Durée du travail.	Produit.	Données diverses.	Quantité de travail transmise par le moteur.	Force du moteur en chevaux.
	h	POUDRERIES.		km	
Poudrerie de Metz.					
Moulin à pilons de Saint-Pierre.	11 24	Charge par pilon : Poudre de guerre, 10 kil. battus 11 heures. Poudre de chasse, 8.33 k. battus 24 heures.	Poids des pilons 40 k. Levée des pilons, 0m.415 Nombre de levées de chaque pilon en 1', 55 Nombre de pilons en activité, 24	685	9.14
Moulin de Ste-Barbe.	11 24	Charge par pilon : Poudre de guerre, 10 kil. battus 11 heures. Poudre de chasse, 8.33 kil. battus 24 heures.	Poids des pilons, 40 kil. Levée des pilons, 0m 415 Nombre de levées de chaque pilon en 1', 55 Nombre de pilons en activité. { 12 / 18 / 24	268 443 590	3.57 5.91 7.87
Deux lissoirs.	24	Poudre de chasse, 100 kil. par lissoir.	Nombre de tours des tonnes en 1' 20 à 27	157	2. 0
Sécherie artificielle.	12	Poudre de guerre, 900 kil.	Deux ventilateurs à 4 ailettes chacun Largeur des ailettes, 0m.48 Longueur des ailettes, 2m 00 Nombre de tours des ailettes en 1', 150 Consommation de houille pour 12 h. de séchage, 900k Pression de l'air en sus de l'atmosphère, sous la toile, sur un cent. quar. { kil. 0.0005 à 0.0006	140	1.87

Machines.	Durée du travail.	Produit.	Données diverses.	Quantité de travail transmise par le moteur.	Force du moteur en chevaux.
Poudrerie de St-Chamas.	h	POUDRERIES.		km	
Moulin de 10 pilons.	17	Poudre de guerre : 100 kil. de composition battus 11 heures, et 200 kil. de poussier battus 3 heures. Produit net 100 kil. de grains en 17 heures.	Les pilons battent 60 coups en 1′, leur poids est de 42 kil. Leur levée de 0m.40	210	2.80
Moulin de 24 pilons.	17	Poudre de guerre : 240 kil. de composition battus 11 heures, et 480 kil. de poussier rebattus 3 heures. Produit net, 240 kil. de grains en 17 heures.	Les pilons battent 60 coups en 1′, leur poids est de 42 kil. Leur levée de 0m.40	583.74	7.78
Une tonne de trituration binaire à deux compartiments.	5.5	Poudre de mine : Chargement { 1er comp { salpêt. 62.0 kil., charb. 8 — 70.0 ; 2e comp. { soufre 40k., charb. 20 — 60k. Chargement total en matières, 130 kil.	La tonne fait 26 tours en 1′. Il y a 75 kil. de gobilles par compartiment. Diamètre de la tonne, 1m.30 Longr d'un compartiment, 0m.80	210	2.80
Deux tonnes partagées chacune en deux compartiments égaux pour le mélange ternaire des matières triturées deux à deux.	17	50 kil. de matières et 50 kil. de gobilles par compartiment. Pour les deux tonnes 200 kil. de gobilles. On mélange pendant 45′, y compris le chargement et le déchargement. 4500 kil. de matières en 17 heures.	Les tonnes font 23 tours en 1′. Diamètre des tonnes, 1m.30 Longr d'un compartiment 0m.65		

Machines.	Durée du travail.	Produit.	Données diverses.	Quantité du travail transmise par le moteur.	Force du moteur en chevaux.
		POUDRERIES.		km	
Une tonne de granulation.	17	200 kil. de matières. Produit, 100 kil. de grains ronds en 30'. 3400 kil. en 17 heures.	La tonne fait 10 tours en 1'. Diamètre intérieur de la tonne 1m.64 Longueur de la tonne, 0m.59	484.37	6.46
Une tonne de lissage pour la poudre de mine	17	200 kil. de grains ronds. Durée du lissage 2 heures. 1700 kil. de grain lissé en 17 heures.	La tonne fait 10 tours en 1'. Diamètre de la tonne, 1m.66 Longueur de la tonne, 0m.59		
Sécherie à l'eau chaude, système de M. L. Duvoir-Leblanc.	24	Poudre de mine ronde, contenant 9 p. 100 d'humidité. Chargement de chaque table, 680 à 700 kil., en laissant le dernier chargement la nuit sur les tables, sans continuer le feu. Produit total, 4240 kil.	Cette sécherie n'a pas de moteur. La consommation de charbon est de 360 kil. pour 4240 kil., ou 8 kil. 49 pour 100 kil. de poudre.	»	»

Nature des machines et données générales.	Quantité de travail transmise par le moteur.	Force du moteur en chevaux.
MANUFACTURE D'ARMES DE CHATELLERAULT.	km	
Martinet employé à forger les doubles maquettes pour les canons de fusils d'infanterie.		
Poids du marteau. . . . . 135kil.		
du manche 190		
de la hurasse 93		
des ferrures. 39		
Total. 457kil		
Longueur totale du manche. 3m.85		
Distance de l'axe de la hurasse { au milieu de la panne. . . . . . 2m.15; à l'anneau de la queue ou bague. 0m.97		
Levée du marteau mesurée au milieu de la panne. 0m.50		
Nombre de coups en 1'. 202	1070	14.26
Produit. Un maître maquetteur et son compagnon font par mois 800 maquettes pour canon d'infanterie.		
Nota. La roue pèse 21017 kilogrammes : ce poids excessif, celui de l'arbre à cames, la dimension démesurée des tourillons, occasionnent une perte considérable de travail par le frottement. L'expérience faite avec le frein a montré que l'effet utile transmis à l'arbre à cames ne s'élevait qu'à 785km.4 ou 10ch.50. On peut alors compter que, pour un marteau à engrenage dont la roue et les autres parties seraient mieux proportionnées, la quantité de travail à transmettre au moteur serait au plus de 900km ou 12ch.		
Martinet employé à étirer les lames à canon, après qu'on a coupé en deux les doubles maquettes forgées au marteau précédent.		
Poids du marteau. . . . . 55kil.		
du manche 176		
de la hurasse. 99		
de la bague ou anneau de la queue. 32		
Total. 362kil		
Longueur totale du manche. 2m.85		
Distance de l'axe de la hurasse { au milieu de la panne. . . . . . 1m.77; à l'anneau de la queue. 0m.87		
Levée du marteau mesurée au milieu de la panne. 0m.15		
Nombre de coups en 1'. 210	322	4.30
Nota. Par les mêmes causes qui ont diminué l'effet utile du moteur de l'usine précédente, l'expérience faite avec le frein a montré que la quantité de travail transmise à l'arbre		

Nature des machines et données générales.	Quantité de travail transmise par le moteur.	Force du moteur en chevaux.
à cames n'était que de 296km.5 ou 3ch.95. On peut alors compter que, pour une machine convenablement proportionnée, il suffira que le moteur transmette une quantité de travail de 300 km ou 4ch de 75km.	km	
Marteau de raffineur d'acier.		
Poids du marteau. 55kil		
du manche. 176		
de la burasse. 99		
de la bague ou anneau de la queue. . . . 32		
Total. 362kil		
Longueur totale du manche. 2m.82		
Distance de l'axe de la burasse { au milieu de la panne. 1m.71		
à l'anneau de la queue. 0m.83		
Levée du marteau, mesure prise au milieu de la panne. 0m.25		
Nombre de coups en 1'. 244	568	7.49
Nota. Par les mêmes causes qui ont diminué l'effet utile du moteur de l'usine précédente, l'expérience faite avec le frein a montré que la quantité de travail transmise à l'arbre de cames n'était que de 388km ou 5ch.15. On peut alors compter que, pour une machine convenablement proportionnée, il suffirait que le moteur transmît une quantité de travail de 450km ou de 6 chev. pour que le marteau battît 244 coups en 1'.		
Le même marteau employé à l'étirage des languettes pour former les trousses.		
Nombre de coups en 1'. 348	1119	15.80
Par les mêmes causes qui ont diminué l'effet utile du moteur des usines précédentes, l'expérience faite avec le frein a montré que la quantité de travail transmise à l'arbre à cames n'était que de 780km ou 10ch.4. On peut alors compter que, pour une machine convenablement proportionnée, il suffirait que le moteur transmît une quantité de travail de 900km ou de 12ch.		
Produit. Le marteau de raffineur d'acier servant pour deux feux produit par mois 1600 maquettes d'acier à trois marques pour lames de sabre de cavalerie légère, modèle de 1822, pesant chacune 0kil.90.		
Machine soufflante, servant des feux de raffineurs d'acier, de maquetteurs de lames à canon.		
Nombre de feux servis par la machine. 6		
Pression de l'air près des buses, en sus de l'at-		

Nature des machines et données générales.	Quantité de travail transmise par le moteur.	Force du moteur en chevaux.
mosphère, en kilogr., sur un centimètre carré. $0^{kil}.05$	km	
Diamètre des buses. . . . . $0^{m}.05$		
Nombre des buses. 6		
Volume d'air lancé par chaque buse en 1'. . . . . $0^{mc}.061$		
Volume d'air total fourni par les buses en 1' . . $0^{mc}.366$		
Volume d'eau élevé à $5.^{m}14$ en 1' . . . . $0^{mc}.121$	725	9.68
L'élévation de l'eau consomme environ 185^{km} du travail transmis par le moteur. Il reste donc pour les six feux 54 km, ou par feu.	90	1.20
Cette roue étant excessivement lourde, et la machine soufflante étant destinée à alimenter un plus grand nombre de feux, il y a lieu de croire qu'avec un moteur convenablement proportionné il suffira d'une force de cheval par forge de maréchal ou de raffineur d'acier.		
Meules pour émoudre les canons.		
Diamètre. . . . . 2^{m}		
Largeur . . . . $0^{m}.32$		
Poids. . . . . 2100^{kil}		
Lorsque le diamètre des meules est réduit à 1^{m}, on les change. Une meule peut servir à émoudre 1100 à 1500 canons.		
Nombre de tours des meules en 1' 185		
Produit. Nombre de canons qu'un ouvrier peut émoudre en 10 heures de travail 35		
Nombre de meules en activité. 2	773	10.38
Bancs pour le forage des canons de fusils.		
Nombre de tours des forets en 1'. 528		
Nombre de bancs en activité. 12	588	7.84
Produit en un mois en canons de fusil d'infanterie forés. 1000		
Tours à canon et machines diverses.		
Nombre de machines mues par la roue :		
Tours à canon. 2		
Machines à polir quatre canons à la fois. 1		
Machines à percer les pièces de la platine. 4		
Machine à percer le chien. . . . . 1 } 12	657	8.69
Tours à baïonnettes. 2		
Petite meule pour les outils. 1		
Banc à forer les douilles. 1		
Il y a en outre une autre machine à percer les chiens et une autre pour percer les pièces de la platine, qui alternent avec les précédentes.		

Nature des machines et données générales.	Quantité de travail transmise par le moteur.	Force du moteur en chevaux.
Produit. Ces machines font le travail nécessaire pour les 1000 canons forés et émoulés par les précédentes.	km	
Nota. Les quantités de travail indiquées ci-dessus sont celles qu'il faut transmettre à l'axe des tambours qui conduisent immédiatement les machines indiquées.		
Lorsque la roue hydraulique conduit toute l'usine son effet utile est de	2420	32.20
Ce qui montre que les résistances passives de la roue et des pièces qu'on ne pouvait désembrayer lors des observations consommaient une force de 5ch.1 environ.		
Laminoirs pour les tôles de cuirasses.		
Cylindres — diamètre 0m.478		
Cylindres — longueur 0m.733		
Cylindres — poids 900kil		
Cylindres — nombre de tours en 1' 22.5		
Volant — diamètre extérieur 3m.910		
Volant — poids de l'anneau. 6720kil		
Volant — nombre de tours en 1'. 87		
Produit. En 10 heures on lamine 40 plastrons ; chaque maquette reçoit quatre chaudes et passe environ 30 fois aux cylindres.	812	10.80
Nota. Cette roue paraît être un peu faible pour le service du laminoir, dont le mouvement se ralentit pendant le passage ; et il serait convenable de faire marcher les cylindres plus vite et à 30 tours au moins en 1', ce qui conduirait à donner à la roue la force de 18 chevaux environ.		
MANUFACTURE D'ARMES DE TULLE.		
Usine à canons.		
Tours à canons 4		
Meule à émoudre les canons. 1	619	8.25
Petite meule à outils. 1		
Martinet de maquetteur.	375	5.00
Machine soufflante du martinet de maquetteur.	107.5	1.43
Usine du tour.		
Tours à canons. 3		
Tours à pistolets. 2	300	4.2
Chariot à faire les pans 1		
Tour à compasser 1		

Pesanteurs spécifiques des gaz, des vapeurs et des liquides.

Gaz.

Air.	1.0000
Gaz hydriolique.	4.4430
Gaz fluosilicique.	3.5730
Gaz chloroborique.	3.4200
Gaz chlorocarbonique.	»
Hydrogène arseniqué	2.6950
Chlore.	2.4700
Oxyde de chlore.	»
Acide fluoborique.	2.3710
Acide sulfureux.	2.2310
Cyanogène	1.8060
Hydrogène phosphoré.	1.6710
Protoxyde d'azote.	1.5200
Acide carbonique.	1.5245
Acide hydrochlorique.	1.2474
Hydrogène protophosphoré.	1.2140
Acide hydrosulfurique.	1.1912
Oxygène.	1.1026
Deutoxyde d'azote.	1.0388
Azote.	0.9760
Oxyde de carbone.	0.9570
Ammoniaque.	0.5967
Hydrog. carbonné des marais	0.5550
Hydrogène.	0.0688

Vapeurs.

Air.	1.0000
Bichlorure d'étain.	9.1990
Vapeur d'iode.	8.7160
Vapeur de mercure.	6.9760
Vapeur de soufre.	6.6170
Protoclorure d'arsenic.	6.3000
Chlorure de silicium	5.9390
Éther hydriodique.	5.4749
Camphre ordinaire	5.4680
Éther benzoïque.	5.4090
Éther oxalique.	5.0870
Protochlorure de phosphore.	4.8750
Essence de téréhenthine.	4.7630
Chlorure jaune de soufre.	4.7300
Naphtaline.	4.5580
Vapeur de phosphore.	4.3550
Chlorure rouge de soufre.	3.0000
Liqueur des Hollandais.	3.4430
Acide hyponitrique.	3.1800
Éther acétique.	3.0670
Sulfure de carbone.	2.6440
Éther hyponitreux.	2.6260
Éther sulfurique.	2.5860
Éther hydrochlorique.	2.2120
Chlorure de cyanogène.	2.1110
Esprit pyroacétique.	2.0190
Alcool.	1.6133
Acide hydrocianique.	0.9476
Eau.	0.6235

Liquides.

Eau distillée ou de pluie		1000
Eau de rivière, environ.		1000
Eau de puits.	1000	1014
Eau de mer.	1028	1042
Acide sulfurique.		1.8409
Acide nitreux.		1.5500
Eau de la mer Morte.		1.2403
Acide nitrique.		1.2173
Eau de la mer.		1.0263
Lait.		1.0300
Vin de Bordeaux.		0.9939
Vin de Bourgogne.		0.9915
Huile d'olive.		0.9153
Éther muriatique.		0.8740
Huile essentielle de térébent.		0.8697
Bitume liquide dit *naphte*.		0.8475
Alcool absolu		0.7920
Éther sulfurique.		0.7155

TABLE D'ÉVALUATION DU POIDS DU MÈTRE CUBE DE DIVERSES SUBSTANCES.

Indication des substances.		Poids du mètre cube de	à
		kil.	kil.
Eau	distillée et de pluie	»	1000
	de rivière, environ	»	1000
	de puits	1000	1014
	de mer	1028	1042
Terre ou sable de bruyère		614	643
Terreau		828	857
Tourbe	sèche	514	»
	humide	785	»
Terre végétale		1214	1285
Terre forte graveleuse		1357	1428
Vase		1642	»
Argile et glaise		1656	1756
Marne		1571	1642
Sable	fin et sec	1399	1428
	fin et humide	1900	»
	fossile argileux	1713	1799
	de rivière humide	1771	1856
Gravier cailloutis		1371	1485
Grosse terre mêlée de sable et de gravier		1860	»
Terre mêlée de petites pierres		1910	»
Argile mêlée de tuf		1990	»
Terre grasse mêlée de cailloux		2290	»
Écalins de roches		1571	1713
Ciment de terre cuite		1171	1228
Mâchefer, scorie de forges		771	985
Laitier vitreux		1428	1485
Pouzzolane	d'Italie	1157	1228
	du Vivarais	1085	1128
Trass de Hollande ou trass d'Andernach		1071	1085
Pierre ponce		557	928
Chaux	vive sortant du four	800	857
	éteinte, en pâte ferme	1328	1428
Mortier de chaux et de	sable	1856	2142
	ciment	1656	1713
	mâchefer	1128	1214
	laitier	1859	1942
Brique		1000	1471
Craie		1214	1285
Pierres à bâtir	tendre	1142	1713
	franche demi-roche	1713	1999
	liais doux et roches	2142	3284
	roches dures, liais	2284	2427
	très compacte, cliquart	2499	2713
Albâtres, marbres, brèches, lumachelles, brocatelles		2199	2870
Chaux fluatée, spath fluor		3084	3184

Indication des substances.	Poids du mètre cube de	Poids du mètre cube à
	kil.	kil.
Chaux sulfatée calcarifère, Gypse ou pierre à plâtre — crue et alabastrite	1899	2299
— cuite — battue	1199	1228
— cuite — tamisée	1242	1357
— cuite — Eau pour gâcher	328	343
— cuite — Plâtre gâché — humide	1571	1599
— cuite — Plâtre gâché — sec	1379	1414
— cuite — Plâtre gâché — Eau vaporisée	171	186
— cuite — Plâtre gâché — Eau combinée par cristallisation	157	157
Maçonnerie fraîche — en moellons	2240	»
Maçonnerie fraîche — en briques	1870	»
Baryte	4284	4626
Quartz pierre meulière — poreuse	1242	1285
Quartz pierre meulière — compacte caillasse	2485	2613
Quartz hyalin	2642	2656
Quartz arénacé ou grès — à bâtir	1928	2970
Quartz arénacé ou grès — à paveur	2427	2613
Quartz résinite pechstein ou pierre de poix	2042	2656
Quartz ou silex pyromaque, pouding	2370	2927
Jaspe	2356	2813
Feldspath, pétrosilex	2570	2742
Trapp, cornémie, pierre de touche	2699	2742
Porphyre, ophile, serpentin, variolite	2756	2927
Talc, stéatite, chlorite	2613	2784
Serpentine	2770	2856
Pierre ollaire	2742	2856
Granit, sienite, gnéiss	2356	2956
Granitelle	2799	3056
Mica	2570	2927
Amiante	1556	1785
Schiste — grossier	1813	2784
Schiste — tégulaire, ardoise	2742	2856
Trématode, pierre de Volvic	1928	2642
Laves, lithoïdes, basaltes	2756	3056
Laves du Vésuve	1713	2813
Tufs volcaniques	1214	1385
Scories volcaniques	785	885
Houille, charbon de terre	942	1328
MÉTAUX.		
Or, à 24 carrats, fondu, forgé	»	19065
Argent à 12 deniers, fondu, forgé	»	11494
Platine passé à la filière	»	21039
Cuivre — rouge fondu	»	7783
Cuivre — passé à la filière	»	8540
Cuivre — jaune, laiton fondu	»	12674
Cuivre — passé à la filière	»	8540

Indication des substances.	Poids du mètre cube. de	à
	kil.	kil.
Fer — fondu	»	7202
Fer — forgé	»	7783
Acier — non trempé	»	7829
Acier — écroui, trempé	»	7813
Étain — pur de Cornwall, fondu	»	7287
Étain — neuf, fondu, écroui	»	7307
Étain — fin, fondu écroui	»	7515
Étain — commun fondu	»	7915
Étain — dit *claire étoffe*, fondu	»	8439
Plomb fondu	»	11346
Zinc fondu	»	6861
Mercure coulant	»	13560
CARREAUX DE PLATRAS ET PLATRE.	Un carreau humide.	sec.
Pour cloisons légères	»	»
18° sur 12° et 2° ½ d'épaisseur	15	12
18° sur 12° et 3°	18	15
18° sur 12° et 3° ½	21	17
18° sur 12° et 4°	23	20
Briques de — (Longueur, Largeur, Épaiss.)	Le cent de compte.	
Briques de Bourgogne — 8° 4ˡ, 4° »ˡ, 2° »ˡ	241	248
Briques de Montereau — 8 », 4 », 1 10	208	214
Briques de Sarcelles — 7 9, 3 ¼ », » 21	180	184
Brique flottante composée de farine volcanique — 7 », 4 ¼ », » 20	44	»
Ardoises — carrée — forte	45	47
Ardoises — carrée — fine	36	38
Ardoises — cartelette	22	25
La toise superficielle de voliges employée en couverture	19	20
Tuiles de Bourgogne — grand moule — 11°;9° 6ˡ	225	225
Tuiles de Bourgogne — grand moule — faîtières 15°	379	386
Tuiles de Bourgogne — petit moule — 9°;6° 6ˡ	159	162
Tuiles de Bourgogne — petit moule — faîtières 13°	328	350
Tuiles de Sarcelles — 9° ½ 6° 8ˡ	112	116
Tuiles de Sarcelles — faîtières 12°	245	»
Carreaux de 6° à six pans — de Bourgogne	84	»
Carreaux de 6° à six pans — de Sarcelles	74	»
BOIS.		
Abricotier	771	»
Acacia (faux)	785	800
Acajou	785	914
Alisier	871	885
Amandier	110	»

Indication des substances.			Poids du mètre cube. de	à
			kil.	kil.
Arbre de Judée			685	»
Aune			543	800
Bouleau	commun		700	714
	merisier		571	»
Buis	de France		900	914
	de Mahon		914	928
	de Hollande		1314	1328
Catalpa			457	471
Cèdre	du Liban		557	600
	des Indes		1314	»
Cerisier	commun		714	743
	de Sainte-Lucie		857	871
Charme			757	»
Châtaignier			685	»
Chêne	de Provence	vert	1220	»
		sec	1015	»
	de Champagne	vert	988	»
		sec	860	»
		très sec	758	»
	de Bretagne	sec	842	»
		très sec	742	»
	de Lorraine	vert	930	»
		sec	643	»
	ordinaire	vert	1000	1157
		sec	785	914
Cognassier			700	985
Cormier			900	914
Coudrier noisetier			600	»
Cyprès	pyramidal		600	657
	étalé		571	»
Ébénier	des Alpes		1042	»
	d'Amérique		1199	1328
Érable	sycomore		643	»
	de Virginie		628	757
	jaspé		543	557
Févier	épineux		814	828
	sans épines		771	785
Frêne			785	»
Gaïac			1328	1342
Genévrier			543	557
Grenadier			1342	1357
Hêtre			714	857
If	de Hollande		771	»
	d'Espagne		814	»
Laurier d'Espagne			814	828
Marronnier			657	»
Mélèze			657	»
Mûrier			885	900
Néflier			942	«5
Noyer	de France		600	683
	d'Afrique		728	74

Indication des substances.		Poids du mètre cube de	à
		kil.	kil.
Olivier.		914	928
Oranger.		700	»
Orme.		912	743
Osier.		543	»
Peuplier.	d'Italie	371	414
	de Hollande.	528	614
Pin du Nord.		814	828
Platane	d'Orient.	700	714
	d'Occident.	628	»
Poirier.		657	714
Pommier.		757	800
Prunier.		771	»
Sapin.	commun.	528	557
	jaune aurore.	671	»
Saule.		571	585
Sorbier des oiseleurs.		743	»
Sureau.		685	700
Tilleul.		557	600
Tulipier.		471	485
Thuya de la Chine.		557	571
Aylande, dit *Vernis du Japon*.		814	828
Vigne.		1314	1328

Pour établir une liaison entre les tables des pesanteurs spécifiques qui précèdent, nous ajouterons que, d'après les recherches de MM. Biot et Arago, le poids de l'air atmosphérique sec, à la température de la glace fondante et sous la pression de $0^{m}.76$, est, à volume égal, $\frac{1}{770}$ de celui de l'eau distillée ou de $1^{kil}.299$.

Par une moyenne entre un grand nombre de pesées on a trouvé qu'à zéro de température, et sous la pression de $0^{m}.76$, le rapport du poids de l'air à celui du mercure est de 1 à 10366.

TABLE DES DILATATIONS QU'ÉPROUVENT DIVERSES SUBSTANCES DEPUIS LE TERME DE LA CONGÉLATION DE L'EAU JUSQU'A CELUI DE SON ÉBULLITION, D'APRÈS MM. LAPLACE ET LAVOISIER.

Nom des substances.	Dilatations en fractions	
	décimales.	ordinaires.
Acier non trempé	0.00107915	$\frac{1}{927}$
Acier trempé jaune, recuit à 65°.	0.00123956	$\frac{1}{807}$
Fer doux forgé.	0.00122045	$\frac{1}{819}$
Fer rond passé à la filière.	0.00123504	$\frac{1}{812}$
Or de départ.	0.00146606	$\frac{1}{682}$
Or au titre de Paris recuit.	0.00151361	$\frac{1}{661}$
Id. non recuit.	0.00155155	$\frac{1}{645}$
Cuivre.	0.00171220	$\frac{1}{584}$
Cuivre jaune ou laiton.	0.00186670	$\frac{1}{535}$
Argent au titre de Paris.	0.00990868	$\frac{1}{524}$
Argent de coupelle.	0.00190974	$\frac{1}{524}$
Etain des Indes ou de Malaca.	0.00193765	$\frac{1}{516}$
Etain de Falmouth.	0.00217298	$\frac{1}{462}$
Plomb	0.00284036	$\frac{1}{351}$

Suite de la TABLE DES DILATATIONS.

Noms des substances.	Dilatations en fractions décimales.	Dilatations en fractions ordinaires.
Le mercure se dilate en volume depuis zéro jusqu'à 100° de.	0.018018	$\frac{1}{5.550}$
L'eau.	0.0433	$\frac{1}{23}$
L'alcool.	0.1100	$\frac{1}{9}$
L'air *.	0.3665	$\frac{1}{273}$
L'azote.	0.36682	
L'hydrogène.	0.36678	
L'oxyde de carbone	0.36667	
L'acide carbonique.	0.36896	
Le cyanogène.	0.36821	
Le protoxyde d'azote.	0.36763	
L'acide sulfureux.	0.36696	
Le gaz acide chlorhydrique.	0.36812	

Pour les autres gaz, en attendant de nouvelles expériences, on prendra la dilatation égale à celle de l'air.

* Ce résultat et les suivants ont été obtenus par M. Regnault, membre de l'Académie des sciences. (Voir les comptes-rendus des séances des 13 décembre 1841 et 31 janvier 1842.)

TABLE DES NOUVELLES MESURES.

Noms systématiques.	Valeur.
Mesures itinéraires.	
Myriamètre.	10000 mètres.
Kilomètre.	1000 mètres.
Décamètre	10 mètres.
Mètre.	*Unité fondamentale des poids et mesures.* Dix-millionième partie du quart du méridien terrestre.
Mesures de longueur.	
Décimètre.	10e de mètre.
Centimètre.	100e de mètre.
Millimètre.	1000e de mètre.
Mesures agraires.	
Hectare.	10000 mètres quarrés.
Are.	100 mètres quarrés.
Centiare.	1 mètre quarré.
Mesures de capacité pour les liquides.	
Décalitre.	10 décimètres cubes.
Litre.	Décimètre cube.
Décilitre.	10e de décimètre cube.
Mesures de capacité pour les matières sèches.	
Kilolitre.	1 mètre cube ou 1000 décimètres cubes.
Hectolitre.	100 décimètres cubes.
Décalitre.	10 décimètres cubes.
Litre.	Décimètre cube.
Mesures de solidité.	
Stère.	Mètre cube.
Décistère.	10e de mètre cube.
Poids.	
Millier.	1000 kilog. (poids du tonneau de mer).
Quintal.	100 kilogrammes.
Kilogramme.	Poids d'un décim. cube d'eau à la température de 4° au dessus de la glace fondante.
Hectogramme.	10e du kilogramme.
Décagramme.	100e du kilog.
Gramme	1000e du kilog.
Décigramme.	10000e du kilog.

Réduction des toises, pieds, pouces, en mètres et décimales du mètre.

Toises.	Mètres.	Pieds.	Mètres.	Pouces.	Mètres.
1	1.94904	1	0.32484	1	0.02707
2	3.89807	2	0.64968	2	0.05414
3	5.84711	3	0.97452	3	0.08121
4	7.79615	4	1.29936	4	0.10828
5	9.74518	5	1.62420	5	0.13535
6	11.69422	6	1.94904	6	0.16242
7	13.64326	7	2.27388	7	0.18949
8	15.59229	8	2.59872	8	0 21656
9	17.54133	9	2.92355	9	0.24363
10	19.49037	10	3.24839	10	0.27070
20	38.98073	20	6 49679	11	0.29777
30	58.47110	30	9.74518	12	0.32484
40	77.96146	40	12.99358	13	0.35191
50	97.45183	50	16.24197	14	0.3 898
60	116.94220	60	19.49037	15	0.40605
70	136.43256	70	22.73876	16	0.43312
80	155.92293	80	25.98715	17	0.46019
90	175.41329	90	29.23555	18	0.48726
100	194.90366	100	32,48394	19	0.51433
200	389.80732	200	64.96789	20	0.54140
300	584.71098	300	97.45183	30	0.81210
400	779.61464	400	129.93577	40	1.08280
500	974.51830	500	162.41972	50	1.35350
600	1169.42195	600	194.90366	60	1.62420
700	1364.32561	700	227.38760	70	1.89490
800	1559.22927	800	259.87155	80	2.16560
900	1754.13293	900	292.35549	90	2.43630
1000	1949.03659	1000	324.83943	100	2.70700
2000	3898.07318	2000	649.67886	200	5.41399
3000	5847.10977	3000	974.51830	300	8.12099
4000	7796.14636	4000	1299.35773	400	10.82798
5000	9745.18296	5000	1624.19716	500	13.53498
10000	19490.36591	10000	3248.39432	1000	27.06995

Réduction des lignes en millimètres.

lignes.	millim.	lignes.	millim.	lignes.	millim.	lignes.	millimètres.
1	2.256	90	203.025	260	586.516	430	970.007
2	4.512	100	225.583	270	609.074	440	992.565
3	6.767	110	248.141	280	631.632	450	1015.123
4	9.023	120	270.700	290	654.191	460	1037.682
5	11.279	130	293.258	300	676.749	470	1060.240
6	13.535	140	315.816	310	699.307	480	1082.798
7	15.791	150	338.374	320	721.865	490	1105.356
8	18.047	160	360.933	330	744.424	500	1127.915
9	20.302	170	383.491	340	766.982	510	1150.473
10	22.558	180	406.049	350	789.540	520	1173.031
20	45.117	190	428.608	360	812.099	530	1195.590
30	67.675	200	451.166	370	834.657	540	1218.148
40	90.233	210	473.724	380	857.215	550	1240.706
50	112.791	220	496.282	390	879.773	560	1263.264
60	135.350	230	518.841	400	902.332	570	1285.823
70	157.908	240	541.399	410	924.890	1000	2255.829
80	180.466	250	563.957	420	947.448		

Réduction des millimètres en lignes.

millim.	lignes.	millim.	lignes.	millim.	lignes	millim.	lignes.
1	0.443	90	39.897	420	186.184	740	328.039
2	0.887	100	44.330	440	195.050	750	332.472
3	1.330	120	53.196	460	203.916	760	336.905
4	1.773	140	62.061	480	212.782	770	341.338
5	2.216	160	70.927	500	221.648	780	345.771
6	2.660	180	79.793	520	230.514	800	354.637
7	3.103	200	88.659	540	239.380	820	363.503
8	3.546	220	97.525	560	248.246	840	372.369
9	3.990	240	106.391	580	257.112	860	381.235
10	4.443	260	115.257	600	265.978	880	390.100
20	8.866	280	124.123	620	274.844	900	398.966
30	13.299	300	132.989	640	283.709	920	407.832
40	17.732	320	141.855	660	292.575	940	416.698
50	22.165	340	150.721	680	301.441	960	425.564
60	26.598	360	159.587	700	310.307	980	434.430
70	31.031	380	168.452	720	319.173	1000	443.296
80	35.464	400	177.318	730	323.606		

Réduction des centimètres et des décimètres en pieds, pouces et lignes.

centim.	pieds.	pouces.	lignes.
1	0	0	4.433
2	0	0	8.866
3	0	1	1.299
4	0	1	5.732
5	0	1	10.165
6	0	2	2.598
7	0	2	7.031
8	0	2	11.464
9	0	3	3.897
10	0	3	8.330
11	0	4	0.763
12	0	4	5.196
13	0	4	9.628
14	0	5	2.061
15	0	5	6.494
16	0	5	10.927
17	0	6	3.360
18	0	6	7.793
19	0	7	0.226
20	0	7	4.659
21	0	7	9.092
22	0	8	1.525
23	0	8	5.958
24	0	8	10.391
25	0	9	2.824
26	0	9	7.257
27	0	9	11.690
28	0	10	4.123
29	0	10	8.556
30	0	11	0.989
31	0	11	5.422
32	0	11	9.855
33	1	0	2.288
34	1	0	6.721

centim.	pieds.	pouces.	lignes.
35	1	0	11.154
36	1	1	3.587
37	1	1	8.020
38	1	2	0.452
39	1	2	4.885
40	1	2	9.318
41	1	3	1.751
42	1	3	6.184
43	1	3	10.617
44	1	4	3.050
45	1	4	7.483
46	1	4	11.916
47	1	5	4.349
48	1	5	8.781
49	1	6	1.215
50	1	6	5.648
60	1	10	1.977
70	2	1	10.307
80	2	5	6.637
90	2	9	2.966

décim.	pieds.	pouces.	lignes.
1	0	3	8.330
2	0	7	4.659
3	0	11	0.989
4	1	2	9.318
5	1	6	5.648
6	1	10	1.977
7	2	1	10.307
8	2	5	6.637
9	2	9	2.966
10	3		11.296

Réduction des mètres en toises, et en toises, pieds, pouces et lignes.

mètres	toises.	mètres.	toises.	pieds.	pouces.	lignes.
1	0.513074	1	0	3	0	11.296
2	1.026148	2	1	0	1	10.592
3	1.539222	3	1	3	2	9.888
4	2.052296	4	2	0	3	9.184
5	2.565370	5	2	3	4	8.480
6	3.078444	6	3	0	5	7.776
7	3.591518	7	3	3	6	7.072
8	4.104592	8	4	0	7	6.368
9	4.617666	9	4	3	8	5.664
10	5.13074	10	5	0	9	4.960
20	10.26148	20	10	1	6	9.920
30	15.39222	30	15	2	4	2.88
40	20.52296	40	20	3	1	7.84
50	25.65370	50	25	3	11	0.80
60	30.78444	60	30	4	8	5.76
70	35.91518	70	35	5	5	10.72
80	41.04592	80	41	0	3	3.68
90	46.17666	90	46	1	0	8.64
100	51.3074	100	51	1	10	1.6
200	102.6148	200	102	3	8	3.2
300	153.9222	300	153	5	6	4.8
400	205.2296	400	205	1	4	6.4
500	256.5370	500	256	3	2	8.0
600	307.8444	600	307	5	0	9.6
700	359.1518	700	359	0	10	11.2
800	410.4592	800	410	2	9	0.8
900	461.7666	900	461	4	7	2.4
1000	513.074	1000	513	0	5	4.0
2000	1026.148	2000	1026	0	10	8.0
3000	1539.222	3000	1539	1	4	0.0
4000	2052.296	4000	2052	1	9	4.0
5000	2565.37	5000	2565	2	2	8.0
10000	5130.64	10000	5130	4	5	4.0

Réduction des mètres en pieds, pouces, lignes et parties décimales de la ligne.

mètres.	pieds.	pouces.	lignes.	mètres.	pieds.	pouces.	lignes.
1	3	0	11.296	50	169	3	9.28
2	6	1	10.593	55	184	8	5.76
3	9	2	9.888	60	200	1	2.24
4	12	3	9.184	65	215	5	10.72
5	15	4	8.480	70	230	10	7.20
6	18	5	7.776	75	246	3	3.68
7	21	6	7.072	80	261	8	0.16
8	24	7	6.368	85	277	0	8.64
9	27	8	5.664	90	292	5	5.12
10	30	9	4.960	95	307	10	1.6
11	33	10	4.256	100	615	8	5.2
12	36	11	3.552	200	923	6	4.8
13	40	0	2.848	300	1231	4	6.4
14	43	1	2.144	400	1539	2	8.0
15	46	2	1.440	500	153	11	0.80
16	49	3	0.736	600	1847	0	9.6
17	52	4	0.032	700	2154	10	11.2
18	55	4	11.328	800	2462	9	0.8
19	58	5	10.624	900	2770	7	2.4
20	61	6	9.920	1000	3078	5	4.0
21	64	7	9.216	2000	6156	10	8
22	67	8	8.512	3000	9235	4	0
23	70	9	7.808	4000	12313	9	4
24	73	10	7.104	5000	15392	2	8
25	76	11	6.400	6000	18470	8	0
30	92	4	2.88	7000	21549	1	4
35	107	8	11.36	8000	24627	6	8
40	123	1	7.84	9000	27706	0	0
45	138	6	4.32	10000	30784	5	4

Réduction des toises carrées et cubes en mètres carrés et cubes.

t. car.	mètres car.	t. carr.	mètres car.	t. cub.	mètres cub.	t. cub.	mètres cub.
1	3.7987	17	64.5786	1	7.4036	17	125.8661
2	7.5975	18	68 3774	2	14.8078	18	133.2700
3	11.3962	19	72.1761	3	22.2117	19	140.6739
4	15.1950	20	75.9749	4	29.6156	20	148.0778
5	18.9937	30	113.9623	5	37.0195	30	222.1167
6	22.7925	40	151.9497	6	44.4233	40	296.1556
7	26.5912	50	189.9372	7	51.8272	50	370.1945
8	30.3899	60	227.9246	8	59.2311	60	444.2334
9	34.1887	70	265.9120	9	66.6350	70	518.2725
10	37.9874	80	303.8995	10	74.0389	80	592.3112
11	41.7862	90	341.8869	11	81.4428	90	666.3501
12	45.5849	100	379.8744	12	88.8467	100	740.3890
13	49.3837	150	569.8115	13	96.2506	150	1110.5836
14	53.1824	200	759.7487	14	103.6545	200	1480.7781
15	56.9812	250	949.6859	15	111.0584	250	1850.9726
16	60.7799			16	118.4622		

Réduction des mètres carrés et cubes en toises carrées et cubes.

m. car.	toises carr.	m. car.	toises carr.	m. cub.	toises cubes	m. cub.	toises cubes
1	0.2362	80	21.0596	1	0.1351	80	10.8051
2	0.5265	90	23.6920	2	0.2701	90	12.1558
3	0.7897	100	26.3245	3	0.4052	100	13.5064
4	1.0530	150	39.4867	4	0.5403	150	20.2596
5	1.3162	200	52.6490	5	0.6753	200	27.0128
6	1.5795	250	65.8112	6	0.8104	250	33.7660
7	1.8427	300	78.9735	7	0.9454	300	40.5192
8	2.1060	350	92.1357	8	1.0805	350	47.2724
9	2.3692	400	105.2979	9	1.2156	400	54.0256
10	2.6324	450	118.4602	10	1.3506	450	60.7789
20	5.2649	500	131.6225	20	2.7013	500	67.5321
30	7.8973	600	157.9470	30	4.0519	600	81.0385
40	10.5298	700	184.2715	40	5.4026	700	94.5449
50	13.1622	800	210.5959	50	6.7532	800	108.0515
60	15.7947	900	236.9204	60	8.1038	900	121.5578
70	18.4271			70	9.4545		

Réduction des pieds carrés et cubes en mètres carrés et cubes.

p. carr.	mètres car.	p. carr.	mètres carr.	p. cub.	mètres cub.	p. cub.	mètres cub.
1	0.1055	20	2.1104	1	0.03428	20	0.68555
2	0.2110	30	3.1656	2	0.06855	30	1.02832
3	0.3166	40	4.2208	3	0.10283	40	1.37109
4	0.4221	50	5.2760	4	0.13711	50	1.71386
5	0.5276	60	6.3312	5	0.17139	60	2.05654
6	0.6331	70	7.3864	6	0.20566	70	2.39940
7	0.7386	80	8.4417	7	0.23994	80	2.74218
8	0.8442	90	9.4969	8	0.27422	90	3.08495
9	0.9497	100	10.5521	9	0.30850	100	3.42773
10	1.0552			10	0.34277		

Réduction des mètres carrés et cubes en pieds carrés et cubes.

m. carr.	pieds carr.	m. car.	pieds carrés	m. cub.	pieds cubes.	m. cub.	pieds cubes.
1	9.48	20	189.54	1	29.17	20	583.48
2	18.95	30	284.30	2	58.35	30	875.22
3	28.43	40	379.07	3	87.52	40	1166.96
4	37.91	50	473.84	4	116.70	50	1458.69
5	47.38	60	568.61	5	145.87	60	1750.43
6	56.86	70	663.38	6	175.04	70	2012.47
7	66.34	80	758.15	7	204.22	80	2333.91
8	75.81	90	852.92	8	233.39	90	2625.65
9	85.29	100	947.68	9	262.56	100	2917.29
10	94.77			10	291.74		

Dans la construction des tables de réduction qui précèdent on a employé les valeurs suivantes :

Mètre . . . . 0.513 074 de toise.
Mètre carré . . . 0.263 244 929 476 de toise carrée.
Mètre cube . . . . 0.135 064 128 946 de toise cube.
Toise. . . . . 1.949 036 591 2 mètre.
Toise carrée. . . . 3.798 743 633 8 mètres carrés.
Toise cube . . . . 7.403 890 343 0 mètres cubes

MESURES AGRAIRES.

La perche des eaux et forêts avait 22 pieds de côté; elle contenait 484 pieds carrés.

L'arpent des eaux et forêts était composé de 100 perches de 22 pieds; il contenait 48 400 pieds carrés.

La perche de Paris avait 18 pieds de côté; elle contenait 324 pieds carrés.

L'arpent de Paris était composé de 100 perches de 18 pieds; il contenait 32 400 pieds carrés et 900 toises carrées. Cet arpent est donc équivalent à un carré de 30 toises de côté.

L'unité nouvelle, que l'on nomme *are* et que l'on pourrait considérer comme la perche métrique, est un carré de 10 mètres de côté, qui comprend 100 mètres carrés.

L'*hectare* ou l'arpent métrique se compose de 100 ares, ou de 10000 mètres carrés.

	pieds carrés.	toises carrées	mètres carrés.
Perche des eaux et forêts	484	13.44	51.07
Arpent des eaux et forêts.	48400	1344.44	5107.20
Perche de Paris.	324	9	34.19
Arpent de Paris.	32400	900	3418.87
Are	947.7	26.32	100
Hectare	94768.2	2632.45	10000

Réduction des arpents en hectares et des hectares en arpents.

Arpents de 100 perches carrées, la perche de 18 pieds linéaires.		Arpents de 100 perches carrées, la perche de 22 pieds linéaires.	
1 arp.	0.3419 hect.	1 arp.	0.5107 hect.
2	0.6838	2	1.0214
3	1.0257	3	1.5322
4	1.3675	4	2.0429
5	1.7094	5	2.5536
6	2.0513	6	3.0643
7	2.3932	7	3.5750
8	2.7351	8	4.0858
9	3.0770	9	4.5965
10	3.4189	10	5.1072
100	34.1887	100	51.0720
1000	341.8869	1000	510.7199
Réduction des hectares en arpents de 18 pieds la perche.		**Réduction des hectares en arpents de 22 pieds la perche.**	
1 hect.	2.9249 arp.	1 hect.	1.9580 arp.
2	5.8499	2	3.9160
3	8.7748	3	5.8741
4	11.6998	4	7.8321
5	14.6247	5	9.7901
6	17.5497	6	11.7481
7	20.4746	7	13.7061
8	23.3995	8	15.6642
9	26.3245	9	17.6222
10	29.2494	10	19.5802
100.	292.4944	100	195.8020
1000	2924.9437	1000	1958.0201

Conversion des anciens poids en nouveaux.

grains.	grammes.	onces.	grammes.	livres.	kilogr.	livres.	kilogr.
10	0.53	1	30.59	1	0.4895	60	29.3704
20	1.06	2	61.19	2	0.9790	70	34.2654
30	1.59	3	91.78	3	1.4685	80	39.1605
40	2.12	4	122.38	4	1.9580	90	44.0555
50	2.66	5	152.97	5	2.4475	100	48.9506
60	3.19	6	183.56	6	2.9370	200	97.9012
70	3.72	7	214.16	7	3.4265	300	146.8518
		8	244.75	8	3.9160	400	195.8023
gros.		9	275.35	9	4.4056	500	244.7529
1	3.82	10	305.94	10	4.8951	600	293.7055
2	7.65	11	336.53	20	9.7901	700	342.6541
3	11.47	12	367.14	30	14.6852	800	391.6047
4	15.30	13	397.73	40	19.5802	900	440.5553
5	19.12	14	428.33	50	24.4753	1000	489.5058
6	22.94	15	458.91				
7	26.77	16	489.51				
8	30.59						

Conversion des nouveaux poids en anciens.

grammes.	livres.	onces.	gros.	grains.	kilogr.	livres.	onces.	gros.	grains.
1	0	0	0	19	1	2	0	5	35.15
2	0	0	0	38	2	4	1	2	70
3	0	0	0	56	3	6	2	0	33
4	0	0	1	3	4	8	2	5	69
5	0	0	1	22	5	10	3	3	32
6	0	0	1	41	6	12	4	0	67
7	0	0	1	60	7	14	4	6	30
8	0	0	2	7	8	16	5	3	65
9	0	0	2	25	9	18	6	1	28
10	0	0	2	44	10	20	6	6	64
20	0	0	5	17	20	40	13	5	55
30	0	0	7	61	30	61	4	4	47
40	0	1	2	33	40	81	11	3	38
50	0	1	5	5	50	102	2	2	30
60	0	1	7	50	60	122	9	1	21
70	0	2	2	22	70	143	0	0	13
80	0	2	4	66	80	163	6	7	4
90	0	2	7	38	90	183	13	5	68
100	0	3	2	11	100	304	4	4	59
200	0	6	4	21					
300	0	9	6	32					
400	0	13	0	43					
500	1	0	2	53					
600	1	3	4	64					
700	1	6	7	3					
800	1	10	1	13					
900	1	13	3	24					
1000	2	0	5	35					

Multipliez le prix du kilogramme par 0.4895, vous aurez celui de la livre.

Multipliez le prix de la livre par 2.042, vous aurez celui du kilogramme.

Le kilogramme, ou le poids d'un décimètre cube d'eau distillée, considérée au maximum de densité et dans le vide, vaut. . 18827.15 grains.

La livre vaut. 9216

Donc, livre. . . . . 0.489505847 kil.

Et kilogramme . . . . 2.042876519 livr.

Réduction des kilogrammes en livres et décimales de la livre.

1 liv.	2.0429 kilog.	60 liv.	122.5726 kilog.
2	4.0858	70	143.0012
3	6.1286	80	163.4301
4	8.1715	90	183.8589
5	10.2144	100	204.2876
6	12.2573	200	408.5758
7	14.3001	300	612.8629
8	16.3430	400	817.1505
9	18.3859	500	1021.4382
10	20.4288	600	1225.7259
20	40.8575	700	1430.0136
30	61.2863	800	1834.3012
40	81.7151	900	1838.5889
50	102.1439	1000	2042.8765

Réduction des grammes en grains et décimales du grain.

1 grammes.	18.8 grains.
2	37.6
3	56.5
4	75.3
5	94.1
6	113.0
7	131.8
8	150.6
9	169.4
10	188.3
100	1882.7

Réduction des décigrammes en grains et décimales du grain.

1 décigram.	1.9 grains.
2	3.8
3	5.6
4	7.5
5	9.4
6	11.3
7	13.2
8	15.1
9	16.9
10	18.8

Réduction des hectolitres en setiers, et des setiers en hectolitres, le setier étant de 12 boisseaux anciens et le boisseau de 13 litres.

1 hect.	0.641 setiers.	1 setiers.	1.56 hect.
2	1.282	2	3.12
3	1.923	3	4.68
4	2.564	4	6.24
5	3.205	5	7.80
6	3.846	6	9.36
7	4.487	7	10.92
8	5.128	8	12.48
9	5.769	9	14.04
10	6.410	10	15.60
20	12.820	20	31.20
30	19.231	30	46.80
40	25.641	40	62.40
50	32.051	50	78.00
60	38.461	60	93.60
70	44.871	70	109.20
80	51.282	80	124.80
90	57.692	90	140.40
100	64.102	100	156.00

Le poids moyen de l'hectolitre de froment est de 75 kilogrammes.

Mesures anglaises comparées aux mesures françaises.

Mesures de longueur.

Anglaises.	Françaises.
Pouce ($\frac{1}{36}$ du yard).	2.539954 centimètres.
Pied ($\frac{1}{3}$ du yard)	3.0479449 décimètres.
Yard impérial.	0.91438348 mètre.
Fathom (2 yards).	1.82876696 mètre.
Pole ou perch (5 $\frac{1}{2}$ yards).	5.02911 mètres.
Furlong (320 yards).	201.16437 mètres.
Mile (1760) yards.	1609.3149 mètres.
Françaises.	**Anglaises.**
Millimètre.	0.03937 pouce.
Centimètre	0.393708 pouce.
Décimètre.	3.937079 pouces.
Mètre.	39.37079 pouces. 3 2808992 pieds. 1.093633 yard.
Myriamètre.	6.2138 miles.

Mesures de superficie.

Anglaises.	Françaises.
Yard carré	0.83697 mètre carré.
Rod (perche carrée).	25.291939 mètres carrés.
Rood (1210 yards carrés)	10.116775 ares.
Acre (4840) yards carrés.	0.404671 hectare.
Françaises.	**Anglaises.**
Mètre carré.	1.196033 yard carré.
Are.	0.098845 rood.
Hectare.	2.471143 acres.

Mesures de capacité.

Anglaises.	Françaises.
Pint ($\frac{1}{8}$ de gallon).	0.567932 litre.
Quart ($\frac{1}{4}$ de gallon).	1.135864 litre.
Gallon impérial.	4.54345794 litres.
Peck (2 gallons).	9.0869159 litres.
Bushel (8 gallons).	36.347664 litres.
Sack (3 bushels)	1.09043 hectolitre.
Quarter (8 bushels).	2.907813 hectolitres.
Chaldron (12 sacks).	13.08516 hectolitres.

Mesures de capacité.

Françaises.		Anglaises.	
Litre		1.760773	pint.
		0.2200967	gallon.
Décalitre		2.2009668	gallons.
Hectolitre		22.009667	gallons.

Poids.

Anglais.	Troy.	Français.	
Grain (24e de pennyweight)		0.06477	gramme.
Pennyweight (20e d'once)		1.55456	gramme.
Once (12e de livre troy)		31.0913	grammes.
Livre troy impériale		0.3730756	kilogramme.
Anglais.	**Avoir du poids.**	**Français.**	
Dram (16e d'once)		1.7712	gramme.
Once (16e de la livre)		28.3384	grammes.
Livre avoir du poids impérial		0.4534148	kilogramme.
Quintal (112 livres)		50.78246	kilogrammes.
Ton (20 quintaux)		1015.649	kilogrammes.
Français.		**Anglais.**	
Gramme		15.438	grains troy.
		0.643	pennyweights.
		0.03216	once troy.
Kilogramme		2.68026	livres troy.
		2.20549	livres avoir du poids.

(Extrait de l'Annuaire du bureau des longitudes.)

RÉDUCTION DES MESURES ANGLAISES EN MESURES FRANÇAISES.

Nombre.	Pouces en centimètres.	Pieds en mètres.	Milles en kilomètres.	Pieds quarrés en mètres quarrés.	Pieds cubes en mètres cubes.	Livres en kilogrammes.	Tonnes en tonneaux de 1000 kil.	Pressions en livres, par pouce quarré, en kilogrammes, par centimètre quarré.
1	2.5400	0.3047945	1.6093	0.09290	0.028314	0.4534148	1.015649	0.0702774
2	5.0799	0.6095890	3.2186	0.18580	0.056628	0.9068296	2.031298	0.1405548
3	7.6199	0.9143835	4.8279	0.27870	0.084942	1.3602444	3.046947	0.2108322
4	10.1598	1.2197680	6.4373	0.37160	0.113257	1.8136592	4.062596	0.2811096
5	12.6998	1.5239724	8.0466	0.46450	0.141570	2.2670740	5.078245	0.3513870
6	15.2397	1.8287669	9.6559	0.55740	0.169884	2.7204888	6.093894	0.4216644
7	17.7797	2.1335614	11.2652	0.65030	0.198198	3.1739036	7.109543	0.4919418
8	20.3196	2.4383559	12.8745	0.74320	0.226512	3.6273184	8.125192	0.5622192
9	22.8596	2.7431504	14.4838	0.83610	0.254826	4.0807332	9.140841	0.6324966
10	25.4000	3.0479450	16 0930	0.92900	0.283140	4.5341480	10.156490	0.7027740

FIN.

TABLE DES MATIÈRES.

Paris. — Imprimerie de Ch. Lahure et Cie, rue de Fleurus, 9.

CPSIA information can be obtained
at www.ICGtesting.com
Printed in the USA
LVHW040121210323
742063LV00001B/381

9 783382 701109